BASTEI LÜBBE

Über die Autorin:

Amy J. Fetzer lebt in Beaufort, South Carolina. Ihr Mann arbeitet bei der Marine, sodass sie häufig mit ihren beiden Söhnen alleine ist. Vor einigen Jahren entdeckte sie ihre Leidenschaft für historische Liebesromane, und nachdem sie viele Romane gelesen hatte, beschloss sie, selbst zu schreiben. Schon ihr zweiter Roman wurde in den USA ein großer Erfolg. Von Amy J. Fetzer sind bereits *Die irische Prinzessin* (Band 18 273) und *In der Glut der Leidenschaft* (Band 18 280) erhältlich. Weitere Übersetzungen ihrer Romane ins Deutsche sind geplant. Mehr Informationen zu dieser Autorin finden Sie im Internet unter http://www.apayne.com.amyfetzer.

AMY J. FETZER

Die Geliebte des Piraten

ROMAN

Ins Deutsche übertragen von
Susanne Kregeloh

BASTEI
LÜBBE

BASTEI LÜBBE TASCHENBUCH
Band 18 294

1. Auflage: März 2002

Vollständige Taschenbuchausgabe

Bastei Lübbe Taschenbücher ist ein Imprint der
Verlagsgruppe Lübbe

Titel der amerikanischen Originalausgabe: Renegarde Heart

Dieses Werk wurde vermittelt durch die Literarische Agentur
Thomas Schlück GmbH, 30827 Garbsen
Titelillustration: ENN/Agentur Schlück
Umschlaggestaltung: Beate Stefer
Satz: Heinrich Fanslau, EDV & Kommunikation, Düsseldorf
Druck und Verarbeitung: AIT Trondheim, Norwegen
Printed in Norway
ISBN 3-404-18294-4

Sie finden uns im Internet unter
http://www.luebbe.de

Der Preis dieses Bandes versteht sich einschließlich
der gesetzlichen Mehrwertsteuer.

In Liebe und Freundschaft
für Maureen Child
alias Kathleen Kane

Für Primadonnentum und schöne Glücksspiele
nur zum Spaß.
Für ergötzliches »Ratschen« und das Wahren meiner
Geheimnisse – vor allem der völlig verrückten.
Für Daniel Boone und Hogless One
und hundert Arten, Wildbret zuzubereiten.
Für die Geduld, immer wieder einen letzten Versuch
mit mir zu wagen.
Für den Glauben an meine brillanten Augenblicke,
auch wenn es diese gar nicht gibt.
Dafür, eine verwandte Seele zu sein, die mich stützt und
sich nicht scheut, mir auf unserem gemeinsamen Weg
»einen Tritt zu geben« und die Dinge beim Namen zu nennen.
Mädchen, du bist die Beste,
und ich hoffe, du wirst es nie leid werden, die Frage zu hören:
»Sag mir – ist das miserabel?«
Denn sollte das geschehen,
wäre ich verloren.

Piraten-Statut

I. Jeder Mann hat mit seiner Stimme teil an der Entscheidung in Angelegenheiten von Tragweite. Er hat Anspruch auf seinen Teil an Vorräten und Branntwein, wann immer diese zur Verfügung stehen, und verfügt nach Belieben darüber, es sei denn, das Gemeinwohl erfordert Einschränkungen.

II. Jeder Mann wird bei der Verteilung der Beute entsprechend seinem Status an Bord bedacht. Über seinen festgelegten Anteil hinaus stehen jedem Kleider zum Wechseln und notwendige Ausrüstung zu. Betrügt jemand seine Kameraden auch nur um den Wert eines Schillings in Silber, Juwelen, Gold oder Münze, wird er ohne Gnade auf einer unbewohnten Insel ausgesetzt. Wer etwas geheim hält oder einen anderen beraubt, der sich in seiner Gesellschaft befindet, dem werden die Nase aufgeschlitzt und die Ohren abgeschnitten und er wird unter den Bedingungen strengster Härte an Land gesetzt.

III. Niemand darf an Bord um Geld spielen, auch nicht mit Würfeln oder Karten.

IV. Jeder Mann muss seine Flinte, seinen Säbel und seine Pistolen stets in Ordnung und bereithalten.

V. Keinem Kind und keiner Frau ist es erlaubt, sich an Bord aufzuhalten, es sei denn zu besonderen Gelegenheiten wie einem geselligen Beisammensein. Wird ein Mann überführt, eine Angehörige des letztgenannten Geschlechts zum Zweck selbstsüchtiger Lustbefriedigung und Verführung in Verkleidung an Bord gebracht zu haben, wird er mit der Abtrennung seines Organs bestraft.

VI. Wer das Schiff oder seinen Posten verlässt oder während des Kampfes Feigheit zeigt, wird mit dem Tode bestraft.

VII. Niemand darf an Bord einen anderen angreifen; der Streit wird an Land ausgetragen und zwar mit dem Schwert oder mit Pistolen nach der üblichen Art eines Duells zwischen Gentlemen.

VIII. Jeder Mann, der durch seinen Dienst zum Krüppel wird oder eines seiner Gliedmaße verliert, erhält 800 Pesos aus der Beutekasse; für geringere Verwundungen erhält er einen entsprechenden Betrag.

IX. Der Kapitän und der Quartiermeister erhalten je zwei Anteile einer Prise, der Oberkanonier und der Bootsmann je eineinhalb Anteile und der gewöhnliche Matrose sowie Glücksritter und Abenteurer je einen Anteil.

1

1757 – Kalkutta, Indien

Hellrotes Blut färbte seine Klinge.

»Entscheide dich jetzt, Mann.« Raiden zog die Augenbraue hoch und setzte seinem Widersacher das Schwert an die Kehle. »Ich biete dir das nur einmal an.« Als der Soldat der *East India Company* unentschlossen zögerte, drückte Raiden ihm die scharfe Spitze der Waffe gerade so tief in die Haut, dass Blut hervortrat. »Bist du bereit, Yama gegenüberzutreten? Oder ist es Allah, der dich willkommen heißen wird?«

Der Mann schluckte mühsam und sein Blick glitt kurz über die beiden Soldaten, die tot zu seinen Füßen lagen. Dann warf er sein Schwert zu Boden und wich zurück, wobei er die Hände hob, um sich zu ergeben. Raiden nickte kurz, und der Mann ergriff die Flucht. Er rannte die schmale Straße hinunter und verschwand in der Menschenmenge, die sich auf dem Marktplatz drängte. Raiden war kaum einen Schritt weit gekommen, als aus den dämmrigen Gassen und Türbögen plötzlich drei weitere Soldaten auftauchten. Für ihren fliehenden Kameraden hatten sie nur einen verächtlichen Blick übrig, ehe sie auf Raiden zustürzten und ihn attackierten. Englische Stutzsäbel und Furcht erregende Krummsäbel durchschnitten vor seinem Gesicht die Luft.

Stahl klirrte und die beiden Kontrahenten bekamen Tuchfühlung, als Raidens Schwert sich mit dem seines Kontrahenten kreuzte. Raiden empfand Mitleid für den Mann, der nur halb so groß war wie er. Er packte ihn mit einer Hand am Revers und hob ihn hoch. »Lass die Waffe fallen.«

Das Schwert fiel in den von der Sonne ausgedörrten Straßenstaub. Mit einem kräftigen Schwung schleuderte Raiden den Mann in den Verkaufskarren eines Händlers, der lautstark fluchte. Blau uniformierte Soldaten stürmten jetzt von allen Seiten auf Raiden ein. Ein kurzer Schlagabtausch und er hatte zwei von ihnen abgewehrt. *Lästige kleine Kreaturen*, dachte er und trat gegen ein wackliges Gerüst aus Stangen und Tuchbahnen, das wie ein Kartenhaus über seinen Angreifern zusammenfiel. Es begrub die Männer unter einem Berg blau und rot gefärbter Stoffe, die noch feucht vom Färben waren.

Raiden nutzte diesen Augenblick zum Rückzug. Doch die flinken, dunkelhäutigen Männer hatten seine Verfolgung rasch wieder aufgenommen, angespornt von dem Ziel, ihn zu töten. *Nein, heute noch nicht*, dachte er und stellte sich den Männern kurz entschlossen entgegen. Er wünschte nur, dass er mehr Zeit hätte, seine Pistolen neu zu laden. Metall blinkte auf. Einer der Soldaten kam dicht genug heran, um Raiden am Arm zu verletzen, doch zahlte es ihm der auf gleiche Weise heim. Noch während sie kämpften, sah Raiden, dass der Blick des Mannes an ihm vorbeiglitt und sich auf das Geschehen hinter ihm richtete.

Er fuhr blitzschnell herum. Eine wunderschöne Frau, die trotz der herrschenden Hitze elegant und kühl wirkte, schlug einem Mann gerade einen Terrakotta-Krug über den Schädel. Der Mann fiel zu Boden, und die Klinge, die für Raidens Rücken gedacht gewesen war, entglitt seiner Hand.

Die Frau klopfte sich den Staub von den Händen und zuckte mit den Schultern. »Die Chancen schienen schrecklich unfair verteilt«, erklärte sie und wies dann hinter ihn. »Passt auf Euch auf, Sir.«

Raiden drehte sich um. Weitere Soldaten der *East India Company* kamen um die Gassenecken gelaufen, schlüpften unter den Karren und Tischen hervor, die auf dem Marktplatz aufgebaut standen. Raiden wusste, wann er hoffnungslos in der Minderzahl und die Zeit reif zum Ankerlichten war. Er packte die Frau an der Hand und ignorierte ihren Protest, als er sie – nicht gerade sanft – mit sich zog und die Straße hinunterrannte. Offensichtlich war er verraten worden. Die Soldaten hatten ihn erwartet. Es war nicht das erste Mal während der vergangenen acht Tage, dass er um sein Leben laufen musste. Aber heute hatte er so etwas wie ein weibliches Gepäckstück im Schlepptau, das gut und gerne zwanzig Pfund an Unterröcken mit sich herumschleppte, was seine Flucht gefährlich verzögerte.

Willa wehrte sich dagegen, über die holprige Straße gezerrt zu werden. »Spart Euch das«, keuchte sie und raffte mit einer Hand ihr Kleid, während sie versuchte, mit diesem Rohling Schritt zu halten. »Sie sind hinter *Euch* her.«

»In dieser Schlacht machen sie keinen Unterschied, M'lady.«

Sie zerrte an seiner Hand. »Das Risiko gehe ich ein.«

»Ich aber nicht.« Er zog sie in eine Nebengasse und stellte sich vor sie, ehe er um die Mauerecke spähte.

»Das entscheidet nicht Ihr.« Sie versuchte, an ihm vorbeizuschlüpfen, doch ohne sie eines Blickes zu würdigen, streckte er den Arm aus und hinderte sie daran.

»Ihr aber auch nicht.«

Willas Blick fiel auf das blutbefleckte Schwert, das er fest in der Hand hielt, und sie schluckte. Hatte sie etwa dem falschen Mann geholfen? Sie musterte die beiden Steinschlosspistolen und die Messer, die in seinem breiten Gürtel steckten, und begriff, dass sie mit ihrer Befürchtung Recht hatte.

»Ich habe Euch nicht aufgefordert, Euch in meine Angelegenheiten zu mischen, Frau.« Er zog sich hastig von der Hausecke zurück und ging weiter in die Gasse hinein, wobei er Willa mit sich zog. »Und Ihr habt einen ihrer Kameraden verletzt.«

Sie blieb stehen und sah ihn an, die Hand in die Hüfte gestemmt. »Haltet mir nicht einen leichten Schlag auf den Kopf vor, wenn Ihr sie für Euren Teil in Stücke zerhackt habt.« Sie gestikulierte jetzt heftig, und ihr perlenbestickter Ridikül schwang am Handgelenk hin und her.

Sieh an, dachte er, sie hat mehr Feuer im Leib als gut für sie ist. Und ausgerechnet ihm widerfuhr das Glück, von einem rothaarigen Frauenzimmer gerettet zu werden, das, Gott bewahre, voller Widerspruchsgeist steckte. »Ich habe zweien den Garaus gemacht – sie mittendurch gehauen«, gestattete er sich das Vergnügen, den Ablauf genauer auszuführen. Er sah, dass sich ihr Gesicht vor Entsetzen verzerrte. Seine Gefühllosigkeit lag ihm wie ein Stück verdorbenes Fleisch im Magen und er ärgerte sich über sich selbst. Mit zwei Schritten war er bei ihr. »Erwartet Ihr jetzt von mir ewige Dankbarkeit dafür, weil Ihr diesem Soldaten eins über den Schädel gegeben habt?«, fragte er vorwurfsvoll, während er sie umdrehte und vor sich herschob.

»Ein einfaches Dankeschön würde genügen.« Über die Schulter warf sie ihm einen geringschätzigen Blick zu. »Aber offensichtlich sind gute Manieren unter blutdürstigen Barbaren Eures Kalibers nicht üblich.« Er streckte die Hand nach ihr aus. Sie wich ihm aus, doch er griff nach ihrem Handgelenk und packte nach einem kurzen Handgemenge schmerzhaft zu.

»Legt Euch nicht mit mir an, Frau. Sie würden Euch allein für das da töten«, stieß er hervor und wies mit einer Kopfbewegung auf die Juwelen, die ihren Hals und ihre Ohren schmückten. »Und ich könnte das auch.«

Sie reckte das Kinn, ihre Augen funkelten herausfordernd. »Ehe ich mein Leben dafür lasse, gebe ich sie freiwillig her.« Sie legte die Hand unter die Halskette und bewegte diese leicht, als wollte sie ihn verhöhnen. »Würde es Euch nicht gefallen, sie Euch zu nehmen?«

Er gab einen Ton von sich, der wie ein Knurren klang, und Willa erwartete fast, dass ihm jetzt Raubtierzähne wachsen würden.

»Ich beraube keine wehrlosen Frauen«, stieß er zwischen zusammengebissenen Zähnen hervor – obwohl sie durchaus über Waffen verfügte, denen kein Mann etwas entgegenzusetzen hätte.

»Ach, Ihr bestehlt nur jemanden, der bewaffnet ist?«

»Allerdings. Ich erwarte mindestens eine Pistole oder ein Messer.« Er zog sie mit sich. »Das macht das Ganze noch ein wenig spannender.«

O dieser Schuft, dachte sie und verzog hilflos den Mund. Er sah sie aus zusammengekniffenen Augen an, als sie sich weigerte, ihm zu folgen und einfach stehen blieb.

»Es ist wirklich nicht nötig, so grob zu sein.«

»Dann bewegt Euren verwöhnten Hintern endlich vorwärts.«

Sie keuchte schockiert auf und entwand sich seinem Griff, gleichzeitig trat sie ihm mit ihrem zierlichen Fuß vor das Schienbein. Aufstöhnend gab er sie frei, und die abrupt wiedererlangte Freiheit ließ Willa rückwärts taumeln. Ehe sie gegen die Wand prallen konnte, legte Raiden die Arme um ihre Taille und zog sie an sich.

Ihr Blick verlor sich in Augen, die so dunkel waren wie die Mitternacht, faszinierend und unergründlich, und die sie atemlos machten. Was sie sah und fühlte, stürmte auf Willa ein – Haare so schwarz wie Zobel, Gesichtszüge, die wie gemeißelt wirkten und von Erfahrungen geprägt worden waren, die sie nur erahnen konnte, die unnachgiebige Härte seines Körpers, die stählerne Kraft seiner Arme, die ihren Leib umschlungen hielten und ihr jede Flucht verweigerten ... und die berauschende Hitze, die von ihr Besitz ergriff und ihre Fassung bedrohte.

Für den Bruchteil einer Sekunde spürte Raiden, wie sie in seinen Armen nachgab, sich warm und weich an ihn schmiegte, und die Befürchtung, niemals mehr davon zu erleben, quälte ihn. »Vorsichtig, Mädchen.« Er schob sie gegen die Steinmauer, bis sie mit dem Rücken dagegen stieß. »Ihr schwimmt in einem Wasser, das für eine wie Euch viel zu tief ist.«

Sie kämpfte darum freizukommen, ihre gespielte Tapferkeit verflog so schnell wie ihr die Angst den Rücken hinaufschoss. »Ich weiß nur, dass ich nicht hier sein will.«

Er lehnte sich gegen sie, die Schwere seines Körpers trieb ihr die Luft aus den Lungen. »Dann hättet Ihr sie mich töten lassen sollen.«

Sein unheilvoller Gesichtsausdruck schien ihr die Kehle zuzuschnüren, sie in seinen Bann zu schlagen.

Er setzte diese Miene auf, um sie einzuschüchtern, um ihr deutlich zu machen, dass sie sich in etwas eingemischt hatte, das weitaus gefährlicher war als irgendeine belanglose Straßenrauferei ... Doch sie sah die Wahrheit in seinen Augen, sein Blick verriet sein Innerstes und enthüllte ein seltsames Flehen. Er buhlte um den Tod. Vielleicht nicht in dieser Nacht, nicht in diesem Augenblick, aber da war nichts in seiner dunklen Seele. Keine Hoffnung. Keine Zärtlichkeit. Eine Mischung aus Furcht und Mitleid überschwemmte Willa, selbst als sein Blick sie warnte, ihm nicht zu nahe zu kommen.

»Das konnte ich nicht zulassen. Nicht einmal bei einem Mann wie Euch.« Sie sprach leise, die Herausforderung, die sie in seinen Augen las, faszinierte sie.

»Ihr verschwendet Euren Mut, kleiner Rotfuchs«, sagte er rau, sein Gesicht ganz nah an ihrem. »Ich könnte kurzen Prozess mit Euch machen und Euren hübschen weißen Hals durchschneiden.«

»Wenn dem so wäre«, sie reckte ihr Kinn hoch, als wollte sie ihm ihren schlanken Hals darbieten, »dann hättet Ihr mich ebenso gut den Soldaten überlassen können.«

Raiden zog die Stirn kraus. Er wollte weder ihr Vertrauen noch ihre Naivität. Er verdiente wenig von beidem. »Das könnte ich immer noch tun.« Er zog ein gefährlich aussehendes, langes Messer aus seinem Gürtel und sah, wie ihre Augen sich weiteten. »Und ich könnte mehr als nur die Juwelen von Euch verlangen.« Er beugte sich zu ihr herunter, sein Mund näherte sich ihr wie eine Drohung.

Willa stockte der Atem. Ihr Blick glitt zwischen seinen unergründlichen Augen und seinem Mund hin und her, allein schon der Gedanke ihn zu küssen schnürte ihr die Kehle zu.

Die lauten Rufe der Soldaten hallten plötzlich in der Gasse wider.

Willa zog die fein geschwungenen Augenbrauen hoch, und ihre Lippen verzogen sich triumphierend.

Er grinste. »Ihr habt Euch für dasselbe Übel entschieden«, sagte er und griff unter ihre Röcke. Warm und schwer glitt seine Hand ihren nackten Oberschenkel hinauf.

Willa unterdrückte ihre Angst und sah ihm fest in die Augen. »Ich habe Euch das Leben gerettet«, stieß sie hervor und stemmte die Hände gegen seine Brust. »Erweist mir die Höflichkeit, Eure Hand wegzunehmen!«

Der Abscheu in ihrer Stimme traf Raiden wie ein Schlag und sein Gesichtsausdruck verfinsterte sich. »Still, Frau! Ihr seid zu langsam in all diesem Plunder.« Er hob die Röcke bis über ihre Taille hoch und durchtrennte mit zwei raschen Streichen seines Messers die Bänder und Schnüre des Reifrockes und der zahlreichen Unterröcke.

Willa fühlte sich zutiefst gedemütigt. Zornig und aufgebracht schlug sie ihm auf die Hände.

Davon unbeeindruckt zog Raiden sie aus dem Kleiderberg heraus und zog sie mit sich. Willa stolperte einige Male über die jetzt überlangen Röcke, bis sie einen Arm voll der grünen Seide zusammenraffte. Sie schaute voll Bedauern auf die kostbaren Spitzen und den Reifrock zurück, als die Männer in die Gasse gelaufen kamen.

Dieses Mal waren sie mit langläufigen Gewehren bewaffnet.

»Allmächtiger!«

Raiden schaute sich nicht um. »Lauft!« Die Soldaten schossen auf sie, und die Kugeln schlugen genau in dem Augenblick in die Mauern ein, als Willa und Raiden um die Ecke flüchteten.

Mehr Bein zeigend als es schicklich war, rannte Willa bis zur Westseite des Marktplatzes hinter ihm her. Sie hatte keine Ahnung, wo sie eigentlich waren, und im Zwielicht der untergehenden Sonne konnte sie die Umgebung nur schwer erkennen. Sie war gezwungen, ihm zu vertrauen, auch wenn er sie keine Sekunde losließ und sie in seinem Spiel wie eine Gefangene behandelte. Die Händler waren dabei, ihre Läden zu schließen und ihre Karren zu packen, als Willa und Raiden an ihnen vorbeiliefen. Sie prallte gegen einen mit Schüsseln und Krügen schwer beladenen Tisch, der umstürzte. Als sie stehen blieb, um die verstreut liegenden Teile aufzusammeln, rief er ihr sofort zu, sie solle weiterlaufen und riss sie mit sich. Eine Frau, die wie eine Hexe vor ihrem Hexenkessel inmitten schwarzer Kessel und Töpfe hockte, zeterte laute und verriet den Verfolgern dadurch, wo sich die Flüchtenden gerade befanden. Raiden zischte der Frau etwas auf Hindi zu, als sie vorbeiliefen, und die Frau verstummte und kauerte sich zusammen.

Der Duft von Curry, Zimt und Ingwer mischte sich mit dem Geruch nach Fisch, als sie sich den Kais näherten. Seine Schritte klangen hart auf der trockenen Straße, dann hohl, als er über die hölzernen Planken des Piers lief. Willas Absatz verfing sich darin, doch ohne innezuhalten, hob Raiden sie hoch und setzte sie hinter einem Holzstapel ab.

Er schirmte sie mit seinem Körper ab und ging sofort daran, seine Pistole neu zu laden.

Willa lehnte sich mit dem Rücken gegen den Holzstapel und versuchte, wieder zu Atem zu kommen. »Eingedenk Eures Benehmens könnte ich vermutlich stundenlang spekulieren – also sagt mir bitte gleich, was um Himmels willen Ihr angestellt habt, dass man Euch diese Aufmerksamkeit erweist.«

»Ich habe Fragen gestellt«, erwiderte er.

Nun, das war sicherlich etwas, das sie verstehen konnte. Sie hatte Fragen auf Fragen über Mason gestellt und war auf eine Mauer des Schweigens gestoßen oder bestenfalls ein herablassendes Schulterklopfen. »Wer *seid* Ihr, dass diese Männer so … beharrlich sind?«, fragte sie und spähte an seiner hohen Gestalt vorbei auf den Pier.

»Niemand von Bedeutung.«

»Im Schwindeln solltet Ihr Euch noch üben, Sir. Eure Lügen lassen eine Spur von Überzeugungskraft vermissen«, spottete sie.

Raiden schüttelte den Kopf, als er auf sie herunterschaute und ihre grünen Katzenaugen ihn wieder gefangen nahmen. In diesen Augen kann sich die Seele eines Mannes verstricken, dachte er. Diese Frau ist wirklich wunderschön und faszinierend sinnlich. Und sie trug höchst aufreizende französische Unterwäsche. »Mein Name ist Raiden.« Er warf einen prüfenden Blick auf die Straße. »Und wer seid Ihr?«

»Willa.« Wohlweislich verschwieg auch sie ihren Familiennamen. Es machte keinen Sinn, irgendwie … *vertrauter* miteinander zu werden. *O denk nicht einmal daran*, schalt sie sich, als sie daran dachte, wie warm sich der Druck seiner Hand auf ihrem Bein angefühlt hatte.

Dass sie es unterließ, ihren vollen Namen zu nennen, entging Raiden keineswegs. Damit zog sie eine Grenze, die er nach ihrem Dafürhalten brauchte. Über die Schulter warf er ihr einen Blick zu, den er gerade so lange auf ihr ruhen ließ, dass er unverschämt wirkte. »Kommt, wir werden diesem Spiel jetzt ein Ende machen.« Die Pistole im Anschlag und den Säbel gezogen, machte er einen Schritt aus dem Versteck heraus.

Willa packte ihn am Arm. Sie spürte, wie sich seine harten Muskeln bewegten, dann bemerkte sie, dass ihre Handfläche feucht von Blut wurde. »Hoffnungslos in der Minderzahl und dazu auch noch verletzt« – sie hielt die Hand hoch – »und Ihr sucht noch immer den Kampf? Ich hätte Euch für gescheiter gehalten, Barbar.« Sie fasste nach ihrem Kleidersaum, um einen Stoffstreifen von ihrem Unterrock abzureißen, und stieß einen missmutigen Laut aus, als ihr wieder bewusst wurde, dass sie keine Unterröcke mehr trug. Kurzentschlossen zerriss sie den Futterstoff ihres Kleides. »Vielleicht mag Euch Euer Leben nichts wert sein« – sie richtete sich auf und verband seinen Oberarm – »aber ich habe vor, alt und grau zu werden, unpassende Dinge zu sagen und meine Enkel zu verwöhnen.«

Raiden schaute auf ihren gebeugten Kopf hinunter, und beim Anblick ihrer sanften Hände auf seinem Arm rührte sich ein seltsames Gefühl in seiner Brust. »Und kein Aufstampfen mit Eurem Krückstock? Kein Zermusen Eures Essens zu Brei?«

Sie schürzte die Lippen. »Wie aufmerksam von Euch, das noch hinzuzufügen.« Sie verknotete den Verband. »Aber ich habe die Absicht, meine Zähne zu behalten.«

Ein Lächeln wollte sich auf sein Gesicht stehlen, auch wenn das Bild, das sie malte, fremd für ihn war, wenn es eine Zukunft beschrieb, die er für sich niemals Realität werden lassen würde. Denn es führte ihm vor Augen, welchen Wert sein Leben hatte. Es brachte ihn dazu, sich dafür zu verabscheuen, sie in dieses Durcheinander verwickelt zu haben. Aber sie hatte Recht. Es gab vieles, um das er sich noch kümmern musste, und er hatte nicht die Absicht, wie ein räudiger Hund in den Straßen Kalkuttas zu verrecken. »Ihr seid jetzt gebrandmarkt, weil Ihr mir geholfen habt.«

Ohne aufzusehen, säuberte sie sich die blutbeschmierten Hände mit ihrem Taschentuch. »Zu meinem ewigen Bedauern.«

Ja, dachte er, und jede Sekunde länger in seiner Gesellschaft könnte sie das Leben kosten. »Falls die Soldaten uns aufspüren und es wieder zum Kampf zu kommen droht, dann lauft laut schreiend auf sie zu.«

Willa sah ihn ungläubig an. »Wie bitte? Aber man wird Euch beschuldigen, mich –«

»… Euch alles geraubt zu haben, was zu rauben war«, ergänzte er gelassen. Obwohl er kaum lächelte, zeigte sich in seinen Augen ein amüsiertes Funkeln, als er sich dieses vorstellte. »Kommt jetzt.« Er trat hinter dem Holzstapel vor, und Willa folgte ihm wie ein Lamm zur Schlachtbank.

Er führte sie durch enge Gassen, vorbei an den Hinterausgängen von Schänken und Läden, er ging rasch und zielstrebig und war immer auf der Hut. Die Leute liefen erschreckt vor ihm davon, wenn sie ihn kommen sahen, Mütter stellten sich schützend vor ihre Kinder und scheuchten sie ins Haus zurück. Mit dem gezückten Schwert in der Hand, die Einheimischen um mehrere Haupteslängen überragend, wirkte Raiden finster und drohend – von den langen dunklen Haaren bis hin zu den schwarzen Stulpenstiefeln. Willa gestand sich ein, dass seine Nähe ihr Herz schneller schlagen ließ. Von Zeit zu Zeit streifte sein Blick sie, und immer spiegelte sich darin die Verwirrung darüber wider, auf welch unerwartete Weise Willa sich in seine Angelegenheiten eingemischt hatte. Und jeder Blick löste in Willa Gedanken aus, die sie als so närrisch empfand, dass sie sie niemals hegen sollte. Doch sie tat es nichtsdestotrotz, und als sie unter einem niedrigen Torbogen hindurchschlüpften, wusste sie, dass Raiden trotz seiner rüden Sprache und seiner Drohungen sein Leben dafür lassen würde, sie zu beschützen. Denn er hatte seine Freiheit bereits für ihre angeboten.

Es war eine verwirrende Feststellung, zumal sie ihm nicht vertrauen konnte. Ihr Blick glitt über sein Gesicht, doch sie konnte nur das Funkeln des Mondlichts in seinen Augen erkennen. Die Augen eines raubgierigen Mannes. Wortlos packte Raiden ihre

Hand und trat wieder hinaus auf die Straße, wobei er sie dicht hinter sich hielt. Die Wärme seines Körpers durchdrang ihr Kleid und ließ sie seinen Geruch erahnen – faszinierend männlich und geheimnisvoll. Willa rügte sich insgeheim dafür, es bemerkt zu haben.

Raiden steckte sein Schwert in die Scheide zurück und hielt nun die geladene Pistole im Anschlag. Aufmerksam musterte er seine Umgebung. Seinen mitternachtsschwarzen Augen entging kein Schatten, keine dunkle Nische. Als ein Trupp Soldaten am entgegengesetzten Ende der Gasse, in der Nähe des Piers, auftauchte, zog Raiden Willa in einen baufälligen Stall und führte sie in den in tiefem Schatten liegenden hinteren Teil. Dabei ließ er ihre Hand nur los, als er sich duckte und unter dem tief hängenden Dachboden hindurchschlüpfte. An einer Maueröffnung, die offensichtlich als Fenster diente, blieb er stehen. Er bedeutete Willa, sich hinter ihn zu stellen. Doch sie zögerte. Allzu sehr war sie sich der Gefahr bewusst, die darin lag, auch nur einen Augenblick länger in seiner Nähe zu bleiben. Nicht nur ihr guter Ruf stand auf dem Spiel.

Er zog die Augenbraue hoch, die sich als dunkler Strich von seiner bronzefarbenen Haut abhob. »Noch immer Angst vor mir?«

»Kaum«, erwiderte Willa, obwohl es ihr widerstrebte, ihm noch weiter in das Dunkel zu folgen. »Ich traue Euch nur nicht.«

»Ihr werdet mit jedem Augenblick klüger, kleiner Rotfuchs«, murmelte er, verschränkte die Arme vor der Brust und lehnte sich gegen die Wand. Durch das Fenster sah er auf die Gasse hinaus. Die Soldaten der *East India Company* waren ihnen bislang noch nicht gefolgt. Raiden wandte sich an Willa. »Entschuldigt die mehr als dürftige Umgebung, Mylady.« Er deutete eine leichte Verbeugung an, die jedoch jeglichen Respekt vermissen ließ. »Aber es ist das Beste, was ich zu bieten habe.«

Sein sarkastischer Ton verletzte Willa, und sie rümpfte die Nase. »Gott sei Dank ist dieser Zustand ja ein vorübergehender.« Sie ließ sich nicht darüber aus, dass sie die letzten Monate an

Orten verbracht hatte, die ebenso heruntergekommen gewesen waren wie dieser Stall. Als sie einen Schritt zurücktrat, stolperte sie über ihre Röcke. Sie unterdrückte einen Fluch. Ohne den Reifrock und die Unterröcke hing ihr Kleid einfach schrecklich an ihr herunter, und sie raffte einen Arm voll Stoff zusammen und bedachte Raiden mit einem vorwurfsvollen Blick, den er in der Dunkelheit jedoch nicht sehen konnte.

Aber er fühlte ihn. Raiden schaute auf und erhaschte einen Blick auf Willas wohl geformte, in feine Strümpfe gehüllte Waden und die zierlichen Schleifen der Strumpfbänder. Bei diesem Anblick so ausgesprochener Weiblichkeit zog sich etwas in seinem Innern zusammen und er musste den Blick fast gewaltsam davon losreißen. Er wollte nicht daran denken, wann er das letzte Mal mit einer Frau von Willas Format zusammen gewesen war, und zwang die Erinnerung daran in die Dunkelheit seines Unterbewusstseins zurück. Es war eine Zeit, die er nicht noch einmal erleben wollte.

Verdammt noch mal, aber er hätte sie nicht mitnehmen sollen. Die Soldaten hätten sie unbehelligt gehen lassen, allein schon deshalb, weil sie eine Dame der Gesellschaft und von vermutlich beträchtlichem Einfluss war. Er lächelte spöttisch. Die Soldaten der *East India* verfolgten kein anderes Ziel als den Schutz der Interessen der Gesellschaft und der Vernichtung all dessen, was ihnen dabei im Weg war. Das hatte ihn seine Erfahrung gelehrt. Ungewollt tauchten Erinnerungen in ihm auf, und mit einem wütenden Schnauben schob er die Pistole in den Gürtel zurück und zog stattdessen die andere hervor, um sie neu zu laden. Mit einem versteckten Seitenblick schaute er zu Willa.

Sie hatte sich auf eine große Weidenkiste gesetzt, die ein gutes Stück entfernt von Raiden stand. Die Schatten hüllten sie fast ganz ein und klugerweise saß sie so weit vom Fenster weg, dass man sie nicht sehen konnte. Sittsam thronte sie inmitten einer Wolke grüner Seide und zupfte die Stofffalten zurecht, ehe sie begann, ihr geflochtenes Haar wieder in die Ordnung zu bringen, die es noch vor kurzem gehabt hatte. Und doch konnten ihre Bemühungen nichts an dem bezaubernd zersausten, verführerischen Anblick ändern, den sie bot. Raiden verspürte den Wunsch, diese Unordnung noch größer zu machen. Er hatte keinen Zweifel daran, dass diese Frau zum ersten Mal im Leben ins Schwitzen geraten war.

Mit dem Rücken an der Wand lehnend, lud er den Ladepfropf und schob ihn in den Lauf, dann füllte er etwas Pulver auf die Zündpfanne und drückte es fest.

Die Frau war von exquisiter Schönheit und spottete jeder Beschreibung, ihr Akzent war anders als jeder, den er bislang gehört hatte, er klang kultiviert und angenehm. Aber nur, wenn sie ihren Schnabel nicht gerade an mir wetzt, dachte er, während ihm ein Dutzend Fragen durch den Sinn gingen. Warum war sie ohne Begleitung auf dem Markt gewesen? Welcher Mann ließ eine Frau ohne Eskorte oder Zofe allein herumspazieren? Und wessen Frau war sie? Sie musste verheiratet sein, ihr Alter ließ das vermuten. Sein Blick glitt zu ihrer Hand. Obwohl sie keinen Ring trug, blieb Raiden bei seiner Vermutung. Nach seinen Erfahrungen machten die Frauen das Einhalten ihres Ehegelübdes ohnehin vom jeweiligen Augenblick und dem jeweiligen Mann abhängig.

Die Sonne wurde durch den Mond vom indischen Himmel verdrängt, die rote Hitze des Tages von der blauen Kühle der Nacht. Die Farben tanzten über Willas Gesicht und ihre nackten Schultern und ließen die Smaragde und Brillanten auffunkeln, die ihren Hals und ihre Ohren schmückten. Selbst die ehrenhafteste aller Seelen hätte jetzt in Versuchung geraten können, Willa um dieses Reichtums willen die Kehle durchzuschneiden oder sie in die Sklaverei zu verkaufen – an irgendeinen Sultan, der eine Vorliebe für helle, elfenbeinfarbene Haut hegte. Raidens Blick glitt über ihr grünes Kleid, das im Zwielicht eine dunklere Nuance angenommen zu haben schien; moirierte, schimmernde Seide, kostspielig und mit Perlen bestickt. Ein gelangweiltes Mädchen, das auf der Suche nach Abwechslung allein umherzog? Sie kramte ihr Taschentuch aus dem Ridikül heraus und tupfte sich damit Gesicht und Hals ab. Raidens Blick blieb auf das Tuch geheftet, als Willa es über ihr Dekolleté gleiten ließ, über die sanft gerundeten Ansätze ihrer Brüste. Sie war wirklich ein ausgesprochen hübsches, appetitliches Ding. Und würde ihm einen Haufen Probleme einbringen, wenn er sie nicht irgendwie loswurde.

Und er würde sie loswerden. Und das schnell.

Er steckte die Pistole zurück hinter den Gürtel. »Habt Ihr ein Haus oder eine Wohnung hier?«

Sie sah ihn an. »Das geht Euch nichts an.«

»Ihr steht unter meinem Schutz.«

Eine sanft geschwungene Augenbraue wurde hochgezogen. »Ich bin ein *Opfer* Eures Schutzes. Wie lange müssen wir noch hier bleiben?«

Er antwortete nicht, starrte sie nur an, und Willa spürte, wie eine Welle der Verlegenheit sie durchströmte. Seine Augen mochten so unergründlich und schwarz sein wie die Flüsse Carolinas um Mitternacht, doch sie bargen eine unbekannte, aufrührerische Kraft in sich, die wie ein Blitz aufzuckte. Jedes Mal, wenn er sie ansah, zuckte ihr Innerstes zusammen und ihr Herz machte einen Sprung. Beim Allmächtigen, er war ein gut aussehender Teufel. Ein Teufel. Welch treffende Beschreibung. Er hatte etwas Ungezähmtes an sich, wie es ihr noch nie bei einem Mann begegnet war – bei keinem Mann aus *ihren* Kreisen. Macht, das war es. Er erlangte Aufmerksamkeit allein durch seine beeindruckende Erscheinung, seine undurchdringliche Miene, seinen großen muskulösen Körper. Lässig mit einer Schulter gegen die Mauer gelehnt, wirkte er auf Willa wie eine große Sphinx, unbeeindruckt von der Situation, von ihr und von seiner Umgebung. Er starrte Willa einfach nur an. Als er mit einer raschen Bewegung des Kopfes das Haar zurückwarf, wurde eine lange sichelförmige Narbe an seinem Hals sichtbar. Und der goldene Ohrring, den er trug. Wie exotisch.

Womit verdient er sich wohl sein Brot, fragte Willa sich unvermittelt, gelangte jedoch schnell zu dem Schluss, dass es am besten wäre, es nicht zu wissen. In Anbetracht der Umstände ihrer Begegnung musste es eine risikoreiche Beschäftigung sein. Sie seufzte, wandte den Blick ab und starrte aus dem Fenster. Eine schöne Suppe hatte sie sich da eingebrockt. Genau das passende Ende für einen höchst unerfreulichen Tag, den sie bei zahllosen Schiffsausrüstern mit dem Versuch verbracht hatte, eine Überfahrt zu den Banda-Inseln zu bekommen. Doch kein Seemann, der seinen achtbaren Ruf zu verlieren hatte, wollte sie dorthin mitnehmen. Die meisten derjenigen, die sie gefragt hatte, hatten sich rundweg geweigert, überhaupt über dieses Ansinnen zu reden. Der letzte Ausrüster, bei dem sie vorstellig geworden war, hatte sogar die Frechheit besessen, ihr ins Gesicht zu lachen. Dieser verdammte Schuft! Sie hatte allein sein wollen und ihren Leibwächter Manav deswegen gegen seinen Protest zum Hotel zurückgeschickt. Sie war über den Markt geschlendert, als sie gesehen hatten, wie dieser schmierige kleine Mann Raiden hinterhergeschlichen war.

Manav wird sich schon Sorgen machen, dachte Willa und erhob sich ungeduldig. Sie wollte endlich von hier fort und machte ein paar Schritte auf die Tür zu. Draußen auf der Gasse begann die Stadt allmählich, sich auf die Nacht vorzubereiten. Ein kleiner Junge war damit beschäftigt, die Vielzahl von Lichtern anzuzünden, die in den schmalen Mauernischen aufgestellt waren. Sehnsüchtig folgte ihr Blick dem Kind, und ihr Herz zog sich schmerzvoll zusammen, als sie zusah, wie er von Fackel zu Fackel lief, um sie anzuzünden, damit ihr Licht die dunklen Straßen erhellte. Ob Mason ein Licht hatte, das ihn gegen die Dunkelheit beschützte? Ob Maura, seine Amme, wohl bei ihm war? Litt er Hunger oder fror er in dieser Nacht? Rief er laut nach ihr? Oh, diese Ungewissheit war es, was sie am stärksten quälte: dass er denken könnte, sie hätte ihn verlassen.

»Bleibt zurück.«

Sie wandte sich um, begegnete seinem Blick.

Raiden runzelte die Stirn und richtete sich auf, als er die Tränen in ihren Augen schimmern sah. »Mylady?«

»Nennt mich nicht so«, erwiderte sie gereizt und raffte ihren Rock, um zur Tür zu gehen. »Bei allen Heiligen, aber ich hasse es, das zu hören.«

Ehe sie noch zwei Schritte hatte machen können, war er bei ihr, packte sie am Arm und zwang sie, sich zu ihm umzudrehen.

»Wohin wollt Ihr?«

»Nach Hause. Für mich ist diese kleine Eskapade zu Ende, Sir.« Sie bog seine Finger zurück und riss sich von ihm los. »Gute Nacht.« Sie hatte sich kaum abgewandt, als eine schemenhafte Gestalt in der Tür auftauchte. Sie holte heftig Luft und wich erschreckt gegen Raiden zurück.

»Sahib?«

Es brauchte nur die Zeit eines Herzschlags, bis Raiden sich schützend vor Willa gestellt und sein Schwert gezogen hatte. Er hielt es dem Eindringling an die Kehle.

»Sahib Raiden, ich bin es.« Die Stimme des Mannes bebte.

Raidens Anspannung ließ nach. »Sanjeev?«

Ein junger Mann, kaum älter als achtzehn, betrat den Stall und blieb dann stehen. Er war wie ein Soldat gekleidet, doch seine staubbedeckte Uniform befand sich in einem erbärmlichen Zustand. Er trug zu viele Waffen, als dass Willa sich in seiner Gegenwart hätte wohlfühlen können, und so verharrte sie hinter Raiden, bis der den Burschen weiter hineinzog.

»Ein höchst tapferer Kampf, Sir.«

Raiden sah ihn finster an, während er die Waffe wegsteckte. »Und du hast es vorgezogen zuzusehen, statt Hilfe zu leisten?«

Sanjeev grinste. »Ihr hattet doch schon Hilfe.« Sein Blick glitt an Raiden vorbei zu der Frau, die sich hinter dessen Rücken versteckte.

Raiden wandte sich um und bedachte Willa mit einem eindringlichen Blick. Sie errötete vor Verlegenheit, und wenn es für Raiden noch eines Beweises bedurft hatte, dass Welten zwischen ihnen lagen, so hatte er ihn jetzt bekommen.

Willa holte tief Luft. Dieser Mann ist ganz entschieden zu frech, dachte sie, wenn er mich so ansieht, fühle ich mich ihm so … ausgeliefert. Er war grob und abschätzend und er … nein, sie wollte sich nicht vorstellen, was darüber hinaus er noch war. Sie strich ihr Kleid glatt und richtete ihr Haar, als immer weitere Männer an der Tür auftauchten. Ich habe noch nie so verwegen aussehende Männer gesehen, dachte Willa und ließ langsam den Arm sinken. Waren das Raidens Freunde oder seine Spießgesellen? Einmal mehr fragte sie sich, was er wohl schon alles getan hatte, um zu überleben – außer auf Soldaten einzuschlagen.

»Captain?« Tristan Dysart war vorgetreten und wies hinter Raiden.

Raiden wandte sich gerade in dem Augenblick um, als Willas Rockzipfel durch eine Tür auf der anderen Seite des Stalles verschwand. Er ging mit großen Schritten zur Tür und spähte die leere Gasse entlang, dann stieß er einen langen müden Seufzer aus und schüttelte den Kopf. Entweder ist diese Frau dumm oder völlig furchtlos, dachte er. Er deutete zur Gasse hinaus.

»Dysart, Vazeen, ihr kommt mit mir.« Die Männer sahen ihn überrascht an, fragten sich, welchen Beweggrund er haben könnte. »Euer Captain verdankt dieser kleinen Wildkatze sein Leben.« In ihren Blicken spiegelte sich Zweifel wider, aber Raiden konnte nicht fortgehen, ohne sich um ihr Wohlergehen zu kümmern. »Ihr anderen bringt euch für heute Nacht in Sicherheit. Die Briten sind damit beschäftigt, jeden Mann in den Kriegsdienst zu pressen, der noch seine zwei Beine hat. Falls Siraj-uddullah angreift, wird diese Stadt fallen. Und wir kämpfen für kein Land.«

2

Willa war noch ein gutes Stück weit von ihrem Hotel entfernt, als sie seine Stimme hinter sich hörte: »Bei allen Göttern, seid Ihr immer so ungehorsam?«

Sie holte tief Luft und wirbelte herum, in ihrer Hand blitzte ein Messer auf. Himmel, aber ein Mann seiner Größe sollte nicht das Recht haben, auf so leisen Sohlen daherzukommen. »Ja, ständig«, erwiderte sie gereizt, wobei ihr das Herz bis zum Hals klopfte. »Und mein größter Traum ist es, Euch so lange zu ärgern, bis Ihr aus meinem Leben verschwindet.« Sie machte eine rasche Bewegung mit dem Messer. »Geht jetzt.«

Raiden zog beim Anblick des kleinen Klappmessers spöttisch die Augenbraue hoch und gab sich völlig unbeeindruckt.

Willa reckte ihr Kinn noch höher. »Hättet Ihr Euch nicht so ausschließlich um meine … Kleidung gekümmert, dann …« Die Worte erstarben ihr auf den Lippen, als Raiden nahe an sie herantrat. Viel zu nah ragte seine hohe Gestalt vor ihr auf, hörte sie seine tiefe, raue Stimme.

»Soll das eine Einladung sein?« Blitzschnell wand er ihr das Messer aus der Hand und betrachtete es kritisch. Mit einer gewandten Handbewegung ließ er es zuschnappen.

»Gebt es mir zurück«, sagte Willa und zwang sich, nicht die Hand danach auszustrecken.

»Fordernd *und* ungehorsam? Ihr müsst der Nagel zu Eures Vaters Sarg sein.« Und unglaublich mutig, dachte er.

»Und ich werde auch der Eure sein, wenn Ihr mir mein Messer nicht zurückgebt.« Sie besaß es schon zu lange, um es jetzt herzugeben.

Sein Gesichtsausdruck verfinsterte sich. »Jetzt auch noch Drohungen, Willa?«

In ihren Augen flammte Zorn auf, und unfähig, der Herausforderung zu widerstehen, drückte Raiden ihr die blanke Klinge gegen die Brust. Sie stand stockstill und starrte ihm in die Augen, als er die Messerspitze langsam in das Tal zwischen ihren üppigen Brüsten gleiten ließ. In Raidens Kopf tauchte ein völlig anderes Bild auf, das sich vorzustellen er kein Recht hatte.

»Raiden«, stieß sie atemlos hervor, und ihm war, als verlöre er den Boden unter den Füßen, als er seinen Namen aus ihrem Munde hörte.

»Ihr braucht das jetzt nicht, Mylady.« Er drückte die Klinge leicht gegen ihre Haut und seine Fingerspitzen berührten sie dabei.

Seine Berührung schien wie ein geheimnisvolles Versprechen auf mehr zu sein. Willa griff nach seinem Handgelenk. »Ich bin durchaus in der Lage, auf mich aufzupassen.«

Wenn sie das glaubte, war sie eine Närrin. »Ich werde Euch sicher nach Hause bringen.« Er löste sich aus ihrem Griff und zog sich einen Schritt zurück. »Tut nichts Unüberlegtes.«

Willa sah ihn stumm an, gehorchte aber seiner Aufforderung, ihm voranzugehen. Sie spürte eher, dass er ihr folgte, als dass sie ihn sah oder hörte. Sie musste vermeiden, mit ihm gesehen zu werden. Als sie die Eingangstür ihres Hotels und die davor stehenden uniformierten Hoteldiener sehen konnte, fragte sie: »Warum besteht Ihr darauf, Eure Begleitung fortzusetzen? Ihr schuldet mir nichts.«

»Tue ich das nicht?«

Sein Tonfall klang seltsam, und Willa runzelte die Stirn, als sie sich nach ihm umschaute. Abrupt blieb sie stehen. Er war fort. Suchend glitt ihr Blick die schmale Gasse entlang. Kein Schatten, keine Bewegung. Nichts. Auf unerklärliche Weise fühlte sie sich plötzlich enttäuscht und schutzlos. Die wenigen Schritte bis zum Hotel legte sie fast im Laufschritt zurück.

Die Gefährlichkeit ihres Handelns wurde ihr erst richtig bewusst, als sie den Korridor erreichte, der zu ihren Zimmern führte. Sie atmete tief durch und lehnte sich Halt suchend gegen die Wand neben ihrer Zimmertür. Ihre Hand zitterte, als sie sie auf ihren Magen presste. Resigniert schloss sie die Augen. *Ich habe es geschafft, mich in eine üble Lage zu bringen*, dachte sie. Mindestens zehnmal hatte sie inzwischen ihren Spaziergang zum Markt bedauert. Und jetzt musste sie Manav und der schamhaften Rajani auch noch das Fehlen eines Reifrockes und eines halben Dutzends Unterröcke erklären! Ganz zu schweigen davon, welchen Skandal es geben könnte, wenn jemand erfuhr, wie sie die Sachen verloren hatte. Unbewusst öffnete sich ihr Mund, als Raidens Bild vor ihr auftauchte und sie die Hand auf die Brust legte, dort, wo sie noch seine Berührung zu spüren glaubte. Einen Augenblick lang wünschte Willa sich fast, er hätte ...

Ein leises Stöhnen war aus ihrem Zimmer zu hören. Willa runzelte besorgt die Stirn, während sie sich zur Tür wandte und nach der Klinke griff. Erst jetzt bemerkte sie, dass die Tür unverschlossen war.

Sie stieß sie auf und hielt den Atem an.

Ein unbeschreibliches Durcheinander erwartete sie: die Schubladen waren durchwühlt, ihre Reisetaschen ausgeleert und zerfetzt worden, ihre Kleider lagen verstreut auf dem Teppich.

»Manav? Rajani?«

Zögernd und vorsichtig ging Willa auf den geschnitzten Paravent neben der Tür zu. Sie erstarrte, als sie dahinter schaute. Ihr Leibwächter lag reglos am Boden.

»Manav!« Sie lief zu ihm und ließ sich auf die Knie. »O Manav!« Behutsam bettete sie seinen Kopf auf ihren Schoß und benutzte den Saum ihres Rockes, um ihm das Blut von der Schläfe zu tupfen. Er hatte eine tiefe Wunde, die von einem Haken oder etwas Ähnlichem herrühren musste. Willa rief Manav immer wieder beim Namen und tätschelte seine Wangen. Endlich bewegten sich seine Lider, und er schlug mühsam die Augen auf.

»Memsahib!« Sein Blick flog durch den Raum, ehe er Willa wieder ansah. »Ich fürchtete, Ihr ... wäret tot.« Er kämpfte um jedes Wort, und sein Atmen klang wie gurgelndes Keuchen.

»Mir ist nichts geschehen, Manav. Nein, beweg dich nicht«, sagte sie, als er sich aufrichten wollte. »Wer war das? Wo steckte

Rajani?« Willa schaute sich suchend um, dann rief sie laut um Hilfe.

Vor der Tür hörte sie Schritte und schaute auf, als Mr Romhi eintrat. Gleich hinter ihm tauchte Rajani auf.

»O Rajani, Gott sei Dank«, sagte Willa und hob abwehrend die Hand, als das Mädchen näher kommen wollte. »Nein, geh in dein Zimmer, bis es hier wieder sicher ist.« Es war besser, wenn das noch sehr kindliche Mädchen nicht zu sehen bekam, was geschehen war.

Rajani gehorchte, während der Hotelbesitzer in die Halle zurückkehrte, um seine Diener zu beauftragen, die britischen Behörden zu informieren. Jedes Mal, wenn er einen Befehl erteilte, klatschte er in die Hände. Nachdem er in das Zimmer zurückgekehrt war, goss er Wasser in eine Schale und suchte in dem herrschenden Durcheinander nach einem geeigneten Tuch.

Beim Anblick von Mr Romhi hob Manav seine zitternde Hand, legte sie um Willas Hinterkopf und zog sie näher. Trotz seiner Verletzung war sein Griff fest und entschlossen, doch seine Stimme klang schwach vor Verzweiflung. »Ihr ... wart es ... die sie gesucht haben, Memsahib.« Sein Atem streifte ihr Ohr. »Vertraut ... niemandem!«

Wie ein schützender Schild über ihn gebeugt, flüsterte sie: »Warum ich?«

Ehe er antworten konnte, wurde seine Hand schlaff und glitt zu Boden. Willa richtete sich auf und starrte erschrocken in sein dunkles, von der Sonne gebräuntes Gesicht. »Manav! Tu mir das nicht an! Manav!«

Der Hotelbesitzer kam zu ihr und kniete sich neben sie. In den Händen hielt er eine Schüssel und ein Tuch. Sie nahm es und säuberte damit Manavs Gesicht und Hals. Leise sagte sie dabei immer wieder seinen Namen.

»Memsahib?«

Sie schaute auf. Mr Romhi deutete auf Manav, und als Willa seinem Blick folgte, weiteten sich ihre Augen entsetzt. Unter Manavs Körper breitete sich langsam aber unaufhaltsam eine

Blutlache auf dem Holzboden aus. *Gott stehe ihm bei*, dachte sie und tastete suchend nach seinem Puls. Als sie keinen fand, schlang sie die Arme um den schmächtigen Mann. Mit einem langen Atemzug strömte das Leben aus ihm heraus. Sie wiegte Manav sanft in ihren Armen und nahm ihm den Turban ab, um ihm über das tiefschwarze Haar zu streichen. *Manav, du mein treuester und liebster Freund.* Er verdiente es nicht zu sterben, und schon gar nicht auf diese schreckliche Weise.

Mr Romhi streckte die Hand nach ihr aus. »Kommt weg von hier. Dies ist kein Ort für Euch.«

Sie zuckte unter seiner Berührung zusammen, ehe sie ihn ansah. »Manav hatte keine Familie, keinen, der um ihn trauert. Ich bleibe hier bei ihm. Lasst uns allein ... bitte.«

Romhi nickte und erhob sich. Er schickte das Dienstpersonal hinaus und schloss die Tür hinter sich. Willa bemerkte nicht, dass er einen Wachposten vor ihrer Tür aufstellte.

Von der Straße klang der Widerhall marschierender Soldaten zu ihr hinauf, als Willa ihrem Schmerz mit heißen Tränen und lautlosem Schluchzen freien Lauf ließ. Manav hatte an *Puner Janam* geglaubt, daran, dass der Tod seiner Seele den Neubeginn eines anderen Lebens brachte, und sie betete, dass er, sollte er wiedergeboren sein, an einem friedlicheren Ort als diesem Schauplatz des Entsetzens leben würde. Plötzlich wurde die Tür aufgestoßen. Willa schaute auf, als ein britischer Offizier hereinkam und mitten im Zimmer stehen blieb.

Er nahm Haltung an. »Captain Atcheson, Mylady.«

Das Abzeichen der *East India Company* prangte auf seiner Schulter, und sie fragte sich, wie er so rasch hatte hier sein können. »Hat Eure Mutter Euch nicht beigebracht, anzuklopfen, Captain?«

Er wurde rot und hielt den Blick starr geradeaus gerichtet. »Ich bitte um Entschuldigung, Mylady. Unter den gegebenen Umständen hielt ich es für das Beste, keine Zeit zu verschwenden.«

»Mein Leibwächter ist tot, Captain. Wie viel Zeit braucht Ihr, Eure Schlüsse daraus zu ziehen?« Willa wusste, dass sie ihren

Kummer an dem Offizier ausließ, aber sie konnte nichts dagegen tun. Dass dies geschehen konnte, war allein ihre Schuld, und sie spürte, wie ihr Leben außer Kontrolle geriet.

»Ich versichere Euch, dass ich diese Sache aufklären werde.« Abschätzend ließ er den Blick durch das Zimmer gleiten, registrierte die Unordnung, ehe er zu dem Toten hinüberschaute. Seine Augen flackerten unmerklich, doch er zeigte weder Mitleid noch Mitgefühl für den Hindu. Willa hätte ihn dafür ohrfeigen mögen.

Mr Romhi betrat das Zimmer und verneigte sich leicht vor dem englischen Offizier. Willa hasste es mit anzusehen, wie eingeschüchtert der Mann jetzt wirkte, der sonst immer so würdevoll auftrat. Verdammte englische Armee, dachte sie. Warum war ihnen das eigene Land nicht genug, warum mussten sie überall, wo sie hinkamen, die Menschen unterjochen?

Atcheson gab dreien seiner Männer ein Zeichen, und sie traten vor und stellten eine Bahre neben dem Leichnam ab. Willa setzte Manav den Turban wieder auf, strich ihm das Haar darunter und küsste ihn auf die Stirn, ehe sie sich aufrichtete und seinen Kopf sanft auf den Boden bettete. Als sie aufstand und zurücktrat, hinterließ ihr blutgetränktes Kleid eine Schleifspur auf dem Boden. Sie sah die Soldaten an, ihre Stimme klang kühl, als sie sagte: »Gehen Sie sanft mit ihm um.«

Die Männer nickten und folgten ihrer Bitte. Unverwandt hing Willas Blick an ihrem toten Leibwächter, bis die Soldaten ihn aus dem Zimmer getragen hatten. Die Hotelbediensteten waren damit beschäftigt, Willas Sachen aufzusammeln und Ordnung in ihren Räumen zu schaffen. Sie wandte sich ab und trat ans Fenster.

»Lady Eastwick?«

Willa zuckte bei dieser Anrede zusammen, ehe sie die Schultern straffte und sich die Tränen von den Wangen wischte. Willa Delaney Peachwood – Lady Eastwick. Welch eine Farce. Sie gehörte ebenso wenig zur englischen Aristokratie wie das Dienstmädchen, das ihr das Zimmer putzte. Willa war in Carolina geboren worden und dort aufgewachsen. Im Laufe der vergangenen Jahre hatte sie nach und nach gelernt, alles am Mutterland dieser amerikanischen Kolonie zu verabscheuen, ganz besonders jedoch die hochnäsige Gesellschaft, die solche Männer hervorbrachte wie zum Beispiel ihren Ehemann Alistar. Sie hatte aufgehört sich zu fragen, wie sie einen solchen Mann hatte heiraten können. Einen Mann, der allem und jedem mit Ignoranz begegnete, und den nichts weiter interessierte als der Profit, den er aus seinem Besitz ziehen konnte, und in welchem Ansehen er bei seinesgleichen stand. Denn sie wusste, warum sie seine Frau geworden war. Alistar war ein Peer und hatte Geld. So einfach war das. Und ihr Vater hatte Kapital gebraucht, um seine Schifffahrtsgesellschaft durch die harten Zeiten zu bringen, die in Carolina herrschten. Ihr Vater hatte sich geweigert – gesegnet sei seine aufrechte Seele –, mit Sklaven zu handeln, und hatte überdies wegen des bestehenden Monopols der *East India Company* im Gewürz- und Kaffeehandel große finanzielle Verluste erlitten. Ihre Heirat war nichts als ein profitabler Handel gewesen. Willa musste zugeben, dass Alistar ein kultivierter Mann war, attraktiv, gut gekleidet und mit tadellosen Manieren. Und dennoch trug er einen Charakterzug in sich, den sie niemals an ihm vermutet hatte. Bis zu dem Zeitpunkt, als ihr gemeinsamer Sohn fast drei Jahre alt gewesen war, hatte sie nicht geahnt, wie unbarmherzig Alistar sein konnte.

»Mylady?«

Sie wandte den Kopf und erwiderte den Blick des Captains. Falls er ihre Tränen bemerkte, war er höflich genug, kein Wort darüber zu verlieren.

»Ich möchte Euch bitten, mich in die Kaserne zu begleiten. Wir werden Euch dort angemessen unterbringen und Euch wirksam beschützen können.«

»Unter den Stadtbewohnern herrscht Unruhe, Captain, und sollte Siraj-ud-dulah die Stadt angreifen, wird die Niederlassung der *East India Company* sein erstes Ziel sein – deren Soldaten werden als Erste fallen.«

Der Offizier richtete sich beleidigt auf. »Wir werden diese Revolte niedergeschlagen, Mylady. Das versichere ich Euch.«

Sie winkte ab. Es war sinnlos, ihn oder einen der anderen Offiziellen davon überzeugen zu wollen, dass dieses Land die Heimat der Inder war, und dass Menschen, die ihre Heimat verteidigten, dies weitaus erfolgreicher taten als jene, die in Englands Auftrag handelten. »Habt Ihr gar keine Fragen zu dem, was geschehen ist? Oder an das Personal? An Mr Romhi?«

»Wir werden unser Möglichstes tun, um die Banditen zu finden, Eure Ladyschaft. Nichtsdestotrotz gilt unser erstes Bestreben Eurer Sicherheit.«

»Dann gebt mir eine Pistole.«

Er sah Willa an, als seien ihr Hörner und Flügel gewachsen, ehe er ein herablassendes Lächeln aufsetzte. »Meine liebe Dame, es ist ganz gewiss nicht Eure Aufgabe, Euch selbst zu verteidigen. Dazu sind wir doch hier, und seine Lordschaft würde es mir nie vergeben, wenn ich nicht persönlich Sorge dafür trüge.«

Sollte seine Lordschaft in dieser Angelegenheit etwas zu sagen haben, dann sähe er es am liebsten, dass sie von der Bildfläche verschwände, vermutete Willa.

»Ich stimme da voll und ganz mit dem Captain überein, Mylady.«

Willa schaute auf. Mr Barkmon, der Direktor *East India Company*, hatte das Zimmer betreten. Wie immer war er in makelloses Weiß gekleidet und trug eine gepuderte Perücke. Willa musste bei seinem Anblick immer an eine Stange Lauch denken – blass, mit einem Hauch Hellgrün –, die den dringenden Wunsch in ihr auslöste, sie zu schälen und zu kochen. Vor drei Tagen, beim Abendessen in seiner Residenz, war Barkmon ihr gegenüber freundlich, fast unterwürfig aufgetreten, und hatte sie an seiner Tafel zwischen einen Admiral und einen charmanten General gesetzt. Jetzt hingegen musterte er sie unverfroren dreist von Kopf bis Fuß. Sie kehrte ihm den Rücken zu.

»Habt Ihr Verbindung mit Lord Eastwick?«, fragte sie kühl. Sie streifte ihn mit einem Blick, den sie einer Herzogin abgeschaut hatte, die jeden, der nicht standesgemäß gewesen war, damit in seine Schranken gewiesen hatte. Willa hatte schnell gelernt, dass es einem Vorteilsverlust gleichkam, in einer kritischen Lage Freundlichkeit und Verletzbarkeit zu zeigen, ganz besonders gegenüber den Herren der *East India Company.* Und sie wollte nicht, dass man an ihre Loyalität für ihren Mann anzweifelte. Zurzeit war das ihr einziger Vorteil.

Die Männer tauschten einen Blick. »Nein, das habe ich nicht.« Der Direktor räusperte sich. »Aber ich habe gehört, dass er im Lande ist.«

Das war eine Lüge. Sie erkannte es an seinem gezwungenen Lächeln, seinem unsicheren Blick. Also standen auch sie unter Alistars Kontrolle.

»Wo seid Ihr gewesen, als sich dieser Vorfall ereignet hat?«

Raidens Bild tauchte in ihrem Bewusstsein auf, erfüllte es wie ein überfließendes Glas berauschenden Weines. Stark. Mächtig.

»Ich war auf dem Markt.«

»Ohne Begleitung? Um diese Zeit?« Sein aufmerksamer Blick glitt über ihren Rock, registrierte, dass er nicht den Fall hatte, den ein Reifrockgestell ihm üblicherweise verlieh.

Hocherhobenen Hauptes erwiderte Willa seinen Blick, und ihre Haltung warnte ihn davor, ein Wort darüber zu verlieren. »Ich hatte mich verlaufen.«

Einen Augenblick lang schien er über ihre Antwort nachzudenken. »Wer würde Eurem Leibwächter etwas antun wollen, Eure Ladyschaft?«

Eine beunruhigende Besorgnis beschlich Willa. Rückte sie mit der Wahrheit heraus, dass vermutlich Alistars Männer nach ihr suchten, könnten sie sie zwingen, sich in die Obhut der Engländer zu begeben, was jede Möglichkeit ausschließen würde, Mason zu finden. Log sie, würde sie sich nur in Widersprüche verwickeln. Im Lügen war sie noch nie besonders geschickt gewesen. Willa entschloss sich, sich an der Wahrheit entlang zu lavieren. »Fragt Euch lieber, wer *mir* etwas antun wollte, Sir. Denn es gab keinen Grund, Manav zu töten, außer eben dem, dadurch an mich heranzukommen.« Sie sah den Captain und den Direktor an, in ihrem Blick lagen Arglosigkeit und reine Unschuld. »Ich bin nur Lord Eastwicks Frau.«

Der Captain wirkte nachdenklich, dann ging er auf Willa zu, ergriff ihre Hand und tätschelte sie beruhigend. »Mylady, schon allein aus diesem Grund bitte ich Euch noch einmal zu erwägen, mit uns zu kommen. Oder vielleicht sogar nach Hause zurückzukehren?«

Willa entzog ihm ihre Hand. Sie würde nicht in das große, leere Haus zurückkehren, das die Krone ihr in Bengal zur Verfügung gestellt hatte. Nicht ohne ihren Sohn. »Ich brauche ein wenig Ruhe, wenigstens einen Tag lang«, erwiderte sie in gleichmütigem Tonfall. »Ich werde hier bleiben.«

Dass keiner der beiden Männer widersprach, bestärkte Willa in ihrer Vermutung.

»Der Captain wird Wachen vor Euren Zimmern aufstellen und eine Eskorte für Euch bereithalten. Wir können nur hoffen, dass Euch nicht das gleiche Schicksal ereilen wird wie Euren Diener.«

Ein Frösteln lief Willa den Rücken herunter, als sie sich fragte, ob diese Worte als Drohung gemeint gewesen waren. »Ich akzeptiere die Wachen während der Nacht, Captain. Und ich wünsche über alles informiert zu werden, was Eure Nachforschungen nach Manavs Mörder ergeben werden.«

»Es geht hier um einen simplen Einbruch«, erklärte Barkmon.

Sein Mangel an Betroffenheit ärgerte Willa. Mit großen Schritten ging sie zu dem kleinen Koffer, den sie unter den Frisiertisch geschoben hatte, und kniete sich vor ihn. Sie schlug den Deckel zurück, öffnete den doppelten Boden und nahm einen Samtbeutel heraus, dessen Inhalt sie in ihre Hand leerte. »Das hier ist wohl kaum simpel zu nennen.«

Juwelen funkelten in ihrer Hand, Halsketten, Ohrringe und Armbänder aus Brillanten, Saphiren und blutroten Rubinen. Es machte Willa krank, wenn sie sich daran erinnerte, dass Alistar ihr den Schmuck immer dann gegeben hatte, nachdem er in ihrem Bett gewesen war. Als hätte er dafür bezahlen müssen, mit ihr zu schlafen. Wie mit einer Hure. Sie hatte es getan, weil es ihre Pflicht gewesen war, und aus Einsamkeit und dem überwältigenden Wunsch nach einem Kind. Es war eine Schande, dass Alistar sein Kind nicht ebenso sehr liebte wie diesen Zierrat, mit dem er sie so großzügig bedacht hatte. Sie stopfte den Schmuck in den Beutel zurück und ließ ihn in eine Schublade des Frisiertisches fallen.

Sie sah nicht, dass Atcheson und Barkmon einen Blick wechselten.

Vertraut niemandem. Außer ihrem Vater war Manav der einzige Mensch gewesen, dem sie in den vergangenen Monaten vertraut hatte. Und ohne den Hindu fühlte sie sich jetzt allein und gejagt.

Konnte wirklich Alistar dahinter stecken? Nein, dachte sie, Alistar hätte jemanden geschickt, der ihren Leibwächter durch Schläge dazu gebracht hätte, zu enthüllen, was sie wusste, und ihren Aufenthaltsort zu verraten, denn ihr Mann verabscheute es, seine Kleidung zu beschmutzen, ganz zu schweigen davon, seine Hände mit dem Blut eines anderen Menschen zu beflecken. Plötzlich war sie froh darüber, Raiden begegnet zu sein, denn sonst hätte Manavs Mörder sie ohne jeden Zweifel entführt oder angegriffen. Dass Manav nichts von ihrer Anwesenheit verraten hatte, davon war Willa zutiefst überzeugt. Doch sein gewaltsamer Tod ließ darauf schließen, dass Alistar entweder in der Nähe und über jeden ihrer Schritte informiert war, oder dass er zumindest den Befehl für diese Tat gegeben hatte. Sollte er jedoch nichts damit zu tun haben, dann würde sie ein weiteres Fadengewirr entwirren müssen.

Willa schob die Lade des Frisiertisches zu und musterte Barkmon verstohlen. Klein von Wuchs und um die Leibesmitte gut gerundet, hatte er das Aussehen eines wohl genährten Provinzstatthalters, der keine Notiz von den Menschen nahm, deren Leben er beeinflusste. Sie hatte sich bereits seit einer Woche in der Stadt aufgehalten, als er ihr einen Besuch abgestattet und sie mit sanftem Vorwurf dafür getadelt hatte, ihm nicht ihre Aufwartung gemacht zu haben. Sie, als Frau eines Peers. Ha! Der Mann suchte nach einem Weg, Vorteile aus ihrer Bekanntschaft zu schlagen, und da Alistar von der Krone ausgeschickt worden war, die Schiffe, die Besitzungen und die Geschäfte der East India Company zu überprüfen, würde Barkmon Willa – wenn er es für erforderlich hielt – als gemästete, gebratene Taube auf einem Tablett servieren.

Sie konnte nicht enthüllen, warum sie hier war, und sie vermutete, dass diese Männer nur wenig darüber wussten – wenn überhaupt. Alistar hatte seine privaten Angelegenheiten keiner Menschenseele anvertraut, andererseits wollte er über jeden Schritt Willas informiert sein. Er war ihr Ehemann. Es war sein Recht. Er musste nah genug sein, um eine Nachricht entweder zu erhalten oder eine zu senden. Ob Mason bei ihm ist?, fragte sie sich und ihr Herz klopfte schneller. Ob sie noch in der Stadt waren? Sie musste nachdenken und Pläne machen.

»Bitte lasst mich allein. Mr Romhi wird sich um alles kümmern, was ich brauche. Er hat das bisher mit großer Umsicht getan.«

Mr Romhi, der hinter den beiden Engländern stand, lächelte Willa an.

Atcheson warf ihnen einen überheblichen Blick zu. »Tatsächlich? Mit solcher Umsicht, dass jemand in Eure Räume eindringen konnte?«

Willa trat an das Fenster und zog das Seil hoch, dessen Ende an einem Greifhaken befestigt war. Doch als sie den Eisenhaken genauer in Augenschein nahm, sah sie, dass er blutbefleckt war. Sie ließ ihn sofort los, als sie begriff, dass Manav damit getötet worden sein könnte.

Captain Atcheson runzelte die Stirn und schnippte mit den Fingern. Die Soldaten, die auf dem Korridor gewartet hatten, traten ein. »Bezieht Posten an den Hinterausgängen und unter Lady Eastwicks Fenstern.«

Willa stimmte dem Befehl mit einem Kopfnicken zu, doch bevor die Soldaten gingen, rief sie ihnen nach: »Aber nicht vor meinen Zimmern. Ich möchte nicht, dass die anderen Gäste sich beunruhigen.« Sie ging mit energischen Schritten auf die offene Tür zu. Dienstmädchen gingen mit Willas Sachen ein und aus, eines trug einen Eimer und Tücher herbei, um das Blut aufzuwischen. Willa konnte sich nicht überwinden, auf die Stelle zu schauen, an der Manav seinen letzten Atemzug getan hatte. Sie konnte es nicht, bewahrte aber Fassung. »Nun, Gentlemen, wenn das alles ist?«

Die Männer nahmen Haltung an und wünschten ihr einen guten Abend, ehe sie das Zimmer verließen. Mr Romhi blieb. »Euer Gepäck wird in ein anderes Zimmer gebracht, Memsahib. Es hat den Blick auf die Straße und einen separaten Eingang.«

Sie tauschten ein Lächeln, und Willa bedankte sich mit leiser Stimme bei ihm. »Ich werde für alle Kosten aufkommen, die für Manavs Bestattung nötig sein werden. Würdet Ihr Euch um die Vorbereitungen kümmern?«

Er verneigte sich zustimmend und bot Willa dann an, ihr seine Wäscherin zu schicken, damit diese ihr das Kleid säubern könnte. Willa schaute auf ihren blutbefleckten Rock herunter, und ihr Herz zog sich zusammen. Sie schüttelte stumm den Kopf und Mr Romhi ließ sie mit Rajani allein. Willa ging durch ihre Zimmer, um selbst auch wieder Ordnung zu schaffen.

Wenn Alistar in diese Sache verwickelt war und es fertig brachte, einen unschuldigen Mann zu erschlagen, was würde er dann ihr antun ... oder ihrem Sohn? Wusste er nicht, dass sie seinen Freunden, seinem Vater berichten würde, was er getan hatte? Sie seufzte leise. Man würde ihr nicht glauben. Fünf Jahre lang hatte sie alles getan, um von der Gesellschaft akzeptiert zu werden, doch ihr fehlte der richtige Hintergrund, der Stammbaum, der in Büchern niedergeschrieben war und der Könige aufwies. Für diese Leute war Willa irgendeine Frau nicht standesgemäßer Herkunft und zudem noch aus den Kolonien. Man tuschelte hinter vorgehaltener Hand darüber, dass Alistar ein Narr gewesen war, sie zu heiraten. Willa selbst war recht stolz auf ihre Heimat Carolina, doch betrachtete man im Mutterland die Kolonisten noch immer als Englands Bastarde. Es hieß, die Krone beabsichtige, einen offensiven Schlag gegen die Kolonien zu führen oder sie dafür zu bestrafen, dass sie aus der Beziehung zum Mutterland Profit zogen.

Niedergeschlagen verstaute Willa die letzten Habseligkeiten

in ihren Koffern, und zwei Stunden später hatte sie sich in ihren neuen Räumen eingerichtet, hatte gebadet und fühlte sich schläfrig nach dem Essen. In ihrem Nachtmantel saß sie auf dem Fenstersims und hielt die Papiere in der Hand, die zu bekommen sie ihr Leben riskiert hatte. Ihr Mann würde es verhindern, dass irgendjemand seine Untaten entdeckte, und er würde dafür sorgen, dass sie niemals nach England zurückkehren würde, das begriff Willa jetzt. Was würde Masons Leben dann noch wert sein? Sie bekreuzigte sich und senkte den Kopf, um für das Leben ihres Sohnes zu beten. Sie betete zu jedem Gott, der sie hörte und dafür Sorge tragen würde, dass ihrem Sohn nichts geschah.

Verborgen im tiefen Schatten stand Raiden auf der dem Hotel gegenüberliegenden Straßenseite und starrte zu dem Fenster hinauf, an dem Willa saß und ihre nutzlosen Gebete sprach. Der Mord an ihrem Leibwächter hatte eine Flut lebhafter Spekulationen ausgelöst, und er wollte nicht weiter darüber nachdenken, wie er sich gefühlt hatte, als er, bei einem Krug *sarai* sitzend, davon gehört hatte. Obwohl er gewartet hatte, bis sie im Hotel verschwunden war, hatte er, als die Neuigkeit die Runde gemacht hatte, einen Augenblick lang gedacht, dass sie dem Tod begegnet war, nachdem sie ihm das Leben gerettet hatte.

Und zum ersten Mal seit mehr als zehn Jahren hatte ihm das Herz wehgetan.

Gott im Himmel, wenn er auch sie im Stich gelassen hatte, und sie deswegen ... Raiden schluckte mühsam und sah zu ihr hinauf. Er spürte die Traurigkeit, die von ihr ausging, als trüge er sie unter seiner Haut. Er wollte es nicht, er wollte keine Verbundenheit mit ihr empfinden, doch als sie den Kopf in den Nacken legte und sich der Wind in ihrem Haar fing, das ihr über die Schulter floss, empfand er fast so etwas wie Ehrfurcht vor ihrem Bild. Im Gegenlicht des Zimmers war sie kaum mehr als eine Silhouette, deren Körperumriss sich unter dem dünnen weißen Batist abzeichnete, deren Haut dort in sanftem Perlmutt schimmerte, wo ihr der Nachtmantel von der Schulter geglitten war und der weiche Stoff sich um ihren Busen schmiegte. In seinem Bewusstsein brannte der Ausdruck in ihren grünen Augen, das Schimmern des smaragdenen Feuers darin, als er ihr das Messer zwischen die Brüste gehalten hatte. Raiden schluckte hart, verdrängte die Bilder, die er nicht sehen wollte – Bilder von ihr, nackt und schamlos, ihn lockend, wenn er doch wusste, dass sie niemals nach einem Mann wie ihm verlangen würde.

Plötzlich wandte sie ihm den Kopf zu, und obwohl er ihr Gesicht kaum erkennen konnte, spürte er, dass sie die Stirn runzelte, wie sich ihr Blick auf ihn richtete und dann suchend über die menschenleere Straße hinwegglitt.

Er ballte die Hände, um dem Verlangen zu widerstehen, in das Licht zu treten.

Musste sie denn so verdammt schön sein? Musste sie ihn mit jeder Geste peinigen, ein Feuer in ihm entfachen wie keine andere vor ihr? Sie war unerreichbar für ihn, jenseits der schmutzigen Welt, in der er lebte, weiter entfernt als nur die paar Schritte, die sie jetzt voneinander trennten.

Als sie sich erhob und ihren Platz verließ, wandte Raiden sich ab und gab Dysart und Vazeen ein Zeichen. Die beiden Männer tauchten aus dunklen Hauseingängen auf, und ihre Gestalten verschmolzen mit den nachtschwarzen Straßen Kalkuttas.

»Das ist aber eine ganz besondere Wildkatze dort auf der Fensterbank gewesen.« Dysart sah ihn an.

Raiden hörte das Lächeln in Tristans Stimme. »Sie ist auch nur eine Frau.«

»Aber eine sehr hübsche, Sahib«, warf Vazeen ein.

Raiden bedachte ihn mit einem gequälten Blick. »Vorsicht, Bürschchen, du bist mir etwas zu begeistert.«

Vazeen grinste, seine strahlend weißen Zähne hoben sich hell von seinem dunklen Gesicht ab. »Wenn es mir eine Einladung in ihr Bett einbringen würde, dann würde ich für sie auf den Händen laufen.«

Raidens Finger krampften sich um den Griff seines Säbels, bis er daran dachte, dass Vazeen in einem Alter war, in dem jede

Frau, auf die sein Auge fiel, die Hoffnung auf ein Liebesabenteuer bedeutete.

»Barkmon war bei ihr«, sagte Tristan.

Raiden sah den Freund an, dessen gewählte Ausdrucksweise und kultiviertes Auftreten seine abgerissene Erscheinung Lügen straften.

»Sie könnte uns nützlich sein –«

»Nein«, schnitt Raiden ihm das Wort ab.

»Aber wenn sie ihren Tee mit Barkmon trinkt, kann sie vielleicht an Informationen herankommen.«

»Frauen werden außen vor gelassen. Und ganz besonders diese. Außerdem sind die Engländer bereits hinter ihr her.« Raiden ging die Frage durch den Kopf, wer diese Frau war, dass sie die Aufmerksamkeit des Direktors der *East India Company* verdiente und was sie, verdammt noch mal, mutterseelenallein in Indien wollte? Er dachte darüber nach, es herauszufinden, beschloss dann aber, dass es das Beste wäre, ihre Verbindung dort zu belassen, wo sie hingehörte: vor eine Türschwelle, die er nicht überschreiten konnte.

3

Willa wandte sich um und warf den englischen Soldaten, die ein Stück von ihr entfernt beisammen standen und sich ungeniert unterhielten, einen wütenden Blick zu. Erst jetzt unterbrachen die Männer ihr Gespräch. Die vier rot uniformierten Soldaten hatten sich seit der vergangenen Nacht in Willas Nähe aufgehalten, um sie zu beschützen, und ihre Anwesenheit hatte Willas Geduld auf eine harte Probe gestellt. Sie musste sich dringend einen Plan einfallen lassen, um ihre Bewacher loszuwerden.

Willas Blick streifte Rajani, die links von ihr stand und unter ihrem Gesichtsschleier leise vor sich hin weinte, ehe sie ihre Aufmerksamkeit wieder auf den Scheiterhaufen aus ölgetränktem Holz richtete. Auf diesem Scheiterhaufen lag der Leichnam Manavs. Man hatte Manav seine besten Gewänder angelegt, sein dunkles Haar war unter einem goldenen Turban verborgen. Eine Träne lief Willa über die Wange, als sie ihrem treuen Diener ein letztes Lebewohl zuflüsterte. Sie atmete tief durch, als ein Verwandter Manavs – ein entfernter Cousin, wie Willa erfahren hatte – vortrat und das Leichentuch über Manav deckte. Dann hielt er eine brennende Fackel an den Scheiterhaufen.

Das Feuer griff rasch um sich und verschlang Manavs irdischen Körper. Willa stellte sich vor, dass sein Geist mit dem aufsteigenden Rauch des Sandelholzes davonflog und bis zum Himmel hinaufstieg. Sie verharrte schweigend und zollte ihm so ihren Dank für seinen Mut und die Rettung ihres Lebens. Denn ohne sein Opfer würde sie jetzt nicht mehr die Chance haben, ihren Sohn zu finden.

Als hinter ihr lauter Hufschlag erklang, versteifte sich Willa, doch sie schaute sich nicht um. Sie hob die Arme vor die Brust und legte die Handflächen aneinander, ehe sie sich leicht verneigte, um dem toten Freund den Respekt zu erweisen, den er verdiente. Erst dann wandte sie sich vom Scheiterhaufen ab, um zu ihrer Kutsche zu gehen. Captain Atcheson kam herangeritten und sprang aus dem Sattel. Rajani ging rasch an ihm vorbei.

»Ein unerwarteter Besuch, Captain.« Willa blieb nicht stehen, um ihn zu begrüßen. Ihr missfiel der lüsterne Blick, mit dem er dem jungen Mädchen nachsah. »Habt Ihr keine Unruhen niederzuschlagen? Oder Männer zum Marinedienst zu pressen?«

Atcheson sah sie amüsiert an. »Der Direktor wünscht, dass Ihr ihm beim Mittagessen Gesellschaft leistet.«

Willa fasste nach dem Griff der Kutschentür und sah den Captain über die Schulter an. Sie hatte ihrer Pflicht bereits vor vier Tagen zur Genüge getan, als sie mit Barkmon zu Abend gegessen hatte. Das reichte völlig. »Bestellt Mr Barkmon, dass ich nicht werde kommen können.«

»Der Direktor besteht darauf.«

Ihre Miene spannte sich an. »Tut er das?« Willa stieg in die Kutsche, und der Lakai schloss die Tür.

Atcheson schaute durch das Fenster. »Mylady, ich soll Euch zu ihm bringen und –.«

»Ihr habt mir seinen Wunsch unmissverständlich übermittelt, Captain.« Willa hatte neben Rajani Platz genommen und wandte den Kopf, um Atcheson anzusehen. »Richtet Mr Barkmon aus, dass es ihm nicht ansteht, mich wie eine Leibeigene zu sich zu befehlen. Seine dürftigen Manieren mögen vielleicht denen entsprechen, die bei der *Company* üblich sind, aber meiner Aufmerksamkeit sind sie jedenfalls nicht wert.« Sie klopfte an das Dach, damit der Kutscher losfuhr. »Übrigens ebenso wenig wie die Euren.«

Die Kutsche machte einen Satz nach vorn und die vier Soldaten beeilten sich, ihr zu folgen. Sie ließen Captain Atcheson neben dem Scheiterhaufen zurück, auf dem Manavs Leiche zu Asche verbrannte.

»Mich herumzukommandieren – der traut sich was«, stieß Willa hervor, während sie sich wütend die Handschuhe auszog.

Rajani spähte aus dem Fenster. »Er sieht sehr unglücklich aus, Memsahib.«

»Der Captain geht mich nichts an, und du solltest es ebenso halten.« Willa massierte sich die Stirn, hinter der ein dumpfer Kopfschmerz brütete. »Und ich hätte nicht übel Lust, diesem Barkmon in sein feistes blasses Gesicht zu schlagen.«

Rajani keuchte entsetzt. »Dafür würde er Euch bestrafen.«

Willa ließ die Hand sinken und schaute das junge, unerfahrene Mädchen an. »Das würde er nicht wagen.« Sie war die Frau eines Peers und ungeachtet seiner Macht würde Barkmon das respektieren müssen. Doch Rajanis Bemerkung erinnerte Willa daran, dass sie für den Schutz des Mädchens Sorge tragen musste. Sie würde veranlassen, dass Rajani zu ihrer Familie zurückkehrte, damit sie in Sicherheit war, sollte es Barkmon einfallen, seine Befugnisse zu überschreiten.

Es war schon lästig genug, dass ihr die vier Soldaten auf Schritt und Tritt folgten und Willa allein durch ihre Anwesenheit immer wieder an ihre missliche Lage erinnerten. Wie sollte sie an Informationen über Alistars Aufenthaltsort herankommen, wenn die Männer sie keine Minute aus den Augen ließen? Und dann diese Kutsche – um Himmels willen! Sie fiel überall auf und wirkte in den engen Gassen geradezu lächerlich. Barkmon hatte sie ihr zur Verfügung gestellt, und natürlich prangte das Wappen der *British East India Company* unübersehbar auf der schwarzen, auf Hochglanz polierten Tür. Die Kutsche abzulehnen hätte zu viele Fragen verursachen können, auf die Willa keine Antwort hätte geben wollen. Doch es war nicht von der Hand zu weisen, dass niemand mit ihr sprechen würde, solange sie in diesem monströsen Gefährt durch die Gegend kutschiert wurde. Schon zweimal war die Kutsche mit faulem Obst beworfen worden. Willa sehnte sich nach der Bewegungsfreiheit, die ein Pferd ihr geben würde. Ach, Unsinn, sie würde sich sogar mit einem Elefanten oder einem Kamel zufrieden geben, um zu vermeiden, in diesen rollenden Sarg eingesperrt zu sein.

Dieses Bild löste eine Welle von Schuldbewusstsein in Willa aus, und sie schloss die Augen. *Ihr wart es, die sie gesucht haben,*

Memsahib, hatte Manav gesagt. Um sie zu entführen? Sie zu verletzen? Aber zu welchem Zweck? Denn niemand außer Manav und der furchtsamen englischen Zofe, die sie nach Hause zurückgeschickt hatte, wusste, dass Willa nach Mason suchte. Nicht einmal Rajani hatte sie eingeweiht. Und sollte wirklich sie das Ziel sein, so gab es unzählige Möglichkeiten, ihrer habhaft zu werden. Manav könnte noch leben, wenn sie nicht ihr Haus in Bengalen verlassen hätte und nach Kalkutta gekommen wäre; wenn sie nicht darauf bestanden hätte, auf eigene Faust nach Mason zu suchen; wenn ihr Mann ihr nicht den Sohn weggenommen hätte ... Zur Hölle mit diesem Kerl, dachte Willa und trat wütend gegen den gegenüberliegenden Sitz. Der Ton, der zu hören war, klang hohl. Willa sah Rajani mutwillig an, ehe sie sich auf die Knie gleiten ließ und das Polster des Sitzes zur Seite schob.

»Nun schau einer an. Sehr klug von den Engländern, auf alles vorbereitet zu sein.« Ohne zu zögern nahm Willa die Pistole und das Pulverhorn heraus und kramte zwischen den Decken, Fächern, Schirmen herum. Du guter Gott, sogar ein Teeservice fand sich an. Eine kleine silberne Flasche fiel ihr ins Auge. Sie nahm sie, öffnete deren Verschluss und schlug den Schleier ihres Hutes zurück.

Rajanis Blick ging zwischen der Pistole und der kleinen Flasche hin und her.

»Manav, vergib mir.« Willa hob zuprostend das Fläschchen, als sie einen Schluck daraus trank. Wie flüssiges Feuer lief ihr der Schluck durch die Kehle und vertrieb die Kälte, die sie in sich gespürt hatte.

»Memsahib!«, flüsterte Rajani schockiert.

Willa leckte sich die Lippen und bot dem Mädchen die Flasche an. »Möchtest du auch etwas trinken?«

Rajani schüttelte den Kopf, ein verschämtes Lächeln lag auf ihrem Gesicht.

»Französischer Brandy, und dazu noch ein sehr guter, wie ich hinzufügen möchte«, sagte Willa und stärkte sich mit einem weiteren großen Schluck, ehe sie sich wieder hinsetzte. Sie drückte

Rajani die Flasche in die Hand, um die Pistole in Augenschein zu nehmen, auf deren Griff das Wappen der *East India Company* eingelassen war. Sie stieß einen angewiderten Laut aus, legte die Waffe zur Seite, und ließ sich von Rajani die Flasche zurückgeben.

Als die Kutsche die Stadt erreichte, verlangsamte sie ihre Fahrt. In den Straßen herrschte lebhaftes Treiben. Die Leute gingen ihren Geschäften nach, kauften ein. Über allem lag eine bedrückende Hitze. Willa ließ den Blick über die Menge schweifen, bis er an einer hochgewachsenen Gestalt hängen blieb, die vor einem der Geschäfte stand.

Willa zog die Brauen zusammen und rutschte eilig näher an das Fenster. Die Größe des Mannes und seine auffallend breiten Schultern fesselten ihre Aufmerksamkeit. Indische Männer waren selten von so imposanter Statur. Sein Haar wurde von einem sandfarbenen Turban verdeckt, dessen Ende er sich als Schutz gegen den Staub vor den Mund gelegt hatte. Er trug eine schlammbraune Tunika mit einer Knopfleiste von der Taille bis hoch zum Hals und Seitenschlitzen, darunter eine eng sitzende braune Hose. Er stand im Schatten der aufgespannten Markise und unterhielt sich mit dem Ladeninhaber. Hin und wieder funkelten im Sonnenlicht die Goldketten auf, die seinen Hals und seine Brust schmückten, als er Münzen in die ausgestreckte Hand des Händlers zählte. Am Straßenrand beluden einige Männer einen Karren mit Körben und Kisten. Als einer der Männer laut etwas auf Hindi rief, hielt der hochgewachsene Mann in seiner Bewegung inne und schaute auf. Willa spürte seinen prüfenden Blick fast körperlich, als die Kutsche im Schritttempo an ihm vorüberfuhr. Auch einer der Männer sah in ihre Richtung. Sie zog sich rasch zurück und runzelte die Stirn. Nein. Es musste ein Trugschluss sein.

»Was ist denn da draußen?« Rajani wollte hinausschauen, aber Willa hinderte sie daran.

Die Kutsche hielt an, um Fußgänger über die Straße zu lassen, und Willa wagte einen Blick zurück. Der Mann bahnte sich seinen Weg um Körbe und Fässer herum und kam durch das grelle

Sonnenlicht auf die Kutsche zu. Die Kutsche fuhr wieder an, und der Ruck warf Willa unsanft auf ihren Sitz zurück.

Es kann nicht Raiden gewesen sein, dachte sie und lehnte Rajanis Hilfe ab, als sie sich in ihren schweren Röcken abmühte, sich wieder aufzurichten. Willa drehte sich um und versuchte, durch das kleine Fenster hinter sich zu schauen, doch die berittenen Soldaten, die ihr folgten, versperrten die Sicht. Sie ließ sich in das Lederpolster sinken und fächelte sich Luft zu. Warum, so fragte sie sich, schlägt mein Herz schneller, wenn ich nur an ihn denke?

Sie öffnete die kleine Silberflasche und trank hastig daraus. Denn sie wusste genau, warum. Sie wusste es mit schmerzlicher Klarheit.

»Du hast sie angestarrt, wie du einst als Junge ein Tablett mit Essen angesehen hast.«

Raiden sah der Kutsche nach, als Tristan hinter ihn trat. »Diesen Jungen gibt es nicht mehr, und der Mann hat kein Verlangen mehr danach.« Und doch war es so, wie es in seiner Jugend gewesen war und wie es immer für ihn sein würde: Die verführerischsten Leckerbissen blieben unerreichbar für ihn.

»Vergiss die Lady. Sie wird zu gut bewacht; außerdem hast du es bereits abgelehnt, sie für unsere Zwecke einzuspannen.«

Raiden sah den Freund an. »Sie kennt meinen Namen.« Tristan unterdrückte einen derben Fluch, und Raiden zog in gespieltem Entsetzen die Augenbrauen hoch. »Ihr flucht, Master Dysart? Ich bin schockiert.«

»Bei allem was heilig ist – aber welcher Teufel hat dich geritten, ihr deinen Namen … ach, vergiss es. Ich habe die Lady ja auch gesehen.« Tristans Miene wurde säuerlich. »Ich kann mir schon denken, welcher Teil deiner Anatomie dich dazu getrieben hat.«

Raiden runzelte die Stirn und schaute noch einmal zur Kutsche hinüber, als diese um die Ecke verschwand. Offensichtlich war Willa auf dem Weg zum Hotel, dem besten weit und breit, und dennoch hatte diese teure Festung ihren Diener nicht beschützen können. Wie konnte *sie* dann dort sicher sein? In was für Geschäfte war sie verwickelt, um einen solch schlimmen Überfall heraufzubeschwören? Hatte dieser Anschlag überhaupt ihr gegolten oder war es die Vergeltung für etwas gewesen, was sie oder jemand anderer getan hatte? Sie in der Kutsche der *Company* sitzen zu sehen, löste eine Flut von Mutmaßungen in Raiden aus, denn der Wagen gehörte Barkmon höchstpersönlich. War sie seine Geliebte? Raiden wusste, wie Barkmons Frau aussah, die ebenso rundlich war wie ihr Ehemann. Sie war keine Konkurrenz für Willa.

»Kennst du ihren Familiennamen?«

Raiden schüttelte den Kopf.

»Ich könnte es leicht in Erfahrung bringen.«

»Vazeen hat es bereits versucht«, sagte Raiden. »Offensichtlich halten die Diener im Hotel große Stücke auf sie, denn sie haben nichts über sie verraten, was zu gebrauchen wäre.«

»Was haben sie gesagt?«

»Dass sie allein angekommen ist – bis auf ihre Diener. Eine englische Zofe hat sie gleich fortgeschickt und sie durch ein indisches Mädchen ersetzt. Und der Diener ist, wie wir wissen, tot.«

Tristan kniff die blauen Augen zusammen. »Könnte dieser Überfall ihr gegolten haben?«

»In Anbetracht ihrer scharfen Zunge wäre das keine Überraschung.« Raiden hatte sich kaum wieder dem Ladenbesitzer zugewandt, als ein Reiter die Straße heruntergaloppiert kam. Die Menschen stoben vor ihm zur Seite, hinter ihm wirbelte eine Staubwolke auf. Raiden sprang zurück, als der Mann vorbeipreschte. »Das ist Atcheson«, sagte er und schaute dem Captain nach, dessen Ziel ganz offensichtlich das Hauptquartier der *East India Company* war.

Ein Glas zersprang klirrend hinter Raiden an der Wand, und Inhalt und Scherben verteilten sich über seine Schultern. Gleichmütig klopfte er sich die Glassplitter von den Kleidern, während er seine Männer aufforderte, sich aus der Schlägerei herauszuhalten, die jeden Augenblick im *Red Raven Inn* zu entbrennen drohte.

»Das geht uns nichts an«, ermahnte er sie und lehnte sich entspannt auf seinem Stuhl zurück, das eine Bein lässig über dessen Armlehne gelegt, während er an seinem *kallu* nippte und sich wünschte, es wäre Madeira. Er steckte sich eine Dattel in den Mund, während sein Blick zu Vazeen glitt, auf dessen Schoß ein Mädchen von höchstens sechzehn Jahren saß. Er vermutete, dass sie Engländerin war, denn in dieser Taverne verkehrten – bis auf die Bessergestellten – Männer jeder Nationalität und jeden Standes: portugiesische Kaufleute, Mongolen, englische und spanische Seeleute. Einige wenige Holländer. Doch ebenso wie die Einheimischen setzten die Soldaten der *East India Company* keinen Fuß in dieses Etablissement. Man begab sich nicht wissentlich in die Höhle des Löwen und forderte es heraus, von räuberischen Lebewesen auseinander genommen zu werden.

Die Spelunke war gut besucht. Überwiegend waren es Raidens Männer, die eifrig dem Alkohol zusprachen und mit den Dirnen schäkerten, die bei ihnen herumlungerten und ihnen für einen Penny ihre Dienste anboten. Raiden hatte erwogen, sich die Zeit mit einer üppigen Rothaarigen zu vertreiben, die sich gerade mit einem Mongolen unterhielt. Doch er hatte diese Absicht wieder fallen lassen und fortgeschaut, wohlwissend, warum er auf dieses Vergnügen verzichtete.

Er leerte seinen Becher und rief nach mehr *kallu*.

Das Mädchen saß jetzt rittlings auf Vazeens Schoß und hatte ihre Hand in dessen Hose geschoben.

Raiden warf eine Münze auf den Tisch, und Vazeen drehte sich zu ihm um. Sein Blick war verhangen. »Treibt es anderswo«, knurrte Raiden, und sein Blick aus schmalen Augen machte Vazeen klar, dass es Dinge gab, die nicht einmal er tolerieren würde. »Und trag das da nicht so offen herum.« Raiden wies auf die gestohlenen britischen Waffen, die der junge Mann stolz zur Schau trug. »Oder willst du aller Welt verkünden, wer wir sind?«

Der Bursche sah Raiden begriffsstutzig an, doch dann nahm er die Münze vom Tisch, schob das Mädchen von seinem Schoß herunter und zog es mit sich zu einem der Hinterzimmer. Die beiden hatten den Raum kaum erreicht, als Vazeen das Mädchen auch schon hochhob, gegen die Wand drängte und es in heftigen rhythmischen Stößen nahm. Mit einem Fluch wandte Raiden den Blick ab und richtete sich auf, als er Tristan auf sich zukommen sah, der einen kleinen dicken Mann an seinen Tisch führte.

»Dieser ehrenwerte Gentleman ist bereit, sich uns anzuschließen.«

Raidens Blick streifte die Pistole, die sein Quartermeister dem kleinen Mann in den Rücken presste. Mit dem Fuß schob er dem Gast einen Stuhl zu und nickte. Wie ein gereizter Bär ließ sich Winston Pendergast darauf niederfallen, wobei er sich argwöhnisch umschaute. Tristan nahm den beiden gegenüber Platz. Unter dem Tisch hielt er die Waffe weiterhin auf den Mann gerichtet.

»Was sucht Ihr hier, Pendergast?«

Falls es den Mann überraschte, dass Raiden seinen Namen kannte, so ließ er es sich nicht anmerken. Er zuckte nur die Schultern und starrte verdrossen auf Raidens Becher. Als Raiden noch einen Krug *kallu* verlangte, hellte sich die Miene des Mannes etwas auf. Der Schankgehilfe schenkte erst ein, nachdem er sein Geld bekommen hatte, und Raiden warf Tristan einen unwilligen Blick zu, als dieser ein Taschentuch hervorholte und den Rand des Bechers damit abwischte, ehe er daraus trank.

Pendergast trank hastig den Dattelpalmenwein, bevor er sich mit dem Handrücken über den Mund fuhr und Raiden ansah. »Ich bin gekommen, um Euch zu sehen.«

Raiden zog fragend die Augenbraue hoch. »Und deshalb versteckt Ihr Euch wie ein geprügeltes Tier in der dunkelsten Ecke?«

Pendergast wirkte gekränkt. »Ich verstecke mich nicht, ich warte. Auch Ihr müsstet wissen, dass das eine etwas ganz anderes ist als das andere.«

Raidens Lächeln war dünn und eisig. »Und dennoch habt Ihr Euch hier hereingetraut?« Mit ausholender Geste wies er auf die berüchtigsten Kreaturen Kalkuttas, von denen die Taverne voll war. »Wo es doch Dutzende bessere gibt.« Sein Blick glitt über die elegante Kleidung des Mannes. Von den anderen stach er ab wie eine weiße Seepocke auf einem schwarzen Schiffsrumpf, und falls er dachte, dass er niemandem auffiel, irrte er sich. Es war einfach so, dass die Leute sich nicht um ihn kümmerten.

»Aber dort würde ich keinen Montegomery finden.«

Raidens Gesichtsausdruck blieb bei dieser Beleidigung unverändert, nur der Blick, mit dem er Pendergast musterte, verhärtete sich.

»Mir scheint, Eure Frau Mutter hat es versäumt, Euch Manieren beizubringen.« Tristan sprach gleichmütig, ohne sichtbares Zeichen von Ärger. »Wenn Ihr es wünscht, Captain, werde ich ihn für Euch töten.« Tristan, der bequem zurückgelehnt auf seinem Stuhl saß, sah keinen der beiden Männer direkt an, doch Raiden wusste, dass der Lauf seiner Pistole direkt auf Winstons Bauch gerichtet war.

»Das wird nicht nötig sein, Mr Dysart.«

»Seid Ihr sicher? Es würde mir keine besonderen Umstände machen.«

Raiden stellte mit Freuden fest, dass Pendergast erblasste und sein Gesicht die Farbe einer unreifen weißen Rübe annahm. Er hob die Hand und lehnte das Angebot Tristans ab. Dysart wandte seine Aufmerksamkeit daraufhin wieder dem Treiben in der Taverne zu und deckte Raidens Rücken.

»Also, ich höre«, ergriff Raiden das Wort, und Pendergast straffte seine Schultern, wobei er einen angsterfüllten Blick auf die Pistole warf, die unter dem Tisch noch immer auf ihn gerichtet war.

»Man hat mir gesagt, dass Ihr anständig zahlt.«

Raiden konnte nur raten, wer wohl dumm genug gewesen sein könnte, ihm das zu erzählen. Er würde für noch weniger getötet werden.

»Ich arbeite für die *East* –«

»Ich weiß, wer Euer Arbeitgeber ist. Seid Ihr bereit, die Folgen Eures Verrats auf Euch zu nehmen?« Wenn die Direktoren keinen Einspruch erhoben, könnte ihm das eine lebenslange Kerkerhaft einbringen.

Pendergast beugte sich vor – und beging den Verrat.

»In einer Woche segelt ein Schiff ab.«

»*Ein* Schiff?«

»Ja. Die *Persephone*.«

Tristan und Raiden tauschten einen Blick. Das war eine Lüge. Die englischen Schiffe segelten aus Sicherheitsgründen immer im Zweierverband. »Wohin segelt sie?«, fragte Tristan.

»Nach Ceram. Zu den Banda-Inseln.«

Raiden schnaufte. »Selbst die englische Marine ist nicht so leichtsinnig, dort Anker zu werfen.« Eine einzige Besatzung und eine Hand voll Kanonen? Auf den Gewürzinseln? Hatten die Erfahrungen der letzten Unternehmung, als eine Vielzahl von Seeleuten den Einheimischen als Abendbrot gedient hatten, den Briten nicht gereicht? Aber schließlich taten die Engländer alles für den wohlriechenden Lohn, für die Gewürze. Und wenn sie dafür jede Seele von hier bis Guinea abschlachten mussten. Sie hatten bis jetzt nicht begriffen, dass sie bei den Stammeshäuptlingen und Sultanen mit Geduld viel eher als mit Gewalt zum Ziel kommen würden. Und genau das würde eines Tages ihr Verderben sein.

Raiden sah den Mann scharf an. »Wer besitzt Eure Zunge, dass Ihr so leicht lügt?«

»Niemand besitzt mich!«

Raiden stieß einen verächtlichen Ton aus. »Die *Company* besitzt Eure Seele, Pendergast. Ihr denkt nur einfach nicht daran, wie schnell man sie verlieren kann.«

Pendergast wurde rot. Nervös rollte er das Glas zwischen seinen Händen. »Der Admiral wird wieder in See stechen.«

Raiden schwieg, zeigte Desinteresse und wartete darauf, dass die Falle ausgelegt wurde.

Pendergast räusperte sich und schaute sich um, ehe er sich näher beugte. Auf seinem Gesicht spiegelte sich Triumph wider, sodass Raiden ihm sofort misstraute. »In einem Monat wird die *Queen's Regard* unter seinem Kommando nach Malakka –«

Ein lauter Schrei übertönte das Stimmengewirr in der Taverne. Raiden griff reflexartig zu seiner Pistole und runzelte die Stirn. Zeitgleich mit ihm spannte auch Tristan den Hahn seiner Waffe. Pendergast erhob sich sofort und machte, dass er aus der Schusslinie kam.

Raiden sah sich nach der Ursache des Schreis um. Sein Blick blieb an Bidda hängen, der Wirtin der Taverne. Hager und abgezehrt, mit langem schwarzem, verfilztem Haar, stand sie vor einer kleineren Frau und schrie sie an. Die verschleierte, in einen Sari gehüllte Frau sagte etwas, doch ihre Stimme war zu leise, als dass man ihre Worte im Lärm der Taverne verstehen konnte. Aber es war zu erkennen, dass sie Bidda Geld anbot. Eine Dame. Darauf würde Raiden sein Leben verwetten. Als er seinen Blick weiterschweifen ließ, bemerkte er, dass er nicht der Einzige war, der so dachte. Ein paar Männer hatten sich um das seltsame Paar geschart. Sie waren an einer Prügelei der beiden Kontrahentinnen weitaus mehr interessiert als an den Frauen selbst. Jetzt ließ Bidda die Frau einfach stehen und ging davon.

Doch die Fremde gab sich damit nicht zufrieden und packte die Wirtin am Arm. Das ist nicht sehr klug von ihr, dachte Raiden und zuckte zusammen, als Biddas geballte Faust die Frau an der Wange traf. Die Geschlagene taumelte zurück und fiel rücklings gegen einen der zuschauenden Männer. Der portugiesische Seemann stieß sie wieder nach vorn, versäumte es aber nicht, ihr vorher noch an die Brust zu fassen. Die Frau fuhr herum und ohrfeigte ihn, doch der Seemann grinste nur.

Die Fremde wandte sich wieder zu Bidda um und trat dieser gegen das Schienbein.

Raiden stöhnte und verdrehte die Augen. *Gott bewahre mich vor impulsiven Frauen*, dachte er und stand auf.

»Raiden«, sagte Tristan. »Ist das nicht –?«

»Ja.« Er warf Pendergast einige Münzen zu und blieb gerade lange genug vor diesem stehen, um ihn warnend anzusehen und seine Pistole auf ihn zu richten. »Wenn sich herausstellt, dass Ihr gelogen habt, wird es für Euch keinen sicheren Ort mehr geben, an dem Ihr Euch vor mir verstecken könnt.«

Pendergasts Adamsapfel hüpfte nervös auf und ab. Raiden schob die Tische und Stühle zur Seite, als er auf Willa zuging. Gott im Himmel, sie trug einen grünen Sari. Und ihr Haar war schwarz gefärbt.

»Ihr lügt!«, schrie sie und griff sich eine Hand voll von Biddas schmutzigen Haaren. Dabei zog sie eine Pistole von Gott weiß woher hervor.

Raiden trat rasch hinter sie, schlang den Arm um ihre Taille und zerrte sie von Bidda weg. »Bei der Liebe Tritons, Ihr habt wohl den Verstand verloren!« Er entwand ihr die geladene Waffe.

»Ja. Ganz und gar. Obwohl Euch das überhaupt nichts angeht.« Sie versuchte, sich die Pistole zurückzuholen, aber wie ein Vater, der seinem Kind die Süßigkeiten verweigerte, streckte er den Arm aus und hinderte sie daran.

»Großer Gott, Frau, habt Ihr nicht daran gedacht, dass Eure grünen Augen Euch verraten würden?«

Willa hatte keine andere Wahl gehabt. Diese Taverne war der letzte Ort, an dem man Alistar gesehen hatte. Wahrscheinlich hatte er hier die Schurken angeheuert, die Manav erschlagen hatten. »Lasst mich los!«

Sein Griff um ihre Taille wurde noch fester, als er Willa ins Ohr brummte: »Die Männer hier mögen Bidda lieber als Euch. Oder legt Ihr es darauf an, das am eigenen Leib zu erfahren?«

Sie schüttelte hilflos den Kopf, sie verabscheute das alles hier.

Plötzlich wurden die Türen so heftig aufgestoßen, dass sie aus den Angeln brachen. Britische Soldaten besetzten jeden Ausgang. Einen Augenblick lang bewegte sich niemand, dann bahnte sich ein Offizier seinen Weg durch die Menge, das Zeichen seines Ranges, eine Goldkordel, hob sich funkelnd von seiner roten Uniform ab.

»Ihr seid hier nicht willkommen«, erklärte Bidda ihm mit schnarrender Stimme und stellte sich ihm in den Weg.

Er schob sie so heftig zur Seite, dass sie gegen eines der Fässer prallte, die die Theke stützten. »Die Krone braucht Soldaten und Seeleute«, wandte er sich laut an die Männer.

»Sie braucht Kanonenfutter, das meint er wohl damit«, bemerkte Tristan.

Die Frauen kreischten los, als über ein Dutzend der Männer ihre Säbel und Pistolen zogen.

Und Raiden stand inmitten der Menge und hielt eine um sich schlagende Willa fest – ein Fehdehandschuh, der ihnen ungewollt vor die Füße geworfen wurde.

Der Offizier feuerte in die Decke, und der trockene Putz besprenkelte sie mit rotem Staub. »Keine Bewegung!«, rief er und richtete eine zweite Waffe auf Raiden.

Raiden lächelte dünn. Wenn der Mann glaubte, er würde sich in den Dienst pressen lassen, dann befand er sich leider im Irrtum. »Schießt, Captain, oder sterbt.« Der Blick des Soldaten glitt zu der Pistole, und Raiden betete darum, dass sie geladen war.

Es dauerte nur den Bruchteil einer Sekunde, bis Raiden begriff, dass der Offizier gar nicht auf ihn zielte.

Er zielte auf Willa.

4

Der Offizier zielte.

Raiden stellte sich wie ein Schild vor Willa und schoss auf den Mann.

Willa starrte auf den Soldaten, der wie ein Lumpenpuppe zu ihren Füßen zusammensackte; zwischen seinen Augen saß das kleine runde Loch, das die Kugel hinterlassen hatte. Wie benommen sah sie Raiden an, aber noch ehe sie etwas sagen konnte, zerrte er ihr den Stoff des Saris weit in das Gesicht und warf sie sich wie einen Sack über die Schulter. In der Schenke brach jetzt ein Tumult aus. Sofort bahnte Raiden sich seinen Weg durch die Menge und hielt auf das Fenster zu, während Vazeen einen Stuhl packte und ihn gegen die Scheibe schleuderte. Mit dem Fuß entfernte Raiden die scharfkantigen Glasreste, die noch im Rahmen steckten, dann kletterte er hinaus und lief los, ohne noch einmal stehen zu bleiben.

»Ihr habt ihn umgebracht!«

»Erstaunt Euch meine Treffsicherheit oder dass ich noch lebe, während er tot ist?«

»Er hat nur seine Befehle befolgt – oh, es war entsetzlich! Ihr seid ein abscheuliches mörderisches Ungeheuer!« Bei jedem ihrer Worte schlug sie mit den Fäusten auf seinen Rücken ein.

Unbeeindruckt davon lief er weiter.

»Lasst mich herunter! *Raiden*!«

»Jetzt ist nicht die Zeit für wehleidiges Gejammere, Willa.«

»Gejammere?! Ich werde Euch zeigen, was –!«

Er versetzte ihr einen Hieb aufs Hinterteil. Sie keuchte vor Wut und trat ziellos um sich, erreichte aber nichts damit. »Bis jetzt habt Ihr mir nur gezeigt, dass Ihr immer dort anzutreffen seid, wo Ihr nichts zu suchen habt, und das bin ich jetzt leid.« Er legte die Hand auf ihren Po. Willa verstand die Warnung und schenkte ihr klugerweise sofort Beachtung.

Lautes Rufen war hinter ihnen zu hören, während er mit weit ausholenden Schritten weiterlief, als wäre ihm Luzifer höchstpersönlich auf den Fersen. Die Umgebung huschte an Willa vorbei, und sie schloss die Augen. Jeder seiner Schritte trieb ihr den Atem aus den Lungen. Ihr Kopf fühlte sich an, als wollte er explodieren, und als sie den süßen Duft von Gras und Bäumen roch, dachte sie, sie wären in Sicherheit. Er stellte sie unsanft auf die Füße, schwang sich auf ein Pferd und beugte sich herunter, um Willa um die Taille zu fassen und zu sich hochzuziehen.

»Ihr könnt auch mit dem Gesicht nach unten reiten«, sagte er, als sie sich wehrte, »oder es mit Euren Verfolgern aufnehmen. Ganz wie Ihr wollt!«

Als sie sich umwandte, sah sie ein gutes Dutzend Soldaten zu ihren Pferden laufen, drei von ihnen hatten die Verfolgung bereits aufgenommen, mit gezogener Waffe. »Grundgütiger Himmel, mit Euch hat man nichts als Ärger«, murrte Willa. Kurzentschlossen ließ sie sich von ihm aufs Pferd ziehen, setzte sich rittlings auf das Tier und zog die Röcke über die Beine, während Raiden dem Pferd die Hacken in die Flanken drückte.

Tief über den Hals des Tieres gebeugt, ritten sie in gestrecktem Galopp in den Dschungel. Raiden zog seinen Säbel und schlug ihnen einen Weg durch die dichte Vegetation, ehe die Zweige und Äste Willa ins Gesicht schlugen.

Sie tastete nach ihrem Messer, das in ihrem eng sitzenden Mieder verborgen war, doch sofort legte er seine Hand auf ihre und schob sie fort. Er ließ die Hand in ihren Ausschnitt gleiten und spürte, wie Willa sich bei dieser Berührung anspannte. Ganz leicht strich er mit den Fingerspitzen über ihre zarte Haut, ehe er das zusammengeklappte Messer aus dem Mieder hervorzog. »Verbergt Ihr noch mehr, was ich für Euch suchen soll?«

»Nein.«

»Ihr seid gefährlich, Frau.« Er steckte das Messer in seine Weste.

Willa war noch zu verwirrt vom Eindruck seiner Berührung, um schlagfertig antworten zu können.

»Euren Namen, Willa.«

Sie zögerte. Sein Arm umfasste ihre Taille fester, nahm ihr den Atem. »Delaney.« Sie nannte ihren Mädchennamen ohne zu zögern und versetzte ihm einen Stoß mit dem Ellenbogen. »*Mrs* Delaney.« Sie spürte, dass er sich anspannte. Sie wollte ihn ebenfalls nach seinem Namen fragen, vermutete jedoch, dass er ihn ihr nicht sagen würde.

»Welcher Ehemann erlaubt es seiner Frau, ohne Begleitung eine Kaschemme aufzusuchen und während der Dämmerung auf dem Marktplatz herumzuspazieren?« In seiner Frage klang Wut mit.

»Ein toter.«

Raiden schwieg für einen Augenblick. Sein Säbel verharrte sekundenlang in der Luft, ehe er ihn niedersausen ließ, um eine Bresche in das Dickicht zu schlagen.

Eine Welle der Scham überflutete Willa. Diese beiden Worte waren der Beginn einer neuerlichen Lüge. Ihr Familienstand ging ihn nichts an, hatte keine Bedeutung für diesen Wettkampf, den sie sich lieferten. Schließlich ging es nicht darum, den Grundstein für eine dauerhafte Beziehung zu legen ... zwischen ihr und diesem Barbaren. Ab der Sekunde, in der die Gefahr vorüber war, würde sie nichts mehr mit ihm zu tun haben. Wobei sie argwöhnte, dass er einer verheirateten Frau gegenüber wenig Ehrgefühl an den Tag legen würde, sollte er sie mit in sein Bett nehmen wollen. Überdies wollte sie vermeiden, dass er erfuhr, dass ihr Mann ein Peer war. Nicht, um Alistar zu schützen, sondern aus zwei Gründen, die ihr dies ratsam erschienen ließen. Sollte Raiden sie entführen und gegen ein Lösegeld freilassen wollen, wäre es unerträglich demütigend, wenn Alistar sich weigern würde, für sie zu zahlen. Vorausgesetzt, Raiden würde überhaupt Alistars Aufenthaltsort ausfindig machen können. Zum anderen befürchtete Willa, dass er sie als Druckmittel gegen andere Adlige ausspielen könnte, denn es war offensichtlich, dass Raiden den Adel verachtete. Nicht, dass ich etwa ein geachtetes Mitglied dieses Standes bin, dachte sie bitter.

Dicht hinter ihnen war Hufschlag zu hören. Raiden machte keine Anstalten, sein Pferd anzutreiben, sodass Willa daraus schloss, dass die Reiter, die näher kamen, seine Freunde sein mussten. Freunde? Ha! Welcher Mann, der ohne zu zaudern tötete, hatte schon Freunde? Der Ritt schüttelte sie hart durch, und es war ihr unmöglich, ihn danach zu fragen. Das dichte Gewirr der Schlingpflanzen, das sich an den Baumstämmen hochzog, ließ keinen Sonnenstrahl zu ihnen durchdringen, und es verging mehr als eine Stunde, ehe der Dschungel sich ein wenig lichtete. Raiden ritt jetzt über einen schmalen abgelegenen Weg. Willa roch die See, und Augenblicke später hatten sie das Dickicht des Dschungels hinter sich gelassen und folgten dessen Saum bis fast zur Uferlinie. Raidens Männer ritten dicht hinter ihnen.

»Wohin bringt Ihr mich?«

»In Sicherheit.« Als das Dickicht sich lichtete, zügelte er das Pferd und sprang aus dem Sattel, dann zog er Willa unsanft zu sich herunter.

»Was glaubt Ihr, wovor Ihr mich dieses Mal habt retten müssen?«, spottete sie. »Etwa vor dieser übel riechenden Schankwirtin?«

Mit zwei, drei Säbelhieben zerschlug Raiden ein dichtes Geflecht von Kletterpflanzen, unter dem zwei Boote gelegen hatten. »Nein, aber vor diesem Captain, der auf Euer Herz gezielt hat.« Er warf die Satteltaschen und einige Beutel in eines der Boote und löste dann den Sattelgurt.

Willa runzelte die Stirn, folgte jedem seiner Schritte. »Er hat versucht, Euch …« Sie verstummte, als er herumfuhr, und sie eindringlich ansah.

»Seid versichert, dass ich bis jetzt nur aufgrund meiner Besonnenheit und meiner Erfahrung überlebt habe, Willa. Und dass ich nicht leichtfertig töte. Glaubt mir also, wenn ich sage, dass er die Absicht hatte, *Euch* zu töten.« Er ging an ihr vorbei.

Sie fuhr herum. »Mich? Aber warum sollte…?« Willa wandte den Blick ab, als die Erkenntnis sie wie ein Blitz traf. *Natürlich* war es so gewesen, wie er sagte, und obwohl er die Wahrheit nicht kannte, kam er ihr doch sehr nahe. Sie war ein Risiko, denn sie könnte reden, könnte von Alistars Missetaten berichten. Manav war für all die Geheimnisse gestorben, die sie entdeckt hatte. Vielleicht verhielt es sich aber auch so, dass irgendjemand Alistar tot sehen oder ihm Schaden zufügen wollte und sie dazu benutzte, sein Ziel zu erreichen, versuchte Willa sich einzureden. Noch immer hoffte sie, dass es nicht ihr eigener Mann war, der sich gegen sie gewandt hatte. War dies Barkmons Absicht gewesen, als er sie in sein Büro bestellt hatte? Aber würde er die Soldaten der *East India Company* dazu missbrauchen, so etwas zu tun? Und genau das war der Grund, warum sie Raiden nicht sagen würde, wer ihr Ehemann war; Alistars Einfluss war weitreichender als sie vermutet hatte. Und vor allem anderen blieb die Tatsache bestehen, dass Raiden ihr das Leben gerettet hatte.

»Ja, Mädchen«, sagte er, als er das ungläubige Begreifen in ihren Augen sah. »Die Frage ist nur, warum er das tun wollte?«

Sie erwiderte seinen Blick, und wusste, dass sie ihm glaubte. »Ich habe nichts getan, um den Tod zu verdienen, und ich habe keinen Bedarf an Eurem Schutz.«

Sie färbt sich die Wahrheit schön, dachte Raiden und es überraschte ihn, dass er sich dessen so sicher war. Er gab dem Pferd einen Klaps und Willa sah zu, wie ihre einzige Fluchtmöglichkeit im Dschungel verschwand.

»Das war unüberlegt. Ich brauche ein Pferd um…«

Raiden nahm ihre Hand und zog sie zum Boot.

Willa wehrte sich. »Mit Euch werde ich nirgends hingehen!«

»Ich habe Euch nicht um Eure Erlaubnis gebeten.« Raiden hob sie hoch und ließ sie unsanft in das Boot fallen. Als Willa versuchte, wieder hinauszuklettern, hielt er ihr eine Pistole an die Schläfe. »Im Augenblick steht mehr als nur Euer Leben auf dem Spiel, kleiner Rotfuchs. Lasst Euch das gesagt sein.«

Sie wandte den Kopf, bis der Lauf der Pistole gegen ihre Stirn drückte. »Wie hart Ihr seid, Raiden, und doch so widersprüchlich.« Sie sah ihm in die Augen, ehe sie die Pistole zur Seite schob und erneut versuchte, das Boot zu verlassen. Er drückte sie auf den Boden zurück und fesselte rasch ihre Hände. Sie kämpfte dagegen an, bis er heftig an den Fesseln zerrte.

Ihre Blicke trafen sich, taxierten einander.

»Kämpft nicht gegen mich, Frau.«

»Sonst geschieht was? Werdet Ihr mich schlagen? Oder mich ersäufen?« Ihre Gesichter waren sich so nah, dass sie sich fast berührten. »O nein, wie dumm von mir! Ich vergaß, dass Ihr ja keine *wehrlosen Frauen* angreift!« Sie gestikulierte mit ihren gefesselten Händen und setzte sich in das Boot, wobei sie ihm den Rücken zukehrte.

Raiden biss die Zähne zusammen und steckte die Pistole in seinen Gürtel zurück, ehe er das Boot vom Strand abstieß. Er war gerade dabei, hineinzuklettern, als seine Männer auftauchten, von ihren Pferden sprangen und in das Wasser liefen. Einige von ihnen zogen das zweite Boot aus seinem Versteck hervor und ließen es zu Wasser. Die Männer legten sich mit aller Kraft in die Riemen, während Raiden am Ruder saß. Die Männer musterten Willa abschätzend, und hin und wieder traf einer dieser Blicke auch Raiden.

Offensichtlich war sie nicht willkommen. Gut. Sie wollte auch nicht hier sein. Willa wusste zwar nicht, wo sie sich eigentlich befand, aber sie war sicher, den Weg zurück in die Stadt zu finden. Das hieß – vielleicht. Wie soll ich jetzt Mason finden?, fragte sie sich mit einem sehnsüchtigen Blick auf die Küste, während die Männer das Boot jetzt um eine Mole herum ruderten.

Und nun sah sie es.

Ein massiv gebautes dreimastiges Schiff dümpelte in der Lagune. Ein schwarzes Schiff. Die Segel, der Rumpf, die Geschützpforten – alles war schwarz. Selbst die Beschläge auf dem glänzenden nachtdunklen Holz waren tintenschwarz gestrichen. Willa wurde blass, und während ihr Boot sich dem Segler rasch näherte, drohte ihr das Herz beim Anblick der Galionsfigur vor Schreck stehen zu bleiben. Ein Racheengel, der Schwert und

Schild in den Händen hielt. Zu schimmerndem schwarzen Glanz poliert, nur sein Gewand leuchtete silbern.

Und nur eine Sorte Mann segelte ein Schiff wie dieses. Langsam wandte Willa den Kopf und starrte Raiden an. Sein Gesichtsausdruck war undurchdringlich, seine Haltung abweisend.

Der Schwarze Engel. Allmächtiger Gott.

»Piraten?« Willa sah die Männer einen nach dem anderen an. »Ihr seid Piraten!«

Die Männer grinsten sie an.

»Oh, ihr braucht gar nicht so stolz dreinzuschauen.« Sie versetzte dem neben ihr sitzenden Mann einen Stoß mit dem Ellenbogen. »Was würden eure Mütter dazu sagen?«

»Gar nichts, Lady, weil die Hälfte von uns keine gehabt hat.«

»Willst du meine Mom sein, Liebchen?«

Der junge Mann sah sie an, als würde man sie ihm mit einem Apfel im Mund und mit Pfefferminzsoße übergossen auf einem Silbertablett servieren. Sie schnitt ihm eine Grimasse und schaute zu Raiden. »Ich war mir sicher, dass Ihr irgendetwas Anrüchiges getan haben müsst – aber das?«

Raiden schwieg. Die Enttäuschung, die in ihren Worten mitklang, wand sich wie eine Fessel um sein Herz und erstickte jede Gegenrede. Sie hatte bereits etwas Schlimmes vermutet, aber jetzt hatte sie das ganze Ausmaß begriffen.

Als sie das Schiff erreichten, wurde eine Strickleiter heruntergelassen. Die Besatzung machte das Schiff fest, während Raiden die Hand nach Willa ausstreckte, um ihr die Fesseln durchzuschneiden. Sie schlug seine Hand zur Seite, aber er war größer und kräftiger als sie. Mit einem starken Ruck an ihrem Arm hob er Willa hoch, warf sie sich wie einen Getreidesack über die Schulter und kletterte die Leiter hoch.

Die Männer aus den Booten folgten ihnen. Sie schenkten dem Geschehen keine Beachtung. »Tut das nicht«, zischte Willa und krallte sich in seinem Hemd fest.

Raiden musste es tun. Noch immer sah er vor sich, wie der Offizier auf Willas Herz gezielt hatte, und dieses Bild trieb ihn dazu, sie so rasch wie möglich von hier fortzubringen. Er schwang sich mit einem Bein über die Reling und sprang auf das Deck. Während er den Weg zu seiner Kabine einschlug, gab er Befehl zum Ankerlichten. Er duckte sich durch die niedrige Tür, hinter der der Gang zum Zwischendeck lag, und trug Willa zu seiner Kabine, stieß mit der Schulter die Tür auf und ging zum Bett. Mit einem Schwung ließ er Willa darauf fallen. Sie landete auf den weichen Polstern, strich sich das Haar aus dem Gesicht und rappelte sich auf die Knie hoch. Raiden war bereits auf dem Weg zur Tür.

»Bringt mich sofort an Land!«

Ihr herrischer Ton veranlasste ihn, stehen zu bleiben und sich zu ihr umzudrehen. Die Hände in die Hüften gestemmt, stand er vor ihr und musterte sie mit einem anmaßenden Blick. »Stellt mir keine Forderungen, Frau.«

»Wenn Ihr mich hier behaltet, wird es mein größtes Vergnügen sein, Euch das Leben schwer zu machen.«

»Jetzt auch noch Drohungen? Oder hat die Lady Angst, ohne ihre Diener und den gewohnten Pomp auskommen zu müssen?«

Sie streckte das Kinn vor, und ihre grünen Augen blitzten verächtlich. »Ihr solltet ein wenig mehr nachdenken, Pirat. Wenn es sich nicht um eine wichtige Sache gehandelt hätte, wäre ich dann allein in diese Kaschemme gegangen?«

»Ich verstehe«, erwiderte er nachdenklich. »Dann ist es also lediglich Eure Dummheit gewesen, dass Ihr erst Euer Leben und jetzt auch noch das meine aufs Spiel gesetzt habt?«

Willa schäumte vor Zorn. »Ich kann mich nicht erinnern, um Euren Beistand gebeten zu haben – außerdem war ich bewaffnet.«

»Könnt Ihr überhaupt mit einer Waffe umgehen?«

»Gebt mir die Pistole, Barbar, und ich werde es Euch beweisen!«

Sie wollte noch etwas sagen, doch Raiden ließ ihr keine Gelegenheit, ihre scharfe Zunge noch weiter an ihm zu wetzen. »Genug jetzt! Betrachtet Euch als meine Gefangene, Lady.« Zumindest hatte er vor, sie am Leben lassen.

»Ihr werdet keinen Nutzen daraus ziehen können, mich entführt zu haben, Pirat, das schwöre ich Euch!«

Sein Blick sprach Bände, als er ihn langsam über ihren Körper gleiten ließ. Willa empfand ihn wie eine Berührung, wie seine Hand, die sie streichelte. Es verwirrte sie, wie atemlos es sie machte. »Das werden wir sehen.« Raiden wandte sich ab. Als ihr Schuh ihn im Rücken traf, blieb er an der Türschwelle stehen und wandte sich um. Aus schmalen Augen musterte er sie finster. »Soll ich Euch an mein Bett fesseln?«

Willa ließ sich auf ihr Hinterteil fallen und hieb mit den Fäusten auf die Kissen. »Das ist Menschenraub!«

»Ja, das ist es.« Er schloss die Tür hinter sich. Das Schnappen des Schlosses ließ Willa zusammenzucken.

Sie schleuderte den zweiten Schuh gegen die verriegelte Tür, ehe sie schicksalsergeben seufzte. Arroganter Schweinehund. Ihre Schultern sackten vornüber. Sie presste die Hand auf den Magen, der ihr vom Getragenwerden noch wehtat, und ließ sich auf das Bett sinken.

Piraten. Famos, Willa. *Ganz famos*.

Sie starrte auf das weiße Moskitonetz, das in anmutigen Bögen um die Bettpfosten drapiert war, und neigte den Kopf zurück. Über ihr drehte sich, an einer Kette befestigt, ein Stück Sandelholz, das seinen aromatischen Duft verströmte. Willa stützte sich auf die Ellbogen und schaute sich in der Kabine um.

Du meine Güte!

Der Anblick nahm sie wie ein betörender Duft gefangen, erregte ihr Interesse und erweckte den Wunsch in ihr, ihre Gefühle in Worte kleiden zu können. Macht und eine gefährliche Sinnlichkeit spiegelten sich in der Einrichtung wider, die in tiefem Schwarz und dunklem Blau gehalten war, ganz so, als verbargen sich in den üppigen Stoffen und kostbaren Möbel unergründliche Geheimnisse. Diese Dinge einfach nur anzusehen, zu wissen, dass er hier lebte, in diesem Bett schlief, löste ein Prickeln auf Willas Haut aus. Die Kabine war nahezu verschwenderisch eingerichtet – persische Teppiche bedeckten den Boden; ein kunstvoll gearbeiteter Schreibtisch aus blutrot glänzendem

Rosenholz stand in einer Ecke. Darüber waren, über die ganze Heckbreite des Schiffes, die Fenster mit ihren gefärbten Glasscheiben und den Vorhängen aus blauem Damast. Darunter befand sich eine gepolsterte Sitzbank. Zum Aussehen des Schreibtischstuhls fiel Willa der Vergleich mit dem Thron eines Sultan ein, so überreich war er aus geschnitztem Holz, Leder und Gold gefertigt. Sie konnte sich Raiden fast bildlich darin vorstellen, wie er Überfälle plante, über Schicksale entschied und über Ostindien herrschte, als sei es sein privater Tummelplatz für Raub und Plünderung.

Willa stieß einen verächtlichen Ton aus und ließ den Blick nach rechts gleiten, zu den vielen Schwertern, die aufgereiht an der Wand hingen – wie schwarze Nägel, die sich jeden Augenblick in den Boden bohren könnten. Die Platte des großen Tisches, der hier stand, war zerkratzt, aber dennoch auf Hochglanz poliert, eine Vielzahl Stühle standen um ihn herum. Willa registrierte den kupfernen Badezuber, der hinter einem Wandschirm stand, die sechs großen Fässer, die vermutlich Wasser enthielten, und den Teewagen, der sich fast unter seiner Last von chinesischem Porzellan bog. Es gab Schränke mit Büchern und mehrere große Truhen. Eine davon befand sich am Fußende des Bettes, zwei weitere standen ihr gegenüber in der Nähe des Schreibtisches. Willa drehte sich, um das Bett in Augenschein zu nehmen, dessen hölzernes Kopfteil, das die Form einer Ananas nachbildete, die blaue Decke, die Seidenlaken. Wie auf dem Diwan eines Sultans türmten sich Kissen auf dem Bett, samtweich und mit Quasten geschmückt, deren Stoff mit Gold- und Silberfäden durchwirkt war. Auch auf der Bank und auf dem Boden vor dem Schreibtisch lagen sie verstreut, und ohne es zu wollen, tauchten erregende Bilder vor Willa auf – ineinander verschlungene Körper, seine großen Hände, die sie streichelten …

»Um Himmels willen.« Sie richtete sich abrupt auf, um diese sinnverwirrenden Gedanken zu verdrängen, und schwang die Beine über die Bettkante.

Nun gut. Ganz offensichtlich war er ein erfolgreicher Pirat.

Ein Räuber erster Güte. Und für Willa trug die Legende sein Gesicht. Der Schwarze Engel. Allein schon der Name beschwor Tod und Zerstörung herauf, und ein Anflug von Furcht kroch ihr den Rücken hinauf. Und doch fiel es ihr schwer zu glauben, was ihr über diesen Mann zu Ohren gekommen war, besonders, nachdem er ihr das Leben gerettet hatte. Sie sah wieder das Gesicht des toten Offiziers vor sich und zugleich damit kamen ihr die schrecklichen Geschichten und Gerüchte in den Sinn, die man sich über den Schwarzen Engel erzählte. Nächtliche Überfälle, bei denen zahllose Seeleute hingemordet oder ausgesetzt wurden. Man sagte, er ließe als Erstes stets die Aufbauten des in sein Visier geratenen Schiffes zerstören, damit es dem Feuer seiner Kanonen nicht mehr entkommen konnte. Bislang hatte niemand diesen berüchtigten Piraten dingfest machen können. Und es waren Gerüchte im Umlauf, dass es mehr als nur dieses eine schwarze Schiff gab.

Jeder Kapitän der *East India Company* war auf der Jagd nach diesem Piraten, und die hohe Belohnung, die von der Krone auf seinen Kopf ausgesetzt worden war, lockte Hunderte von Jägern auf die Meere, die sich diesen Preis holen wollten. Der Gedanke an Raidens Kopf, aufgespießt auf einer Lanze, drehte Willa den Magen um. Er war ein Gesetzloser, ein skrupelloser Räuber, dem der Tod auf den Fersen war. Wenn er seinen Lebensunterhalt durch Verbrechen bestritt, würde er dann auch käuflich sein und sich dazu bringen lassen, sie an Land zurückzubringen? Unwillkürlich stellte Willa sich diese Frage. Sie musste von hier fort und ihren Sohn suchen. Sie *musste* es. Und kein noch so gut aussehender Pirat der Welt würde sie davon abhalten. Viele Worte und keine Aussicht auf Gelingen, dachte sie. Sie war Raidens Gefangene. Geraubtes Beutegut und nichts anderes. Sie wollte nicht darüber nachdenken, was er jetzt, da niemand da war, um ihn aufzuhalten, mit ihr tun würde. Und die Angst, dass er sie seinen Männern überlassen würde, war geradezu niederdrückend.

Willa verließ das Bett und suchte ihre Schuhe zusammen. Resigniert setzte sie sich auf die kleine gepolsterte Bank. Das

Schiff segelte mit einer unglaublichen Geschwindigkeit dahin, entfernte sich mit jeder Sekunde weiter von der Küste und raubte Willa damit jede Chance auf ihre Freiheit. Wenigstens hatte sie die Voraussicht gehabt, für Rajanis Wohlergehen zu sorgen, obwohl sie vermutete, dass das Mädchen sich noch immer beunruhigen würde. Seufzend griff sie nach einem der Kissen und barg das Gesicht in dessen kostbarem Stoff. Sofort hatte sie das Gesicht ihres kleinen Sohnes vor Augen, seine dunkelroten Locken, seine pausbäckigen Wangen. Dann wieder sah sie ihn schwach und schmutzig und hungrig vor sich, laut nach ihr weinend, die Hände nach ihr ausgestreckt, und die hilflose Verzweiflung, die sie spürte, ließ Willa in heiße Tränen ausbrechen.

Mommy kommt dich holen, mein Liebling. Ich schwöre es dir. Ich werde dich holen.

Tristan stand mit dem Rücken gegen die Reling des Achterdecks gelehnt und sah seinen Kapitän eindringlich an. Der Wind zerrte an Raidens Hemdsärmeln und zersauste ihm das Haar. Tristan fragte sich, warum dieser Mann es sich nie zurückband. Beschämenswert nachlässig, stellte er im Stillen fest und dachte, dass er Raiden eigentlich Besseres gelehrt hatte. »Sie haben das Recht zu erfahren, was du mit ihr vorhast.«

Raiden schaute zu den Männern, die sich auf dem unteren Deck versammelt hatten. »Ich bin mir der Regeln bewusst, Quartermeister Dysart.«

Tristan lächelte, als er die Anspannung in Raidens Gesicht und in dessen Stimme bemerkte, denn der Mann gestattete es seinen Emotionen höchst selten, sich zu zeigen.

»Wir mussten ihretwegen fliehen!«, rief einer der Matrosen. Jetzt meldeten sich auch seine Kameraden zu Wort.

»Aye, und ich sage deshalb, wir setzen sie an Land. Sie hat bis jetzt nur Unglück gebracht!«

»Setzt die Frau aus oder gebt sie uns!«

Raiden verschränkte die Arme vor der Brust und bedachte

jeden der Männer mit einem einschüchternden Blick. »Die Soldaten wären auch in den *Red Raven* gekommen, wenn die Frau nicht dort gewesen wäre. Und wenn ihr betrunkenen Hohlköpfe aufgepasst hättet, statt eure Hände unter Weiberröcke zu stecken, wären wir auf sie vorbereitet gewesen.«

Einige der Männer lachten; ein paar von ihnen wandten schuldbewusst den Kopf ab.

»Was soll mit ihr werden, Captain?«

Raiden überschaute die Menge der gut hundert Männer und machte seinen Anspruch auf Willa geltend. »Sie gehört mir.«

Rufe wurden laut, die Männer machten ihrer Überraschung und ihrem Widerwillen Luft.

»Ich verzichte dafür auf meinen Anteil an der nächsten Prise.«

Die Männer grinsten anzüglich. »Die hat Euch ganz schön bei den Eiern gepackt, was, Capt'n?«

Raiden grinste zurück und schenkte sich eine Antwort. Willa hatte ihn bei *irgendetwas* gepackt. Bei was genau, vermochte er nicht zu sagen. Ja, sie war ein hübsches Ding und so widerspenstig wie ein Köter, aber sie hütete zu viele Geheimnisse, um sie jetzt schon freizulassen.

»Ist das dann so beschlossen?«, fragte Tristan, und Raiden nickte.

Die Männer waren damit einverstanden; die meisten von ihnen wollten zwar keine Frau an Bord haben, hatten andererseits jedoch auch kein Interesse daran, es mit dem Zorn des Kapitäns zu tun zu bekommen.

»Ich habe bis jetzt keine Verwendung für Kleider gehabt. Deshalb zahle ich jedem Mann einen angemessenen Preis, der was Passendes unter seiner Beute hat«, wandte sich Raiden an die Männer.

»Zieht ihr doch einen Sari an, Captain. Den füllt sie bestimmt gut aus.«

In Raiden regte sich Besitzanspruch, und er warf Mr Cheston einen strengen Blick zu. »Was Mrs Delaney trägt, geht Euch nichts an.«

»Mrs?«, fragte Tristan und richtete sich auf.

Raiden sah ihn an. »Ja. Verwitwet, behauptet sie.«

»Und du glaubst ihr das nicht?«

»Ich frage mich sogar in diesem Augenblick, ob die Frau jemals verheiratet gewesen ist.«

Tristan lachte leise. »Du bemitleidest wohl ihren Ehemann, was?«

Nein, ich beneide ihn, dachte Raiden, verdrängte diesen Gedanken aber rasch wieder. Er hatte weder die Zeit noch die Geduld für abirrende Gedanken und Fantasien voller Wünsche.

»Ich bemitleide mich, alter Freund, denn ich befürchte, dass sie inzwischen in meiner Kabine gewütet hat wie eine Katze, die in einem Raum voller Mäuse losgelassen wird.«

Tristan lächelte über Raidens resignierten Tonfall. »Warum hast du sie mitgenommen? Weil sie in der Kutsche der *East India Company* gesessen hat und dick mit den Engländern befreundet ist oder weil sie in Gefahr war?«

Raiden erwiderte seinen Blick. »Willst du damit sagen, du hättest sie dort gelassen, um getötet zu werden?«

Tristan zupfte an seinem Mantelsaum. »Trotz meiner Profession bin ich ein Mann von Ehre, Montegomery.«

Raiden zog finster die Stirn kraus. »Warum zweifelst du dann an meiner?«

»Mir ist nicht entgangen, wie du sie angesehen hast.«

Raiden schnaubte missmutig. »Sie ist wunderschön, ja, aber vergiss nicht, dass ihretwegen jetzt zwei Männer tot sind. Sie hat irgendetwas mit der Company zu tun, daran gibt es keinen Zweifel. Um was genau es dabei geht, werde ich bald herausgefunden haben.« Raiden vermutete, dass sie Barkmons Geliebte war, denn eine Witwe brauchte Geld. Es sei denn, sie hatte reich geheiratet. Aber wie auch immer, jedenfalls war sie auf irgendeine Weise mit der *East India Company* verbunden, und das allein machte jeden ihrer Schritte suspekt.

»Und während du das herausfindest, kommt dein Spaß nicht zu kurz, vermute ich.«

Aus zusammengekniffenen Augen sah Raiden den Freund an.

»Entdecke ich da eine Schwäche für das Mädchen, Quartermeister?«

»Ich kann mir meine Frauen selbst beschaffen, Raiden. Ich muss sie nicht entführen.«

Raiden warf ihm einen vernichtenden Blick zu, dann ging er mit großen Schritten auf die Leiter zu. Er wandte sich noch einmal um, ehe er sie hinunterstieg. »Du hast die Wache«, sagte er, ehe er aus Tristans Sicht verschwand.

5

Raidens Blick erhellte sich sofort, als er seine Kabine betrat und Willa auf der Bank sitzen sah. Es versetzte ihm einen Stich, sie so niedergeschlagen zu sehen, da er sie bislang nur entschlossen und impulsiv erlebt hatte. Immer wieder sah Raiden das Bild jenes Offiziers vor sich, der die Waffe auf Willa gerichtet gehalten hatte. Raiden zuckte zusammen, wenn er daran dachte, wie nah sie daran gewesen war, in seinen Armen zu sterben. Er war entschlossen herauszufinden, warum der Offizier den Befehl bekommen hatte, Willa zu töten. Und *wer* es befohlen hatte. Was konnte sie getan haben, dass ein Mordanschlag auf sie verübt worden war? Während ihm immer mehr Fragen durch den Kopf gingen, wurde Raiden klar, dass sie auf sein Herumschnüffeln nicht freundlich reagieren würde. Sie hasste ihn, hielt ihn für einen dahergelaufenen Straßenräuber, was er genau genommen ja auch war, so schmerzlich dieses Eingeständnis auch sein mochte. Doch hätte er sie nicht mitgenommen, wäre sie geradewegs dem Mann in die Arme gelaufen, dem befohlen worden war, ihrem Leben ein Ende zu setzen. Er würde Willa nicht gehen lassen, bevor er den Grund dafür herausgefunden hatte und davon überzeugt war, dass sie ohne weitere Gefährdung weiterreisen konnte. Auch wenn das bedeutete, dass sie seine Gefangene bleiben musste. Auch wenn sie die Versuchung seines Lebens war, die ihn wie ein köstlicher Leckerbissen zum Zugreifen verlockte.

Willa schaute auf, als er die Tür schloss und zu seinem Sekretär ging, um seine Messer und Pistolen und den Schwertgürtel darauf abzulegen.

Sie hatte sich in die äußerste Ecke der Bank gekauert und starrte Raiden an. »Ihr müsst mich an Land bringen.«

Er nahm seine Pistole in die Hand und schwieg.

Willas Nerven waren zum Zerreißen gespannt, wenn sie an den Offizier und das Einschussloch zwischen seinen blauen Augen dachte. »Könnt Ihr es nicht wenigstens in Erwägung ziehen?«

»Nein.« Er lud die Pistole nach.

»Ich bitte Euch.«

»So reizvoll das auch klingt, kleiner Rotfuchs, die Antwort ist trotzdem nein.«

Willa stand auf. Wütend warf sie das Kissen auf die Bank. »Ich *muss* an Land, Raiden. Ein Menschenleben hängt davon ab.«

»Ja, meines, und das meiner Männer ... und Eures.«

»Nein. Das meines Sohnes.«

Raiden runzelte die Stirn. Langsam hob er den Blick und sah Willa an.

»Er ist verschwunden, und ich muss ihn finden.«

»Wie kann eine Mutter ihr Kind verlieren?«

Sie reckte das Kinn, und Schmerz spiegelte sich auf ihrem Gesicht wider. »Das ist jetzt nicht von Belang. Er ist verschwunden.«

Er kniff die Augen zusammen. Die Wahrheit kommt ans Licht, dachte er. »Und wo wollt Ihr Euer Kind suchen?«

Raidens herablassender Ton entging ihr nicht. »Auf den Banda-Inseln.«

Sein raues Lachen sagte ihr, dass er sie für eine Närrin hielt und es ihn nicht weiter kümmerte. »Nur wenige Männer haben den Dschungel überlebt, Willa.«

»Und Ihr gehört dazu?«

Er zögerte, ehe er es zugab. »Ja.« Sie ging einen Schritt auf ihn zu. Die Bewegung drückte ein stummes Flehen aus, gegen das er sich wappnen musste.

»Dann wäre das doch die perfekte Lösung. Helft mir, ihn zu finden.«

Hatte sie den Verstand verloren? »Nein.«

»Bitte.«

Er zog die Augenbrauen hoch und schärfte seinen Dolch an einem Wetzstein.

Willa eilte an den Schreibtisch und umklammerte dessen Kante. »Aber Ihr seid dort gewesen! Ihr würdet wissen, wo wir suchen müssen!«

Raiden widmete sich wieder seinen Waffen und ignorierte den flehenden Ausdruck in ihren Augen. »Ich habe meine eigenen Pläne.«

Sie stieß einen empörten Laut aus. »Ihr tötet und raubt nach Plan?«

Sein Blick drückte Nachsicht aus.

»Habt Ihr denn kein Herz? Er ist doch noch ein Kind. Ein Baby. Er braucht mich! Wir sind schon so lange voneinander getrennt, und er hat Angst und …« Sie schluckte mühsam. Sie wollte nicht vor ihm weinen. »Bringt mich zu den Inseln – bitte.«

»Willa«, begann er und legte sein Messer aus der Hand. Ein Hauch von Mitleid schwang in seiner Stimme mit. »Auf diesen Inseln sind schon erwachsene *Männer* an einem Moskitostich zugrunde gegangen, sind *Männer* umgekommen, die Schiffe und Gewehre hatten. Begreift Ihr denn nicht, dass ein Kind …«

Im Bruchteil eines Atemzuges stand sie vor ihm und legte ihm die Hand auf den Mund.

»Nein! Sprecht es nicht aus, Pirat. Bitte. Er ist nicht tot. Ich würde es wissen!« Ihre Augen füllten sich mit Tränen, und Raiden spürte seine Knie weich werden. »Ich würde es wissen.«

Diese Frau wird noch mein Tod sein, dachte er und ließ sich gegen den Schreibtisch sinken. Ihr Körper berührte seinen wie weicher Samt und rief Raidens dunkelste Begierden wach. Auch wenn ihm klar war, was sie wollte. Und er wünschte, vor Jahren hätte irgendjemand mit solch einer Entschlossenheit nach ihm gesucht. Wie waren die beiden getrennt worden? Und wenn ihr Sohn sich auf den Banda-Inseln befand, wie war er an diesen Verderben bringenden Ort gekommen? Sie war so unerschütterlich in ihrem Glauben, dass das Kind lebte, während Raiden davon überzeugt war, dass es tot war. Er wusste, dass es das Beste war, ihr noch mehr Leid zu ersparen. Er selbst hatte sein erstes Zusammentreffen mit den Eingeborenen Indiens nur knapp überlebt. Er widerstand dem Wunsch, seinen Arm um sie zu legen, als er langsam ihre Hand von seinem Mund zog. »Die Gefahr ist gewaltig, Willa. Ihr wisst nicht, um was Ihr bittet.«

»Ich bin seine Mutter«, flüsterte sie und fasste ihn an der Schulter. »Ich würde alles dafür geben, ihn wieder in den Armen zu halten. Ich würde mein Leben für ihn geben.«

Raiden schloss die Augen. Schmerzvolle Erinnerungen drohten seine Entschlossenheit ins Wanken zu bringen. Doch bevor die Erinnerungen ihn überwältigten, gewann seine Vernunft die Oberhand und er wandte sich von Willa ab. Seine Vergangenheit hatte hiermit nichts zu tun.

Willa zögerte einen Augenblick, dann griff sie in ihren Sari und zog einen kleinen Samtbeutel hervor. »Ich kann Euch bezahlen.« Sie öffnete ihn und leerte den Inhalt auf Raidens Schreibtisch aus. Es waren ihre Juwelen, die letzten Kostbarkeiten, die sie noch besaß.

Er warf einen flüchtigen Blick auf die Steine. Wortlos hob er eine kleine Truhe vom Boden auf, stellte sie auf den Tisch, schob den Riegel zurück und schlug den Deckel auf. Beim Anblick der darin schimmernden Pracht keuchte Willa leise. Edelsteine in allen erdenklichen Farben, seidig glänzende Perlenketten, goldene Münzen und silberne Medaillons funkelten ihr entgegen.

»Wie Ihr sehen könnt, habe ich keinen Bedarf an Eurem Schmuck.«

Willa schaute zwischen ihren Kostbarkeiten und seinen hin und her und ließ die Schultern sinken. Sie legte die Juwelen in den Beutel zurück und wandte sich resigniert ab.

Raiden fühlte Mitleid mit ihr. Nachdenklich rieb er sich den Nasenrücken und seufzte. Er hasste es, ihre Hoffnungen zu zerstören. Aber das Kind war tot, davon war er überzeugt, und er täte nichts lieber, als sie im nächsten Hafen von Bord gehen zu lassen und davonzusegeln, ohne einen Gedanken an sie und ihre betörende Nähe zu verschwenden. Er musste sich um seine eigenen Angelegenheiten kümmern, musste seinen Männern Rede und Antwort stehen – er konnte nicht einfach auf dem Indischen Ozean herumsegeln, um ein Kind zu suchen.

Doch es war die Frau selbst, die ihn lockte; es waren ihre Schönheit und ihr Temperament, die blasse Erinnerung an ihre Berührung, die ihm auch jetzt die Beherrschung zu rauben drohte, und er wollte nichts anderes als sie in den Armen zu halten und zu trösten – und von ihrem Reichtum zu kosten. Sein Körper spannte sich bei diesem Gedanken an, in seinem Kopf tauchten Bilder auf, von denen er wollte, dass sie einen raschen Tod starben. Er hatte Frauen wie Willa gekannt – kultivierte, vornehme Frauen, und man hatte ihn in viele Schlafzimmer eingeladen. Wenn auch immer nur aus dem einen Grund, dass er von niederer Herkunft war und diese Frauen Abwechslung suchten, ein gefährliches Abenteuer mit einem Liebhaber, der sie vor Lust laut aufschreien ließ, mit dem sie spielen, an dem sie herumerziehen konnten. Im Dunkeln war er durch den Hintereingang in ihr Haus geschlichen, des Nachts, wenn keiner ihn gesehen hatte, und am Morgen hatten sie ihn kaum eines Blickes gewürdigt. Er war ein Bastard, ein Räuber, ein Gesetzloser. Sein Leben war gefährlich, durch sein eigenes Zutun, und sein Ende war absehbar, durch das Kopfgeld, das man auf ihn ausgesetzt hatte.

Und deswegen war er diese Frau nicht wert. War er die Gedanken nicht wert, die ihm durch den Kopf schwirrten, nicht dieses unstillbare Verlangen zu wissen wie es wäre, wenn sie ihn berührte, ihn küsste. Ihre Verbindung konnte Willa den Tod bringen. Von seiner Ehre war im Laufe der Jahre nicht viel übrig geblieben, und doch brachte Willa ihn dazu, an den Bruchstücken, die er sich tief im Innern bewahrt hatte, festzuhalten. Witwe oder nicht, er hatte kein Recht, sie anzufassen. Auch wenn Barkmon dieses Privileg besaß. Sie machte ihn schwach, hatte ihn schon dazu gebracht, seine Pläne zu ändern, um sie in Sicherheit zu wissen. Sie so zu besitzen wie er es sich wünschte, würde ihn zu einem Hanswurst ohne auch nur einen Rest von Verstand machen, darüber war Raiden sich im Klaren.

»Ihr habt mein Leben gerettet und dafür bin ich dankbar. Wir sind quitt, Ihr und ich, und ich sehe keinen Grund, warum Ihr mich als Gefangene behalten solltet. Dies hier« – sie deutete auf den Schmuckbeutel – »ist alles, was ich noch habe – außer meinem Sohn.«

»Ihr wisst zu viel über mich und meine Männer.«

Sie wirkte gekränkt. »Ich werde Euch nicht verraten.«

»Darauf kann ich nicht vertrauen. Und meine Männer würden das auch nicht tun.« Sie setzte zum Sprechen an, doch er wehrte ab: »Nein, sagt nichts mehr, denn was Ihr verlangt ist unmöglich. Ich würde das Leben aller meiner Männer aufs Spiel setzen, und ich habe nicht vor, Euretwegen eine Meuterei zu provozieren. Ich habe das Leben der Männer schon in Gefahr gebracht, um Euch unverletzt hierher zu bringen.«

»Und was habt Ihr vor? Wollt Ihr mich bis zu Eurem Tod auf diesem Schiff gefangen halten?«

»Gebt die Hoffnung nicht auf, Mädchen, unser Beisammensein könnte eine ziemlich kurze Angelegenheit werden.«

Ihre Gesichtszüge erschlafften. »Ihr sprecht so leichtfertig vom Tod, und doch habt Ihr Euer Leben für mich aufs Spiel gesetzt. Warum?«

Es verging ein langer Augenblick, ehe er antwortete: »Ihr habt dieses Schicksal nicht verdient.«

»Wie könnt Ihr das wissen? Ich könnte eine mordende Diebin sein wie . . .«

Sein Blick wurde drohend. »Hütet Eure Zunge, Willa.«

»Ich glaube nicht, dass der Anschein höflicher Konversation hier gewahrt werden muss. Allein schon deshalb nicht, weil Ihr meinen Sohn zu einem Schicksal verdammt, das *er* nicht verdient hat.«

Ihre Worte trafen ihn bis ins Mark. Aber das Schicksal, von dem sie sprach, gab es nicht mehr. Das Kind war tot. Aber ihr Glaube ließ auch vor seinen Augen das Bild eines kleinen Jungen entstehen, der sich verloren wähnte und der von Angst gequält wurde, von seiner Einsamkeit. Raidens Entschluss geriet ins Wanken. Denn dieses Mal trug der Junge, den er vor sich sah, *sein* Gesicht – und *seine* Unschuld war ganz gewiss getötet worden.

Raiden lehnte sich gegen den Schreibtisch und verbannte die Erinnerungen aus seinem Bewusstsein. Er starrte Willa so lange an, dass sie nervös wurde. »Was habt Ihr mit der *East India Company* zu tun?«, fragte er schließlich und zeigte auf die Pistole, die er ihr abgenommen hatte und die das Wappen der *Company* trug.

»Ah, jetzt kommen wir also zum Kern des Ganzen«, erwiderte Willa bitter. »Also wart Ihr es doch, den ich auf dem Markt gesehen habe.«

Dass sie ihn trotz seiner Verkleidung ohne Mühe erkannt hatte, bestärkte Raiden in seinem Entschluss, sie auf dem Schiff zu behalten. »Warum habt Ihr nicht Euren Liebhaber gebeten, Euren Sohn zu suchen?«

Willa biss die Zähne zusammen. »Ich bitte *Euch*, mir zu helfen.«

»Und ich habe Euch meine Antwort gegeben«, stellte er gleichmütig fest. Er hatte eine ganze Mannschaft, der er Rechenschaft ablegen musste, und allein schon der Vorschlag, das Kind zu suchen und während dieser Suche auf reiche Beute zu verzichten, würde eine Meuterei heraufbeschwören. »Wieso seid Ihr in Barkmons Kutsche umhergefahren? War es seine Gegenleistung für Eure Gunst?«

Seine Beleidigung tat weh; in dem Blick, mit dem er sie ansah, lagen Verachtung und irgendetwas anderes, für das sie keinen Namen hatte und das sie veranlasste, sich abzuwenden. *O Raiden*, dachte sie entmutigt, *all die Lügen, die ich erzählt habe, all die Dinge, die ich gesehen habe.*

»Willa«, warnte er sie.

»Meine Affären dürften Euch nichts angehen.«

Die Worte brannten sich ihm ein, und er sprang auf und ging zu ihr, zwang sie, sich zu ihm umzudrehen. »Was bedeutet er Euch?«

Ihr Gesicht blieb ausdruckslos, nichts sagend. Und Raidens Fantasie lief Amok. Die Vorstellung, dass die ringgeschmückten, manikürten Hände dieses Mannes Willa berührten, ließ Raiden vor Wut schäumen. Er spürte einen üblen Geschmack im Mund

und das brennende Verlangen, diesem feisten Kerl den kurzen Hals umzudrehen. »Ich hätte gedacht, Ihr hättet, was Männer angeht, einen besseren Geschmack, Willa.«

»Wie es scheint, greife ich bei der Wahl meiner Bekanntschaften in letzter Zeit des Öfteren daneben«, erwiderte sie mit einem bedeutungsvollen Blick, der Raiden einschloss.

»Ich warne Euch, ich reagiere auf Beleidigungen von Barkmons Mätresse nicht gerade höflich.«

»Beleidigungen? Ihr habt mir vorgeworfen, Barkmons Hure zu sein, und habt mir jede Hoffnung darauf zerstört, meinen Sohn zu finden.« Laut der letzten Information, die sie bekommen hatte, war vor kurzem ein Schiff nach Süden gesegelt, das ein Kind an Bord gehabt haben sollte. Sie hatte bislang nicht herausfinden können, welches Schiff das gewesen war, und jetzt waren ihre alle Chancen genommen worden. »Das ist alles, was Ihr von mir bekommen werdet.«

Er machte einen Schritt auf sie zu und stellte sie damit vor die Wahl, zurückzuweichen oder von ihm berührt zu werden. »Ich *nehme* mir, was ich will, Willa, begreift das hier und jetzt. Ihr seid eine Bedrohung – für meine Schiffe und für meine Männer, auch wenn ich Euch glaube, dass Ihr Euren Sohn sucht. Aber wenn er auf den Gewürzinseln ist, dann ist er tot.« Willa schüttelte heftig den Kopf, bis Raiden ihn zwischen seine schwieligen Hände nahm und festhielt. Er spürte diese Berührung bis in die Tiefen seiner erbärmlichen Seele. »Sagt mir, warum der Offizier Euch töten wollte.«

»Ich weiß es nicht!« Sie schlug auf seine Hände ein und entzog sich ihm. Sie rieb sich das Gesicht, der Abdruck seiner Hände ließ ihr Herz schneller schlagen.

»Ihr lügt!« Raiden schlug so heftig mit der Faust auf den Tisch, dass die darauf liegenden Waffen klirrten. Willa zuckte erschreckt zusammen. »Euer Diener, der Offizier – beide sind Euretwegen getötet worden!« Ihr Schuldgefühl spiegelte sich auf ihrem Gesicht wider und Raiden nutzte dies für sich aus. »Mit wem habt Ihr es Euch verdorben?«

»Außer mit Euch, meint Ihr?« Er wird mir nicht helfen, Mason zu finden, überlegte sie, und deshalb braucht er auch nichts über meine Probleme zu wissen.

Raiden wollte sie packen und schütteln. »Wie kann ich Euer Leben beschützen, wenn ich nicht weiß, wovor?«

Sie konnte es ihm nicht sagen, nichts über Alistar und nichts darüber, was sie vermutete. Mit seinem übermäßigen Interesse an der *East India Company* und an Barkmon wäre das für ihn nur ein noch stärkerer Grund, sie festzuhalten. Und wenn sie enthüllte, welche Rolle Alistar bei alldem spielte, würde sie nie wieder Land sehen. »Erinnert Euch, Pirat, ich habe Euch nicht darum gebeten, mein Leben zu beschützen. Ich habe Euch gebeten, meinen Sohn zu retten, aber Ihr habt zu viel Angst vor den Moskitos, um das zu tun.«

Seine Augen verengten sich. »Ich fürchte den Dschungel nicht. Ich habe nur keine Lust, für eine Frau zu sterben.«

»Für was dann würdet Ihr sterben? Für Gold und Juwelen? Oder für die schmutzigen Silberlinge, die der Teufel Euch auf Eurem Weg in die Hölle zusteckt?«

»Ja.«

»Seid verflucht. Ihr sagt ja dazu, mein Leben zu retten, aber nein zu dem meines Sohnes, weil er niemandem außer mir etwas bedeutet und er Euch nichts nützt.« Sie biss sich auf die zitternden Lippen und musste sich zwingen, ihm keine Flüche an den Kopf zu werfen. Als sie Raiden wieder ansah, war der Ausdruck in ihren Augen so eisig wie das Nordmeer. »Ich weiß nichts, sonst wäre ich wohl kaum in diese Spelunke gegangen. Und was meinen Verbleib angeht –«, sie zuckte gleichmütig mit den Schultern, » – die Soldaten werden Barkmon sagen, dass ich von Marodeuren verschleppt worden bin, und sie werden ihre Suche einstellen und mich tot wähnen.«

Raiden schüttelte den Kopf. »Die *East India* wird nicht so einfach die Suche nach Euch einstellen. Sie wird jetzt auch uns jagen.«

»*Euch* jagt sie ohnehin, Schwarzer Engel. Admiral Dunfee hat es zu seiner persönlichen Aufgabe gemacht, Euch zur Strecke zu bringen!« Bei ihren Worten flackerte ein seltsamer Ausdruck in

Raidens dunklen Augen auf. »Wenn Ihr nicht wollt, dass noch mehr Schiffe diese Gewässer durchkämmen, dann bringt mich an Land.«

»Um zu sterben?«

»Um mein Kind zu suchen.«

»Oder um in Barkmons Bett zurückzukehren?«

Allein schon bei dem Gedanken, Barkmon würde sie berühren, drehte sich Willa der Magen um. »Ihr denkt ans Bett, während ich an nichts anderes als an meinen Sohn denke. Habt Ihr denn nie so sehr geliebt, dass Ihr alles dafür getan hättet?«

Raiden starrte sie an. Er dachte an die kurze, unschuldige Liebe, die er vor so langer Zeit erlebt hatte. Die Erinnerung daran war zu einem vagen Schmerz verblasst und an dessen Stelle war ein Verlangen nach Rache getreten, das noch nicht befriedigt war. Aber sein Leben für die Liebe aufs Spiel setzen? Das war etwas für Dummköpfe und naive Jünglinge, aber gewiss nichts für einen Mann wie ihn.

»Habt Ihr?«

Raiden schaute auf. Willa stand nahe bei ihm, und ein Hoffnungsfunke spiegelte sich in ihren Augen wider, als sie ihn ansah. »Liebe ist zu vergänglich, um dafür Opfer zu bringen.«

Ihre Miene erschlaffte. »Dann tut Ihr mir Leid, Pirat. Denn Ihr bringt Euch damit um ein kostbares Geschenk. Und aus diesem Grund schlagt Ihr es mir ab, den einzigen Menschen zu retten, der mir auf dieser Welt noch etwas bedeutet.« Sie wandte ihm den Rücken zu und schlang die Arme um sich.

Raiden stand hinter ihr und ballte die Hände zu Fäusten. Wut und Mitleid stritten ihn ihm. Er wollte kein Mitgefühl empfinden, wollte nicht diese Zärtlichkeit für sie spüren, die ihn wünschen ließ, ihr Freund sein zu können. Kein Freund für ein, zwei Tage, sondern ein Freund für die Ewigkeit. Sie war eine Heimsuchung für sein Herz, das er für tot gehalten hatte, war eine Folter für seinen Körper, den er immer unter Kontrolle gehabt hatte. Doch in ihrer Nähe fühlte er sich unentschuldbar schwach. Für eine Frau von so kleiner Statur verbarg sie zu viele Geheimnisse. Er wusste, dass es klüger wäre zu gehen, irgendwohin, wo ihre verführerische Nähe sich nicht unter seinen unsichtbaren Panzer schmeicheln konnte.

Doch allein ihr Anblick ließ ihn wie angewurzelt verharren. Der grüne Sari schmiegte sich eng um ihre Hüften und ließ unterhalb des engen Mieders einen schmalen Streifen nackter Haut sehen. Ihr Haar wurde von der schimmernden Seide bedeckt und hüllte sie bis zur Taille ein. Sie war mehr als nur eine Mutter – sie war eine Verführerin – und eine tödliche Gefahr, wenn sie eine Waffe trug. Er dachte an das Messer, das sie zwischen ihren Brüsten verborgen getragen hatte, und wie er danach gesucht hatte. Raiden runzelte die Stirn und klopfte seine Lederweste ab. Als er das Messer gefunden hatte, zog er es hervor. Der beinerne Griff der Waffe war vom häufigen Gebrauch abgenutzt. Er ging zum Schreibtisch, sammelte bis auf die Pistolen seine Waffen zusammen und legte sie in eine der Truhen. Die Pistolen steckte er in seinen Gürtel.

Willa wandte sich um, und er erwiderte ihren Blick, als er das Messer ebenfalls in der Truhe verstaute und deren Deckel schloss.

»Was wollt Ihr von mir, Raiden?«, fragte Willa. Der Blick aus seinen dunklen Augen war so machtvoll und eindringlich, dass Willa der Atem stockte.

»Die Wahrheit.«

Sie sah ihn an. »Ihr habt Euch geweigert, mir zu helfen. Was spielt die Wahrheit da noch für eine Rolle?«

Raiden kam auf sie zu und je näher er kam, desto heftiger schlug ihr Herz. Er ging langsam, und seine Art sich zu bewegen, faszinierte Willa. Die Ausstrahlung dieses Mannes ließ sie sich klein und hilflos fühlen – und begehrt von dem Ausdruck in seinen unergründlichen Augen. Ihr Blick glitt über ihn, von den hohen Schaftstiefeln bis zum langen schwarzen Haar. Als Raiden wenige Zentimeter vor ihr stehen blieb, glaubte sie die Wärme seines Körpers durch ihr dünnes Gewand hindurch zu spüren. Das Mieder fühlte sich plötzlich viel zu eng an, ihre Haut begann in Erwartung seiner Berührung zu prickeln. Und selbst als ihr das sündige Bild durch den Kopf schoss, legte sie den Kopf leicht in den Nacken, um Raiden in die Augen zu sehen, ermutigte ihn nahezu.

»Ich werde Eure Geheimnisse lüften, Willa. Es ist nur ein Frage des Wie und Wann.«

»Drohungen, Mylord Pirat, nützen gar nichts.«

Verdammt, ihr Trotz wirkte nicht wie ein Aphrodisiakum auf ihn, lockte und reizte ihn, und Raiden ergab sich der Versuchung, die er verleugnet hatte, seit er Willa in den Gassen Kalkuttas zum ersten Mal in den Armen gehalten hatte. Sein Stolz schrie Protest, doch sein Verlangen ließ ihn verstummen, als er sich über sie beugte, bis sein Mund fast ihre Lippen berührte. Er fühlte, dass Willa zitterte. Die wenigen Millimeter, die sie noch voneinander trennten, brachten die Luft zum Knistern. Allein schon der Gedanke sie zu küssen, ließ in Raiden die Furcht aufkommen, seine Beine würden unter ihm nachgeben.

»Drohungen werde ich gar nicht brauchen«, flüsterte er und spürte, wie sich ihr Atem beschleunigte. Dass sie so regungslos verharrte, reizte Raiden nur noch mehr.

»Ihr versucht, mich zu quälen? Natürlich, Ihr seid ...«

»Es gibt viele Arten der Folter, Mädchen«, unterbrach Raiden sie sanft und beugte den Kopf noch tiefer über sie. »Und ich bin in jeder einzelnen davon geübt.«

Als seine Zungenspitze ihren Mund berührte, keuchte Willa auf. Sie streckte die Hände aus, berührte Raiden aber nicht. Sie sehnte sich nach dem heißen Druck seines Mundes, kam ihm aber nicht entgegen. Wieder berührte seine Zunge ihre Lippen, ließ er sie darüber gleiten, und ein winziger Laut entfloh Willa. Es war ein Atmen, ein Wimmern, sie vermochte es nicht zu sagen, wusste es nicht, so stark brannte die Hitze dieser Berührung in ihr, so überwältigend war das so lang versteckte Flehen in ihrem Innern, das jetzt nach mehr verlangte als nach einer einzigen, quälenden Berührung. Sie spürte alle ihre Sinne, die wie eine reißende Flutwelle über sie hinwegspülten. Willa kämpfte gegen den reißenden Sog und wusste doch, dass sie niemals die Kraft hätte, eine solche Schlacht zu schlagen. Nicht mit ihm, niemals mit ihm.

Und Raiden spürte es, er spürte Willas pulsierendes Verlangen, die ungezähmte Sehnsucht zwischen ihnen, die nur darauf wartete, geweckt zu werden. Und die Mauer, die er um die dunkle Leidenschaft errichtet hatte, die in ihm tobte, zerbrach. Seine Muskeln spannten sich an. Sein Herz schlug hart und schwer, und er ballte die Hände. In diesem Augenblick begriff Raiden, dass die Bedrohung, die diese Frau für ihn bedeutete, nicht in der Vereinigung ihrer Körper liegen würde, sondern in der Offenbarung seiner Seele.

Augenblicklich zog er sich von ihr zurück, erwiderte ausweichend ihren Blick, als sie ihn verwirrt ansah. Dann wandte er sich ab und verließ die Kabine.

Willa taumelte zurück und ließ sich wie betäubt auf die Bank sinken. Folter? O nein, dachte sie. Das war nicht das richtige Wort. Sekunden später hörte Sie einen lauten Schlag, und die Wand, an der aufgereiht die Säbel hingen, wackelte.

Jenseits der geschlossenen Tür hob Raiden ein weiteres Mal die Faust und schlug sie krachend gegen die Wand. Dann presste er die Stirn gegen das Holz und widerstand dem kindischen Drang, so lange mit dem Kopf gegen die Wand zu laufen, bis er wieder zu Verstand gekommen wäre. Was hatte er sich nur dabei gedacht, auf diese Weise mit ihr zu spielen? Sein Verlangen nach ihr derart in Versuchung zu führen? Diese Frau brauchte ihn mit keiner Waffe zu bedrohen. Und der wahre Grund seines Aufruhrs war, dass sie es zugelassen hatte, dass er sie küsste. Sollte sie bislang noch irgendeinen Zweifel an seinem Verlangen nach ihr gehabt haben, so hatte er ihr dieses gerade unmissverständlich klar gemacht.

Er hatte das beunruhigte Flackern in ihren Augen gesehen, ihre Verwirrung und Ungewissheit darüber, was er mit ihr tun würde. Piraten waren dafür berüchtigt, sich die Frauen zu nehmen, wie sie es wollten, aber nur die jämmerlichsten Schurken unter ihnen töteten eine Frau und warfen sie über Bord, wenn sie von ihnen benutzt worden und für sie nicht mehr von Wert war. Oder sie hielten sie gefangen, um ein Lösegeld zu erpressen. Raiden hob den Kopf und starrte auf die Astlöcher im Holz. Er runzelte die Stirn. Glaubte Willa, er hielte sie deswegen an Bord fest? Weil es ihm um ein Lösegeld ging? Hatte sie sich deshalb geweigert, ihm irgendetwas über ihr Leben zu verraten, über ihre Beziehung zu Barkmon und warum sie in der Schänke gewesen war? War ihr Mann getötet worden, als er seinen Besitz hatte beschützen wollen? Lag die Wahrheit so nah? Aber warum sie dann verbergen?

Grundgütiger Gott, sein Kopf schmerzte ihm schon vom langen Grübeln darüber. Er stieß sich von der Wand ab und rief seinem Schiffsjungen einige Anweisungen zu, ehe er sich auf den Weg hinauf an Deck machte. Das grelle Sonnenlicht zwang ihn, die Augen zusammenzukneifen, als er zur Leiter ging und zum Achterdeck hinaufkletterte. Dabei legte er sich einen Plan nach dem anderen zurecht, wie er die Frau in seiner Kabine unter Kontrolle halten könnte. Und einen nach dem anderen verwarf er wieder, bis er den Gedanken daran erst einmal völlig beiseite schob. Er blieb stehen, legte den Kopf in den Nacken und atmete tief durch.

»Die Lady macht dir wohl Ärger?«

Raiden streifte Tristan mit einem Blick. Der Freund lehnte an der Reling, hatte die Beine lässig übereinandergeschlagen und genoss die Sonne. »Hast du nichts Besseres zu tun, als faul herumzustehen, Quartermeister?«

Dysart richtete sich bei Raidens scharfem Ton auf. »Wir haben einen neuen Mann an Bord.« Tristan wies auf einen Mann, der auf dem Vorderdeck damit beschäftigt war, Taue aufzuschießen. Er war groß und hatte breite Schultern. Unter der Mütze, die er tief in die Stirn gezogen hatte, schaute das zu einem Zopf geflochtene dunkle Haar hervor.

»Wie ist er zu uns gestoßen?«

»Er hat Cheston und Curry gestern Abend das Leben gerettet – und mir auch.«

Raiden sah ihn fragend an.

Dysart zuckte die Schultern. »Englische Soldaten verstehen keinen Spaß, wenn wir uns an ihren Vorräten bedienen.«

Raiden fluchte. »Zur Hölle mit dir, Mann, wir können für diese Waren bezahlen. In diesen Häfen zu stehlen, erregt nur Aufmerksamkeit.«

»Du musst mich weder an meine Fehler noch an die Gefahren erinnern. Denn unglücklicherweise habe ich diese am eigenen Leib erfahren.« Er schlug seinen Mantel zurück und enthüllte einen angetrockneten Blutfleck auf seinem ursprünglich einmal weißem Hemd.

»Wie schlimm ist es?« Raiden war aufrichtig besorgt.

»Ich werde es überleben.«

»Gut, denn ich hätte auch keine Zeit, das Kindermädchen für dich zu spielen.«

Dysart schnaubte. Dieser Mann kennt wirklich kein Mitleid, dachte er. Zumal er es mehr als einmal erlebt hatte, dass Raiden im Kampf gegen die *East India Company* seine eigenen Verletzungen ignoriert hatte, nur um einen weiteren der Soldaten zur Strecke zur bringen. »Ich könnte die Lady bitten, sich darum zu kümmern.«

Raiden ließ sich sein Fernrohr bringen und richtete es auf den Horizont. »Das Risiko würde ich nicht eingehen.«

Bei dieser ruhig ausgesprochenen Warnung richtete sich Tristan auf, zuckte aber sofort zusammen und hielt sich die verletzte Seite, als er sich neben Raiden stellte.

»Von meinem ersten Offizier erwarte ich mehr Einsicht«, sagte Raiden leise. Er ließ das Fernrohr sinken und sah den Freund an. »Oder bereitet dir die Seeräuberei irgendein Unbehagen?«

Tristan lächelte. Er bekam diese spöttische Frage häufiger von Raiden zu hören, denn er, Tristan, war als Sohn eines Peers geboren und erzogen worden. Als *zweiter* Sohn eines Peers, unglücklicherweise, und wenn Tristan auch kein Erbe zu erwarten hatte, so hatte seine Herkunft doch Spuren hinterlassen, die er nicht leugnen konnte. Ebenso wenig wie er seinen Leichtsinn abstreiten konnte, der ihn auch an Bord eines Gefangenenschiffes gebracht hatte und auf dem er Raidens Kojennachbar geworden war. »Ich gewöhne mich langsam daran.«

»Du betreibst dieses Geschäft ja auch erst seit zehn Jahren«, spottete Raiden gutmütig und schob das Fernrohr zusammen. Freundschaftlich legte er Tristan die Hand auf die Schulter. Dysart, der immer ganz Gentleman war und sich gezwungen gesehen hatte, sein Glück auf eigene Faust zu machen, hatte Raiden lesen und rechnen gelehrt und ihm noch weitere, einen Gentleman auszeichnende Fertigkeiten beigebracht wie zum Beispiel Umgangsformen und Auftreten. Als Gegenleistung hatte Raiden ihm alles vermittelt, was er über die Seefahrt und Schiffe wusste. Diese Zeit hatte sie zu engen Freunden gemacht, wie Raiden kaum einen zweiten hatte. Darüber hinaus genoss sein Quartermeister nicht nur das volle Vertrauen der Mannschaft, wenn es darum ging, die Beute zu teilen und bei ernsthaften Verletzungen die entsprechenden Geldzahlungen vorzunehmen, sondern er war auch der erste Offizier der *Renegade*. »Ruf die Männer zusammen.«

Tristan rief dem Bootsmann den Befehl zu, woraufhin dieser einen schrillen Ton aus seiner Pfeife abgab. Die Männer der Besatzung versammelten sich auf dem Achterdeck. Raiden setzte sich auf die Reling und schaute zu seinen Leuten herunter. »Wer hat sich uns angeschlossen?«

Ein Mann hob die Hand, und Raiden winkte ihn zu sich. Der Seemann kam mit gesenktem Kopf näher. »Allem Anschein nach ein Mann, der mir nicht in die Augen sehen kann.« Der so Angesprochene hob den Kopf, und Raiden runzelte die Stirn. Der Mann war groß und stämmig und viel älter als Raiden gedacht hatte. Er hatte einen Jüngeren erwartet, zumal er die jungen englischen Soldaten im Kampf besiegt hatte. »Euer Name?«

»Nealy Perth, Captain.«

»Schwört jetzt Euren Eid, Mr Perth, und haltet Euch an die Gesetze dieses Schiffes und dieser Mannschaft, oder Ihr werdet im nächsten Hafen an Land gesetzt werden. Wir wollen niemanden an Bord haben, der nicht hier sein möchte.«

Der Mann leistete den Schwur, und nach einem Beifallsruf der Mannschaft und einem Extrahurra von Cheston und Curry breitete sich erwartungsvolle Stille unter der Besatzung aus, als Raiden die beiden Seeleute eindringlich ansah. Sein Blick machte ihnen klar, dass sie die Verantwortung für Nealy Perth trugen, bis dieser bewiesen hatte, dass er seinen Eid halten würde. Cheston und Curry nickten. Sie wussten, dass sie ausgesetzt werden würden, sollten sie bei dieser Aufgabe versagen.

»Was hatte Kalkutta außer Frauen und *kallu* noch zu bieten?«, fragte er die Mannschaft. »Was gibt es Neues?«

Die Männer berichteten ihm, was ihnen an Neuigkeiten und Gerüchten zu Ohren gekommen war, welche Schiffe mit Ziel auf die Gewürzinseln demnächst in See stechen würden. Mit Hilfe dieser Informationen und allem, was er selbst gehört hatte, legte Raiden das Vorgehen für den nächsten Beutezug fest.

»Sobald wir die Flussmündung erreicht haben, nehmen wir südlichen Kurs zum Indischen Ozean auf«, erklärte er den Männern. »Wir werden uns mit den anderen treffen. Wenn der Wind günstig ist und der Monsun uns nicht im Stich lässt, werden wir der *Weston* folgen und sie von achtern angreifen. Und alles sonst, was uns unterwegs vor den Bug kommen wird.«

Die Männer grinsten, und Raiden wertete das als Zustimmung. Bis auf Dysart und Kahlid, seinen Steuermann, schickte er die Männer an die Arbeit zurück. Die beiden folgten ihm zum Ende des Achterdecks, wo sie sich ungestört und unbelauscht unterhalten konnten.

»Die Soldaten hatten mich vor dem Kontor erwartet.«

Kahlid und Dysart tauschten einen Blick. »Die *East India* hat in jüngster Zeit drei Schiffe verloren, aber nur eines davon durch uns«, stellte Tristan fest.

Raiden stützte die Unterarme auf die Reling und beobachtete das Land, das am Horizont verschwand.

»Sie könnten auch hinter jemand anderem her gewesen sein und Euch mit ihm verwechselt haben, Captain«, meinte Kahlid.

»Es wird schwierig werden, den Verräter unter uns zu erkennen, vor allem mit einem neuen Mann an Bord, aber denkt nach, Männer – wer könnte gewusst haben, dass ich dorthin unterwegs war?«

»Ich würde mir eher die Finger abhacken als Eure Pläne zu verraten, Ibn Montegomery«, sagte Kahlid.

Raiden sah den hoch gewachsenen, schlanken Araber einen Augenblick lang an, ehe er sich aufrichtete. »Ich glaube dir, Freund, und ich bitte dich, deine Ohren offen zu halten. Ich will wissen, was unter den Männern geredet wird. Und wie sie ihre

Arbeit tun. Außerdem darf niemand ohne Wissen des Quartermeisters den Laderaum betreten.«

Wenn unter seinen Männern ein Verräter war, was wollte dieser erreichen? Und für wen? Suchend schaute Raiden das Deck entlang. Sein Blick blieb an Nealy Perth hängen, der mit den schweren Tauen hantierte und sich dabei mit einigen Männern unterhielt.

Auf See würde er den meisten dieser Männer vertrauen, an Land nur einer Hand voll von ihnen und dann auch keinem, der nicht an seiner Seite gekämpft hatte.

6

Der Mond stand hoch an Indiens Nachthimmel, als Raiden auf seine Kabine zuging. Bis jetzt hatte er an Deck gearbeitet und sich sein weiteres Vorgehen überlegt. Und nun fühlte er sich gut gewappnet gegen das unerklärliche Verlangen, das er für die Frau empfand, die er gefangen hielt. Noch ehe er die Tür erreicht hatte, hörte er wütende Stimmen aus der Kabine. Ohne zu zögern stieß er die Tür auf – und blieb überrascht stehen. Mit nichts als einem großen, blauen Badetuch, in das sie sich gewickelt hatte, und tropfnassen Haaren stand Willa mitten im Zimmer und hielt ein Schwert auf Balthasar, den Koch der *Renegade,* gerichtet. In der Kabine herrschte leichte Unordnung: Auf dem Boden waren nasse Fußspuren zu sehen und ein Stuhl war umgekippt. Willa sah aus, als sei sie mit ihren Nerven am Ende, und Balthasars Turban saß seinem Träger auffallend schief auf dem Kopf.

Willa hatte sich schützend vor Jabari, den Schiffsjungen, gestellt und verteidigte diesen wie eine Löwin ihr Junges. »Schafft ihn sofort hier raus!«

Die Hände in die Hüften gestemmt, warf der hoch gewachsene, in ein wallendes Gewand gehüllte Beduine seinem Kapitän einen aufgebrachten Blick zu. »Sie ist ein sehr widerspenstiges Frauenzimmer, mein Kapitän.«

»Ich dachte, das käme nur mir so vor«, bemerkte Raiden müde und ging auf die Kontrahenten zu.

»Ihr solltet sie züchtigen.«

Willa schrie vor Empörung laut auf und schwang mit beiden Händen das Schwert vor Balthasars Gesicht hin und her. Ihr Badetuch drohte zu rutschen. »Ihr und jeder andere lasst gefälligst Eure Finger von mir und diesem Kind oder ich – oder ich werde es Euch in den Leib stoßen!«

Raidens Blick schoss zu Balthasar. »Was hast du getan?«, fragte er gefährlich ruhig.

»Sie ist doch nur eine Frau. Was soll's?«

Raiden schlug das Schwert zur Seite und stellte sich zwischen das streitende Paar. »Wir sind auf meinem Schiff, in meiner Kabine, Beduine, und nicht in deinem Harem.« Er ballte die Hand zur Faust und versuchte, seine Wut zu zügeln. »Sie gehört mir.«

Willas Augen weiteten sich bei dieser unverhüllten Erklärung, doch Balthasar zuckte nur mit den Schultern. »Wie Ihr wollt.« Er trat zurück und wandte sich an Willa. »Iss jetzt, Frau.« Er wies auf das Tablett auf dem Tisch. »Du bist viel zu mager, um das Bett meines Kapitäns zu füllen und ihm Vergnügen zu bereiten.«

Willa konnte ihren Zorn nicht mehr beherrschen und fuhr zu Raiden herum, doch der packte sie und schob sie kurz entschlossen hinter sich. »Fass sie nie wieder an oder ich hacke dir die Finger ab«, warnte er den Koch.

Balthasars Grinsen wurde dünner. »Wie soll ich dann noch für Euch kochen und kämpfen?«

»Das wirst du dann nicht mehr können.« Die Überheblichkeit des Persers veranlasste Raiden, ihn mit auf die Liste der Verdächtigen zu setzen. Er kannte Balthasar erst seit einem Jahr, und mochte sein Verhalten auch Teil seiner Kultur und Erziehung sein, so würde Raiden es dennoch nicht tolerieren.

Balthasars schwarze Augen flackerten bei dieser deutlichen Warnung, und er nickte Raiden respektvoll zu, ehe er auf dem Absatz kehrtmachte und die Kabine verließ.

Das Schwert fiel klirrend zu Boden, und Willa wich zurück, als Raiden herumfuhr und sie ansah. »Hat er Euch etwas getan?« Sein Blick glitt über ihren Körper, über das Tuch, in das Wasser aus ihren nassen Haaren tropfte, was es fast durchscheinend gemacht hatte.

Abweisend verschränkte Willa die Arme vor den Brüsten und starrte zurück. »Außer dass er mich behandelt hat, als bestünde ich nur aus Po und Busen und wäre ausschließlich zu seinem Vergnügen da, und dass er dieses Kind geschlagen hat, als es versuchte, mir beizustehen – nein. Ihr sagt, Ihr wollt mich beschützen, und doch gelingt Euch das nicht einmal auf Eurem eigenen Schiff!«

Die Wahrheit ihrer Worte traf Raiden wie ein Schlag. Er hatte noch nie eine Frau an Bord gebracht und die Reaktion seiner Männer unterschätzt. »Balthasar war unter Deck, als ich ... denkt nicht mehr daran. Seid versichert, dass meine Männer Euch von diesem Augenblick an nicht anrühren werden.«

Ihre Miene drückte Zweifel aus, und als er auf sie zuging, zog sie sich hastig zurück und sah ihn wie ein in die Enge getriebenes Tier an. Neben ihr stand noch immer der kleine dunkelhäutige Junge, dem sie schützend den Arm um die Schultern gelegt hatte. Willa beugte sich zu Jabari herunter und flüsterte ihm etwas zu, dabei strich sie ihm das schwarze Haar aus der Stirn. Vor Raidens Augen verschwand die Verführerin, und an ihre Stelle trat die liebevolle Mutter. Wie zärtlich sie den Jungen ansah und wie vorbehaltlos dieser ihre Aufmerksamkeit genoss. Und ihr seine Ergebenheit schenkt, dachte Raiden, als Jabari nickte, und den Blick auf Raiden richtete, während er Willa antwortete. Dann begann er die Kabine aufzuräumen, um seinen Pflichten nachzukommen.

Willa richtete sich auf und sah Raiden offen an, das Tuch hielt sie dabei vor den Brüsten fest umklammert. Sein Blick fiel auf ihre Schulter. Sofort war er bei ihr und strich ihr Haar zurück. Auf ihrer zarten Haut waren hellrote Fingerabdrücke zu erkennen.

»Ich werde ihn töten«, stieß Raiden hervor. »Das schwöre ich.«

Willa wusste, dass er seine Ankündigung wahr machen wollte, als er sich zum Gehen wandte. Sie ergriff Raiden am Arm und hielt ihn zurück. »Ist das Töten der einzige Weg, den Ihr kennt, Pirat? Ich habe keine blutenden Wunden davongetragen, und außer meiner Ehre ist nichts verletzt worden.« Was für ein seltsamer Widerstreit spiegelt sich in seinen Augen, dachte Willa. Doch dann verschwand der finstere Ausdruck aus Raidens Augen und machte etwas anderem Platz, etwas, das weicher und wärmer war. Willa glaubte eine Spur von Zärtlichkeit darin zu erkennen und fühlte sich davon bis in ihr Innerstes berührt.

Wie zart und zerbrechlich Willa war, zeigte sich an den Abdrücken auf ihrer Schulter, und Raiden spürte den Wunsch, sich zu entschuldigen und ihr etwas von ihrer Angst nehmen zu können. Als er die Hand nach ihr ausstreckte, spannte Willa sich sofort und packte das Tuch noch fester. Obwohl sie sich keine weitere Regung anmerken ließ, war Raiden hinreichend davor gewarnt, ihr zu nahe zu kommen. Es ist gut, dass sie mich daran erinnert, dachte er und stieß einen langen Atemzug aus. Dann bückte er sich und hob das Schwert vom Boden auf, um es an die Wand zurückzuhängen. Allmächtiger, aber sie war wirklich unglaublich verwegen. Die Waffe auf einen Mann zu richten, der zweimal so groß und mindestens zehnmal bösartiger war. »Versucht, niemanden zu erstechen, solange Ihr an Bord seid, Lady.«

»Würdet Ihr mich freilassen, hätten wir diese Komplikationen nicht mehr.« Sein Blick nahm ihr alle Hoffnung, und entschlossen ging Willa zu dem Badestuhl und suchte ihre heruntergefallenen Kleidungstücke zusammen. »Ich werde keine Ruhe geben und Euch immer wieder bitten, das verspreche ich Euch.«

»Ich freue mich darauf, von Euch nicht in Ruhe gelassen zu werden, Mädchen«, erwiderte er. »Jabari, wie ich sehe, hast du Mistress Delaney bereits kennen gelernt.« Der Junge verbeugte sich, und Willa erwiderte sein Lächeln, als sie einen tiefen Knicks vor ihm machte, was in dem Badetuch höchst entzückend aussah. »Du wirst ihr alles bringen, was sie braucht. Und das wird als Erstes gleich morgen früh etwas Passendes zum Anziehen sein«, sagte Raiden. Er war nicht in der Lage, den Blick von Willa abzuwenden. »Frag deswegen bei Mr Dysart nach.«

»Aber – Captain?« Jabari zögerte und reichte Willa ein Tuch für ihr Haar.

Raiden runzelte die Stirn. »Was ist, Junge?«

»Ihr solltet nicht hier bleiben. Ganz allein mit ihr.«

Willa lächelte in sich hinein. Sie und Jabari hatten sich gerade miteinander angefreundet, als dieser Flegel Balthasar in die Kabine stolziert gekommen war und sich erdreistet hatte, sie zu betatschen. Jabari war dazwischengegangen und hatte versucht sie zu beschützen. Willa fragte sich, was dem Jungen widerfahren sein mochte, dass er hier an Bord lebte. Ein Kind in seinem Alter sollte am Strand herumtollen, nach Muscheln suchen und Fische fangen.

»So könnte man es sehen, Bürschchen.« Raidens Blick heftete sich auf Willa. »Aber ich werde hier bleiben. Und jetzt hinaus mit dir.« Er gab Jabari einen Wink.

Der Blick des Jungen wanderte zwischen Raiden und Willa hin und her. Willa dachte, dass seine großen schönen Augen für sein unschuldiges Gesicht viel zu wissend wirkten, und sie las die Besorgnis darin. »Mir wird nichts geschehen, Jabari«, versicherte sie ihm.

Raiden presste die Lippen zusammen, als der Junge nach den Eimern griff und zögernd die Kabine verließ. »Ihr habt ihn verhext«, warf Raiden ihr vor und erkannte selbst, wie lächerlich seine Worte klangen.

Willa wickelte sich ein Handtuch um das nasse Haar. »Nicht mehr, als ich Euch behext habe, scheint mir.«

Irgendetwas *hat* sie mit mir gemacht, dachte er, denn noch nie hatte er für eine Frau, die so anstrengend war wie Willa, so viel empfunden. Schon gar nicht für eine, die sein Leben, sein Schicksal in ihren Händen hielt.

»Ich brauche nichts anderes anzuziehen.« Sie hob den Sari vom Boden auf und ging auf den Wandschirm zu. »Er reicht völlig.«

»Nein, er ist schmutzig und riecht nach der Stiefelwichse, mit der Ihr Euch das Haar geschwärzt habt.«

Sie war überrascht, dass Raiden das wusste, und als er zu der Truhe am Fußende des Bettes ging und deren Deckel zurückklappte, trat Willa neugierig ein Stück näher. Er zog ein weißes Hemd heraus und hielt es ihr hin.

»Das ist viel zu kurz und bei weitem zu dünn, um noch anständig zu sein.« Es würde ihr kaum bis über die Knie reichen.

»Ich hatte meine Hand unter Eurem Rock, kleiner Rotfuchs«, neckte er sie. Seine Stimme klang heiser, und Willa sah ihn aus großen Augen an. »Jetzt noch irgendetwas vor mir verstecken zu wollen, ist ja wohl unnötig.«

Tiefe Röte überzog ihre Wangen. »Ihr seid ein unerträglicher Schuft.« Sie schnappte sich das Hemd und legte es fein säuberlich in die Truhe zurück, ehe sie selbst nach einem geeigneten Kleidungsstück suchte.

Die Arme vor der Brust verschränkt, lehnte sich Raiden gegen den Bettpfosten. Ein Lächeln lag auf seinem Gesicht. »Bedient Euch nur nach Herzenslust, Mylady.«

Sie ignorierte ihn und zog ein langes blaues Gewand aus der Truhe. »Das dürfte passen.« Sie verschwand hinter dem Wandschirm, den Jabari um den Badezuber aufgestellt hatte, und ließ das Tuch fallen.

In Raiden spannte sich jeder Muskel an. Hinter dem Wandschirm aus kunstvoll geschnitztem Holz war Willas Körper nicht mehr als eine vage Vision. Er ahnte ihre Bewegungen mehr als dass er sie sah. Doch Schuft, der er war, genoss er dieses Bild, sah sich daran satt, bis Willa sich den Gürtel umlegte.

Sie wich zurück, als Raiden zu ihr hinter den Wandschirm kam. Er reichte ihr einen kleinen hölzernen Kasten. Sie runzelte die Stirn, als sie ihn entgegennahm und öffnete. Darin lagen ein in Gold gefasster Kamm, eine Bürste aus Wildschweinhaaren und ein kostbarer Handspiegel. »Eine Errungenschaft einer Eurer Beutezüge, Pirat?«, fragte sie mokant.

»Nein.« Er klappte den Paravent zusammen und lehnte ihn gegen die Wand. »Es gehörte meiner Mutter, zumindest hat man mir das gesagt.«

»*Gesagt?* Habt Ihr sie denn nicht gekannt?«

Er öffnete eines der Fenster und ließ die kühle Nachtluft und den Dunst der See in die Kabine hinein. »Nein – bis auf die Stunde, in der sie mich zur Welt gebracht hat.«

Willa runzelte die Stirn und beobachtete jede seiner Bewegungen. Er ging zum Waschzuber, hob ihn hoch und trug ihn zum offenen Fenster. Die Wanne war fast bis an den Rand gefüllt, und Willa sah, wie sich Raidens Muskeln unter seinem schwarzen Hemd anspannten, als er seine Last hochstemmte und das Wasser ins Meer schüttete. Es machte ihr einmal mehr bewusst, wie stark er war und dass er ihr mit einer Hand den Hals brechen könnte. Doch in diesem Moment, als sie die Bürste und den Kamm betrachtete, fragte Willa sich eher, was für ein Leben dieser Mann bis jetzt geführt hatte. Dass er seine Mutter nicht gekannt hatte, löste jede Menge Spekulationen und Überlegungen in ihr aus.

Würde Mason sich eines Tages nicht mehr an sie erinnern können? Der Gedanke war Willa unerträglich. Den kleinen Holzkasten noch immer in den Händen haltend, ging sie zur Sitzbank und setzte sich. »Was ist mit ihr geschehen? Und wann hat man Euch dieses Kästchen gegeben?«

»Soweit ich weiß, starb sie bald nach meiner Geburt.« Er schwieg einen Moment lang. Dann sagte er: »Die Garnitur kam anonym, mit einem kurzen Schreiben dabei.«

»Und was ist mit Eurem Vater?«

Er zögerte kurz, ehe er weiterging und den leeren Zuber zu seinem Platz in der Ecke zurücktrug. »Er hat mich nur einmal gesehen.« Raiden hatte Willa den Rücken zugewandt, er sprach leise. »Er gab mir meinen Namen.« Raiden wollte das Mitleid in ihren Augen nicht sehen und fragte sich, warum er ihr davon erzählte, warum er alte Wunden wieder aufriss.

»Wer hat Euch davon erzählt? Ihre Familie? Seine?«

Raiden wandte sich halb zu Willa um und warf ihr einen Blick zu, der besagte, dass diese Unterhaltung für ihn beendet war.

»Ihr besteht also darauf, alles über mich zu erfahren, weigert Euch aber, mir meine Fragen zu beantworten?«, sagte Willa. Raiden schwieg beharrlich. »Also gut, dann eben nicht.« Willa seufzte resigniert und betrachtete das Kästchen auf ihrem Schoß. Sie strich mit den Fingerspitzen über die kostbare Garnitur, die schöner war als alles, was sie selbst besaß. Willa fragte sich, wer diese Frau gewesen war, die Raiden geboren hatte, wer der Mann, den er seinen Vater nannte.

»Es sei denn, Ihr macht mir die Freude, mir zu verraten, was Ihr in der Schänke gewollt habt.«

»Könnt Ihr Euch das denn nicht denken?« Willa zupfte an

ihren Haaren, um sie zu entwirren. »Ich war auf der Suche nach Informationen über meinen Sohn.« Und das ist die Wahrheit, dachte sie – auch wenn ich diese Informationen nur bekommen kann, wenn ich mich auf Alistars Spur setze. Der ganze Kummer, den sie bis jetzt unterdrückt hatte, kam ihr jäh zu Bewusstsein. Ihre Augen brannten. Wie sollte sie je nach Kalkutta zurückkommen, um aufzudecken, was Alistar getan hatte, mit wem er gesprochen hatte, und wo er, Gott helfe ihr, Mason versteckt hielt? So wie sich seine Spur verlieren würde, würde sie sterben.

»Warum gerade dort?«

»An Bord eines der Schiffe ist ein kleiner Junge gesehen worden. Man hat mir gesagt, dass Sklavenhändler in dieser Schänke verkehren, und dass diese Hexe von Wirtin mit allem handelt, was ihr etwas einbringt, auch mit Seelen und Fleisch … in jeder Form.« Sie warf ihm einen harten Blick zu. »Und werft mir nicht wieder meine Torheit vor, Pirat. Ich habe heute mehr Erfahrungen damit gemacht als mir lieb ist.«

Willa legte den Kamm in den Kasten zurück, nahm die Bürste heraus und begann, sich heftig das Haar zu bürsten. Es war *ihr* Fehler gewesen. Sie hätte jemanden dafür engagieren sollen, die nötigen Nachforschungen für sie anzustellen. Aber Manav hatte sie gewarnt, niemandem zu trauen, und Willa hatte befürchtet, dass sie noch so viel hätte zahlen können und doch niemals etwas Neues erfahren hätte. Und jetzt bestand nicht einmal mehr diese Chance. Es gab überhaupt keine Chance mehr. Nein, dachte sie, ich werde nicht aufgeben. Sie war die einzige Hoffnung, die Mason hatte, und er war ihre.

Willa zog die Beine an und schlang ihre Arme darum. In dem viel zu großen Gewand kauerte sie auf der Bank und presste die Stirn gegen die Knie. Sie wünschte, Raiden würde sie in Ruhe lassen. Seine Schritte zu hören, seine Nähe zu spüren beunruhigte sie. Sie wollte allein sein und weinen, auch wenn die Erfahrung sie gelehrt hatte, dass Tränen die Leere nicht vertreiben konnten, die sie in ihrer Seele empfand. Sie wünschte sich Trost, um diesen schrecklichen Schmerz in ihrem Herzen ertragen zu können, und unerklärlicherweise sehnte sie sich danach, diesen

Beistand in Raidens Armen zu finden, ausgerechnet bei diesem Mann, der ihr ihre Freiheit genommen hatte. Dass sie ihn im selben Atemzug hasste und nach ihm verlangte, verwirrte Willa. Und tief in sich spürte sie die Sehnsucht nach mehr als dem, was das Schicksal ihr mit diesem Mann bestimmt hatte. Sie wandte das Gesicht zum Fenster, zur tiefschwarzen Nacht und dem glitzernden Ozean.

Doch Raiden war da, sie spürte seine Nähe, sein Bild stand so klar vor ihr, als würde sie ihn ansehen. Groß und breitschultrig und bestürzend anziehend. Ihr Entführer. Ein Pirat, der behauptete, sie sei eine Gefahr für sein Leben und das seiner Männer, und der sie seltsamerweise dennoch beschützen wollte. Ein tieferer Grund musste sich dahinter verbergen, ein finsterer, wie sie vermutete. Raiden machte gnadenlos Jagd auf die Schiffe der *Royal East India,* und er war überzeugt, dass sie über interne Informationen verfügte. Er hatte Recht damit, aber sie würde ihm ihr Wissen nicht preisgeben. Weil das bedeutete, dass sie ihm auch ihre Lügen enthüllen müsste. Und sein Zorn war von einer Urgewalt, der sie keinen Widerstand entgegensetzen *könnte*.

Willa kam es vor, als drohte ihr Kartenhaus jeden Augenblick in sich zusammenzufallen, und alles was sie dagegen tun konnte, war, eine weitere Karte hinzuzufügen und zu beten, dass das ihre Welt vor dem Einsturz bewahren würde. Wenn er ihr doch nur helfen würde! Sie würde ihn nicht noch einmal darum bitten. Nicht, weil sie zu stolz dazu war, ihn anzuflehen, das Leben ihres Sohnes zu retten, sondern weil sie wusste, dass er es nicht tun würde.

Ich bin verloren, dachte sie und unterdrückte ein Schluchzen. *Ohne mein Kind bin ich nichts.*

Raiden kam zu ihr und setzte sich neben sie auf die Bank. »Willa?«

»Lasst mich in Ruhe, Raiden. Geht und segelt Euer verdammtes Schiff sonst wohin und versenkt andere brennend in die See.« Langsam wandte sie den Kopf und erwiderte seinen Blick. Der Ausdruck in seinen Augen rief Erinnerungen in ihr wach und brachte die Gefühle zurück. Doch Willa wollte nichts davon. Sie wollte weder daran denken, wie es sich angefühlt hatte, seinen Mund auf ihren Lippen zu spüren, noch wollte sie sich an das Feuer erinnern, das jedes Mal in ihr aufflackerte, wenn sie sich vorstellte, sich in seine starken Arme zu flüchten, um dort Schutz und Geborgenheit zu finden. Sie verdrängte dieses Wollen mit aller Macht und klammerte sich an ihre Wut. *Er* hielt sie von ihrem Sohn fern. »Ihr seid ein Mann ohne Herz, Schwarzer Engel. Ohne Mitleid in Eurer Seele. Geht.«

Doch er rührte sich nicht, zuckte mit keiner Wimper. »Ich weiß von jedem Schiff, das Kalkutta in den letzten zwei Wochen verlassen hat. Wie heißt das Schiff, auf dem Ihr Euren Sohn vermutet?«

Ihre Worte klangen verächtlich. »Ich war kurz davor, das herauszufinden, als Ihr Euch so heldenhaft eingemischt habt, weil Ihr unbedingt den Kavalier spielen musstest.«

Verdammt, dachte Raiden. Verdammt und verflucht. »Ihr müsst Euch jetzt ausruhen.« Er wies auf sein großes Bett, dessen Decke für sie zurückgeschlagen worden war.

»Ich würde eher sterben als mich in Euer Bett zu legen.«

Raiden zog die Augenbrauen hoch und verzog den Mund zu einem sarkastischen Lächeln. »Das werden wir ja sehen«, sagte er. Der drohende Unterton in diesen Worten entging Willa nicht. Sie zuckte zusammen, als er aufstand. Doch er ging zur Tür, stieg über deren hohe Schwelle und ließ Willa allein. Und erst als er fort war, ließ sie ihren Tränen freien Lauf.

Raiden schreckte aus dem Schlaf auf. Abrupt richtete er sich auf und griff nach seiner Pistole. Ein unbekanntes Geräusch durchdrang die Stille. Als ihm die Erkenntnis dämmerte, was es war, legte er die Waffe beiseite und verließ das Bett. Nackt wie er war ging er zu dem Lager aus Kissen und Decken, das Willa sich auf dem Boden neben dem Schreibtisch bereitet hatte. Sie schluchzte im Schlaf.

Seit zwei Tagen verhielt Willa sich gleichgültig und teilnahmslos. Selbst einen Spaziergang an Deck hatte sie abgelehnt. Sie nahm so gut wie nichts mehr zu sich und weigerte sich, Raiden anzusehen oder mit ihm zu sprechen. Das Angebot, in seinem Bett zu schlafen, war von ihr ausgeschlagen worden. Vermutlich weil sie befürchtet hatte, er würde zu ihr kommen. Doch er hätte es nicht getan. Raiden wusste, was es bei ihm anrichten würde, neben dieser Frau zu liegen. Er sehnte sich danach, ihre Leidenschaft zu erfahren, all ihre Geheimnisse zu ergründen. Sie schwebte in tödlicher Gefahr, und er war dem Grund für diese Bedrohung keinen Schritt näher als an dem Tag, an dem er sie an Bord getragen hatte.

Verdammt, aber er wollte diese Verantwortung für sie nicht, er wollte sich nicht um sie sorgen, sich fragen, was für ein Leben sie geführt hatte und was die Zukunft bringen würde. Denn eines wusste Raiden ganz sicher: Gab er seinen Wünschen und seinem Verlangen erst einmal nach, dann würde sein Herz bald folgen. Und das war das Letzte, was er brauchte: eine Frau zu begehren, wenn seine Tage gezählt waren.

Raiden berührte ihre tränennasse Wange. Willa flüsterte seinen Namen und schmiegte das Gesicht in seine Hand. Raiden war zumute, als hörte sein Herz genau in diesem Augenblick auf zu schlagen. Ihre zarte Haut, ihr leiser Atem – er fühlte sich auf unerklärliche Weise machtlos, und für den Bruchteil eines Augenblicks genoss er dieses Gefühl. Doch dann zog er die Hand zurück und strich sich durchs Haar. Das ist Wahnsinn, dachte er. Er deckte Willa zu, ehe er in sein Bett zurückkehrte. Gleich morgen früh würde er einen Weg finden, dieser Sache ein Ende zu machen.

Er tat es nicht. Und der dumpfe, glanzlose Ausdruck in Willas Augen ließ Raiden zwischen Ärger und Mitleid hin und her schwanken. Eine solche Stimmung hatte er bislang nicht gekannt. Willa hatte weder das Kleid angezogen, das er für sie auf die Truhe gelegt hatte, noch hatte sie das Essen angerührt. »Verdammt, Willa. Esst endlich etwas.«

Iss dies, trag das, schlaf hier, dachte Willa und richtete den Kragen des Morgenmantels, den sie trug. Den ganzen Tag lang kommandierte Raiden sie herum, doch es kümmerte sie nicht weiter. Ohne die Hoffnung darauf, ihren Sohn zu finden, sah Willa keine Veranlassung, anderen Befehlen zu folgen als denen, die ihr Herz ihr gab. Sie saß in der Falle, war eine hilflose Gefangene, aber sie hielt an ihrem Schwur fest, Raiden das Leben schwer zu machen, damit er sich ebenso elend fühlte wie sie.

»Ich kann Euch zwingen.«

»Das scheint Eure Art zu sein, Raiden. Aber wenn Ihr mich anrührt, werdet Ihr meine Zähne zu spüren bekommen.«

»Das wäre immer noch besser als dieses kindische Benehmen!«

Sie schoss ihm einen giftigen Blick zu. »Was wisst denn Ihr von Kindern!« Ihre Stimme brach, und in seinen Augen flackerte ein harter Ausdruck auf. »Ihr seid auf der Jagd nach Beute und nach immer mehr Reichtum, den Ihr hortet.« Sie wies auf die luxuriöse Kabine. »Doch wenn ich Euch bitte, mir auf der Suche nach etwas zu helfen, das mehr wert ist als all Eure verdammten Reichtümer, dann weigert Ihr Euch. Die Prise ist alles, was Euch interessiert.«

»Meine Beute besteht durchaus nicht nur aus Geld und Gold.« Leicht vorgebeugt, die Hände auf den Schreibtisch gestützt, starrte Raiden Willa an, bis sie die Botschaft in seinen Augen las.

»Niemals.« Sie war keines seiner verdammten Beutestücke. Wie konnte er ihr seine Hilfe verweigern und erwarten, dass sie trotzdem das Bett mit ihm teilte?!

An der Tür klopfte es laut, und Willa trat ans Fenster. Abweisend kehrte sie Raiden den Rücken zu, über den die Kaskade ihrer flammendroten Haare fiel. Raiden biss die Zähne zusammen und wandte seine Aufmerksamkeit den vor ihm liegenden See- und Landkarten zu. »Herein«, rief er barsch. Die Tür schwang auf, und Tristan trat über die hohe Schwelle in die Kabine. Er runzelte die Stirn, während er erst Raiden und dann Willa ansah.

»Raiden, sei ein lieber Junge und stell mich der Dame vor.«

Willa wandte sich um. Ein wirklich gut aussehender Mann,

stellte sie fest. Er war groß und von schlanker Gestalt und sah sie unter einem Schopf kastanienbrauner Haare mit Augen an, die blauer waren als das Kleid, das sie trug.

»Mistress Delaney, darf ich Euch Mr Tristan Dysart aus West Suffolk vorstellen.« Die Geste, die Raiden dabei machte, wirkte zerstreut, offensichtlich konzentrierte er sich ganz auf das Studium der Karten. »Mein erster Offizier und Quartermeister.«

Tristan verbeugte sich, und Willa fielen sofort die Eleganz seiner Bewegungen und die Sorgfalt auf, die er seiner Kleidung angedeihen ließ. »Es ist mir ein Vergnügen, Sir.« Sie sah ihn fragend an. »Seid Ihr zufällig mit dem Earl of Bridgeton verwandt?«

Raiden schaute abrupt auf, sein Blick wanderte zwischen den beiden hin und her.

Tristan lächelte knapp, während er die zusammengerollten Karten, die er in den Händen gehalten hatte, auf den Schreibtisch legte. »Er ist mein Onkel, fürchte ich. Verratet ihm bitte nicht, wie schlecht ich mich hier aufführe.«

»Wieso kennt Ihr ihn?«, verlangte Raiden zu wissen. Wie konnte Willa einen Earl kennen, der bekanntermaßen in völliger Zurückgezogenheit lebte?

Willa sah Raiden an. Sie bemühte sich um einen nichts sagenden Gesichtsausdruck, um ihren Fehler nicht noch offensichtlicher zu machen. Mit ihrer Bemerkung hatte sie Raiden genau den Knochen hingeworfen, nach dem er seit ihrer Gefangennahme gesucht hatte. Sie war keine Engländerin, und ihr amerikanischer Akzent hatte ihn verwirrt. Ohne zu antworten, wandte sie sich wieder zum Fenster um.

Raiden warf Tristan einen resignierten Blick zu. Siehst du es nun, schien er zu fragen, was ich bei ihr auszustehen habe?

Tristan lächelte unmerklich und wandte seine Aufmerksamkeit den Karten zu. »Der Südostwind frischt merklich auf. Ich fürchte, der Sturm wird uns vom Kurs abbringen und wir werden vermutlich einen Tag verlieren.«

Raiden ließ sich mit einem Fluch in seinen Sessel fallen. Er musste in vierzehn Tagen in Malakka sein, um Dunfee zur Schlacht zu zwingen. »Ist von der *Regard* noch nichts zu sehen?«

Willa fuhr herum und starrte die beiden Männer an. Die *Queen's Regard*. Eines der Flaggschiffe der *East India Company*.

Tristan schüttelte verneinend den Kopf. »Ich nehme an, Winston hat gelogen.«

Raiden stimmte ihm zu. Dieser durchtriebene Mann würde selbst seine Mutter verkaufen, wenn er sich einen Vorteil davon verspräche. »Halte die Augen offen. Ohne ausreichende Feuerstärke und die anderen Schiffe zur Deckung wollen wir es nicht mit mehr als einem Schiff der *East India* aufnehmen.«

Willa wurde blass. Sie planten einen Angriff. Und was würde aus ihr werden, sollten sie verlieren? Es würde ratsam für sie sein, ihre Möglichkeiten zu kennen.

»Haben wir genügend Vorräte an Bord?«, wollte Raiden wissen und unterbrach das Einzeichnen des neuen Kurses, als Tristan nicht antwortete. Er folgte dem Blick des Freundes bis zu Willa, die sich wieder auf die Bank gesetzt hatte. Sie hatte die Arme um ihre Taille geschlungen, und der weite Morgenmantel war ihr von der Schulter geglitten und enthüllte ihre makellose Haut und den Ansatz ihres Busens.

Und Tristan sah sich an diesem Bild satt.

Besitzanspruch wollte in Raiden aufwallen, doch er zwang ihn nieder. »Hör mir zu, Quartermeister.«

»Das tue ich doch.« Tristan beugte sich zu Raiden herunter ohne den Blick von Willa abzuwenden und flüsterte: »Bei allen Göttern, Rai, wie schaffst du es nur, ihr so nah zu sein und dir nichts zu nehmen von dieser ... Beute?«

»Sie ist eine schöne Rose mit zu vielen Dornen«, stieß er unmutig hervor und warf das Astrolabium auf den Tisch. »Wir werden später weiterreden. Du kannst jetzt gehen.«

Tristan zog die Augenbrauen zusammen, und Raiden wusste, wie die stumme Frage lautete, die er nicht beantworten wollte. »Verdammt, aber ihr Anblick ist bei weitem wohltuender als der dieser Schweine da oben an Deck«, sagte Dysart. Mit diesen Worten verließ er die Kabine.

Raiden wartete, bis Tristan die Tür hinter sich geschlossen hatte, ehe er sagte: »Zieht Euch an, Willa. Meine Männer gehen in dieser Kabine ständig ein und aus.«

Sie neigte den Kopf zur Seite, und der Anblick der dunklen Schatten unter ihren Augen traf ihn wie ein Messerstich. Ihre Verzweiflung und ihre Teilnahmslosigkeit erzürnten ihn, und er fragte sich im Stillen, ob sie ihren Sohn wirklich finden wollte. Sie verlor an Gewicht, ihre Augen sahen trübe aus und Raiden konnte sich kaum noch konzentrieren, wenn sie in seiner Nähe war und er sah, wie sie um ihr Kind trauerte. Er warf den Graphitstift auf den Tisch, ging mit großen Schritten zur Truhe, griff nach dem Kleid und warf es Willa in den Schoß.

»Ihr zieht Euch sofort an. Ich werde nicht dulden, dass Ihr Euch vor meinen Männern in so aufreizenden Gewändern zeigt und versucht, sie zu verführen.«

Kühl und abweisend sah sie ihn an.

Raidens Zorn kochte über. »Verdammt, Willa, wollt Ihr wirklich weiter so dahinsiechen, bis nichts mehr von Euch da ist?«

»Mir ist nur noch das geblieben, Pirat. Ihr habt mir meine letzte Chance genommen, Mason zu finden.«

Großer Gott, musste sie gerade jetzt seinen Namen aussprechen? Raiden empfand sein Schuldbewusstsein wie eine tobende Welle, die ihn fortzureißen drohte. Und so sehr er sich auch anstrengte, es zu ignorieren, so konnte nichts die erdrückende Erinnerung aufhalten, die in ihm aufstieg. Die Erinnerung an Angst und Einsamkeit, an ein Leben ohne Hoffnung und ohne die Liebe einer Mutter und die Geborgenheit, die nur sie geben konnte. Wenn Willas Sohn noch lebte, litt er entsetzliche Angst. Wenn er tot war, war er ganz allein gestorben. Raiden verfluchte diesen Tag, diesen Augenblick, und was immer den Jungen aus Willas Armen gerissen hatte. Aber es waren derer zu viele, denen er Rede und Antwort stehen musste, es waren zu viele Männer, die ihn überstimmen könnten. »Ich werde Euch sonst höchstpersönlich anziehen«, drohte er Willa an und versuchte, ihre flehende Verzweiflung an sich abprallen zu lassen.

Ihr Blick warnte ihn, Hand an sie zu legen.

Gott im Himmel, am liebsten würde er sie packen und durchschütteln. »Ich kann mich nicht auf die Suche nach einem Kind machen, das höchstwahrscheinlich tot ist«, stieß er mühsam hervor. »Ich habe eigene Pläne, die ich verfolgen muss.«

Die Unentschlossenheit, die sie aus diesen Worten herauszuhören glaubte, ließ Willa aufspringen. »Er ist nicht tot, und *Ihr* könnt ihn finden. Ich *weiß*, dass Ihr es könnt. Ihr seid der Einzige, der es kann.« Sekundenlang erwiderte sie seinen Blick. Als sie die Weigerung darin erkannte, wandte sie Raiden abrupt den Rücken zu.

Raiden focht einen schweren Kampf mit sich. Er verabscheute es, Willa in dieser Verfassung zu sehen, fast bereit sich aufzugeben und zu sterben, doch ihr Glaube, er könnte den Jungen finden, entbehrte jeder Grundlage. Er konnte das Kind ebenso wenig finden wie er den Mond vom Himmel holen konnte, damit sie ihn sich um den Hals hängte. Und ebenso wenig durfte er sich von einem hübschen Gesicht und einem schönen Körper verleiten lassen. Oder von einer anrührenden Geschichte. Er hatte schon zu viele gehört, um sich davon noch beeindrucken zu lassen.

Doch es waren ihre Unerschrockenheit und ihr Glaube an ihn, die ihr die Kraft gaben, ihn selbst dann noch herauszufordern, wenn er die Pistole auf sie gerichtet hielt. Wenn er ehrlich war, hatte er bereits darüber nachgedacht, die Durchführung seiner Pläne mit ihrer Bitte zu verbinden, aber er wollte vermeiden, dass Willa ihn für edel und hochherzig hielt. Denn seine Beweggründe waren rein selbstsüchtiger Natur. Wenn er ihr half, dann nur um der Informationen willen, an die er auf diese Weise herankommen würde. Sie kannte Barkmons Absichten, und Barkmon war das Herz der *Royal East India*. Nichtsdestotrotz weckte Willa Gefühle in Raiden, die er seit vielen Jahren unterdrückt hatte, und er wusste, dass es nur einen Weg gab, eine Grenze zwischen ihnen zu ziehen. Eine Grenze, die *er* brauchte. Er würde ihr einen Handel anbieten. Einen Handel, der sie aus ihrer Lethargie reißen würde. Denn ihren Zorn fürchtete er nicht; womit er nicht umgehen konnte, das waren ihr Mitgefühl und ihre Wünsche. Ja, ein Handel, einen, auf den sie sich niemals einlassen würde und der so niederträchtig war, dass sie ihn hassen *musste*.

»Ich werde Euch helfen, den Jungen zu finden.«

Willa fuhr herum. Neue Hoffnung spiegelte sich in ihren Augen wider. Ihr strahlendes Lächeln griff nach seinem Herzen.

»Für eine Gegenleistung.«

Sie zog die Augenbrauen zusammen und schaute auf die goldgefüllte Truhe, die auf dem Boden stand. »Aber Ihr wolltet meine Juwelen nicht. Und etwas anderes habe ich nicht anzubieten.«

»Doch, das habt Ihr.« Langsam ging Raiden auf Willa zu, sein dunkler Blick glitt über ihren Körper und verweilte sekundenlang auf ihren Brüsten, ehe er aufschaute und ihr in die Augen sah.

Willa holte tief Luft, und das Blut schoss ihr ins Gesicht. »Ihr könnt nicht wirklich meinen, dass ich – dass Ihr und ich –«

»Liebende werden«, beendete er den Satz für Willa, der es die Sprache verschlagen hatte. Wenige Zentimeter vor ihr blieb er stehen. »Um es deutlicher zu sagen, kleiner Rotfuchs – Ihr werdet meine Geliebte werden.«

7

Geliebte.

Als Raiden dieses Wort aussprach, stürmte eine Flut sündiger Bilder auf Willa ein, Bilder von zerwühlten Laken, auf denen sich nackte Körper in wilder Lust vereinten. Er wusste nicht, was er von ihr verlangte, er konnte es nicht wissen. Sein Angebot war ein Schock für sie, war ein Angriff auf ihre Moralvorstellungen – und doch spürte sie dieses geheime Begehren in sich, mit ihm etwas zu erleben, das sie mit noch keinem Mann erlebt hatte. Mochte es sie kosten, was es wolle. Doch sie war eine verheiratete Frau, und hatte ihr Mann durch seine zahllosen Affären mit Londons Huren auch bewiesen, dass das Ehegelübde für ihn ohne jeden Wert war, so bedeutete es Willa noch immer etwas.

Denn das Ehegelübde war heilig. Sie war an jemanden gebunden – für immer. Und jetzt bekam sie die Chance, ihren Sohn zu finden, eine Chance, auf die sie kaum noch zu hoffen gewagt hatte. Der Preis dafür war hoch, und Willa hasste Raiden dafür, dass er diese Möglichkeit anbot wie man einem hungernden Menschen einen Leckerbissen unter die Nase hielt.

Sie starrte zu ihm auf. »Ihr könnt mich nicht dazu zwingen.«

»Das werde ich auch nicht müssen.« Sein Blick war verheißungsvoll, und Willa glaubte, ihn bis auf die Haut zu spüren.

Sie wich einen Schritt zurück, um der Verlockung zu widerstehen, die er für sie bedeutete. »Ihr seid zu sehr von Euch selbst überzeugt, Raiden. Ihr seid ein Dieb, ein Gesetzloser und zudem genauso schlecht erzogen wie jeder andere Mann, der mir bislang begegnet ist, dass Ihr mir ein solch unverschämtes Angebot macht.« Seine Augen verengten sich gefährlich, doch Willa ignorierte es und ging das Wagnis ein, ihn herauszufordern. »Ihr denkt, Ihr werdet bei diesem Handel etwas gewinnen, aber seid versichert, dass Ihr eine Enttäuschung erleben werdet. Mit Euch zu schlafen wird nicht halb so sehr ein Opfer sein, wie es eine unangenehme Pflicht war, meinem Mann zu Willen sein zu müssen.« Der Abscheu in ihren grünen Augen war unübersehbar und traf Raiden bis ins Mark.

Er machte einen Schritt auf sie zu. »Hütet Eure Zunge, Frau.«

Sie breitete die Arme aus. »Ihr zwingt mich dazu, mit meinem Körper zu handeln, Pirat. Was bleibt mir da noch an Anstand und Schicklichkeit?«

»Vielleicht sollte ich Euch daran erinnern, dass Ihr eine Dame seid.«

Sie lachte. »Daran erinnert *Ihr mich*? Ihr, der sich anmaßt, mich zu einem Beutestück herabzuwürdigen? Eine Dame erfüllt ihre eheliche Pflicht für ein Kind, und ich kann an der Erfüllung dieser Pflicht wahrhaftig nichts Verlockendes entdecken.«

Ihr Mann hat sie im Bett also vernachlässigt, dachte Raiden, verbannte jedoch gleich wieder den Gedanken, davon auszugehen, der Fehler läge beim Mann. Dieser Handel war ein Bluff gewesen. Und er hatte sein Ziel erreicht; ihr Hass und ihre Abscheu standen wie eine Wand zwischen ihnen. Aber warum lockte ihn dann noch immer die unwiderstehliche Herausforderung wie ein Schiffsrumpf voller köstlicher Gewürze?

»Ich finde es höchst verlockend«, sagte er heiser. »Und ich versichere Euch, dass ich dafür sorgen werde, dass sich Euer *Opfer* für Euch lohnen wird.«

Sie lächelte spöttisch. Alistar hatte sich nie um ihre Gefühle geschert, um ihre Bedürfnisse; im Gegenteil, meistens hatte er sie noch gescholten, wenn sie ihm ihre Wünsche offenbart hatte.

»Soll ich Euch sagen, wie?«

Willa starrte ihn an, ihr Gesicht zeigte keine Regung, und doch glaubte Raiden, eine Herausforderung darin zu sehen, der er nicht widerstehen konnte. Er kam näher und stellte beeindruckt fest, dass sie weder zusammenzuckte noch vor ihm zurückwich. Nur Zentimeter von ihr entfernt blieb er stehen und beugte sich über sie, hielt ihren Blick gefangen. »Ich werde von Euch kosten, Willa, ich werde Euren sinnlichen Körper enthüllen und mein

Mund wird Euch an Stellen berühren, von denen Ihr noch nie geträumt habt.« Ihr Atem ging rascher, und Raiden genoss diese Reaktion, er genoss es, das Verlangen zu schüren, das er niemals erfüllen würde. »Und ich schwöre Euch, dass Ihr vor Lust schreien werdet.«

Willa wandte sich von ihm. Fantasien schwirrten durch ihren Kopf, von seinen Händen auf ihrer Haut, davon, geliebt zu werden und der Verzückung zum Greifen nah zu sein, wenn sie doch kein Recht, *überhaupt kein Recht* hatte, diese Dinge von ihm zu wollen. Sie spürte ihn hinter sich und zuckte zusammen, als er die Hände auf ihre Schultern legte. Es kostete Willa alle Kraft, diesem sanftem Druck seiner Hände zu widerstehen, diesem unglaublichen Verlangen, sich gegen ihn sinken zu lassen zu trotzen.

»Ihr werdet Euren Stolz nicht herunterschlucken müssen«, murmelte er an ihrem Ohr, und sie spürte seinen Atem an ihrer Wange. »Ich würde Euch nicht zwingen, zu mir zu kommen. Ihr sollt es freiwillig tun.« Ein kleines Stöhnen entfloh ihr, und sie schloss die Augen. Sie begehrte ihn, und sie hasste ihn. »Und Ihr werdet zu mir kommen, Willa, ohne Vorbehalte, ohne Widerwillen.«

Sein triumphierender Ton zerstörte den Zauber, und sie drehte sich zu ihm um. Ihre Augen funkelten vor Wut. »Ich höre nichts als seichte Prahlereien, Raiden.«

Er zuckte gleichmütig mit den Schultern. »Es ist ein Handel. Eine Übereinkunft. Ich werde Euch –«, er neigte nachdenklich den Kopf, »– vierzehn Tage Zeit geben, Euch mit diesem Gedanken vertraut zu machen.«

Dieser selbstherrliche, anmaßende Schuft! »Und ich gebe Euch vierzehn Tage Zeit, mich dazu zu bringen, Euch zu wollen!«

Auf seinem Gesicht breitete sich langsam ein Lächeln aus, das fast sardonisch wirkte. »Ich nehme die Herausforderung an.«

Willas Augen weiteten sich erschreckt, und sie wünschte, ihre vorschnellen Worte zurücknehmen zu können. Was hatte sie getan? Sie hatte diesem Mann den Fehdehandschuh vor die Füße geworfen und ihn zu einem unerbittlichen Krieg herausgefordert, den sie niemals gewinnen konnte. Sie hasste ihn dafür, ihr ein solches Angebot gemacht zu haben, sie so gedemütigt zu haben. Und sie hatte bis dahin geglaubt, zwischen ihnen hätte wenigstens ein Quentchen Respekt bestanden.

Doch das Einzige, was für Willa zählte, war das Leben ihres Kindes, und sie war überzeugt, dass dieser Mann ihr helfen konnte. Würde sie nicht auch eine Pistolenkugel, die ihrem Kind galt, mit ihrem Körper abfangen? Würde sie nicht ihren letzten Penny hergeben, damit Mason zu ihr zurückkehren würde? Und blieben ihr nicht wenigstens noch vierzehn Tage, ehe sie mit Raiden das Bett teilen musste? Doch Willa fühlte auch, wie verzweifelt sie nach einem Ausweg aus dieser Situation suchte, wie sehr sie darum betete, dass ein Wunder geschehen möge, das ihr Mason zurückbrächte, und sie ihren Teil dieses Arrangements nicht zu erfüllte bräuchte.

»Eure Antwort, Lady?«

Ihre Stimme klang resigniert, als sie sagte: »Ich habe keine Wahl.«

Raidens wurde das Herz schwer, als er begriff. Er war überzeugt gewesen, dass sie diesen Vorschlag niemals akzeptieren würde.

Willa schwieg einen Augenblick lang, während sie auf den persischen Teppich unter ihren Füßen starrte. »Ihr habt mir einen Weg angeboten, meinen Sohn zu finden, und es ist die einzige Chance, die ich noch habe. Was immer Ihr dafür von mir verlangt, ich werde es tun.« Sie sah ihn offen an. »Ihr habt Eure Geliebte.«

Raiden nickte beherrscht und dachte dabei, dass er sich in seiner eigenen Falle gefangen hatte.

»Aber wie dem auch sei, zuerst müsst Ihr mir beweisen, dass Ihr mir wirklich helfen könnt.«

Seine Miene verfinsterte sich. »Auch ich habe eine Ehre, Willa.«

Sie stieß einen abfällig klingenden Ton aus. »Ihr habt mich aufgefordert, Eure Hure zu sein, Raiden. Und wenn die Geschichtsbücher einst vom Schwarzen Engel und von seinen wagemutigen

Taten auf den Weltmeeren berichten werden, so wird meine Name nichts weiter als ein Schandfleck sein, mit dem mein Sohn wird leben müssen!«

»Dann haben wir ja zumindest etwas gemein, denn *ich* bin der Schandfleck im Leben meines Vaters.« Er wandte sich zur Tür.

Er war die Folge eines Fehltritts, wollte er das damit sagen? »Nun, dann bestätigt diese Erpressung, dass Ihr Euch seitdem nicht aus der Gosse erhoben habt«, bemerkte sie ätzend. Sie fühlte sich verletzt und gedemütigt, weil er sie zu einem solchen Handel gezwungen hatte.

Raiden blieb stehen. Als er sich umwandte, wirkte sein Gesicht angespannt. Unvermutet ging er auf Willa zu, wie ein Drache, den man aus seiner Höhle gelockt hatte, war er mit wenigen Schritten bei ihr, schlang die Arme um ihre Taille und zog sie hart an sich. »Hatte ich Euch nicht davor gewarnt, Euch in Gewässer vorzuwagen, die zu gefährlich für Euch sind?«

Willa sah ihn trotzig an, und stemmte sich mit den Händen gegen seine Brust, doch Raiden hielt sie nur noch fester und drängte sie rücklings gegen den Bettpfosten, hielt sie dort gefangen. Ihre grünen Augen verengten sich, ihr Atem ging rascher. »Ihr werdet das bereuen, Raiden.«

»Montegomery«, fügte er hinzu. »Raiden Montegomery. Bastard. Räuber. Gesetzloser.«

»Und Entführer und Menschenhändler«, schoss sie zurück. »Ist die Liste Eurer Ausschweifungen damit eigentlich zu Ende?«

»Offensichtlich nicht.« Er drängte das Knie zwischen ihre Beine und brachte Willa damit fast aus dem Gleichgewicht. Dennoch verstärkte er den Druck weiter, bis sie ihm nachgab, bis seine harten Muskeln ihre Schenkel spreizten, über denen sich der Morgenmantel öffnete.

Ihre Finger gruben sich in seine Brust, als sie darum kämpfte, sich ihren Zorn zu bewahren, als sie gegen das sinnliche Gefühl kämpfte, das der raue Stoff seiner Hose auf ihrer nackten Haut verursachte. »Auf diese Weise werdet Ihr mich nicht gewinnen.«

»Das muss ich auch nicht.« Er ließ die Hand über ihre Hüfte gleiten, berührte ihre Brust, bis Willa sich unter seiner Berührung wand. »Denn Ihr, werte Lady, seid einverstanden damit, dass ...«

Verflucht sollte er sein! »Vierzehn Tage, habt Ihr gesagt!«

Unvermutet beugte Raiden sich über Willa und küsste sie. Starr und reglos stand sie da und drehte den Kopf weg, um ihn daran zu hindern. Raiden fasste in die Flut ihrer roten Haare und tat sich an ihrem Mund gütlich. Und dann, im Bruchteil eines Herzschlages, gab Willa ihm nach, und wie ein glühend heißes Messer schoss ihm ihre Reaktion durchs Blut. Überrascht über die Macht dieses Kusses, hob Raiden den Kopf und sah Willa an. Er war darauf gefasst, dass sie ihm das Gesicht zerkratzte, ihn biss und beschimpfte, doch statt Wut sah er Verwirrung und Unglauben in ihren Augen. Als Willa die Hände ausstreckte und um sein Gesicht schloss, wusste Raiden, dass er in eine Höhle gefallen war, aus der es keinen Weg zurück gab. Mit einer heftigen Bewegung zog Willa ihn zu sich herunter und küsste ihn, überwältigte ihn mit der Flut ihrer erregenden Leidenschaft, die ihn berauschte wie süßer Wein. Er hätte wissen müssen, dass sie keine Nachsicht üben würde, dass sie ihn wie eine Sirene in seinen Untergang locken würde, dass ihre ungeduldige Wildheit ihm alle Beherrschung rauben würde. Und Dieb, der er war, nahm er sich alles, wollte er alles. Er hielt nichts zurück. Seine Zunge spielte mit ihren Lippen, drang tief in ihren Mund und als Willa sich ihm öffnete, erfüllte heißes Verlangen seine Lenden. Raiden stöhnte vor Lust auf, und er akzeptierte diesen Wahnsinn, auch wenn er wusste, dass es ihr Zorn war, der sie trieb, dass sie ihn noch mehr hassen würde, wenn dieser Kuss vorüber war. Er legte die Arme um Willa und hielt sie fest umschlungen.

Sie stöhnte leise und rieb sich an seinem Oberschenkel. Und Raiden spürte ihre verlockende Sinnlichkeit bis auf die Haut. Er wollte Willa dort berühren und er wollte sie um sich spüren, wenn sie ihn in sich aufnahm und er sie ganz und gar besaß. Aber Willa war eine Frau, die er nicht besitzen konnte. Weder durch Lust noch durch Drohungen noch dadurch, dass er sie zu seiner Gefangenen machte. Denn sie würde den Spieß umdrehen, so wie sie es jetzt auch tat. Sie würde ihn mit ihrem sinnlichen Mund

und ihrem verführerischen Körper schwach machen, und würde ihn den Wahnsinn der Leidenschaft lehren, bis er nichts mehr tun konnte als diesem zu verfallen.

Seine männliche Kraft umgab sie, beherrschte sie, verschlang sie wie ein dichter Nebel, und die Macht ihres eigenen Begehrens riss sie in einen Taumel der Sinne, von dem Willa nicht gewusst hatte, dass er existierte, nicht für sie. Sie sollte diesen Mann verfluchen und ihm ins Gesicht schlagen, sie sollte ihn dafür verdammen, dass er diese verschlossene Tür geöffnet hatte, aber es war sinnlos. Seine erste Berührung zerstörte ihre Entschlossenheit und entfesselte einen Sturm der Gefühle in ihr. Willa fühlte sich außer Kontrolle. Ihr Atem ging zu schnell, ihr Verlangen war sündhaft, denn sie glaubte sterben zu müssen, könnte sie ihn nicht in sich spüren. Ihr Herz schlug heftig, als er die Hände um ihren Po legte und sie an sich zog, bis sie sein hartes Verlangen auf ihrer Haut spürte. Es war ein herrliches Gefühl, das Bilder voller Sinnlichkeit vor ihr entstehen, Bilder davon, dass er sie berührte und streichelte. Sein Mund eroberte sie, und Lippen und Zungen duellierten sich in einem wilden, erotischen Krieg. Und Willa ließ Raiden gewähren, denn sie wollte von ihm erobert werden, wollte ihn spüren, und der Dämon ihrer Leidenschaft gebot allem Denken und aller Vernunft Einhalt. Ja, sie hatte gewusst, dass es so sein würde, so wild und so unaufhaltsam, dass das Verbotene sie unwiderstehlich anzog.

Und es zeigte ihr, welchen Preis sie für seine Hilfe zu zahlen hatte – was ihr Widerstand sie kosten würde. Das Ehegelübde band sie an einen anderen. Ihre Lust würde sie dazu treiben können, einen anrüchigen Vertrag zu erfüllen.

In Willa stritten die Pflicht zur Einhaltung ihres Ehegelübdes und ihr quälendes Verlangen miteinander um Vorherrschaft. Das Gelübde war stärker, und sie löste sich aus Raidens Umarmung.

Ihre Blicke waren noch ineinander verfangen, beide atmeten sie heftig.

Raiden versuchte, seiner Erregung Herr zu werden, und er musste sich zwingen, die Worte auszusprechen, die die Barriere zwischen ihnen wieder aufrichten würde, die sie eben eingerissen hatten. »Euch zur Kapitulation zu bewegen, wird leichter sein als ich erwartet habe.«

»*Schuft!*«, rief sie wütend und stieß ihn zurück. Sie hasste die Wahrheit, sie hasste die Gewissheit, dass er sie damit verletzen konnte. Raiden gab sie abrupt frei und ging mit großen Schritten zur Tür. Sein triumphierendes Lachen klang Willa noch in den Ohren, als er die Tür schon hinter sich zugeschlagen hatte.

Die Beine gaben unter ihr nach, und sie glitt zu Boden. Schwach und kraftlos rang Willa nach Atem, während sie gegen die Qual des Verlangens in sich ankämpfte. Sie zog den Morgenmantel fest um sich und brach in Tränen aus. Was hatte sie nur angerichtet! Sie hatte ihm eine Waffe in die Hand gegeben, ohne die Rüstung zu haben, diese abzuwehren. Doch, eine habe ich, dachte Willa. Sie war verheiratet, vor Gott und dem König verheiratet. Dabei zählte es nicht, dass sie Alistar vermutlich erschießen würde, wenn sie ihn wiedersah. Doch es würde ihr eine Hilfe sein, sich an ihr Ehegelübde zu erinnern. Nur zu genau wusste Willa, wie hilflos sie war, sobald Raiden sie berührte. Eine Sklavin ihres Verlangens nach einem Mann, den sie nicht haben konnte, den sie nicht begehren sollte. Was ihre Lügen und ihre Einwilligung in diesen schändlichen Handel anging, so war sie keinen Deut besser als Raiden. Sie hatte einen Pakt mit dem Teufel geschlossen und wusste, dass sie durch ein emotionales Fegefeuer ging, das Raiden und sie geradenwegs in die Hölle führen würde.

Ein Wettstreit zwischen Vernunft und Leidenschaft. Und sie würde verlieren. Wenn er sie wieder berührte, sie wieder so küsste, dann würde sie verlieren.

Der Duft nach Zimt, Curry und Muskatblüte erfüllte die Luft und machte sie schwer und stickig. Im Bauch des Schiffes fand sich bis auf eine kleine Kammer kein freier Platz mehr. Raiden war in den Laderaum hinuntergestiegen, um allein zu sein. Noch immer empfand er ein so quälendes Verlangen, dass er den damit verbundenen Schmerz fast willkommen hieß. Über seine Dummheit fluchend, ging er auf und ab und rieb sich den

Nacken. Er hatte mit seiner Einschätzung völlig falsch gelegen, und diese Einsicht traf ihn so hart wie die Peitsche eines Sklavenhändlers. Dieser Kuss, das wusste Raiden jetzt, war der schwerwiegendste seiner Fehler. Gott im Himmel, wie konnte er jetzt noch eine Kabine mit ihr teilen? Jetzt, da er wusste, dass sie sich nur zu berühren brauchten, um von ihren Gefühlen wie durch eine gewaltige Explosion fortgerissen zu werden?

O ja, und was für eine Explosion, dachte Raiden. Seine Muskeln spannten sich an, als er daran dachte. Ihr Kuss war so leidenschaftlich gewesen, so berauschend und süchtig machend, dass er mehr davon wollte. Er wollte sie zähmen, und er wollte es genießen, aber er wollte nichts erzwingen. Raiden wusste, dass die Erinnerung an diesen Kuss ihn für den Rest seines Lebens begleiten würde. Er war ein Narr gewesen, dass er sich auf diesen Zweikampf eingelassen hatte. Und nach der Art, wie er mit ihr gesprochen hatte, war ihm klar, dass sie ihn meiden würde so gut sie konnte. Und das kann mir nur recht sein, dachte Raiden, denn es gab andere Dinge, um die er sich kümmern musste. Es galt, einen Verräter zu entlarven – und ein Kind zu finden. Er dachte daran, was Willa ihm erzählt hatte, bevor er ihr diesen unglückseligen Vorschlag gemacht hatte.

Wenn sie in die Schänke gegangen war, um Informationen über ihren Sohn zu bekommen, warum dann hatte der Offizier versucht, sie zu töten? Wie hatte der Mann wissen können, dass sie dort sein würde? War er ihr dorthin gefolgt? Wollte der Offizier nicht, dass sie ihren Sohn fand? Und sollte es so gewesen sein, *warum* wollte er es nicht? Wie kam es, dass dieses Kind solche Bedeutung hatte? Wenn es geraubt und in die Sklaverei verkauft worden war, konnte es überall sein. Raiden hatte unendlich viel Zeit damit verbracht, nach verschollenen Crewmitgliedern zu suchen, ohne jeden Erfolg. Außerdem konnte er nicht ausschließen, dass Willa log, was den Jungen anbetraf. Doch das hielt er für unwahrscheinlich. Sie war nicht sehr geübt darin, ihre Gefühle zu verbergen. Der Ausdruck ihres Gesichts, als sie ihn um Hilfe für ihren Sohn angefleht hatte, stand Raiden wieder vor Augen, und müde ließ er sich auf ein Fässchen mit geraubter

Muskatnuss nieder. Noch immer spürte er den stechenden Schmerz des Verlangens in seinen Lenden, und er wünschte sich, das Schiff läge vor Anker und er könnte in die kalte See springen, um dieser Folter ein Ende zu machen. Und er wünschte sich, er wäre Willa nie begegnet.

»Gefällt es dir in deiner Kabine nicht mehr?«

Raiden schaute zu Tristan, der die Leiter heruntergestiegen kam.

»Nein, ich verstehe schon.« Tristan übersprang die letzten Sprossen und wirbelte eine goldschimmernde Wolke von Gewürzstaub auf, als er auf dem Boden landete. Er hielt sich die verletzte Seite.

»Würde ich Gesellschaft haben wollen, wäre ich an Deck. Wie geht's damit?« Raiden wies auf die Wunde, die inzwischen mehrere Tage alt war.

»Es heilt langsam«, erwiderte Tristan, der andere Themen viel interessanter fand. »Deine Kabinengenossin macht dir Schwierigkeiten?«

Raiden stieß einen schnaubenden Laut aus. Dass die Frau an Bord war, allein das war schon ein Problem. Dass er ihr einen Handel angeboten hatte, von dem er sicher gewesen war, sie würde niemals akzeptieren, war ein fataler Fehler gewesen. Und dass er ihr schließlich noch versprochen hatte, ihr Kind zu ihr zurückzubringen, war eine Unverzeihlichkeit. Raiden war zutiefst darüber beschämt, ihr dieses Versprechen wie eine reife Frucht unter die Nase gehalten zu haben. Was hatte er eigentlich erwartet? Dass sie für ihn auf ihr Kind verzichtete? Das war undenkbar. Und er allein trug die Schuld an diesem Durcheinander.

Es war schlichtweg verwerflich, sie mit falschen Versprechungen zu ködern, und sein Rest von Ehre riet ihm, dass es jetzt am klügsten wäre, Informationen zu sammeln – und das so schnell wie möglich.

»Wir haben ein Schiff ausgemacht.«

Raidens Stirn furchte sich, und er schaute auf. »Welche Flagge?«

»Keine, soweit wir es bis jetzt erkennen können.«

»Haltet euch bereit – es könnte die *Sea Warrior* sein.«

Das Schiff krängte plötzlich, und Raiden war gewarnt, dass sich ein Sturm zusammenbraute. Er schaute prüfend auf die Fässer, Kisten und Truhen, die alle an den Wänden fest vertäut waren, und stellte beruhigt fest, dass die Ladung nicht verrutschen und den Schiffsrumpf beschädigen konnte. Er stand auf und ging zur Leiter.

Eine Stunde später war Raiden hoch oben in der Takelage, als er Willa an Deck kommen sah. Er sollte zornig sein, dass sie ohne seine Erlaubnis heraufgekommen war, doch sie trug das blaue Kleid und die Schuhe, die er für sie herausgelegt hatte, und wirkte in der Morgensonne und unter dem leicht dunstigen Himmel wie ein Frühlingshauch. Allein ihr Anblick ließ das Blut in seine Lenden strömen, und ein rascher Blick sagte ihm, dass seine Männer wohl ähnlich reagierten wie er. Willa hatte ihre wilde Haarmähne in aufgesteckte Zöpfe gebändigt und vermittelte das Bild unantastbarer Sittsamkeit. Doch Raiden wusste, dass dieser Eindruck trog.

Jabari begleitete sie, und Willa beschirmte sich die Augen, als Tristan zu ihr trat. Sie sprachen kurz miteinander, ehe sie den Kopf hob und Raidens Blick auffing. Raiden spürte das Verlangen nach ihr wie ein Prickeln auf seiner Haut. Er konnte sie nicht mehr ansehen, ohne daran zu denken, wie überwältigend es gewesen war, sie in den Armen zu halten.

Willa wandte den Blick ab. Ihr war zumute, als habe ihr ganzer Körper bei Raidens Anblick vor Erregung zu glühen begonnen. Unsinn. Sie hatte auch schon vorher halbnackte Männer gesehen, wie zum Beispiel die, die für ihren Vater gearbeitet hatten. Aber diesen Männern hatte sie niemals auch nur einen Bruchteil der Aufmerksamkeit geschenkt wie jetzt Raiden Montegomery. Absolut unvorbereitet traf sie der Anblick seines bronzefarbenen Körpers, der breiten Schultern und des Spiels seiner Muskeln und Sehnen, als er herunterkletterte. Ihr Herz schlug schneller und das Blut rauschte ihr in den Adern, wenn sie daran dachte, dass diese starken Arme sie gehalten hatten, dass ihre Leidenschaft sie fast alles hätte vergessen lassen. Willa konnte noch immer nicht glauben, wie heftig sie reagiert hatte. Dass eine Leidenschaft von solcher Urgewalt in ihr schlummerte, machte ihr Angst – und dass der falsche Mann diese in ihr erwecken könnte. Sie wandte sich ihm zu, als er das letzte Stück zum Deck heruntersprang und auf sie zukam. Willa fragte sich, wie es sein konnte, dass von ihm eine solche Faszination ausging. Verflucht sollte er sein. Er war der falsche Mann. Er war nicht ihr Ehemann, und sie fürchtete den Moment, in dem Raiden die Wahrheit erfahren würde.

Dicht vor ihr blieb er stehen und starrte auf sie herunter. Der Ausdruck in seinen Augen war unergründlich. Willas Blick fiel auf die Tätowierung auf seinem Oberarm. Ein schwarzer Dornenkranz. Sie krampfte die Hände in den Stoff ihres Kleides, um der Versuchung zu widerstehen, Raidens Arm zu berühren. Unterhalb der Tätowierung sah sie die Narbe, die Raiden beim Kampf auf dem Marktplatz davongetragen hatte und die gut verheilte. Unwillkürlich fragte Willa sich, was es mit der Tätowierung auf sich haben mochte. Als ihre Blicke sich trafen, hätte Willa zu gern gewusst, was Raiden dachte, wenn er sie so anzüglich grinsend wie jetzt ansah. Dachte er vielleicht an den Kuss und betrachtete seinen Übergriff auf sie als Meisterstück seines überragenden Könnens? Denn seinem bezaubernden Charme war er sicherlich nicht zuzuschreiben. Oder freute er sich voller Häme darüber, dass sie ihm so rasch nachgegeben hatte? All diese Fragen machten Willa nur noch entschlossener, ihn an die Einhaltung seines Teils bei ihrem Handel zu erinnern.

»Ist es Euch in der Kabine zu heiß geworden, Mylady?« Er grinste spöttisch.

Seine versteckte Anspielung traf Willa wie ein Hammerschlag vor die Brust und sie brauste auf: »Nennt mich nicht so.«

Raiden zog eine Augenbraue hoch und schlüpfte in sein Hemd, das ihm einer der Männer reichte. Es war bereits das zweite Mal, dass sie gegen diese Anrede protestierte.

»Wann laufen wir in einen Hafen ein?«, fragte sie.

»Nicht in den nächsten ein, zwei Tagen.«

Willa verschränkte die Arme vor den Brüsten und sah Raiden

ungeduldig an. »Wie könnt Ihr irgendetwas herausfinden, solange Ihr auf See seid?«

»Habt Geduld, Willa. Ich werde meinen Teil der Absprache erfüllen.« Sein Blick glitt über ihren Mund, wanderte über die sanfte Schwellung ihrer Brüste, ehe ihr wieder in die grünen Augen sah. »Wenn ich weiß, dass Ihr den Euren erfüllen werdet.«

»Zuerst ist die Reihe an Euch«, entgegnete sie, schob Raiden einfach zur Seite und setzte ihren Spaziergang über das Deck fort. Jabari wich nicht von ihrer Seite.

Raiden lachte in sich hinein und sah ihr einen Moment lang nach, ehe er Tristan sein Krummmesser gab und auf das Durcheinander von Tauen und Stricken wies, das er entwirren sollte. Während Tristan sich an die Arbeit machte, stopfte sich Raiden das Hemd in die Hose und ging auf das Achterdeck zu. Durch das Fernrohr suchte er den Horizont ab und betrachtete das näher kommende Schiff. Es würde noch Stunden dauern, ehe es in Schussweite sein und ihnen Schaden zufügen konnte. Ihm wäre es zwar lieber, die Auseinandersetzung mit der *Sea Warrior* hinauszögern zu können, bis es dunkel war, aber falls nötig, würde er auch bei Tageslicht kämpfen.

»Kahlid«, rief er dem Steuermann über die Schulter zu. »Ändert immer wieder den Kurs, bis die Sonne untergeht und wir wissen, mit wem wir es zu tun haben.« Eine Ahnung sagte Raiden, dass es eines seiner eigenen Schiffe war, da sie sich an der Mündung des Hoogley Rivers und auf diesen Koordinaten treffen wollten. Und wenn es ein fremdes Schiff war? Jeder Mann an Bord wusste um die Risiken, und seine Sorge galt Willa und dem, was mit ihr geschehen würde, wenn er sich irrte. Raiden ließ das Fernrohr sinken, schob es zusammen und tippte nachdenklich damit gegen sein Kinn. Er musste davon ausgehen, dass man nach Willa suchen würde, und das konnte bedeuten, dass ihm doppelt so viele englische Schiffe wie ohnehin schon auf den Fersen waren.

Raiden hörte Willas Lachen. Hell und melodiös trug der Wind es ihm zu. Er wandte sich abrupt um. Wie eine anmutige Blume saß sie mittschiffs auf einem Stapel von Tauen, um sich herum ein Publikum ihr hingerissen Aufmerksamkeit zollender Piraten.

Der Anblick der rauen Männer, die jedem ihrer Worte lauschten, entlockte Raiden ein kleines Lächeln. Einer der Männer brachte Willa einen Becher mit Wein, und einen Schritt hinter ihr stand Nealy Perth wie ein Zerberus und wandte keinen Blick von ihr. Augenblicklich war Raiden auf der Hut. Mochte der große, kräftige Mann auch schon älter sein, so behauptete er doch seinen Platz unter den durchweg jüngeren Kameraden. Eine Windbö fuhr in die Segel, und Raiden schaute hinauf zu Tristan, der in die Takelung geklettert war und die Seile richtete, während er sich mit der Frau unterhielt, die unter ihm auf dem Deck saß.

Den Kopf leicht geneigt, schaute Willa zu Tristan hinauf und lachte über etwas, das er sagte. Ein messerscharfer Stich noch nie gekannter Eifersucht durchfuhr Raiden. »Mr Dysart!«

Tristan fuhr herum.

»Tu entweder deine Arbeit oder komm verdammt noch mal runter.« Schwarze Wolken zogen heran und breiteten sich wie eine dunkle Decke über den Himmel aus. »Mistress, in die Kabine!«

Willa drehte sich nach Raiden um und sah ihn aus schmalen Augen an, doch sein Gesichtsausdruck warnte sie davor, ihm zu widersprechen. Sie nickte unmerklich und erhob sich und verabschiedete sich mit einem Knicks von den Männern. Raiden gab Befehl, die Fässer und Tonnen zu sichern. Als er auf Willa zuging, krachte ein Blitz aus den Wolken und schnitt eine gezackte Spur in den Himmel.

Die *Renegade* bekam Schlagseite. Willa verlor den Halt und rutschte gegen die Reling. Der harte Aufprall presste ihr die Luft aus den Lungen. Sie versuchte sich festzuhalten, als das Schiff sich erneut zur Seite neigte.

Ein ungesichertes Fass rollte über das Deck auf Willa zu, traf sie in die Kniekehlen und prallte gegen ihren Rücken. Das Gewicht des Fasses schleuderte Willa nach vorn. Raiden sah, wie sie vom Deck rutschte. Er stieß die Männer aus dem Weg, sprang über Seile und Fässer, um Willa noch rechtzeitig packen zu können. In diesem Augenblick fiel sie kopfüber in die schwarze See.

8

Ein unerwarteter heftiger Ruck riss Willa zurück und bewahrte sie vor dem Sturz in die schwarze Tiefe.

Sie holte tief Luft und blinzelte in das Gesicht Nealy Perths, der den Arm um ihre Taille geschlungen hatte und sie an ihrem Kleid festhielt. »Meinen tiefsten Dank, Sir.«

»Dafür nicht, Mylady«, wehrte er ab und stellte sie auf die Füße.

Raiden war sofort bei ihr, packte sie am Arm und zog sie von Perth fort. »Seid Ihr verrückt?« Noch immer saß ihm der Schreck in den Gliedern, sah er Willa kopfüber in das von Haien wimmelnde Wasser stürzen.

»Aber ja, Raiden, ich gebe Euch ein Versprechen, und dann, in einem Anfall von Verzweiflung, vergesse ich meinen Sohn und stürze mich ins Meer.« Sie zerrte sich von Raiden los und bemerkte nicht, das Perth ihrem Wortwechsel interessiert lauschte. »Ihr könnt mir durchaus ein bisschen Rückgrat zutrauen, Pirat.« Hocherhobenen Hauptes stolzierte sie davon. Raiden stieß einen langen Atemzug aus, während er sich den Nacken rieb. *Sie wird nie wieder ohne meine Erlaubnis das Deck betreten*, entschied er. Sein Herz klopfte noch immer hart und schnell.

»Temperamentvolles Mädchen«, bemerkte Perth.

Raiden streifte ihn mit einem kurzen Blick. »Meinen Dank, Mr Perth.«

Der Seemann nickte, eine Geste, die, wie Raiden unwillkürlich feststellte, irgendwie königlich und huldvoll wirkte. »War mein Glück, dass ich so nah dran war, Cap'n.«

»Das war ihr Glück«, sagte Raiden. »Sichert das Fass, Mr Perth.«

»Raiden!« Er wandte sich um und schaute nach oben in die Takelage, zu der Willa wies.

Tristan Dysart hing kopfüber in einem der Seile fest, das sich ihm um den Knöchel gewickelt hatte. Der starke Wind zerrte an ihm und ließ ihn immer wieder gegen den Mast prallen. Laut Tristans Namen rufend, lief Willa los. Während Raiden ihr auf den Fersen folgte, befahl er, ihm einen Enterhaken und ein Seil zu bringen.

»Hallo, Mädchen«, sagte Tristan, sein Gesicht war hochrot angelaufen.

Willa reckte den Hals. »Du lieber Gott, Mr Dysart. Ihr blutet ja!« Sein Mantel hatte sich über der Hemdbrust geöffnet, die sich dunkel von Blut gefärbt hatte.

»Es sieht ganz so aus. Eine alte Wunde. Beunruhigt Euch nicht.« Er winkte ab und versuchte, sich hochzuschwingen und das Seil zu packen, an dem er hing. Als es misslang, seufzte er schwer. »Eine höchst peinliche Lage, muss ich sagen. Zieh mich hoch, Rai, tu mir den Gefallen.«

»Bewegt Euch nicht, Mr Dysart«, rief Willa. »Ihr reißt die Wunde nur noch weiter auf.«

»Eure Sorge rührt mich zutiefst, M'lady.«

»Verzeiht mir meine Offenheit, aber Ihr müsst nicht ganz bei Verstand gewesen sein, verletzt dort hinaufzuklettern.«

»Ich gehorche Befehlen immer«, erwiderte er. Willa sah Raiden vorwurfsvoll an, doch ehe sie etwas sagen konnte, drängte dieser sich an ihr vorbei und schwang das Seil, an dessen Ende der Enterhaken befestigt war, der sich jetzt über dem Besansegel in der Takelung festhakte. Mit einer Geschwindigkeit, die Willa staunen machte, kletterte Raiden in die Taue, packte Tristan am Mantel und zog ihn so weit zu sich heran, dass er nach dem Seil greifen konnte.

»Halt dich fest.« Der Regen war stärker geworden, und der Wind trieb die beiden Männer gegen die Segel.

»Ja, natürlich. Darauf wäre ich jetzt gar nicht von selbst gekommen.«

Während Tristan sich festhielt, kletterte Raiden weiter zum

Besansegel. Wenn er den Freund einfach aus dem Gewirr der Seile losschnitt, würde dieser unweigerlich fallen, und der starke Ruck würde dessen Wunde noch weiter aufreißen. Raiden schlang sich das Seil, an dem sich der noch immer kopfüber Hängende festhielt, einige Male um den Arm, schnitt es über dem Kopf durch und wickelte es langsam von seinem Arm ab, bis Tristan nicht mehr kopfüber über dem Deck schwebte. Tristan schlang sich das Seil ums Bein und ließ sich daran heruntergleiten. Als er auf dem Deck aufkam, brach er zusammen. Einige Augenblicke später war Raiden aus der Takelage heruntergeklettert und stand neben Willa, die den fast Bewusstlosen untersuchte.

Mit trüben, verhangenen Augen spähte Tristan auf die blutende Wunde. »Verdammt, das wird keine schöne Narbe hinterlassen, mit der ich die Damen beeindrucken kann.«

Willa sah ihn an. »Die Wunde muss gesäubert und neu verbunden werden.« Sie befühlte Tristans Stirn; trotz des kalten Regens war seine Haut glühend heiß. Willa erhob sich und half Tristan aufzustehen, bis dieser sich auf Raiden stützen konnte, der ihn in die Kapitänskabine trug. Die Männer der Mannschaft folgten ihm und bildeten einen Halbkreis um sie, nachdem Raiden den Freund auf einen Stuhl gesetzt und Willa sich hingekniet hatte, um ihm den Mantel zu öffnen.

»Madam, wenn Ihr es wünscht, dass ich meine Kleider für Euch ablege, müsst Ihr mich nur darum bitten«, bemerkte Tristan frech.

»Schweigt, Ihr Strolch«, ermahnte sie ihn und schob sein Hemd hoch. »Du lieber Himmel!« Tristan blutete stark, und Willa bedeckte die Wunde rasch wieder. »Ich brauche ein Messer, Tuchstreifen zum Verbinden, außerdem eine Schere und alle chirurgischen Instrumente und Kräuter, die ihr an Bord haben könntet.« Sie sah erst die Männer und dann Raiden an.

»Tut, was die Lady sagt«, befahl Raiden, und seine Männer verließen die Kabine.

»Nehmt ihm seine Waffen ab und legt ihn auf den Tisch«, wies sie Raiden an, während sie rasch Handtücher und Seife bereitlegte und einen Krug und eine Schüssel hinstellte.

»Balthasar kann sich jetzt um mich kümmern«, sagte Tristan, der seinen Stolz überwand und sich von Raiden auf den Tisch helfen ließ.

Die Hand in die Hüfte gestemmt, warf Willa ihm einen abwägenden Blick zu. »Nun denn, Squire Dysart, Ihr solltet Euch jetzt entscheiden, wenn er Euch versorgen soll.«

»Ihr meint seine derben Pranken oder Eure sanften Hände?«, fragte er, indem er nach Willas Hand griff und sie an sein Herz drückte.

Er ist wirklich unmöglich, dachte sie kopfschüttelnd. »Die Wunde hat sich bös entzündet.« Sie fing Raidens Blick auf. »Gebt mir Euer Messer und zieht ihm die Stiefel aus.« Nachdem Raiden ihr das Messer gegeben hatte, zerrte er Dysart die Stiefel herunter. Unterdessen schnitt Willa einen Schlitz in Tristans Hemdensaum.

Tristan packte sie am Handgelenk. »Madam, was schlagt Ihr vor?«

Mit einem Ruck zerriss sie das Hemd sauber entzwei.

»Das ist mein bestes Hemd!«

»Ich glaube nicht, dass es ein Problem für Euch sein wird, Euch ein neues zu stehlen.«

Tristan ließ sich auf den Tisch zurücksinken und drehte sich auf die Seite. Er wackelte mit den Augenbrauen, als er Willa ansah »Gebt es ruhig zu – Ihr wollt mich unbedingt nackt sehen.«

»Haltet Euren Mund oder ich werde ihn Euch ebenfalls zunähen«, erwiderte sie scharf und versetzte ihm unsanft einen Stoß. Er sackte zurück, und sein Kopf schlug auf dem Tisch auf. Willa zuckte zusammen und griff hastig nach einem Kissen, um es ihm unter den Kopf zu schieben. Im Vorbeigehen tätschelte sie Tristan die Wange. Sie blieb vor Raiden stehen. »Ich brauche Rum.«

»Gewürzt oder natur?«

Sie verzog den Mund. »Weder noch, Captain.« Sie beugte sich

näher, und Raiden nahm den feinen Duft nach Limonen und kühlem Regen wahr, der sie umfing. »Macht ihn betrunken, die Sache wird ihm wehtun.«

Über ihren Kopf hinweg schaute Raiden zu Tristan hinüber, der sein Bestes tat, gleichmütig zu wirken, doch dessen geballten Fäuste seine Anspannung verrieten.

»Er hat Fieber, und ich vermute ...«, Willa zögerte.

»Sagt mir alles, Frau.«

Sie hörte die Sorge in seiner Stimme. »Irgendetwas stimmt nicht. Für einen so flachen Schnitt blutet es viel zu stark.«

Raiden nickte und ging an seinen Schrank, nahm eine Flasche Rum heraus und brachte sie seinem Freund.

»O Gott«, stöhnte Tristan. »Dein bester Tropfen. Mit mir geht es zu Ende.« Er setzte die Flasche an die Lippen und trank hastig.

Einige Männer tauchten zusammen mit Balthasar in der Tür auf. Der Beduine runzelte die Stirn, als er Willa anstarrte und wie ein dunkles Unwetter auf sie zukam. Raiden streckte den Arm aus und veranlasste Balthasar stehen zu bleiben. »Hüte deine Zunge und denk an meine Worte«, warnte er ihn, und Willa seufzte erleichtert.

Der Beduine gab Raiden eine Rolle aus Leder und trat zurück. Die Arme vor der nackten, tätowierten Brust verschränkt, stand er stumm da. Raiden entrollte das Leder, und es zeigte sich, dass eine Reihe chirurgischer Instrumente darin verwahrt war. Willa begutachtete sie, ehe sie sich die Hände wusch und um eine brennende Kerze bat, über deren Flamme sie die Messerklinge hin und her bewegte. Sie warf einen prüfenden Blick auf Tristans Pupillen und begann, seine Wunde auszuwaschen.

»Ich werde sie aufschneiden müssen«, sagte sie zu ihm.

»Ich werde mich zusammennehmen, ich schwöre es.« Tristan trank noch einen großen Schluck von dem Rum, während er Willa zusah.

Mit einem Schnitt öffnete sie die Wunde, und Tristan bäumte sich auf und setzte sich aufrecht hin. »Heilige Mutter Gottes, ich

– verdammt noch mal, Frau!« Aus seiner Wunde floss Blut, und Tristan schaute auf den Tisch, nachdem er noch einmal von dem Rum getrunken hatte. »Ich werde nie wieder an diesem Tisch essen können«, nuschelte er.

»Haltet ihn bitte fest. Ich werde sie noch weiter öffnen müssen«, wandte sich Willa an Raiden.

»Ich habe eine bessere Idee«, erwiderte dieser und trat zu Tristan, nahm ihm die Flasche aus der Hand und versetzte ihm mit der Faust einen Kinnhaken. Der Freund verlor augenblicklich das Bewusstsein und sackte in sich zusammen.

»Das war wirklich sehr schonend, Captain«, sagte Willa entsetzt, machte sich aber dennoch an die Arbeit.

Raiden beobachtete sie dabei, wie sie die Wunde mit einem Schnitt weiter öffnete und dann mit den Fingern abtastete. Dabei tupfte sie von Zeit zu Zeit das hervorquellende Blut ab. Schließlich nahm sie eine Pinzette, führte sie in die Wunde ein und zog mit deren Hilfe einen dünnen Splitter heraus. Ob er aus Metall oder Holz war, konnte man bei all dem Blut nicht erkennen.

Das Schiff krängte, die bereitgelegten Utensilien verrutschten und Willa drohte, das Gleichgewicht zu verlieren. Raiden winkte Balthasar zu, dass er den Patienten festhalten sollte, während er sich hinter Willa stellte, und die Hände um ihre Taille schloss, damit sie festen Stand hatte.

Sie zuckte zusammen und warf einen Blick über die Schulter. »Was tut Ihr denn da?«

Raiden stand mit gespreizten Beinen hinter ihr. »Ich halte Euch fest, damit Ihr Mr Dysart nicht mit Euren Fingern erstecht – oder auf Euer hübsches Hinterteil fallt.« Den letzten Teil seiner Antwort sagte er so leise in ihr Ohr, dass nur sie es hören konnte.

Seine Augen waren unergründlich, aber seine Nähe beunruhigte Willa. Aber wenn sie seine Hilfe auch nicht brauchte, so gab es im Augenblick wichtigere Dinge, um die sie sich kümmern musste, als mit ihm zu streiten. »Haltet ihn gut fest, für den Fall, dass er zu sich kommt«, sagte sie zu Balthasar und beugte sich über Tristan, um den Eiter aus der Wunde zu drücken. Ein widerlicher Gestank erfüllte die Luft, doch Willa zuckte mit keiner Wimper. Ihre Miene blieb gleichmütig, als sie das Sekret abtupfte und die Wunde wieder ausdrückte. Sie wiederholte diesen Vorgang einige Male, wobei sie jedes Mal ein frisches Tuch benutzte. Schließlich säuberte sie die verletzte Stelle mit Rum. Sie wies Raiden an, ein sauberes Tuch darüber zu legen, während sie Tristan eines seiner langen Haupthaare auszupfte und in eine dünne Nadel einfädelte.

»Ihr nehmt sein Haar zum Nähen, Willa?« Bei seinen leisen Worte spürte sie seinen Atem an ihrer Schläfe.

»Die Indianer machen es so.« Sie warf einen letzten prüfenden Blick auf die Wunde. »In Amerika. Ich habe es von einem Medizinmann gelernt, als ich einen Freund besuchte.«

»In Amerika?«

Sie musste ihre Hemmung überwinden, in Tristans Haut zu stechen, doch in Anbetracht dessen, was sie ihm bis jetzt an Schmerzen zugefügt hatte, war jetzt nicht die Zeit zu zaudern. »Ja. Ich bin dort geboren. In Charles Towne in Carolina.«

Also deshalb hatte er ihren Akzent nicht einordnen können.

»Ich habe gehört, dass das ein ziemlich wildes Land ist«, sagte einer der Männer und sah Willa abwartend an.

»Oh, Sir, es ist wunderschön dort und mit keinem Ort zu vergleichen, den ich gesehen habe, seit ich von zu Hause fortging.«

»Und wann war das?«, fragte Raiden.

Eine Welle des Heimwehs drohte Willa zu verschlingen und sie beugte den Kopf ein wenig tiefer. »Vor fünf Jahren.«

Das Schiff neigte sich wieder auf die Seite, und Willa wurde gegen Raiden gedrückt, ihr Po presste sich gegen seine Lenden. Raiden widerstand dem Drang, mit einer stoßenden Bewegung darauf zu reagieren und bellte stattdessen einen seiner Männer an: »Sag Kahlid, dass er in den Wind drehen soll!« Er bemühte sich, Willa nicht noch einmal so nah zu kommen. Aber es ließ sich nicht verhindern, und Raidens Widerstand versagte, als seine Hände sich wieder fester um ihre Taille schlossen und er fühlte, dass sie das Korsett nicht trug, das er für sie aufgetrieben hatte. Allmächtiger, war sie denn völlig nackt unter dem Kleid? Der Reiz dieser Fantasie löste eine Welle heißen Verlangens in ihm aus, und er beugte sich über sie. Er sah, wie sie mit kleinen, raschen Stichen Tristans Wunde schloss. Dann bemerkte er die Träne, die über ihre Wange rollte. »Willa?«

Sie antwortete nicht und beendete schweigend ihre Arbeit, aber für einen Augenblick verlor sie sich in der Erinnerung an die Vergangenheit, an eine Zeit, in der sie noch die Tochter ihres Vaters gewesen war und niemals Angst um ihre Sicherheit hatte haben müssen. Ihr Vater hatte sie abgöttisch geliebt, und sie hatte ihr Leben ganz und gar unter Kontrolle gehabt. Das alles ist schon so lange her, dachte Willa. Es war die Zeit der Unschuld gewesen, die niemals zurückkehren würde. Sie verknotete den letzten Stich und wandte sich an Balthasar. »Habt Ihr ein Heilkraut für die Wunde? Etwas, das eine Entzündung verhindert?«

Seine dunklen Augenbrauen zogen sich bei ihrer Frage zusammen. »Das habe ich.«

»Könnt Ihr es vorbereiten, während ich den Verband zurechtschneide?«

»Warum fragt Ihr ihn danach?«, bemerkte einer der Männer säuerlich. »Er hat den Splitter drinnen gelassen.«

Balthasar warf dem Mann einen bitterbösen Blick zu, aber ehe er etwas erwidern konnte, mischte sich Willa ein. »Balthasars Finger sind zu groß, um eine solche Wunde innen abtasten zu können. Und wer konnte schon vermuten, dass in einer so kleinen Wunde ein Stück von der Klinge stecken geblieben ist?«

»Ihr habt es vermutet«, stellte Balthasar fest und sah Willa an.

Sie zuckte mit den Schultern, die feindseligen Blicke des Mannes zermürbten sie allmählich. »Mr Dysart braucht jetzt Ruhe.« Ihr Blick glitt zu Raiden, und der Ausdruck ihrer Augen strafte ihn dafür, den Mann bewusstlos geschlagen zu haben. »Richtigen Schlaf. Und er muss beobachtet werden.«

Mit geschickten Bewegungen zerstieß Balthasar einige Kräuter, vermischte sie mit Wasser und strich den Brei auf die genähte

Wunde. Er stützte den Bewusstlosen hoch, während Willa ihn verband. »Es war nicht meine Absicht, Eure Autorität zu untergraben, Sir«, flüsterte sie dem Beduinen zu. »Und ich entschuldige mich, sollte ich Euch gekränkt haben.«

Der Koch der *Renegade* starrte sie einen Augenblick lang an, ehe er nickte. In diesem Augenblick stürzte einer von Raidens Männern atemlos und bis auf die Haut durchnässt in die Kabine. »Captain, die *Sea Warrior* kommt näher.«

Raiden nickte. »Sehr gut. Behaltet sie im Auge. Und ihr anderen geht wieder auf eure Posten.« Die Männer verließen die Kapitänskajüte, nur Balthasar blieb, um das Durcheinander aufzuräumen.

»Eine weitere Prise?«, fragte Willa, während sie ihre Hände abtrocknete.

Raiden erwiderte ihren Blick. »Nein. Ein weiteres meiner Schiffe.«

»*Eurer* Schiffe? Eurer ganz allein?«

Er sah sie unverwandt an. »Ja.«

»Und wie viele genau habt Ihr?« Sie sah ihn aus schmalen Augen an.

Raiden zuckte die Achseln. »Vielleicht ein halbes Dutzend.«

»Neun«, sagte Tristan benommen. Dann stöhnte er laut und hielt sich das Kinn.

»Großer Gott. Der Preis auf Euren Kopf muss sehr hoch sein.«

Raiden verzog den Mund. »Höre ich da Hoffnung oder Sorge in Eurer Stimme, Mädchen?«

»Nichts davon.« Willa wandte sich ab. »Könnt Ihr Mr Dysart in seine Kabine tragen?«, fragte sie Balthasar.

»Ich kann gehen«, behauptete Tristan und bedachte Raiden mit einem erbosten Blick, als er sich aufsetzte und seinen Kiefer betastete. »Ich glaube, du hast einen Zahn locker geschlagen.«

»Du hast gebockt wie ein Maulesel.«

Tristan errötete, aber seine Verlegenheit verschwand sofort wieder, als Willa an seine Seite eilte, um ihm beim Aufstehen zu helfen. Balthasar stützte Tristan hoch, während sie die Überreste seines Hemdes unter ihm herauszog und zusammenknüllte. »Nein. Vorsichtig. Ihr habt genug getrunken«, sagte sie, als er versuchte, die Flasche Rum zu greifen.

»Meinen Dank, Mistress«, sagte Tristan, beugte sich vor und hauchte einen Kuss auf ihre Wange.

Willa errötete und legte die Hand um sein malträtiertes Kinn. »So ein braver Junge«, spottete sie gutmütig und lächelte ihn an.

Raiden, der hinter ihr stand, machte ein finsteres Gesicht. »Sieh zu, dass du ins Bett kommst, Dysart. Ich habe keine Lust, dich an die Ankerwinde binden zu müssen, damit du nicht über Bord gehst.«

»Wenn er jemanden gerettet hat, ist er immer so miesepetrig«, flüsterte Tristan Willa laut und vernehmlich zu. Dabei zwinkerte er mit den Augen. Dann erlaubte er es Balthasar, ihn über die hohe Türschwelle zu tragen.

»Habt Ihr vielleicht eine Suppe für ihn, wenn er ein paar Stunden geschlafen hat?«, fragte sie Balthasar und gab ihm noch Dysarts Stiefel mit. »Und ein Mittel, um das Fieber zu senken?«

»Wie Ihr wünscht«, entgegnete Balthasar mit einer respektvollen Verbeugung, die Willa vor Staunen erstarren ließ.

Ihr Blick glitt über sein keine Regung verratendes Gesicht, über die Tätowierungen an seinen Schläfen und auf seinen Wangen und Unterarmen. Ein ausgesprochen exotisch aussehender Mann, dachte sie, und stellte fest, dass er wie Raiden einen Ohrring trug. Der Schmuck bestand aus einer einzelnen, tränenförmigen Perle. Um den Hals hingen Ketten aus Gold und Silber, seine Finger waren von Ringen gleichsam übersät, und er ging barfuß. Die weiten Pumphosen seiner heimatlichen Tracht hüllten ihn von der Taille abwärts in endlose Meter schwarzen Stoffes, die breite rote Schärpe betonte seinen muskulösen Bauch. Balthasar war so groß wie Raiden, und Willa wurde schlagartig bewusst, wie leicht er sie hätte töten können, als er damals in die Kabine gekommen war. Und ihr wurde klar, wie sehr sie die kleine Allianz zwischen ihnen schätzte.

Sie legte die Hand auf seinen Arm und flüsterte: »Meinen Dank für Eure Hilfe, Sir.«

Er richtete die dunklen Augen auf Tristan, dann wieder auf sie. »Dafür müsst Ihr mir nicht danken.«

Er trug Tristan vorsichtig hinaus. Als er fort war, wandte sich Willa zu Raiden um, der sie auf eine Art anstarrte, die sie nervös machte.

»Wo habt Ihr das alles gelernt?«

»Ich habe es Euch doch schon gesagt – in den Kolonien.« Sie ging an ihm vorbei, in der Hand die Flasche Rum, die sie Tristan weggenommen hatte.

»Gut erzogene Damen versorgen normalerweise nicht die Wunden eines Mannes.«

Sie setzte sich auf die Polsterbank unter dem Bullauge und sah Raiden abschätzend an. »Und Ihr wisst natürlich eine ganze Menge über wohl erzogene Damen?« Sie trank einen Schluck von dem gewürzten Rum, der ihr wie flüssiger Sonnenschein die Kehle herunterrann.

»Allerdings.«

Sie wandte keinen Blick von ihm, während sie noch einmal an dem starken Jamaika-Rum nippte. »Nichts als Prahlerei. Und so typisch Mann.«

Wie es scheint, ist sie nur zu Verwundeten sanft, dachte Raiden. Und natürlich war sie noch immer wütend wegen der getroffenen Absprache. Er rechnete nicht damit, dass diese Wut verschwinden würde, ehe er nicht ihren Sohn herbeigeschafft hatte.

Auch wenn er den Handel vorgeschlagen hatte, weil er überzeugt gewesen war, sie würde ihn rundweg abschlagen, und er auf diese Weise keine Schuldgefühle haben müsste, die Suche nach einem toten Kind abgelehnt zu haben, verband ihre Übereinkunft sie auf höchst seltsame Weise. Willa suchte nach einem verloren gegangenen Kind, das sie liebte. Und er war solch ein verlorenes Kind gewesen. Es hatte niemanden gegeben, der nach ihm gesucht hatte, der ihn geliebt hatte. Raiden seufzte insgeheim. Es macht keinen Sinn, die Vergangenheit heraufzubeschwören, weil ich sie ohnehin nicht ändern kann, dachte er, als unerwartet das Gesicht eines Kindes vor seinem geistigen Auge auftauchte – ein Kind mit roten Haaren und mit Grübchen, so wie Willa. Ob der Junge vielleicht durch irgendeine Schicksalsfügung doch überlebt hatte? Wusste er, dass seine Mutter nach ihm suchte? Wusste er, wie viel ihre Liebe zu ihm sie kostete? Und wer hatte den Jungen in seine Gewalt gebracht? Denn für Raiden war es klar, dass Willa ihr Kind niemals vernachlässigt oder es gar verloren hätte, wie man ein Halstuch oder einen Ring verliert.

Nicht zum ersten Mal, seit Willa ihm von ihrem Sohn erzählt hatte, fragte sich Raiden, wie *seine* Mutter wohl gewesen war, und er stellte sich immer wieder diegleichen Fragen, die er sich in den vergangenen dreiunddreißig Jahren gestellt hatte und die ihn quälten. Hatte sie ihn gewollt und war es ihr wegen ihrer Familie unmöglich gewesen, ihn bei sich zu behalten? Oder war es wegen ihrer gesellschaftlichen Stellung gewesen und wegen des Skandals, den seine Geburt unweigerlich verursacht hätte? Hatte sein Vater, nachdem er Raiden seinen Namen gegeben hatte, jemals wieder versucht, seinen Sohn zu finden? Und warum hatte er Raiden nicht zu sich genommen? Und was war mit den anderen Montegomerys? Was stimmte an den Gerüchten über Ransom, der als Granvilles leiblicher Sohn in einer Welt voller Privilegien groß geworden war, nur um herauszufinden, dass auch er eines von den vielen illegitimen Kindern seines Vaters war? Und das, nachdem Ransom einen Mann getötet hatte, der ihm genau das vorgehalten hatte. Raiden wusste nicht, was schlimmer war: zu entdecken, dass man nicht der war, der man zu sein geglaubt hatte, oder niemals zu erfahren, wer man war und woher man kam.

Gestohlene Leben und verlorene Seelen, dachte er bitter und schaute zu Willa, die gerade noch einen Schluck Rum trank. Er fragte sich, wie viel sie wohl davon getrunken haben mochte, während er sich der Hässlichkeit seiner Vergangenheit erinnert hatte.

»Der Bruder meines Vaters ist Arzt«, sagte sie schließlich.

»In den Carolinas?«

»Ja, und meine Mutter und meine Schwester sind tot, und mein Mann ist auch tot.« Diese letzte Lüge blieb Willa fast im Halse stecken, und sie spülte das schlechte Gewissen mit einem weiteren Schluck Rum fort. »Alles, was mir geblieben ist, ist mein Baby.«

Schuldgefühle packten Raiden, und er ging zu ihr, um ihr die Flasche wegzunehmen.

Sie schob seine Hände beiseite.

»Ihr werdet es morgen früh bereuen.«

»Das ist mir egal. Warum verschwindet Ihr jetzt nicht einfach?« Sie winkte ihn fort und tat sich wieder an dem Rum gütlich. Raiden runzelte die Stirn, als er den irischen Akzent in ihrer Stimme hörte. Er entwand ihr die Flasche, setzte sie an seine Lippen und nahm selbst auch einen Schluck. Als Willa danach greifen wollte, hielt er die Flasche außerhalb ihrer Reichweite und verkorkte sie.

»Warum gönnt Ihr mir nicht noch ein winziges Schlückchen?«

»Wenn Ihr Euch dahinter versteckt« – er schüttelte die Flasche – »dann haben sie gewonnen«, sagte er und wusste nicht, woher er diese Erkenntnis hatte.

»Sie werden immer gewinnen.« Willa sah ihn von Kopf bis Fuß an. »Denn so wie Ihr, Raiden, kennen sie keine Skrupel, wenn es um ihre Verbrechen geht.«

»Und warum begehen sie diese Verbrechen?«

»Es geht um Macht.« Sie wankte unmerklich, als sie sich erhob. Raiden griff nach ihrem Arm, um sie zu stützen. Sie erwiderte seinen Blick. »Um Macht und um mehr als nur ein bisschen Geld.«

»Aber Ihr seid eine wohlhabende Frau ...«

»Ach Quatsch.«

Raiden grinste. »Wie ich sehe, habe ich es mit einer kultivierten und schönen Frau zu tun.«

»Das ist nichts als die Verpackung für das Tauschobjekt, Pirat«, entgegnete sie und knickste unsicher. »Es ist immer das hübscheste Spielzeug, das an den Meistbietenden verkauft wird, müsst Ihr wissen.«

Seine Miene verfinsterten sich. Aus jedem ihrer Worte klangen Schmerz und Einsamkeit. »Euer Vater hat Euch doch bestimmt nicht zur Ehe gezwungen?« Obwohl so etwas durchaus nicht unüblich war.

Ihr Blick heftete sich auf ihn, und Raiden stellte fest, dass sie nicht so betrunken war, wie er glaubte. Sie schnappte sich die Flasche und hatte sie entkorkt und daraus getrunken, noch ehe er sie davon abhalten konnte.

»Genug jetzt, Willa«, mahnte er leise und nahm ihr die Flasche weg.

Willa ließ es geschehen, sie spürte schon eine taube Schwäche in ihren Gliedern. »Jawohl, Sir.« Sie wandte sich ab und schlenderte in der Kabine umher, berührte dies und jenes, strich mit den Fingerspitzen über den Griff eines der Schwerter, die an der Wand hingen, und leise klirrend aneinander schlugen, als Willa an ihnen vorüber ging. Sie ging näher heran, und als das Schiff erneut krängte, stolperte Willa und klammerte sich an den Bettpfosten, ehe sie sich zu Raiden umdrehte. Sie blinzelte ihn an und fragte sich, ob er sie wohl rechtzeitig auffangen könnte, ehe sie der Länge nach hinschlug.

»Wann laufen wir einen Hafen an?«

Er schaute auf die Fenster, gegen deren Scheiben der Regen prasselte. »Wenn der Sturm vorüber ist.«

»Ausgezeichnet«, stieß sie hervor und taumelte auf die Bank zu, auf die sie sich schwer niederfallen ließ. »Der Monsun wird dieses Schiff einen ganzen Monat lang hin und her werfen.«

»Nicht in dieser Jahreszeit.«

Ein Lächeln trat auf ihre Lippen.

»Wenn wir einen Hafen anlaufen, dann wird das östlich der Mündung des Hoogley Rivers sein.«

Sie blinzelte ihn überrascht an. »Treibt keine Scherze mit mir.« Unweit des Ganges. Das Wenige, was sie von Barkmon an Informationen bekommen hatte, besagte, dass Alistar vermutlich nach

Osten reisen würde. Und dort gab es Sklavenhändler. »Das wäre grausam.«

»Ich werde nach ihm suchen, Willa.« Raiden fragte sich, ob alle Mütter so aufopfernd waren wie sie und wie er auch nur hatte erwägen können, diesem Kind die Chance – wenn auch nur die höchst vage – zu verweigern, wieder von Willas Armen gehalten zu werden. So geliebt zu werden, wie er nie geliebt worden war.

»Aber er ist schon so lange verschwunden.«

»Er ist ein Kind, und er ist allein, welchen Grund brauchen wir noch?«

Wir. Eine seltsame Partnerschaft, dachte Willa und wandte den Blick ab. Der Zeitpunkt, Raiden die Wahrheit zu sagen, rückte näher. Aber zuerst musste er Mason finden. Würde er sein Versprechen zurücknehmen und sie fortschicken, wenn er erfuhr, dass es nichts gab, was sie ihm anbieten konnte, weil sie verheiratet war? Oder würde es ihn überhaupt kümmern, dass sie sich noch an ihr Ehegelübde gebunden fühlte? Würde er auch darauf bestehen, dass sie ihren Teil der Übereinkunft erfüllte, wenn sich Mason nicht fanden?

Raiden stellte die Rumflasche auf den Schreibtisch. »Ich erwarte von Euch, dass Ihr mir in den nächsten beiden Tagen alles sagt, was ich wissen muss, um Euer Kind zu finden.«

Würde Raiden wissen, dass sie verheiratet war und mit wem, würde er schlussfolgern, dass sie über Informationen über die *East India Company* verfügte und über den groß angelegten Betrug, der vorging. Willa vermutete, dass diese Vorgänge auch der Grund waren, aus dem der Offizier sie hatte töten wollen. Sie war zu einer Bedrohung geworden, denn Alistar war abwesend und hatte keinerlei Kontrolle über sie.

Alistar war ein Dieb.

Ein Pirat der Geschäftsbücher, dachte sie und lächelte unmerklich. Wenn sie ehrlich war, dann zog sie die Piraten vor, die ihr Unwesen auf See trieben.

»Und Ihr, Mylord Pirat –« Willa lachte kurz auf, als sie ihn so ansprach. »Ihr habt also vor, ein Schiff aufzubringen.«

»Ihr befindet Euch an Bord eines Piratenschiffes, Willa«, erinnerte Raiden sie unnötigerweise. »Es wird Kämpfe auf Leben und Tod geben, aber auch reiche Beute.«

»Beute«, wiederholte sie bitter. War das denn alles, was er sich wünschte? »Und falls Ihr verliert?«

»Dann seid Ihr frei.«

Sie stieß einen verächtlichen Ton aus und winkte ab. »Dann bin ich tot oder werde gefangen genommen. Oder vergewaltigt.«

Raiden zuckte bei den letzten Worten zusammen. »Falls die Engländer uns besiegen, Willa, werden sie Euch nach Kalkutta zurückbringen.«

Ja, dachte sie, das würden sie ganz gewiss, wenn sie ihnen erst gesagt hatte, wen sie – verhängnisvollerweise – geheiratet hatte. Aber da gab es auch noch eine sehr reale Gefahr, in der sie schwebte. Willa hatte keinen Augenblick lang den Offizier vergessen, der geschickt worden war, sie zu töten. War Barkmon fähig, Alistars Anweisungen bis zu diesem Extrem auszuführen? Mord war Mord und die Strafe dafür hoch. Waren Gewürze das wert? Sie sah Raiden an. Ihr war bewusst, dass er viel riskiert hatte, um sie zu retten. Ich sollte ihm dankbar sein, dachte sie. Und mochte ihr Körper auch die Bezahlung sein, die er verlangte, so wusste sie doch, dass sie bei ihm ungleich sicherer war als allein auf sich gestellt zu sein.

Sie weiß nicht, was ihre Augen alles verraten, dachte Raiden und hielt ihr die Hand hin. Willa schaute erst auf Raidens Hand, dann in sein Gesicht und akzeptierte schließlich, dass er sie von der Bank hochzog. Sie war unsicher auf den Beinen und fiel gegen ihn, ihr Körper schmiegte sich gegen seinen wie ein weiches Kissen gegen eine steinharte Wand. Und Raiden empfand diese Berührung als ebenso fesselnd und machtvoll wie Willas Kuss.

»Versucht Ihr etwa, meinem betrunkenen Zustand auszunutzen?«

»Wenn ich Euch mit in mein Bett nehme«, erwiderte er rau, »dann sollen alle Eure Sinne wach und bereit sein.«

Sein Ton klang anzüglich, und Willa wurden die Knie weich. Seine Hände glitten über ihren Rücken, hielten sie fest an ihn gedrückt, während Raiden es genoss, ihren warmen Körper zu spüren.

»Aber wenn Ihr Euren Teil des Handels vielleicht jetzt schon erfüllen wollt ...«, schlug er vor und begann, ihr das Kleid zu öffnen. Willa versuchte über die Schulter zu schauen, was er tat. Es bereitete ihr einige Mühe, und Raiden musste ein Grinsen unterdrücken, als ihm der Vergleich mit einem Hund einfiel, der versuchte, nach seinem Schwanz zu schnappen.

Willa sah ihn misstrauisch an. Als sie begriff, dass ihr Kleid jeden Augenblick herunterrutschen würde, holte sie hörbar Luft und hielt es über den Brüsten fest. »Wie könnt Ihr Euch erdreisten!« Sie taumelte einen Schritt zurück.

Er hielt sie fest. »Ich bin der Kapitän. Und ich erdreiste mich, solange es mir gefällt.« Er hob Willa hoch und trug sie zum Bett, auf dem er sie behutsam absetzte. »Das Kleid ist zu eng, um darin zu schlafen. Ruht Euch jetzt aus.«

»Ich bin aber nicht müde«, nuschelte Willa, die Mühe hatte, die Augen offen zu halten.

Selbst betrunken wird sie sich niemals geschlagen geben, dachte Raiden und drückte Willa in die Kissen zurück, als sie versuchte, sich aufzusetzen. »Ich will Euch nicht festbinden müssen, Willa. Aber wenn es sein muss, werde ich es tun.« Er war jetzt froh, dass sie so viel getrunken hatte, denn er wollte nicht, dass es mit ihr irgendwelche Probleme gab, wenn sie die *Weston* in einigen Stunden entern würden.

Willa sank auf das weiche Lager. »Aber ich habe geschworen, niemals in Eurem Bett zu liegen.«

»Mit *mir* darin zu liegen, waren Eure genauen Worte.«

Sie wies auf das Bett, auf dem er neben ihr saß. Raiden musste nicht gesagt werden, wie nahe er Willa war. Sein Blick umfing sie, er sah ihre schimmernde Haut, ihr rotes Haar, das sich in wilder Ungezähmtheit über die Kissen ausbreitete. Sie war ein Aphrodisiakum. Und wenn sie ihm eines ihrer kleinen Lächeln schenkte, wenn sie ihm den flüchtigen Einblick auf ihren Schmerz gewährte, ihn die Leidenschaft ahnen ließ, die sie so angestrengt zu verbergen suchte, dann empfand er sie wie eine immer währende Versuchung. Auch wenn er versprochen hatte, nicht vor der vereinbarten Zeit das Bett mit ihr zu teilen, so wünschte er sich doch, sie zu berühren, die Sinnlichkeit zu spüren, die in ihr schlummerte. Jedes Mal, wenn er Willa ansah, erinnerte er sich an ihren Kuss, an die explodierende Leidenschaft, die ihn wie eine Flutwelle mitgerissen hatte ... Ihren Körper zu lieben wird sein, als gäbe ich meine Seele auf, dachte Raiden. Und er dachte daran, dass sie ihn noch immer belog.

Willa kuschelte sich tiefer in die Kissen. Sie spürte die Wirkung des Alkohols in ihrem Blut, der die Mauer einzureißen drohte, die sie aufgerichtet hatte – um ihr Verlangen nach diesem Mann, um ihr unverzeihliches Begehren nach mehr als einem Handel zwischen ihnen, um die Sehnsucht nach Linderung ihrer nicht enden wollenden Einsamkeit. Diese Einsamkeit war das Schlimmste. Ohne ihr Kind, ohne ihren Vater und ihr Zuhause, und mit dem Gefühl, in England wie ein Aussätzige behandelt zu werden, war sie allein. Sie, die Tochter eines verarmten Reeders, die sich einen Titel und gesellschaftliches Ansehen erheiratet hatte. Ansehen. Nichts als dummes Zeug, dachte Willa. Was für eine Närrin war sie doch gewesen! Sie hatte nur gewollt, dass ihre Familie überlebte, und sie hatte sich dafür nichts als Elend mit Alistar Peachwood als ihrem Ehemann eingebrockt. Einem Mann, der grausam genug war, seinem eigenen Kind Schaden zuzufügen.

Willa wandte den Kopf ab und schaute auf Raidens Arm herunter, den er noch immer um ihre Taille geschlungen hielt. Sie war wütend auf sich selbst, weil sie die Wahrheit nicht gesehen hatte. Sie war wütend auf Alistar, der mit ihrer Angst um die Existenz ihres Vaters sein Spiel getrieben hatte. Alistar trug die Schuld, nur er hatte sie in diese Situation getrieben, in der man sie hatte zwingen können, mit ihrem Körper für die Rückkehr ihres Sohnes zu zahlen. Tiefe Verzweiflung überkam sie, und sie sehnte sich danach, Mason zu halten, sein Haar zu riechen, seine kleinen Arme zu spüren, die sich um ihren Hals legten. Ihn *Mama* sagen zu hören.

In ihren Augen glitzerten Tränen, und willkürlich schlossen

sich ihre Finger um Raidens Arm. Die Wärme seiner Haut bot ihr Trost und Stärke, und sie fühlte seine harten Muskeln, als sie die Hand höher gleiten ließ. Sie spürte, dass er sich unter ihrer Berührung anspannte, und hob langsam den Kopf, um ihn anzusehen.

In seinen dunklen Augen lag ein Ausdruck, den Willa wiedererkannte, und für den Bruchteil eines Herzschlags wünschte sie sich, von ihm in den Arm genommen und geküsst zu werden. Sie wünschte sich, von ihm zu hören, dass heute Nacht niemand sterben und ihr Kind bald wieder bei ihr sein würde.

»Seid vorsichtig, Raiden.«

»Ihr habt Angst um mich, Mädchen?«

Ihre Finger krampften sich um seinen Arm. »Ihr habt einen Handel mit mir abgeschlossen, den Ihr einhalten müsst.«

Raiden senkte den Blick. Er sehnte sich nach ihr, und ein Gefühl, für das er keinen Namen hatte, durchfuhr ihn tiefer und schmerzhafter als ein englischer Dolch es je könnte. Dass diese Frau ihm mehr sein sollte als nur eine Geliebte, war ein Gedanke, über den nachzudenken Raiden sich nicht gestattete. Und als das Rumpeln der Kanonen, die in Gefechtstellung gebracht wurden, das Schiff erbeben ließ, und die Stückpforten geöffnet wurden, machten ihm dieses Geräusche mit erschreckender Gewissheit deutlich, wer er war. Ein Bastard. Ein Pirat, auf dessen Kopf ein Preis ausgesetzt war und der einen grausamen Tod erleiden würde, wenn er den Engländern in die Hände fiel. Er hatte Willa nichts zu bieten außer der Beute, die er machte – und jetzt seine Hilfe. Bis Willa in sein Leben getreten war, hatte Raiden geglaubt, dass alles, was in seinem Herzen an Gefühlen übrig geblieben war, vor Jahren gestorben wäre.

Als er Willa wieder ansah, war sie eingeschlafen. Er nahm ihre Hand und hauchte einen Kuss, ehe er sie ihr auf Bauch legte. Er war fast dankbar, dass sie den Rum getrunken hatte und so seine Verbrechen nicht mit ansehen würde.

Raiden verließ die Kabine. Als er zum Achterdeck hinaufstieg, sah er drei Schiffe sich der *Renegade* nähern. Kahlid reichte ihm das Fernrohr. Unter dem Dunst des Mondes und durch den abflauenden Regen schaute Raiden zur Backbordseite der *Weston* hinüber, einem Schiff *Royal East India*.

»An die Geschütze«, sagte er, und sein Befehl wurde durch die Reihen der gespannt wartenden Männer weitergegeben. »Gebt der *Sea Warrior* das Signal.«

Er war bereit, die Prise aufzubringen.

9

Nur den Bruchteil einer Sekunde nachdem Willa aus dem Schlaf hochgeschreckt war, fiel sie aus dem Bett und landete unsanft auf dem harten Boden. Sie stöhnte und hielt sich mit einer Hand den Kopf, mit der anderen rieb sie sich die schmerzende Hüfte. Das Hämmern in ihrem Schädel war betäubend laut, fast schien es den Boden unter ihr zum Vibrieren zu bringen.

Und dann wurde ihr bewusst, dass es von Kanonen an Deck herrührte.

Sie drehte sich um und schaute aus dem Fenster. Feuer! O Gott. Ein schwacher Widerschein erhellte die Dunkelheit. Willa erhob sich mühsam und griff haltsuchend nach dem Bettpfosten. Sie verfluchte ihre Dummheit, so viel getrunken zu haben, als eine Welle der Übelkeit sie packte. Schreckensvisionen darüber, wie sie über Bord ging, von Raiden, der vielleicht im Sterben lag, trieben sie auf wackligen Beinen zum Fenster. Sie öffnete es und spähte hinaus.

Ein Schiff mit brennendem Hauptmast trieb gefährlich nah neben der *Renegade* im Wasser. Die Flammen hatten auf die Segel übergegriffen und sie vollständig vernichtet. Die Flagge der *Royal East India Company* war nur noch ein verkohlter Fetzen Stoff. Auf dem Deck verstreut lagen tote Seeleute, hingen wie zerrissene Lumpenpuppen über den heißen Geschützrohren. Der durchdringende Geruch von brennendem Fleisch erfüllte die Luft. Willa drohte sich der Magen umzudrehen, und sie schloss hastig das Fenster, starrte durch die Scheibe auf das, was dort draußen geschah.

Raiden stand mit gezogenem, blutbeflecktem Schwert inmitten des Gemetzels, während seine Männer die Ladung der *Weston* auf die *Renegade* schafften und in deren Rumpf verstauten. Willa beobachtete die Männer dabei, wie sie grobmaschige Netze schleppten, in denen sie Truhen transportierten, oder Fässer mit verblüffender Mühelosigkeit über die Laufplanken trugen, die man von einem Schiff zum anderen ausgelegt hatte. Wie Willa feststellte, wirkte der Kapitän des gekaperten Schiffes keineswegs erfreut über diese Plünderung. Wider Willen musste Willa beim Anblick des Mannes lächeln. Die gepuderte Perücke saß ihm schief auf dem Kopf, sein dunkelblauer Mantel war blutbefleckt und zerrissen, seine gegerbten lohfarbenen Hosen waren über und über von Ruß geschwärzt. Trotz seiner Verwundung wütete und wetterte er gegen Raiden, und Willa meinte zu hören, wie ihm ein arrogantes »Das wird Euch den Kopf kosten«, aus seinem Munde kam. Der englische Kapitän war klein und stämmig und ganz und gar das Gegenteil von Raiden. Willa konnte nicht umhin zu bemerken, welch faszinierendes Bild der Schwarze Engel bot. Unerschütterlich stand er da und sah aus, als gehörte ihm die ganze Welt. Er trug eine Weste aus glänzendem Leder, die ihm bis über die Hüften reichte, und in dem breiten Gürtel, der seine Taille umschloss und seine imposante Statur noch unterstrich, steckten Pistolen und Messer. Der Wind peitschte sein langes dunkles Haar und zerrte an den weiten Ärmeln seines ebenholzschwarzen Hemdes, die dunkle Hosen saß so eng wie eine zweite Haut. Willas Puls schlug bei seinem Anblick schneller, und sie verglich ihn mit dem unbezwingbaren, unbesiegbaren Engel des Todes, der gekommen war, um seinen Anteil an den Seelen der Menschen zu fordern. Und zu wissen, dass er sie in den Armen gehalten und leidenschaftlich geküsst hatte, machte sie auf ein nahezu sündige Weise schwach. Er beherrschte jeden ihrer Sinne, auch wenn sie es nicht wollte.

Er erteilte Befehle, während er dem Kapitän das Schwert auf die Brust gesetzt hielt, und durch die Rauchschwaden konnte Willa erkennen, dass die Männer der *Weston* sich bemühten, das Feuer auf ihrem Schiff zu löschen. Willa runzelte die Stirn. Die Gerüchte hatten zu berichten gewusst, dass der Schwarze Engel stets die Masten und Aufbauten der gekaperten Schiffe zerstören ließ, um keine Zeugen für seine Taten zurückzulassen. Aber wie es schien, hatte sich die Mannschaft der *Weston* fast vollzählig an Deck versammelt. Würde Raiden sie gefangen nehmen, um ein Lösegeld für sie zu erpressen? Oder würde er so grausam sein und alle hinrichten lassen?

Ungewissheit und Empörung erfüllten Willa. *Nein, Raiden, bitte nicht*, dachte sie. *Das wäre Mord.* Sie sah, dass er ganz allein vor die Männer trat und sogar das Schwert sinken ließ, das er bis jetzt auf den Kapitän gerichtet hatte, während er zu den Männern der *Weston* sprach.

Willa fühlte eine übermächtige Neugier in sich aufsteigen. Entschlossen zog sie den Morgenmantel fester und schlich sich aus der Kabine hinauf aufs Deck. Um nicht gesehen zu werden, drückte sie sich eng gegen die Wand. Sie ließ den Blick über das Deck der *Renegade* gleiten. Ein paar der Männer waren damit beschäftigt, die Beute in den Schiffsrumpf hinunterzulassen, und Balthasar kümmerte sich um einige Verwundete. Für eine solche Schlacht überraschend wenige Opfer, dachte Willa und wandte ihre Aufmerksamkeit wieder Raiden zu.

»Trefft eure Wahl jetzt«, hörte sie ihn sagen. Welche Wahl? Den Tod? Ausgesetzt zu werden? Einige der gefangen genommenen Männer liefen daraufhin zu Raiden. Sie alle waren schlecht genährt und gingen in Lumpen. Zwei der Männer stützten sich gegenseitig beim Gehen. Raidens Gesicht wirkte wie erstarrt vor Zorn, als er den Männern zunickte und diese an ihm vorbei und an Bord der *Renegade* gingen. Er sah jeden Einzelnen von ihnen aufmerksam an, und einmal schien sein Blick abzuschweifen und sich auf Willa zu richten. Sie zuckte zurück. Er kann mich nicht gesehen haben, dachte sie, trotz des Feuerscheins ist es viel zu dunkel. Sie wartete einige Sekunden, ehe sie wieder zu ihm hinüberspähte. Raiden sprach jetzt den Kapitän an, und seine Stimme hatte einen harten Klang.

»Bittet Ihr um Gnade?«

»Niemals«, entgegnete der englische Kapitän.

»Ich habe nichts anderes erwartet«, bemerkte Raiden resigniert und wandte sich von ihm ab. »Er wird ausgesetzt. Überlasst das Schiff den Männern.«

Der Kapitän griff Raiden hinterrücks an, doch als habe er damit gerechnet, fuhr er herum. Die Klinge seines Schwertes drang dem Engländer in die Brust. Raiden fluchte. Willa wurde schlecht, als er die Klinge herauszog und der Mann zu Boden fiel. Ehe man sie entdecken und sie in Ungnade fallen würde, schlüpfte Willa in die Kabine zurück. Dort ließ sie sich auf die Polsterbank fallen und fuhr sich mit der Zunge über die trockenen Lippen, während sie darum betete, das Schiff möge endlich aufhören zu schaukeln. Nach einer Weile hob Willa den Kopf, und ihr Blick fiel auf die Szenerie jenseits der Fenstergalerie.

Drei Schiffe dümpelten im Wasser, und jedes von ihnen war so schwarz wie der Grund des Ozeans. Flackernder Laternenschein war das Einzige, was ihre Anwesenheit verriet. Willa kniete sich auf die Bank und legte die Hände trichterförmig gegen die Scheibe, um besser erkennen zu können, was dort draußen vorging. Die Galionsfigur des am nächsten liegenden Schiffes stellte einen Wassermann dar, der den rechten Arm ausgestreckt hatte und ein Schwert hielt. Die *Sea Warrior*. Nun, es war kein Wunder, dass die Männer der *East India Company* so gut wie keinen Schaden genommen und es nur wenige Tote in ihren Reihen gegeben hatte, ehe sie sich ergeben hatten. Willa richtete sich auf und bewunderte im Stillen Raidens Vorgehen. Selbst wenn er mit nur einem Schiff angriff – bei Nacht waren die Schiffe so gut wie nicht erkennen.

Nachdenklich zog Willa die Augenbrauen zusammen. Warum, so fragte sie sich, gewährte Raiden diesen Seeleuten Zuflucht? Wenn eine Schiffsbesatzung gefangen genommen wurde, war das Aussetzen durch die Piraten ein bekannte Sache. Die Geschichten, die über den Schwarzen Engel in Umlauf waren, sagten, dass er noch nie jemanden am Leben gelassen hätte. Doch das Geschehen, dessen Zeuge sie geworden war, deutete auf das genaue Gegenteil hin. Das Pressen von Männern zum Dienst in der Marine war eine übliche Methode und nach Willas Meinung ein schreckliches Vergehen. Die Behandlung, die diesen Männern widerfuhr, war verabscheuungswürdig. Sie mussten oft viele Jahre Schreckliches erdulden, während ihre Familien, denen man den Ernährer gestohlen hatte, wirtschaftliche Not litten. Augenscheinlich hatte sich der Kapitän der *East India Company* wenig um das Wohlergehen seiner Schutzbefohlenen gekümmert. Konnte es sein, dass Raiden die *East India Company* einerseits bestahl und andererseits diese geschundenen Männer dabei rettete? Hatte sie ihn falsch beurteilt?

Diese Überlegungen waren kein großer Trost für Willa, denn sie war entschlossen, Raiden nicht zu mögen – vielmehr *brauchte* sie die Gewissheit über seine scheußlichen Verbrechen, um sie als Schutzwall gegen das Verlangen zu benutzen, dass sie empfand, sobald sie diesen Mann auch nur ansah. Er war ein Dieb – ungeachtet der mitfühlenden Gesten. Er führte Krieg gegen die Krone. Nun, sie räumte ein, dass diese Tatsache sie nicht sonderlich störte. Sie störte sie nicht, weil sie mit Alistar verheiratet war, und weil die *East India* den Handel beherrschte und damit ihren Vater so gut wie an den Bettelstab gebracht hatte.

»Kommt nie wieder ohne meine Erlaubnis an Deck.«

Willa fuhr herum, und die rasche Bewegung verursachte ihr einen heftigen Kopfschmerz. Sie stöhnte und massierte sich die Stelle zwischen den Augen. Sie glaubte jedes einzelne Haar zu spüren. Und jetzt war Raiden auch noch wütend auf sie. Großartig.

»Ist es nötig, so zu schreien?«, flüsterte sie.

»Habt Ihr mich verstanden?« Er betrat die Kabine und warf die Tür so heftig zu, dass die Wand wackelte. »Euer Haar kann man meilenweit sehen, und es wäre ein ausreichender Grund, einen Angriff zu provozieren. Wir sind noch nicht außer Gefahr. Englische Schiffe segeln immer im Zweierverband.«

Sie hatte nicht daran gedacht und nickte, während sie sich langsam von der Bank erhob. Ihr Blick blieb an seiner blutbespritzten Weste hängen. Auch sein Schwert war blutbefleckt. »Ihr seid unverletzt.«

Raiden folgte ihrem Blick und wünschte, sie hätte es nicht gesehen, wünschte, sein Leben wäre nicht so wie es war. Doch im selben Augenblick wurde ihm bewusst, dass er nichts an alldem ändern konnte. Und er würde seine Zeit nicht damit zubringen, sich zu rechtfertigen. »Ja.« Er trat an den großen Tisch und legte seine Waffen darauf ab. Dann ging er zum Waschtisch, beugte sich über die Schüssel mit dem Wasser und wusch sich. Nachdem er sich abgetrocknet hatte, warf er das Handtuch achtlos zur Seite und strich sich das Haar zurück, ehe er sich mit beiden Händen auf die Kommode stützte und diese umklammerte, bis seine Knöchel weiß hervortraten. Er atmete schwer.

Willa dachte, er würde die Kommode jeden Augenblick packen, um sie durch die Kabine zu schleudern, so angespannt wirkte er.

Abrupt richtete er sich auf und ging zu dem Schränkchen, das neben dem Bett stand, und öffnete es. Er nahm eine Karaffe mit einer goldbraunen Flüssigkeit und ein Glas heraus, schenkte das Glas voll und stürzte den Inhalt in einem Zug herunter.

»Raiden.«

»Gönnt mir ein wenig Ruhe, Willa ... bitte.«

Das Flehen in seiner Stimme war unüberhörbar. Er füllte das Glas ein weiteres Mal und trank einen großen Schluck daraus, ehe er reglos verharrte. Seine Hand hielt das Glas fest umschlossen. Minuten verstrichen, und Willa konnte sehen, dass der Alkohol wenig Wirkung zeigte. Wenn sie überhaupt eine Reaktion bemerkte, dann die, dass seine Schultern sich noch stärker anspannten. Raiden wollte Ruhe. Für wie lange? Die Worte lagen Willa auf der Zunge, und sie konnte sie nicht länger zurückhalten. »Was habt Ihr mit den Männern der *Weston* vor?«

Statt ihr zu antworten, trank Raiden noch mehr von der braunen Flüssigkeit.

»Sagt mir, dass Ihr diese armen Seelen nicht aussetzen werdet.«

Sein Kopf fuhr hoch. »Haltet Ihr so wenig von mir?«

»Ich weiß nicht, was ich von Euch halten soll. Dann sind die Geschichten über den Schwarzen Engel also unwahr?«

»Nein, das sind sie nicht.«

Jetzt ist es an ihm, den Namen Lügner zu tragen, dachte sie. »Sie sahen aus wie lebende Gerippe, so dünn und schwach«, sagte sie.

»Ja, schlecht ernährt und geprügelt beim kleinsten Verstoß oder auch für nichts.«

»Ihr wisst das aus eigener Erfahrung.« Es war eine Feststellung.

Auch jetzt antwortete Raiden nicht. Alles in ihm sträubte sich dagegen, diesen Teil seines Lebens aufleben zu lassen. Jedes Mal, wenn sie auf ein englisches Schiff stießen, fand er dessen Mannschaft in einer ähnlichen Verfassung vor – ausgezehrt, ohne Hoffnung und um den Tod flehend. Kein Mensch sollte eine solche Erniedrigung erdulden müssen.

»Raiden. Sagt es mir.«

»Ja, verdammt, ja. *Ja.*« Beim letzten Wort drückte er zu, und das Glas zersplitterte klirrend. Willa erschrak, als sie das Blut aus seiner Handfläche hervorquellen sah wie eine sich entfaltende rote Blüte. Raiden starrte blicklos darauf, und Willa nahm rasch das Handtuch von der Kommode und lief zu ihm. Doch sein Gesichtsausdruck ließ sie jäh innehalten. Das dunkle Haar fiel Raiden ins Gesicht und verdeckte es halb. Er sah aus wie ein verwundetes Tier, und seine Augen glühten von einer Wut, wie sie es noch nie gesehen hatte.

»Kommt nicht näher, denn ich bin in der Stimmung zu töten.«

Willa stockte der Atem, mit solch tödlicher Ruhe kamen seine Worte. »Ihr würdet mir nichts antun, Raiden«, sagte sie schließlich. Es klang wenig überzeugt.

»Ihr kennt mich nicht, Frau. Ihr solltet besser keine Vermutungen anstellen«, höhnte er.

Willa ging näher. »Dann helft mir, diese Wut in Euch zu verstehen.«

»Das ist keine Geschichte für die Ohren einer Lady.«

»Aber Ihr müsst darüber sprechen. Ihr verzehrt Euch vor Qual. Mein Gott, ich kann es *spüren.*«

Raiden starrte Willa an und glaubte, das Herz würde sich ihm abschnüren. »Ich verzehre mich vor Hass, Willa, einem so brennenden Hass, das nichts ihn abkühlen kann. Versteht Ihr das?«

»Ja. Denn Männer sind nicht die Einzigen, denen Unrecht

widerfährt.« Raiden runzelte die Stirn, und Willa traute sich einen weiteren Schritt vor. »Es ist nicht Eure Schuld – das Schicksal dieser Männer.« Sie ergriff sein Handgelenk und öffnete die zur Faust geballten Finger. Das Glas war in zwei Teile zerbrochen, und Willa nahm die Scherben und legte sie beiseite. Dann untersuchte sie den Schnitt in seiner Hand. »Es ist ein glatter Schnitt und muss nicht genäht werden, aber Ihr müsst die Wunde auswaschen.«

»Lasst mich.« Mit einem Ruck riss er die Hand zurück.

Sie sah Raiden an. »Aber es könnte noch Glas darin sein.«

»Das kümmert mich nicht.«

»Doch, das kümmert Euch.« Sie wandte sich ab, um eine Schüssel, einen Krug mit Wasser und Tücher zu holen. »Spätestens dann, wenn die Wunde sich entzündet hat und Ihr Eure Hand verlieren werdet.« Sie stellte alles auf dem Tisch bereit und wies auf den Stuhl. Mit spürbarem Zorn ließ Raiden sich darauf sinken. »So seid Ihr ein braver Junge.«

»Behandelt mich nicht so herablassend, Frau!«

»Und Ihr schreit mich gefälligst nicht an!«

Sie starrten sich an. Willa hatte die Hände in die Hüften gestemmt, während Raiden sie anfunkelte, als wollte er sie in einem Stück verschlingen. Sie lenkte als Erste ein, indem sie ihm mit einem Seufzen das Haar aus dem Gesicht strich und die Hand über seine Schläfe und seine Wange gleiten ließ. Der Ausdruck in seinen Augen wurde sofort sanfter, und Willa spürte, wie tief in ihr etwas geschah.

Raiden wollte sie fortstoßen, doch der Aufruhr in ihm bettelte um ihre Berührung, nach etwas Weichem und Sanftem in seiner hässlichen Welt. Er griff eine Hand voll ihres Rockes und zog sie zwischen seine gespreizten Schenkel.

Diese intime Haltung löste einen ungeahnten Sinnestaumel in Willa aus. »Ihr blutet auf mein Kleid.«

Auch meine Seele blutet, dachte Raiden und fragte sich, wann dieser Schmerz aufhören würde. Wann würde der Tag gekommen sein, an dem er Gerechtigkeit finden würde? Wie viele Jahre würden noch vergehen, bis er schlafen konnte, ohne dass die

Träume ihn heimsuchten und er ohne Zorn aufwachen konnte? Wie lange könnte er dem widerstehen, was sich in ihm regte, wenn diese Frau in seiner Nähe war? Seine Hände umschlossen ihre Taille, und er zog Willa näher. Er sehnte sich danach, ihre Wärme zu spüren. Und sie erfüllte diese Sehnsucht, als sie sich zu ihm herunterbeugte und ihn auf die Stirn küsste.

Raiden schloss die Augen, und der Griff um ihre Taille wurde fester. Er empfand keine Verwunderung über Willas Geste, er wusste nur, dass er den sanften Trost gebraucht hatte, der darin gelegen hatte. Er wollte sie auf seinen Schoß ziehen und sie küssen, doch die Besessenheit, die seine Seele noch immer gefangen hielt, warnte ihn davor, es zu tun, um Willa nicht wehzutun. Und als ob sie darum wüsste, richtete sie sich auf und wandte sich von ihm ab.

Sie beugte sich über den Tisch und ergriff Raidens Hand, die sie in die Waschschüssel legte und mit Wasser übergoss. Dann hielt sie sie ins Licht und entfernte die Splitter aus der Wunde. Als hätte er sie nicht so eng gehalten, als spürte sie den Abdruck seiner heißen Hände nicht auf ihren Hüften. Als ob er in jenem Augenblick mehr von ihr gewollt hätte als Informationen und ihren Körper.

»Erzählt mir davon, Raiden«, unterbrach Willa das seltsame Schweigen zwischen ihnen. »Ich bin hier und höre zu.«

Er zögerte. Seit Jahren hatte er nicht mehr darüber gesprochen. »Ich war ein englischer Seemann. Man hat mich schanghait, als ich gerade zehn Jahre alt war.«

»Ein Kind noch«, sagte Willa mit zittriger Stimme.

»Aber nicht mehr lange«, stieß Raiden hervor. »Kinder, alte Männer, Familienväter – für die Engländer zählten nur die Körper, um die Schiffsbesatzungen zusammenzukriegen. Wenn einer von uns starb, warfen sie ihn einfach über Bord und beschafften Ersatz – wie man eine Schüssel oder einen Kessel ersetzt.« Er fluchte und strich sich das Haar zurück.

»Das ist schrecklich grausam.«

»Ich flüchtete, als ich fast siebzehn war.«

Sieben Jahre war er in den Marinedienst gepresst gewesen.

Sieben Jahre der Qual. Kein Wunder, dass er so voller Hass war. Kein Wunder, dass er die Seeleute befreit hatte.

»Wohin seid Ihr dann gegangen?« Willa saß auf dem Stuhl neben ihm, ihre Aufmerksamkeit auf seine Hand gerichtet.

»Zuerst nach Siam, später nach Java.«

»Und seid Pirat geworden?« Sie goss einen Schwall Wasser über sein Hand und trocknete sie dann behutsam ab.

»Nicht gleich. Ich lebte einige Jahre friedlich und zufrieden.« Wie blind starrte Raiden auf seine Hand. Er zuckte zusammen, als die leiderfüllten Erinnerungen wieder lebendig wurden. »Dann wurde ich wieder schanghait und …« Er schluckte. Noch einmal durchlebte er, was geschehen war. Das Gewehrfeuer in nächster Nähe, das Blut, die Schreie, die ihn bis an sein Lebensende quälen würden. Bis er sich wünschen würde zu sterben.

»Raiden, öffnet Eure Hand.«

Er blinzelte und sah Willa an. Sie hatte die Stirn gerunzelt, und Raiden stieß einen tiefen Seufzer aus. Er öffnete die verletzte Hand und rieb sich mit der anderen das Gesicht. »Ich hatte keine Wahl, denn man steigt nicht in den Rang eines Kapitäns auf, ohne einen hohen Preis dafür zu zahlen. Besonders nicht unter Piraten.«

Meuterei, Gemetzel. Verbrannte Schiffe und immer wieder auf der Flucht um sein Leben, dachte sie, als sie einen weichen Stoffstreifen um seine Hand wickelte. Ein solches Leben hatte er geführt, ein Leben voller Grausamkeiten, und doch hatte er sich einen Rest von Liebenswürdigkeit bewahrt. Über welche Stärke musste er verfügen, all dieses nicht nur erduldet und überlebt, sondern darüber triumphiert zu haben! »Wie ist es Euch gelungen, so viele Schiffe zu bekommen?«

»Ich bin gut im Stehlen.«

»Etwas genauer möchte ich es schon wissen.«

»Wollt Ihr es wissen, um mich zu verraten?«

So viel zu ihrer freundlichen Einschätzung Raidens. Es würde sie lehren, in seiner Gegenwart auf der Hut zu sein, und darauf zu achten, dass die Anziehung, die sie spürte, sie für seine Fehler nicht blind machte. Denn augenscheinlich waren diese zahlreich.

»Wer würde der Geliebten eines Piraten schon glauben? Wenn ich von hier fortgehe, ist mein Ruf ruiniert.«

Fortgehen. Das Wort traf ihn tief und löste ein Gefühl der Verlassenheit in ihm aus. »Nicht, wenn niemand weiß, wo Ihr gewesen seid.«

Willa verknotete den Verband und seufzte leise. »Das würde nichts ändern. Ich werde vermisst, und Barkmon weiß inzwischen, wie ich verschwunden bin. Man wird mich entweder als das bedauernswerte Opfer des Handstreichs eines Piraten ansehen oder als entehrte Frau. Barkmon war noch nie sonderlich diskret.«

»Euer Liebhaber würde Euch verunglimpfen?«

Ihr Lächeln wirkte verkniffen. »Sollte dieser Mann mich jemals anfassen, würde er genau von diesem Augenblick wie eine Frau singen.«

Raiden war zumute, als sei ihm eine Last von den Schultern genommen worden. »Warum habt Ihr mich dann in dem Glauben gelassen?«

»Ihr *wolltet* es glauben. Außerdem ging es Euch nichts an. Ebenso wenig wie es Euch jetzt etwas angeht.« Als Willa aufstand, spürte sie, wie sich ihr Magen hob. Rasch trug sie die Schüssel zum Waschtisch zurück. Sie tauchte ein Tuch in das Wasser und betupfte sich damit die Stirn und die Lippen, während der Rum, den sie am Abend getrunken hatte, in ihrem Magen rumorte. Dann versuchte sie, die Blutflecken von Raidens Handabdrücken aus ihrem Kleid zu waschen. Doch zusammen mit denen von Tristans Verletzung waren es zu viele.

»Ihr geht mich sehr wohl etwas an, *Geliebte*.«

Ihre Blicke begegneten sich, als Raiden aufstand. Der schwache Moment ist also vorüber, dachte Willa, und die Schlachtlinien sind wieder gezogen.

»Sowohl jetzt wie später, wenn Ihr von hier fort seid«, sagte Raiden. »Selbst was Ihr vor Eurer Anwesenheit auf diesem Schiff getan habt, kann eine Bedrohung für mich sein.«

»Barkmon ist keine Bedrohung für Euch.« Mit einer heftigen

Geste warf sie das Handtuch in die Waschschüssel. »Der Admiral ist es.«

Raidens Rücken spannte sich an, klar und hart lag sein Blick auf Willa.

»Er will seinen Rachedurst am legendären Schwarzen Engel stillen.«

»Er ist nur einer von vielen, die den Preis ergattern wollen, der auf meinem Kopf ausgesetzt ist.«

»Und der steigt mit jedem Monat, der verstreicht, weil Eure Kaperungen die Preise für die Gewürze hochtreiben.«

Raiden zuckte gleichmütig die Achseln. »Dann wird man eben mehr davon ernten. Und ich werde mir noch mehr nehmen.«

»Und schadet damit nicht nur der *Royal East India*, sondern auch anderen.« Sein Blick schien sich zu verhärten. »Denkt Ihr denn überhaupt nicht an die Händler, die die Gewürze nur noch zu überteuerten Preisen kaufen können?« Wie mein Vater, dachte sie, damit er überleben kann, habe ich Alistar geheiratet. »Und an die Menschen, die sie brauchen und sie sich nicht leisten können?«

Sie reagiert ziemlich heftig, dachte Raiden und runzelte die Stirn. »Welche Auswirkungen das auf ein paar Köche hat, darüber kann ich mir nicht den Kopf zerbrechen. Es ist die *Royal East India*, die dem Gewürzhandel einen Riegel vorschiebt.«

Und mich in einer Ehe eingesperrt hält, ging es Willa durch den Sinn, und sie war versucht, ihm zu sagen, welche Tragweite sein Handeln und das der *East India* hatten. Doch sie würde sich nicht selbst erniedrigen, nur um sein Mitgefühl zu gewinnen. »Ihr seid reich – warum macht Ihr weiter mit der Piraterie?«

»Es ist das Einzige, was ich kann.«

»Ihr führt Eure Männer, Raiden. Sicherlich könntet Ihr ...«

Er warf ihr einen abweisenden Blick zu. »Könnte ich *was*, Willa? Für die Krone kämpfen? Länder ihres Reichtums berauben, die sich ohne Englands Hilfe über Jahre einen blühenden Wohlstand aufgebaut haben? Und das alles unter dem Deckmantel, diese Länder mit einer Kultur beglücken zu müssen, von der das gottverdammte *England* annimmt, dass die Menschen dort sie brauchen?«

»Nein, aber …«

»Ich bin ein Dieb.« Raiden trat an den Schreibtisch und kramte in den darauf ausgebreitet liegenden Karten herum. »Ich bin immer ein Dieb gewesen.«

Immer? Sie ließ das nicht gelten. »Ja, und außerdem ein Gesetzloser und ein Bastard von Lord Granville Montegomery. Davon habe ich bereits gehört, und es spielt keine Rolle.«

Raidens Blick hob sich. »Ihr kennt ihn also?« In Anbetracht ihrer offensichtlich ausgezeichneten Erziehung überraschte es ihn eigentlich nicht.

»Nur wenige Leute in London kennen ihn nicht. Eure Brüder sind ziemlich berüchtigt.«

Seine Augenbrauen zogen sich zusammen. »Ich weiß nur von Ransom und einem weiteren Bruder.«

Der Eifer, der – wie sehr er ihn auch zu verbergen suchte – bei seinen Worten durchklang, löste in Willa tiefes Mitgefühl für ihn aus. »Seid Ihr denn nie Royce Tremayne begegnet?«

Er schüttelte den Kopf.

»Er lebt in Virginia, kommt aber oft zu Besuch nach Beaufort, das südlich von meinem Elternhaus liegt. Ich bin ihm recht oft begegnet.« Willa neigte den Kopf zur Seite und lächelte. »Er segelt auch ein Schiff«, sagte sie. Es amüsierte sie, dass beide Brüder Schiffe befehligten. »Aber das ist auch schon alles, was ich weiß.«

Raiden wusste nicht, ob er wütend oder erfreut sein sollte. Sein Vater verkehrte in ihren Kreisen, nicht in seinen. »Seid Ihr auch meinem Vater begegnet?« Er sprach leise und hielt den Kopf gesenkt, die Hände auf den Karten.

»Nein. Aber man hat mir erzählt, dass er sehr gut aussieht, selbst für sein Alter.«

Raiden schnaubte verächtlich. »Wahrscheinlich zieht er noch immer quer über den Kontinent und zeugt Bastarde.«

»Ihr hasst ihn.«

»Ich kenne ihn nicht einmal.« Durch den Vorhang seiner

schwarzen Haare sah er Willa an. Er wusste nicht, was er auf ihre Frage noch antworten sollte. Mit einer heftigen Bewegung warf er das Haar aus dem Gesicht. »Wir werden morgen einen Hafen erreichen und vor Anker gehen.«

Willa seufzte bei dieser ausweichenden Antwort, ehe sie fragend die Stirn runzelte.

»Der Sturm hat sich schnell wieder gelegt, und wir sind nicht weit entfernt von der Küste«, erklärte Raiden.

Sie hätte geschworen, dass sie sich weit in der Bucht von Bengalen befänden, und bei seiner Ankündigung regten sich ihre Lebensgeister. Würde er jetzt sein Versprechen einlösen, Mason zu suchen? »Wie in Gottes Namen habt Ihr diese Schiffe so leicht gefunden?«

»Leicht? Es hat mich fast das Leben gekostet, die Zeit ihres Eintreffens herauszufinden.« Weil sich ein Verräter unter den Männern befindet, dachte er bei sich.

»Das ist nicht die Antwort, die ich hören wollte.«

»Es gibt nur wenige Männer, die sich in diesen Gewässern auskennen, und die Engländer gehören nicht dazu. Ich segle hier, seit ich ein Kind war. Ich kenne die Strömungen und das Wetter, und ich kenne die Route, die sie fahren. Es ist nur eine Frage der Geduld.«

»Und die anderen?« Willa wies auf die zurückbleibenden Schiffe, die beide neben dem brennenden englischen Schiff lagen.

»Sie tun, was sie wollen.« Er behielt für sich, dass er die anderen oft als Köder benutzte.

Dann haben vielleicht die anderen Kapitäne die Decks schleifen und alle Männer töten lassen, überlegte sie. »Und der Kapitän der *Sea Warrior*? Wer ist er?«

»Mein Halbbruder.«

»Ah, dann habt Ihr also doch Familie.«

»Das Jahr meiner Geburt war ein ausgesprochen fruchtbares, denn Montegomery hat seinen Samen im ganzen Land verstreut.« Sarkasmus klang aus Raidens Worten. »Außerdem weiß er nicht, dass wir verwandt sind.«

Willa war verblüfft. »Wie konntet Ihr es ihm verschweigen?«

»Er ist noch nicht so weit, es zu erfahren. Und außerdem will ich nicht, dass er es weiß.«

Raiden wandte den Blick ab. Als das Schiff krängte, spreizte er die Beine, um die Bewegung abzufangen. Er wollte sich um niemanden sorgen müssen, noch wollte er, dass irgendjemand um ihn trauerte, wenn er starb. Er hatte in seinem Leben genug getrauert und wollte diesen Schmerz keinem anderen zumuten. Gram zu leiden war eine langsame Art zu sterben. Nichtsdestotrotz empfand er eine tiefe Betrübnis über das Leben, das er führte. Und dieses Gefühl hatte Willa in ihm ausgelöst. Willa mit ihren strahlenden grünen Augen und ihren geistreichen Bemerkungen. Mit ihrer flammendroten Haarmähne und ihrem sinnlichen Körper. Und mit ihrem Herzen, das sie auf der Zunge trug und ihm ins Gesicht sagte, was sie dachte. Willa machte ihn sehen, wie tief er gesunken war.

»Was ist?« Er schaute auf. »Fällt Euch keine passende Bemerkung dazu ein?« Er runzelte die Stirn. Willa sah ein wenig blass aus.

»Das kommt, weil es schon so spät ist.« Willa wollte den Wasserkrug holen. Nach einigen Schritten blieb sie stehen und presste die Hand auf den Mund. Sie schluckte heftig und hoffte, sich nicht übergeben zu müssen. »Das dämpft meinen sprühenden Witz.«

»Es war wohl ein bisschen zu viel Rum?«

Muss er das gerade jetzt zur Sprache bringen, fragte sie sich. Als sie das neckende Funkeln in seinen Augen sah, dachte sie, wie äußerst anziehend Raiden war. Doch sie wollte ihren Zorn auf ihn nicht aufgeben. »Es ist sehr unhöflich von Euch, das zu erwähnen.« Willa ließ sich auf die Polsterbank sinken und betete, dass ihr Magen sich beruhigen würde.

»Ich habe nie Manieren gehabt. Fragt Tristan.« Raiden ging zu einem der kleinen Schränke, die neben dem Bett standen, und nahm einen Becher und drei kleine, mit Korken verschlossene Flaschen heraus. Er füllte den Becher mit Wasser und rührte aus den Fläschchen einige Prisen Kräuter hinein, während er zu Willa ging. Er reichte ihr den Becher.

Sie beäugte den zusammengebrauten Trank misstrauisch. Er sah scheußlich aus. »Ich glaube nicht, dass das helfen wird.«

»Es wird, vertraut mir.«

»Ich denke, Ihr habt sehr viel mehr getrunken als ich«, bemerkte Willa und ergriff widerstrebend den Becher.

»Das schon, aber ich spreche nicht mit einem breiten irischen Akzent, wenn ich betrunken bin.«

Willa errötete heftig. »Das habe ich nicht getan.«

»Doch, mein Mädchen, das habt Ihr.«

Sie verbarg ihre Verlegenheit, indem sie einen Schluck von dem Gebräu kostete. Es schmeckte so garstig wie es aussah und sie trank es rasch hinunter, schüttelte sich und gab Raiden den Becher zurück.

»Ja, so seid Ihr ein braves Mädchen«, sagte er, und Willa blitzte ihn aufgebracht an.

Als Raiden sie anlächelte, lächelten auch seine Augen. Und die Wirkung traf Willa mitten ins Herz. In ihr keimte ein Gefühl auf, das sie wärmte wie die Glut der Sonne. Wenn er lächelte, sah er so umwerfend attraktiv aus, dass ihr Herz schneller schlug. Und sie fragte sich, was mit dem zornigen, verbitterten Mann geschehen war, der er noch vor wenigen Augenblicken gewesen war. Mit jener Seite an ihm konnte sie umgehen, ohne dass ihre Vernunft sie im Stich ließ. Aber wenn er sie neckte, dann war sie so … verletzlich. Willa dankte ihm und erhob sich, sank aber gleich wieder auf die Bank zurück, als ihr schwindelig wurde. Sie stöhnte. »O je, wie lange braucht dieser Trank, um zu wirken?«

»Ein Weilchen.«

Sie hob nur den Blick. »Es soll aufhören.«

Er versuchte, nicht zu lächeln und verzog den Mund.

»Schön, lacht nur. Tut Euch keinen Zwang an.« Sie drohte ihm mit dem Finger. »Aber denkt daran, dass ich auch kein Mitleid haben werden, sollte es Euch einmal schlecht gehen.«

Raiden grinste.

»Macht, dass dieses Schiff still steht!«, brauste Willa auf. »Denkt an etwas anderes.«

An etwas anderes? War er verrückt? Alles um sie herum wankte und schwankte. Allmächtiger Gott. Willa holte tief Luft und befolgte Raidens Rat. »Habt Ihr gute Beute gemacht?«

Er verschränkte die Arme vor der Brust und starrte auf ihren gesenkten Kopf. »Es reicht.«

»Dann seid Ihr jetzt ... stinkreich.«

Raiden verriet nicht, dass er auf seinen Anteil an der Prise verzichtet hatte, um seinen Anspruch auf sie gegenüber seinen Männern abzugelten. »Vermutlich.«

Sie schaute auf. »Dann solltet Ihr Euch vielleicht in Eurem Reichtum baden.« Sie zeigte auf das Blut auf seiner Weste.

Raiden schaute an sich herunter. Dann legte er Gürtel und Weste ab, warf beides zur Seite und zog Willa von der Bank hoch. »Geht zu Bett«, sagte er.

»Ich bin nicht müde«, nuschelte sie, »und ich werde hier schlafen.« Sie zeigte schläfrig auf die Kissen, die hinter seinem Schreibtisch auf dem Boden aufgetürmt lagen.

»Nein, ins Bett.« Er griff Willa an den Schultern und schob sie dorthin.

Willa konnte sich nicht dagegen wehren, ihre Glieder fühlten sich seltsam schwer an, und sie kletterte in das Bett und ließ sich auf den Bauch fallen. Raiden schnürte ihr das Kleid auf, und sie drehte sich langsam auf den Rücken. Sie kniff die Augen zusammen, als sie sich darauf zu konzentrieren versuchte, ihn anzusehen.

»Ihr habt mich unter Drogen gesetzt.«

»Ja«, bestätigte er und half ihr, sich bequem hinzulegen.

»Schuft.« Spielerisch stieß Willa ihn vor die Brust. »Ihr habt bei unserer Unterhaltung den Kürzeren gezogen und seid zu stolz, um Eure Niederlage einzugestehen.«

Raiden lächelte nachsichtig, während Willa sich in die Laken kuschelte. Er wollte sich abwenden, denn die Versuchung, sie in die Arme zu nehmen und zu küssen, war nahezu überwältigend groß. Aber Willa ergriff seine Hand und zog Raiden zu sich herunter auf das Bett. Wie erstarrt saß er neben ihr, und als sie die Hand an sein Kinn legte und ihn zärtlich streichelte, sagte er sich, dass sie es unter dem Einfluss des Kräutertranks tat. Dennoch genoss er ihr Streicheln, genoss er es, als sie mit der Hand durch sein Haar strich. Er konnte sich weder bewegen noch konnte er den Blick von ihr wenden.

»Ihr seid nicht der, der Ihr zu sein scheint, Pirat.«

»Ich bin genau der, den Ihr seht, Willa. Ein toter Mann, der noch atmet.«

Sie stieß einen Laut aus, der Mitgefühl und Unglauben ausdrückte. »Spielt nicht so übereifrig mit Eurem Leben, Raiden. Und Euer Atem ist gerade jetzt sehr deutlich zu spüren.«

Aber er würde sterben. Schon bald. Wenn er auf dem Schlachtfeld aus schwarzem Wasser seinem Feind begegnete und seine Rache übte – oder bei diesem Kampf zugrunde ging. Und doch weckte Willa in ihm die Sehnsucht nach Frieden. Wenn sie ihn so ansah wie jetzt, so voller Verlangen, das sich wie ein weicher schimmernder Glanz in ihren Augen widerspiegelte, dann traf ihn das mit tödlicher Genauigkeit mitten in sein Herz. Und Raiden spürte, wie schwer es ihm in der Brust schlug. Auch Willas Atem ging jetzt rascher. Als sie nach seiner Hand fasste, hielt er sie fest und verflocht seine Finger mit ihren.

»Willa.«

Sie hob seine Hand und legte sie an ihre Wange. »Sie ist gar nicht so rau, diese Hand, die das Schwert führt.« Mit den Fingerspitzen berührte sie seine Lippen. »Er ist gar nicht so schroff, dieser Mund, der von nichts anderem als vom Tod spricht.«

Verdammt und verflixt, ich hätte ihr diese Kräuter nicht geben dürfen, damit sie über die Nachwirkungen des Rums hinwegschlafen kann, dachte Raiden. Wenn sie so benommen und so bereitwillig war, war sie eine Gefahr. Raiden rief sich ins Gedächtnis, dass ihr Handel besagte, sich noch von ihr fern zu halten, dass er eine Beleidigung für ihre Ehre war. Aber ihre Berührung verlockte ihn – und machte ihn im selben Augenblick misstrauisch. Welche wohlerzogene Dame würde sich bereitwillig mit einem Piraten einlassen, mit einem Bastard? Was verbarg sie noch vor ihm? Wenn ihre Hand ihn berührte, dann war ihm, als hörte er ihren Sirenengesang erklingen, als hörte er das Flehen nach der Nähe eines anderen Menschen, nach dem er sich sehnte. Doch er war ihrer nicht wert, der jungen Mutter, der Witwe, denn seine Vergangenheit war angefüllt mit Verbrechen, für die er sich immer schämen würde. Aber als Willa die Augen aufschlug und ihre Blicke sich trafen und einander festhielten, da wusste Raiden, dass er für die Zeit, in der sie bei ihm war, alles nehmen würde, was sie besaß.

»Habt Ihr mir Drogen eingeflößt, um meine Gunst so zu stehlen wie Ihr die Gewürze stehlt?«

Sein Mund verzog sich. Sie ist so irisch wie Leinen und Whiskey, dachte er. »Nein.«

»Schade«, sagte Willa. Unvermittelt schlief sie ein, so tief und fest, dass es einer Bewusstlosigkeit nahe kam.

Raiden schüttelte den Kopf und lachte leise in sich hinein. Großer Gott, aber er war bereit, in dieses Bett zu steigen, jetzt auf der Stelle und ungeachtet dessen, worüber sie sich gestritten hatten. Er stand rasch auf und ging zur Tür. Entweder beschaffte er ein paar Informationen über ihren Sohn oder er würde sie an Land bringen lassen. Denn sie war eine Herausforderung an sein Gewissen. Auch wenn sie ihn noch immer belog. Und sie reizte ihn weit mehr als seine Rachegelüste ihn antrieben. Und darin lag die eigentliche Gefahr. Er würde nicht schwankend werden, aber er konnte diese Enthaltsamkeit auch nicht ertragen, wenn sie wie die Versuchung in Person in seinem Bett lag. Willa war vor dieser Leidenschaft nicht gefeit, und er war es auch nicht, das erkannte Raiden ganz deutlich.

Seine Seele, das fühlte er, war plötzlich in Gefahr.

10

Westindien
Unweit der Ganges-Mündung

Die Szene, auf die Willa schaute, nachdem seine Hoheit Lord Raiden, der Meister der Kräutertränke, es ihr gestattet hatte, an Deck kommen, glich einem Chaos. Die *Renegade* lag in einer Lagune vor Anker, und einige der Männer waren damit beschäftigt, Segel auszubessern oder Kisten und Fässer aus dem vorderen Schiffsrumpf heraufzuschleppen. Was aber Willas Aufmerksamkeit besonders gefangen nahm, war das Geschehen an Land. Aus zwei gewaltig großen Kesseln verteilte Balthasar ein dampfend heißes Mahl, dessen Geruch Willa als göttlich bezeichnet hätte, wenn sie einen Gedanken an Essen verschwendet hätte. Dennoch war der Duft verlockend, und die Mannschaft, einschließlich jener Männer, die von der *Weston* stammten, hockten im Sand oder auf umgestürzten Baumstämmen und ließen es sich schmecken. Die Seeleute von der *Weston* hatten sich inzwischen gewaschen und waren anständig gekleidet, und sie sahen jetzt beträchtlich gesünder aus als noch in der vergangenen Nacht. Die Freiheit, dachte Willa, hat ihren ganz eigenen Glanz.

Ein Stück von den Männern entfernt wartete eine schwarze Kutsche mit einem Gespann grauer Pferde davor. Willa betrachtete sie verwirrt. Der Anlegeplatz, der hinter den Bäumen verborgen lag, die die Küste säumten, und die schmale Straße, die wer weiß wohin führte, machten Willa bewusst, dass Raiden ein gefährliches Leben im Verborgenen führte, immer auf der Flucht vor der Gefangennahme und vor dem Gehängtwerden. Und diese Erkenntnis löste Schuldgefühle in ihr aus. Sie hatte ihn angelogen, hatte sich, während die Tage vergangen waren, immer tiefer in ihre Schwindelei verstrickt. Und Willa befürchtete, dass ihre Lügen auf irgendeine Weise sein Leben bedrohen könnten. Sie versuchte sich einzureden, dass ihr das egal sein könne, weil er ein Dieb war, der sie ohne Skrupel dazu gezwungen hatte, sich ihm als Gegenleistung für seine Hilfe hinzugeben. Doch sie konnte nicht vergessen, was sie in der vergangenen Nacht mit angesehen hatte, als er die Männer an Bord genommen hatte. Und das, was sie jetzt sah. Raiden war ganz offensichtlich nicht das, was er zu sein schien. Nun gut, dachte Willa, zumindest nicht in einer Hinsicht.

»Ein wunderschöner Morgen, ja, Mylady?«

Sie wandte sich um, als Jabari näher kam. »Ja, wirklich wunderschön. Du siehst heute sehr zufrieden mit der Welt aus.« Der Junge trug eine schwarze Livree, gegen die sich der blendend weiße Turban abhob.

»Ich habe zu essen, einen Platz zum Schlafen und ich bin hier sicher. Was brauche ich mehr?«

»Ja, was sonst noch?«, hörte sie eine Stimme hinter sich und fuhr herum. Raiden stand auf dem Achterdeck und schaute zu ihr herunter.

»Du meine Güte, wenn Ihr nicht der elegante Gentleman schlechthin seid«, spöttelte Willa, auch wenn ihr Herz plötzlich schneller schlug. Dunkel gekleidet sah Raiden eleganter aus als jeder Lord, dem sie begegnet war. Und das, obwohl seine Kleidung schlicht war, ohne den Satin und die Rüschen, die die Peers zu tragen pflegten. Seinen schwarzen Mantel, der ihm wie angegossen saß, schmückte ein schmaler Silbersaum, zu den rauchgrauen Hosen trug er makellose, auf Hochglanz polierte schwarze Stulpenstiefel. Die schwarzsilberne Brokatweste und das perfekt gebundene hellgraue Krawattentuch vervollständigten das Bild perfekter Eleganz, das von seiner großen Statur noch unterstrichen wurde.

Willa hatte das Gefühl, die Luft bliebe ihr weg, und sie kam zu dem Schluss, dass es an dem engen Kleid liegen musste, dass sie trug.

»Mylady.« Raiden deutete eine Verbeugung an und schob sich den Dreispitz unter den Arm. »Seid Ihr bereit, an Land zu gehen?«

Willa blinzelte überrascht, dann sah sie mit großen Augen zur Kutsche hinüber. »Ihr erlaubt mir, mitzukommen?«

»Wenn Ihr Euch benehmt.« Er setzte sich den Hut auf, kletterte die Leiter herunter und übersprang die letzten Sprossen bis zum Deck.

»Ich verspreche, niemanden zu erschießen, wenn Ihr es auch nicht tut«, sagte sie, und eine Welle der Erwartung durchströmte sie, als Raiden näher kam. Seine Lippen verzogen sich, als er wenige Schritte vor Willa stehen blieb und sie in einer Weise von oben bis unten ansah, dass ihre Haut zu prickeln begann. »Es ist zu eng«, beeilte sie sich zu sagen. Es machte sie verlegen, dass ihr Kleid so viel von ihrer Haut sehen ließ, doch sie widerstand dem Bedürfnis, an ihrem Mieder herumzuzupfen.

»Es wird gehen.«

»Diese Farbe, Raiden, sie ist ... abscheulich.«

Er runzelte die Stirn, als er das blutrote Kleid betrachtete. »Aber es steht Euch gut.« Gott im Himmel, *viel* zu gut, dachte er bei sich.

»Es ist das passende Kleid für eine Hure.«

Raidens Miene verfinsterte sich, als ihn plötzlich ein Gefühl des Selbsthasses packte, weil er Willa in diese Lage gebracht hatte und sie sich offensichtlich wie seine Leibeigene vorkam. »Das könnt Ihr sehen, wie Ihr wollt. Ich sehe es nicht so. Und wir werden darüber jetzt nicht streiten.«

»Das heißt also, dass Ihr darüber entscheidet? Oder wollt Ihr mich einfach wieder unter Drogen setzen?«

»Ich wollte nur meine Ruhe vor Eurer giftsprühenden Zunge haben.«

Willa wusste, dass dies eine absolute Lüge war, und lächelte Raiden unvermutet an. »Ich kann mich an kaum etwas erinnern.« Die vergangene Nacht, die Minuten, ehe sie eingeschlafen war, waren für sie wie ein nebelhafter Traum.

Er zog eine Augenbraue hoch, und sein Blick war viel sagend, doch Willa vermochte ihn nicht zu deuten. »Wie schade. Ihr habt über zwei Tage in meinem Bett verbracht.«

Willas Gesicht hatte sich tiefrot gefärbt, als Raiden sie zur Reling führte. Du lieber Gott, hatte sie etwas Ungehöriges getan? Als er nicht weiter darauf einging, entschied Willa, dass er sie neckte. Das Bett mit ihm zu teilen, wäre ganz sicher etwas, woran sie sich erinnern würde. Sie ging die Gangway hinunter und winkte Balthasar zu, der noch immer das Essen austeilte.

Als sie an den Männern vorbeigingen, erhoben sich diese. »Danke für unsere Rettung, Captain«, rief einer von ihnen.

»Ja, unseren Dank«, schlossen sich ihm andere an, einige von ihnen stützten ihre geschwächten Kameraden.

Raiden blieb stehen und sah einen nach dem anderen an. »Jene von euch, die in ihre Heimat zurückkehren möchten, können das tun. Diejenigen, die bei uns bleiben wollen, sind uns willkommen. Aber bedenkt die Konsequenzen.«

Die Männer sahen sich an, flüsterten miteinander.

Raiden hob die Hand. »Ihr müsst euch nicht heute entscheiden. Kommt erst einmal wieder zu Kräften.« Die Seeleute waren offensichtlich erleichtert, denn sie nickten ihm lächelnd zu. Raiden wandte sich an Balthasar. »Sie stehen unter Eurer Obhut, Sir.«

Der Beduine nickte. Als sein Blick an Raiden vorbeiglitt, wandte dieser sich um. Willa starrte ihn an, in ihren Augen lag ein seltsamer Ausdruck. »Stimmt etwas nicht, Madam?«

Sie stieß einen Seufzer aus, als hätte er gefragt, ob der Himmel blau sei. Dann wandte sie sich ab, fasste nach der Griffschlaufe und stieg in die Kutsche. Raiden folgte und nahm ihr gegenüber Platz.

Er klopfte gegen das Dach der Kutsche und als diese langsam anfuhr, ließ er seinen Blick über Willa gleiten. In den vergangenen Tage hatte sie wie eine Tote geschlafen, und sie hatte in seinem Bett verdammt verlockend ausgesehen. Doch jetzt war sie wieder ganz und gar die kultivierte Dame, und die Farbe des Kleides unterstrich ihre Schönheit, ungeachtet dessen, was sie darüber auch gesagt hatte. Jede Einzelheit an ihr entzückte

Raiden, angefangen bei den Zöpfen, die sie hochgesteckt hatte, und der Haltung des Kopfes, wenn sie aus dem Fenster schaute, bis hin zu ihrer Schlagfertigkeit. Und ihrer Verwirrung, die sie nicht verbergen konnte.

»Es ist unhöflich, so zu starren, Sir.«

»Ich habe das Recht dazu, denn Ihr gehört mir.«

Dieser kühl ausgesprochene Hinweis nagte an Willa. »Warum die Kutsche?« Sie wandte den Kopf, um Raiden anzusehen. »Warum all dies?« Sie deutete auf das Kleid und das Retikül.

»Ihr seid eine Lady und verdient den passenden Rahmen.«

Bei dieser Bemerkung blühte etwas Warmes, Sanftes in ihrem Herzen auf. Alistar hatte einmal gesagt, sie verdiente nichts, ehe sie ihm nicht einen Erben geboren hätte. Und nachdem das geschehen war, hatte er sie weiterhin so behandelt, wie er auch mit seinen Dienstboten umzugehen pflegte, nämlich jämmerlich schlecht.

»Und ich ziehe es vor, die Leute sehen uns als irgendetwas anderes denn als Pirat und seine Lady.«

Er beweist Diskretion, dachte Willa angetan. »Ich bin geschmeichelt, dass Ihr Euch so viele Umstände gemacht habt.«

Raiden runzelte die Stirn. »Also meint Ihr, als meiner Geliebten stünde euch weniger zu?«

Sie reckte das Kinn hoch. »Ich bin nie eine Geliebte gewesen, woher sollte ich also deren Pflichten kennen? Aber ich bin überzeugt, dass Ihr mich darüber aufklären werdet.«

Ah ja, ihre scharfe Zunge war wieder in Hochform. »Ihr werdet mir auf meinen leisesten Wink gehorchen.«

Sie stieß einen verächtlichen Laut aus und schaute ostentativ aus dem Fenster.

»Mich füttern, wenn ich es will, Euch für mich ausziehen, wenn ich es befehle.«

»Ihr habt große Träume, Pirat.«

»Und Ihr werdet Euch meine Berührungen gefallen lassen.«

»Aber nicht, bevor Ihr etwas über meinen Sohn herausgefunden habt.« Sie mied noch immer seinen Blick.

»Aber wenn Ihr doch dessen ungeachtet Verlangen fühlt?«

»Das tue ich nicht.«

»Lügnerin.«

Willa warf ihm einen empörten Blick zu. Sie hatte heute nicht die Absicht, Schlagfertigkeiten mit ihm auszutauschen. »Wo beginnen wir mit der Suche?«

Diese Frau ändert sich so rasch wie der Wind, dachte Raiden und sagte sich, dass es das Beste sei, nicht allzu sehr in die Einzelheiten zu gehen. Denn der Gedanke, ihr zu beweisen, dass sie sich irrte, oder sich gar vorzustellen, dass er sie in den Armen hielt und sie sich an ihn schmiegen würde, erregte ihn. »Drei Schiffe haben hier festgemacht, seit wir Kalkutta verlassen haben.«

»Woher wisst Ihr das?«

»Meine Männer haben seit der Dämmerung nach Eurem Sohn herumgefragt.«

Ihre Brauen schossen hoch, und ein strahlendes Lächeln erschien auf ihrem Gesicht. Raiden empfand dies wie das Aufgehen der Sonne. Schade nur, dass er nicht damit rechnete, hier irgendetwas zu erfahren.

Ungeduldige Erwartung erfüllte sie. Auch wenn es nur ein Brosamen an Information wäre, die ihr bestätigte, dass ihr Sohn lebte. Sie empfand eine freudige Aufregung, die sie vor dieser Fahrt niemals erwartet hatte.

»Ihr freut Euch.«

»Wie könnte ich das nicht?«

Ihr Lächeln wärmte ihn, und er hätte an ihrer Freude gern teilgehabt, doch er wusste, dass die Chance, irgendeinen Hinweis auf Mason zu bekommen, verschwindend gering war. Wenn sie überhaupt etwas herausfanden.

Die Kutsche hielt im Zentrum der kleinen Stadt, und Willa bemerkte hier nur wenige Soldaten. Hier gab es keine Niederlassung der *East India Company*, denn in diesem Hafen nahmen die Schiffe lediglich Proviant für ihre Weiterfahrt an Bord. Dennoch wurde hier schwunghaft Handel getrieben, und es herrschte reges Treiben auf den Straßen. Ein *sehr* reges Treiben. Die Stadt lag eingebettet in eine üppig grüne Vegetation aus Palmen und Blumen, und der Wind trug die frische, wohlriechende Seeluft heran, während Menschen auf dem Markt ihre Morgeneinkäufe erledigten. Männer standen in Gruppen zusammen und unterhielten sich, und Händler boten so lautstark ihre Waren an, dass man meinen konnte, der Wettbewerb zwischen ihnen fand eher im Schreien als im Verkaufen statt.

Jabari öffnete den Kutschenschlag und wartete. Willa machte Anstalten auszusteigen, aber Raiden hielt sie zurück. Sie runzelte die Stirn, während er in seine Manteltasche fasste. Als er gefunden hatte, was er suchte, hielt er Willa seine geschlossene Hand hin. Erst nach einem kurzen Abwarten öffnete er sie. Ein Rubin von der Größe eine Rotkehlcheneies schwang sacht am Ende einer goldenen Kette hin und her.

»Heilige Jungfrau«, stieß Willa hervor. Raiden legte ihr die Kette um, und Willa spürte seine warmen Hände in ihrem Nacken. Ihre Haut begann zu prickeln.

Er beugte sich zurück, um den Stein zu bewundern, der über dem Tal zwischen ihren Brüsten funkelte. »Das Kleid brauchte etwas.«

»Ja, mehr Stoff.«

Raiden lachte leise.

Willa betastete den großen Rubin. So wunderschön, und doch nur ein weiterer Riegel an dem Käfig, in dem sie gefangen saß.

»Er gehörte einer spanischen Prinzessin.«

»Ich bin sicher, sie vermisst ihn.«

»Kaum. Sie gab ihn mir höchst bereitwillig.«

Willa schürzte die Lippen. »Du meine Güte, es scheint eine Reihe reicher Häuser zu geben, die Ihr mit Eurer Anwesenheit beehrt habt, Sir.«

»Nur deren Betten, Willa. Niemals den Vordereingang.« Er stieg als Erster aus der Kutsche und wandte sich um, um Willa behilflich zu sein.

Sie bemühte sich, nicht die Stirn zu runzeln, doch die Bitterkeit, die in seinen Worten mitgeklungen hatte, überraschte sie. Er schloss kühl kalkulierte Verträge und Absprachen, und hatte dennoch mit einem Mitglied der königlichen Familie wie mit einer Konkubine geschlafen? »Muss ich glauben, dass Ihr jemandem versprochen seid?« Raiden legte ihre Hand auf seinen Arm und führte Willa zu einer Reihe kleiner Läden. Als er nicht antwortete, blieb sie abrupt stehen. »Antwortet mir.«

»Nur so lange, wie man sich einen Schoßhund hält«, erwiderte er so leise, dass nur sie es hören konnte.

Willa ging auf ihn zu. Als sie vor ihm stehen blieb, berührten ihre Brüste seinen Arm. »Sprecht nicht so abfällig.«

»Es ist die Wahrheit.«

»Nein, es ist eine Erniedrigung, die Ihr nicht verdient.«

Er zog die schwarzen Augenbrauen hoch.

»Um zu überleben, tut man, was man tun muss, Raiden. Dafür kann Gott uns nicht schuldig sprechen.«

Ihr Mitgefühl bringt mich um, dachte er. »Und was würdet Ihr alles tun, um zu überleben?«

»Ich denke, ich habe das recht deutlich gemacht. Und erspart mir Einzelheiten über Euer unerfreuliches Erbe. Ich will nichts darüber hören. Es ist Vergangenheit.«

Raiden führte Willa zu einen der kleinen Läden, deren Besitzerin sogleich herbeieilte, um nach ihren Wünschen zu fragen. »Die Vergangenheit verfolgt uns alle.«

»Mich nicht.« *Nun, jedenfalls nicht übermäßig*, dachte sie.

Er blieb an der Türschwelle stehen und gab der Ladeninhaberin ein Zeichen, die sich daraufhin zurückzog und sie allein ließ. »Dann sagt mir, wie Ihr Euren Sohn verloren habt.«

»Er ist entführt worden. Aus meinem Haus in ... London.« Zu enthüllen, dass Mason aus dem Haus in Westbengalen entführt worden war, in dem sie vorübergehend gewohnt hatte und das der *East India Company* gehörte, würde Raiden mehr verraten, als sie es zu diesem Zeitpunkt wollte.

Sie lügt schon wieder, dachte er und fragte sich, was Willa so verzweifelt davon abhielt, ihm zu vertrauen. »Warum glaubt Ihr dann, dass er hier ist?«

Sie war überrascht. »Aber das tue ich nicht. Warum wohl, glaubt Ihr, wollte ich zurück an Land? Ich hatte erfahren, dass man gesehen hat, dass ein Kind an Bord eines Schiffes gebracht worden ist, in einen Teppich oder einen Sack eingewickelt. In der Schänke habe ich versucht herauszufinden, welches Schiff das gewesen sein könnte.«

»Wer hat ihn entführt?«

»Wenn ich das wüsste, wüsste ich, wo ich suchen müsste.« Diese Halbwahrheit blieb ihr wie ein klebriger Bonbon fast in der Kehle stecken, um sie an ihren gezuckerten Lügen fast ersticken zu lassen.

Raiden sah sie prüfend an. »Was kann Euch dazu bringen, mir zu vertrauen?«

Sie zuckte mit den Schultern. »Haltet Euer Versprechen und helft mir, ohne mich zu zwingen, Eure Geliebte zu werden.«

»Aber Ihr seid eine zu bezaubernde Frau, um diese Chance ungenutzt zu lassen.«

»Die Tatsache, dass Ihr mich damit zu einer Hure macht, kümmert Euch nicht?«

Seine Augen verengten sich. »Gott, ich hasse dieses Wort, und ich will es nicht aus Eurem Mund hören.«

»Aber die anderen werden es aussprechen, Raiden, und der Makel wird mir binnen kürzester Zeit wie ein Schild auf den Rücken geheftet sein.«

Willa wusste nicht, was stärker wog – die Bedrohung ihres Ehegelübdes allein dadurch, dass sie bei diesem Mann war, oder die Tatsache, dass er glaubte, sie würde nur zu ihm kommen, weil es als »Bezahlung« sein musste. Schätzte er sich so gering, dass er sich für unwert hielt, geliebt zu werden?

Raiden fühlte die Falle seines eigenen Tuns zuschnappen. Seit er Willa in der vergangenen Nacht seine Vergangenheit enthüllt hatte, fühlte er sich ihr gegenüber – besonders jetzt, im hellen Tageslicht – außerordentlich verletzbar. Und ein Teil von ihm, jener, der alles andere so rasch überschattete, sehnte sich nach so viel mehr als einem verpflichtenden Handel. Er musste sich vor Augen führen, dass er Willa jenseits dieses Augenblicks, vielleicht nicht einmal jenseits dieses einen Tages, etwas bieten konnte.

»Ich werde versuchen, es wie ein Geheimnis zu hüten, Willa. Aber ich kann keine Versprechungen machen.«

»Ich weiß«, sagte sie traurig.

Er seufzte, ehe er sich an die Ladenbesitzerin wandte und sie bat, für Willa einige Kleider zur Anprobe bringen zu lassen.

»Nein«, wisperte Willa und zupfte ihn am Ärmel. Erst jetzt hatte sie darauf geachtet, wo sie sich befanden.

»Doch.« Raiden nahm den Dreispitz ab und warf ihn auf einen Stuhl, dann wählte er sich seinen Platz im hinteren Ankleideraum und saß dort wie ein König in Erwartung seiner Untertanen. Oder wie ein Ehemann, ging es ihr durch den Sinn. »Oder zieht Ihr es vor, nackt zu gehen oder stets nur meine Hemden zu tragen?«

Willa errötete heftig und hieß ihn schweigen, während sie zu der Frau schaute, die sich diskret abwartend zurückgezogen hatte. »Das ist unanständig.«

Er verzog den Mund. »Unanständiger als die Absprache, die wir getroffen haben?«

»Ihr hört nie auf, mich zu erstaunen. Was für ein unerträgliches Scheusal Ihr sein könnt!« Sie schlug mit dem Retikül nach ihm, ehe sie der Näherin in die hinteren Räume folgte. Sie ignorierte Raidens leises Lachen.

Einige Minuten später fühlte Raiden, wie ihm die Brust eng wurde, als Willa in einem nachtschwarzen, mit Silberstickereien gesäumten Kleid vor ihn hintrat. Ihm stockte der Atem, als sie sich vor den Spiegeln hin und her drehte und er die Aufregung in ihren grünen Augen schimmern sah. Ihr Anblick belebte seine müde Seele, und als sie hinausging und kurz darauf in einem anderen Kleid zurückkehrte, und dann in einem weiteren, fragte Raiden sich, warum manche Männer darauf verzichteten, Augenzeuge einer so hinreißenden Vorstellung zu sein.

»Sahib?« Die Ladenbesitzerin sprach Raiden an, und er riss den Blick von Willa los, die jetzt ein tiefdunkelblaues Kleid anprobierte.

»Der Sitz?«, brachte er mühsam heraus.

»Es sitzt perfekt, Sahib. Es sei denn, Madam gefällt es nicht.« Sie sah Willa fragend an.

»Es gefällt mir außerordentlich.« Willas Blick wanderte zwischen den beiden hin und her. »Welches soll ich nehmen?«

»Alle.«

Die Ladenbesitzerin strahlte.

Willa blieb vor Überraschung der Mund offen stehen. »Alle? Nein, ich kann unmöglich –«

Raiden erhob sich und ging zu ihr. »Aber ich bestehe darauf.«

Er nimmt diese Verführung wahrhaftig ernst, dachte Willa. »Ich brauche keine Geschenke, Raiden. Ich habe zugestimmt.«

»Ich möchte sie Euch aber schenken«, entgegnete er, und sein Gesichtsausdruck spannte sich kaum merklich an. Ein Teil von ihm schwor, dass er es nur tat, um ihren verführerischen Körper vor neugierigen Blicken – meistens seinen – zu schützen, doch es war die Freude auf ihrem Gesicht und dass sie glaubte, dieses Geschenk nicht verdient zu haben, was diesen Wunsch in ihm weckte.

Willa sah die Schneiderin an. »Dann also die einfacheren Kleider.« Sie schaute zu Raiden. »Bei dieser Hitze habe ich für Samt und Satin wenig Verwendung.«

Er nickte zustimmend. Während eine Angestellte Willa beim Ankleiden behilflich war, beglich Raiden bei der Ladenbesitzerin die Rechnung, nachdem er sie gebeten hatte, die Kleider noch durch die erforderlichen Accessoires zu ergänzen. Er selbst wählte noch einen Sonnenschirm und Handschuhe für Willa aus.

Nachdem sie den Laden verlassen hatte, schickte Raiden einen seiner Männer mit einem Teil der Pakete zur *Renegade* zurück und verstaute die restlichen gerade in der Kutsche, als Willa zu seiner Rechten auftauchte.

Sie stand im Schatten der Markise des Ladens und schaute zu Raiden auf, während sie die Hand auf seinen Arm legte. »Meinen Dank, Raiden. Ihr seid sehr großzügig.« Spontan stellte sie sich auf die Zehenspitzen und hauchte einen Kuss auf seine Wange.

Die Geste überraschte ihn für einen Moment, dann legte er

den Arm um ihre Taille und streichelte über ihr zartes Kinn. »Dafür nicht, Mädchen.«

Ihr Atem ging schneller und ihr Herz schien jedes Mal einen Sprung zu machen, wenn Raiden sie so ansah wie jetzt, als wollte er sie mit Haut und Haar verschlingen.

»Meine Schuld Euch gegenüber wird immer größer.«

»Die ist leicht zurückzuzahlen.« Er beugte sich über sie, sein Mund streifte ein-, zweimal ihre Lippen, ehe er die Kontrolle über sich verlor. Mit der urgewaltigen Macht eines Sturms zwang seine Zunge ihre Lippen dazu, sich zu öffnen, ergriff er von ihrem Mund Besitz. Und Willa antwortete ihm, bereitwillig und leidenschaftlich ergab sie sich seinem Angriff. Ihre Hände krallten sich in die Revers seines Mantels, als sie sich ihm öffnete, sich ihm entgegenbog. Sie glaubte zu vergehen, als plötzlich laute Rufe ertönten und ihr sinnliches Spiel unter der Markise unterbrachen. Raiden löste sich von ihr. Er atmete heftig, als sein Blick ihr Gesicht umschloss.

Verwirrt und zittrig rang Willa nach Atem.

»Betrachtet die letzte Schuld als abbezahlt.«

Sie keuchte empört auf und schlug ihm spielerisch gegen die Brust. »Ihr seid wirklich ein Schuft«, stellte sie fest, lächelte aber dabei.

»Ein Pirat«, erwiderte er mit verführerisch leiser Stimme. Er drückte ihr den Sonnenschirm in die Hand. Noch immer hielt er Willa mit einem Arm umschlungen und weigerte sich, sie freizugeben. »Wir stehlen, wann immer uns eine kostbare Beute lockt.«

Sie errötete leicht und schaute sich um, ob auch niemand sie beobachtete. Willa öffnete den Schirm, als Raiden sie zum Marktplatz führte und die Kutsche ihnen im Schritttempo folgte. Raiden erstand zwei Becher Wein bei einem Händler, bei einem anderen kaufte er Bonbons und Pasteten. *Mason würde es hier gefallen*, dachte sie, während sie herumschlenderten. Plötzlich überwältigte sie die Traurigkeit. Ich sollte mich nicht an diesen Dingen erfreuen, bis mein Kind wieder zu Hause ist, dachte sie und gab Raiden den Becher zurück. Sie ignorierte seinen fragenden Blick und zwang sich zu einem Lächeln. Raiden machte sie mit einigen Leuten bekannt, erklärte ihr, wie die Menschen hier lebten, und bewies ihr, wie gebildet er war. Er sprach mehrere Sprachen, beeindruckte die Händler durch sein selbstbewusstes Auftreten, und redete mit Willa über alles – nur nicht über ihre Situation. Es schien sein Wunsch zu sein, dass sie ihre Lage für eine Weile vergaß. Und es gelang ihm, denn ihre Aufmerksamkeit wurde von dem attraktiven Mann an ihrer Seite gefesselt. Sie genoss es, wenn er die Hand auf ihren Rücken legte, während sie sich ihren Weg durch das Wirrwarr des Markttreibens bahnten.

Er bot ihr einen Bonbon an und schob ihn ihr in den Mund. Als sie ihm spielerisch in den Finger biss, grinste er. Sie kaute die süße Köstlichkeit, während Raiden selbst auch probierte und der alten Frau, die die Bonbons verkaufte, sein Lob aussprach. Willa dachte, dass sie nie einen Augenblick wie diesen mit ihrem Ehemann erlebt hatte. Alistar würde sich weder jemals mit Dienstboten und Händlern unterhalten noch würde er einen Spaziergang über einen Markt in Betracht ziehen. Sie hatten nur wenig Zeit miteinander verbracht, und wenn, dann hatten sie sich eher wie Gastgeber und Gast benommen denn als Ehemann und Ehefrau. Alistar hatte niemals *sie* gesehen, nur das, was sie repräsentierte. Raiden hingegen sah nur die Frau. Willa wollte nicht darüber nachdenken, wie sehr ihr das gefiel. Denn irgendwann würden ihre Lügen sie einholen und dieses kleine Stück Frieden zerstören.

Plötzlich rannte ein kleiner Junge an ihnen vorbei und stieß Willa an. Sie fuhr herum. Unverwandt folgte ihr Blick dem Kind.

Raiden sah, wie sie dem Jungen nachschaute, und er las den Schmerz und die Sehnsucht in ihren Augen. »Genießt den Tag und versucht, Geduld zu haben.«

Als sie sich zu ihm umwandte, spiegelte sich Angst in ihrem Blick wider. »Es ist nicht Euer Sohn, der verschwunden ist.«

Raidens Gesicht spannte sich an, doch er fasste sich so rasch wieder, dass Willa sich fragte, ob sie sich jenes kurze Aufflackern von Schmerz darin nur eingebildet hatte. Alles an ihm, angefangen bei ihrer Rettung aus der Schänke über die Befreiung der Seeleute bis hin zu diesem Augenblick, ließ sie verwirrt und nahezu erschöpft vom Sichfragen zurück, wer dieser berühmte Pirat wirklich war.

»Ihr glaubt nicht, hier irgendetwas zu erfahren, nicht wahr?«, fragte sie unglücklich.

»Ich kann es nur versuchen, denn ich weiß, dass Ihr mir nicht alles gesagt habt, was ich wissen muss.«

»Ich kann nicht.« Seine Hilfe war alles, was ihr geblieben war, und ungeachtet des Handels, deren Einhaltung ihr drohend bevorstand, brauchte sie seinen Schutz und seine Erfahrung. Es war selbstsüchtig und unfair, aber Willa sah keinen anderen Weg. Masons Leben hing von ihr ab.

»Wie kann ich Euch dann helfen?«

Ein Hauch von Schmerz lag in seiner Stimme, doch Willa wollte beschwören, dass sie sich irrte. Und sie dachte daran, wie zornig er reagieren würde, wenn er ihre Lügen entdeckte und in welche Gefahr sie ihn vermutlich gebracht hatte. Sie konnte ihm nicht die Wahrheit sagen. Raiden winkte Jabari zu sich, und der Junge kletterte von der Kutsche herunter und lief zu ihm. Raiden drückte ihm einige Münzen in die Hand und flüsterte ihm etwas zu. Jabari nickte und lief davon.

»Ist es klug, ihn allein gehen zu lassen?«

»Er ist bewaffnet.«

Sie brauchte gar nicht zu fragen, ob Raiden es auch war. Seine Waffen berührten sie hin und wieder, wenn sie neben ihm ging.

»Und Ihr solltet es auch sein.« Mit einem Griff in seinen Mantel zog er ihr Klappmesser hervor. Willa lächelte, als sie es an sich nahm und die Klinge mit einer so geübten Bewegung aufspringen ließ, dass Raidens Augenbrauen überrascht in die Höhe schossen. Sie prüfte die Schärfe der Klinge, ehe sie es zusammenschob, um es in ihrem Retikül zu verstauen. Doch dann änderte sie ihre Meinung und ließ die Waffe unauffällig in ihr Mieder zwischen ihre Brüste gleiten.

Als sie aufschaute, starrte Raiden sie mit einem seltsamen Ausdruck in den Augen an.

»Was ist?«

»Es gibt noch viel über Euch zu wissen, Willa Delaney.«

»Ja, ich bin ja auch ein so faszinierendes Wesen«, entgegnete sie trocken.

Er schüttelte den Kopf und bot ihr seinen Arm, doch sie waren kaum ein paar Schritte gegangen, als Jabari bei ihnen auftauchte. Er sprach mit Raiden in einer Sprache, die Willa nicht verstand, und sie musste sich zwingen, den Jungen nicht anzuherrschen, Englisch zu sprechen. Aber Raiden zog den Jungen zur Seite und unterhielt sich mit ihm in dessen Muttersprache. Und das beunruhigte Willa.

»Was ist? Was hat er herausgefunden?«

Raiden hieß sie mit einer Geste schweigen und sprach wieder mit Jabari. Als er den Jungen fortschickte, folgte Willas Blick dem Jungen für einige Sekunden. Als sie Raiden fragend ansah, nahm er sie bei der Hand und führte sie rasch zur Kutsche.

»Raiden!«

»Erst einsteigen.«

In der Abgeschiedenheit der Kutsche rang Willa nervös die Hände, obwohl sie am liebsten mit den Fäusten gegen die Rückenlehnen geschlagen und verlangt hätte, dass Raiden ihr sagte, was er herausgefunden hatte. Die Kutsche rollte an und fuhr die Straße hinunter. Raiden schwieg noch immer.

»Raiden«, keuchte sie. »Bitte, ich werde sonst verrückt.«

Er schaute auf. In ihren angstgeweiteten Augen standen Tränen. »Wie alt ist Mason?«

»Erst vier.«

Allmächtiger Gott, fast noch ein Baby! Raiden dachte daran, wie ängstlich und allein das Kind sich fühlen musste.

»Beschreibt ihn.«

Sie tat es mit liebevollen Einzelheiten.

»Trägt er ein besonderes Mal, hat er Sommersprossen, irgendetwas, woran man ihn identifizieren könnte?«

Die Farbe wich aus ihrem Gesicht. »Identifizieren? O Gott,

hat man eine Leiche gefunden?« Willa zitterte und presste die Hand vor den Mund. Augenblicklich setzte Raiden sich neben sie und nahm ihre Hände.

»Pst«, beruhigte er sie. »Darüber wissen wir bis jetzt noch gar nichts.«

»Dann sagt mir endlich, was Ihr wisst.«

»Man hat ein Kind zum Arzt gebracht. Ein weißes Kind. Es gibt hier zu wenige, um das nicht mitzubekommen.«

Sie nickte und schaute ihn an. Raiden zog sich das Herz zusammen, als er sah, wie sie gegen die Tränen ankämpfte. »Nicht, Mädchen, nicht weinen.« Er strich ihr das Haar aus dem Gesicht und sah ihr in die Augen. »Jetzt sagt mir ... trägt er ein Mal, an dem man ihn erkennen kann?«

»Ja.« Sie schniefte leise. »Eine sichelförmige Narbe.« Sanft berührte sie Raidens Kinn. »Ähnlich wie Eure, aber nicht so tief. Sie ist auf seinem rechten Bein, über dem Knöchel. Er hat sich verletzt, als er beim Versteckspielen mit mir in ein Brombeergebüsch geraten ist.«

Raiden versuchte, sich dieses Bild vorzustellen: Eine über das ganze Gesicht strahlende Willa, die mit geschürzten Röcken und fröhlich lachend einem Kind hinterlief und mit ihm Fangen spielte. Liebten alle Mütter so bedingungslos? »Das wird uns helfen«, sagte er schließlich und zog Willa in seine Arme, als die Kutsche unsanft schwankte. Ihr Kopf ruhte an seiner Brust, ihre Hände umklammerten seine Arme, als sie versuchte, ihrer Angst Herr zu werden. Raiden betete darum, dass der Junge noch lebte, denn er wusste nicht, wie Willa es verkraften würde, sollten die bisherigen Informationen Masons Tod bestätigten. Er könnte es nicht ertragen, das Leid mit anzusehen, von dem er wusste, dass es Willa zerstören würde.

Das Donnern von Hufschlag ließ sie auffahren. Neben der Kutsche tauchten mehrere Reiter auf. Willa, Vazeen, Sanjeev und Nealy Perth. »Glaubt Ihr, wir sind in Gefahr?«

»Das Risiko besteht immer«, erwiderte Raiden und beugte sich aus dem Fenster, um mit den Männern zu sprechen. Kurz darauf ritten diese weiter. Die Kutschfahrt dauerte fast noch eine halbe Stunde, ehe sie vor einem kleinen, bescheidenen Haus hielten, das seinem Aussehen nach auch in England hätte stehen können.

Willa wollte den Schlag öffnen, doch Raiden hielt ihre Hand fest und hinderte sie daran. »Ich will aussteigen!«

»Nein, Ihr bleibt hier. Vergesst nicht, dass man versucht hat, Euch zu töten. Und dass man damit vielleicht erreichen wollte, Euch von Eurem Sohn fern zu halten.«

Sie blinzelte. Seine Bemerkung verriet ihr, dass er gründlich und oft über das nachgedacht hatte, was sie enthüllt hatte. Und sie konnte nicht anders als sich zu fragen, wie Raiden wohl dieses ganze Durcheinander ordnen würde, wäre es ihr nur möglich, ihm alles zu erzählen.

Raiden verließ die Kutsche. Seine Männer bezogen an der Tür Posten, und deren Anwesenheit beruhigte Willa, machte ihr zugleich aber auch Angst. Gespannte Erwartung kroch ihr den Rücken hinauf, als sie aus der sicheren Geborgenheit der Kutsche heraus beobachtete, wie Raiden das Haus betrat und sich die Tür hinter ihm schloss. Sie rief nach Jabari, aber offensichtlich war der Junge angewiesen worden, nicht zu antworten. Willa zürnte einige Minuten lang, dann wieder erfüllte sie banges Warten. Willa umklammerte den schmalen Fenstersims, als Raiden das Haus verließ. Er blieb auf der Türschwelle stehen und sprach mit einem dünnen Mann. Dieser schaute zwar in Willas Richtung, doch es kam ihr vor, als wollte er sie nicht sehen, als sähe er durch sie hindurch. Raiden drückte ihm einige Münzen in die faltige Hand, ging zur Kutsche und stieg ein. Seine Männer bildeten die Vorhut, als die Kutsche ihren Weg fortsetzte.

»Ich schwöre euch, dass ich von meinem Messer Gebrauch machen werde, wenn Ihr jetzt nicht redet.«

Langsam hob Raiden den Kopf. »Man hat ein Kind zu ihm gebracht, zu diesem Arzt. Der Junge war ernstlich krank, Willa.«

»Aber er lebt?«

»Als das Paar mit ihm ging, da lebte er, ja.«

»Was war mit ihm?«

»Malaria, vermutet der Arzt.«

Sie wurde blass.

»Er hat Chinin bekommen. Das ist das einzige Mittel.«

»Nannten sie ihn beim Namen?«

»Nein. Und der Arzt hatte das Gefühl, das niemand wissen durfte, dass …«

Sie nickte angespannt, zappelte vor Nervosität. »Wer hat ihn gebracht? Wer war dieses Paar?«

»Ein junger Schwarzer und eine alte Frau.«

»War die Frau Irin?«

Raiden nickte.

»Das muss Maura gewesen sein, seine Amme. Sie ist mit ihm verschwunden.«

»Willa –« Raiden schaute zu Boden, dann hob er entschlossen den Kopf und sah Willa an. »Der Arzt hat gesagt, dass das Kind im Sterben lag.«

»Nein! Er irrt sich! Ich würde das spüren!«

»Wir werden weiter nach ihm suchen. Ich schwöre es Euch«, sagte er, noch immer erstaunt darüber, so viel herausgefunden zu haben. »Gibt es etwas, was Ihr mir über den Jungen noch nicht gesagt habt?«

Sie setzte sich zurück, runzelte die Stirn.

»Der Arzt sagte, dieses Kind hatte auch noch … andere Probleme.«

»Mason spricht nicht. Daran ist nichts Ungewöhnliches.« Es klang, als verteidigte sie sich

»Ich sage ja gar nicht, dass es das ist.« Er sprach beruhigend, denn er spürte, dass eine fast fieberhafte Erregung Willa ergriffen hatte. »Aber sein Verstand –«

»Mason ist … er ist in seiner eigenen Welt gefangen, Raiden. Aber er ist ein guter Junge.« Sie zerdrückte ihr Retikül. »Er reagiert auf Liebe und Zärtlichkeit.« Sie ließ den Kopf sinken und murmelte verloren: »Ich fürchte, je länger wir getrennt sind, umso weiter wird er sich von mir entfernen.«

Raiden schluckte, als säße ihm plötzlich ein Knoten in der Kehle. »Willa, seht mich an.«

Sie hob den Blick.

»Begreift Ihr denn nicht? Es *war* Mason, den sie zum Arzt gebracht haben. Es *gibt* Hoffnung.«

Ihr Gesicht verzerrte sich, ehe sie es mit den Händen bedeckte, um es vor ihm zu verbergen. Raiden ergriff ihre Hände, zog Willa in die Arme und wiegte sie auf seinem Schoß. Und jetzt konnte sie die Tränen nicht länger zurückhalten. Sie hielt sich an ihm fest und schluchzte hilflos.

»Danke«, flüsterte sie. »O Raiden, danke.«

Er streichelte ihren Rücken. »Der Doktor hat gehört, dass sie irgendetwas über Kedah gesagt haben.«

Willa neigte den Kopf zu Seite, um Raiden anzusehen.

»Und ganz zufällig ist das genau der Ort, zu dem wir auch wollten.«

Sie lächelte ihn unsicher an, ehe sie in seine Arme zurücksank. Verzweifelt klammerte sie sich an den Funken Hoffnung, den er ihr bot. Und sie war unendlich dankbar dafür, dass Raiden Montegomery sie entführt hatte.

Gegen Raiden gelehnt, schlummerte Willa. Er ließ den Kopf gegen das Lederpolster sinken, während die Kutsche ihre holprige, schwankende Fahrt fortsetzte.

Unruhe trieb ihn um. Sie mussten fort aus dieser Stadt, und das schnell. Ihm waren Gerüchte zu Ohren gekommen, dass in Kalkutta Truppen gegen den drohenden Aufstand zusammengezogen worden waren. Die Rebellen der Siraj-ud-dulah würden angreifen, vielleicht schon in einer Woche, vielleicht erst in einem Monat, aber der Aufstand würde losbrechen. Und wenn sie die Stadt einnahmen, würde es Hunderte von Toten geben. Innerhalb weniger Tage würden Clive und die *East India Company* einen Vergeltungsschlag quer durch Indien bis hin zur mongolischen Grenze führen. Die Stammesfürsten waren ein wankelmütiger Haufen, und sie führten untereinander Krieg, während die Engländer die Reichtümer des Landes plündern würden. So wie sie es in Bombay und den Orten entlang der Gewürzstraße getan hatten.

Und die *Company* würde sich behaupten. Sie war zahlenmäßig zu stark überlegen, zu gut ausgerüstet und vorbereitet für einen Angriff, als dass man etwas anderes erwarten konnte. Und zur See würde Dunfee den Oberbefehl haben. Aber Raiden wollte, dass dieser Kampf nach *seinen* Bedingungen ablief, zu einer Zeit, die *er* bestimmte. Und das war ein weiterer Grund, so schnell wie möglich zur *Renegade* zurückzukehren, denn wenn sie dem Feind in die Hände fiel, würde sein Leben vorbei sein.

Und gerade jetzt, da er dachte, dies kümmere ihn nicht, fühlte Raiden, dass er leben *wollte*.

Er hatte alles in seiner Macht Stehende getan, um Mason zu finden, sagte er sich und zog Willa ein wenig fester an seine Seite. Er hatte sich auf mehr festgelegt als nur auf ihren Handel, und er hoffte, dass sie es wusste. Er hatte eine beachtliche Zahl von Chinin-Phiolen erstanden, um den Vorrat an Bord der *Renegade* damit aufzustocken, und obwohl sie noch mehr Medikamente brauchen konnten, durfte er jetzt keine Verzögerung mehr riskieren. Das Chinin würde Willa helfen, die Krankheiten zu überstehen, die im Dschungel lauerten. Falls Mason wirklich an Malaria litt, gab es allerdings nur wenig Hoffnung, aber er wollte alles dabei haben, was notwendig sein konnte, ihm zu helfen. Raiden empfand fast so etwas wie Eifersucht auf das Kind, das Willa so sehr liebte, und das Bild eines kleinen, schwachen Jungen, der nach seiner Mutter weinte und nicht sagen konnte, was ihn quälte, peinigte ihn von Stunde zu Stunde mehr. Das Einzige, was sein Gewissen beruhigte, war die Tatsache, dass zwanzig Männer die Stadt durchkämmten und nach jedem forschten, auf den die Beschreibung passen könnte, die der Arzt ihm gegeben hatte. Und die herausfinden sollten, auf welchem Weg Mason, diese irische Kinderfrau und der junge Schwarze die Stadt verlassen hatten.

Der Name eines Schiffes würde vollauf genügen, und er war jetzt froh, dass er den Männern befohlen hatte, ihm erst auf der *Renegade* Bericht zu erstatten und nicht erst an Land nach ihm zu suchen.

»Ihr seht schrecklich nachdenklich aus.«

Er schaute auf Willa herunter, die ihn verschlafen anblinzelte.

Gott, war sie schön. »Ich muss immer vorausdenken, meine Füchsin.«

Willa war unbeschreiblich dankbar für die Neuigkeiten und ihr Herz machte einen kleinen Sprung, als sie begriff, dass Mason lebte. Hoffnung war alles, was ihr geblieben war, und Raiden hatte sie ihr gegeben. »Habe ich Euch eigentlich angemessen für das gedankt, was Ihr über meinen Sohn in Erfahrung gebracht habt?«

Sein ganzer Körper spannte sich an vor süßer Erwartung. »Das hängt davon ab, was man unter *angemessen* versteht.«

Er zog neckend die Augenbrauen hoch. Willa lachte, und es war ein weiches, sehr weibliches Lachen. Sie legte die Hand in seinen Nacken. »Glaubt mir, Raiden, ich weiß sehr gut darüber Bescheid, was *angemessen* ist.« Sie zog ihn zu sich herunter, und er gehorchte höchst bereitwillig.

Sein Kuss traf sie mit heißer Sinnlichkeit, und Raiden ließ sich auf die Polster sinken, um ihren Kuss auszukosten und zu spüren, wie ihr Körper nachgab und sich an ihn schmiegte. Als er Willa in seine Arme schloss, fragte er sich für einen kurzen Augenblick, ob sie ihm diesen Kuss schenkte, weil sie ihm dankbar war, oder weil sie ihn als Mann begehrte. Doch schon beim nächsten Atemzug schwor er sich, dass es ihm egal war.

Ein lauter Ruf riss sie aus ihrer Selbstvergessenheit, und Raiden ließ Willa los. Er beugte sich vor und schaute aus dem Fenster. Ein derber Fluch kam von seinen Lippen.

Willa spähte an ihm vorbei. »O du lieber Gott. Jetzt ist alles aus.«

11

Die *Renegade* war davongesegelt. Ohne ihren Kapitän.

Raiden rief dem Kutscher laut etwas zu, woraufhin dieser die Kutsche anhielt. »Spannt die Pferde aus«, befahl er Perth und warf seinen Dreispitz zur Seite. »Vazeen, Kahlid, durchkämmt das Gelände. Jabari, du bleibst dort sitzen.«

Willa begriff nicht, was vorging, doch Raiden hatte gewusst, dass sie in Gefahr waren, kaum dass die Kutsche in den zum Strand führenden Weg eingebogen war. Auf dem Lagerplatz brannten noch die Feuer. Kessel waren in der Hast des Aufbruchs umgestoßen und zurückgelassen worden, der Boden war übersät von verschüttetem Essen und Abfällen. Dies war bereits das zweite Mal in vier Monaten, dass sein Schiff gezwungen gewesen war, überstürzt die Anker zu lichten. Und es war das zweite Mal, dass jemand versuchte, ihn der Obrigkeit ans Messer zu liefern. Die *Renegade* hatte bereits Fahrt aufgenommen. Wenigstens war sie nicht aufgebracht worden. Das war ein weiterer Teil des Rätsels, das Raiden nicht begreifen konnte. Jahrelang hatte es solche ernsten Zwischenfälle nicht gegeben, und er hatte überlebt, weil er allem gegenüber argwöhnisch war und nur wenigen Menschen vertraute. Verrate den Kapitän, und es ist dein sofortiger Tod. Verrate die Mannschaft, und die Männer neunmal so vieler Schiffe würden sich aufmachen, dem Verräter Stück um Stück das Fleisch von den Knochen zu reißen, wie es sonst nur der Aussatz bei einem Menschen tat, den er befallen hatte. Was konnten die Behörden einem Mann bieten, das es wert war, seinen Kapitän und seine Kameraden zu verraten? Denn jeder Mann hatte das Recht, seine Reichtümer zu nehmen und unbehelligt von Bord zu gehen.

»Ich kann nicht glauben, dass sie ohne Euch gesegelt sind«,

sagte Willa, die noch immer aus dem Fenster schaute. Raiden zog sie zurück.

»Die erste Pflicht ist, das Schiff in Sicherheit zu bringen. Was uns betrifft, so dürfte die Gefahr noch nicht vorüber sein.« Obwohl er weder Blutspuren noch Verwundete oder gar Tote am Strand entdecken konnte, würde Raiden es nicht riskieren, seine Deckung zu verlassen.

Er prüfte, ob seine Pistole geladen war, und deutete auf die Sitzpolster der Bank ihm gegenüber. »Nehmt die Kissen hoch und holt alles heraus, was Ihr findet«, forderte er Willa auf.

Sie kniete sich auf den Boden und tat, was Raiden ihr aufgetragen hatte. In dem Hohlraum unter der Bank fand sie mehrere Pulverhörner und Beutel verschiedenen Inhalts. »Ihr wusstet, dass sie lossegeln würden.«

»Ja.« Raiden hatte seine Waffen überprüft und kniete sich neben Willa. »Für den Fall, dass es Ärger gibt, gilt eine Übereinkunft. Es wird gesegelt, ganz egal, wer zurückgelassen wird.« Er schaute kurz auf, und sein Blick verweilte auf Willas schlanken Fesseln unter den hochgerafften Röcken. »Wir werden ständig gejagt. Und das bedeutet …«

»Wir sind verraten worden?«

»Höchstwahrscheinlich.« Raiden machte eine Bestandskontrolle und legte die Gegenstände vor sich auf die Sitze. »Und ich weiß nicht, wer der Verräter auf dem Schiff ist«, seine Stimme senkte sich, »oder unter den Männern, die hier bei uns sind.« Doch die Tatsache, dass irgendjemand sie an die Behörden hatte ausliefern wollen, blieb bestehen, denn die *Renegade* hatte an einem abgeschiedenen, verborgenen Platz geankert, an den sich selbst die Einheimischen so gut wie nie verirrten.

»Es tut mir Leid.«

Er runzelte die Stirn.

»Ich habe Euch in diese Lage gebracht.«

Er schüttelte den Kopf, während er einen englischen Armeetornister packte. »Die Soldaten auf dem Marktplatz in Kalkutta wussten, dass ich dort sein würde. Das hatte nichts mit Euch zu tun. Es ist auch nicht das erste Mal, dass ich nur um Haaresbreite entwischen konnte.«

»Aber Ihr könntet ohne mich fliehen.«

»Ich lasse Euch nicht zurück, Willa.«

»Ihr habt Euer Versprechen erfüllt.«

»Nein, ich habe versprochen, den Jungen zu *finden.*« Er stopfte Munition, Trockenfleisch und die Phiolen mit dem Chinin, die er sich beschafft hatte, in den Tornister.

»Euer Leben ist in Gefahr, und ich behindere Euch nur.«

»Ihr kommt mit mir«, sagte er mit einer Entschiedenheit, die keinen Widerspruch duldete. Es war undenkbar, sie zurückzulassen, aus *keinem* Grund. »Wir müssen an Land weiter, um die *Renegade* einzuholen.«

»So etwas ist Euch auch schon zuvor passiert.« Die Vorräte, die unter den Sitzpolstern versteckt gelegen hatten, ließen vermuten, dass er sich auf diese Situation vorbereitet hatte.

»Ich … der Schwarze Engel wird nicht nur von der *Royal East India* gejagt, Mylady. Da gibt es noch ganz andere, die ihn gern fangen würden. Und jetzt ist meine Anwesenheit in dieser Stadt bekannt. Unsere einzige Hoffnung ist, dass der, der mich so beharrlich sucht, glaubt, dass ich an Bord bin.« Raiden vermutete, dass es Dunfees oder Wastons Spione waren, aber andererseits würde die ganze Bucht von Bengalen von Kriegsschiffen wimmeln, sollte auch nur einer der beiden Männer in der Nähe sein. Und falls sie unter den Männern waren, die diese Kutsche begleitet hatten?

»Sie werden die *Renegade* angreifen?«

»Möglicherweise versuchen sie es, aber Tristan ist ein hervorragender Seemann. In dieser Lagune ist das Navigieren recht schwierig.«

»Aber er ist noch immer sehr schwach.«

»Körperlich vielleicht, aber nicht im Kopf.« Er reichte ihr einen Beutel. »Nehmt Euch passende Kleidung aus den Kisten und packt sie ein, rasch.«

Willa befolgte seine Anweisung, während Raiden den ledernen Tornister verschloss. Als er ihr eine geladene Pistole hinhielt, starrte sie die Waffe an. Erst jetzt begriff sie das ganze Ausmaß der Gefahr, in der sie schwebten. Sie nahm die Pistole und verbarg sie in der Innentasche ihres Rockes.

Raiden erhob sich und befestigte noch eine zusammengerollte Decke an Willas Kleiderbeutel, dann stieg er aus der Kutsche und reichte Willa die Hand, um ihr zu helfen. Perth führte die Kutschpferde zu ihnen. »Ihr und Jabari reitet auf einem Pferd«, wies Raiden den hoch gewachsenen Seemann an. »Er ist kein erfahrener Reiter, und wir werden rasch reiten müssen.«

»Aye, Sir«, erwiderte Perth und streckte die Arme nach Jabari aus, der sich noch immer unter dem Kutschersitz verbarg. »Komm, mein Junge, wir gehen jetzt auf Abenteuersuche.«

Raiden stutzte kurz und sah Nealy Perth stirnrunzelnd an. Jabari sprang in die Arme des Mannes, und dieser schwang ihn auf den Rücken des Pferdes. Ein vages Gefühl der Vertrautheit erfasste Raiden, dennoch war er sicher, diesem Mann noch nie zuvor begegnet zu sein. Er schob den Gedanken zur Seite, denn es gab etwas, um das er sich jetzt sehr viel dringender kümmern musste – das Entkommen.

Willas Blick glitt über die anderen. Sanjeev, Kahlid und Perth waren bereits bewaffnet, und nichts wies mehr darauf hin, wie vornehm sie noch vor wenigen Augenblicken ausgesehen hatten. Kahlid, räumte Willa ein, sah am grimmigsten aus, in seinem Brustharnisch und mit dem riesigen Krummsäbel, den er quer über dem Rücken trug. Um den Kopf hatte er eine *kayffia* geschlungen.

»Könnt Ihr reiten?«, fragte Raiden.

Sie sah ihn an und lächelte. »Ja.« Sie ging zu dem Pferd, das ihr zugedacht war, und tätschelte dessen Nüstern, ehe sie es zu einem umgestürzten Baum führte.

»Auch ohne Sattel?« Raiden beobachtete sie, während er den Mantel ablegte und sein Krawattentuch lockerte. Willa schwang sich – Gott helfe ihm – mit gespreizten Beinen wie ein Mann aufs Pferd. »Ich hatte Recht, Ihr müsst der Fluch im Leben Eures Vaters gewesen.« Er hievte den Tornister auf seinen Rücken.

»So wie ich jetzt der Eure bin«, erwiderte sie lächelnd und richtete ihre Röcke.

Bei Gott, dachte Raiden, aber die Frau sah der Gefahr freudigen Auges entgegen! Nachdem er das restliche Gepäck auf dem Rücken des Packtieres mit einem Seil festgebunden und gesichert hatte, stieg Raiden in den Sattel und winkte Willa an seine Seite. »Es wird ein anstrengender Ritt werden«, warnte er ernst.

Sie hob das Kinn. »Ich werde mich bemühen, Euch nicht zu enttäuschen.«

Er lächelte kurz, dann schaute er zu seinem Steuermann. »Kahlid, Ihr übernehmt die Spitze. Perth, Ihr sichert die linke Flanke.« Er wies Sanjeev und Vazeen an, zur Rechten die Flanke zu bilden. Raiden hasste es, dass er auch diesen Männern misstrauen musste, doch Vertrauen setzte er nur in Kahlid. Sie hatten fast ein Jahrzehnt lang Seite an Seite verbracht, wie es auch bei Tristan war. Doch dessen ungeachtet gab es nur einen einzigen Menschen, dem er voll und ganz vertrauen konnte – Willa.

Stunde um Stunde trieben sie die Pferde zu einem unerbittlichen Tempo an. Sie benutzten verlassene Straßen und mieden die Dörfer und folgten dabei immer der Küste. Es schien, als könnte Raiden es nicht überleben, zu weit von der See entfernt zu sein. Kahlid ritt voran und schlug ihnen den Weg frei, sein mächtiger Krummsäbel schnitt durch das Dschungeldickicht einen Pfad, der mitten in die Hölle zu führen schien. Obwohl die Sonne hoch am Himmel stand, herrschte hier unten Dämmerlicht, und die drückende Hitze wurde durch den feuchtwarmen Dunst der Vegetation noch unerträglicher. Willas Kleid hing schlaff herunter und klebte an ihrem Körper. Sie sehnte sich nach ihrem Sari. Raiden ritt fast immer an ihrer Seite. Aufmerksam glitt sein Blick über das undurchdringliche Dickicht und über die dicht gewebten Wände aus Kletterpflanzen und Schlinggewächsen, die sie umgaben. Er ritt auf einer grauen Stute, deren Zügel er lässig in der Hand hielt, und wenn seine Haltung auch nichts von seiner Anspannung verriet, so war diese doch spürbar. War es Zorn oder Enttäuschung – Willa war sich nicht sicher, doch was Verrat bedeutete, verstand sie nur allzu gut. Raiden hatte sich das Haar mit einem schwarzen Band zurückgebunden, und das Hemd klebte ihm am Körper. Den Tornister hatte er am Sattel befestigt und wie eine Satteltasche quer über den Rücken seines Pferdes gelegt. Schon vor Stunden hatte er das Packpferd freigelassen, damit sie schneller vorankamen.

Wohin sie ritten – Willa hatte keine Ahnung, aber sie wollte ihn auch nicht vor seinen Männern danach fragen, da er auch ihnen nicht voll vertraute. Es entging ihr nicht, wie sehr es ihn beschäftigte, denn immer wieder streifte sein Blick die Männer, wenn diese es nicht bemerkten. Und Willa schaute Raiden an. Zu hilflos, um ihrem Sohn helfen zu können, und sich bewusst, dass sie sich nur noch weiter verrückt machte, sagte sich Willa, dass es auch noch andere Dinge gab, über die sie während des Ritts nachdenken konnte. Sie brauchte eine Ablenkung, und Raiden war, bei Gott, eine Augenweide. Der Gedanke, die Nacht mit ihm im Dschungel zu verbringen, regte ihre Fantasie an und ließ sie in eine schamlose, sündige Richtung wandern.

Unvermutet ritt Raiden langsamer und sah Willa mit einem wissenden Lächeln an. Sie ahnte sofort, dass er ihr diese Gedanken angesehen haben musste.

»Wollt Ihr mir etwas sagen?«

Sie schaute unverwandt geradeaus und vermied es, in seine dunklen, eindringlichen Augen zu sehen. »Nein.«

Er beugte sich zu ihr hinüber. »Dann hört auf mich anzusehen, als ob Ihr wünscht, gleich hier und auf der Stelle von mir genommen zu werden.«

Willa errötete und schlug nach einem Käfer, der um sie herum schwirrte. »Das habe ich nicht getan.«

»Doch, Willa, das habt Ihr ... und noch viel mehr.«

Langsam wandte sie ihm den Blick zu. »Bin ich für Euch so leicht zu durchschauen?«

»In dieser Beziehung ... ja.« Der sinnliche Ausdruck in ihren Augen machte ihn hart vor Verlangen. Er wollte sie auf seinen Schoß ziehen und jede Kurve ihres Körpers spüren, die sich unter der roten Seide verbarg.

»Und was seht Ihr jetzt? Sagt es mir.«

»Eine Frau, die noch viele Geheimnisse hütet. Sogar vor sich selbst.« Er legte den Kopf schräg. »Habt Ihr noch immer nicht gelernt, mir zu vertrauen?«

Es war nicht Raiden, dem sie misstraute. Sie wollte Alistars Bild nicht ständig vor sich sehen, sie wollte jenes bedauernswerte Leben mit ihm vergessen und hier bleiben, wo sie sich lebendig und begehrt fühlte. Doch nur ein einziges Wort über ihr früheres Leben zu erwähnen, zuzugeben, dass sie gelogen hatte, würde diese zarte Freundschaft zerstören, die sie mit Raiden verband. Und sie könnte es nicht ertragen, sie zu verlieren. Denn diese Freundschaft war das Wichtigste, was sie zurzeit besaß.

Willa schaute rasch fort. Sie musste plötzlich an den Juwelenbeutel denken und an die Papiere, die darin versteckt waren. Sie hatte nicht erwartet, um ihr Leben fliehen zu müssen, und den Beutel zwischen den Polstern der Bank versteckt. Wenn jemand ihn dort fand, war sie erledigt.

»Ich sehe Panik in Euren Augen.«

»Diese Situation ist bedrohlich. Und ich habe Angst.«

Raidens Augen verengten sich sekundenlang, ehe er seufzte und den Kopf schüttelte. Sie hatte nicht mehr Angst als das Pferd, das sie ritt. Wie sehr er sich wünschte, sie würde sich ihm öffnen und ihn an ihren Gedanken teilhaben lassen, sich von ihm helfen lassen, welche wohl gehüteten Geheimnisse auch immer sie ängstigen mochten. Dass sie sich vor ihm verschloss und zurückzog, sodass sie unerreichbar für ihn schien, ließ ihn wünschen, diese Bastion ihrer Weiblichkeit durchbrechen zu können, um all das zu sehen, was sich dahinter verbarg. Raiden ergriff ihre Hand, und für einen kurzen Augenblick schlang sie ihre Finger um seine. »Wir werden Mason finden und dann ...«

Sie zog die fein geschwungenen Augenbrauen hoch. »Und dann?«

» – dann werde ich mein Versprechen einlösen.«

Sie zu lieben, bis sie vor Lust schrie, erinnerte sich Willa seiner Worte. Sie spürte, wie ihre Haut vor Erwartung zu prickeln begann. Eine Erwartung, für die sie allen Grund hatte, sie zu wollen, aber kein Recht, sie zu hegen.

Es vergingen weitere drei Stunden, bis Raiden entschied, das Lager aufzuschlagen. Es war inzwischen so dunkel geworden, dass sie kaum noch etwas sehen konnten. Er wollte Willa beim Absitzen helfen, doch sie glitt ohne seine Hilfe mit einer Geschicklichkeit von ihrem Pferd, die ihn überraschte, besonders in Anbetracht ihrer Röcke und Unterröcke. Raiden zog den Tornister und die Satteltasche vom Pferd und ließ sie Willa vor die Füße fallen. Dann kniete er sich hin und kramte in ihnen herum. Er nahm einige Säckchen heraus und befestigte diese zusammen mit seinen Waffen an seinem Hosenbund.

»Wohin wollt Ihr?«

Der Anflug von Panik in ihrer Stimme machte ihn betroffen, und er stand auf. »Schauen, wo wir sind und vielleicht etwas jagen.« Über Willas Kopf hinweg streifte er mit einem kurzen Blick die Männer, die das Lager aufschlugen. »Ist Eure Pistole geladen?«, wandte er sich an Willa. Sie nickte. »Feuert einen Schuss ab, falls Ihr mich braucht.«

»Hoffentlich wird er in die Luft gehen und nicht auf einen der Männer.«

Obwohl er es war, den sie wollten, durfte Raiden nicht außer Acht lassen, dass man Willa als Druckmittel gegen ihn benutzen könnte, falls das einem seiner Feinde einfiel. Und damit würden sie wahrscheinlich Erfolg haben. Diese Tatsache ließ ihn erkennen, wie verwundbar Willa ihn gemacht hatte. Aber im Augenblick ließ sich nur wenig dagegen ausrichten. Die Tage des Leugnens, sie bedeutete ihm etwas, waren Vergangenheit. »Auf der anderen Seite der Bäume dort drüben gibt es eine Quelle.« Mit einem Kopfnicken wies er die Richtung. »Wenn ich zurückkomme, werde ich Euch dorthin begleiten.«

»Ihr müsst mich nicht bemuttern, Raiden.«

Sein Lächeln wirkte traurig. »Ich versuche nur, Euch zu beruhigen.«

Ihr Kinn reckte sich ein wenig höher. »Ich bin durchaus selbst in der Lage, auf mich aufzupassen, Pirat. Macht Euch lieber auf den Weg und kommt schnell zurück.« Sie lächelte und schob ihn wie ein Kind, das auf den rechten Weg gebracht werden musste. »Oder seid etwa Ihr es, der beruhigt werden muss?«

Trotz dieser unbeschwert klingenden Worte wusste Raiden, dass die Situation Willa beunruhigte. Er wollte sie nicht allein lassen, auch nicht für kurze Zeit, doch es gab niemanden, dem er trauen und sagen konnte, was er brauchte. »Eure spitze Zunge wird Euch eines Tages viel Ärger einbringen.«

»Das hat sie schon«, erwiderte Willa. »Außerdem habe ich eine Pistole, Raiden. Und ich kann schreien.«

»Eine wahrhaft tödliche Kombination.« Er wandte sich zum Gehen, aber sie packte ihn am Arm und hielt ihn zurück.

»Bitte seid vorsichtig.« Willa wollte seine Arme um sich spüren, wollte mehr als ein paar Worte, die von seiner Rückkehr sprachen. Sie bekam keines von beidem.

Er beugte sich zu ihr und küsste sie auf die Stirn. Würde er sie jetzt auf den Mund küssen, wie er es gern wollte, würde er nicht gehen, das wusste Raiden. Er musste sich auch jetzt zwingen, sich von ihr zu trennen. Er rief seinen Männern noch einige knappe Befehle zu, dann winkte er Jabari zu sich. Leise sagte er: »Du bleibst bei Mylady, hörst du? Sie hat Angst und braucht deinen Beistand.«

Jabari nickte und wirkte dabei sehr ernst und sehr erwachsen. »Ich werde sie beschützen, Captain«, versprach er, während er sein Messer zog. Dann ging er zu Willa, die unter dem dichten Blätterdach der Bäume stand. Ehe Raiden im Dschungeldickicht verschwand, schaute er sich noch einmal um. Willa streckte die Hand nach dem Jungen aus und zog ihn an sich. Jabaris ernste Miene schmolz unter dieser fürsorglichen Geste dahin, und er genoss eine Zuneigung, die er bis jetzt nie erfahren hatte.

Dass Raiden fort war, wusste Willa in dem Augenblick, in dem seine hohe Gestalt mit der Dunkelheit verschmolz. Nur sein weißes Hemd schimmerte noch etwas länger, dann war auch dieses nicht mehr zu erkennen war. Trotz der bewaffneten Männer um sich herum fühlte Willa sich schutzlos, und ihr Blick glitt über die Lichtung bis hin zu Kahlid. Er war mit seinem Krummsäbel dabei, eine Bresche in das Dickicht zu schlagen, um mehr Platz für das Lager zu schaffen. Nealy Perth suchte nach trockenem Holz, das er zu einem Stapel auftürmte. Sanjeev und Vazeen standen an je einer Seite der Lichtung Wache. Die Waffen im Anschlag, starrten sie in die Dunkelheit. Willa mochte sich nicht vorstellen, welche wilden Kreaturen jenseits der grünen Wand des Dickichts auf der Lauer liegen könnten.

»Lass uns Steine sammeln, die wir um das Feuer legen können«, schlug sie Jabari vor. Gemeinsam gingen sie auf die Suche. Jabari nahm seine Aufgabe überaus ernst, denn er weigerte sich, Willa unter dem Farnkraut oder dem Laub nachzuschauen zu lassen, ohne dass er zuvor nachgesehen hatte, dass ihr von dort keine Gefahr drohte. Willa spürte plötzlich, dass jemand hinter ihr stand, und fuhr herum.

»Kahlid.« Sie presste die Hand auf die Brust, in der das Herz heftig pochte.

»Vergebt mir, Mylady«, sagte er, während er sich verbeugte. »Ich wollte Euch nicht erschrecken.«

Willa neigte den Kopf zurück und erwiderte seinen Blick. »Ich glaube nicht, dass Ihr unter diesen Umständen eine Wahl hattet.«

Ein Lächeln überzog sein würdevolles Gesicht, und seine weißen Zähne hoben sich hell gegen seine dunkle Haut ab. »Ein Platz zum Schlafen«, sagte er und wies auf die Farnblätter, die neben dem Feuer zu einem Lager aufgeschichtet worden waren.

»Das ist sehr aufmerksam von Euch, Kahlid.« Die freundliche Geste überraschte sie.

Kahlid steckte seinen Krummsäbel in die Scheide zurück. »Ihr seid Montegomerys Frau.«

Montegomerys Frau, so kann man es ausdrücken, dachte Willa. Ein Teil von ihr wünschte sich, seine Frau sein, nicht das Verderben, das sein Leben bedrohte. Doch sie würde Kahlid nicht widersprechen. Denn wie Balthasar könnte er ihr mit einer Hand das Genick brechen. Allerdings hatte Kahlid freundliche Augen und wirkte sanft, trotz seiner gewaltigen Schultern und Arme.

»Ist der groß genug?«, hörte Willa Jabaris Stimme und wandte sich zu dem Jungen um, der einen Stein heranschleppte.

»Den hast du sehr gut ausgesucht.«

Jabari schaute zu Kahlid hoch. »Wir brauchen Wasser. Kommst du mit mir zum Fluss?«

Der Maure lächelte und zersauste dem Jungen das Haar. »Ja, ich werde deine Eskorte sein, kleiner Krieger.«

Jabari zog die Stirn kraus. »Ich brauche keine Eskorte«, widersprach er entrüstet. »Ich brauche jemanden, der stark genug ist, die Wasserschläuche zu tragen.«

Die Hand am Schwertgriff, stieß Kahlid ein tiefes, freundliches Lachen aus. »Beende aber erst deine Aufgabe.«

Willa musste ein Lächeln verbergen. Als sie sich umschaute, fiel ihr auf, dass Nealy sie beobachtete, während er mit Feuersteinen Funken schlug, um die trockenen Zweige in Brand zu setzen. Er hockte am Boden und blies Luft in die aufzüngelnde Flamme. Nealy hielt das Feuer niedrig und fast rauchlos, als Willa und Kahlid näher kamen.

Jabari bückte sich, um die Steine um die Feuerstelle zu legen. Dann betrachtete er sein Werk. »Noch drei mehr, denke ich, Madam.«

»Ich stimme zu, Sir.«

Der Junge lief davon.

Nealy schob sich den Dreispitz aus der Stirn und senkte den Kopf, um seine Erheiterung zu verbergen. »Der Junge hat eine Schwäche für Euch, Mädchen.«

Sie sah ihn scharf an. »Er nimmt nur seine Aufgabe sehr ernst. Er schuldet Raiden zu viel, um seinen Anweisungen nicht zu folgen.«

Nealy zog die Augenbrauen zusammen.

»Ibn Montegomery hat ihn vor einem Sklavenhändler gerettet«, sagte Kahlid. Hoch aufgerichtet stand er neben Willa, seine Haltung warnte jeden, näher zu kommen. So grimmig-entschlossen wie er jetzt als Beschützer war, so gefährlich wäre auch, ihn zum Feind zu haben.

»Das wusste ich nicht«, sagte Nealy.

Willa ließ sich auf das Lager aus Farnkraut sinken. »Der Captain neigt nicht dazu, sich mit seinen guten Taten zu brüsten.« Sie schaute zu Jabari hinüber, dessen ganze Aufmerksamkeit davon in Anspruch genommen war, zwei Steine gegeneinander abzuwägen und zu entscheiden, welcher am geeignetsten sei. »Er ist ein liebes Kind.«

»Es ist die Fürsorge einer Mutter, nach der er sich sehnt.«

»Welches Kind, das so vernachlässigt und missachtet wurde, tut das nicht?«

Nealy zog die grauen Augenbrauen zusammen und rieb sich übers Kinn. Ehe er etwas entgegnen konnte, kam Jabari herbeigelaufen und legte einen Stein auf den Boden. Dann schaute er Kahlid fragend an. Der hoch gewachsene Maure berührte Willa leicht an der Schulter, und sie nickte zustimmend. Kahlid und Jabari sammelten die Schläuche zusammen und verschwanden im Dschungel.

»Glaubt Ihr das denn nicht?«, fragte sie Nealy, als sie allein waren. »Über die Kinder, meine ich.«

»Ich wurde in dem Glauben erzogen, dass Mütter dafür da sind, die Erben zu gebären. Und dass die Väter und die Härte des Lebens den Mann formen.«

Willa dachte an ihre Eltern, an die Liebe, die sie füreinander empfunden und offen gezeigt hatten, und wie verzweifelt ihr Vater nach Mutters Tod gewesen war. Er hatte seine Geschäfte schleifen lassen, und Willa hatte das Heft in die Hand nehmen müssen, bis ihr Vater seinen Kummer in den Griff bekommen hatte. »Vielleicht dachte Euer Vater, dass würde Euch stärker machen?« Obwohl sie nicht genau wusste, wie.

Nealy schnaubte abfällig. »Mein Vater hat mir beim kleinsten Vergehen die Seele aus dem Leib geprügelt, und als ich alt genug war, Ma'am, bin ich gegangen.«

»Vergebt mir, dass ich meine Nase in Eure Angelegenheiten gesteckt habe, Sir.« Es gibt so viel Schmerz in dieser Welt, dachte Willa und fragte sich, wie es Mason ohne sie ergehen mochte.

Nealy wischte ihr Mitgefühl mit einer Handbewegung beiseite. »Ich habe geschworen, dass ich meine Jungen niemals so behandeln würde.«

»Ist das der Grund, warum Ihr zur See fahrt statt ein Heim zu gründen?«

»Keine Frau würde mich zum Ehemann haben wollen.«

»Da wäre ich nicht so sicher, Mr Perth.« Er ist ein gut aussehender Mann, dachte sie, und durch seine Größe gefährlicher, als man auf den ersten Blick meint.

»Oh, die Ladys würden mich schon nehmen, Mädchen, nur nicht für sehr lange.«

»Seid Ihr sicher, dass nicht Ihr es seid, der nicht bleiben will?«

Im Dickicht war das Knacken und Rascheln von Zweigen zu hören, und Willa fuhr erschreckt herum. Instinktiv ließ sie die Hand in ihre Rocktasche gleiten, als das Rascheln näher kam. Kahlid und Jabari tauchten aus der Dunkelheit auf. Der Maure trug den Jungen auf seiner breiten Schulter. Ohne es zu merken, verschüttete Jabari Wasser aus den gefüllten Schläuchen, so dass Kahlid bei jedem Schritt nasser wurde, doch er nahm es geduldig hin.

»Durstig, Mylady?« Er spuckte das Wasser aus, das ihm in den Mund geflossen war, und lächelte, während er das Kind auf den Boden setzte.

Als Willa aufstand, verfing sich ihr Fuß im Rocksaum, und sie verlor das Gleichgewicht. Hätte Nealy Perth nicht geistesgegenwärtig zugepackt, wäre sie rücklings in die Flammen gefallen. Er riss Willa vom Feuer zurück und stellte sie behutsam auf die Füße. »Meinen Dank, Sir«, stieß sie keuchend hervor. »Das ist schon das zweite Mal, dass Ihr mich rettet.«

»Das ist meine Pflicht, M'lady, und bei dem Gewicht –«, er deutete auf ihr Kleid, »überrascht es mich eigentlich, dass Ihr nicht im Erdboden versinkt.«

Willa zupfte an dem schlaff herunterhängenden, schmutzigen Stoff. »Es ist ein wenig unpraktisch, nicht wahr?«

»Vielleicht solltet Ihr es wechseln.«

Willa wandte sich um, als sie diese Worte hörte. Ihre Schultern sackten vor Erleichterung zusammen, und sie atmete tief durch, als Raiden aus dem Blättergewirr auftauchte. Noch nie war sie so froh gewesen, ihn zu sehen. Fast schien es ihr, als habe sie mit angehaltenem Atem auf ihn gewartet. Er blieb am Rand des Feuerscheins stehen und sah Willa und die Männer der Reihe nach mit einem durchdringenden Blick an. Dann ging er zu Jabari und griff sich einen der Wasserschläuche. Er hielt ihn hoch und ließ sich einen dünnen Wasserstrahl in den Mund rinnen, ehe er ihn Willa anbot. Sie trat zu ihm und nahm den Schlauch. Erst jetzt bemerkte sie das Bündel, das er über der Schulter trug.

»Ihr habt ein Dorf gefunden?« Sie nahm einen großen Schluck von dem Wasser und sah Raiden abwartend an. Irgendetwas an seinem Gesichtsausdruck verriet ihr, dass er sehr genau wusste, wo er sich befand und wohin er wollte. Und das Bündel sagte ihr, dass er gefunden hatte, wonach er gesucht hatte.

»Ja.« Er warf das Bündel auf den Boden und es landete vor Willas Füßen. Es waren zwei tote Affen.

Sie sprang angewidert zurück und raffte ihre Röcke, während sie Raiden anstarrte. »Diese Kreaturen werde ich nicht essen.«

»Entweder Ihr werdet sie essen oder Ihr werdet hungern. Und denkt daran, dass Ihr Eure ganze Kraft für diesen Ritt brauchen werdet. So wie wir alle«, fügte er hinzu. Willa runzelte die Stirn, als sie ihn so barsch sprechen hörte. Raiden ging mit großen Schritten zu Willas Satteltasche, hob sie auf und schlug den Weg zurück in den Dschungel ein. »Kommt mit«, war alles was er sagte, als er ihr die Hand hinstreckte.

»Wenn Ihr mich entschuldigen würdet, Gentlemen«, sagte Willa mit einem Blick zu den anderen. »Der Captain fühlt offensichtlich das Bedürfnis, übermäßig grob sein zu wollen.« Dann reckte sie das Kinn und legte ihre Hand in seine. Raiden zog sie mit sich in das Dickicht.

Kaum waren sie außer Sichtweite der anderen, wurde sein Griff sanfter. Sie hielten sich an der Hand, als sie tiefer in den Dschungel hineingingen. Und Willa spürte die heiße Woge der Erwartung in sich aufbranden.

12

In der Dunkelheit des Dschungels ließ Raiden die Satteltasche fallen und riss Willa in seine Arme. Wie ein wilder Sturmwind griff er nach ihr, hüllte er sie ein. Sein Mund nahm von ihr Besitz, und er schloss die Hand um ihr Kinn, als seine Zunge zwischen ihre Lippen drängte. Ungehemmtes Verlangen und glühende Leidenschaft rissen beide mit sich, als Willa seinen Kuss erwiderte, gegen ihn kämpfte und sich wieder ergab. Ihre Hände umfingen seinen Kopf, strichen durch sein Haar, als sie sich all das nahm, was er ihr von dieser Macht, diesem sündigen Verlangen gab.

Dann, ebenso rasch wie die Leidenschaft sie gepackt hatte, zerrte sie an seinem Haar und wandte den Kopf ab. »Glaubt nicht, mich noch einmal so herumkommandieren zu können, Pirat. Ich bin Eure Geliebte, nicht einer Eurer Männer.« Sie stemmte sich gegen seine Brust, aber er riss sie wieder in seine Arme.

»Dann lasst mich Euch nicht noch einmal in Perths Armen finden.« Sein Kuss war so leidenschaftlich und wild wie der zuvor, und Willa glaubte, die Welt um sie herum würde sich immer schneller drehen. Sie spürte Raidens Eifersucht in diesem Kuss, auch wenn Raiden es nicht zugeben würde, sie fühlte sie – in dem besitzergreifenden Zupacken seiner Hände, die sie hielten, in dem begierigen Druck seiner Lippen auf ihrem Mund.

Er hob den Kopf. »Und Ihr seid nicht meine Geliebte ... noch nicht.«

Noch nicht. Ahnende Verheißung durchströmte Willa, quälte sie mit dem, was sie geteilt hatten, weckte ihr Verlangen, wenn sie es nicht empfinden durfte. »Das ist, als würdet Ihr über den Unterschied zwischen Äpfeln und Apfelmus sprechen.«

»Ist das eine Einladung?« Seine Hand glitt auf ihren Po, und Raiden presste Willa so fest an sich, dass sie sein hartes Verlangen spürte.

Wie eine Flamme entzündete sich heißes Begehren in ihr. Als Raiden sich wieder über sie beugte, nahm sie all ihre Selbstbeherrschung zusammen. »Nein, das ist es nicht«, wehrte sie ihn ab und befreite sich aus seinen Armen. Sie konnte ihn nicht ansehen, denn sie würde das Feuer der Leidenschaft in seinen Augen sehen, und sie würde dem Wunsch nicht widerstehen können, dieses Feuer zu fühlen, auch wenn es ihr verboten war. O ja, Raiden hatte ihr schon jetzt etwas gezeigt, was Alistar nie gelungen war … ihr ungezügeltes Verlangen. Und es machte sie wütend, es verleugnen zu müssen. Sie zog die Pistole aus der Rocktasche und ging dem Klang des Wassers nach. Sie musste Zweige und Schlingpflanzen beiseite schieben, und ihre Beine fühlten sich an wie aus Gummi, trotzdem ging Willa unbeirrt weiter.

Raiden stieß einen tiefen Atemzug aus, ehe er die Tasche aufhob und Willa folgte. »Ihr würdet mich sehr entgegenkommend finden – und dunkel ist es auch. Dieser Baum hier wäre hervorragend geeignet«, zog er Willa auf, indem er gegen den Baumstamm klopfte, an dem er gerade vorbeiging.

Sie schaute über die Schulter zurück und brachte ihn mit einem empörten Blick zum Schweigen. »Seid nicht so vulgär.«

Verglichen mit ihr bin ich das wohl, dachte Raiden und ließ die Satteltasche zu Boden fallen. »Habt Ihr auf dem Gebiet Erfahrung, über das Ihr urteilt?« Ihr schmales Kinn reckte sich vor und Raiden wusste, dass es nicht an dem war.

»Romantik ist nicht Eure starke Seite, wie ich sehe.« Willa trat ans Ufer der Quelle und streifte ihre schlammverkrusteten Schuhe ab. »Was schlagt Ihr vor, Raiden, dass ich mir die Röcke vom Leibe reiße und dabei stöhne wie ein … ein *Mann*?«

Ah, sie ist wütend, dachte Raiden und unterdrückte ein Lächeln, das sie vermutlich nicht geschätzt hätte. Er hatte so etwas erwartet, und er hatte ihr Temperament herausfordern wollen, es spüren wollen, um sie die Gefahr und die Suche nach ihrem Kind vergessen zu lassen, und sei es auch nur für kurze Zeit. Willa hatte den anstrengenden Ritt durchgestanden und die Hitze ertragen, ohne sich darüber zu beklagen, und Raiden bewunderte ihre Ausdauer. Was ihn anbetraf, so hatte er das Gefühl, auf der Stelle niederfallen und hundert Jahre lang schlafen zu können.

»Soll ich Euch den Hof machen? Mit Blumen?« Willa schaute zu, wie er eine orangefarbene Blüte von einem Busch pflückte und sie ihr reichte. »Oder soll ich einfach das tun, was ich versprochen habe?«

»Männer versprechen leicht etwas, wenn es ihnen Nutzen bringt.«

Ich habe keine Versprechen anzubieten, dachte Raiden resigniert, während er trockene Pflanzen sammelte und sie bündelförmig um einen Zweig legte. »Ihr fordert mich schon wieder heraus, wie ich sehe. Ich werde etwas dagegen unternehmen müssen.«

Diese Ankündigung erfüllte Willa mit köstlicher Ahnung, die aber ebenso rasch wieder gedämpft wurde, als sie an ihr Ehegelübde dachte. »Warum hört Ihr nicht auf, mich zu quälen?«

»Weil Ihr so leicht zu ärgern seid.«

Seine Stimme klang seltsam angespannt, und Willa wünschte, sie könnte ihn im Mondlicht besser erkennen.

Raiden umwand das Pflanzenbündel mit biegsamen, weidenartigen Ranken, bis es die Form einer Fackel annahm. Dann schlug er Funken aus einem Feuerstein, entzündete die Fackel und steckte sie in den Boden. Als er sich aufrichtete, tanzten flackernde Schatten durch die Nacht. Tiefe Stille breitete sich aus.

Mit einem frustrierten Seufzen legte Willa die Pistole aus der Hand und begann, sich ihr Mieder aufzuschnüren. Sie hielt dabei inne, als sie seinen Blick auf sich spürte. »Lasst mich allein.«

»Damit Euch jemand niedersticht, während ich Euch hier zurücklasse? Nein.« Er schüttelte den Kopf.

Willa nagte an ihrer Unterlippe. Nach ein paar Sekunden des Nachdenkens drehte sie Raiden den Rücken zu. »Dann helft mir beim Aufschnüren.«

Dieses Ansinnen ließ Raiden leise aufstöhnen, doch dann löste er rasch und geschickt die Schnürung.

Willa hielt sich das Mieder vor die Brüste und warf ihm über die Schulter einen Blick zu. Sie schürzte die Lippen »Du meine Güte, wie geübt Ihr darin seid.«

Er lächelte nur.

»Abscheulicher Mann«, murmelte sie. Es störte sie, dass er so viele Frauen gehabt hatte, um diese Fertigkeit zu erlangen, während sie die Aufmerksamkeiten nur eines Mannes ins Feld führen konnte. Da ihr ohnehin keine andere Wahl blieb, öffnete sie ihre Röcke und Unterröcke, zog sie sich über den Kopf und ließ sie zu Boden fallen.

Raiden bekam große Augen bei dem Anblick, der sich ihm bot. Willa hatte alles, was sie an Proviantvorräten und Pulverhörnern hatte, an ihren Reifrock gebunden, der aussah wie ein geschmückter Weihnachtsbaum. Schlau. »Guter Gott, das muss ziemlich schwer sein.«

Willa nestelte an den Bändern. »Dann findet eine Möglichkeit, dass ich ihn loswerde. Die Bänder sind ein einziger Wirrwarr.«

Raiden zog ein Messer aus seinem Stiefel und durchschnitt die Bänder. Mit einem vernehmlichen Plumpsen fiel der Reifrock auf die Erde.

Die Hände in die Hüften gestemmt, sah sie ihn vorwurfsvoll an. »Das hätte ich auch noch gekonnt«, rügte sie in säuerlichem Ton.

»Ihr könnt in diesem Ding auf keinen Fall bequem reiten.«

Was bedeutete, dass sie jetzt wieder mit überlangen Röcken zu kämpfen haben würde. »Offenbar gefällt es Euch, meine Kleider zu zerschneiden.« Sie stieg aus dem Gestell, unschlüssig, was sie mit ihren Händen tun sollte.

Er sah, dass sie errötete. »Ich habe Euch schon in weniger gesehen und außerdem ...« Als sie wieder das Kinn vorstreckte, verspürte Raiden den verrückten Wunsch, daran zu knabbern.

»Ja, ich weiß, Ihr hattet Eure Hände bereits unter meinen Röcken. Ihr seid wirklich gemein, dass Ihr mich bei jeder Gelegenheit an unseren Handel erinnert.« Während Willa zur Quelle ging, dachte sie, dass ihr jetzt kaum noch eine andere Wahl blieb. Sie hatte eingewilligt, seine Geliebte zu werden. Raiden hatte seinen Teil der Abmachung erfüllt, jetzt würde die Reihe an sie kommen. Willa hatte dem ehelichen Verkehr niemals etwas Angenehmes abgewinnen können und fragte sich jetzt, warum Männer so viel Wert auf diesen Akt legten. Auch wenn sie ihren Sohn nicht fand, würde sie bei Raiden liegen. Allein der Gedanke, dass dieser Mann sie besitzen würde, ließ Bilder voller Sinnlichkeit und Lust in ihr wach werden, die himmelweit von dem entfernt waren, was Alistars hastige Aufmerksamkeiten in ihr ausgelöst hatten.

Und dennoch – sie konnte ihr Ehegelübde nicht brechen.

Auch wenn sie wusste, dass ihr kaum ein Ausweg blieb – und nur noch wenig Zeit.

Raiden den Rücken zugewandt, nahm sie das Klappmesser aus dem Mieder, bevor sie es öffnete und ablegte. Bei der Hitze, die herrschte, empfand sie das als wohltuende Erleichterung. Willa zupfte an ihrem Hemd, das wie eine Haut an ihr klebte.

Raiden schluckte hart, als sie sich vorbeugte, um ihren Strumpf herunterzurollen, und ihm einen provozierenden Blick auf ihr Hinterteil unter dem dünnen Batist bot. Allmächtiger Gott, versuchte diese Frau vielleicht, ihn vollends um den Verstand zu bringen? Als die Strumpfbänder und die lange Unterhose auf einem Haufen lagen, wanderte Raidens Blick über ihren nackten Beine hinauf zu dem Spitzenkorsett, das ihren Leib umschloss. Sie hatte ihm noch immer den Rücken zugewandt, als er mit großen Schritten zu ihr ging und die Schnürung der Korsage durchschnitt.

Willa fuhr herum und hielt sich das Korsett schützend vor die Brüste. »Raiden!«

»Ich weiß, dass Ihr sonst auch nicht in diesem merkwürdigen Apparat badet, warum also jetzt?«

»Weil Ihr hier seid.«

Er trat näher. Das spärliche Kleidungsstück bot so gut wie keinen Schutz, und er spürte die Wärme ihres Körpers. »Ich werde nicht gehen.« Er packte sie am Handgelenk, drückte ihr ein Stück

Seife in die Hand und zerrte ihr das Korsett herunter. Willa kreuzte die Arme vor den Brüsten und in ihren grünen Augen blitzte es wütend auf. Es schien Raiden nicht zu kümmern, denn er führte sie zur Quelle, als würde sie den Weg dorthin nicht allein finden.

Willa starrte ihn an, als er sich lässig gegen einen Felsen lehnte und sie beobachtete. Sie ging einige Schritte weit zum Wasser und war schon entschlossen, hineinzugehen, als sie zögernd stehen blieb. »Ist es hier sicher?«

»Es ist ein fließendes Gewässer. Es gibt keine Schlangen.«

Sie zuckte zurück. »Schlangen!«

»Nur Fische.« Er würde niemals zulassen, dass ihr etwas geschah.

Nun, wenn ich mich nicht um die Fische kümmere, dann kümmern sich die Fische vielleicht auch nicht um mich, dachte Willa und da sie kein Feigling sein wollte, tauchte sie die Zehen ins Wasser. Es war angenehm kühl und die Erfrischung, die es bot, war so verlockend, dass Willa bis in die Mitte des schmalen Wasserlaufs ging. Dort kniete sie sich hin und genoss das kühle Nass. Das Wasser war gut hüfthoch und der Grund war von glatten Steinen bedeckt. Dennoch war die Strömung überraschend stark.

Raiden stand noch immer gegen den Fels gelehnt, als Willa ihr Haar löste und es mit der Seife einschäumte. Sie tauchte unter, um es zu spülen. Raiden ging ans Ufer und kniete sich hin, um sich die Hände zu kühlen, als Willa wieder auftauchte. Er hielt den Kopf unter Wasser und schüttelte sich wie ein Tier, als er sich wieder aufrichtete. Sein Blick glitt über das Dickicht, um sich zu überzeugen, dass keine wilden Tiere sich darin herumtrieben. Dann streifte er die Stiefel ab und hielt die Füße ins Wasser. Dabei ließ er die Umgebung nicht aus den Augen, seine Waffen lagen in Reichweite neben ihm. Es gab hier Tiger und Leoparden und giftige Schlangen, allesamt Kreaturen, die schnell waren und ohne Vorwarnung zuschlugen.

Als er wieder zu Willa schaute, spürte er, wie jeder Gedanke an Krieg und Rache ihn floh und eine innere Ruhe sich in ihm ausbreitete. Willa ließ sich vom Wasser treiben und kam auf ihn zu. Ihr Hemd verbarg nur wenig von ihrem Körper. Ihr langes Haar umfloss sie, und in der Dunkelheit sah es aus wie Tinte, die auslief. Raiden ballte die Hände zu Fäusten, und seine Knöchel traten weiß hervor, so sehr musste er sich beherrschen, Willa nicht in die Arme zu nehmen. Sie bewegte sich kaum, dann ließ sie sich sinken und tauchte wieder auf, ihre üppigen Brüste zeichneten sich klar unter dem dünnen Stoff ab, und Raiden zwang sich wegzuschauen. Er rieb sich das Kinn, als er das Prickeln in den Händen spürte, die sich danach sehnten, Willa zu berühren. Er sehnte sich nach dem Feuer ihres Kusses, nach der Zartheit ihrer Haut. Sie war für ihn wie die Luft, die er zum Atmen brauchte. Wie eine Droge, ohne die er nicht überleben konnte. Eine Droge, von der er erst wusste, dass er sie brauchte, wenn es sie für ihn nicht gab. Gott im Himmel, er war in Schwierigkeiten. Sogar ihr Duft haftete an ihm, quälte ihn mit einer Süße, die er sich nie getraut hatte, sie zu wollen, denn er hatte von Anbeginn an gewusst, dass Willa eine Frau war, die er niemals haben konnte. Er schaute ihr zu, und unter dem Griff unerbittlicher Sehnsucht schmolz seine Beherrschung dahin.

Er stand auf, warf sein Hemd ab und ging zu ihr.

Willa richtete sich augenblicklich auf und kämpfte um ihr Gleichgewicht, als sie ihm mit großen grünen Augen entgegensah. »Was um alles in der Welt tut Ihr?« Sie ließ sich bis zum Hals ins Wasser sinken.

Um Raidens Mund lag ein Lächeln, als er ihr die Seife aus der Hand nahm und sich damit den Oberkörper einschäumte.

Willa sah ihm fasziniert zu, ihr Blick folgte seinen großen Händen, als er sich wusch. Lieber Gott, er war ein hinreißend gut aussehender Mann. Das nasse dunkle Haar fiel ihm bis auf die Schultern, und das abperlende Wasser modellierte die festen, sehnigen Muskeln seiner Arme. Die Tätowierung, der Ring aus schwarzen Dornen, hob sich deutlich von seiner bronzefarbenen Haut ab.

»Warum habt Ihr das getan?« Willa zeigte auf die Tätowierung.

Raiden hielt im Einseifen inne. »Es soll mich an etwas erinnern.«

»An was?« Sie schlang die Arme um sich und wünschte sich, er würde sie berühren.

»An den Grund, aus dem ich Pirat geworden bin.«

Willa nickte, auch wenn sie es nicht wirklich verstand. Er hatte ihr erzählt, dass er als Junge in den Dienst der Marine gepresst worden war, und obwohl sie fühlte, dass die Ursache seines Schmerzes tiefer als das ging, machte er durch sein Schweigen deutlich, dass er nicht bereit war, darüber zu reden.

»Ist alles, was Ihr tut, ein Akt der Rache?«

»Ja.«

Sie sah ihn bedauernd an. Dieses Eingeständnis kam so leicht, so entschieden. »Ihr seht keine Zukunft außer dem Galgen, der Euch droht. Es ist traurig, keine Hoffnung zu haben.«

»Ich habe Verbrechen gegen eine Regierung begangen. Ich erwarte nichts anderes als Strafe.«

Würde es für irgendjemanden zählen, dass Raiden Seeleute befreit hatte, die gegen ihren Willen in den Dienst gepresst und nicht besser als Tiere behandelt worden waren? Ihre Kehle schnürte sich zu. Was immer sie miteinander verband – es waren nur Augenblicke im Laufe der Zeit und es würden immer nur Augenblicke bleiben, und das bittere Begreifen, dass sie ihn unter unvorstellbaren Qualen würde sterben sehen. In ihren Augen brannten Tränen, und sie hätte Raiden am liebsten angeschrien, aber es würde keinen Sinn haben. Was er getan hatte, hatte er getan. Seine Skrupellosigkeit und seine Gerissenheit hatten ihn bis jetzt überleben lassen, und nun half er ihr, Mason zu finden. Raidens einzige Hoffnung, dem Tod zu entgehen, war, die Piraterie aufzugeben und unterzutauchen, bis er nicht mehr sein würde als eine Legende der Geschichte. Aber ihn zu überzeugen, alles aufzugeben, dafür zu sorgen, dass er weiterlebte, weil es ihr wichtig war, dass er lebte, würde bei Raiden auf Ablehnung stoßen. Ihn kümmerte es wenig, was ihm das Morgen brachte. Als Einziges lag ihm am Herzen, jede Chance zu ergreifen, um die Engländer aus der Bucht von Bengalen zu vertreiben.

»Vermutlich wird man mich mit dem Tod dafür bestrafen, Euch geraubt zu haben«, sagte er leise, und Willa hob den Blick.

»Das würde ich nicht zulassen.«

Sein Lachen klang wie ein Schnauben, und er begann, seine Schultern einzuseifen. »Ihr hättet nicht genügend Einfluss.«

Sie nahm Raiden die Seife aus der Hand und stellte sich hinter ihn. »Bezweifelt Ihr meinen Charme?« Sie schäumte seinen Rücken ein, und Raiden stöhnte, als Willa ihm seine verkrampften Muskeln massierte.

»Ihr könnt so charmant sein wie eine Schlange«, sagte er leichthin. »Aber die Engländer sind Vipern.«

»Ich weiß«, bemerkte sie traurig. »Macht Euch ein Stück kleiner.« Er gehorchte und hockte sich ins Wasser. Willa seifte sein Haar ein und wusch es mit sanftem Druck. Sie massierte seine Kopfhaut, seine Schläfen. Raiden ließ den Kopf in den Nacken sinken, seine Augen waren geschlossen.

Willa schaute ihn an und lächelte. Gleich fängt er an zu schnurren, dachte sie und hielt inne.

Träge schlug er die Augen auf und sah Willa an, ehe er den Blick zu ihren Brüsten gleiten ließ, die sich unter dem nassen Batist abzeichneten. Willa fühlte eine heiße Flamme in sich aufzucken und verharrte reglos. Einige Sekunden lang stand sie so da, bis sie sich fasste und begann, sein Haar auszuwaschen. Raiden tauchte unter, um die Seife von seinem Körper zu spülen. Als er wieder zum Vorschein kam und sich zu seiner vollen Größe aufrichtete, war er nur wenige Zentimeter von Willa entfernt und sah sie an. Sie wich zurück.

Er hielt sie fest und zog sie zu sich, bis ihre Körper sich berührten.

»Raiden.« Sie legte die Hände auf seine Brust und wollte ihn wegstoßen.

»Ja?«

»Ich weiß, ich schulde Euch –«

Ein angespannter, fast schmerzlicher Ausdruck huschte über sein Gesicht. »Ich will nicht, dass Ihr meine Berührung nur erduldet, weil Ihr mir etwas *schuldet*, kleine Füchsin.« Sein Blick war auf seine Hand gerichtet, als er Willa das Haar über die Schulter zurückstrich. Es schimmerte so hell, dass es wie roter Rauch aussah. Er spürte, dass sie zitterte, spürte ihr Herz so heftig und laut schlagen, dass er meinte, es auf seiner Haut zu fühlen. »Ich habe gelogen. Ich möchte den Preis nicht stehlen« – er hob den Kopf und sah Willa an – »ich möchte ihn als Geschenk.«

Es muss ihn seinen ganzen Stolz gekostet haben, das einzugestehen, dachte sie, wenn er sich doch alles, was er begehrte, so leicht nehmen konnte. »O Raiden.«

Er legte den Kopf in den Nacken und schaute hinauf zum sternenübersäten Himmel, als er gegen sein Verlangen kämpfte – und gegen die Einsamkeit seiner dreiunddreißig Lebensjahre. Er hatte sich mit diesem Eingeständnis eine Blöße gegeben. Doch er wünschte sich verzweifelt, diesen Augenblick festhalten, ihn sich bewahren zu können für die Zeit, in der er in einem Kerker sitzen und auf seine Hinrichtung warten würde. Er wusste, dass die britischen Truppen zurzeit nicht weiter als drei Meilen entfernt waren.

Langsam ließ er den Kopf sinken und drückte die Stirn an Willas. »Du hast mich verzaubert.«

»Da sind sie wieder, die herrlichen Träume«, wisperte Willa, und ihr Herz klopfte zum Zerspringen, als sie die Zärtlichkeit in seinen Augen sah. Sie spreizte die Hände auf seiner Brust und spürte es wie einen Ruck bis tief in ihre Seele, als Raiden ihre Hand ergriff und festhielt.

Sie neigte den Kopf zurück und küsste Raiden, ohne zu zögern.

Für Raiden kam es einer Erlösung gleich. Er schlang die Arme um Willa und riss sie an sich, als er seine Sehnsucht an ihren Lippen stillte. Er stöhnte unter der Macht dieses Kusses, dieser Frau, und er stahl alles, was er nur stehlen konnte. Seine Hand suchte die warme Rundung ihrer Brust, und als er sie berührte, drängte sie sich seiner Hand entgegen, bot sie sich ihm an. Er umschloss sie, streichelte sie, und als er spürte, wie die herrliche

Spitze sich hart aufrichtete, konnte er an nichts anderes mehr denken, als davon zu kosten, die Lippen um diese rosige Knospe zu schließen und zu hören, wie Willa vor Erregung stöhnte. Vor unwiderstehlicher Lust. Machtvoll und wild und ungebärdig.

Er bog Willa zurück, und sein Mund glitt über ihren Hals und streichelte ihre Brüste, als er ihr das Hemd herunterstreifte. Das Mondlicht schimmerte auf ihrer seidigen Haut, und Willa legte die Hände um sein Gesicht, strich durch sein Haar, ehe er die harte, rosige Brustwarze mit den Lippen berührte und in die heiße Höhle seines Mundes sog. Willa schrie auf, und er wurde es nicht müde, mit ihr zu spielen, bis sie nach Atem rang. Raiden richtete sich auf, nahm wieder und wieder Besitz von ihrem Mund, kostete, genoss, wollte mehr und mehr. Er wusste, dass sie wieder uneins wären, wenn sie erst ihre Beherrschung zurückgewonnen hätten. Und deshalb hörte er nicht auf sie zu küssen, als er Willa aus dem Wasser trug, sie auf das am Ufer ausgebreitet daliegende blutrote Kleid bettete und sich neben sie legte.

Er ließ den Blick über ihren Körper gleiten, der so fraulich und weich war, und ein Schauder durchzuckte ihn bis in die Fersen. Er war ihrer nicht wert, nahm sich ein Recht heraus, das ihm nicht zustand. Als ihre Blicke sich trafen, ließ er die Hand über ihren Rücken gleiten und legte sie um ihren Po.

Raiden zog Willa an sich, und er spürte den köstlichen Druck ihres Körpers an seinem harten Geschlecht. Willas Kuss wurde wilder, als sie sich aufbäumte und an ihn drängte, um mehr von ihm zu fühlen. Sie wusste, dass sie es nicht tun sollte, doch Raiden schien sie in seine Arme zu zwingen, unter die Macht seiner Berührung. Sie klammerte sich an seine breiten Schultern, als ein Strom aus heißer Glut sie zu durchströmen schien, ihre Hüften umhüllte, ihren Schoß erfüllte.

»Berühr mich, Raiden«, wisperte sie gegen seine Lippen. »Bitte ... ich kann es nicht mehr länger ertragen ... ohne dass du mich berührst.«

»Ich auch nicht.« Er beugte sich über sie und küsste sie fordernd, als er die Hand unter ihr Hemd schob und zwischen ihre Beine legte. Er berührte Willa, streichelte sie, liebkoste sie. Willa stöhnte auf und legte ihre Hand auf seine, forderte ihn auf, ihr mehr zu geben. Ihre Kühnheit sollte sie beschämen, doch sie wusste, dass sie sich vor Raiden nicht schämen musste. Er verstand ihren Wunsch und verstärkte das Spiel seines Fingers, bis er in sie eindrang und tief hineinstieß. Willa schrie auf, ihren Mund an seinen gepresst, als Raiden sie hielt und sie erregte. Niemals könnte sie dieser Macht trotzen. Er zog den Finger zurück, tauchte wieder ein, reizte sie und Willa winkelte das Bein an, öffnete sich für ihn.

Raiden war steinhart und alles in ihm verlangte danach, in ihr zu sein, sie mit seinem Körper zu streicheln, aber wenn er Willa nahm, sollte es nicht im indischen Dschungel sein, nicht hier, wo seine Männer sie überraschen könnten. Es würde dort geschehen, wo sie ungestört waren, in einem Bett mit seidenen Laken und mit aller Zeit der Welt, um sie zu entdecken. Er schaute auf Willa herunter. Fasziniert beobachtete er jede ihrer Bewegungen, ließ er den Blick über ihren nackten Körper gleiten. Sie war so überwältigt von ihren Gefühlen, dass sie es nicht bemerkte.

Sie war eine wilde Schönheit, deren Leidenschaft ihre kultivierte Vornehmheit bei weitem in den Schatten stellte. Sie wand sich unter seiner Berührung und sah ihm in die Augen, als sie das Bein über seinen Arm legte und sich enger an ihn schmiegte. Raiden stieß seine Finger noch tiefer in sie und wünschte, er könnte sie ganz und gar besitzen.

Die Lust machte Willa süchtig, machte sie gierig nach den Gefühlen, die ihr in der Vergangenheit, in ihrem Ehebett, nie zuteil geworden waren. Bedeutungslos gewordene Schwüre schrien ihr zu, sie solle Raiden von sich stoßen, doch neu erwachte Leidenschaft trieb sie immer weiter auf ihn zu. Und als sie sein Glied berührte, riss Raiden sie ungestüm an sich, flüsterte wieder und wieder ihren Namen, als er sich mit rhythmischen Stößen gegen sie drängte, die Willas Verlangen noch steigerten. Sie war so nahe, ihr Körper sehnte sich so verzweifelt nach dem, was sie nie gekannt, nie erlebt hatte. Und sie wollte ihn erreichen, diesen Gipfel, der sichtbar geworden war.

»Ich will dich schmecken«, flüsterte ihr Raiden ins Ohr. Er hörte ihr Stöhnen, fühlte, wie ihre Verzückung dem Höhepunkt entgegenstrebte.

Willa stieß einen kleinen, hilflos klingenden Ton aus, und Raiden stieß härter gegen sie.

»Ich will dich. Ich will dich haben, Willa. Meine Zunge wird dich streicheln und von dir trinken, wie kein anderer Mann es je tun wird.«

Seine Worte trieben sie taumelnd auf den Abgrund zu. »Raiden, bitte. Du quälst mich.«

»Dann lass dich fallen und stirb diesen kleinen Tod für mich, Willa«, sagte er und Willa hielt sich an ihm fest, als die Lust in ihr barst und sie in heißen Wellen mit sich riss. Sie bäumte sich auf, rang nach Luft, und Raiden kämpfte gegen das überwältigende Verlangen an, seine Hose zu öffnen und Willa wild und hemmungslos zu nehmen. Er hörte nicht auf, sie zu streicheln, als er das faszinierende Spiel ihrer Muskeln spürte. Er hielt sie fest, bis der Sturm der Sinne sich legte, ihr Beben nachließ und Willa in seine Arme sank.

Sie barg das Gesicht an seiner Schulter. Raiden atmete heftig und kämpfte um seine Beherrschung. Er schloss die Augen und küsste Willa auf die Schläfe. Erst jetzt bemerkte er, dass sie weinte. Still. Lautlos.

Gott im Himmel.

Die *Renegade* hatte das offene Meer erreicht, und ihre Besatzung befand sich auf Gefechtsstation. Tristan richtete das Fernrohr auf das britische Schiff, das sie verfolgte. Der Bauch der *Renegade* war randvoll von gestohlenen Gewürzen, und das Schiff lag tief im Wasser. Er hatte seine Zweifel, ob sie ihren Verfolgern entkommen würden. Er hatte kein Recht, ohne Abstimmung einen Teil der Ladung über Bord zu kippen, aber gerade jetzt blieb kaum noch Zeit, die Sache zu diskutieren.

»Befehle, Sir?«

Mr Cheston stand am Steuer, Balthasar neben ihm.

»Ich bin offen für alle Vorschläge, Mr Cheston. Denn man wird uns entern, wenn wir nicht mehr Fahrt machen.«

»Die Ladung erleichtern?«

Drei Augenpaare sahen den Quartermeister an. »Dafür ist keine Zeit.«

»Wie wär's mit Umdrehen und Kämpfen?«, schlug Balthasar vor, die Hand am Schwertgriff.

»Das sind die beiden Möglichkeiten, die ich auch erwogen habe«, stellte Tristan fest und ließ das Fernrohr sinken.

Am Nachmittag hatte der Spähposten im Dschungel die englischen Soldaten entdeckt, die auf dem Vormarsch gewesen waren. Tristan hatte daraufhin entschieden, in See zu stechen. Sie hatten bei auflaufender Flut kaum die Fahrt aufgenommen, als die Briten die *Renegade* unter Beschuss genommen hatten. Sie hatten das Feuer erwidert und waren der Gefangennahme entgangen. Um jetzt, vier Stunden später, auf dieses Schiff zu treffen.

»Setzt den Union Jack.«

Balthasar runzelte die Stirn.

»Und holt die Segel ein. Lasst es herankommen, aber es darf uns nicht überholen. Und lasst die Mastspitze nicht aus den Augen.« Tristan reichte ihm das Fernrohr und ging zur Leiter, die zum Achterdeck führte.

Balthasar beugte sich über die Reling, während Tristan auf das Deck hinunterstieg. »Was habt Ihr vor, Sir?«

Tristan zuckte mit den Schultern. »Bluffen, mein Freund. Was bleibt uns anderes übrig?«

13

Raiden sah Willa. Als sie seinen Blick erwiderte, durchströmte ihn eine Woge der Erleichterung. Sie lächelte.

»Danke.« Sie legte die Hand um sein Kinn und küsste ihn sanft.

Sie hat dies noch nie zuvor erlebt, das begriff Raiden plötzlich, und er erwiderte ihren Kuss mit einer Zartheit, die ihn selbst überraschte, eine Zartheit, von der er nicht gewusst hatte, dass er sie besaß.

»Ich bin froh, dass es dir gefallen hat, kleine Füchsin. Dir dabei zuzusehen, ist mir schon fast Befriedigung genug.«

Sie spürte, wie ihre Wangen zu glühen begannen. »*Fast* genug?«, fragte sie und ließ die Hand über seine Brust gleiten bis zu der Wölbung seiner Hose, unter der sich seine Erregung deutlich abzeichnete. Raiden stöhnte und presste ihre Hand dagegen, ehe er sie an seine Lippen führte und einen Kuss darauf hauchte.

»Habe ich etwa einen Dämon losgebunden?«

»Ja, das hast du«, sagte sie und stützte sich hoch auf den Ellbogen.

Ihre nackten Brüste waren eine Versuchung an sich und Raiden zog ihr das Hemd hoch und streifte ihr den Träger über die Schulter. »Jetzt nicht, und nicht hier.« Er küsste sie und als Willa rasch und verlangend darauf reagierte, spürte Raiden erneut das Verlangen wie einen Blitz durch seine Lenden zucken. Widerstrebend stand er auf und lief zur Quelle. Ohne stehen zu bleiben ging er bis in die Mitte des Wasserlaufs und tauchte unter. Als er wieder auftauchte, stand er hochaufgerichtet in der Strömung, die Hände auf die Hüften gestützt.

Willa starrte nachdenklich auf seinen breiten Rücken. Sie war unsicher, was sie fühlte, und ganz die praktische Frau, die sie war, versuchte sie, dem Aufruhr der Gefühle, die in ihr tobten, mit kühler Sachlichkeit zu begegnen.

Es gelang ihr nicht, und sie konzentrierte sich deshalb auf das Vorherrschendste.

Das also ist es, was immer gefehlt hat, dachte sie lächelnd und streckte sich. Sie spürte noch ein leichtes, herrliches Vibrieren in sich. Und sie wollte mehr, denn sie wusste, dass dies nicht alles gewesen war. Sie erhob sich und zupfte ihr Hemd zurecht, während sie zum Ufer hinunterging. Nur das leise Plätschern des Wassers war zu hören, als sie sich erfrischte. Heute Nacht ist eine Barriere eingerissen worden, dachte Willa. Die Intimität hatte die Fremdheit vertrieben und ihr etwas gegeben, das sie niemals besessen hatte – das Bewusstsein für ihren Körper, ihr Frausein.

Willa schämte sich nicht, dass sie diese Entdeckung zusammen mit Raiden gemacht hatte. Ihr schien es, als sei sie seit ihrer Heirat in Tücher eingehüllt gewesen, die sie daran gehindert hatten, ganz und gar Frau zu sein, sie war eingeschränkt gewesen von der Gesellschaft und deren Maßstäben. Bis zu dem Augenblick, da Raiden sie zum ersten Mal geküsst, sie zum ersten Mal berührt hatte.

Und dennoch – mit der Lust, die er in ihr weckte, kamen auch die Schuldgefühle, weil sie mehr wollte. Sie hatte zugelassen, dass ein Mann sie berührte, der nicht ihr Ehemann war. Es änderte nichts, dass Alistar ihren Körper so oft genommen hatte, wie es ihm gefallen hatte, und dass es stets mit einer kalten Gleichgültigkeit geschehen war, die immer das Gefühl der Demütigung bei Willa hinterlassen hatte. Wie eine Hure war sie sich jedes Mal vorgekommen. Doch das Ehegelübde gab Alistar dieses Recht. Aber heute Nacht hatte ihr Herz Raiden dieses Recht zugestanden. Diese Erkenntnis überwältigte Willa, und sie wusste, dass ein tieferes Gefühl als das der Lust allein die Wurzel dafür war, dass sie sich zu Raiden hingezogen fühlte.

Sie schaute zu Raiden und ließ den Blick auf seinem nackten Rücken verweilen. Wie konnte es ihr solche Lust bereiten, diesen

Mann einfach nur anzusehen? Wie konnte es sie mit solcher Freude erfüllen, wenn er ihr eines seiner seltenen Lächeln schenkte?

»Raiden.«

Er hob nur die Hand und hieß sie schweigen.

Willa runzelte die Stirn, und sie fühlte Besorgnis in sich aufsteigen, als sie, wie es ihr vorkam, eine Ewigkeit darauf wartete, dass er sich zu ihr umdrehte. Als er es tat, glitt sein Blick vom Kopf bis zu den Füßen über sie, während er sich das nasse Haar zurückstrich.

»Du hast Gras im Haar.«

Sie zuckte mit den Schultern.

»Und du bist fast nackt.«

»Meine Güte, wie scharfsichtig du bist.«

Er lachte leise in sich hinein, als er aus dem Wasser kam. Als er an ihr vorbeiging, blieb er kurz stehen, um sie zu küssen.

Willa zog die Augenbrauen zusammen, als er weiterging und sich über die Satteltaschen beugte. »Raiden Montegomery!«

»Ja.« Er kam mit den Taschen zu ihr.

»Sieh mich an.«

Er tat es.

»Warum bist du plötzlich so – kalt? Was habe ich getan?«

Er seufzte schwer und zog Willa in seine Arme. »Es ist nichts, was du getan hast – sondern ich.«

»Was du getan hast, war herrlich«, sagte sie.

Er lächelte und sie schmiegte sich an ihn, sein Kinn ruhte auf ihrem Kopf. »Was für ein großes Lob.« Raiden stieß einen langen Atemzug aus. »Ich hatte keine Ahnung, wie unschuldig du bist.«

Sie schnaubte. »Unschuldig? Ich bin keine Jungfrau mehr.«

»Was die Leidenschaft angeht, bist du es.«

»Ist das so schlimm?«

»Nein, aber ich mache mir Vorwürfe, dass ich dich so gnadenlos aufgezogen habe.«

Sie neigte den Kopf zurück und sah Raiden in die Augen. »Es gibt nichts zu verzeihen.« Die Falten in seinem Gesicht glätteten sich. »Und was das Necken angeht, so muss ich zugeben, dass es mir fast ebenso viel Vergnügen gemacht hat wie deine Berührung.«

Raiden lächelte und schüttelte den Kopf. Er wusste, dass er die Frauen niemals verstehen würde, und ganz besonders nicht diese eine. Er fühlte sich von ihren Worten auf unerklärliche Weise geehrt. Er küsste Willa, doch ehe das Verlangen nach ihr ihn wieder übermannen und er sie auf die Erde legen und lieben würde, tätschelte er ihren Po und schob sie in Richtung der Satteltaschen. »Zieh dich an. Die anderen werden vermutlich bald nach uns suchen.«

Die Aussicht, fast nackt und nur im Hemd gefunden zu werden, war wenig verlockend und trieb Willa zur Eile an. Vorwurfsvoll hielt sie das ruinierte Korsett hoch.

Als Raiden leise lachte, schnitt sie ihm eine Grimasse. »Zieh das hier an«, sagte er und warf ihr ein Bündel zu.

Willa fing es auf und knüpfte die Ärmel des Hemdes auf, in das Raiden die Sachen eingewickelt und zusammengebunden hatte. Sie fand darin ein Jungenhemd, Hosen, ein Paar kurzschaftiger Lederstiefel und dicke Strümpfe. Alles war getragen, aber sauber. »Hosen?«

»Ja, das Kleid ist viel zu auffällig. Und dein Haar auch.« Er warf ihr eine Kappe zu. »Und wir könnten nicht schnell genug fliehen, wenn deine Kleider dich dabei hindern.«

Willa streifte sich das Hemd über den Kopf und zog ihr Haar aus dessen Kragen. »Du schließt nicht aus, dass wir fliehen müssen?«

»In dieser Gegend hält sich Militär auf.«

Mit einem Bein steckte Willa schon in den Hosen, als sie innehielt und Raiden mit großen Augen ansah. Sie spürte ein Frösteln über den Rücken laufen. »Hier? Aber hier wohnt doch kaum jemand.«

»Ungefähr vier Meilen entfernt gibt es eine Stadt. Uns bleiben weniger als drei Tage, um den vereinbarten Treffpunkt zu erreichen, und unser Weg führt uns durch Gebiete, die von den Engländern und den Franzosen kontrolliert werden. Englands Krieg mit Frankreich und deren Feindseligkeiten gegen die Holländer wird nicht gerade dazu beitragen, dass sie uns mit besonderer Höflichkeit begegnen werden.«

Willa setzte sich nieder, um sich Strümpfe und Schuhe anzuziehen. »Dann scheint es aber nicht sehr klug zu sein, einen Treffpunkt genau zwischen den Fronten zu vereinbaren.«

»Als wir ihn festgelegt haben, hatte ich keine Frau bei mir.« Bei Gott, ich genieße es, ihr beim Anziehen zuzusehen, dachte er. »Und es ist schon richtig, man geht ein größeres Risiko ein, aber es erregt auch weniger Argwohn.«

»Sie würden nicht im Traum damit rechnen, dass du genau vor ihrer Nase auftauchen könntest, und deshalb suchen sie dort nicht nach dir, stimmt's?«

Dieser Frau entgeht nichts, dachte Raiden, während er die Waffen zusammensammelte, Willas Kleid in die Tasche stopfte und dann ihre Spuren im Sand verwischte.

»Wie konnten sie wissen, wo wir waren? Jemand muss es ihnen hinterbracht haben, während wir in der Stadt gewesen sind.« Willa schlüpfte in die Stiefel, stand auf und stampfte mit den Füßen auf.

»Vielleicht ist es einer meiner Männer, der weiß, was ich vorhabe.«

»Hast du auf der *Renegade* über deine Pläne gesprochen?«

»Ja. Alle Männer an Bord werden in die Entscheidungen einbezogen«, erklärte er.

»Dann könnte jeder der Verräter sein.« Sie stopfte sich das Hemd in die Hose und schloss den Gürtel.

»Ja. Und deshalb möchte ich nicht, dass du zu viel mit meinen Männern redest.«

»Würde es nicht noch verdächtiger wirken, wenn ich sie ignoriere? Würden sie dann nicht vermuten, dass wir sie verdächtigen?«

Sie hatte Recht. »Wahrscheinlich ja.«

»Würde es uns nicht eher nützen, sie gewissermaßen einzulullen, damit sie sich in sicher fühlen? Vielleicht verraten sie sich dann durch ihre Sorglosigkeit.«

»Nein«, erwiderte er heftig, und seine Miene verfinsterte sich, als er auf Willa zuging. »Bring dich nicht in Gefahr.« Er packte sie am Arm. »Hast du das verstanden?«

Sie schaute ihn groß an. »Beruhige dich, Raiden.«

Er ließ sie los und rieb sich das Gesicht. Willa zog seine Hand fort und stellte sich so nah zu ihm, dass ihre Körper sich fast berührten. »Ich werde versuchen nichts zu tun, was dazu beitragen könnte, dich an den Galgen zu bringen.« Ihr Lächeln war bittersüß.

Raiden sorgte sich nicht um sich. »Dann wirst du dich also benehmen?«

Ihr Lächeln strahlte auf. »Natürlich *nicht*.« Sie stellte sich auf die Zehenspitzen und küsste ihn leicht. Dann bückte sie sich, hob ihre Satteltasche auf und steckte sich eine der Pistolen in den Hosenbund. Ihr Messer verbarg sie im Stiefelschaft.

Raiden nahm die Fackel und die schwere Tasche, dann schaute er sich noch einmal auf der kleinen Lichtung um, ehe er Willa zum Lagerplatz zurückführte. Sein Blick glitt über sie, als sie vor ihm herging. Die Männerkleidung betonte ihre Figur höchst aufreizend.

»Diese Sachen sind unanständig«, murrte er. Die Hosen saßen viel zu eng und betonten jede ihre Kurven und Rundungen.

Willa schaute über die Schulter zurück und musste lächeln, als sie seinen Blick auf ihrem Po verweilen sah. »Mir gefallen sie. Ich denke, ich werde von jetzt an immer Hosen tragen, denn sie sind bedeutend bequemer und praktischer als ein Kleid.«

Raiden stöhnte gequält. Sie sah womöglich noch entzückender aus als in ihren Kleidern, ohne die meterlangen, pfundschweren Stoffe, und er fragte sich, wie er es schaffen sollte, die Hände von ihr zu lassen. Und wie er seine Männer davon abhalten sollte, sie anzuglotzen. Als sie den Lagerplatz erreichten, sahen ihnen alle entgegen. Die Männer waren um das Feuer versammelt, Jabari lag schlafend auf dem Lager aus Farnblättern.

Nealys Augen verengten sich, als er Willa und ihre Aufmachung eingehend betrachtete. Sie hob das Kinn, um ihn davor zu warnen, irgendeinen Kommentar abzugeben. Doch dann begann er plötzlich, in seinen buschigen grauen Bart hineinzulächeln. Willa konnte nicht sagen, warum seine Meinung über sie ihr wichtig war. Doch dass es so war, ließ sie auf der Hut sein, denn auch er konnte der Verräter sein. Kahlid schaute sie verstohlen an, als sie auf dem Polster aus Farnblättern Platz nahm, und Willa argwöhnte, dass er im Stillen kicherte.

Unwillkürlich fragte sie sich, ob ihr ins Gesicht geschrieben stand, was vor wenigen Augenblicken in Raidens Armen mit ihr geschehen war. Immer, wenn sie ihn ansah, lächelte er sie mit diesem faszinierend intimen Lächeln an und schien sie daran zu erinnern. Er reichte ihr ein großes Blatt, das mit warmem, gekochtem Fleisch gefüllt war. Willa nahm es und schaute zweifelnd darauf herunter, ehe sie sich umblickte und nach den Affenkadavern Ausschau hielt. Sie konnte sie nicht entdecken. Entschlossen biss sie von dem Fleisch ab, ignorierte den seltsamen Geschmack und spülte es mit Wasser hinunter. Raiden setzte sich neben sie, und unterhielt sich mit den Männern, während er das Mahl mit ihr teilte.

Sanjeev saß ihnen gegenüber und kaute an dem Affenfleisch – oder was auch immer es sein mochte. Das Weiße in seinen Augen hob sich hell gegen seine dunkle Haut ab. Die Goldketten an seinem Hals funkelten im Feuerschein, der sich in den kostbaren Steinen der vielen Ringe brach, die seine Hände schmückten. Er trug einen schwarzen Turban, und Willa vermochte nicht zu erkennen, wo der Stoff endete und sein Haar begann. Neben ihm hockte Vazeen, der Willa so unverwandt ansah, als sei sie ein köstlicheres Mahl als das, bei dem sie zusammensaßen. Ständig starrte er auf ihre Brüste, die sich vage unter dem dünnen rauen Hemd abzeichneten. Sie wartete, bis er den Blick einmal hob, und zog sich ihr Haar über den Busen, um seine Blicke abzuwehren. Um ihm deutlich zu machen, dass ihr seine Aufdringlichkeit nicht entgangen war, sah sie ihn eindringlich an. Äußerlich war zwischen Sanjeev und Vazeen – beide waren Inder – kaum ein Unterschied festzustellen. Am auffallendsten war, dass Vazeen, der jüngere von ihnen, Willa weiterhin anstarrte, als sei sie eine seiner Eroberungen, die darauf wartete, genommen zu werden, während Sanjeev sie gleichmütig, aber durchaus respektvoll ansah.

Willa beugte sich zu Raiden und gab ihm mit den Augen ein Zeichen. Er folgte ihrem Blick bis zu Vazeen. »Er schaut dich so an, weil er dich im Bett haben will«, flüsterte er ihr zu.

Willa wurde rot und starrte auf ihren Schoß. »Soll ich mich dadurch geschmeichelt fühlen?«

»Nicht wirklich. Er ist gerade dabei, die Freuden der Liebe zu entdecken, und ehrlich gesagt würde ihm jede Frau dazu recht sein.«

Sie sah ihn an durch den Vorhang ihrer Haare. »Jetzt weiß ich, dass ich nicht geschmeichelt bin.«

»Gut«, entgegnete Raiden und erwiderte ihren Blick.

Sein Blick war besitzergreifend, und sie fand darin die herrliche Sinnlichkeit wieder, die seine Hände in ihr auslösten, wenn er sie streichelte, sein Mund sie berührte. Ihre Haut begann vor Sehnsucht nach seiner Berührung fast schmerzhaft zu prickeln, und Raidens Augen verdunkelten sich, als er das Begehren in Willa erwachen sah. Sein unerfülltes Verlangen nach ihr spiegelte sich in seinem Gesicht wider, ließ es angespannt und kantig wirken.

»Er sollte Angst vor dir haben«, sagte er mit dunkler Stimme und strich Willa mit dem Handrücken über die Wange, »denn du bist eine gefährliche Schönheit, kleine Füchsin.«

Sie schmiegte den Kopf gegen seine Hand, seine raue, dunkle Stimme machte sie wunderbar atemlos.

Nur widerstrebend wandte Raiden den Blick von ihr und schnippte laut mit den Fingern, um Vazeens Aufmerksamkeit von Willa abzulenken. Der junge Mann sah Raiden daraufhin an und erkannte die deutliche Warnung in dessen Blick. Sekundenlang starrten sie sich an, dann wies Raiden auf die Flasche, die Vazeen in der Hand hielt. Vazeen reichte sie ihm, und Raiden trank von dem schweren Madeira, ehe er auch Willa davon anbot.

»Du scheinst eine Vorliebe für dieses Zeug zu haben.«

Sie schüttelte den Kopf. »Eigentlich trinke ich nur selten.«

»Aber ich möchte deinen irischen Akzent hören.« Sein Lächeln neckte sie.

»Mein Vater hat viel Schulgeld dafür gezahlt, dass ich ihn verliere.«

Raiden runzelte die Stirn. »Warum?«

Sie verdrehte die Augen und streckte sich auf der Bettstatt aus. »Die Creme der Gesellschaft von Charles Towne möchte ihren Tee« – sie sprach die nächsten Worte mit einem noch breiteren Akzent – »nicht mit einem Mädchen einnehmen, das wie eine Hausangestellte spricht. Auch nicht den winzigsten Schluck.«

Sie schloss die Augen. Als Raiden sie anschaute, erkannte er, wie falsch er sie in den vergangenen Tagen eingeschätzt hatte, und dass er nicht wirklich darüber nachgedacht hatte, wie ihr Leben ausgesehen hatte, ehe sie sich begegnet waren. Auch wenn er sich natürlich oft gefragt hatte, mit was für einem Mann sie wohl verheiratet gewesen war. Ihre Worte an dem Abend, an dem sie zu viel getrunken hatte, hatten ihm mehr über sie verraten als sie selbst es getan hatte. Sie sei das hübscheste Spielzeug für den meistbietenden Interessenten gewesen, so hatte sie es ausgedrückt.

Hatte Willa ihren Ehemann je lieben gelernt? Sie hatte deutlich gemacht, dass sie dem Geschehen im Ehebett nichts hatte abgewinnen können, doch ihr Zusammensein an der Quelle hatte Raiden gezeigt, welche Leidenschaft in ihr schlummerte. Offensichtlich hatte ihr Mann sie vernachlässigt. Dieser Mann muss ein Narr gewesen sein, sie nicht gewollt zu haben, dachte Raiden. Fast schmerzhaft spürte er den Druck seines ungestillten Verlangens in seinen Lenden, und er dachte an ihre Verzückung, als er sie bis zum Höhepunkt gestreichelt hatte. Mit einem Stöhnen legte er sich neben sie, doch auch wenn sein Körper nach Ruhe schrie, wollte der Schlaf nicht kommen. Zu stark war das noch immer ungestillte Verlangen nach ihr. Raiden wandte den Kopf und sah Willa an. Ihre Gestalt hob sich gegen den Feuerschein ab, der durch ihr Haar hindurchschien und es aufschimmern ließ.

Sie hätte heute unzählige Male fliehen können. Sie hätte ihn in jedem Augenblick an die Behörden ausliefern können. Aber sie hatte es nicht getan. Er fragte sich, ob es die drohenden Gefahren waren, die sie bei ihm hielten, oder ob es die Aussicht war, ihren Sohn zu finden – oder ihn. Vielleicht ist es ein wenig von allem, dachte Raiden. Was ihn hingegen unablässig quälte, war die Frage, wer er war, dass er es wagte, das Leben noch einer Frau in Gefahr zu bringen. Schmerzvolle Erinnerungen drohten in ihm aufzusteigen, und er rieb sich die Stirn, um sie zu verbannen. Er wollte niemanden mögen – doch er tat es zutiefst. Er wollte kein gejagter Mann sein, aber er war es. Er wollte, dass sie fortging, damit sie in Sicherheit war, denn eine Frau wie sie sollte sich nicht im Dschungel verstecken und Hosen tragen, ihr Abendessen auf einem Lager aus Farnblättern einnehmen müssen.

Raiden ließ die Hand sinken, um Willa anzusehen. Sie schlief, und ihr Gesicht war ruhig und entspannt. Sie weckte in ihm den Wunsch, blind sein zu können für die Dinge, die er getan hatte, für die hässliche Vergangenheit, der er nicht entrinnen konnte und die seine Seele zerstörte. Ihre Seele war rein und gut, doch es war noch etwas anderes, das ihn anzog. Es war auch ihre Entschlossenheit, ihr Ziel zu erreichen und zu gewinnen. Sie kämpfte um das, was ihr gehörte. Und Raiden wünschte sich, dass auch er ihr einen solchen Kampf wert wäre.

»Er ist hier. Ich kann ihn fast riechen«, knurrte Admiral Dunfee, der mit weit gespreizten Beinen dastand, um auf dem schwankenden Deck das Gleichgewicht zu halten.

»Sir, wir suchen diese Gegend nun schon seit Tagen ab.«

Dunfee warf dem Offizier einen vernichtenden Blick zu. »Dann durchsuchen wir sie eben noch einmal, Lieutnant.«

»Aye, aye, Sir.«

Der junge Offizier wandte sich seinen Pflichten zu, während Dunfee mit den Fingern schnippte und nach dem Fernrohr verlangte. Binnen Sekunden brachte jemand es herbei, und der Admiral richtete es auf das offene Wasser. Zurzeit segelten einige Schiffe in diesen Gewässern – eine französische Brigg, die er angreifen könnte, und zwei holländische Schoner – doch es war ein schwarzes Schiff, das er suchte. Und er würde nicht ruhen, bis er das Piratenschiff versenkt hatte. Der Schwarze Engel führte seine Beutezüge gegen die *Company* schon viel zu lange. Die See ist von Schmutz übersät, der beseitigt werden musste, dachte er. In diesem Monat hatte er bereits zwei Piratenschiffe versenkt.

Dunfees Gedanken wanderten weiter zu einer anderen Jagdbeute, zu einem anderen Mann, den er aufspüren musste. Doch erst musste der berüchtigte Schwarze Engel in Ketten liegen, ehe er seine Jagd auf Raiden Montegomery fortsetzen und zu Ende bringen konnte.

Granvilles Bastard würde sterben, und Percival Dunfee würde endlich alles haben, was er begehrte. Einen Adelstitel und Ländereien, mit der man ihm seine heldenmutigen Taten auf See zum Wohle Englands und der *East India Company* lohnen würde. Verdammt noch mal, er verdiente diese Anerkennung, und allein Raiden Montegomery war der Grund dafür, dass Dunfee die Belohnung des Königs bis jetzt noch nicht hatte annehmen können.

Denn Montegomery war der einzige Zeuge der Verbrechen Dunfees, der noch am Leben war.

Willa saß neben dem Lagerfeuer und beobachtete Raiden. Er hockte auf dem Boden und hatte die Ellbogen auf die Oberschenkel gestützt. Mit den langen offenen Haaren und dem nackten, von Schweiß schimmernden Oberkörper sah er eher wie ein Eingeborener denn wie ein Kapitän zur See aus. Die Tätowierung auf seinem Arm bewegte sich bei jeder Muskelanspannung, als er die Skizze in den Sand zeichnete und den Männern seinen Plan erläuterte, wie sie an den britischen Truppen vorbei zur *Renegade* gelangen wollten. Am Morgen würden sie zur letzten Etappe ihres Weges aufbrechen, und Willa wusste, dass sie sein Schiff nicht betreten konnte, ohne ihm vorher die Wahrheit gestanden zu haben.

Ihre Lügen quälten sie. Sie wünschte, sie wäre nicht verheiratet; wünschte, Mason wäre bei ihr und könnte Raiden kennen lernen, dessen Stärke, dessen Warmherzigkeit.

O Gott, was habe ich nur getan?, dachte sie und schlang die Arme um sich. Immer, wenn sie in den beiden vergangenen Nächten erwacht war, hatte sie eng an Raiden geschmiegt dagelegen, hatte sich sicher und beschützt gefühlt. Und in diesen beiden Nächten hatte sie versucht, die Worte auszusprechen, von denen sie wusste, dass sie die Nähe zerstören würden, die sie zueinander hatten. Es brach ihr das Herz, Raiden anzusehen und zu wissen, dass sie ihn so mühelos belogen hatte und dass er ihr vertraute.

Das wird am wehesten tun, dachte sie.

Sie schluckte mühsam, als sie wieder diesen Kloß im Hals zu haben glaubte, und wandte den Blick ab, schaute auf die schwarze Wand des Dschungels. Irgendwo in der Nähe schrie ein Vogel. Willa hatte sich an die vielen Geräusche des Dschungels gewöhnt, an das Gefühl, von goldglühenden Augen beobachtet zu werden. Als sie Raidens Blick auf sich spürte, wandte sie ihm den Kopf zu.

Sie bezwang ihre Bangigkeit, lächelte ihm zu und biss in ein Stück Obst, ehe es sich die Ameisen holten. Er stand langsam auf und Willa bog den Kopf zurück, um ihn anzusehen. Die schmutzige, fleckenübersäte Hose saß ihm tief auf den Hüften, als er an den Männern vorbeiging, die damit beschäftigt waren, Fleisch zu rösten und sich auf ihre Wache vorzubereiten. Willa ließ den Blick über Raidens Körper gleiten. Er hatte einen lässigen, fast schleichenden Gang, der sie vor Verlangen verrückt machte, und der sie für einen Moment an den schwarzen Leoparden erinnerte, den sie gestern gesehen hatten. Dunkel und ebenso geheimnisvoll – ein Räuber, der seine Beute fixierte. Als er auf sie zukam, streckte sie die Hand nach ihm aus und er setzte sich neben sie.

»Hallo«, sagte sie, als er zögernd lächelte und sie bedauernd ansah.

»Ich weiß, dass du dies alles langsam leid sein musst ...«

Rasch legte sie ihm den Finger auf den Mund. »Mach dir meinetwegen keine Gedanken, Raiden. Ich halte alle Unbequemlichkeiten aus, solange sie mich meinem Sohn näher bringen.« Sie lächelte, als sie die Hand sinken ließ. »Offen gestanden betrachte ich dies als großes Abenteuer. Was denkst du – werden die Damen in Charles Towne nicht vor Neid platzen, wenn sie hören, dass ich mit einem berühmten Piraten über die dunklen Pfade des Dschungels gezogen bin?«

Seine Lippen verzogen sich zu einem Lächeln, in dem jedoch wenig Freude lag.

Diese Reise hatte nahezu alle Regeln des Anstands hinfällig werden lassen, weil er Willa auch nicht für eine Sekunde von seiner Seite gelassen hatte, selbst dann nicht, wenn die Natur ihr Recht forderte und Willa einem dringenden Bedürfnis nachgeben musste. Nachdem Raiden sie zum ersten Mal dabei begleitet hatte, hatte sie ihre Verlegenheit aufgegeben. Sie erduldete lieber dies als getötet zu werden.

»Ich habe die Wache morgen früh«, sagte Raiden.

»Dann solltest du dich jetzt ausruhen«, schlug sie vor und lief, um die Satteltasche zu holen und sie ihm als Kopfkissen anzubieten.

Raiden lächelte über diese liebevolle Fürsorge und lehnte sich, die Schultern gegen die Tasche gelehnt und die Hände hinter dem Kopf verschränkt, entspannt zurück.

Nealy Perth stand auf, warf die Überreste seines Mahls in die Glut und säuberte sich mit einem Taschentuch Hände und Mund. Willa legte den Kopf schräg, als sie ihm dabei zusah. Diese Geste zeugt von Kultiviertheit, dachte sie. Dabei ist es weniger der Vorgang an sich als vielmehr die Art, wie er es tut. Vermutlich fiel es ihr so besonders auf, weil Vazeen, der neben Nealy stand, sich in diesem Augenblick mit dem Handrücken den Mund abwischte.

»Cap'n. Ma'am.« Er nickte ihnen zu.

»Seid vorsichtig, Nealy.«

»Das werde ich, aber Ihr müsst Euch keine Sorgen machen, Mädchen. Ich habe im Sattel geschlafen.«

Raiden lachte über diese Bemerkung. Als Perth in der Dunkelheit der Dickichts verschwunden war, um Wache zu halten, schaute Raiden Willa dabei zu, wie sie eine Frucht mit ihrem Klappmesser schälte. Sie tat es geschickt und mit einer Geschwindigkeit, die nahezu unglaublich schien. Binnen Sekunden hatte sie die Frucht geschält, zerteilt und von ihrem Kern befreit.

»Wo hast du es gelernt, so geschickt mit einem Messer umzugehen?«, wollte er wissen.

»Mein Vater hat es mir beigebracht.« Sie reinigte die Klinge, klappte das Messer zusammen und steckte es in ihren Stiefel zurück, ehe sie Raiden ansah. »Er wollte einen Sohn, wie wohl jeder Mann, und er –«

»Nicht unbedingt.«

»Gib es schon zu, Raiden – einen Erben für das Vermögen, eine Möglichkeit, das eigene Ansehen zu steigern?«

»Einigen von uns ist das gleichgültig.«

»Dir zum Beispiel?«

Er zuckte die Achseln, und als weiterhin schwieg, sagte Willa: »Papa wusste, dass er nicht immer da sein würde, um mich zu beschützen, deshalb lehrte er mich, wie man ein Messer benutzt. Es ist klein und nicht so gefährlich wie das da.« Sie zeigte auf den Krummdolch, der in Raidens Gürtel steckte »Ich trage es bei mir, seit ich dreizehn war. Es ist wie ein ständiger Begleiter, wie ein Teil meiner Hand, kann ich sagen.«

»Wohl erzogene Damen, die ihre Messer schwingen«, murrte er. »Gott beschütze uns.«

Sie versetzte ihm einen neckenden Stoß. »Ich habe es einige Male getan und damit manche Matrone erschreckt.«

»Auch Verehrer?«

»Ich hatte keine.«

Er zog eine Augenbraue hoch. »Es fällt mir schwer, das zu glauben.«

Willa errötete bei dem Kompliment. »Ich wurde als Tauschobjekt hergegeben. Oder genauer gesagt, ich habe mich selbst eingetauscht.« Sie setzte sich wieder neben ihn und stützte sich auf die Ellbogen.

»Und warum das?«

»Das Geschäft meines Vaters ging schlecht, und wir brauchten Geld. Mein Ehemann hatte genug davon und wollte es investieren.« Alles, was Alistar gewollt hat, war eine Zuchtstute mehr in seinem Stall, dachte sie. »Es war ein Handel. Wie du daran also siehst, Pirat, bin ich nicht mehr als ein paar hundert Pfund Sterling wert.«

»Was für ein Geschäft ist es, Willa?« Seine Frage klang vorsichtig abwartend.

Willa sah ihn an. »Mein Vater hat ein Handelsgeschäft.«

»Kein Wunder, dass du dich so gut mit Schiffen auskennst.«

»Nicht so gut, wie du vielleicht vermutest, aber wenigstens werde ich nicht seekrank.« Sie hielt inne und betrachtete angestrengt ihre Hand, als sie Linien in den Sand zeichnete. »Wenn du die Gewürze raubst, machst du sie dadurch knapper und viel teurer. Und mein Vater wird, so fürchte ich, trotz des Geldes meines Mannes bankrott gehen.«

»Ich bedauere das, aber es gibt Hunderte, die sie stehlen. Wenn ich deinetwegen damit aufhöre, würde das eine Meuterei unter meinen Leuten heraufbeschwören.«

»Ich weiß.«

Er drehte sich auf die Seite und ließ die Hand über Willas Arm gleiten.

»Warum hat man dir deinen Sohn gestohlen?«

Ein schmerzerfüllter Ausdruck verdunkelte ihr Gesicht. »Ich bin nicht sicher. Vielleicht wegen eines Lösegeldes. Aber ich vermute eher, dass die Familie meines Mannes ihn loswerden wollte.«

»Das kann ich verstehen.«

Sie schaute entsetzt auf. »Wie bitte?«

»Nun, wenn er der einzige männliche Erbe ist, dann ist er ein Hindernis auf dem Weg an die Spitze der Familienmacht.«

Ihre Miene drückte Missfallen aus. »Für mich macht es keinen Sinn, warum ein Kind wichtiger sein soll als das andere, nur weil es zuerst geboren wurde. Jedes Kind ist ein Geschenk, das man ehren sollte.«

»Das wäre zu schön, um wahr zu sein,« entgegnete Raiden.

»Glaubst du nicht, dass dein Vater Gründe gehabt haben könnte, dich ...«

»Mich zu vergessen?«

Oh, dort lag die Ursache seiner Bitterkeit! »Vielleicht hielt er dich für tot, Raiden. Hast du das einmal bedacht?«

»Als Kind, ja, da habe ich das vielleicht gedacht. Ich konnte mir beim besten Willen nicht erklären, warum ein Mann sein eigen Fleisch und Blut ignoriert, aber als ich älter wurde und von Ransom und all den anderen erfuhr, ist es mir klar geworden. Granville Montegomery war ein zügelloser Mann, dem es egal war, wo sein Same auf fruchtbaren Boden fiel ... und in wem.«

Willa verstand seine Gefühle, denn auch Alistar ignorierte seinen eigenen Sohn. »Hast du jemals geliebt, Raiden?«

Ihre Frage traf ihn unvorbereitet. »Wie jemand in der Unreife der Jugend lieben kann.«

»Hast du mehr als einmal geliebt?«

»Ja.«

»Warum schließt du dann aus, dass vielleicht auch Granville mehr als einmal geliebt hat? Dass er deine Mutter liebte und litt, als sie starb?«

Seine dunklen Brauen zogen sich zusammen. »Ich gebe zu, dass das möglich ist.«

Sie schnitt eine Grimasse. »Das ist wenigstens etwas.«

»Warum verteidigst du ihn? Einen Mann, dem du, wie du sagst, noch nie begegnet bist?«

»Es ist nicht Granville, der mir wichtig ist.« Sie sah Raiden eindringlich an. »Ich sehe nur ungern, dass dich ein solcher Hass erfüllt, besonders wenn derjenige, dem er gilt, nichts davon weiß.« Sie ließ ihre Hand in seine gleiten. »Es führt zu nichts, außer dass du dich schlecht fühlst.«

Raiden seufzte und strich durch ihr Haar, dann legte er die Hand um ihren Nacken und zog sie näher. Sein Herz machte einen Sprung, als sie bereitwillig in seine Arme kam, sich in die Geborgenheit seines Körpers schmiegte. »Wodurch bist du so weise geworden, kleine Füchsin?«, flüsterte er und küsste ihren Scheitel.

»Ich habe die Liebe und den Hass kennen gelernt. Das Letztere zerstört das Erstere. Und ich wähle die Liebe und die Hoffnung darauf, wiedergeliebt zu werden, selbst wenn dies nur für eine kurze Zeit ist. Ich ziehe dies einem Hass vor, der ein Leben lang dauern könnte.«

Im Stillen räumte Raiden ein, dass Willa Recht hatte. Die Chance zu lieben war weitaus kostbarer als das Bedürfnis zu hassen.

»Und davon abgesehen«, ihre Stimme klang gedämpft gegen seine Brust, »würde der Hass mich verändern und zu einem zänkischen Weib machen.«

»Wieso verändern?«

Willa kniff ihn, und als Raiden sich in gespieltem Schmerz krümmte, beeilte sie sich, ihn zu trösten. Ihr Blick suchte ihn. Als er den Ausdruck in ihren Augen las, spürte er, wie sich ein Gefühl nie gekannter Wärme in ihm ausbreitete.

»Küss mich, Pirat, küss mich in meine Träume.«

»Nur, wenn du mich mit dir nimmst«, sagte er und neigte sich über sie. Der zärtliche Druck seines Mundes machte sie zittern. Ja, er wollte in ihren Träumen sein, wollte teilhaben an einem Glück voller Unschuld. Denn seine Träume waren Alpträume, in denen ihn schwarze Gedanken quälten, in denen ihn ein Rachedurst peinigte, der ihn unaufhaltsam zerstörte. Könnte er das Verlangen nach Rache aufgeben, diesen maßlosen Hass, der ihn trieb? Und was, wenn Willa seine letzte Chance war, die Liebe zu erfahren, bevor er starb?

14

Die reine Dummheit.

Wir könnten ebenso gut auf Elefanten reiten, so unübersehbar wie wir daherkommen, dachte Willa, als sie für alle Welt sichtbar die Hauptstraße hinunterritt. Es wimmelte von britischen Truppen und Soldaten der *East India Company*, doch wider Erwarten nahm niemand von der Schar der Piraten Notiz. Die Figur verborgen durch eine weite Jacke und das Haar unter einer Mütze versteckt, hielt Willa sich direkt hinter Raiden, während sie sich aufmerksam umschaute. Er hatte gesagt, sie müssten verlorene Zeit aufholen. Verlorene Zeit – Willa war sicher, dass es ihre Schuld war. Und durch die Stadt zu reiten, brachte sie nun einmal schneller voran als sie meilenweit zu umgehen. Und sie hatten inzwischen einen Teil der Strecke gutgemacht.

Sie befanden sich nordwestlich von Syriam, ob in Burma oder Siam, Willa wusste es nicht, und sie war zu erschöpft, um sich den Kopf darüber zu zerbrechen. Es war eine von den Holländern beherrschte Hafenstadt, die sich entlang der zerklüfteten Küste ausdehnte. Die Landschaft unterschied sich nicht von der der anderen Dutzenden von Dörfern, die an ihrem Weg gelegen hatten. Die Menschen hier waren von dunkler Hautfarbe und wirkten durch ihr gewinnendes Lächeln wohlgesonnen und freundlich. Obwohl sie halbnackt sind, dachte Willa mit einem Blick auf die Gewänder, die noch spärlicher als ein Sari waren. Die Frauen trugen knöchellange Sarongs, die Männer hatten sich, zum überwiegenden Teil, nur Stoffbahnen um die Taille geschlungen. Niemals zuvor hatte Willa so viele nackte Oberkörper und Beine gesehen.

»Versuche, sie nicht so anzustarren.«

Sie schaute zu Raiden, der jetzt neben ihr ritt. »Sie sehen aus, als hätten sie es angenehmer als wir bei dieser Hitze«, stellte Willa neidvoll fest.

Er hörte den sehnsüchtigen Klang in ihrer Stimme. »Das haben sie auch.«

Sie blinzelte ihn an. »Du bist auch schon so herumgelaufen? Halb nackt?«

»Ja, schon ziemlich oft.«

»Barbar«, stieß sie hervor, lächelte aber insgeheim, als sie dachte, dass sie das gern mit eigenen Augen gesehen hätte. Sie passierten eine Reihe von Schänken und Geschäften und erreichten schließlich den Platz, an dem der Fisch angelandet wurde. Hier stank es so entsetzlich, dass Willa vor Widerwillen die Nase rümpfte. Die Küste entlang waren Männer damit beschäftigt, ihre schmalen flachen Boote auf den Strand zu ziehen, die mit Fischen und blutigen Haien gefüllten Netze herauszuhieven und auf den Strand zu entleeren. Frauen kamen herbeigelaufen, um einzusammeln, was das Meer ihnen beschert hatte, und Willa sehnte sich plötzlich nach einem Leben, in dem alles so einfach schien.

Mason würde es lieben, am Strand zu sein. Sie konnte ihn fast vor sich sehen, wie er Krebse und Fische fing. Ihre Kehle schnürte sich vor Elend zusammen, ihre Augen brannten. *Es ist schon viel zu lange*, dachte sie. *Seit mehr als einen Monat sind wir getrennt.* O Gott, welchen Schaden hatte Alistar in dieser Zeit durch sein widerliches Verhalten bei Mason anrichten können.

Mit einem Seufzer wandte sie den Blick wieder nach vorn. Sie betete darum, dass man sie nicht gefangen nahm. Schiffe aus aller Herren Länder lagen vor der Küste vor Anker oder liefen gerade in den Hafen ein, doch die Schiffe der *East India* unter ihnen waren leicht herauszufinden, denn das Banner der *Company* flatterte an deren Masten arrogant über dem Englands. Ob Alistar wohl auf einem dieser Schiffe war? Obgleich Willa wusste, dass keine Hoffnung bestand herauszufinden, ob er sich hier aufhielt oder eine südlichere Route gewählt hatte, stellte sie sich diese Frage. Sie hatten den Hafen durchquert, als Willa am Stadtrand das Wappen der *Royal East India* entdeckte, das die breite Flügeltür eines schmalen Gebäudes schmückte. Augenblicklich war sie auf der Hut. Sie war nicht darauf gefasst zu werden, hier auf eine Niederlassung der Company zu stoßen, da dieser Hafen keinen Nutzen für sie hatte. Er diente den Schiffen nur zum Auffüllen ihres Proviants. Sie warf Raiden einen Seitenblick zu und fragte sich, ob er einfach nur sein Glück herausfordern wollte und es dabei auf eine Gefangennahme ankommen ließ, oder ob dies wirklich der einzige Weg war, auf dem sie die Stadt verlassen konnten. Mit unbeschrifteten Fässern beladene Karren standen vor dem Gebäude, und auf der Straße herrschte dichtes Gedränge, durch das Raiden und seine Schar sich ihren Weg bahnen mussten. Raiden trug wieder die eleganten Kleider, die er vor ihrem Ritt durch den Dschungel getragen hatte, und die Leute machten ihm bereitwillig Platz, wenn sie ihn kommen sahen.

»Du hast wahrhaftig den Verstand verloren«, flüsterte Willa ihm zu.

»Schon seit einer ganzen Weile«, pflichtete Raiden ihr bei und bezwang den Wunsch, die Hand auszustrecken und Willa zu berühren. Er warf einen kurzen Blick zurück auf Perth. Der Mann ritt hinter Willa und bedachte jeden, der sich ihnen näherte, mit einem grimmigen Blick. Seine Waffen trug er, für jedermann gut sichtbar, griffbereit im Gürtel. Längere Zeit an Land verbringen zu müssen, war eine Geduldsprobe für jeden Seemann, der sich danach sehnte, Schiffsplanken unter seinen Füßen zu spüren. Jeder seiner Männer hatte sich in den vergangenen Tagen bewundernswert verhalten, und jeder hatte dazu beigetragen, für ihrer aller Sicherheit zu sorgen und sich fernab neugieriger Blicke zu bewegen. Raiden hätte es vorgezogen, in der Deckung des Dschungels zu bleiben, doch dadurch hätten sie noch mehr Zeit verloren. Und die war ohnehin schon knapp genug. Die *Renegade* würde bei Einbruch der Nacht östlich von Syriam ankern, in einem der Nebenflüsse, der ausreichend Tiefgang hatte. Und wenn Tristan so klug war, wie Raiden annahm, würde er nicht auf sie warten, sollten sie nicht am verabredeten Treffpunkt sein. Sollten sie es nicht rechtzeitig schaffen, wären sie gezwungen, ein Schiff zu stehlen. Und der Hafen hielt eine Menge davon für sie bereit, er brauchte nur zuzugreifen. Auch wenn die Zahl der Besatzungsmitglieder mehr als dürftig wäre.

Er runzelte die Stirn, als er zu Willa schaute und den schmerzlichen Ausdruck auf ihrem Gesicht wahrnahm. Als spürte sie seinen Blick, wandte sie sich ihm zu, und Raiden war betroffen über den Kummer in ihren wunderschönen Augen. Sie schien ihm etwas sagen zu wollen und ihren ganzen Mut dafür zu brauchen. Eine düstere Vorahnung beschlich Raiden.

In dieser Sekunde wurden die Türen des Gebäudes aufgestoßen, und eine Gruppe von Soldaten und Offizieren kam heraus. Die lauten Rufe der Männer und das Durcheinander, das ihr plötzliches Auftauchen verursachte, ließ Willas Pferd scheuen. Es stieg hoch, und Willa kämpfte, es wieder unter Kontrolle zu bringen und zu verhindern, dass es jemanden tot trampelte. Sie drohte das Gleichgewicht zu verlieren.

»Komm, Bursche, du schaffst das«, rief Raiden ihr zu, um den Schein ihrer Verkleidung zu wahren.

»Ich versuche es ja.« Aber da war kein Sattel, nichts, woran sie sich festhalten konnte, und das Kutschpferd, das die Freiheit nicht gewöhnt war, würde sich nicht länger im Zaume halten lassen. Hoch auf die Hinterbeine aufgerichtet, trat es in die Luft.

In dem Augenblick, als Raiden nach den Zügeln fasste, rutschte Willa vom Pferd und landete mit einem markerschütternden Aufprall auf der Erde. Ein stechender Schmerz schoss durch ihre Schulter. Die Pferdehufe wirbelten in einem gefährlichen Tanz um ihren Kopf herum. Sie rollte sich zu einer Kugel zusammen und betete, nicht von ihnen getroffen zu werden. Sie schmeckte Blut im Mund. Sie spürte, dass eine Hand sie packte und auf die Füße zog.

»Ist alles in Ordnung?«, fragte Raiden. »Bist du verletzt?«

Willa schüttelte den Kopf und wischte sich das Blut von den Lippen, als sie zu ihm aufsah. »Verzeih mir, ich habe versucht –«

Sie sah, wie seine Augen sich weiteten, im selben Augenblick spürte sie, dass ihr die Mütze vom Kopf glitt.

Sie griff rasch danach, aber es war zu spät. Die Flut hellroter Haare floss ihr über den Rücken.

»Schaut mal, Jungs, es scheint, wir haben sie gefunden«, sagte einer der Soldaten und kam näher, doch ein Blick und Raidens Messer, das sich ihm gegen den Bauch drückte, ließen ihn zurückweichen. Raidens Männer umringten Willa, sie hatten ihre Pistolen gezogen, um jeden, bis auf die ganz Dummen, davor zu warnen, etwas Unüberlegtes zu tun.

Raiden hob Willa blitzschnell aufs Pferd, ehe auch er wieder aufsaß. Sie stopfte sich die Haare in den Jackenkragen und ergriff die Zügel. Sie lächelte Raiden entschuldigend an, ehe sie sich noch einmal umschaute. Die Soldaten stießen weiterhin laute Spott- und Hohnrufe aus, doch Willa hörte sie nicht. Sie sah nur noch den Mann, der in der Tür stand. Ein Mann, den sie kannte, und der sie unverwandt anstarrte.

Barkmon.

»Mylady.« Er verbeugte sich höflich, ehe er auf Willa zuging. »Wie zuvorkommend von Euch, hier so unvermutet zu erscheinen. Das erspart es mir, Euch ein weiteres Kontingent meiner Soldaten hinterherschicken zu müssen, um Euch zu suchen.«

Willa schluckte und zwang sich, Raiden anzusehen.

Sein Gesichtsausdruck war so ahnungslos, dass sie trotz der Hitze ein Frösteln spürte.

»*Lady?*«, stieß er hervor, während er Barkmon anstarrte.

»Ja. Und wer seid Ihr?«

Raiden schaute auf den kleinen dicken Mann herunter, der so dumm war, bei dieser gottlosen Wärme eine gepuderte Perücke zu tragen. »Ihr Entführer«, entgegnete er und versetzte Barkmon einen Tritt vor die Brust. Barkmon taumelte zurück und fiel rücklings in die Menschenmenge. Raiden riss Willa von der grauen Stute herunter und riss sie vor sich auf sein Pferd, dann gab er dem Tier die Fersen.

Das Pferd galoppierte los, und die Menschen sprangen vor Schreck zur Seite und flohen zwischen die Bäume.

Raiden hörte Gewehrfeuer und das Donnern von Hufschlag hinter sich.

Er konnte nur hoffen, dass es seine eigenen Männer waren, die hinter ihm schossen und galoppierten.

»Raiden.«

Seine Stimme brach vor Wut, als er hervorstieß: »Kein Wort jetzt, *Mylady.*«

Der Ritt war gnadenlos. Raiden trieb das Pferd zu einem halsbrecherischen Galopp an, es ging über Bäche und umgestürzte Bäume, und während der ganzen Zeit hieb er mit dem Schwert immer wieder wütend auf das Dschungeldickicht ein. Willa konnte spüren, wie sich sein Zorn mit jedem Meter weiter aufbaute, den sie zurücklegten.

Sie ritten ein Stück über offenes Gelände, dann wieder durch den Dschungel, der sich die Küste entlangzog.

»Cap'n«, rief Perth, der nicht weit hinter ihnen war. »Eine Schwadron verfolgt uns.«

»Nur eine Schwadron? Wie großzügig von Barkmon«, knurrte Raiden und zerrte am Zügel. Das Pferd wirbelte herum in die Richtung, aus der sie gekommen waren. Die Männer sprangen von ihren Pferden, Pistolenschüsse knallten.

»Absteigen«, befahl er Willa. »Und versteck dich.«

Sie glitt vom Pferd. Raiden schenkte ihr keinen Blick mehr und ritt seinen Verfolgern entgegen. Willa verbarg sich hinter einem Baum und hielt ihre Pistole bereit.

»Versucht, sie nicht zu töten«, befahl Raiden seinen Männern und feuerte auf einen der Soldaten. Der Getroffene umklammerte seine Schulter und lief zwischen die Bäume. Am Dschungelrand tauchten weitere Soldaten auf, doch wohl gesetzte Pistolenkugeln schlug die Hälfte von ihnen in die Flucht, die anderen gingen in Deckung. Die Engländer versuchten noch einen Angriff, das Feuer der Piraten schickte zwei von ihnen zu Boden, ehe der Rest den Rückzug antrat.

Raiden schaute zu den beiden toten Soldaten, ehe er Vazeen ansah. »Verdammt, Mann, ich sagte, verwundet sie! Jetzt werden wir noch mehr von ihnen auf den Fersen haben!« Er stieß einen

Laut des Abscheus aus und ging zu Kahlid. »Überzeugt Euch, dass sie in die Stadt zurückkehren«, trug er ihm auf. Nachdem der Maure Jabari in Perths Obhut gegeben hatte, ritt er in den Dschungel. Stille breitete sich aus, während sie auf seine Rückkehr warteten.

»Sie sind sofort aufgestiegen und weggeritten, *Sajin*«, berichtete Kahlid, als er kurz darauf zurückkehrte. »Wie die Kinder.« Er spuckte in Richtung der Engländer aus.

»Wenn ich Barkmon richtig einschätze, wird er noch eine Schwadron losschicken.« Die Lippen zu einer schmalen Linie aufeinander gepresst, warf Raiden Willa einen Blick über die Schulter zu, bevor er sich wieder an seine Männer wandte. »Kahlid, Ihr bleibt mit Jabari hier und verwischt unsere Fährte. Sanjeev und Vazeen, nehmt den Toten alles ab, was sie bei sich haben, und versteckt die Leichen. Wenn ihr das getan habt, folgt ihr uns. Perth, Ihr postiert Euch einige Yards entfernt in den Hügeln und beobachtet die See.«

Er zog um die Hand und ritt zu Willa, die hinter dem Baum hervorkam, hinter dem sie sich versteckt hatte. Raiden stieg ab und zog sie mit sich in Richtung Küste.

Willa zerrte sich los. »Ich bin durchaus fähig, allein zu gehen.«

Raiden schaute sich um. Er kniff die Augen zusammen, um in der untergehenden Sonne etwas erkennen zu können. Er hoffte, dass die *Renegade* sich bald zeigen würde. »Und außerordentlich fähig zu lügen.« Er sah sie an.

»Mir blieb keine andere Wahl als zu lügen.«

»Zu Anfang, vielleicht.«

»Nein, immer.«

»Du denkst zu gering von mir, Mylady«, erwiderte er. Seine Stimme klang angespannt.

»Du hast kein Geheimnis daraus gemacht, dass du mir nicht helfen würdest, meinen Sohn zu finden.«

»Und doch suchen wir jetzt nach ihm.«

»Und ich würde nichts tun, was das gefährden könnte.«

Seine Gesichtszüge schärften sich vor Ungeduld. »Sag mir die

Wahrheit, Willa. Ich will keine weiteren Geheimnisse zwischen uns haben.«

Willa schluckte mühsam und schlang die Arme um sich. »Du willst meine Geheimnisse wissen«, erwiderte sie resigniert, »und schaffst damit Distanz zwischen uns.«

Plötzlich schimmerten Tränen in ihren Augen. Raidens angespannte Schultern sackten herab. »Es wird sich nichts ändern.«

»Das sagst du jetzt.«

Er fasste sie an den Armen, löste sie von Willas Taille und ergriff ihre Hände. »Was könnte so schlimm sein? Du warst mit einem adligen Mann verheiratet und …«

»Nein. Ich *bin* verheiratet.«

Raiden starrte in ihre wunderschönen grünen Augen, als suchte er darin nach einem Hinweis, einem Wink, dass er sie missverstanden hatte. Als er nur den unnachgiebigen Ausdruck der Wahrheit darin sah, ließ er Willa los und trat einen Schritt zurück. Sein Herz schmerzte von der Qual, die er empfand.

Seit Tagen hatte er es zugelassen, ihr zu vertrauen, hatte er sich an jeden Funken Hoffnung geklammert, dass es mit dieser Frau auf irgendeine Weise eine Zukunft geben könnte, wenn auch nur für eine kurze Zeit. Und jetzt hatten sie gar nichts mehr, jetzt hatte Willa durch das Netz ihrer Lügen alles zerstört.

Raiden wollte schreien. Er wollte sie schütteln, weil sie ihm diese süße Ahnung von Zärtlichkeit und Leidenschaft gegeben hatte, ihn hatte erkennen lassen, dass sein Herz nicht tot war, und das nur, um es mit drei Worten zu zerstören. *Ich bin verheiratet.*

»Zum Teufel mit dir!« Wie blind starrte er auf Willa herunter. »Du hast zugelassen, dass ich dich küsse, dich halte, dich berühre, wie es nur einem Ehemann zusteht, und nicht einmal hast du mir gesagt, dass du durch das Ehegelübde an einen anderen gebunden bist!«

Ihr Herz blutete für ihn, für die Wut und den Schmerz, den er nicht verbergen konnte. »Zuerst hatte ich Angst, du würdest mich als Druckmittel gegen andere benutzen oder ein Lösegeld für mich erpressen wollen. Oder noch schlimmer, mich gegen ein Lösegeld an einen Mann ausliefern wollen, der nicht zahlen würde. Und dann, nach einer Weile, hatte ich Angst, du würdest so reagieren, wie du es jetzt tust!«

Unter dem Eindruck ihres Vergehens war das alles für Raiden bedeutungslos. »Du hattest nie vor, unsere Absprache einzuhalten.«

»Wenn ich dazu gezwungen worden wäre, wer kann das sagen? Aber ein Gelübde ist heilig, Raiden, und auch wenn mein Mann es nicht beachtet – ich muss es tun.«

Er grinste sarkastisch. »An der Quelle hast du es aber nicht besonders genau beachtet, Frau, als du in meinen Armen vor Lust gestöhnt und nach mehr gebettelt hast.«

Eine heiße Welle der Scham färbte ihre Wangen tiefrot, ehe sie das Kinn vorreckte und ihm antwortete: »Weil ich in deinen Armen sein wollte. Weil ich wollte, dass du mich berührst.«

Es besänftigte weder den Zorn noch milderte es den Schmerz, der in Raiden tobte. »Mein Gott, hast du denn gar kein Gewissen, keine Moral?«

Willa zuckte zusammen, als hätte er sie geschlagen. »Moral?«, stieß sie hervor. »Du bist gerade der Richtige, davon zu sprechen, Pirat. Oder plagt dich vielleicht dein Gewissen, wenn du auf Raubzug gehst? Du wagst es, mir von Moral zu predigen? Du, der du mir diesen abscheulichen Handel aufgezwungen hast? Ich habe weder darum noch um deine Hilfe gebeten, bis du dich geweigert hast, mich freizulassen!«

»Du hättest es mir eher sagen können! Ich habe dich gefragt, unzählige Male!«

»Angesichts deiner ständigen Drohungen? Mein ganzes Wohlergehen, meine einzige Hoffnung, mein Kind jemals wiederzufinden, lagen in deiner Hand!« Aufregung verzerrte ihr schönes Gesicht. »Und nachdem du mir dieses Angebot gemacht hattest, glaubte ich, dass du mir nicht helfen würdest, wenn du wüsstest, dass ich verheiratet bin. Ich hatte nichts, um mit dir zu verhandeln. *Du* hast mir keine Wahl gelassen!«

»Gib mir nicht die Schuld für deine Lügerei! Und Tatsache ist, dass ich dir den Handel nur angeboten habe, weil ich sicher war, dass eine Lady sich weigern würde, ihre weichen Schenkel für einen Gesetzlosen breit zu machen. Dass sie ihn empört zurückweisen würde!« Sein eiskalter Ton traf Willa wie ein Messerstich, als er hinzufügte: »Aber ich habe mich geirrt. Du würdest dich jedem Mann hingeben.«

Sein Blick glitt über sie. Die verachtende Anzüglichkeit, die darin lag, verletzte Willa zutiefst. Sie wollte ihn schlagen, ihm wehtun. »Für das Leben meines Sohnes würde ich selbst mit dem Teufel schlafen!«

»Du hattest deine Chance, Willa. Und jetzt sag mir deinen richtigen Namen.«

»Willa Delaney ... Peachwood.«

Sein Gesicht verhärtete sich.

»Mein Mann ist ...«

»Ich weiß, wer er ist.« Sein Blick glitt über sie, als sähe er sie auf ganz neue Weise. »Ich muss sagen, Lady Eastwick, du hast einen sehr mächtigen und einflussreichen Ehemann. Ich sollte dich ihm sofort zurückschicken.«

Er wandte sich ab und ging. Jeder Schritt von ihr fort brannte wie eine Wunde auf Willas Seele. Ihre Worte kamen schnell, stürzten ihr in einer Flut von Schmerz von den Lippen. »Ich war eine Närrin, an dich zu glauben, dir zu vertrauen. Unter Dieben gibt es keine Ehre, nicht wahr, Raiden? Ich hätte diese Lüge aufrecht erhalten sollen, denn dann hätte ich jetzt wenigstens den Anschein deiner Anteilnahme! Du bist es, der gelogen hat, mit deinen Küssen, mit deinen Berührungen!«

Er fuhr herum, ging auf sie zu, seine Gesichtszüge traten scharf hervor.

Furcht schoss ihr das Rückgrat hinauf, und sie wich vor ihm zurück.

Raiden blieb stehen, sein Stirnrunzeln verfinsterte sich. »Warum weichst du vor mir zurück? Habe ich dir je wehgetan? Habe ich auch nur einmal meine Hand gegen dich erhoben? Ich bin nicht dein gottverdammter Ehemann! Und ich misshandle Frauen nicht.«

»Nun, er tut es.« Ihre Lippen zitterten. »Und er misshandelt meinen Sohn. In Alistars Augen ist Mason nicht perfekt und nicht passend, der Eastwick-Erbe zu sein.« Willa packte Raiden am Ärmel. »Er hat mir meinen Sohn genommen, um ihn im Dschungel auszusetzen. Die Fährnisse der Natur und die wilden Tiere sollen ihn töten, damit seine Hände sauber bleiben.«

Raiden starrte auf sie herunter. Mitleid für das Kind und ein dunkler Hass auf dessen Vater schwelten in ihm. Und seine Wut wollte ihn fast entzwei reißen. Der eine Teil wollte diesen Hundesohn dafür töten, dass er die Hand gegen Willa oder ihren Sohn erhoben hatte, der andere wollte sie zu seiner Lordschaft zurückschicken, damit er sie nicht mehr sehen und dabei jedes Mal den Schmerz über seinen Verlust spüren würde.

»Mason ist schon krank, Raiden. Und du weißt, dass Alistar sich nicht selbst um ihn kümmert.«

Noch immer starrte er Willa an und schwieg.

»Du weißt, dass ich die Wahrheit sage.«

Seine Lippen verzogen sich geringschätzig. »Die Wahrheit? Du wüsstest nicht einmal, was die Wahrheit ist, selbst wenn sie dir auf den Hintern tätowiert wäre, Lady Eastwick.« Er zerrte ihre Hand von seinem Arm und kehrte ihr den Rücken zu.

Diese Geste empfand Willa, als ob man eine Tür vor ihrem Gesicht zuschlug. Sie verletzte sie mehr als seine Worte. Willa kämpfte mit den Tränen, statt ihres Herzschlags spürte sie einen dumpfen Schmerz in ihrer Brust. Sie hatte alles verloren – sein Vertrauen, seine Hilfe und das, was immer er an Zärtlichkeit für sie empfunden haben mochte. Jetzt empfand sie nur noch die Wut darüber, verraten worden zu sein.

Plötzlich hallten Feuersalven von den Bäumen wider.

Raiden rannte auf die Pferde zu, während Kahlid und die anderen aus dem Dschungel hervorstürmten und zum Strand rannten. »Kahlid, seht nach, ob die *Renegade* in der Nähe ist.« Während der Maure weiterlief, schwang sich Raiden aufs Pferd. Er führte Willas Pferd am Zügel, als er auf sie zuritt. »Steig auf.«

Sie schüttelte den Kopf, die Tränen drohten sie zu überwältigen. Sie konnte nicht bleiben und die Wucht seines Zorns ertragen. »Ich denke, diese Verbindung ist jetzt zu Ende.« Sie wandte sich ab, um zu gehen. Wohin, wusste sie nicht.

Augenblicklich sprang Raiden vom Pferd. Mit drei langen Schritten holte er Willa ein und schlang den Arm um ihre Taille. »O nein, Mylady.« Er zerrte sie zu den Pferden. »Sie endet erst, wenn ich das sage. Du wirst *nicht* gehen.«

Sie trat um sich – vergebens. »Wir haben uns nichts mehr zu sagen.«

»Doch, das haben wir. Wir sind noch nicht fertig miteinander, Willa, noch lange nicht.« Er warf sie über den Rücken des Pferdes. »Und du bist noch immer eine Bedrohung.« Er schwang sich hinter sie.

»Ich würde dich nicht verraten.«

»Und du erwartest von mir, dass ich dir das glaube? Nun, du wirst auch keine Gelegenheit dazu haben. Du bist jetzt sehr viel mehr wert für mich ... als Geisel.«

Seine Worte schmerzten. Er machte sich in Wahrheit gar nichts aus ihr. Und er würde sie benutzen – ebenso wie es der Mann getan hatte, den sie geheiratet hatte.

»Verflucht sei dein schwarzes Herz, Raiden«, schluchzte sie. Sie würde ihm nicht die Genugtuung geben, zu sehen, wie tief er sie verletzt hatte. »Du bist nicht besser als Alistar.«

Ihre Worte brannten eine Wunde in seine Seele, die tiefer als der Ozean war. Denn Raiden wusste, wie abgrundtief der Hass war, den Willa für ihren Ehemann empfand.

Und jetzt, so schien es, war er einem Peer des Königreiches schließlich doch gleichwertig.

Direktor Barkmon trat zu dem Karren und betrachtete angeekelt die darauf liegenden Leichen. Durch die Ritzen des Holzkarrens tropfte Blut auf den Boden, und Barkmon trat rasch zurück. Sein Blick blieb auf dem Gesicht eines der toten Soldaten hängen, dem bartlosen Gesicht eines jungen Burschen, und so etwas wie

Mitleid keimte in ihm auf. Ein Mitleid, das zu empfinden er sich nicht leisten konnte. Barkmon presste ein parfümiertes Spitzentuch an seine Nase. Dieses gottverfluchte Land, dachte er, und wünschte sich, man würde ihn endlich an einen zivilisierteren Ort schicken, zum Beispiel nach Bombay, oder – was wäre das für ein Glück! – zurück nach England. Die Krone zahlte ihm nicht genug für diese Art der Zumutung.

»Befehle, Sir?«

Barkmon eilte in das Büro zurück. »Informiert das Schiff. Es wird ihn interessieren zu erfahren, was sich ereignet hat.«

Der junge Offizier wurde blass. »Jawohl, Sir.«

»Befragt die Männer und die Leute in der Stadt. Vielleicht hat irgendjemand diesen Kerl erkannt.«

»Das habe ich bereits getan, Sir, und alle behaupten, ihn nicht zu kennen.«

Barkmon sah den Lieutenant an. »Behaupten?«

»Ich glaube nicht, dass sie es zugeben würden, wenn sie ihn kennen, Sir.«

»Hm.« Barkmon grunzte missmutig und ging auf die kürzlich errichteten Unterkünfte zu. Wütend klopfte er sich den Stiefelabdruck dieses Barbaren von seiner Weste. Lady Eastwick entführt. Schon wieder. Direkt vor seiner Nase! Bei Gott, dafür werde ich meinen Kopf nicht hinhalten, dachte er, und versuchte das Gefühl der Furcht zu ignorieren, das ihn beschlich. Das hemmungslose Benehmen dieser Frau würde noch sein Tod sein, und er hatte es satt, diese dahergelaufene Kolonistin durch das Land zu jagen. Wenn seine Lordschaft seine Ehefrau nicht fest genug an der Kandare hatte, dann war es nicht seine, Barkmons, Aufgabe, dies für ihn nachzuholen. Und so arrogant und großspurig, wie dieser Hedonist auf seinem Pferd gesessen hatte, würde Lady Eastwick sich nicht gerade in der allerbesten Gesellschaft befinden. Vielleicht sollte er sie einfach diesem Schurken überlassen. Barkmon schaute auf die Schiffe, die im Hafen lagen. Am besten wäre es, Eastwick vom Stand der Dinge in Kenntnis zu setzen und darum zu beten, dass dieser davon angetan war. Barkmon würde nicht das Risiko eingehen, die Gedankengänge seiner

Lordschaft zu erraten. Was das betraf, so hatte er sich bisher jedes Mal geirrt. Gefährlich geirrt.

Das Schiff glitt schnell durch das Wasser, und Raiden war froh, dass Tristan einen Teil der Ladung auf ein anderes seiner Schiffe hatte verbringen lassen. Sie mussten Zeit aufholen, um Malakka zu erreichen, bevor Dunfee dort eintraf. Raiden dachte noch immer darüber nach, was Barkmon in Syriam wollte. Mit den Soldaten. Und was war in diesen nicht gekennzeichneten Fässern gewesen? Gewürze und Sämereien wurden normalerweise in Fässern transportiert, die eine Kennzeichnung tragen mussten, um so zu verhindern, dass sie unter Umgehung des Handelsmonopols der *East India Company* aus Indien ausgeführt wurden. Raiden lächelte selbstironisch. Er hatte auch eine Kiste mit Nüssen im Schiffsrumpf gelagert, aber sie zum Keimen zu bringen, war unmöglich. Dennoch waren Barkmons Anwesenheit in Syriam und die ungewöhnlich große Zahl von Schiffen im Hafen ein Grund zur Besorgnis.

»Lasst das Handlog zu Wasser«, befahl Raiden, und die Männer ließen die mit den Knotenmarkierungen versehene Leine ins Wasser abspulen. Raiden wollte die Position bestimmen, denn er musste wissen, wo genau sie waren. Den Fuß gegen die Reling des Achterdecks gestützt, starrte er in das schwarze Wasser, das hinter der *Renegade* aufschäumte. Seine Gedanken wanderten wieder zu Willa. Er musste mit jemandem über die Situation – oder besser über die Wendung, die die Dinge genommen hatten – sprechen, denn sein Gefühl sagte ihm, dass Willa noch andere Überraschungen für ihn bereithielt.

»Verdammt«, fluchte er und rieb sich das Kinn. Er hatte sie sofort nachdem sie an Bord gegangen waren in die Kabine gebracht und seither nicht mehr gesehen. Raiden wollte es auch gar nicht. Ein Blick in ihre enttäuschten Augen, und er würde erneut daran erinnert werden, was er verloren hatte.

»Ich weiß, dass du keine Plaudertasche bist, aber du hast kaum ein Wort gesagt, seid du wieder an Bord bist«, sprach Tristan ihn an. »Und jeder, der Augen im Kopf hat, kann sehen, dass mit Mistress Delaney etwas nicht stimmt.«

»Peachwood«, korrigierte Raiden ihn ohne aufzuschauen.

Tristan machte große Augen. »Du meinst ... wie Eastwick?«

Raiden nickte.

»Ich kann sie mir nicht vorstellen mit diesem – diesem Schweinehund von einem ...«

Raiden richtete sich auf und zog die Augenbrauen hoch, als er den Freund ansah. »Du bist ihm begegnet?«

Tristan schüttelte den Kopf. »Mein Cousin zweiten Grades ist von diesem Kerl verleumdet worden. Und ich bin überzeugt, dass Eastwick es aus kalter Berechnung heraus getan hat. Es ging um irgendeine Abstimmung im Parlament, und mein Onkel hat dabei mit seiner Entscheidung einige der anderen Mitglieder beeinflusst, die dann gegen Peachwood gestimmt haben.«

»Hm«, war alles, was Raiden dazu äußerte.

»Kahlid sagte, in Syriam hätte es Ärger gegeben?«

»Ja, Barkmon war dort und hat ihre Ladyschaft erkannt. Und die *Persephone* lag im Hafen.«

Tristans Augenbrauen schossen hoch. »Dann hat Pendergast also gelogen.«

Raiden schaute in die Nacht hinaus. »Oder wir sind einfach zu früh dran – oder zu spät. Man hat es beim Segeln eines Schiffes schließlich nicht mit einer exakten Wissenschaft zu tun.« Aber was war mit dem Schwesterschiff der *Persephone*, und wohin war es gesegelt? Und warum war die *Persephone* in Syriam?

»Und dann wäre da auch noch die *Queen's Regard* auf ihrem Weg nach Malakka.«

Raidens Kopf fuhr herum. »Hast du sie gesehen?«

»Ich weiß, dass sie in der Nähe der Meerenge ist. Killgaren hat es ausspioniert.«

Bei der Erwähnung seines Halbbruders Roarke spürte Raiden eine seltsame Anspannung. Es gab so viele Männer, an die er zu denken hatte – als Verdächtige oder als Freunde. Könnte Roarke ein Spitzel sein? Wusste Roarke überhaupt, dass sie verwandt waren? Und wenn Raiden ihm die Wahrheit über seine Abstammung sagte, würde sein Bruder seine Verbindung zu ihm dann neu überdenken?

Raiden wusste nicht mehr, was er denken sollte. Er wusste nur, dass seine aufgewühlten Gedanken immer wieder um eine Gewissheit kreisten – um Willa und die Mauer, die ihre Ehe zwischen ihm und seiner angeschlagenen Ehre errichtet hatte.

Aber nicht zwischen ihr und seinem Herzen.

15

Raiden sprach kein Wort mit ihr. Er hatte keinen Blick für sie.

Es war, als existierte Willa für ihn nicht mehr. Sie fühlte sich wie ein Paria und wünschte sich fast einen Streit mit ihm. Es würde den Schmerz mildern, den ihr langsam brechendes Herz ihr bereitete. Er schlief irgendwo anders und gab sich nicht einmal mehr den Anschein von Mitgefühl. Willa gestand sich ein, dass sie seine Gegenwart vermisste, selbst dann, wenn sie seine Wut zu spüren bekäme. Sie blinzelte die Tränen fort und seufzte niedergeschlagen, als sie den nächsten feinen Stich in den Stoff machte, der über ihren Schoß ausgebreitet lag.

Jabari kümmerte sich um sie, und es mangelte ihr an nichts. Doch sie spürte, dass diese Situation den Jungen verwirrte. Und sie bemerkte die verstohlenen Blicke der Männer, die in der Kapitänskabine ein und aus gingen. Sie waren wie Stiche, die ihr nach und nach die Fassung raubten. Sie fühlte sich allein und verlassen.

Gestern hatte Raiden sie – ohne ein Wort der Erklärung – in eine andere Kabine gebracht und sie für fast zwei Stunden darin eingesperrt. Wohin, um alles in der Welt, sollte sie gehen? Wem sollte sie etwas erzählen? Es war ein brennender Schlag, dass er ihr nicht mehr vertraute, und Willa wusste, dass die Suche nach ihrem Sohn zu einem schmerzlichen Ende gekommen war. In seinem Zorn auf sie würde Raiden ihren Sohn in Alistars grausamen Händen lassen. Und sie waren sich so nah gewesen.

Mason war ihr nah, das fühlte Willa. Aber ebenso unerwartet, wie ihr die Hoffnung gegeben worden war, hatte die Realität diese jetzt wieder fortgespült. Denn Raiden würde ihr jetzt nicht mehr helfen. Tagelang währte dieses unerträgliche Schweigen nun schon, und Willa spürte, wie auch in ihr die Wut zu kochen begann und schließlich überschäumte. Wer war er, dass so kalt und vernichtend über sie urteilte? Sie hatte niemanden getötet. Sie hatte nicht gestohlen. Und eine Lüge war kein dunkles Verbrechen.

Zugegeben, es war eine *große* Lüge gewesen. Sie war durch das Ehegelübde gebunden und das ließ Raiden keine Chance, schloss ihn völlig aus. Willa stach die Nadel in den Stoff und traf ihren Finger. Sie saugte an der Fingerspitze, atmete tief durch und versuchte, alle nutzlosen Emotionen zu verbannen. Raiden hatte sie in dieser Kabine gewissermaßen ausgesetzt, aber sie würde das Beste daraus machen, bis ihr eine Lösung einfiel. Falls sie jemals wieder in einem Hafen anlegen würden.

In die Ecke der Bank gekauert, fühlte Willa kaum das stete Auf und Ab des Schiffes, so rasch ging die Fahrt. Durch die schrägen Fenster über sich sah sie, dass eine pechschwarze Nacht den Himmel verdeckte. Willa drehte sich in das Licht der Laterne und nähte weiter am Hemd für Jabari. Der Junge brauchte etwas anzuziehen, das ihm besser passte als das, was er jetzt immer trug. Ihre Gedanken wanderten wieder zu Mason, und Willa erinnerte sich daran, wann sie das letzte Mal bei ihm für ein Hemd Maß genommen hatte. Es ist für ein Nachthemd gewesen, dachte Willa und lächelte, als sie wieder vor sich sah, wie ungeduldig Mason dabei herumgezappelt hatte. Das Lächeln verschwand von ihrem Gesicht, als sie sich Alistars Reaktion ins Gedächtnis rief. Er hatte erklärt, dass er reich genug wäre, eine Schneiderin zu beschäftigen, und er hatte darauf bestanden, dass Willa nicht mehr selbst nähte. Alistars Gesicht tauchte vor ihr auf, und es schien ihr das Sinnbild der kalten, emotional unnahbaren englischen Aristokratie zu sein. Und derart war auch ihr Leben mit ihm. Und Mason hat am meisten gelitten, dachte Willa. Wie oft hatte der Junge die Hand nach seinem Vater ausgestreckt, nur um zu erleben, wie dieser vor ihm zurückwich und so tat, als existierte Mason nicht. Oh, dieser Schmerz in den Augen des Jungen, dachte sie und spürte, wie sie vor Zorn zu zittern begann. Selbst Mason mit seiner eingeschränkten Wahrnehmungsfähigkeit hatte begriffen, dass sein Vater ihn nicht wollte. Und er konnte nicht verstehen, warum er abgelehnt wurde.

Willas Augen begannen zu brennen. Das Nähen war vergessen, als sie den Kopf in den Nacken fallen ließ und einen Schrei der Verzweiflung unterdrückte. Sie wollte Alistar Schaden dafür zufügen, dass er die Gefühle ihres Kindes verletzt hatte, und tief in die Ecke der Bank gedrückt, steckte sie die Hand zwischen die Kissen und tastete nach dem Samtbeutel mit den Juwelen. Die unter dem Futter versteckten Papiere knisterten leise, und mit einem Seufzer der Erleichterung, dass bislang niemand den Beutel entdeckt hatte, schob sie ihn noch tiefer unter die Kissen, ehe sie die Näharbeit wieder zur Hand nahm.

Mein Tag wird kommen, Alistar Peachwood. Er wird kommen.

Willa zuckte zusammen und blickte auf, als die Tür aufgestoßen wurde.

Raiden stand auf der Schwelle und zögerte einen Augenblick lang einzutreten, während er den Blick durch die Kabine schweifen ließ und ihn dann auf Willa richtete. Kalte Verachtung lag auf seinem Gesicht. Dennoch sah Willa sich an ihm satt, labte sich an seinem Anblick und ihr fiel sofort auf, dass er unrasiert und seine Kleidung zerknittert war. Und das ließ ihn noch drohender wirken als die dunkle Kleidung und die Sammlung von Waffen, die er trug.

Als er die Kabine schließlich betrat, folgten ihm fünf seiner Männer auf dem Fuße. Sie alle ignorierten Willa, als sie sich um den großen Tisch versammelten. Von den Männern, die den Ritt durch den Dschungel mitgemacht hatten, fehlte nur Nealy Perth, und Willa fragte sich, ob Raiden dem Mann noch misstraute.

Kahlid fing ihren Blick auf und nickte höflich. »Mylady«, sagte er.

Sie brachte ein Lächeln zustande. »Es ist Euch gut ergangen seit dem Ritt durch den Dschungel?«

Er grinste. »Bis auf meine Beine, die sich noch nicht wieder an die Schiffsplanken gewöhnt haben, ja.«

Ohne aufzusehen sagte Raiden: »Wenn Ihr damit fertig seid, mit meiner Geisel zu plaudern, Kahlid, dann kommt her.«

Willas Zorn flackerte auf. »Du verweigerst mir sogar ein kleines bisschen Unterhaltung?«

Raiden schaute auf. Seine Miene machte Willa deutlich, dass sie weniger als willkommen war und still sein sollte. Auf der Bank sitzend, wandte sich Willa ab. Das Schiff krängte plötzlich. Der Wind hatte aufgefrischt, und heftiger Regen schlug gegen die Fenster. Es klang, als prasselten Nägel auf einen Holzboden. Der Monsun kündigte sich an, und wenn er einsetzte, würde die Kraft des Windes die *Renegade* schneller vorantreiben, als irgendjemand sich vorstellen konnte. Und ihr Kurs würde sie direkt zu den Gewürzinseln bringen.

Willa hörte zu, als die Männer miteinander redeten. Sie wusste, dass alles, was sie hier erfuhr, ihr weiteres Schicksal bei diesen Männern betraf. Unruhig erhob sie sich, ging einige Schritte hin und her und betrachtete Raidens Auswahl an Büchern, ehe sie sich auf das Bett setzte und eines der Kissen an ihre Brust drückte.

Raiden zog einen Stuhl heran, drehte ihn mit der Lehne zum Tisch und setzte sich rittlings darauf. Sein Kinn ruhte auf der Lehne, als er die Karten studierte.

»Wir werden hier anlegen, um die Vorräte aufzufüllen«, erklärte Tristan und wies auf einen Punkt auf der Karte. »Anschließend segeln wir weiter nach Malakka, zur *Regard*.«

»Ein Mann, der unersättlich ist, wird an seiner Gier sterben«, warf Kahlid ein.

»Dann sterben wir alle glücklich und reich«, fügte Vazeen grinsend hinzu.

Willa räusperte sich. Als Raiden aufschaute, sah er sie auf seinem Bett sitzen und die Kehle wollte sich ihm zuschnüren. Allmächtiger, kannte diese Frau denn kein Erbarmen?

»Ihr werdet die *Queen's Regard* nicht in Malakka finden.«

Sechs Männer fuhren herum und starrten sie an.

»Eure Informationen sind falsch«, erklärte Willa.

Raiden richtete sich auf. »Und woher willst du das wissen?«

Sie warf das Kissen beiseite, erhob sich und ging zu ihm. »Ich habe mit Barkmon zu Abend gegessen – drei Tage, bevor mein Leibwächter ermordet wurde.« Manavs Bild tauchte vor ihr auf, und ihr Herz zog sich zusammen. »Ich hatte die Gelegenheit, etwas zu sehen ... etwas Gegenteiliges.«

»Und was könnte das wohl gewesen sein?«

Sein herablassender Tonfall machte Willa wütend. Es gab keinen Grund, so grob zu ihr zu sein, besonders nicht vor seinen Männern. »Hast du je darüber nachgedacht, warum Manav umgebracht wurde, warum dieser Offizier in der Schänke versucht hat, mich zu erschießen? Warum Barkmon von allen Orten dieser Welt ausgerechnet in Syriam ist? Und wie er so schnell dorthin gekommen ist?«

Raiden musterte sie mit schmalen Augen.

»Ich sehe, du hast darüber nachgedacht. Und?«

»Barkmon tut, was Alistar befiehlt, und das bedeutet, dass er in der Nähe ist, was wiederum bedeutet, dass Mason hier ist.«

»Du greifst nach einem Strohhalm.« Raiden wandte sich wieder der Karte zu.

Willa weigerte sich zu glauben, dass Mason verloren war, und sie hasste Raiden dafür, dass er versuchte, ihre Hoffnungen zu zerschlagen. »Alistar versucht, mich zum Schweigen zu bringen.«

Er sah sie an. »Aus welchem Grund sollte er das tun?«

»Mir gehört die Hälfte von *Delaney Shipping*.« Raiden zog die Augenbrauen hoch und richtete sich auf dem Stuhl auf. »Es war meine Mitgift«, fügte Willa hinzu.

»Dann gehört dieser Anteil jetzt ihm.«

Sie schüttelte den Kopf. »Nein, erst wenn ich sterbe.« Sie schlang die Arme um sich. »Lord Eastwick hat so gut wie keine Ahnung von Schiffen und Importen, aber er erkannte den Vorteil, den ihm diese, wie er zu sagen pflegt, habgierigen Kolonisten verschaffen konnten.« Willa sah die Männer an, ehe sie den Blick wieder auf Raiden heftete. »Er wurde nach Indien geschickt, um Clives Arbeit zu kontrollieren, denn man konnte sich in London den großen Erfolg der *East India Company* nicht erklären. Man war der Meinung, dass der Profit, den Clive herausschlug, ungewöhnlich hoch sei, besonders auch was die Geldzahlungen anging, die die Stammesfürsten an ihn leisteten. Kurz und gut, man wollte Clive etwas genauer auf die Finger schauen. Alistar fand eine blühende und profitable Gesellschaft vor – eine, die große Möglichkeiten bot, ihm Vorteile einzubringen.« Sie stieß einen verächtlichen Ton aus. »Vorausgesetzt, man findet einen Handlanger, der die Soldaten befehligt und bereit ist, jeden umzubringen, der sich ihm in den Weg stellt.«

»Es gibt genügend Männer, die einem solchen Befehl gehorchen würden«, sagte Kahlid.

Raiden winkte ungeduldig. »Was haben die Berichte an die Krone mit dir zu tun?«

»Alistars Berichte sind falsch.«

»Er hat der Regierung gefälschte Dokumente vorgelegt?«, fragte Tristan; sein Blick ging zwischen Willa und Raiden hin und her.

Raiden starrte Willa an und stand auf. »Du lügst schon wieder. Für ein solches Verbrechen müsste er mit seinem Leben büßen.«

»Dieses Risiko nimmt Alistar in Kauf, wenn ihm nur genug Geld winkt. Er stiehlt. Ich denke, er hält Gewürzladungen zurück, um die Preise in die Höhe zu treiben, oder er umgeht das Handelsmonopol und fälscht die Bücher.«

»Du hast Beweise dafür?«

Willa nickte. Sie ging zur Bank und hob eines der Polster hoch. Hinter sich hörte sie Raiden leise fluchen. Sie nahm den Samtbeutel an sich, schüttelte den Schmuck heraus und zog die unter dem Futter verborgenen Papiere hervor. Willa glättete sie behutsam und reichte sie Raiden.

Raiden ging um den Tisch herum zu Willa und griff nach den Papieren. Nachdem er sie gelesen hatte, schaute er auf. »Großer Gott, Willa.«

»Manav ist dafür gestorben. Ebenso der Offizier in der Schänke. Ich glaubte nicht, dass Alistar solcher Handlungen fähig sei, aber für mich steht es zweifelsfrei fest, dass er Barkmon die Anweisungen dazu gibt. Vermutlich tritt er ihm dafür einen Teil des Profits ab. Er könnte eines der Schiffe meines Vaters für seine Geschäfte benutzen, da er es nicht wagen kann, einen Kapitän der *East India* mit hineinzuziehen.« Willa rieb sich die Schläfe. »Alistar könnte dies tun und meinen Vater als Verräter an der Krone hinstellen«, murmelte sie mehr für sich, dann schaute sie auf und ließ die Hand sinken. »Du siehst also, mich als Geisel gefangen zu halten, wird dir seinen Zorn einbringen. Und ich traue seinen Handlangern zu, dass sie versuchen werden, dich zur Strecke zu bringen, nur um mich zu töten.«

Raiden wusste nicht, ob er ihr glauben sollte oder nicht. Und Lord Eastwick wusste nicht, wer seine Frau gefangen hielt. Er studierte noch einmal die Papiere, drei von ihnen waren von Eastwick unterzeichnet und trugen dessen Siegel. »Hier werden keine Gewürze erwähnt.«

»Natürlich nicht. Alistar ist gierig, nicht dumm. Er könnte behaupten, es ginge um Stoffballen, falls man ihm auf die Schliche käme, und innerhalb weniger Tage würde er genügend Beweise vorlegen können, die seine Geschichte untermauern würden.«

Raiden kniff die Augen zusammen, als er Willa ansah. Wie viel hielt sie noch vor ihm zurück? »Hast du diese Dokumente gestohlen? Oder hast du sie selbst fabriziert, um es Eastwick heimzuzahlen, dass er deinen Sohn gestohlen hat?«

Ein bitteres Lächeln lag auf ihren Lippen, als sie die Papiere wieder an sich nahm und akribisch zusammenfaltete. »Ich gebe zu, dass ich den einen oder anderen Gedanken hatte, diesen Mann für alles, was er getan hat, zu demütigen, aber ich will nur meinen Sohn.« Willa verstaute die Papiere in dem kleinen Beutel. »Ich werde ihm alles zusichern, was er will, wenn er mir dafür Mason zurückgibt.«

»Und was ist, wenn du dich irrst und er den Jungen gar nicht hat – was dann?«

Tiefer Kummer spiegelte sich auf ihrem Gesicht wider und sie wandte sich ab. »Dann werde ich weitersuchen.«

»Du vergisst, dass du meine Gefangene bist, allein und ohne

Mittel.« Raiden hasste die Grausamkeit seiner Worte und bereute augenblicklich, sie ausgesprochen zu haben.

Über die Schulter warf sie ihm einen Blick zu, den drohenden Blick einer Tigerin, die ihr Junges verteidigte. »Mach keinen Fehler, Raiden, denn ich werde tun, was ich muss.«

»Vielleicht sogar mich verraten?«

»Du siehst meine Lüge, die dazu diente, meinen Sohn zu beschützen, als Verrat an *dir*?« Dieser Gedanke war absurd. »Nicht ich bin gesetzlos – du bist es.«

Raiden stellte sich vor sie und zwang sie, ihn anzusehen. »Warum hast du mir nicht eher etwas davon gesagt?«

»Vielleicht ist es eine Falle?«, warf Tristan ein und sah Willa aus schmalen Augen an.

An Raiden vorbei erwiderte sie Tristans Blick. »Mit mir selbst mittendrin? Macht Euch nicht lächerlich. Ich habe vor, lange genug zu leben, um wieder Land zu sehen und meinen Sohn zu finden. Wenn ich sterbe, hat Mason niemanden mehr.« Willa entwand sich seinem festem Griff, ließ Raiden stehen und trat an den Tisch, um sich die Karten anzusehen. »Ich sage euch, dass ihr alle sterben werdet, wenn ihr diese Route wählte. Oder als Gefangene enden werdet.«

»Wir sind schon eine Weile länger in diesem Geschäft, Frau«, schnaubte Raiden wütend.

»Lange genug, dass man meinen könnte, ihr wüsstet wertvolle Informationen zu schätzen.« Sie sah ihn an. »Vielleicht bist du im Laufe der Zeit sorglos geworden.« Er schäumte vor Zorn, und Willa konzentrierte sich auf die Karten. Ihr fiel auf, dass Raidens Karten sehr viel detaillierter als die Barkmons waren. »In diesem Gewässer patrouillieren nicht weniger als vier Kriegsschiffe.« Mit der Fingerspitze beschrieb sie einen Kreis auf der Karte. »Und hier –«, Willa wies auf den Eingang der Straße von Malakka, »– haben sie wenigstens vier weitere Schiffe, um den Zugang zur malaysischen Halbinsel zu blockieren. Es sind Schiffe der Marine, keine der *East India Company*.« Sie wandte sich an Raiden. »Watson befehligt die *Regard*, nicht Dunfee. Dieser sich in Positur werfende Flegel hat das Kommando über die *Yorkshire* und ist auf der Jagd nach dir.«

»Dessen bin ich mir bewusst.«

»Wirklich?« Sie warf ihr Haar über die Schulter zurück und betrachtete Raiden. »Dann weißt du sicher auch, dass es ihn nach Rache an einem Montegomery dürstet. Seine Jagd nach dem Schwarzen Engel ist mehr ein Zeitvertreib für ihn.« Sie machte eine anmutige Handbewegung. »Der Mann soll im Herbst dieses Jahres in den Ritterstand erhoben werden, und wenigstens bis dahin wird er am Leben bleiben wollen.«

Raiden wechselte einen Blick mit Tristan, während die anderen sich auf die Karten konzentrierten, doch Willa bemerkte es.

»Was will Dunfee von den Montegomerys? Warum jagt dieser Mann dich so verbissen?«

Raidens Gesichtsausdruck wurde finster, fast teuflisch. »Das kann man nur vermuten.« Ohne den Blick von Willa zu nehmen, sagte er: »Gentlemen.«

Die Männer sammelten die Karten ein und verließen die Kabine. Raiden blieb, schweigend schaute er auf Willa herunter. In seinen dunklen Augen lag ein seltsamer Glanz. Sie machte einen Schritt auf ihn zu, doch sofort straffte er abweisend die Schultern. Dennoch spürte Willa die Gefühle, die seine Haltung verbergen sollten. Gefühle, die er sich weigerte ihr noch einmal zu zeigen.

Raiden machte auf dem Absatz kehrt und ging mit großen Schritten zur Tür. An der Schwelle wandte er sich kurz um. »Bindet Euch irgendwo fest, Lady Eastwick.« Diese Anrede aus seinem Mund zu hören, schmerzte Willa, als sei es das übelste Schimpfwort. »Es würde mir nicht gefallen, wenn meine Beute Schaden nähme.«

»Ich bin nicht deine Beute, ich bin deine Geisel, wenn du dich erinnern würdest.« Wut schäumte in Willa auf. »Sprich noch einmal in diesem Ton mit mir, Pirat, und du wirst einen verdammt guten Grund haben, auf der Hut zu sein, wenn du mir den Rücken zuwendest!«

Das Grollen der Kanonen dauerte tagelang an, und immer wieder waren die Schreie der Verletzten und Sterbenden zu hören. Kein Schiff, das sich der Straße von Malakka näherte, war vor Raiden sicher. Der Geschützlärm war ohrenbetäubend, und als ein gewaltiger Rückstoß die *Renegade* erschütterte, sank Willa zu Boden. Sie wollte nicht aus dem Fenster sehen, denn sie wusste, was sich dort draußen abspielte. In der Schwärze der Nacht trieben die Trümmer zerstörter Schiffe im Kielwasser der *Renegade*, der *Sea Warrior*, der *Lady Rajah* und eines weiteren Schiffes, das Raiden unter Befehl hatte.

Er hatte unbarmherzig angegriffen, hatte die Decks der Briggs und Brigantinen schonungslos zerstört, bis die Schiffe wie ruderlose Boote auf dem Meer trieben. Ein Frösteln lief Willa über die Haut, wenn sie daran dachte, dass Raiden ihretwegen so schreckliche Rache an unbeteiligten Menschen nahm. Engländer, Franzosen oder Seeleute der *East India Company* – es kümmerte Raiden nicht. Der Bauch der *Renegade* musste inzwischen vor Reichtümern überquellen. Willa schaute auf die vielen neuen Truhen, die Ballen von Seide und Dosen mit kostbarem Safran. Wie viele Menschen hatten für diese verdammte Truhen ihr Leben lassen müssen?

Die Schlacht tobte auf den oberen Decks, und Willa wusste, wann sie zu Ende ging. Zuerst waren das Kanonenfeuer und die Schreie zu hören, dann setzte diese schreckliche tödliche Stille ein, bis die Männer das gegnerische Schiff plünderten. Es drehte Willa den Magen um, und obwohl sie einmal mit angesehen hatte, wie Raiden Seeleute von ihren Ketten befreit hatte, betete sie darum, dass er dieses gefährliche Leben aufgeben würde.

Sie kauerte sich zusammen und schlug die Hände vors Gesicht, um nicht von dem zersplitternden Glas getroffen zu werden. Beißender Rauchgestank erfüllte die Luft, und Willa ahnte, dass es der *Renegade* dieses Mal nicht gut ergangen war.

Und dann – endlich – kam die Stille. Das Schiff knarrte, und Willa meinte, vor Ungewissheit verrückt zu werden. Sie stand auf und stellte die heruntergefallenen Gegenstände an ihren Platz zurück, ehe sie nervös hin und her zu gehen begann. Sie weigerte sich, sich Sorgen um einen Mann zu machen, für den es kein anderes Trachten mehr gab, als über die Meere zu segeln und sie auszurauben. Es kümmerte sie nicht mehr. Es kümmert mich nicht, was mit ihm ist, dachte sie, doch als die Tür geöffnet wurde, durchströmte Willa eine so große Erleichterung, dass ihre Beine sie kaum noch trugen.

Raiden betrat die Kabine, beschmutzt mit Ruß, bespritzt mit Blut, und Willa schlug das Herz bis zum Hals, als er zum Schreibtisch ging und sein Schwert darauf ablegte. Schweigend erwiderte er Willas Blick, sein Gesichtsausdruck war nichts sagend und leer. Und dennoch beherrscht er jede Faser ihres Seins, dieser drohend aussehende Mann, und Willa konnte ihn nicht anschauen, ohne an seine glühenden Küsse zu denken, an die Zärtlichkeit seiner Berührungen. Doch nichts von diesen zerbrechlichen Augenblicken war geblieben. Trotz der vertrauten schwarzen Stiefel und der dunklen Hose, die er trug, schien er nichts mehr mit dem Mann gemein zu haben, der Willa im Dschungel in den Armen gehalten hatte. Bis auf die schwarze Lederweste war sein Oberkörper nackt, und in seinem breiten Gürtel steckten seine Waffen – blutbefleckte Waffen, die Willa deutlich daran erinnerten, wie gefährlich der Mann war, den sie erzürnt hatte.

Raiden starrte auf Willas emporgewandtes Gesicht. Es spiegelte sich darin etwas wider, das er nicht benennen konnte. Ein Fensterladen, der geschlossen wurde. Sein Blick streifte sie kurz, das Kleid aus tiefblauer Baumwolle, die langen roten Haare, die ihr über Schultern und Rücken fielen. Sie hatte sich das Haar nicht mehr aufgesteckt, seit sie an Bord zurückgekehrt waren, und trotz seines Zorns musste Raiden sich eingestehen, dass es ihm gefiel, diese ungezähmten Locken anzusehen – und sich zu erinnern, wie seine Hände darin gespielt hatten, als er Willa zum letzten Mal geküsst hatte, als sie ihm ihre Leidenschaft geschenkt hatte, an jener Quelle im Dschungel.

Sie soll verflucht sein, verflucht, weil sie gelogen und mir Schmerz zugefügt hat, dachte er. Verflucht für dieses Ehegelübde, das Gedanken und Bilder in ihm aufwühlte, die er nicht sehen wollte. Bilder, die ihm die kostbare Erinnerung an ihre Lust zu rauben drohten, die sie in seiner Umarmung gefunden hatte. Hatte sie sich von Eastwick auf diese Weise berühren lassen? Hatte sie laut gekeucht vor … Mit einem wütenden Laut des Abscheus verbannte er diese Fragen. Sie führten nur dazu, ihn noch tiefer zu verletzen.

»Warum tust du das?« Willa wies durch die Fenster auf die See. »Musst du deinem Ruf gerecht werden und deshalb diese Schiffe zerstören?«

»Ich tue, was ich tun muss.«

»Wie viel mehr willst du denn noch?« Sie deutete auf die Truhen, die bis zum Rand mit seiner Beute angefüllt waren. Als er nicht antwortete, lächelte sie höhnisch: »Ich verabscheue dich, Pirat.«

»Du denkst, *wir* haben angegriffen?«

»Wie könnte ich das nicht denken! Ich habe dich gewarnt, dass die Schiffe hier sind! Du hättest ihnen ausweichen können!«

»Wir wurden gejagt. Mason war der Grund dafür, dass die *Renegade* letzte Woche so rasch in See gestochen ist. Fragen erwecken Interesse, und meine Männer wurden verfolgt.«

»Dann sind wir einer falschen Spur gefolgt.« Willa schaute auf die Fenster, dann zu Raiden. »Mason könnte noch auf dem Ganges sein, oder in Chittagong.«

»Das ist zu bezweifeln. Meine Männer haben keinen Hinweis darauf gefunden.«

»Warum erzählst du mir dann davon? Du wirst ohnehin nicht umkehren. Hasst du mich so sehr, dass du mir alle Hoffnung rauben würdest, um mein Herz noch mehr zu quälen?«

Ihre Worte trafen ihn tief, und Raiden presste die Lippen zusammen.

»Warum fesselst du mich nicht einfach und lässt mich hungern und dursten?«, schleuderte sie ihm bitter entgegen.

»Du solltest dich glücklich schätzen, dass ich dich nicht in die Arrestkammer sperre.«

Raiden stand an seinem Schreibtisch und fragte sich, warum er sich überhaupt die Mühe gemacht hatte, zu Willa zu gehen. Der

Abscheu, der in jedem ihrer Worte mitklang, ließ ihn vor Zorn brennen.

»Vielleicht solltest du genau das tun. Dann brauchte ich wenigstens nicht mit anzusehen, wie du die Hälfte der Schiffe auf diesem Meer zerstörst!« Eine Sekunde des Schweigens und dann: »Warum all diese schrecklichen Zerstörungen?«

»Hast du es denn schon vergessen? Ich bin ein Seeräuber.«

»Ja, aber normalerweise bist du nicht so rücksichtslos! Du riskierst nicht nur dein eigenes Leben, wenn du die Meerenge durchfährst.« Willa holte tief Luft. »Du tust das alles aus Wut auf mich, nicht wahr?«

Raiden stieß ein verächtliches Schnauben aus. »Du schätzt dich zu hoch ein.«

Willa sah nur die Leere in seinen Augen, als sie ihn anstarrte. »Hattest du mir denn nicht zugehört? Dunfee ist nicht auf der *Regard*.«

»Du lügst zu gut, als dass man dir vertrauen könnte, Lady Eastwick.«

»Nein, Raiden, nur *du* zweifelst an mir. Du wirst dich noch selbst umbringen und alle diese Männer mit dir, wenn du nicht auf mich hörst.«

»Ich tue, was *ich* will.« Er inspizierte die Schneide seines Dolches, wischte das Blut eines Getöteten ab und prüfte mit dem Daumen die Schärfe der Klinge.

Willa sah dies und wusste, das er es nur tat, um sie noch weiter von sich wegzustoßen. »Nein. Du hast Angst, es könnte deinen Stolz verletzen.«

Den Blick, den Raiden ihr zuwarf, empfand sie wie einen Nadelstich. Sah Raiden denn nicht, dass sie für Alistar nichts als Abscheu empfand, dass nur ein Dokument sie davon abhielt, Raiden mehr zu geben als nur ihren Körper?

»Stolz ist dabei ohne Bedeutung«, erwiderte er.

»Wirklich? Dein Stolz hält dich davon ab zu vergeben – nicht nur mir, sondern auch deinem Vater. Dein Stolz hält dich davon ab, deinem Bruder zu sagen, dass er nicht allein auf dieser Welt ist. Dein Stolz hat dir ein Leben voller Verbrechen eingebracht und jetzt auch noch ein Blutvergießen aus sinnlosem Hass!«

»Du weißt nichts über mich!«

»Ich weiß eine ganze Menge von dir, Raiden Montegomery. Du rettest in Dienst gepresste Seeleute, weil damals niemand dich gerettet hat. Du willst unermessliche Reichtümer anhäufen, damit du niemals mehr Hunger leiden musst und immer einen warmen Platz zum Schlafen haben wirst.« Sie atmete tief durch. »Und du schlägst mit solch tödlicher Wut zu, damit alle dich fürchten und niemand es wagt, keinen ganzen Mann in dir zu sehen!«

Ihre Worte trafen mit tödlicher Genauigkeit, und Raiden spürte ein Brennen auf seinem Gesicht.

»Du tätest klüger daran, deine Zunge im Zaum zu halten«, warnte er sie mit bedrohlicher Ruhe.

Sie ließ sich nicht einschüchtern, erwies sich ihm als ebenbürtig. »Ich habe keine Angst vor dir! Du hast diesen Handel vorgeschlagen, weil du unter meinen Rock wolltest und gehofft hast, ich würde mich darauf einlassen.«

»Glaub, was du willst«, stieß er bissig hervor.

»Ich glaube, was ich weiß, und ich sehe mehr als dir lieb ist.«

»Und ich sehe eine Frau, die einen Gesetzlosen in ihrem Bett haben wollte. Wie für all die anderen bin ich für dich nicht mehr als der prickelnde Reiz, mit einem Mann zu schlafen, der nicht deinem Stand angehört und ...«

»Stand? Was weißt du von Stand, Pirat? Ich bin wahrhaftig bis in mein Herz«, sagte Willa und klopfte sich auf die Brust, »während du zwischen Pirat und Gentleman hin und her schwankst. Während dich der winzige Rest von Ehre, der dir geblieben ist, davon abhält, die Vergangenheit zuzulassen und irgendjemandem auch nur ein Bruchstück mehr von dir zu geben, als du willst. Wärst du wirklich so berüchtigt, wie dein Ruf es dir zuschreibt, dann würdest du ...«

Mit nur einem Schritt war Raiden bei ihr, drückte sie rücklings gegen die Wand. Er stieß anzüglich mit den Hüften, als er sich an sie presste. »Dann würde ich was, Mylady?«

Willa sah in seine Augen, und die Qual darin erinnerte sie an ein gefangenes Tier, das um seine Freiheit kämpfte. »Dann würdest du deine Versprechen erfüllen.«

»Zum Teufel mit dir, Willa!« Er hieb die Fäuste rechts und links ihres Kopfes gegen die Wand, und Willa zuckte zusammen. »Fordere mich nicht heraus«, knurrte er, »wenn ich es wollte, könnte ich dich jetzt nehmen, gleich hier, an dieser Wand oder auf dem Fußboden.«

Er hatte dies gesagt, um sie zu verletzen, sie wegzustoßen, das wusste Willa, und sie versuchte, ihre Gefühle unter Kontrolle zu bringen, um ihm zu antworten. »Deine schlechten Manieren jagen mir keinen Schrecken ein, Montegomery.«

»Das sollten sie aber.«

Er küsste sie. Es war ein harter, ein strafender Kuss, und Willa ließ es geschehen, bis sie mit all der in ihr steckenden Wildheit dagegen anzukämpfen begann. Und sie zeigte ihm damit, dass sie keine Angst vor ihm hatte, weder vor seinem Zorn noch vor der Hässlichkeit seiner schwarzen Seele. Raiden fasste unter ihre Röcke. Er legte die Hände um ihren nackten Po und riss sie an sich, um sie seine Härte spüren zu lassen.

Willa legte die Hände um sein Kinn, und die Zärtlichkeit, mit der sie ihn berührte, stach Raiden wie ein Pfeil mitten in die Seele. Für den Bruchteil einer Sekunde wurde sein Kuss sanfter, weicher.

»Du glaubst, dass du ein böses Herz hast«, hauchte sie an seinen Lippen, »in dem es keinen Platz für die Liebe gibt.«

Liebe. *Oh, Gott im Himmel.* »Liebe ist etwas für betrunkene Dichter.«

Raiden nahm wieder ihren Mund in Besitz, seine Zunge drängte sich heiß und fordernd zwischen ihre Lippen. Raiden versuchte, den tiefen Schmerz in sich zu lindern, dessen Pein so unerträglich war, dass er glaubte, ihn laut herausschreien zu müssen. Selbst ohne ihr Ehegelübde war Willa ihm verwehrt. Denn er würde kalten Blutes einen Mann töten, um seine Rache zu üben und um in Frieden zu sterben. »Liebe mich nicht, Willa. Niemals.« Es würde ihr Tod sein.

»Mein Ehegelübde«, wisperte sie, »regiert nicht mein Herz.«

Er richtete sich auf. Seine Augen waren so schwarz wie der Nachthimmel. »Gebt Euch nicht solchen Fantasien hin, Lady Eastwick. Denn ich werde sie alle zerstören.«

Er stieß Willa von sich und griff nach seinem blutbefleckten Schwert, während er mit großen Schritten zur Tür ging.

Willa zuckte zusammen, als er die Tür hinter sich zuschlug.

Sie wischte die heißen Tränen fort und berührte mit den Fingerspitzen ihre geschwollenen Lippen. Dann atmete sie tief ein.

Sie konnte nicht mehr zu Raiden durchdringen, konnte ihn nicht mehr erreichen. Es war vorbei.

16

Banda Aceh,
an der Passage zu den Gewürzinseln

Nie hatte Willa ihre Einsamkeit stärker gespürt als in diesem Augenblick. Eine Frau allein unter gefährlichen Piraten. Hoffnungslosigkeit und das Gefühl der Verlassenheit erfüllten sie, als sie an der Reling der sich sanft im Wasser wiegenden *Renegade* stand. Das Schiff knarrte leise, und für Willa klang es in der Dunkelheit dieser Nacht wie ein jammervolles Wehklagen. Nicht einmal das entfernte Rauschen der Brandung besänftigte den Schmerz in ihrer Brust. Raiden hatte sie in der Kabine eingesperrt, nachdem sie Anker geworfen hatten. Erst bei Einbruch der Dämmerung war jemand gekommen, um sie herauszulassen. Es war Jabari gewesen – gesegnet sei sein unschuldiges Herz. Er kannte den wahren Grund nicht, aus dem die Tür verriegelt war. Er glaubte, es geschähe zu Willas Sicherheit an Bord. Doch sie wusste es besser.

»Wollt Ihr von hier fort?« Die Stimme erklang direkt hinter Willa. Verwirrt zuckte sie zusammen. »Dreht Euch nicht um«, kam es scharf, als sie sich umdrehen wollte. »Wollt Ihr fort?«

Willa versuchte die Stimme zu erkennen. Doch dann sagte sie sich, dass es ohne Belang sei und nickte schließlich. Sie musste fortgehen. Sie musste ihren Sohn finden, und Raiden war zu einem Mann geworden, den sie kaum wiedererkannte.

»Packt Eure Sachen und werft sie in jenes Langboot dort zu Eurer Rechten, dann versteckt Euch darin.«

Willa nickte. War das der Verräter? Warum half er ihr? War ihm nicht klar, dass Raiden ihn dafür töten würde? Sie berührte das in ihrem Mieder verborgene Messer. Willa vertraute jetzt niemandem mehr. Das Einzige, dessen sie sich unverrückbar sicher war, war die Liebe zu ihrem Sohn.

»Ihr habt eine Viertelstunde, nicht länger«, flüsterte er.

Sie spürte, dass er ging, ein kalter Lufthauch strich über ihren Rücken. Willa sah sich nicht um, als sie in die Kabine lief. Bei jedem ihrer Schritte spürte sie den Riss in ihrem Herzen größer werden.

Willa spähte nach links und nach rechts, dann schlüpfte sie in das Langboot und rollte sich in dessen Bug so klein es ging zusammen, ehe sie die Persenning über sich zog. Sie versuchte, ruhig und tief zu atmen, während sie dalag und hoffte, dass niemand sie gesehen hatte.

Es war verflixt schwer gewesen, unbemerkt an Deck zu gelangen, auch wenn es dunkel war und sie die Hosen angezogen hatte, die sie im Dschungel getragen hatte. Das lange Haar hatte sie sich, zum Zopf geflochten, in den Hemdkragen gestopft, über dem Hemd trug sie einen Mantel. Willa lag vollkommen reglos, als das Boot zu Wasser gelassen wurde. In dem Augenblick, als es auf der Oberfläche aufklatschte, sprangen einige Männer hinein. Die Männer unterhielten sich leise, und als einer von ihnen einen Beutel auf sie fallen ließ, biss Willa sich auf die Lippen, um nicht laut aufzustöhnen.

Die Ruder wurden in die Dollen gelegt und bewegten sich knarrend darin, als die Männer das Boot im Schutze der schwarzen, stillen Nacht in Richtung Küste ruderten. Während der Fahrt sprachen sie darüber, dass sie jemanden aufsuchen wollten, den sie Futar nannten, und dass sie hofften, sich bei dieser Sache nicht die Finger zu verbrennen. Willa erkannte weder einen der Sprechenden an seiner Stimme noch wusste sie, wer dieser Futar war oder warum deren Finger in Gefahr sein sollten. Sie wollte einfach nur fort von diesen Leuten. Und fort von Raiden und dem Herzschmerz über das, was zwischen ihnen hätte sein können. Es schien eine Ewigkeit zu dauern, bis das Boot sein Ziel erreichte. Die Männer sprangen heraus und zogen es auf den Strand. Willa hörte das Rascheln von Zweigen und Blättern und vermutete, dass sie es darunter versteckten. Sie wagte nicht sich zu rühren, und verharrte auch dann noch reglos, als die Stimmen und die Geräusche verstummt waren. Sie musste sicher sein, dass niemand herumlungerte und sie entdeckte.

Es waren einige Minuten vergangen, als Willa wieder ein Rascheln hörte.

»Steigt aus.«

Wieder diese Stimme. Willa schob die Säcke und die Persenning von sich herunter und setzte sich mühsam auf. Eine Gestalt zeichnete sich schattenhaft in der Dunkelheit ab, und Willa richtete sich auf, um sie deutlicher zu sehen. Von ihrer Warte aus wirkte der Mann unglaublich groß. Willa stand auf, nahm ihren Beutel auf und schaute den Mann abwartend an. Es war so dunkel, dass sie kaum die Hand vor Augen erkennen konnte, ganz zu schweigen davon, den Unbekannten identifizieren zu können.

»Beeilt Euch.«

Er sprach klar und deutlich, jedoch ohne auch nur die Spur eines Akzents, der ihn hätte verraten können. Er ging voran, und Willa, die keine andere Wahl hatte, folgte ihm. Sie hatte Mühe, sich in dem nassen Sand auf den Beinen zu halten. Nach einigen Metern zog der Mann sich eine Kapuze über den Kopf. Ob es Perth ist?, fragte Willa sich. Oder jemand, dem ich noch nie begegnet bin? Schließlich lagen die *Renegade* und die *Sea Warrior* in dem abgeschiedenen Hafen dicht nebeneinander vor Anker und jedes der Schiffe verfügte über gut und gern hundert Mann Besatzung.

»Warum helft Ihr mir?«

Er antwortete nicht.

»Ihr wisst, dass er es herausfinden wird«, sagte sie.

»Nein, das wird er nicht.«

Sie schnaubte. »Er verdächtigt jeden.«

»Bis auf Euch.«

»Was das betrifft, so irrt Ihr Euch gewaltig.«

Willa bemerkte die beiden Pferde, die angebunden unter den Bäumen standen. Der Unbekannte drückte ihr die Zügel in die

Hand und schwang sich in den Sattel. Willa hielt sich nicht erst damit auf, den Beutel am Sattel zu befestigen, sondern kletterte gleich, den schweren Beutel auf dem Rücken tragend, in den Sattel. Unschlüssig schaute sie sich nach der *Renegade* um. Das schwarze Schiff war in der Dunkelheit kaum zu sehen, und Willa fragte sich, was Raiden tun würde, wenn er ihre Abwesenheit entdeckte. Würde er nach ihr suchen? Oder würde er einfach jeden Gedanken an sie beiseite schieben?

Willa zog ihr Pferd um die Hand und folgte ihrem geheimnisvollen Befreier. Der Ritt dauerte schon länger als eine Stunde, als die Lichter eines Dorfes vor ihnen auftauchen. Der Unbekannte zügelte sein Pferd und reichte Willa ein Päckchen aus Wachstuch. Stirnrunzelnd nahm sie es. Als sie es auswickelte, sah sie eine Pistole, ein Pulverhorn und Munition.

»Zwei Meilen die Straße hinunter gibt es ein holländisches Hotel.« Als der Unbekannte den Arm ausstreckte und Willa die Richtung wies, glaubte sie, der leibhaftige Tod stünde vor ihr. Angst beschlich sie. Was hatte sie sich nur dabei gedacht, sich allein hierher zu trauen – mit einem Mann, den sie nicht kannte? Doch dann sagte sich Willa, dass Raiden ihr keine andere Wahl gelassen hatte, dass seine Verbitterung sie zu diesem Schritt getrieben hatte. Und jetzt gab es keine Umkehr mehr.

Der Mann ritt in die entgegengesetzte Richtung davon und ließ Willa in der Dunkelheit zurück. Sie trieb ihr Pferd an und schlug den Weg zum Dorf ein. Ihr wurde bewusst, wie unklug sie gehandelt hatte. Aber sie hatte Raidens Zorn einfach nicht länger ertragen können. Sie war vor ihm davongelaufen, damit ihr Herz überleben konnte.

Selbst zu dieser späten Stunde waren noch viele Leute auf der Straße. Einige waren auf dem Weg in die Schänke, die gegenüber an der schmutzigen Straße lag, andere, offensichtlich betrunken, verließen sie torkelnd. Soldaten der *East India Company* schlenderten umher, das Rot ihrer Westen und Revers hob sich scharf gegen das Blau ihrer Mäntel ab. Ihre Anwesenheit sollte als

Abschreckung gegen Schlägereien unter den Seeleuten und den Einwohnern dienen. Bei deren Anblick war Willa besonders auf der Hut, als sie vor dem Gasthaus anhielt und aus dem Sattel glitt. Obwohl sie bezweifelte, dass irgendjemand sie erkennen würde, fragte sie sich besorgt, ob sie in der Lage wäre, sich selbst zu schützen und eine Möglichkeit zu finden, sich auf Alistars Spur zu setzen.

Gerade jetzt schien alles so hoffnungslos.

Willa blieb neben ihrem Pferd stehen und ließ den Kopf gegen den Sattel sinken, während sie tief seufzte. Tat sie wirklich das Richtige? Großer Gott, wenn irgendjemand herausfand, dass sie eine Frau war, würde es keine Rettung für sie geben. Und was könnte sie ohne Raidens Hilfe überhaupt ausrichten?

Sollte er doch dafür zur Hölle fahren, dass er so herzlos war. Begriff er nicht, dass er ihr mehr bedeutete als ihr Ehemann es je getan hatte? Und sie vermisste ihn. Allmächtiger Gott, sie vermisste ihn und sehnte sich danach, diesen Mann zu sehen, der sie so gnadenlos geneckt hatte, der ihr vor dem Kleiderladen heiße Küsse gestohlen hatte, dessen Berührung ihre Leidenschaft hatte explodieren lassen in jener Nacht im Dschungel. Nie war sie sich so bewusst, eine Frau zu sein, wie in seiner Gegenwart.

Ihr Herz zog sich zusammen, als sein Bild vor ihr auftauchte. Sie unterdrückte ein Schluchzen, und kämpfte gegen Tränen an.

Willa spannte sich an, als sie spürte, dass jemand hinter ihr stand.

»Ein ziemlich gewagtes Unternehmen, nicht wahr?«

Mit dem Messer in der Hand fuhr sie herum. »Keinen Schritt näher!« Sie ließ die Klinge aufschnappen.

»Ich will Euch nichts tun.«

Sie schnaubte verächtlich. »Kommt ins Licht.«

Ein hochgewachsener, breitschultriger Mann trat langsam aus dem Dunkel heraus, und Willa stockte der Atem. Einen Augenblick lang glaubte sie, Raiden käme auf sie zu.

Sie kniff die Augen zusammen, als sie den Fremden gründlich in Augenschein nahm, angefangen bei den glänzenden schwarzen Stiefeln und den dunklen Hosen bis hin zu seinem schneeweißen Hemd und dem dunklem Mantel. Sein Haupt war unbedeckt, das lange dunkle Haar trug er zurückgebunden. Sein Gesicht – was war an seinem Gesicht, dass sie so berührte? Sie wünschte, er würde ins Licht kommen – und wünschte es wiederum auch nicht.

»Lady Eastwick.« Seine Stimme klang sehr sanft.

Ihr Blick flackerte, als sie sich rasch umsah. Es war niemand in der Nähe, der seine Worte hätte hören oder daraus schließen können, dass sie eine Frau war. »Ich fürchte, Ihr habt Euch in der Person geirrt.«

Er schüttelte den Kopf und ignorierte ihr Messer, als er in den Lichtschein der Fackel trat, die den Eingang zur Schenke erhellte. »Wenn ein englischer Peer sich eine irische Braut nimmt, dann geht die Kunde davon bis nach Irland.«

Willa runzelte die Stirn über diese Bemerkung. Der irische Akzent des Fremden war kaum herauszuhören. »Wer seid Ihr?«

»Ich bin Roarke Killgaren, Kapitän der *Sea Warrior*.«

Willa holte tief Luft und trat einen Schritt zurück. Raidens Bruder. Die Ähnlichkeit war nicht so groß, dass er Raidens Doppelgänger hätte sein können, aber sie war durchaus erkennbar. Zwei gut aussehende Brüder, dachte sie und fragte sich unwillkürlich, ob die anderen Brüder von ähnlichem Aussehen und auch so baumgroß waren wie diese beiden.

»Was wollt Ihr?«

»Nur sehen, dass Euch nichts geschehen ist.«

»Jetzt habt Ihr es gesehen. Ihr könnt wieder gehen.« Mit dem Messer wies sie irgendwohin nach rechts.

Er rührte sich nicht, seine wie gemeißelt wirkenden Lippen verzogen sich zu einem leichten Lächeln. »Ihr wollt wirklich auf seinen Schutz verzichten?«

»Schutz? Ich war seine Gefangene!«

Killgaren verschränkte die Arme vor der Brust und schaute auf Willa herunter wie ein Vater auf sein unfolgsames Kind. »Aber erst, seit er dahinter gekommen ist, dass Ihr verheiratet seid.«

Willa seufzte gequält. Wusste denn alle Welt über ihre Angelegenheiten Bescheid? »Zählt es denn, wie viele Tage man in einem Gefängnis verbringt?«, fragte sie. »Es bleibt doch immer ein Gefängnis.«

»Ihr wollt fortgehen?«

»Ich muss«, erwiderte sie und versuchte, den Schmerz zurückzudrängen, der ihr jedes Mal die Kehle zuschnüren wollte, wenn sie daran dachte, Raiden niemals wiederzusehen. Wenn es nur eine Frage des Wollens wäre, würde sie niemals gehen.

»Warum?«

»Ich kann seinen Zorn keinen Tag länger ertragen. Ich dachte, er hätte ein Herz, aber dieser Mann ist bis in die Stiefelspitzen durch und durch niederträchtig, und er hat mir mehr als deutlich gemacht, dass er mich wegen meiner Lügen verabscheut. Er hat unsere … Übereinkunft völlig missachtet und bahnt sich jetzt plündernd und tötend seinen Weg durch die Südsee. Ich kann nicht darauf warten, dass er irgendwann einmal das finden wird, dem er mit dieser Besessenheit nachjagt, was immer das auch sein mag. Ich muss meinen Sohn finden.«

»Also das ist der Grund, warum er Euch so lange bei sich behalten hat.«

Darüber unsicher, was er damit meinte, runzelte Willa die Stirn.

»Raiden hat ein Problem mit verlorenen Seelen.«

»Jetzt nicht mehr.«

»Schätzt meinen Bruder nicht falsch ein, Mädchen.«

Ihre schmale Augenbraue hob sich. »Raiden hat keine Ahnung, dass Ihr über Eure Verwandtschaft Bescheid wisst.«

»Das weiß ich. Aber es ist Raiden, der nicht dazu bereit ist, zu akzeptieren, dass es auch in seinem Leben eine Familie gibt.« Roarke zuckte mit den Schultern. »Wenn er irgendwann dazu bereit ist, werde ich da sein.«

Willa lächelte traurig. »Ich bin sehr froh darüber, dass jemand für ihn da sein wird, wenn er jemanden braucht.«

»Aber Mylady«, erklärte er mit einem wissenden Lächeln, »Ihr habt mir doch gerade noch versichert, dass Ihr für meinen Bruder nichts empfindet.«

Sie hob das Kinn. »Er hat sehr klar gemacht, wie seine Gefühle sind, Kapitän Killgaren. Ich bin verheiratet, und damit ist alles gesagt.«

»Nennt mich Roarke«, bat er, und Willa nickte. Beim Allmächtigen, dachte er, sie ist selbst in Männerkleidern wunderschön. Er verstand jetzt, warum Raiden sich in jüngster Zeit so verändert hatte. Als er das letzte Mal auf der *Renegade* mit Raiden gesprochen hatte, war ihm diese Veränderung aufgefallen. Er kannte seinen Halbbruder als ernsten, grübelnden Mann und war von dieser ... Leichtigkeit des Herzens überrascht gewesen, die Raiden gezeigt hatte. Er zeigte solche Gefühle nur sehr selten, am wenigsten ihm. Raiden würde über ihre Flucht sehr wütend sein, und dass sie überhaupt von Bord hatte fliehen können, wies auf einen Komplizen hin, denn ohne Hilfe hätte sie die Flucht nicht bewerkstelligen können. Roarke fragte sich, wer sein Leben riskiert hatte, um Willa zur Flucht zu verhelfen – und warum. Vielleicht hatte dieser Jemand ihr geholfen, um sie nach geglückter Flucht selbst als Gefangene zu nehmen, um für sie ein Lösegeld von ihrem Mann zu erpressen. Eastwick würde vermutlich eine ansehnliche Summe für seine Frau zahlen, was jedoch im Vergleich zu dem, was ein Pirat auf seinen Beutezügen gewinnen konnte, vergleichsweise gering sein dürfte. Besonders im Vergleich zu den Prisen, die sie in jüngster Zeit aufgebracht hatten. Aber wie auch immer, diese Frau forderte ihren Tod geradezu heraus, wenn sie sich allein in diese Stadt wagte.

Brüderliche Verbundenheit und gesunder Menschenverstand geboten es Roarke zu handeln.

Mit einer raschen Bewegung entwand er Willa das Messer, aber er hatte sie unterschätzt, denn keine Sekunde später hielt sie ihm eine Pistole unter die Nase.

»Gebt das Messer zurück!«

Als er zögerte, spannte sie den Abzugshahn.

»Ihr seid sehr vorausschauend, Mylady.« Mit einem bewundernden Lächeln gab er ihr die Waffe zurück.

»Eine Lady tut das, was sie tun muss.« Sie nahm das Messer und bedeutete Roarke mit der Pistole, dass er zurücktreten sollte. Er gehorchte, und Willa fragte sich, wie sie von ihm wegkommen könnte. Sicherlich würde er sie zu Raiden zurückbringen, falls er die Chance dazu hatte.

»Er empfindet mehr für Euch, als Ihr glaubt, Mädchen.«

»Mich in eine Kabine zu sperren, ist eine sonderbare Art, das zu zeigen.«

»Das war zu Eurem eigenen Schutz. Dieser Hafen ist gefährlich, und je weiter wir uns nach Indien vorwagen, umso schlimmer wird es. Warum wohl, glaubt Ihr, segeln die englischen Schiffe zu zweit?« Er trat näher. Willa bezwang ihre Befürchtungen und hörte ihm zu. »Die Eingeborenen sind tückisch. Ein Verstoß gegen ihre Sitten kann sofortigen Tod bedeuten.«

»Aber ich muss meinen Sohn finden«, wisperte sie.

»Hättet Ihr ein wenig Geduld gezeigt, hätte Raiden sich wieder gefangen und die Suche fortgesetzt.« Als Willa mit tränenschimmernden Augen hoffnungsvoll zu ihm aufschaute, fragte sich Roarke, wie Raiden die Liebe nicht gesehen haben konnte, die diese Frau für ihn empfand.

»Dessen bin ich mir nicht sicher«, widersprach sie.

»Ich schon.«

»Wie könnte ich das glauben? Er war so voller Wut und... Hass«.

»Wäre ihm nicht so viel an Euch gelegen, wäre er nicht so außer sich gewesen, als er erfahren hat, dass Ihr verheiratet seid.«

Ein schmerzlicher Ausdruck legte sich über ihr Gesicht. »Er kennt keine Vergebung, Roarke. Gar keine.«

»Aber könnt Ihr sagen, dass Ihr nichts für ihn empfindet?«, fragte er behutsam.

Willa schaute zu ihm auf, in seine tiefblauen Augen, und die Wahrheit strömte von ihren Lippen. »Nein.« Sie ließ die Pistole sinken und steckte sie in ihren Gürtel zurück. »Nein, das kann ich nicht.« Sie wandte den Blick zum Hafen. Die Schiffslaternen leuchteten durch die Dunkelheit zu ihr herüber. Ihre Seele fühlte sich ebenso leer und kalt an wie die finstere Nacht, die sich um sie ausbreitete. Die Liebe zu ihrem Sohn war ihr einziger Trost.

Sie hätte Raiden niemals verlassen dürfen. Alle hatten ihn verlassen – seine Mutter, sein abtrünniger Vater. Sein ganzes Leben lang war er beiseite geschoben und vergessen worden. Er schien so unbesiegbar und schützte sich durch abweisende Gleichgültigkeit davor, für einen anderen Menschen zu viele Gefühle zu entwickeln oder diesem zu nah zu kommen. Und noch dazu war er in seinem Schmerz ganz allein. Für jeden sichtbar lagen seine Wunden offen da, doch niemand hatte sich je die Mühe gemacht, hinzusehen. Willa hatte diese Wunden gesehen – in seinem Gesicht, als sie ihm die Wahrheit gesagt hatte, als sein zärtliche Fürsorge sich erst zu Schmerz und dann zu Wut gewandelt hatte. Seine Wunden zeigten sich in der Art, auf die er Willa in dieser schrecklichen Nacht verhöhnt hatte, seine vulgären und abscheulichen Worte, mit denen er ihr hatte zeigen wollen, dass ihre Ehe nicht das Einzige war, das sie trennte.

Es kümmerte sie nicht, ob er ein Bastard war, ein Seeräuber, ein gejagter Gesetzloser. Denn der Mann, den sie kannte, sorgte sich um die, die ohne Hoffnung waren. Dieser Mann kämpfte darum, eine gewaltige Übermacht zu besiegen, um zu überleben. Der legendäre Schwarze Engel war nur eine Facette des Mannes, den sie kennen gelernt hatte. Ein Leben mit ihm, wie kurz auch immer es sein mochte, wäre weit besser als eines ohne ihn. Was für eine Närrin sie doch gewesen war! Natürlich würde Raiden ihr helfen, Mason zu finden. Er würde einem hilflosen Kind nicht den Rücken zukehren, nur um seiner Wut Genüge zu tun. Und jetzt hatte sie ihn verlassen, so wie jeder andere Mensch in seinem Leben es bisher auch getan hatte.

Willa wandte sich von Roarke ab.

»He, wohin geht Ihr?«, rief er gedämpft und beeilte sich, ihr zu folgen.

»Zurück aufs Schiff.«

Er hörte die Tränen in ihrer Stimme. »Und wie wollt Ihr an Bord kommen – schwimmend?«

Willa griff nach den Zügeln. »Ich bin am Meer aufgewachsen. Ich schaffe das.«

Roarke hielt sie zurück, als sie in den Sattel steigen wollte. »Lady Eastwick«, sagte er leise, und sie wandte den Kopf, um ihn anzusehen. »Willa. Das Wasser ist verseucht von Haien. Und diese Bestien sind weit weniger gefährlich als jene, auf die man an Land treffen kann, falls jemand entdecken sollte, dass Ihr eine Frau seid.« Sein Blick wanderte zu ihrem Busen, der sich unter dem dünnen Hemd abzeichnete. Willa schloss ihre Jacke und schaute sich um.

Roarke zog lediglich eine Augenbraue hoch, und Willa fragte sich, ob allen Montegomery-Männern diese herablassende Arroganz eigen war.

»Was schlagt Ihr vor, was ich tun soll? Ich habe keine Ahnung, wann Raiden zurückkehren wird, und es wäre mir lieber, er würde überhaupt nicht entdecken, dass ich fort war.«

»Ich werde Euch mitnehmen.« Er sah über ihren Kopf auf die dunkler werdenden Straßen. Eine Gruppe von Seeleuten kam aus der Schänke auf sie zu, und sie schienen auf der Suche nach einem Zeitvertreib zu sein. »Lasst das Pferd. Hier entlang.« Willa folgte ihm, als er loslief.

Doch ihre Flucht fand ein unerwartetes Ende, als ein Karren neben ihnen anhielt, aufwirbelnder Staub und Sand verhinderten einen Rückzug. Aus dem Augenwinkel nahm Willa eine Bewegung hinter sich war und wandte sich um. Sie sah zwei Männer, die einen großen sperrigen Gegenstand aus dem Gasthaus trugen.

»O mein Gott«, wisperte sie. Sie trugen eine Leiche aus dem Haus! Augenblicklich stellte sich Roarke vor sie, verhinderte, dass Willa sah, wie die beiden Männer den leblosen Körper hinten auf den Karren warfen.

»Ihr solltet das nicht mit ansehen.«

»Unglücklicherweise bin ich an Tod und Wunden gewöhnt.« Sie spähte an Roarke vorbei. Einer der beiden Männer war auf die Ladefläche des Karrens geklettert und hatte damit begonnen, dem Toten die Habseligkeiten abzunehmen. Offensichtlich war das ihre Bezahlung für das Einsammeln von Leichen. In der Hand des Mannes funkelte plötzlich etwas auf.

Willa lief an Roarke vorbei auf den Karren zu.

»Willa, bitte nicht.«

Sie winkte ihm zu schweigen, und Roarke knurrte: »Es ist kein Wunder, dass er Euch eingesperrt hat«, als sie neben dem Gefährt stehen blieb.

»Was habt Ihr da?«

Der Mann versteckte die Faust hinter seinem Rücken und starrte Willa an.

Das Klicken eines Pistolenhahns unterbrach das Schweigen, und Willa schaute zu Roarke. Der freundliche Mann war verschwunden, stattdessen stand ein entschlossener Kämpfer vor ihr, der bereit war, sie zu verteidigen. »Zeigt uns, was Ihr da versteckt.«

Der Mann streckte den Arm aus und öffnete die Faust. Beim Anblick des Silberarmbandes, das in seiner Hand lag, begann Willa das Herz bis zum Hals zu klopfen. Ohne zu zögern trat sie an den Karren und zog das Tuch zurück, in das man den Leichnam gewickelt hatte. Sie stöhnte entsetzt auf, Tränen füllten ihre Augen.

»O nein«, wimmerte sie leise. »Maura.«

Roarke stand hinter ihr und hielt sie an den Schultern, als er sich zu ihr beugte und leise fragte: »Ihr kennt sie?«

Willa nickte, schniefte, ehe sie sagte: »Sie war das Kindermädchen meines Sohnes.«

Roarke starrte auf die Leiche herunter; das Gesicht der alten Frau war von ihrer Krankheit aufgedunsen, ihre Haut war fahl. »Hatte die Frau ein Kind bei sich?«, wollte Roarke von den Männern wissen.

»Nein, Herr, die war allein. Hat wohl schon ne Weile so gelegen, n Tag oder so.« Der Mann kratzte sich ungeniert.

»War überhaupt jemand bei ihr im Zimmer?«, fragte Willa.

Der andere Mann schüttelte den Kopf und wischte sich mit

dem schmutzigen Hemdsärmel die Nase. »Da war keine Menschenseele. Da war'n nich mal Kleider, Miss. Die da haben uns gerufen.« Er zeigte mit dem Finger an ihr vorbei.

Willa wandte sich um. Sie versuchte noch, in der Dunkelheit etwas zu erkennen, als der Mann plötzlich auftauchte. Sie glaubte, das Herz würde ihr stehen bleiben. O Gott.

»Alistar.«

17

Raiden schwang sich über die Reling aufs Deck und ging mit großen Schritten auf den Korridor zu, der zu seiner Kabine führte. Hinter ihm kamen seine Männer an Bord, sprangen wie er über die Reling und schwärmten übers Deck, um auf ihre Positionen zu gehen. Das alles ging im Dunkeln vor sich. Raiden blieb kurz stehen und schaute sich um. Suchend glitt sein Blick über das Schiff. Man konnte kaum etwas sehen, doch Raiden kannte jeden Winkel der *Renegade* wie seine Handfläche, und er bemerkte sofort, dass das Beiboot nass war, obwohl er keinen Befehl gegeben hatte, es zu Wasser zu lassen. Sein Gesicht spannte sich an, und er rief nach Tristan.

Als der Quartermeister kam, fragte Raiden: »Wer hatte Befehl, an Bord zu bleiben?«

Tristan überlegte kurz. »Dobbs, Van Pool, Riggs, Cheston, Perth, Kahlid, Vazeen, Sanjeev und noch drei andere.« Er runzelte fragend die Stirn, und Raiden wies auf die Wasserlache, die sich auf dem Deck gebildet hatte. Die beiden Langboote, mit denen er und seine Männer unterwegs gewesen waren, waren noch nicht wieder hochgehievt worden. Von ihnen konnte das Wasser daher nicht stammen.

»Ruf die Männer zusammen und schick sie dann zu mir. Jetzt sofort!«

»Aye, aye«, sagte Tristan. Mit finsterem Blick machte er auf dem Absatz kehrt und erteilte seine Befehle.

Raiden duckte sich, als er den schmalen Korridor betrat, um zu seiner Kabine zu gehen. Vor deren Tür blieb er wie erstarrt stehen. Der Riegel war zurückgeschoben, und auch der Balken war fort, mit dem die Tür zusätzlich versperrt gewesen war. Sofort stieß er die Tür auf, und sein Blick glitt durch die Kabine. Die leere Kabine. Raiden überstieg die hohe Schwelle und ging zur gepolsterten Bank, neben der Willa ihre Sachen aufbewahrte. Die Satteltasche war da, aber sein Tornister fehlte. Ihre Pistole fand Raiden in der Kleidertruhe. Willa hatte also bis auf ihr Messer keine Waffe bei sich. Die Kleider, die er ihr gekauft hatte, waren noch da, die Männerkleidung, die sie im Dschungel getragen hatte, fehlte jedoch.

Raiden schlug das Herz wie wild, und mit jeder Sekunde, die verstrich, wurde das Pochen stärker und stärker, bis es ihm fast die Luft nahm.

Allmächtiger. Sie hat mich verlassen.

Hatte er geglaubt, sie für immer festhalten zu können? Hatte er wirklich geglaubt, Willa würde seinen Zorn und all die Kränkungen, die er ihr zugefügt hatte, stillschweigend erdulden? Raiden schluckte mühsam und spürte in seiner Kehle ein Kratzen wie von zerbrochenem Glas. Die Hand in Willas Nachtgewand gekrallt, sackte er gegen den Schreibtisch. *O Gott. Was habe ich getan?*

Raiden war nicht darauf gefasst gewesen, dass es ihn so tief verletzen würde, sie zu verlieren. Doch der Schmerz durchfuhr ihn wie eine scharfe Klinge, bohrte sich in sein Herz, dessen Stimme er mit aller Kraft zu ignorieren versucht hatte. Er hatte Willa zu diesem Schritt getrieben, und jetzt war ihr Leben in ernster Gefahr – und daran trug niemand anderer die Schuld als er ganz allein. Raiden ließ das Nachtgewand auf den Boden fallen, als er sich plötzlich aufrichtete und sich fragte, ob Willa gegangen war, um die Behörden zu informieren. Er fuhr sich mit beiden Händen durchs Haar und presste sie gegen seinen Schädel. Dieser Gedanke und sein Herz kämpften miteinander um die Vorherrschaft. Würde sie ihn verraten? Denn er hatte ihr wahrlich keinen Grund gegeben zu glauben, zwischen ihnen wäre irgendetwas an Gefühlen übrig geblieben. Heilige Mutter Gottes, um ihren Sohn zu finden, würde Willa alles tun! Hatte sie das nicht gesagt? Warum also sollte sie ihn nicht ausliefern, wenn die Belohnung dafür ihr Junge war?

Raiden trat das Nachtgewand mit dem Fuß zur Seite, ging mit großen Schritten zur Tür und brüllte seinen Männern den Befehl zu, das ganze Schiff gründlich zu durchsuchen. Doch es war zwecklos. Willa war fort, und er wusste genau, wie sie von Bord gelangt war.

»Lasst das Langboot herunter,« wies Raiden die Männer an und griff nach Tristans Pistole.

»Raiden . . .«

Er prüfte, ob die Waffe geladen war. »Sie ist fort.«

»Was? Wie kann das sein? Sie war eingesperrt.«

»Offensichtlich hat jemand sie herausgelassen.« Raiden schaute kurz über die Schulter zu Jabari, der in einer Ecke hockte. »Und irgendjemand hat sie an Land gebracht.«

Tristan runzelte die Stirn, als er auf das nasse Deck starrte. »Ich kann verstehen, warum sie fort wollte«, sagte er und sah Raiden abschätzend an. »Aber warum sollte einer der Männer ihr helfen? Und dich hintergehen? Uns?«

»Verdammt noch mal, wie soll ich das wissen?«, schnappte Raiden. »Geld? Straffreiheit? Vielleicht hat ihre hübsche Larve ihn dazu verlockt oder er hat vor, sie zu verkaufen. Oder ein Lösegeld für sie zu erpressen. Aber ich schwöre –«, bei diesen Worten ließ Raiden den Blick über die Männer der *Renegade* gleiten, »– dass ich den Mann töten werde, der ihr zur Flucht verholfen hat.« Sein Blick umfasste die Männer, registrierte, wer fehlte. Und er hasste es. »Du bleibst hier und stellst fest, wer nicht an Bord ist, und wer genau mit dem Boot unterwegs war. Falls inzwischen jemand an Bord kommt, sperr ihn in die Arrestkammer. Ich gehe an Land.«

»Raiden, sei vernünftig. Das kannst du nicht tun. In fünf bis sechs Stunden wird es hell, und bei Tageslicht kann man uns meilenweit sehen!«

»Das heißt, dass wir fünf bis sechs Stunden haben, um sie zu finden. Oder du wirst tun, was du tun musst.«

Tristan wusste, was Raiden damit sagen wollte, aber der Gedanke, wieder ohne ihn davonzusegeln, gefiel ihm ganz und gar nicht. Das Wetter schlug um, und wenn sie durch den drohenden Monsun gezwungen sein sollten, auf See auszuharren, würden sie Raiden vielleicht wochenlang nicht sehen. Und Tristan räumte auch unumwunden ein, dass er kein so guter Seemann war wie Raiden. »Du würdest unser aller Leben für diese Frau riskieren, nachdem du sie jetzt tagelang wie Luft behandelt hast?«

Tiefe Reue erfüllte Raiden. »Ja. Hast du nicht bedacht, dass sie vielleicht in diesem Augenblick mit den Behörden spricht, um unseren Aufenthaltsort verraten, unsere Pläne?«

»Wenn sie das tut, dann ist dir die Schuld dafür zu geben«, erwiderte Tristan leise und seine Stimme klang wie ein Zischen. »Du hast es ja nicht einmal geschafft, dich ihr gegenüber zivilisiert zu benehmen, und jetzt ist sie geflohen – direkt in einen der gefährlichsten Häfen von …«

Raiden riss den Kopf hoch und sah Tristan hart an. »Ich weiß sehr genau, was jenseits der Dunkelheit liegt, Mr Dysart.«

»Man wird sie töten … oder bestenfalls in die Sklaverei verkaufen!«

»Nicht, wenn ich sie vorher finde.«

»Du bist ein Narr, wenn du denkst, irgendjemand wird sie dir auf einem Tablett überreichen. Man wird für sie einen hohen Preis erzielen, Raiden, bei diesen Haar und dieser hellen Haut, diesem Temperament. Und solltest du sie wirklich finden, wird sie nur noch ein Schatten der Frau sein, die du gekannt hast.«

Raiden war dabei, ein Bein über die Reling zu schwingen, und hielt sekundenlang inne, während er zu Tristan zurücksah. »Dein Mangel an Hoffnung ist ziemlich ärgerlich, Tristan.« *Gott stehe der Seele bei, die Hand an Willa legt*, dachte Raiden.

»Seit wann hat dir die Hoffnung je etwas bedeutet?« schnaubte Tristan wütend.

Raiden glitt über die Reling. »Seit jetzt«, erwiderte er, ehe er außer Sicht verschwand. Ja, seit Willa, dachte er, als er sich von dem Wirrwarr aus Netzen und Tauen abstieß und ins Boot hinuntersprang. Dass sie in Gefahr schwebte, war sein Fehler. Sie hatte den Tod in Kauf genommen, um vor ihm zu fliehen, und war dabei, geradewegs in Gott weiß welche Gefahren zu rennen. Es bewies ihm, dass sein gnadenloser Zorn ihr eine tiefe Wunde zugefügt hatte. Und welch schrecklichen Preis sie alle würden zahlen müssen, wenn er sich in Willa irrte.

Er musste sie finden, ehe sie in irgendwelche Schwierigkeiten geriet.

Einer angreifenden Schlange gleich bäumte sich die Wut in Willa auf, als sie ihren Mann anstarrte. »Wo ist mein Sohn?«, verlangte sie zu wissen und hätte Alistar die Augen ausgekratzt, hätte Roarke ihr nicht noch rechtzeitig die Hand auf die Schulter gelegt.

Gemessenen Schrittes und unnahbar wirkend, kam Alistar näher. »Unser Sohn«, korrigierte er und hob seine Pistole.

»Du kannst keinen Anspruch auf ihn erheben, Alistar. Du hast ihn nie in den Armen gehalten, nie mit ihm gesprochen.«

»Zu was wäre das nutze gewesen, wenn er sowieso nicht antworten konnte?«

Sein Gesichtsausdruck wies Willa die Schuld daran zu, und ihr Zorn kochte über. Sie hatte einen ausgemachten, absoluten Narren geheiratet. »Ich schwöre es dir, Alistar, wenn ihm etwas geschehen ist, dann werde ich dich …«

Sein Lachen klang kultiviert und leicht. »Was könntest du mir denn schon tun?«

Ihre Augen glitzerten wie gesprungenes Glas. »*Dich töten*«, sagte Willa mit tödlicher Ruhe. Ihre Hand schloss sich um den Griff ihrer Pistole. Es befriedigte sie zu sehen, wie Alistar erbleichte und seine Gesichtszüge erschlafften. Doch schon Sekunden später wirkte sein Gesicht wieder wie eine furchteinflößende Maske.

Die beiden Männer stiegen eilig auf die Kutschbank des Karrens, schnappten sich die Zügel und fuhren davon, hinter sich eine große Staubwolke aufwirbelnd.

Alistar sah ihnen einen Augenblick lang nach, ehe er Roarke mit einem kurzen Blick streifte und dann Willa musterte. »Ist das dein Liebhaber?«

Willa und Roarke wechselten rasch einen Blick. Als Roarke die Hand an seine Waffe legte, schüttelte Willa kaum merklich den Kopf. Alistar hatte Mason in seiner Gewalt, und sollte er bei einem Schusswechsel umkommen, würde sie ihr Kind niemals finden. »Ich achte mein Ehegelübde, Alistar.« Sie sah ihren Mann unverwandt an. »Was man von dir nicht sagen kann – in Anbetracht der vielen Huren, mit denen du dich vergnügt hast.«

Er zuckte mit den Schultern. »Ein Mann hat das Recht dazu.«

Willa erbebte vor Empörung.

»Fasst Euch, Willa«, hörte sie Roarke hinter sich sagen.

»Ich hasse ihn.«

»Ich nehme an, das weiß er.«

»Ihr müsst gehen. Ich zweifele nicht, dass er Euch töten würde, um mich zu kriegen.«

»Ich kann selbst auf mich aufpassen«, versicherte Roarke ihr.

Sie schaute zu ihm auf, Tränen der Wut füllten ihre Augen. »Ja, ich weiß.«

Eine Pistolenkugel schlug vor Willas Füßen in den Boden, und augenblicklich stellte sich Roarke zwischen sie und Alistar. Er hob seine Waffe. »Vorsichtig, Eure Lordschaft.«

»Gebt meine Frau heraus.«

»Sie wünscht nicht, mit Euch zu gehen.«

»Wer zum Teufel seid Ihr, dass Ihr Euch in eine Sache einmischt, die nur einen Mann und seine Frau etwas angeht?« Alistars glühte vor Entrüstung.

»Ich bin ihr Freund. Einen anderen Grund brauche ich nicht.«

»Tut das nicht, Roarke«, sagte Willa.

»Wollt Ihr zu ihm gehen?«

»Nein, aber –«

»Dann seid still, Frau.«

Waren alle Montegomery-Männer so diktatorisch? Flüchtig schoss ihr dieser Gedanke durch den Sinn, während sie sich an seine Mantelaufschläge klammerte. »Seid vorsichtig, Roarke. Er ist hinterhältig und gemein!«

»Komm her, Willa. *Sofort*«, befahl Alistar und streckte die Hand nach ihr aus.

Sie spähte um Roarke herum. »Bist du von Sinnen?«

Sein dünnes Lächeln zeigte seine Ungeduld. »Willst du deinen Sohn sehen?«

In Willa zerbrach der Widerstand. Alistar wusste genau, an welchen Stellen er sie treffen und am tiefsten verwunden konnte. Sie ging um Roarke herum, doch der streckte den Arm aus, um sie aufzuhalten.

»Ich kann Euch nicht mit ihm gehen lassen«, erklärte Roarke, wobei er Eastwick nicht aus den Augen ließ. »Bei allen Heiligen, Willa, Raiden würde mir niemals vergeben, sollte Euch irgendetwas geschehen.«

»Ihr könnt mich nicht aufhalten. Es ist mein Kind, mein Fleisch und Blut, von dem wir hier sprechen. Ich würde selbst dem Teufel in die Hölle folgen, könnte ich dadurch mein Kind zurückbekommen.«

Roarke hielt den Blick auf Eastwick und seine beiden hinter ihm stehenden Begleiter gerichtet. »Das ist genau der Ort, an den Ihr geht, Madam.«

»Ich bitte Euch …« Sie schluckte mühsam. »Sagt Raiden, ich wünsche mir, dass er eines Tages in seinem Herzen die Kraft dazu findet, mir zu vergeben.«

»Erschießt ihn«, befahl Alistar seinen Männern, die sofort gehorchten.

Ein Lichtblitz zuckte durch die Dunkelheit. Willa reagierte augenblicklich, indem sie zur Seite sprang. Roarke zuckte zusammen. Reflexartig und unkontrolliert feuerte auch er einen Schuss ab.

Willas Augen weiteten sich erschreckt, als sie das Blut sah, das aus seiner Brust quoll.

»Verdammt«, knurrte Roarke und sank auf die Knie. Die leer geschossene Pistole entglitt seiner Hand.

»Roarke! O Gott!« Schon während sie sich neben ihn kniete, presste Willa die Hand auf die Wunde. Sie starrte ihren Mann an. »Sei verflucht, Alistar, das war nicht nötig!«

»Natürlich war es nötig. Er hat meine Pläne gestört.« Alistar übergab die Pistole an seinen Bediensteten. »Lade sie neu«, wies er ihn an, ehe er mit großen Schritten auf Willa zuging. Er packte sie am Arm und riss sie hoch.

»Roarke!«

»Wir werden Euch finden«, versicherte er. Er hielt die Hand auf seine Wunde gepresst. Seine Augen wirkten glasig, zwischen seinen Fingern sickerte Blut hervor.

»Das werdet Ihr nicht«, erklärte Alistar. Er sah zu seinen Begleitern und wies mit einem Kopfnicken auf Roarke.

Willa begriff sofort. »Nein!« Sie kämpfte gegen ihren Mann. »Er hat nichts damit zu tun – nein!«

Alistar war größer und stärker als sein elegantes Auftreten es vermuten ließ. Er schlang den Arm um Willas Taille und zog sie mit einem Ruck von Roarke fort. »Beweist wenigstens ein wenig Anstand, Madam.«

»Bitte tu es nicht, Alistar, ich bitte dich.«

Lord Eastwick blieb stehen, schaute auf seine Frau herunter. »Du bittest mich? Nun, das ist natürlich etwas anderes. Was bietest du mir für sein Leben?«

»Nenn deinen Preis.«

»*Dein* Leben? Oder das deines Sohnes?«

Sie zögerte und Alistar schaute sich kurz zu Roarke um. »Vergebt mir. Aber hier entscheiden Prioritäten. Ihr versteht?«, sagte er zu ihm.

Willa schrie um Roarkes Leben, sie kratzte und trat um sich, um sich aus Alistars Griff zu befreien. Unverwandt war ihr Blick dabei auf Raidens Bruder gerichtet. Es gelang Roarke, auf die Beine zu kommen. Doch Alistars Männer gingen sofort auf ihn zu. Alistar beschleunigte seine Schritte, zerrte Willa die Straße entlang und verschwand in der Dunkelheit. Willa schaute zurück, bis sie im fahlen Licht der Fackel nur noch Schemen erkennen konnte. Ein Schuss peitschte durch die Stille, und ihr Herz schien dabei zu zerreißen. *Roarke*. O Gott, hilf ihm.

»Ich werde dich tot sehen, Alistar Peachwood.« Sie tastete nach ihrer Pistole, doch die Waffe war fort.

»Deine Drohungen sind so leer wie deine Taschen, außerdem hast du mir jetzt genug Ärger gemacht, Frau.« Er schleuderte Willa auf die Straße und starrte sie an. »Warum bleibst du nicht da, wo du hingehörst?« Er ging weiter.

Sie setzte sich auf. »Du bist ein Narr, das auch nur zu fragen!«

»Der Junge ist tot.«

»*Nein!*« Sie schrie auf, sprang hoch und griff Alistar an.

Alistar seufzte, dann schlug er Willa den Griff seiner Pistole gegen die Schläfe. Wie ein Sack fiel sie ihm vor die Füße. Er schaute auf sie herunter, während er ein Taschentuch aus seinem Ärmel zog, es auseinander schlug und ihr Blut vom Holzgriff wischte. Bei Gott, was für eine lästige Frauensperson sie doch war.

Das Pferd, auf dem Raiden durch die kleine Stadt ritt, hatte er gestohlen, und entlang seines Weges ließ er eine Spur von verschreckten Menschen zurück. Ein blutiger Messerhieb zog sich quer über seine Brust, und dieser Anblick warnte jeden davor, Raiden in die Quere zu kommen. Er ging methodisch vor, nahm sich Schänke um Schänke vor und kam auf seiner Suche nach Willa den Kais immer näher. Einem Ort, an dem er Gefahr lief, erkannt zu werden. Aber das kümmerte ihn jetzt nicht mehr. Alles, was er wollte, war, Willa in Sicherheit zu wissen.

Als er aus der letzten Schänke herausstürmte, sah er den mit Leichen beladenen Karren der Totengräber heranrollen. Raiden empfand den Geruch des Todes als unerträglich und beschleunigte seine Schritte. Bei einer kleinen Gruppe britischer Soldaten, die sich um einen auf der Straße liegenden Körper geschart hatte, blieb er stehen. Sein Herz klopfte heftig, als er die Männer zur Seite stieß, ohne sich darum zu sorgen, ob man ihn erkannte. Er starrte auf die leblose Gestalt herunter und wusste sofort, dass es nicht Willa war. Er bückte sich und rollte den Toten auf den Rücken.

Die leeren Augen eines dunkelhaarigen Mannes starrten ihn an.

»Ihr kennt ihn?«, fragte einer der Soldaten und machte einen großen Bogen um Raiden.

Raiden schüttelte den Kopf.

»Er hatte Goldstücke bei sich – Sovereigns.«

Raiden schaute auf und musterte den Soldaten eindringlich. Der Mann wich zurück. Englische Goldmünzen waren in dieser Gegend ein nicht gerade übliches Zahlungsmittel. »War jemand bei ihm? Ein anderer Mann?«

Die meisten der Umstehenden zuckten mit den Schultern und wandten den Blick ab, einige gingen davon. Raiden vermutete, dass sie das Gold bereits unter sich aufgeteilt hatten. Der Totenkarren hielt neben der Leiche, und als die beiden Totengräber müde herunterkletterten, zerstreuten sich auch die Letzten der Schaulustigen.

»Fünf Stück sind's heute Nacht schon. Werden bald keinen Platz mehr haben, sie zu begraben«, murrte der eine.

Raiden packte ihn am Aufschlag seiner Jacke. »Waren auch Frauen unter den Toten?«

»Ja, eine«, sagte der Ältere der beiden.

Raidens wurde das Herz eng, und er schluckte. »Zeig sie mir.« Er brachte nur ein krächzendes Flüstern heraus.

Die Totengräber gingen zur Ladefläche des Karrens und rollten eine der Leichen herum. Raidens Gesicht entspannte sich vor Erleichterung, als er auf das aufgedunsene Gesicht einer alten Frau schaute. »Habt ihr einen Jungen gesehen, der allein unterwegs ist?« Er sah die beiden hageren Männer fragend an. »Einen dünnen Burschen.« Er wollte niemanden darauf stoßen, dass sich eine Frau unter den Männerkleidern verbarg.

Die beiden wechselten einen Blick und sahen Raiden dann mit großen Augen an. Er warf jedem der Männer eine Münze zu, die sie ihm Flug auffingen. »Wir haben nen Jungen gesehen, mit nem riesigen Kerl, so wie Ihr, würd' ich sagen.«

»Ja, ich würd' sagen, das war er.« Der Mann runzelte die Stirn. »Was wollt Ihr von dem Jungen?«

»Was habt ihr noch gesehen?«

»Wir haben uns verzogen, als die anderen aufgetaucht sind.«

Raiden wiederholte seine Frage, bot ihnen mehr Geld, aber das seltsame Paar behauptete, nichts weiter zu wissen. Es waren vier tote Männer heute Nacht gewesen, und dieser da auf der Straße sei einer davon. Raiden ging zu seinem Pferd zurück, saß auf und ritt in westlicher Richtung davon. Ob Barkmon hier war? Wer war bei Willa gewesen? Wer hatte sie an die Küste gebracht? Und wer waren diese »anderen«, die einen Toten zurückgelassen hatten?

Mit jeder Stunde, die verstrich, wuchs Raidens Angst, die schreckliche Bilder in ihm heraufbeschwor, Bilder, wie sie sich kein Mensch vorstellen sollte. Sie nährten seine Furcht und seine Schuldgefühle. Jeden, den er auf der Straße sah und der annähernd Willas Größe hatte und ähnliche Kleidung trug, griff er sich, um zu sehen, ob sie es war. Die Menschen wichen vor ihm zurück, und Raiden war blind und taub für den Aufruhr, den er verursachte. Er befragte Dutzende von Männern, denen er die Spitze seines Schwertes an die Kehle hielt, damit sie redeten, und er warnte jeden davor zu lügen, ansonsten würde er sein eigenes Blut zu kosten bekommen. Raiden ritt bis zum entferntesten Ende der Stadt, befragte Eingeborene und Kaufleute, portugiesische und holländische Seeleute. Insgeheim gestand er sich ein, dass er nicht mehr Herr seines Verstandes war, dass seine Emotionen seine Beherrschung auf eine harte Probe stellten. In einer der Schänken packte er schließlich einen Soldaten der *East India Company* an den Mantelaufschlägen und riss ihn von seinem Stuhl hoch, um ihm ins Gesicht zu sehen.

»Ein Bursche, klein, grüne Augen. Hast du ihn gesehen?«

Die Augen vor Furcht weit aufgerissen, schüttelte der Mann heftig den Kopf. Raiden hob sein Schwert, er war bereit, es dem Mann durch die Kehle zu stoßen. Dass mehrere Männer ihre Pistolen auf ihn gerichtet hielten, ignorierte Raiden dabei völlig.

»Ich schwöre es, Herr! Ich habe keinen Jungen gesehen!«

»Aber ich«, ließ sich eine tiefe Stimme aus dem hinteren Teil der Schänke vernehmen.

Raiden wandte sich abrupt um, wobei einige Krüge zu Boden fielen, weil er den Soldaten weiterhin festhielt.

»Wer seid Ihr? Kommt ans Licht!«

Eine Gestalt taumelte in das schummrige, rauchverhangene Licht.

»Roarke!« Raidens Blick fiel auf die blutbefleckte Kleidung des Mannes, und er schleuderte den Soldaten zur Seite. Er drängte sich zu seinem Bruder durch. Kaum war er bei ihm, stützte er ihn und legte sich Roarkes unverletzten Arm um die Schultern.

»Beeil dich, Mann, wir müssen in See stechen.« Roarke tat sein Bestes, sich auf den Beinen zu halten, während Raiden ihnen mit dem Schwert den Weg zum Ausgang bahnte.

Draußen lehnte Raiden seinen Bruder gegen die nächstbeste Mauer und untersuchte dessen Verletzung. »Heilige Mutter Gottes«, sagte er. Es war ein glatter Durchschuss.

»Das ist nicht so schlimm.« Roarke schloss die Augen, als wollte er das Blut zwingen, aufzuhören zu fließen, damit ihm die Kraft bliebe, die er brauchte.

»Ja, wenn du dich ruhig hältst. Wie lange läufst du schon damit herum?«

Roarke schob Raidens Hände weg und machte einen unsicheren Schritt. »Wir müssen zum Kai.« Er hatte noch immer den Ausdruck von Eastwicks Gesicht vor Augen, als er seine Frau mit sich gezerrt hatte und in der Dunkelheit verschwunden war. Er würde sie töten. Und er würde es genießen.

»Doch nicht jetzt, Mann, dazu bist du nicht in der Verfassung.«

Roarke taumelte. »Ich habe es versprochen.« Trotz seiner Schmerzen packte er Raiden fest an der Schulter »Ich habe es ihr versprochen.«

Raiden musste nicht fragen, von wem Roarke sprach; dessen Blick sagte ihm mehr, als er wollte. Raiden schluckte heftig. »O Gott. Ihr Mann – hat sie gefunden, habe ich Recht?«

Ehe Roarke antworten konnte, sank sein Kopf zurück und er brach in den Armen seines Bruders zusammen.

Schweißüberströmt und reglos still lag Roarke in Raidens Bett, während das Fieber in seinem Körper wütete.

Dem Bett gegenüber saß Raiden an seinem Schreibtisch. Er hatte die Ellbogen aufgestützt, als er sich durchs Haar strich und den Kopf in den Händen vergrub. Unentwegt wanderten seine Gedanken zwischen seinem Bruder und Willa hin und her, und er war unfähig, zur Ruhe zu kommen. Und er hielt es nicht mehr aus, Roarke leiden zu sehen. Die Wunde hatte sich entzündet, das Loch in der Schulter eiterte stark. Binnen weniger Stunden hatte diese Verletzung ihn an die Schwelle des Todes geführt, eine Verletzung, die eigentlich nicht so schlimm war, um sich so heftig zu entzünden. Raiden ertrug den Gedanken nicht, Roarke ebenso zu verlieren wie Willa.

Seine Qual schüttelte ihn wie ein wildes Tier, erfüllte sein ganzes Sein und ließ ihn an seinen Schuldgefühlen fast ersticken. Willa hatte seinen Worten vertraut, dass er für ihre Sicherheit sorgen würde, und er hatte ihr Vertrauen zerstört, weil ihr Ehegelübde ihm jeden Traum auf eine Zukunft mit ihr genommen hatte. Bis sie ihm die Wahrheit gestanden hatte, war ihm nie bewusst gewesen, wie sehr er einen anderen Menschen brauchte. Für eine kurze, ungewisse – gefährliche – Zeit hätte er mit ihr zusammen sein können. Gott im Himmel, er war so wütend gewesen. Er hatte ihr wehtun wollen, er hatte gewollt, dass sie begriff, wie unermesslich sein Verlust war, wenn ihr immerhin noch die Hoffnung auf die Rückkehr ihres Sohnes geblieben war. Ich bin diese Frau nicht wert, dachte Raiden. Er hatte sein Bestes getan, ihr dies deutlich zu machen, und offensichtlich waren seine Bemühungen letzten Endes erfolgreich gewesen.

Er musste sie finden.

Es stand für Raiden außer Frage, dass er die Dinge nicht auf sich beruhen lassen würde, dass er diesen Bastard von einem Ehemann zur Strecke bringen und Willa zurückholen würde.

Und sei es auch nur, um die Dinge mit ihr zu klären, für sie zu klären.

Je länger sie getrennt waren, desto geringer standen für ihn die Chancen, sie zu finden. Er hatte von Roarke keine weiteren Informationen bekommen als die, dass Lord Eastwick Willa mitgenommen hatte. Ginge es nach dem Gesetz, dürfte er sich nicht einmischen. Eastwick war ihr Mann. Doch allein schon daran zu denken, dass dieser Mann sie berührte und seine Rechte bei ihr durchsetzte, zerriss Raiden. Er ließ die Hände sinken und fiel in den hochlehnigen Stuhl zurück. Sein Blick ruhte auf der Bank unter der Fenstergalerie, und er dachte daran, wie sie dort immer gesessen hatte, mit leicht zur Seite geneigtem Kopf, um den Himmel zu sehen. Jedes Mal, wenn er ihr Bild heraufbeschwor, spürte Raiden einen stechenden Schmerz. Auch wenn er versuchte, sich dagegen zu wehren, tauchten die Bilder vor ihm auf. Willas Lächeln, ihr messerscharfer Verstand und – o Gott – ihre Tränen und ihre Zärtlichkeit, wenn er grausam und gemein gegen sie war. Niemand außer Willa hatte es bisher gewagt, so hart mit ihm aneinander zu geraten. Ein trauriges Lächeln lag auf Raidens Lippen, als er daran dachte.

Ich vermisse sie.

Sie hatte in vielen Dingen Recht gehabt, hatte ihn besser gekannt als er selbst. So wie sie gewusst hatte, dass Eastwick sie jagte und dass Dunfee sich mit jemandem zusammengetan hatte. Seine Verbindung zu Barkmon war bekannt, doch Raiden hätte diese drei Männer nicht in Verbindung zueinander gebracht, wäre ihm nicht der Beweis dafür geliefert worden. Und dieser Beweis kam in Gestalt Willas. Sie hatte Recht gehabt in Bezug auf die Kriegsschiffe, die in der Straße von Malakka patrouillierten, und was die Armada von Schiffen betraf, die im Hafen lag. Er hatte die *Queen's Regard* in Malakka erwartet, doch Willa hatte erklärt, dass Dunfee jetzt die *Yorkshire* befehligte. Doch Raiden hatte bedenken müssen, dass Willas Informationen, da Barkmon sie verfolgte, auch hätten falsch sein können.

Raiden schaute zu seinem Bruder hinüber. Er konnte es

nicht ertragen, so untätig herumzusitzen. Er stand auf und ging zur Tür. Sie aufzureißen und nach Balthasar zu rufen war eins. Jabari, der dafür bestraft worden war, einen Befehl nicht befolgt zu haben, kam als Erster herbei. Er ließ den Kopf hängen.

»Bleib bei ihm, bis Balthasar kommt.« Jabari schaute auf, und Raiden sank das Herz, als er die – seltenen – Tränen in den dunklen Kinderaugen sah. Er hockte sich vor ihn hin und sah den Jungen an. »Hatte sie dich gebeten, sie freizulassen?«

Jabari schüttelte den Kopf.

»Rede, Sohn, ich kann nicht deine Gedanken lesen.«

»Nein, Sir. Ich habe nur … habe nur gerade gedacht, es war ungerecht und es war so heiß und Ihr hättet sie nicht zum Weinen bringen dürfen!« Ohne dass Jabari dabei Luft holte, sprudelten die Worte aus ihm heraus.

Raidens Mundwickel zuckte. »Das weiß ich jetzt auch, Junge.«

Jabari hielt dem Blick seines Kapitäns stand. »Ihr werdet sie finden, ja?«

»Ich werde es versuchen.« Raiden richtete sich auf.

»Ihr müsst mehr tun als das, Captain«, sagte der Junge streng, noch immer färbte Zorn seine Stimme. »Sie ist Eure Lady.«

Meine Lady. Raiden schloss die Augen, als eine unsichtbare Faust sich um sein Herz zu schließen und es zusammenzudrücken schien. Er würde sich nichts wünschen, was niemals sein konnte. Er konnte es nicht. Mehr zu erwarten würde nur bedeuten, später wieder verletzt zu werden. Als würden die Qual und die Scham über sein Handeln ihn nicht schon jetzt zerstören. Und dennoch – im geheimsten Winkel seines geschundenen und von Narben gezeichneten Herzens wagte es Raiden, die Sehnsucht nach mehr zuzulassen. Aber, so fragte er sich im selben Atemzug, würde ihn dann nicht dasgleiche Schicksal ereilen wie vor mehr als einem Dutzend Jahren? Würde er wieder die Liebe finden und sie auf grässlichste Weise auch wieder verlieren? Dieses Mal, das wusste er, würde er es nicht überleben.

Balthasars laute Stimme riss Raiden aus seinen Gedanken, und er zuckte zusammen.

»Captain?« Balthasar warf einen Blick auf Roarke, runzelte die Stirn und sah zu Raiden. »Ich werde die Wunde wieder öffnen, so wie Lady Eastwick es getan hat.« Er trug ein Tablett in den Händen, auf dem alles Nötige für einen Verbandswechsel bereitlag. »Es ist dasselbe, denke ich. Irgendetwas steckt noch in der Wunde.«

Raiden nickte. »Ich bin auf Deck. Schickt nach mir, wenn eine Veränderung eintritt.« Er warf einen letzten Blick auf seinen jüngeren Bruder und ging zur Arrestkammer.

Raiden machte sich nicht die Mühe, die Männer anzusehen, die, in Ketten gelegt, in der kleinen Zelle hockten. Hier unten im Rumpf der *Renegade* war die Luft feucht und stickig.

»Wir wussten nicht, dass sie im Boot war, Cap'n.«

»Es ist der einzige Weg, auf dem sie an Land gelangen konnte«, sagte Raiden. Die Hände auf dem Rücken verschränkt, ging er auf dem engen Gang vor der Zelle hin und her.

»Es sei denn, die Haie haben sie gefressen«, sagte Cheston und kicherte leise.

Raiden blieb stehen und sah ihn verächtlich an. »Captain Killgaren bestätigt, dass Lady Eastwick an Land gegangen ist. Das bedeutet, dass irgendjemand sie zur Küste gebracht hat. Und dass dieser Jemand ohne Erlaubnis das Schiff verlassen und die *Renegade* unbewacht gelassen hat.« Er setzte seine Wanderung fort, seine Schritte waren langsam, methodisch. Er wusste, dass es die Gefangenen nervös machte. Und eben das war Raidens Absicht. Darüber hinaus wirkte es beruhigend auf den Gefühlssturm, der in ihm tobte.

»Es waren viele Männer an Bord«, wagte Vazeen zu bemerken.

Raiden blieb stehen, sein Kopf fuhr herum. Sein Blick war so kalt wie geschliffenes Eis. »Ihr habt Befehle missachtet!«

Die fünf Männer erbleichten. Dieses Vergehen bedeutete

mindestens, ausgepeitscht zu werden. Und schlimmstenfalls das Ausgesetztwerden.

»Ihr werdet bei Brot und Wasser in dieser Kammer bleiben bis ich genügend Aussagen gesammelt habe und mit dem Rest der Mannschaft über euer Schicksal entscheiden werde.« Die Gefangenen ließen die Köpfe hängen. Ihnen war bewusst, dass ihre Zeit bemessen war. »Sollte Captain Killgaren sterben, werde ich euch auch dafür zur Verantwortung ziehen.«

»Warum? Was haben wir denn damit zu tun?«, stieß Dobbs hervor.

»Hättet ihr das Beiboot nicht gestohlen und wärt nicht an Land gegangen – und dabei, nebenbei bemerkt, riskiert, dass wir entdeckt werden –, hätte Lady Eastwick keine Möglichkeit gehabt, an Land zu kommen. Captain Killgaren hätte sie nicht verteidigen und sein Leben dabei aufs Spiel setzen müssen.« Raiden ging zur Leiter und blieb kurz stehen, um noch hinzuzufügen: »Und sollte sein Leben verloren sein, wird es keine Gnade geben.«

Während Raiden die Leiter erklomm, betete er darum, dass Roarke überlebte. Und er hoffte, dass er von ihm die Information bekommen würde, die ihn zu Willa führen konnte, das letzte Stück des Puzzles, das ihm noch fehlte. Raiden wünschte, ihm würde noch eine andere Lösung einfallen als Tristan das Kommando über die *Sea Warrior* zu erteilen und den Kapitänen der übrigen Schiffe den Rückzug aus der Straße von Malakka und den südlichen Gewässern zu befehlen. Sie mussten fort von den schwer bewachten Häfen. Aber ohne die Initiative zu ergreifen, würde er Willa auf den Banda-Inseln niemals finden.

Als er über das Oberdeck ging, wurden seine Schritte zögernder. Allmächtiger, was würde mit ihr geschehen? Einmal in Peachwoods Hand, könnte dieser sie als Sklavin verkaufen, als Tauschobjekt missbrauchen, sie töten. Mit einer winzigen Dosis Gift, und niemand würde je danach fragen. Diese Gedanken trieben Raiden zur Eile an. Mit raschen Schritten ging er zu seiner Kabine. Die Männer, die ihm begegneten, drückten sich eng gegen die Wand, um ihn vorbeizulassen. Raiden war daran gewöhnt, die Dinge auf seine Art anzupacken, aber jetzt musste er sich auf Gottes Hilfe verlassen – und auf Balthasars Heilkenntnisse und Roarkes Überlebenswillen.

Sein Bruder war nicht nur Raidens einzige Familie, er war auch die einzige Hoffnung, Willa jemals zu finden.

18

Roarke spürte, dass ihn jemand berührte, und öffnete die Augen. Sein erster Blick fiel auf Balthasar, der damit beschäftigt war, ihm einen frischen Verband anzulegen. Sein zweiter Blick richtete sich auf seinen Bruder, der zusammengesunken auf einem Stuhl saß, die Füße gegen den Fuß des Bettes gestützt.

Selbst im Schlaf sah man Raiden seine Erschöpfung an, und das offene Haar war so zersaust, dass er wohl hundert Mal mit den Fingern hindurchgefahren sein musste. Als er ihn rief, zuckte Raiden zusammen und blinzelte wie ein schläfriges Kind an, ehe er die Füße vom Bett nahm.

»Du siehst besser aus«, stellte Raiden fest und stand auf.

»Und du siehst verdammt schlecht aus.«

Raiden strich sich das Haar zurück und stopfte sich das Hemd in die Hose.

Roarke wies mit dem Kopf auf Balthasar. »Du hast diesem tätowierten Barbaren erlaubt, an mir herumzuschneiden?«

Balthasar kicherte amüsiert. »Dieser Barbar hat dir dein nichtsnutziges irisches Fell gerettet ... Sir«, fügte er hinzu, als Roarke eine Augenbraue hochzog.

Als Balthasar mit seiner Arbeit fertig war, half er Roarke, sich aufzusetzen, doch dieser winkte unwirsch ab. »Mann, du wirst mich mit deiner Fürsorge noch umbringen.«

Balthasar richtete sich augenblicklich auf.

»Du warst schon immer ein besserer Kämpfer als eine Krankenschwester.«

Der Maure sammelte seine Gerätschaften zusammen. »Ich werde Euch etwas zu essen bringen. Vielleicht wird es Euch den Mund stopfen, bevor Ihr mich dazu bringt, Euch die Zunge herauszuschneiden, Ungläubiger.«

Roarke sah ihn von der Seite an. »Großer Gott, dann kann ich nur hoffen, dass du ein noch besserer Koch bist.«

»Er ist das Beste, was ich habe.«

Roarkes Blick flog zu seinem Bruder. »Das Beste, das du hattest, Raiden, hast du gehen lassen.«

Raiden spannte sich an, sein Gesicht wirkte so kantig wie geschliffenes Glas.

Roarke schwieg, bis Balthasar gegangen war. »Es waren drei Männer. Sie hat nur ihr Messer zum Schutz, denn nachdem ich niedergeschossen worden bin, hab ich ihre Pistole an mich genommen.«

»Zum Teufel mit dir, Killgaren. Wie konntest du sie so schutzlos lassen!«

Roarke sah ihn spöttisch an. »Sie hätten ihr die Waffe in jedem Fall abgenommen, und hätte ich sie nicht an mich genommen, wäre ich jetzt tot, und wir könnten sie nicht suchen gehen, Captain. Er hat zwei Männer zurückgelassen, aber ich konnte nicht mehr richtig zielen.«

»Einer ist tot und …«

Das aufblitzende Grinsen verriet, dass Roarke das bereits wusste. »… und der andere ist ernstlich verletzt«, führte er den Satz zu Ende. »Und jetzt … jetzt werden wir über einen kleinen Gefallen reden.«

Raiden runzelte die Stirn. »Deine Gefallen werden langsam berüchtigt, Killgaren. Warum tust du das?«

»Ich habe meine Gründe.«

Als sich sein Gesicht verschloss, dachte Raiden, dass er Killgaren jetzt schon seit drei Jahren kannte, er aber über diesen Mann und seine Beweggründe so gut wie gar nichts wusste.

»Und ich erwarte, dass man sich mir erkenntlich zeigt«, fügte Roarke hinzu. Ein sarkastisches Lächeln lag auf seinen Lippen. »Nach meinem Belieben.«

Die Arme vor der Brust verschränkt, sah Raiden ihn abwartend an. »Also, was ist das für ein Gefallen, den ich dir tun soll?«

»Nicht *du mir*, Raiden. *Ich* werde *dir* einen erweisen.«

Arroganter Flegel, dachte Raiden. »Ich brauche keine Gefälligkeiten von dir.«

»Wirklich nicht? Dann habe ich also deine Erlaubnis, Lady Eastwick den Hof zu machen, wenn du sie gefunden hast?«

Raidens Gesicht schien vor Wut zu schmelzen.

»Das hätte ich nicht gedacht. Aber ... ich werde darauf verzichten, um Lady Eastwick zu werben, was ich wirklich von Herzen gern tun würde, wohlgemerkt.«

Seine Worte empfand Raiden wie einen Stoß mit einem Messer zwischen die Rippen. »Hat sie deine ... Werbung angenommen?«

Roarkes eisblaue Augen verengten sich, sein Blick wurde hart und kühl. »Das würde ich mir niemals angemaßt haben, ohne zuvor mit dir gesprochen zu haben. Ich bin ein Mann von Ehre.«

Raiden schnaubte. »Unter Räubern?«

Roarke lächelte nachsichtig. »Nein, unter Brüdern.«

Verblüfft ließ sich Raiden langsam auf den nächstbesten Stuhl sinken. »Seit wann weißt du es?«

»Seit Jahren. Seit du und ich Kinder waren. Vater hat es mir gesagt.«

»Dann hast du also einige Zeit mit diesem Bastard verbracht.«

»Bastard, nein, Zeit ja. Er ist nicht schlecht, musst du wissen.«

»Ach wirklich? Hat er *deine* Mutter geheiratet?«

»Nein, und er hat sie auch nicht lange geliebt. Er liebt Sayidda.«

Raiden runzelte die Stirn.

»Ransoms Mutter.«

»Na, das freut mich aber für ihn«, bemerkte Raiden mokant.

Roarke überhörte diese Bemerkung. »Eigentlich hat er immer sie am meisten geliebt, aber schließlich – hast du nicht auch schon zwei Frauen zur selben Zeit geliebt?«

»Nein, das habe ich nicht.«

»Schade.«

»Was hat das alles mit Willa zu tun?«, stieß Raiden zwischen zusammengebissenen Zähnen hervor.

»Gar nichts. Mir gefällt es nur, zu sehen, wie du dich windest.«

Raiden warf ihm einen entrüsteten Blick zu. »Ich winde mich nicht.«

»So wie du nicht siehst, was du hast, bis es weg ist.«

Raiden schien widersprechen zu wollen, doch dann stieß er einen langen Atemzug aus. »Ja.« Er starrte zu Boden und rieb sich mit beiden Händen übers Gesicht. Er gestand sich ein, dass er sich ohne Willa entsetzlich unvollständig fühlte. »Ich bitte dich, Bruder«, sagte Raiden leise, »sag mir ein einziges Wort, das diesen Schmerz lindert.«

Roarkes Gesichtszüge wurden weich vor Mitgefühl. »Sie war am Leben, als er sie mitgenommen hat«, sagte er. Er wusste, dass es nicht reichte, um seinem Bruder die Angst zu nehmen. »Und da war etwas an Lord Eastwick, das mir zu denken gegeben hat.«

Raiden ließ die Hände sinken. »Noch etwas anderes, außer dass er befohlen hat, dich niederzumetzeln?«

Killgaren warf ihm einen Blick zu, der sagte, dass Eastwick dafür noch teuer bezahlen würde. »Es waren seine Augen, die Blässe seiner Haut.«

»Vielleicht ist er krank.« Raiden hoffte, das der Mann von schwärenden Wunden übersät und davon gezeichnet würde wie ein Aussätziger.

Roarke schüttelte den Kopf. »Nein, krank schien er mir nicht zu sein. So hat er sich ganz und gar nicht verhalten; er hat nicht gewankt, und auch seiner Sprechweise war nichts anzumerken. Aber seine Haut … sie sah so … ich weiß nicht … sie sah fast durchsichtig aus.«

»Bist du dem Mann vorher schon einmal begegnet?«

»Nein.«

»Vielleicht sieht er immer so aus.«

Roarke nickte, als stimmte er zu, aber Raiden konnte sehen, dass es ihn noch weiter beschäftigte. »Wie ist sie an Land gekommen?«

Raiden stand auf, während er Roarke davon erzählte. Sein Zorn steigerte sich mit jedem Wort. »Sie ist eine Närrin, deswegen ihr Leben zu riskieren.« *Und es ist meine Schuld*, dachte Raiden, *allein meine Schuld*.

Killgaren ließ den Kopf aufs Kissen sinken und sah seinen Bruder eindringlich an. »Sie hatte sich entschlossen, zurückzugehen, ehe wir Eastwick trafen.«

Raiden fuhr herum, sein harter Blick schien Roarke festnageln zu wollen.

»Sie wollte zurück sein, ehe du ihre Flucht entdecken würdest«, fügte Roarke hinzu.

»Warum?« Er musste diese Frage stellen, auch wenn er sich vor der Antwort fürchtete. »Sie wollte ihre Freiheit. Und sie hatte doch erreicht, was sie wollte.«

Roarke sah seinen Bruder an und entschied, dass er ein Dummkopf war, wenn er die Wahrheit nicht erkannte. »Sie wollte dich mehr als ihre Freiheit.«

Raidens Beine gaben nach, und er stützte sich am Tisch ab. *Willa hatte zurückkommen wollen. Zu ihm.* Was hatte sie veranlasst, ihre Meinung zu ändern, trotz der Mühen und Gefahren, die sie auf sich genommen hatte, um an Land zu kommen? Warum hätte sie in seine Kabine und in die Gefangenschaft zurückkehren wollen? Und das auch noch, nachdem er sie so schändlich behandelt hatte! O Gott, all die Dinge, die er zu ihr gesagt hatte. Er seufzte vernehmlich und kniff sich in den Nasenrücken. Als er aufschaute, musterte Roarke ihn mit einem seltsamen Lächeln.

Raiden zog die Augenbrauen hoch und sah ihn fragend an.

»Ich genieße diesen Augenblick«, erklärte Roarke. »Ich habe dich seit Jahren beobachtet, wie du dir unbeirrbar und unbesiegbar deinen Weg über die Meere gesucht hast, um der bei weitem reichste und gefürchtetste Pirat zu werden. Und jetzt zu sehen, dass die Geste einer Frau dich bis in die Grundfesten erschüttert, ist ein Vergnügen, das ich vermutlich nicht wieder erleben werde.«

Raiden richtete sich auf. »Wiederhole das, und ich werde dich verprügeln.«

Ein herausforderndes Grinsen breitete sich auf Killgarens Gesicht aus. »Versuch es nur, alter Mann.«

»Alt? Bei Gott, du unverschämter Balg…«

Roarke lachte, leise und für sich. »Ach, wie nett ist es doch, einen Bruder zu haben.«

Das ließ Raiden innehalten. Er sah Killgaren an und fragte sich, warum er ihm ihre Verwandtschaft eigentlich verschwiegen hatte. Und er begriff, dass er es nicht aus Sorge um seinen Bruder, sondern aus Sorge um sich selbst getan hatte. Raiden hatte so die Distanz aufrecht erhalten, die es ihm möglich gemacht hatte, keinerlei Gefühle an sich heranzulassen. Es ist wirkungslos gewesen, dachte Raiden. Denn in dem Augenblick, in dem er Roarke so schwer verwundet gesehen hatte, war er vor Sorge um ihn fast verrückt geworden.

»Ja, das ist es«, bestätigte er rau und räusperte sich. »Aber das ist ein Thema, das wir auf später verschieben müssen. Du wolltest zum Kai – warum?«

»Ich habe die Männer sagen hören, dass sie sich damit beeilen müssten, mich umzubringen, damit sie die *Persephone* rechtzeitig erreichen, ehe sie die Anker lichtet.«

Raiden fluchte, griff nach seinem Navigationsbesteck und den Seekarten, die er auf dem großen Tisch ausbreitete. »Die *Persephone* lag im Hafen von Syriam. Kein Wunder also, dass Barkmon in der Stadt gewesen ist. Er war an Bord.«

»War Eastwick bei ihm? Was meinst du?«

»Das ist sehr gut möglich, aber ich denke, dass Barkmon sich irgendwo anders mit ihm getroffen hat. Und er hatte mehr Glück als Verstand, dass Willa ihm dort über den Weg gelaufen ist.« Er fuhr mit der Fingerspitze über die Karte aus dünnem Leder, da und dort hielt er dabei inne.

Roarke mühte sich hoch und schwang die Beine über die Bettkante.

Raiden schaute ihn besorgt an. »Hältst du das für klug?«

Roarkes Miene besagte, dass er sich nicht aufhalten lassen würde, sei es klug oder nicht. Sein Kopf fühlte sich an wie Brei und seine Beine zitterten. Gott, wie er diesen Zustand hasste.

»Wie lange bin ich schon an Bord?«, fragte Roarke.

»Fast drei Tage.«

Roarke war aufgestanden und klammerte sich am Bettpfosten fest, als ihm schwindlig wurde. »Dann müssen wir uns beeilen. Er kann sie sonst wohin gebracht haben.«

»Ich werde mich darum kümmern.«

Roarke schnaubte. »Seit wann ziehst du in die Schlacht, ohne dass ich dir den Rücken dabei freihalte, Bruder?«

Raiden lächelte leicht.

»Wer befehligt mein Schiff?«, fragte Killgaren.

»Du meinst *mein* Schiff.«

»Jetzt sprichst du vom Unterschied zwischen Äpfeln und Apfelmus.«

Raidens Blut pochte ihm in den Adern, und ein harter Knoten schnürte ihm die Kehle zu. Willa hatte das Gleiche gesagt, und mit diesen Worten kam die Erinnerung an ihren Ritt durch den Dschungel zurück. Wie sie sich dieser gefährlichen Situation gewachsen gezeigt hatte, wie herrlich weich sie sich in seinen Armen angefühlt hatte, wie sie sich an ihn geschmiegt hatte, als gehöre sie zu ihm. »Du hast Recht. Ich gebe dir die *Sea Warrior.*«

»Wie bitte?«

Raiden schaute auf und lächelte über die Fassungslosigkeit, die Roarke ins Gesicht geschrieben stand. »Sie gehört dir. Versenk sie, segle sie, verkauf sie. Es ist mir egal.«

»Vielen Dank, aber warum?«

Raiden wandte sich wieder seinen Karten zu. »Weil du, kleiner Bruder, eine Basis brauchen wirst, um dein neues Leben zu beginnen.«

Roarkes Haltung drückte Widerspruch aus. »Ich finde mein Leben genau richtig.«

»Mein Bruder ist kein Pirat, wenn er den Verstand zu mehr hat.«

Streitlust blitzte in Roarkes Augen auf. »Seit wir uns begegnet sind, versuchst du mir vorzuschreiben, was ich zu tun habe.«

»Das liegt daran, dass ich älter und klüger bin als du.« Er schaute von den Karten auf. »Und ich will, dass du lebst. Und zwar noch eine ganze Weile, nachdem ich nicht mehr sein werde.«

Nicht mehr sein werde. Gnädiger Gott, dachte Roarke und presste die Lippen zusammen, als er begriff. »Du bist hinter diesem Admiral Dunfee her, und du bist bereit zu sterben, um ihn ins Jenseits zu befördern!« Raidens Schweigen war beredter als jede Antwort. »Und was wird mit Willa?«

»Ich werde sie und ihren Sohn finden, und ich werde …«

»Sie zu deiner Witwe machen? Oder zu deiner Frau?«

»Sie wird niemals meine Frau sein. Sie soll nicht unter meiner Schande leiden müssen.«

»Als Bastard geboren zu werden, ist keine Schande. Die Schande ist, wie einer zu leben. Und es ist wahrlich keine Heldentat, sie zu deiner verdammten Hure zu machen! Warum willst du ihr ihren Stolz rauben? Bedeutet sie dir nicht genug, um ihr deinen Namen zu geben?«

Raiden starrte seinen Bruder an, brennend vor Zorn und bereit, ihm an die Gurgel zu gehen. »Natürlich bedeutet sie mir etwas!«

»Ach was, Bockmist.« Roarke machte eine wegwerfende Geste. »Denn wenn es so wäre, würdest du der Lady nicht solch einen schlechten Dienst erweisen. Willst du, dass noch ein kleiner Montegomery ohne Vater aufwächst, ohne Namen?« Roarke fasste Hoffnung, als er sah, wie Raiden die Schultern straffte, doch als sein Schweigen anhielt, machte er seinem Zorn Luft. »Deine Sorge um sie hört da auf, wo die Rachegelüste anfangen, die du für Dunfee hegst. Und du genießt es, ein Bastard zu sein, wohingegen ich der Beweis dafür bin, dass dieser Umstand mein Leben niemals beeinflusst hat! Weil ich beschlossen habe, es nicht zuzulassen. Dass du es hingenommen hast, dass es einen Unterschied macht, das ist dein Fehler.«

Raiden starrte ihn an. »Meine Angelegenheiten mit Dunfee gehen dich nichts an. Außerdem hast du keine Ahnung, was für ein Leben ich geführt habe, bevor wir uns begegnet sind.«

»Weil du dich weigerst, es zu teilen oder dich anderen zu öffnen, und sei es auch nur ein wenig. Ich bin Willa nur einmal begegnet, Raiden, aber ich weiß, dass sie es nicht akzeptieren wird, einen Mann nur halb zu haben!«

Raidens Hände ballten sich zu Fäusten. »Du gehst zu weit, *Bruder*!«

Roarke ignorierte die Warnung. »Gefällt es dir, so einsam zu leben?«

»Ich bin ein gejagter Mann, und ich würde dir raten, von hier zu verschwinden, ehe dein Kopf aufgespießt auf einer Lanze endet.«

Roarke entging die Wendung nicht, die Raiden machte. »Ich kann allein auf meinen verdammten Kopf aufpassen, Montegomery.«

Raiden seufzte. Er wollte kein Kräftemessen mit Roarke, nicht jetzt. »Ich weiß, dass du das kannst«, erwiderte er nachgiebig. »Ich bin noch am Leben, weil du immer hinter mir gestanden und mich geschützt hast. Und jetzt komm her und sieh dir diese Karten an. Wir müssen entscheiden, wo wir zuerst suchen.«

»Du denkst, dass ihr Mann sie töten wird, nicht wahr?«

Raiden schaute nicht auf, seine Hand krampfte sich um den metallenen Winkelmesser und verbog ihn fast. »Wenn das, was Willa mir bislang erzählt hat, wahr ist, ja. Er wird sie umbringen. Sie weiß zu viel, das ihm das Genick brechen würde.« Langsam hob er den Kopf und sah seinen Bruder an. »Und er wird es genießen.«

Raiden wandte den Blick ab, als seine Augen zu brennen begannen. Aber die Bilder kamen, Bilder, die ihn sehen ließen, wie Willa misshandelt und geschlagen wurde, wie man sie hungern ließ und wie man sie, das Schlimmste von allem, einer Schiffsbesatzung zu deren Vergnügen überließ. Ein harter Schauder erschütterte seinen Körper. Der Stift in seiner Hand zerbrach. Raiden wusste, dass er Willa keine Hilfe sein würde, wenn er die Kontrolle über sich nicht wiederfand. Er konzentrierte sich auf die Karten, die ausgebreitet vor ihm lagen, und studierte die winzigen Inseln, die so zahlreich im Meer verstreut lagen wie Sterne am Himmel standen. Die Aussichten schienen hoffnungslos zu sein.

Ich werde dich finden, Liebste. Ich schwöre es bei meiner Seele, ich werde dich finden.

Raiden konnte zwei Vorteile nutzen. Er war in dieser Inselwelt groß geworden, und er besaß an der Küste Javas ein Fort, von dem niemand etwas wusste. Und die Engländer waren, gleichgültig aus welchem Grund, ein Haufen ungeduldiger Bastarde, wenn es galt, mit den Stammesfürsten und Sultanen dieser Inseln zu verhandeln. Nach all diesen Jahren hatten sie nur wenig von den überlieferten Traditionen und Gebräuchen begriffen, die es zu achten galt, wenn sie mit den Einwohnern von Ceram und Banda verhandeln mussten.

Die Engländer wollten nur eines: den Gewürzhandel kontrollieren.

Und das, Raiden wusste es, würde ihr Untergang sein.

»Balthasar ist es nicht.«

Raiden ließ das Fernrohr sinken, mit dem er den Horizont abgesucht hatte, während die *Renegade* unter vollen Segeln dahinfuhr. Er sah Roarke von der Seite an. »Du klingst sehr überzeugt.«

»Ja. Der Araber würde eher sterben als dich oder mich zu verraten.«

»Er weiß, dass wir Brüder sind.« Es war eher eine Feststellung als eine Frage.

Roarke saß, den Rücken gegen die Reling gelehnt, auf der Bank des Achterdecks. Er nickte. »Du musst nach der Quelle suchen. Wer würde einen Nutzen davon haben, uns alle hängen zu sehen? Welcher Pirat könnte schon einfach so untertauchen oder einen Handel mit den Engländern schließen? Die meisten von uns würden sich doch in einem Gefängnis wiederfinden oder man würde ihnen den Prozess machen, auch wenn sie denen einen von uns auf dem Silbertablett serviert haben.«

»Einige sind sogar Gouverneur geworden.«

Roarke warf ihm einen irritierten Blick zu. »Morgan zählt nicht. Das war vor fast hundert Jahren, und er war unermesslich reich.« Roarke machte eine wegwerfende Geste. »Es ist alles nur eine Frage des richtigen Zeitpunkts.«

»Deine Überlegung scheint mir aber richtig zu sein.« Raiden schob das Fernrohr zusammen. »Was ist mit Perth? Er ist das neueste Mitglied der Crew.«

»Und der Älteste, wie ich gesehen habe«. Roarke beobachtete den bärtigen Mann, der gerade mit einer Wendigkeit in das Takelwerk hinaufkletterte, die ihn überraschte. Aber andererseits würde Raiden auch keinen Seemann an Bord dulden, der seinen Pflichten nicht genügen würde.

»Tu dir keinen Zwang an, wenn du sechs Männer befragen willst, die in der Arrestzelle sitzen.«

Roarke beugte sich vor und stand vorsichtig auf, um seine Seite zu schonen. Als Raiden ihm helfend die Hand hinstreckte, bedachte der ihn mit einem Blick, der Raiden innehalten ließ. »Mir geht's gut«, erklärte Roarke. Im nächsten Augenblick stöhnte er, als ein heftiger Schmerz seine Schulter durchzuckte.

»Aber ich schulde dir etwas, Killgaren.«

Roarkes lässiges Grinsen ließ seine strahlend weißen Zähne aufblitzen. »Tatsächlich? Dann werde ich darüber nachdenken müssen, was ich aus dir herausschlagen kann.«

Zum ersten Mal in diesen Tagen lachte Raiden wieder. Er sah zu, wie Balthasar Roarke die Leiter herunterhalf. Dann glitt sein Blick zu Kahlid, und als ob dieser die Augen seines Kapitäns auf sich ruhen fühlte, warf der hoch gewachsene Maure einen kurzen Blick über die Schulter, ehe er die Stirn runzelte und wieder nach vorn auf die See schaute.

Raiden ging auf dem Deck hin und her und schlug bei jedem Schritt das Fernrohr gegen seinen Oberschenkel. Er versuchte, sich auf die Situation zu konzentrieren, nicht auf seine Frau. Seine Frau. *Du träumst, Mann*, dachte er. Sie war noch verheiratet, und er wusste, dass Willa nicht in eine Affäre mit ihm einwilligen würde. Ihre Zurückhaltung war der Beweis dafür. Und er wollte nicht darüber nachdenken, wie sich Lord Eastwicks Tod am besten bewerkstelligen ließe, auch wenn die quälenden Gedanken ihn so peinigten, dass sie ihn dazu treiben könnten, den Mann zu töten.

Aber nichts von alldem hätte für ihn eine Bedeutung ohne sie. Er wollte nur wieder in ihr Gesicht sehen können.

»Kahlid, ruf die Männer zusammen.«

Raiden wartete ungeduldig, bis die Mannschaft sich auf dem unteren Deck versammelt hatte, ehe er das Wort an sie richtete: »Ich werde Lady Eastwick suchen gehen. Diejenigen von euch, die mich nicht begleiten wollen, können an Bord eines der anderen Schiffe gehen. Aber ich werde sie suchen.«

»Und wohin geht's?«, rief jemand.

»Nach Ceram und zu den Banda Inseln.«

Erst herrschte tiefes Schweigen, dann setzte aufgeregtes Stimmengewirr ein. Einige wenige der Männer standen mit gesenktem Kopf da, während sie über ihre Möglichkeiten nachdachten.

»Gibt's eine Prise?«

Raiden zögerte einen Augenblick. »Nur meine Dankbarkeit.« Die Männer murmelten mürrisch. »Ich werde wahrscheinlich alles hergeben müssen, was ich besitze, um sie zurückzubekommen.« Eine Pause, dann fügte er hinzu: »Natürlich könnten uns unterwegs Schiffe begegnen, die Gewürze geladen haben.« Er ließ die Worte verklingen und hoffte, diese Aussicht würde die Männer veranlassen, ihn zu begleiten. »Entscheidet euch.«

Perth war der Erste, der sich zu Wort meldete. »Ich werde Euch begleiten, Cap'n.«

Raiden sah ihn an und fragte sich, ob er in eine offene Falle lief.

Dutzende anderer folgten seinem Beispiel, und einer knurrte: »Was bleibt uns schon anderes übrig?«, bevor auch der Rest der Mannschaft geschlossen zustimmte.

Raiden nickte erfreut und hoffte, dass das Vertrauen, das er in diese Männer setzte, ihm nicht durch einen Dolchstoß in den Rücken vergolten werden würde.

Roarke Killgaren lehnte sich gegen die Wand und atmete den Duft von Zimt und Kardamom, Ingwer und Muskat ein. Es war ein Fest für die Sinne – wäre der Gestank nicht gewesen, der von den Gefangenen ausging. Vazeen, ohne seinen Turban und mit verfilzten Haaren, starrte Roarke stumm an; Riggs, Santosh und Cheston hielten die Köpfe gesenkt. Van Pool, der Holländer, sah geduldig und unschuldig drein, während Dobbs wie ein Kind schmollte. Die Art ihrer Behandlung war ein Beweis für Raidens Wut.

»Würde es euch gefallen, aus diesem Loch herauszukommen?«, fragte Roarke in das Schweigen.

Die Männer sahen ihn misstrauisch an.

»Ich kann euch herausholen.«

»Wenn wir was tun?«, wollte Cheston wissen und sah seine Mitgefangenen an.

»Wenn ihr mir dabei helft, eine Meuterei anzuzetteln.«

»Warum wollt Ihr das?« Vazeen wagte diese Frage, und seine Miene zeigte weder Zustimmung noch Ablehnung.

»Ich bin es leid, im Schatten des Schwarzen Engels zu stehen.«

Die *Renegade* segelte an der Südküste Sumatras entlang und durchfuhr die schmale Meerenge zwischen der Insel und Sunda, vorbei an der westlichen Spitze Javas. Britische Schiffe befuhren diese Route nie, denn die Engländer wussten kaum von ihrer Existenz, geschweige denn kannten sie sich mit deren Befahrbarkeit bei Ebbe oder dem felsigen Meeresboden aus. Raiden war diese Durchfahrt so vertraut wie seine Stimme. Er brachte das Schiff sicher durch die Passage und nahm Kurs auf die Straße von Makassar. Die See war wild, und die Fahrt entlang Borneos und der Nordküste Javas, vorbei an Bali, Lombok und Celebes dauerte Tage. Die Männer der *Renegade* hielten aufmerksam Ausschau nach den *prahas* der Eingeborenen, den schmalen, flachgehenden Booten, und nach den tonnenschweren großen Kriegskanus, die sie *kora-kora* nannten. Sie waren mit hundert

Kriegern bemannt und schneller als jedes Schiff und wenn sie angriffen, geschah dies ohne Vorwarnung und mit tödlicher Genauigkeit.

Raiden war einmal zu viel Zeuge eines solchen Massakers geworden, um jetzt sorglos zu sein. Je näher sie der Banda-See und den Gewürzinseln kamen, desto größer wurde auch die Gefahr. Frankreich führte Krieg gegen England. England griff jedes Schiff an, von dem man vermutete, es versuchte, ihr Handelsmonopol zu umgehen. Und wie die Maden, die sich an den Toten gütlich tun wollten, wimmelten überall holländische Schoner herum. Deren Treiben wurde von der holländischen Regierung keineswegs gutgeheißen, zumal seit dem Gemetzel von Ambon jeder gewarnt sein musste, sich zu weit in diese Gewässer vorzuwagen. Portugiesische Briggs und Galeonen passierten unbehelligt die *Renegade*, eines der Schiffe grüßte sie mit einem Salut als Verbeugung vor ihrem Mut. Denn jeder einigermaßen erfahrene Kapitän wusste, dass ihnen die größten Gefahren noch bevorstanden.

Roarke blieb neben Raiden stehen und holte tief Luft. »Bei Gott, die Luft ist vom Duft der Gewürze geradezu geschwängert. Ich bin noch nie so nah an diesen Inseln gewesen.«

»Und du wirst es auch nie wieder sein.«

Roarke zog eine Augenbraue hoch, als er seinen Bruder indigniert ansah. »Wie bitte?«

»Glaub mir, wenn ich dir sage, das dir hier mehr Gefahren drohen als du in einem einzigen Alptraum erleben kannst.«

»Du hast Angst.«

»Zu sterben, bevor ich es will, ja.« Er warf Roarke einen Blick zu. »Und du solltest auch Angst haben.«

Roarke wippte auf den Fersen vor und zurück. »Du machst dir zu viele Sorgen«, erwiderte er.

Raiden schnaubte. »Ich habe mir das Recht darauf verdient, glaube mir. Hundert Meilen von hier liegt Ceram« – er wies auf das blaue Wasser – »das Herz der Gewürzinseln. Dort wird nichts gehandelt, was in England oder in den Kolonien nicht das Zehnfache an Gewinn einbringen würde. Und von all diesen Inseln verfügt es als Einzige über einen natürlichen Tiefwasserhafen. Er liegt im Osten und besteht aus buchtenartige Einschnitten, die tief ins Landesinnere hineinführen. Ganze Flotten können sich darin verbergen.«

Erstaunt zog Roarke die dunklen Augenbrauen hoch. »Ganze Flotten? Wie ist es möglich, dass sie nicht entdeckt werden?«

»Der Dschungel, kleiner Bruder, ist dort so undurchdringlich, dass er mir mein Schwert einmal bis zur Nutzlosigkeit stumpf gemacht hat. Im Norden, nicht weit von Ceram entfernt, liegen Ternate und Tidor, eine Insel, die von Gewürznelken geradezu überquillt.«

»Und Banda liegt südlich von uns.«

»Es ist eine perfekte Festung, fast so perfekt wie mein Haus auf Java.« Raiden runzelte die Stirn, als er den Blutfleck auf Roarkes Schulter sah.

»Ich hab mir die Stelle beim Klettern wieder aufgerissen.«

»Balthasar soll sich darum kümmern.«

»Mir geht es gut«, wehrte Roarke ab.

Raiden verzog den Mund. »Nimm Mr Dysarts Kabine. Ich werde dich rufen, wenn es etwas Neues gibt. Oder wenn wir dich auf die *Warrior* zurückschaffen können.«

Roarke nickte und schlug den Weg zur Kabine ein. Raiden sah ihm einen Moment stirnrunzelnd nach, ehe er den Blick wieder auf das blau leuchtende Meer richtete. Schon seit Jahren hatte er diese Gewässer nicht mehr befahren, er hatte es immer vorgezogen, die Beuteschiffe erst aufzubringen, wenn sie die Meerstraßen jenseits der malayischen Halbinsel passiert hatten. Sein Haus lag an der vom Dschungel bedeckten Küste Javas, und er wusste, dass es noch eine ganze Weile dauerte, bis er es wiedersehen würde. Bis er Willa, und so Gott wollte, auch Mason gefunden hatte und dorthin bringen würde. Er hoffte, dass sie einige von den Chinin-Phiolen mitgenommen hatte. Als sie noch an Bord gewesen war, hatte er sie dazu gezwungen, das Medikament einzunehmen. Es fehlte nur eine Phiole, und Raiden hoffte, dass Willa nicht krank geworden war.

Der Monsun folgte ihnen, und der heiße Wind und der stete

Regen packten praktisch jedes Schiff, das es wagte, die Meerengen zu durchfahren, um es auf den Meeresgrund zu schicken. Dies war der Hauptgrund, warum so viele von ihrer Jagd nach den Gewürzen nicht zurückgekehrt waren. Die Inseln waren überaus zahlreich, und es war schwer, sich in ihrem Gewirr zurechtzufinden. Konnte man die eine betreten, um wie ein König willkommen geheißen zu werden, stieß man auf der anderen auf Eingeborene, die so unberechenbar und tückisch waren, dass man nicht zu atmen wagte, während man auf den vergifteten Pfeil wartete, der einen ausgewachsenen Mann binnen Sekunden tötete.

Oder man wurde lebendigen Leibes verspeist – als Hauptgang bei einem Leichenschmaus.

Er war noch nicht einmal so alt gewesen wie Roarke jetzt, als er den Fehler gemacht hatte, zu einer dieser unberührten Inseln zu segeln. Was er erlitten hatte, war einer Verurteilung zum Tod gleichgekommen. Über ein Jahr hatte er in einer dreckigen Erdgrube dahinvegetiert, misshandelt und von der Sonne in seinem eigenen Saft gekocht. Wie einem wilden Tier hatte man ihm hin und wieder einen Brocken hingeworfen. Bis zu diesem Zeitpunkt hatte er nicht gewusst, welch unchristliche Furcht einen Menschen packen konnte. O ja, sein Leben war bis dahin mit Erfahrungen angefüllt gewesen, die ihn dem Tod oder dem Verhungern nur knapp hatten entgehen lassen, aber nichts hatte ihn auf die Schrecken vorbereitet, denen er bei diesen Wilden ausgesetzt gewesen war. Aber es waren ihre Sitten und ihre Traditionen, die er nach seiner Befreiung gelernt hatte, und die jetzt, so hoffte er, Willa retten könnten.

»Halt!«, gellte der Ruf des Mannes im Krähennest, und Raiden fuhr herum. Der Mann zeigte nach Osten. »Schiff leewärts, Captain!«

Raiden lief zur Mitte des Schiffes und kletterte in die Wanten. Dann griff er nach einem Seil und schwang sich damit zum Besansegel. Dort schob er das Fernrohr auseinander und nahm das Schiff ins Visier.

»Sie setzen den Union Jack! Volle Segel, Mr Perth. Wir wollen sie ein bisschen erschrecken, ehe wir ihr Hinterteil heraufklettern.«

»Aye,aye, Cap'n«, rief Nealy und gab Befehl, das Leisegel zu setzen. Das zusätzliche Segel würde sie noch schneller machen. Der Wind füllte das Segeltuch mit einer heftigen Bö. »Fiert die Boleine!«

Raiden packte die Leine und ließ sich an ihr herunter. Er kam hart auf dem Deck auf.

»Sollen die Geschützpforten geöffnet werden, Sir?«, rief Perth, und Raiden schaute zurück.

»Nein, aber alle sollen sich bereit machen! Besetzt jedes Geschütz. Aber auf keinen Fall feuern. Lady Eastwick könnte an Bord sein.«

Raiden ging zum Vorderdeck und schaute durchs Fernrohr. Ein Grinsen machte sich auf seinem Gesicht breit.

Die *Persephone*.

Verdammt, also hatte Willa auch damit Recht gehabt!

Sobald er auf der *Persephone* war, würde er alles, was er noch wissen wollte, aus Barkmon herauszuprügeln.

Und danach würde er sich vielleicht als gnädig erweisen und ihn an die Haie verfüttern.

Raiden ließ das Fernrohr sinken.

Nein.

Kein Gnade.

Keine Erbarmen.

19

Der Schwarze Engel. Gott steh uns bei, dachte Barkmon, als dieses unheilvolle Schreckgespenst des Bösen über die raue See auf sie zukam. Mit einer unvorstellbaren Geschwindigkeit.

Der erste Angriff war aus der Dunkelheit gekommen, hatte zugeschlagen wie die Faust Gottes und die Decks mit unglaublicher Präzision getroffen und zerstört. Der Mannschaft war dabei kein Haar gekrümmt worden, dennoch wünschte Barkmon sich, Gott würde ihn rechtzeitig zu sich holen, ehe die Piraten das Schiff enterten. Doch die Erlösung kam nicht. Stattdessen erfolgte der zweite Schlag. Die Wucht der Explosion zerriss den Kapitän, der gerade einen Befehl schrie, in zwei Teile, und wirbelte zwei seiner Offiziere in das ewige Vergessen. Ohne die führende Hand des Kapitäns würde die Crew sich ergeben. Ganz besonders jetzt, da sich die Männer des Schwesterschiffes wie die Feiglinge beim ersten Anzeichen von Schwierigkeiten davongemacht hatten – zur Hölle mit diesem jämmerlichen Haufen.

Barkmon sah sich nach einer Fluchtmöglichkeit um, nach einem Platz, an dem er sich verstecken konnte, bis alles vorüber sein würde. Er verlor dadurch kostbare Zeit, denn schon lag das Piratenschiff längsseits, wirbelten die Enterhaken durch die Luft und hakten sich in der Reling der *Persephone* ein. Planken wurden von Schiff zu Schiff gelegt. Die Männer kamen fast lautlos, schwangen sich an Seilen herüber, liefen über die Planken, fielen wie ein Bienenschwarm über die *Persephone* her. Den Rücken eng gegen die Wand gedrückt, ging Barkmon Schritt um Schritt auf den Niedergang zu. Sollten diese Bastarde sich doch das verdammte Schiff nehmen.

Eine Hand legte sich ihm auf die Schulter. Barkmon zuckte

herum und stand dem größten, seltsam aussehendsten Mann gegenüber, dem er je begegnet war. Einem Mohren.

»Mein Captain wünscht ein Wort mit Euch zu reden.«

Barkmon starrte den dunkelhäutigen Mann an, dessen Schläfen und Brust von Tätowierungen übersät waren. Er hielt einen langen Krummsäbel in der Hand, der viel zu schwer schien, um ihn mit dieser Leichtigkeit zu schwingen. Der Mann bedeutete Barkmon, voranzugehen, und dieser leistete gehorsam Folge. Sie gelangten auf das von Trümmern übersäte Hauptdeck. Der Mohr schob ihn vor sich her. Barkmon stolperte und klammerte sich haltsuchend an der Reling fest. Seine Augen wurden groß und rund, als ein Mann sich mit einem Seil über das haiverseuchte Wasser schwang und mit einem eleganten Sprung genau vor ihm landete.

Augenblicklich spürte er, dass der Mann ihm das Schwert ans Kinn setzte.

Barkmon schluckte und verfluchte Gott dafür, dass er ihn nicht schon beim ersten Angriff hatte sterben lassen. Und er verfluchte sich selbst, weil er die Gefahr unterschätzt hatte, Piraten in die Hände zu fallen. Der Mann, der vor ihm stand, war von riesiger Statur und ganz in schwarzes Leder gekleidet, das Haar dunkel und ungebärdig – und er kam ihm bekannt vor. Ja, es war derselbe Mann, den er in Syriam gesehen hatte, der Mann, der Lady Eastwick gefangen hielt.

»Wo ist sie?«

Barkmon befeuchtete sich die Lippen. »Ich bin in das Kommen und Gehen von Lady Eastwick nicht eingeweiht.«

Der Pirat neigte den Kopf, und auf dieses Zeichen hin liefen einige seiner Männer herbei. »Bringt mir das Logbuch. Und sucht jeden Zentimeter ab.« Er lächelte Barkmon spöttisch an. »Und nehmt mit, was euch in die Hände fällt.« Dann packte er Barkmon am Revers, zerrte ihn hoch. Sie starrten sich an. »Ich frage nur noch einmal – wo ist sie?«

»Er – er wird mich umbringen, wenn ich etwas sage.«

»Und ich werde Euch töten, wenn Ihr es nicht tut.« Sein Schwert ritzte Barkmons Kehle, der erst ein Brennen auf der

Haut spürte und dann das Fließen von Blut. »Ich bin mit meiner Geduld am Ende, Engländer. Ist sie an Bord?«

Barkmon schüttelte den Kopf. Beim Allmächtigen, Lord Eastwick würde ihn bis auf die Knochen tranchieren, wenn er irgendetwas verriet.

»Redet, Barkmon, oder ich überlasse Euch dem Mohren.«

Barkmons Blick glitt zu dem Tätowierten, dessen Mund sich zu einem drohenden Lächeln verzog, das Stunden der Qual versprach. Barkmon fühlte, wie seine Eingeweide sich vor Angst zusammenkrampften. Er wollte verflucht sein, wenn er für die Taten der Kreuzritter bezahlen würde, die vor fünfhundert Jahren in das Land dieses Mannes eingefallen waren. »Er hat etwas erwähnt«, begann Barkmon zögernd, denn er wusste, dass sein Leben verwirkt war, hatte er dieses Wort erst einmal ausgesprochen. »Er ist in Fort George. In dieser – alten Burg. Aber seine Frau habe ich nicht gesehen, das schwöre ich.«

»Euer Schwur ist wertlos.« Die schwarzen Augen des Piraten, kalt und starr wie tote Seen, starrten ihn an. »Warum hat er sie dorthin gebracht?«

»Er hat sie nicht hingebracht, er hat sie verkauft. An einen Sultan oder Prinzen.«

Der Schwarze Engel packte fester zu, bis seine Knöchel weiß wurden und man sie knacken hören konnte. »Der Junge … wo ist der Junge?«

Barkmon runzelte die Stirn. »Welcher Junge?«

Das Schwert des Piraten ritzte seine Kehle ein wenig tiefer.

»Ich schwöre, dort ist kein Kind!«

Die Augenbrauen des Piraten zogen sich zusammen. »Wenn Eastwick das Leben seiner Frau und seines Kindes einfach so auslöschen kann, was, Direktor, glaubt Ihr, wird er dann mit Euch machen?«

Barkmons Knie gaben nach, und mit einem Stoß und einem Laut des Abscheus schleuderte der Pirat ihn gegen die nächstbeste Wand. Barkmon wagte es nicht, sich zu rühren. Die Piraten öffneten jetzt den Riegel des Gitters, das die Ladeluke abdeckte, und begannen, Fässer und Kisten herauszuhieven. Barkmon war bewusst, dass Eastwick ihm auch diese Sache anlasten würde. Eastwick würde ihn fertig machen und seinen Ruf ruinieren, und er selbst würde unbeschadet aus dieser Sache herauskommen – so duftend und makellos wie die Wäsche seiner Frau. Während ein Fass nach dem anderen auf das Piratenschiff hinübergetragen wurde, sah Barkmon sein Ende drohend kommen.

Besonders, wenn sie entdeckten, was genau sich in den kleinen Tonnen befand.

Raiden blätterte das Logbuch durch und überflog die Seiten, um herauszufinden, wohin dieses Schiff unterwegs war, und um seine Folgerungen aus Barkmons Angaben zu ziehen.

»Captain!«

Raiden schaute gerade noch rechtzeitig auf, um zu sehen, wie Barkmon an der Reling entlanglief und dann über Bord sprang.

»Mann über Bord!«

»Holt ihn da raus, um Gottes willen.« Raiden warf Kahlid das Logbuch zu, eilte an die Reling und schaute ins Wasser. Es war unübersehbar, dass Barkmon nicht schwimmen konnte. »Mach schon, Mann, greif zu!«, rief Raiden und zeigte zu dem Seil, das in Barkmons Reichweite von der Reling ins Wasser herabhing.

In offensichtlicher Sinnesänderung streckte der im Wasser Zappelnde die Hand nach dem Seil aus, dann wurde er plötzlich starr, und sein rundes Gesicht verzerrte sich zu einer Maske des Entsetzens. Der Schrei erfror ihm auf den Lippen, als er abrupt unter Wasser verschwand. Er tauchte nicht wieder auf. Dafür durchstach die eindeutige Form einer Haifischflosse die Wasseroberfläche, ehe das Tier mit seiner Beute blitzschnell und mühelos davonschwamm.

»Verdammt.« Raiden hieb mit der Faust gegen die Reling, ehe er sich abwandte. Mit großen Schritten ging er in die Kabine des Kapitäns, um sie zu durchsuchen. Er nahm einige der Karten mit, ehe er auf die *Renegade* zurückkehrte.

»Sehr gut gemacht, Captain. Mit Ausnahme Barkmons, natürlich.«

Raiden sah seinen Bruder verärgert an. »Dieser Idiot muss

mehr auf dem Kerbholz gehabt haben, als wir dachten. Offensichtlich hatte vor Eastwick größere Angst als vor mir.«

Roarkes Blick glitt über Raidens Weste, die seine muskulösen Arme unbedeckt ließ, und über das Waffenarsenal, das in seinem Gürtel steckte und das wohl jeden Mann dazu treiben würde, davonzulaufen und sich zu verstecken. »Es fällt mir schwer, das zu glauben.«

Raiden grinste. »Die *Sea Warrior* ist bereit für dein Kommando.« Sein Blick glitt an Roarke vorbei, auf das Schiff, das sich der *Renegade* näherte.

Roarke machte sich nicht die Mühe hinzuschauen. Er nickte lediglich und betrachte die überreiche Beute, die die Männer im Rumpf der *Renegade* verstauten. »Du bist reicher denn je.«

Raiden zog die Augenbrauen zusammen. »Ich habe keinen Anteil an dieser Prise.«

Roarkes Grinsen blitzte ihn an. »Das meinte ich nicht.« Er kam dicht an Raiden heran und sagte leise: »Ich glaube nicht, dass dein Verräter in der Arrestkammer ist.«

Raiden richtete sich auf. Der Gedanke an den Verräter unter ihnen versetzte ihm einen scharfen Stich. Sein Blick glitt zu der geöffneten Ladeluke. »Wieso bist du dir so sicher?«

»Ich habe die Männer gefragt, ob ich auf sie zählen kann, wenn ich eine Meuterei anzettele. Hätten sie gekonnt, wären mir alle sechs sofort an die Gurgel gesprungen, um mich umzubringen.«

»Das war dumm von dir.«

Ein wenig kleinlaut zuckte Roarke mit den Schultern. »Es war der einzige Weg, der mir in dem Moment eingefallen ist.«

»Sie werden dir jetzt nicht mehr vertrauen, weil du dieses Ansinnen an sie gestellt hast.«

»Möglich, aber ich musste es einfach wissen.« Roarke schaute zu Boden, ehe er seinen Bruder wieder ansah. »Und was ist mit *deinem* Vertrauen?«

»Blut ist dicker als Wasser, Killgaren.« Raiden schlug ihm auf die unverletzte Schulter. »Und Blut kann ich vertrauen.«

Roarke lächelte, er war erleichterter als er sagen konnte.

»Dann nimm dein Schiff und tu, was dir beliebt. Segle mit der Mannschaft davon oder auch allein«, sagte Raiden.

»Du glaubst, ich würde das Piratenleben aufgeben, weil du es willst?«

»Ich sehe, dass dir dieses Leben keine Freude macht.«

»Macht es dir denn Freude?«, wollte Roarke wissen.

Raiden ließ seinen Blick über die *Renegade* gleiten, in deren Rumpf gerade die letzten Kisten hinabgelassen wurden, dann schaute er zur *Persephone* hinüber, deren Mannschaft mit dem Leben davongekommen war. Die Männer jubelten und winkten, und Raiden schüttelte freudlos den Kopf. Er würde nie aufhören sich zu wundern, wie in den Dienst gepresste Männer so rasch entschlossen nach England zurückgehen konnten.

»Macht es dir Freude?«, bohrte Roarke nach.

»Ja«, sagte Raiden leichthin. »Ich habe mehr Reichtümer, als ein Mensch in seinem langen Leben ausgeben kann.«

»Aber ein langes Leben erwartest du dir nicht.«

»Meine Erwartungen und die kalte Wirklichkeit – dagegen kämpfe ich an, seit ich Willa begegnet bin.«

»Dann gib sie auf, deine Rache.«

»Das kann ich nicht. Ich werde meinen Frieden erst haben, wenn Dunfee Barkmon Gesellschaft leistet.«

Roarke seufzte. »Du wirst dich entscheiden müssen, denke ich. Und irgendwann einmal wirst du mir sagen, warum der Großadmiral Dunfee dich so wütend macht.«

Raidens Gesichtszüge verhärteten sich vor Schmerz. »Vielleicht.«

Balthasar kam näher und rief nach Roarke. Die Brüder gaben sich die Hand, und Roarke wandte sich zum Gehen.

Raiden sah ihm nach, sah wie Roarke plötzlich stehen blieb und Nealy Perth anstarrte, ehe er sich mit Balthasars Hilfe an Bord der *Sea Warrior* begab. Raiden hätte geschworen, dass der Araber seinem Bruder ergebener war als ihm. Unterdessen kehrte Tristan auf die *Renegade* zurück. Raiden schaute zur zerstörten Persephone hinüber, auf der die letzten Flammen erstarben und eine weiße Rauchspur hinterließen, während die Crew die Führung des Schiffes in die Hand nahm. Neuer Nachwuchs an Piraten, dachte Raiden und wandte den Blick zur *Sea Warrior*. Er tauschte noch einen Salut mit Roarke aus, dann wandte er sich ab und ging zu seiner Kabine. Im Korridor hielt er einen seiner Leute an und trug ihm auf, die Gefangenen aus der Arrestkammer herauszulassen. Sie hatten seine Befehle missachtet und würden dafür nach einer Beratung mit der Mannschaft bestraft werden.

In der Kabine warf Raiden die erbeuteten Karten auf den Tisch, trat an den Schrank, sperrte ihn auf und nahm eine Karaffe und ein Glas heraus. Er goss sich von dem Rum ein und stürzte ihn in einem Schluck herunter. Bevor er die Karaffe zurückstellte, schenkte er sich noch einmal nach. Er setzte sich an seinen Schreibtisch und legte die Füße hoch. Nachdenklich starrte er in sein Glas, während ihm Roarkes Worte durch den Kopf gingen. Er versuchte, sich Willa nicht als Gefangene eines Sultans vorzustellen. Der Prinz würde sie zur Zielscheibe seines Spottes machen. Ihr Leben wäre wertlos – so wertlos wie das Leben eines Tieres, das man am Bratspieß röstete.

Raiden hoffte, dass Barkmon sich geirrt hatte. Ihn mit dem Tode zu drohen, wäre die einzige Möglichkeit gewesen, herauszufinden, ob er gelogen hatte oder nicht. Und diese Chance hatte der Feigling ihm genommen. Er hob den Kopf, und sein Blick fiel auf die Bank unter der Fenstergalerie, auf Willas Platz, und er glaubte, sie vor sich zu sehen, in die Ecke geschmiegt, den Kopf leicht geneigt, das Haar herabfallend bis fast auf den Boden. Sein Herz zog sich zusammen und er stürzte den Rest Rum herunter. Er dachte an ihr Lächeln, an ihren Akzent, der stärker wurde, wenn sie zu viel Alkohol trank. Er dachte daran, wie leidenschaftlich sie küsste. Wie tief sie ihm unter die Haut ging. Wie sehr er sie vermisste. Raiden stand aus dem Stuhl auf und ging zur Bank hinüber. Dort setzte er sich und strich mit der Hand über die Kissen. Er wandte den Kopf und lehnte sich zurück, als er zu den Fenstern hinaufschaute. Kein Wunder, dass sie diesen Platz mochte, dachte er. Es ist, als sei man der einzige Mensch im Universum, die See ist so endlos wie eine Fläche aus schwarzem

Glas. Raiden hatte sich vorgebeugt vor, um aufzustehen, als er das leise Rascheln hörte. Sofort drehte er sich um und schob die Hand zwischen die Polster.

Sein Herz klopfte heftig, als er ein zusammengefaltetes Blatt Papier hervorzog – auf dem sein Name stand. Raiden stellte das Glas ab und faltete das Blatt auseinander. Sein Blick glitt über die mit flüssiger Hand geschriebenen Zeilen, und sein Herz raste, als er daran dachte, wann Willa diese Worte geschrieben hatte.

Raiden,

wie schwierig es doch ist, zu dir zu sprechen, auch mit Feder und Papier. Ich hatte gehofft, du könntest mir meine Lügen vergeben, aber ich kann es nicht ertragen, dich anzusehen und zu wissen, dass du mich so sehr hasst. Das Herz bricht mir, wenn ich denke daran, wie viel Zeit ich in diesem Leben vergeudet habe, wie viele Chancen ich nicht genutzt habe. Wären wir uns zu einer anderen Zeit begegnet, Raiden – glaubst du, es hätte für uns ein gemeinsames Leben geben können? Denn ich will dir aufrichtig sagen, Liebster, dass dein grimmiges Herz das meine besitzt.

O Gott. Raidens Finger krampften sich um das Blatt Papier. Er saugte jedes Wort in sich auf, jeden Buchstaben – wie ein Mensch, der nach der Sonne hungert.

Ich bitte dich um einen letzten Gefallen, mein Pirat. Anbei findest du die Dokumente, die ich dir vor einigen Tagen gezeigt habe. Verwende sie, wie es dir angemessen scheint, denn ich vermute, dass ich zu der Zeit, da du diese Zeilen findest, tot sein werde. Gewähre mir dieses kleine Stück Gerechtigkeit, Raiden. Finde mein Kind und bringe es zu seinem Großvater.

Raiden schluckte und rieb sich die Augen; das Atmen fiel ihm schwer. Sie ist nicht tot, dachte er und fügte diesem Gedanken Gebet um Gebet an einen Gott bei, der ihn vor Jahren aufgegeben hatte. Er blinzelte, um seinen Blick zu klären und las noch einmal den Brief, ehe er ihn sorgsam zusammenfaltete und in seine Westentasche steckte. Dann studierte er die erwähnten Dokumente. Er fand noch ein drittes Blatt, das von Willa stammte, er erkannte ihre Schrift sofort.

Ich habe meine Vermutungen darüber, wer in all diesen Wochen versucht hat, dich zu verraten. Hab Geduld und lass mich zunächst erklären, warum ich glaube, dass er so etwas tun würde…

Raiden las es noch einmal, dann stand er auf und hielt das Blatt Papier in die Flamme der Lampe. Er sah zu, wie es hell aufflackerte und verbrannte. Dann trug er es zu einem der Fenster, öffnete es und ließ die Überreste ins Meer rieseln. Als das geschehen war, knallte Raiden das Fenster wütend wieder zu.

Musste sie denn immer Recht haben?

»Jetzt hast du völlig den Verstand verloren!«

Die Arme auf dem Rücken verschränkt, stand Raiden auf dem Hauptdeck. »Ich sehe keinen anderen Weg.«

»Ein paar gezielte Schüsse, mit denen wir das alte Fort in die Luft jagen könnten, kommen dir nicht in den Sinn?«

»Willa könnte dort drinnen sein. Und schau dich um, Dysart. Wir befinden uns mitten in einer Schlangengrube.«

Dem musste Tristan zustimmen.

Französische, holländische und portugiesische Schiffe befanden sich in der Bucht vor der Hafeneinfahrt. Ebenso wie Schiffe der englischen *East India Company* lagen sie gut eine halbe Meile von der Küste entfernt vor Anker und warteten auf die Erlaubnis, in den Hafen einfahren zu dürfen. Doch nur die *Renegade* hatte diese Aufforderung erhalten. Sie war von fünf bewaffneten Kriegern in einem Auslegerboot überbracht worden. Und ab jetzt drohte die wirkliche Gefahr. »Genau mein Reden.« Tristan nickte. »Nun, auf jeden Fall ist dir ihre Aufmerksamkeit sicher.«

Raiden beorderte alle seine Männer zurück und wies sie an,

außer Sicht zu bleiben, während er die Boote beobachtete, die sich auf die *Renegade* zubewegten. Auf dem größten der Boote befand sich der Sultan. Er ruhte auf einem Diwan, der von einem Baldachin beschattet wurde. Der Stammesfürst trug einen Turban, dessen vordere Mitte ein riesiger blauer Diamant schmückte. Raiden wollte schwören, dass der Mann jeden Edelstein trug, den er besaß, denn aus der Entfernung blitzte und funkelte es an seinen Händen, wenn er seinen Kriegern zuwinkte. Er war nur einer der vielen Stammesfürsten, die hier herrschten, aber er war der mächtigste. Er hatte bereits eine Reihe anderer Stämme ausgelöscht, um die Vorherrschaft über die Inseln zu gewinnen. Sein Bruder herrschte auf Tidore und demzufolge über den Gewürznelkenhandel.

Binnen weniger Minuten trug einer der Krieger den Fürsten vom Boot die Strickleiter hinauf und setzte ihn mit größter Behutsamkeit auf dem Deck der *Renegade* ab. Sofort und ohne zu zögern beugte Raiden vor dem Mann das Knie. Er musste dabei zwar seinen Stolz hinunterschlucken, aber er war gewillt, alles zu tun, um Willa zurückzubekommen.

Die Krieger seiner Hoheit waren in leuchtend rot-orange gemusterte Sarongs gehüllt, die knapp die Knie bedeckten. Sie waren ihrem Herrn an Bord gefolgt und hatten im Halbkreis um ihn Aufstellung genommen, die Blasrohre in den Händen haltend.

Der Sultan befahl Raiden sich zu erheben. Dieser gehorchte, hielt den Blick jedoch weiter auf den Boden gerichtet. »Lord Raiden. Es ist viel Zeit vergangen.«

»So ist es, Eure Majestät.«

Raiden spürte, dass der Prinz ihn inspizierte. Kahlid trug eine kleine Truhe herbei, die er zu Füßen des Sultans abstellte. Dieser nahm den Inhalt aus Perlen und Sandelholz in Augenschein und winkte einem seiner Diener, sie fortzubringen.

»Du darfst mich jetzt ansehen.«

Vorsichtig hob Raiden den Blick.

Prinz Inaka trat näher und beäugte Raidens Arme. »Ich sehe viele Narben mehr. Du wirst mir davon erzählen.«

Raiden verneigte sich. »Wie Ihr wünscht, Eure Hoheit.«

Prinz Inaka betrachtete ihn eingehend, als versuchte er, sich eine Meinung über ihn zu bilden, dann sagte er: »Wir glauben, es ist gut, dass du zu einem Besuch gekommen bist.« Der Sultan mit der kaffeebraunen Haut und den glänzenden Augen schaute nach links und rechts auf die anderen Schiffe. »Dein Wagemut kennt keine Grenzen, Schwarzer Engel.«

»Wir sind bestrebt, Eurer Hoheit zu gefallen. Wenn ich eine Bitte äußern darf…« Der Prinz nickte bejahend. »Ich wünsche eine private Audienz bei seiner Hoheit«, sagte Raiden und verneigte sich tief. Dabei hielt er die Hände vor der Brust, die Handflächen aneinander gelegt.

Prinz Inaka sah ihn an. »Du bist nicht gekommen, um zu handeln und zu feiern?«

»Ich habe mir genug von Englands Gewürzen geholt.«

»Während ich ihr Geld verwahre.«

»Eure Hoheit ist gütig zu allen.«

»Ja, das bin ich.« Aus seinem Gesicht erschien ein Grinsen, doch Raiden wusste aus Erfahrung, dass er dem nicht trauen konnte. Er wartete auf die Einladung.

»Bei Sonnenuntergang werden wir ein Fest feiern. Wir würden uns freuen, dann von deinen jüngsten Schlachten zu hören.«

Der Blick des Sultans heftete sich auf Raidens Kleider und zeigte sein Missfallen darüber ganz unverhohlen. Zwei kräftig gebaute Krieger kamen herbei, hoben den Sultan auf ihre Schultern, trugen ihn das Fallreep herunter und betteten ihn wie ein Kind auf seinen Diwan. Ein wunderschönes junges Mädchen fächelte ihm mit einem Palmenwedel kühle Luft an die königliche Haut. Raiden sah verstohlen zu, wie das Boot zur Küste zurückfuhr, denn die Augen hielt er respektvoll niedergeschlagen.

»Komm erst zu mir, wenn er an Land gegangen ist«, sagte Raiden.

Tristan blieb bei diesen Worten stehen.

Als Inaka den Strand betrat, stieß Raiden einen langen Atemzug aus und ging dann langsam auf Tristan zu. »Sorg dafür, dass alle sich ruhig verhalten und nicht mit ihren Waffen herumfuchteln. Die Krieger dürfen sich in keiner Weise bedroht fühlen. Sie werden alle ihre Boote am Strand bereithalten und genug Gift, um uns alle zu töten, ehe wir auch nur einen Mucks machen könnten.«

»Du denkst doch wohl nicht daran, allein zu gehen?«

»Es ist mir erlaubt, zwei Männer als Begleitung mitzunehmen, aber dich brauche ich hier an Bord.«

Tristan nickte. »Ist er es, der dich vor Jahren gefangen gehalten hat?«

»Ja. Er war damals natürlich jünger und noch sehr von seinen Launen abhängig.«

»Wie viele sind wegen seiner Launen gestorben?«

Raiden machte sich nicht die Mühe zu antworten. Das Leid, das er vor Jahren erfahren hatte, ließ sich nicht mit dem vergleichen, das er jetzt durchlitt. Er schaute zur Insel hinüber, als versuchte er, an dem Fort und an dem undurchdringlichen Dschungel vorbeizusehen. Willa war ihm keine Sekunde lang aus dem Sinn gegangen, ebenso wenig wie die Frage, was Inaka ihr antun würde, sollte dieser noch immer seinen seltsamen Vorlieben frönen. Und falls Inaka Willa nicht gefangen hielt, dann, so hoffte Raiden, würde er ihm vielleicht seine Hilfe anbieten oder ihn dorthin führen können, wo man sie festhielt. Und sollte sie einem der Feinde Inakas in die Hände gefallen sein, dann würde sich der Prinz ihm sofort anschließen, um gegen diese in die Schlacht zu ziehen, davon war Raiden überzeugt.

Raidens Blick wanderte zu den Schiffen, die in der Bucht lagen. Er war sich bewusst, dass jeder Kapitän in diesem Augenblick sein Fernrohr auf ihn gerichtet hielt. Obwohl die *Royal East India*-Armee auf fast jeder Insel vertreten war – um die Eingeborenen zu kontrollieren, die nicht kontrolliert werden konnten –, wagte sie es nicht, die Handelsvereinbarungen zu brechen. Es war ihre eigene Schuld, dass man ihnen die Einfahrt in den Hafen ohne vorherige Erlaubnis verweigerte. Das Handelsmonopol der *East India Company* war brüchig geworden, dank gerissener Händler und einer Hand voll Piraten. Und ihren einzigen sicheren Stützpunkt hatte sie jetzt nur noch im Dschungel selbst. Zu viel war auf See schon verloren.

Doch die *Royal East India* war noch nie geduldig gewesen, wenn es darum gegangen war, Vereinbarungen einzuhalten. Die Portugiesen hatten sich den Eingeborenen wenigstens mit Respekt und Rücksicht genähert. Doch anders als sie oder auch die Holländer, bahnten sich die Engländer ihren Weg auf die Inseln ohne jeden Skrupel. Sie töteten jeden, der ihnen in die Quere kam, und waren überzeugt, die Eingeborenen durch Gewehre und religiösen Eifer unterwerfen zu können. Doch die Stämme herrschten noch immer, und die Eindringlinge hatten rasch begriffen, dass ein Blasrohr eine größere Distanz überwinden konnte als jede Muskete oder jede Büchse. Und falls sie einen der Stammesfürsten verärgerten oder mit dem Falschen paktierten, würden die Eingeborenen kurzerhand Feuer an die Muskatbaumwälder legen, um den Händlern eins auszuwischen.

Diese Drohung hielt sie auf Distanz, bis Raiden die Chance hätte, die Insel abzusuchen. Aber viel Zeit blieb ihm nicht. Er schaute zu dem alten Fort, dessen Rückfront sich an den Hang eines kleinen Berges schmiegte. Ungefähr eine Meile dahinter lag der Gunung Api, ein Vulkan, der die Erde fast ständig zum Beben brachte.

Raiden befahl, ein Boot bereitzumachen und es mit Reis, Stoffen und Dingen zu beladen, die annähernd europäisch aussahen. Wenn er sich richtig erinnerte, hatte der Sultan eine Vorliebe für schöne Dinge aus der westlichen Welt. Er hoffte nur, dass Inaka – ebenso wie dessen Männer – seine Hände von Willa gelassen hatte.

Raiden warf noch einen Blick auf die Mannschaft, ehe er Balthasar zu sich winkte. »Sollte einer der Männer versuchen, das Schiff zu verlassen, erschießt du ihn«, sagte er leise.

Raiden hatte sich bis auf die Haut ausgezogen und einen Sarong angelegt. Dieser stammte von Java und war aus blau-schwarz gemustertem Stoff, dessen lange Bahnen Raiden sich um die Hüften gewickelt hatte. Seine Füße waren unbedeckt.

Raiden war mit dieser Kleidung vertraut, und er wünschte sich, jetzt in seinem Haus sein zu können und auch Willa dort in Sicherheit zu wissen. Als seine nackten Füße in den nassen Sand einsanken, ließ die Anspannung, die ihn seit Tagen erfüllte, ein wenig nach.

»Kein Wort«, warnte er Perth und Kahlid noch einmal, als die beiden sich hinter ihn stellten. »Bleibt immer drei Schritte hinter mir und seht dem Prinzen nicht in die Augen.«

Die Leute des Prinzen zogen das Langboot auf den Strand und luden die Geschenke auf eine Art Trage um, die sie schließlich voll beladen davontrugen.

Ein großes Freudenfeuer war im Widerschein des Sonnenuntergangs angezündet worden und flackerte hell. Über einem anderen Feuer briet ein ganzes Schwein, und vier kleine Jungen waren damit beschäftigt, den Spieß zu drehen, während ein paar Frauen, alle in Sarongs gekleidet, auf dem Boden die Festtafel vorbereiteten. Stunden vergingen, es wurde gegessen und getrunken, und Raiden wartete auf den Augenblick, in dem er sein Anliegen vorbringen konnte. Doch zunächst kamen noch die Geschichten, und der Sultan fragte immer wieder nach Einzelheiten, die er erklärt haben wollte, und Raiden betete um Geduld.

»Warum bist du zu mir gekommen? Ich bin nicht dumm, Schwarzer Engel. Ich weiß, dass du mich für die Behandlung, die dir auf meiner Insel zuteil geworden bist, am liebsten töten möchtest.«

»Das würde mir nichts bringen«, erwiderte Raiden. »Aber ich bitte Euch um einen Gefallen.«

Der Prinz nickte.

»Ich suche eine Frau, eine weiße Frau mit roten Haaren.«

Die Augen des Prinzen flackerten. »Ich habe keine solche Frau. Du bist irregeführt worden.«

»Bin ich das? Ich habe gehört, dass ihr Ehemann sie an Euch verkauft hat.«

»Wozu sollte ich noch mehr Frauen brauchen? Ich habe genug.«

»Ja wozu, Eure Hoheit?«

Raiden wagte es, den Prinzen anzusehen, hart und entschlossen, und je länger er das tat, umso nervöser wurde sein Gegenüber.

»Sie kennt ihren Platz nicht.«

Wie einen erfrischenden Regen empfand Raiden die Erleichterung, die ihn durchströmte. Gleichzeitig musste er sich beherrschen, nicht die Hand auszustrecken, um diesen königlichen Hals umzudrehen. »Das weiß ich.«

»Du wünschst diese überaus widerspenstige Frau zu kaufen?«

»Nennt mir den Preis, Hoheit«, entgegnete Raiden und verneigte sich.

Der Prinz wählte ein Stück Fleisch aus und knabberte daran herum. Er ließ Raiden dabei nicht aus den Augen. »Vor Jahren haben die Engländer mir mein Zuhause mit Gewalt genommen und haben, als sie es verließen, nichts als Schmutz im Palast meines Vaters hinterlassen.« Inaka zog ein säuerliches Gesicht. »Wusstest du, dass sie sich nicht jeden Tag waschen, nicht einmal vor ihrem Gebet?«

Raiden nickte. Dieser Themenwechsel überraschte ihn nicht sonderlich. Der Prinz spielte wieder mit ihm. »Ich würde alles geben, was ich habe, um sie zurückzubekommen, Eure Hoheit.«

Inaka explodierte vor Lachen, und Raiden runzelte, trotz der Gefahr, die Stirn. »Und ich werde alles nehmen, was du hast, Schwarzer Engel, aber ich sage dir auch, dass du sie vergessen und dir eine andere Frau suchen solltest.« Inakas Blick glitt über das Mädchen, das in der Nähe stand und ihm Feigen anbot. Inaka nahm eine und aß sie, dabei sah er das Mädchen unverwandt an. Schließlich sagte er ihr, dass sie seine Gunst gewonnen hätte und hinter ihm Platz nehmen dürfte.

»Ich möchte nur diese Frau.«

Der Prinz seufzte und warf den Rest des Fleischbrockens in den Sand. »Mir scheint, ich habe dir vor Jahren doch nicht das Herz aus dem Leib geschlagen, Sohn des Montegomery.«

Raidens Geduldsfaden riss, und er richtete sich auf. Augenblicklich richtete ein Dutzend Krieger ihre Kurzschwerter auf seine Brust. Raiden schaute auf die Waffen und erhob sich. Aller Etikette trotzend, sah er auf den Sultan herunter. Einer der Krieger versuchte vergebens, ihn niederzudrücken. »Ich habe einen Preis gezahlt, den kein Mann zahlen sollte, Prinz Inaka. Ihr schuldet mir diesen Gefallen.«

Der Prinz erhob sich, wobei seine Armbänder und Halsketten vernehmlich klirrten. Er erwiderte Raidens Blick. »Dies ist meine Insel, es sind meine Leute. Und ich schulde niemandem etwas, und einem Weißen schon gar nichts.«

»Bin ich nicht mehr Eingeborener als die Engländer, die Holländer? Respektiere ich nicht Eure Gewohnheiten, Eure Sitten?«

Der Prinz betrachtete ihn nachdenklich. Dann, mit einer flüchtigen Handbewegung, sagte er: »Sie gehört dir.«

»Mit Eurer Erlaubnis.«

Der Prinz schnaubte und stemmte die Hände in die Hüften, während ein Grinsen sich auf seinem dunkelhäutigen Gesicht ausbreitete. »Du hast meine Erlaubnis niemals gebraucht, Schwarzer Engel. Denn ich halte sie nicht gefangen.« Der Prinz drehte sich um und zeigte zum Fort. »Die haben sie.«

In diesem Augenblick begann der Gunung Api zu grollen und eine weiße Rauchwolke stieg aus seinem Krater in die Dunkelheit auf.

20

Raiden lief den dunklen feuchten Gang entlang und rief immer wieder Willas Namen. Perth und Kahlid folgten ihm mit fünf von Inakas Kriegern und gaben ihm Rückendeckung. Und wenn Willa gar nicht im Fort war? Wenn der Sultan mit ihm gespielt hatte und sie in Wahrheit doch irgendwo gefangen hielt? War sie überhaupt noch am Leben? Raiden bebte vor Zorn und Ungeduld, als er durch das knöchelhoch stehende, von Unrat verschmutzte Wasser von Kerker zu Kerker lief.

Plötzlich blieb er stehen.

Einen Augenblick lang konnte er sich nicht bewegen, konnte er nicht atmen, so groß war die Erleichterung, die ihn durchströmte. Mit nichts als einem mattblauen Sarong am Leib kauerte sie auf dem dreckigen Boden, dicht gedrängt in eine dunkle Ecke. An ihren Handgelenken trug sie die Abdrücke von Stricken und auf der nackten Schulter eine Wunde. Sie sah aus wie ein geschlagenes Tier. Als Raiden sich vorstellte, was ihr Ehemann ihr womöglich alles angetan hatte, erfüllte ihn maßlose Wut.

»Willa.« Sie reagierte nicht. Raiden packte die Gitterstäbe und rüttelte heftig daran. »Willa!«

Ihr Kopf fuhr hoch, und sie starrte ihn durch einen Vorhang wirr herabhängender Haare an. »Raiden?« Ihre Stimme klang rau, ausgedörrt.

»Ja, Liebste.« Er kniete sich hin, um ihr in die Augen sehen zu können.

Ihre Hand zitterte, als sie sich das Haar zurückstrich. In ihren Augen lag der Ausdruck von Verzweiflung und Qual. Sie starrte ihn an. »Du bist zu mir gekommen.« Ungläubigkeit färbte ihre Stimme.

Dass sie geglaubt hatte, er hätte sie im Stich gelassen, traf ihn bis ins Mark. Er stand auf und rüttelte wieder an den Stäben, seine Muskeln spannten sich bis zum Zerreißen an, als er darum kämpfte, die Stahlangeln aus der bröckelnden Wand zu brechen. Willa kam mühsam auf die Beine und stützte sich an der Wand ab. Taumelnd ging sie auf Raiden zu. Die Zellentür gab seiner Kraft nach, und wütend schleuderte Raiden die Tür aus Holz und Stahl auf den Boden, wo sie krachend aufschlug.

Einen Augenblick lang starrte Willa ihn einfach an. Sie sah so zerbrechlich aus, dass er Angst hatte, sie zu berühren.

»Gott im Himmel, Willa, sprich mit mir«, sagte er heiser.

Er hörte, wie sie langsam einatmete und sah ihre zitternden Lippen. »*O Raiden*«. Sie begann zu weinen und streckte die Arme nach ihm aus. Er fing sie auf, als ihr die Beine wegsackten, und hielt sie fest.

»O Gott«, stieß er hervor und vergrub das Gesicht an ihrem Hals. Seine Hände streichelten wild und ungestüm ihren Rücken.

Willa klammerte sich an ihn, fühlte seine Kraft, seine Wärme. *Oh, es war herrlich, wieder in seinen Armen zu sein.* »Ich habe nicht erwartet, dass du zu mir kommen würdest«, schluchzte sie.

Er legte die schwieligen Hände um ihr Kinn und sah ihr in die Augen. »Ich würde für dich bis ans Ende der Welt gehen.«

Ihre grünen Augen glitzerten von Tränen. »Hier *ist* das Ende der Welt, Pirat.«

Ihr zaghaftes Lächeln eroberte sein müdes Herz. Er küsste sie, und die Mauer um seine Seele zerfiel zu Staub. Sie hielten einander fest, schmiegten sich aneinander, kurz und hastig, aber voller Verlangen und Erleichterung.

»Captain? Ihr müsst Euch beeilen, Sir.«

Sie lösten sich voneinander, hielten sich aber noch immer an den Händen. Raiden hauchte einen Kuss auf Willas Stirn. »Kannst du gehen?« Er konnte nicht aufhören sie zu berühren, er streichelte ihr Haar, ihre Schultern.

»Ich will verdammt sein, wenn ich nicht auf meinen eigenen Beinen von hier weggehe.«

Er drückte sie sanft an sich, sein Mund berührte ihren Scheitel: »Ich wusste, dass du das sagen würdest.«

Sie verließen die Zelle und gingen rasch zum Ende des Ganges, wo Perth Wache stand.

»Mylady«, begrüßte er sie mit einem höflichen Nicken. Es war eine Geste, die nicht recht zu seinem versengten Bart und seinem blutbefleckten Hemd passen wollte.

»Schön, Euch zu sehen, Mr Perth.« Plötzlich sah sie Raiden voller Angst an. »Was ist mit Roarke? Was ist geschehen?«

»Er lebt.« Ihre Sorge um seinen Bruder berührte ihn. »Ohne ihn hätte ich dich niemals gefunden.«

»Dann stehe ich tief in seiner Schuld.«

»Ich bin sicher, mein Bruder wird dich irgendwann daran erinnern, dass du ihm einen Gefallen schuldest«, erwiderte Raiden mit einem geheimnisvollen Lächeln. Willa runzelte die Stirn, aber ihr blieb keine Zeit, Fragen zu stellen, denn Raiden führte sie weiter den Gang entlang. Mitleidlos schaute Willa auf die tot am Boden liegenden Soldaten der *East India Company*. Diese Männer hatten sie seit Tagen verhöhnt, und der einzige Umstand, der sie davon abgehalten hatte, sie zu vergewaltigen, war, dass nur Alistar den Schlüssel für ihre Zellentür gehabt hatte.

Kahlid tauchte aus dem Dunkel des vor ihnen liegenden Ganges auf. Er lächelte Willa an, ehe er sich an Raiden wandte. »Wir werden keine allzu großen Schwierigkeiten haben, von hier wegzukommen, denke ich«, sagte er. »Seine Hoheit hat noch mehr Krieger geschickt.«

»Seine Hoheit frönt seiner blutrünstigen Abneigung gegen die Engländer.« Raiden machte einen Schritt in die Richtung, aus der er mit seinen Männern gekommen war, aber Willa hielt ihn zurück.

»Nein, diesen Weg«, sagte sie und zog an seiner Hand.

Raiden sah Willa stirnrunzelnd an.

»Vertrau mir, Raiden. Als er mich hierher gebracht hat, war ich noch nicht von Drogen betäubt.«

»Drogen!« Die drei Männer wiederholten dieses Wort wie aus einem Mund, doch sie sah nur Raiden an.

»Ja. Ich habe einen Tag gebraucht, um herauszufinden, dass sie in meinem Essen waren, denn das Hochgefühl war so intensiv. Er hat mich zum Sterben hierher gebracht.«

Wut durchströmte Raiden. Willa bemerkte es und packte ihn am Arm. Sie sah ihn an und spürte, wie seine Anspannung unter ihrer Berührung wieder verschwand. »Es ist vorbei«, sagte sie. Willa wollte jetzt nicht darüber sprechen, auch wenn sie die Frage, was Alistar ihr eigentlich gegeben hatte, noch beschäftigte. »Lass uns diesen schrecklichen Ort verlassen.«

Raiden nickte. Als Willa voranging, folgten er und seine Männer ihr.

»Dieser Gang macht gleich eine Kurve und steigt danach sehr steil an«, sagte Willa. Es kostete sie viel Mühe, die beginnende Steigung auf ihren schwachen Beinen zu bewältigen. »Am Ende sind ein paar Stufen, die vermutlich zum Berghang hinter dem Fort führen.«

»Vermutlich?«

Sie schaute Raiden über die Schulter an. »Nun, diese Männer hatten nicht vor, eine Führung mit mir zu machen.«

»Also gut. Es ist die einzige Chance, die wir haben. Das gesamte Fort dürfte inzwischen in Alarmbereitschaft sein.« Raiden übernahm jetzt die Spitze und fasste Willa bei der Hand. Zweimal blieb er kurz stehen, um zu sehen, wie der Gang weiter verlief.

»Das geht alles zu glatt«, brummte Raiden, als die Treppenstufen vor ihnen auftauchten. Dann hörten sie Schritte hinter sich im Gang widerhallen. Die Schritte näherten sich, und die drei Männer bereiteten sich auf ihre Verteidigung vor. Dann bog ein Dutzend von Inakas Kriegern um die Ecke.

»Flieh, Pirat! Die Engländer kommen!«, rief einer von ihnen. In diesem Augenblick erfolgte auch schon der neue Angriff. Die Blasrohre der Eingeborenen waren schnelle und präzise Waffen, doch gegen die britischen Gewehre konnten sie nichts ausrichten. Raiden packte Willa an der Hand, rannte auf die Stufen zu, riss sie in seine Arme und stürmte, immer zwei Stufen auf einmal nehmend, die gewundene Treppe hinauf. Als sie oben waren, versperrte ihnen eine verschlossene Holztür den Weg.

Einen derben Fluch ausstoßend, setzte Raiden Willa ab und rammte seine Schulter gegen die Bretter. Unter dem zweiten Stoß zerbarst das mürbe Holz. Sand rieselte auf sie herunter, als Raiden die zersplitterten Bretter beiseite trat und durch die entstandene Öffnung nach draußen kletterte. Er streckte Willa die Hand hin und hob sie durch die Tür, dann half er den anderen. Ihnen folgten Inakas Männer.

Raiden schaute sich um. Von seinem Standpunkt aus konnte er das gesamte Fort und die dahinter liegende See überblicken. Der Aufruhr herrschte bis jetzt nur im Innern des Forts. Sobald eines der vor der Hafeneinfahrt liegenden britischen Schiffe von den Geschehnissen Wind bekäme, wäre der Krieg nicht mehr aufzuhalten.

»Komm, Pirat, diesen Weg!« Einer der Krieger wies ihm die Richtung, und Raiden folgte dem Hinweis. Willa war dicht hinter ihm. Er zog ein Messer aus seinem Gürtel und gab es ihr. Da sie es nicht verstecken konnte, behielt sie es mit nach unten gerichteter Klinge in der Hand. Sie flohen durch den Urwald, duckten sich unter Ranken blühender Bäume hindurch, umgingen das Fort an dessen Ostseite und erreichten schließlich den Strand. Die Brandung der See und die funkelnden Lichter der Schiffe begrüßten sie. Die *Renegade* war kaum zu erkennen.

Die Krieger führten sie zum Langboot. Am Strand waren noch die Überreste des Festes zu sehen, die Fackeln und die Freudenfeuer erhellten schwach den Strand. Inaka war nirgendwo zu sehen.

»Dieser Prinz hat gedroht, mir die Füße abzuschneiden, kannst du das glauben?«, fragte Willa.

Raiden wandte sich zu ihr um, seine Augen glühten. »War das alles, was er von dir wollte?«

Sie streckte das Kinn vor. »Das ist alles, was er bekommen hätte, bei Gott. Er ist ein verdorbenes Balg.«

»Ja, und das hier sind seine Krieger«, mahnte Raiden sie leise. »Steig jetzt in das Boot.« Er hielt ihr die Hand hin.

Willa ergriff sie nicht, schaute stattdessen zum Fort und dem sich dahinter erstreckenden Dschungel zurück. »Wir können nicht gehen.«

Raiden unterdrückte ein Stöhnen. Würde irgendetwas je einfach mit dieser Frau sein? »Willa, wir würden jetzt nicht so in der Klemme stecken, wenn du auf dem Schiff geblieben wärst.«

Die Hände in die Hüften gestemmt, starrte sie Raiden empört an. »Und ich hätte die *Renegade* nicht verlassen müssen, wenn du nicht so ... so gemein gewesen wärst.«

Sein Gesicht wurde weich. »Vergib mir, Liebes. Ich war so wütend ...«

Sie schmiegte sich an ihn und legte die Fingerspitzen auf seinen Mund. »Ich weiß genau, was du warst«, sagte sie mitfühlend. »Aber wir dürfen noch nicht gehen.« Sie packte ihn an den Armen. »Mason ist hier. Ich weiß es. Ich habe gehört, dass Alistar von irgendeiner Höhle auf der anderen Seite der Insel gesprochen hat.«

Raidens Augenbrauen zogen sich zusammen. »Ja, dort gibt es eine Höhle. Aber dort gibt es auch Dutzend Schiffe, die eingreifen werden, wenn sie den Aufstand hier mitbekommen.«

»Raiden«, sagte sie sanft und schaute in seine besorgt blickenden Augen. »Von der Sekunde an, da wir uns auf dem Markt begegnet sind, war dies der Ort, den ich gesucht habe. Dies ist der Ort, an dem mein Sohn versteckt wird. Wie kannst du mich auffordern, von hier wegzugehen, ohne nach ihm zu suchen?«

Er strich ihr Haar aus dem Gesicht und legte die Hand um ihren Nacken, als er sie an sich zog. »Ich kann es nicht. Du weißt, dass ich dir helfen werde.« Sein Mund streifte ihre Lippen. »Ich kann dir nichts abschlagen.«

Er spürte ihr Lächeln an seinem Mund, ihre Hand auf seiner nackten Brust, die ihn streichelte. »Und du wirst großzügig belohnt werden, mein Geliebter«, wisperte Willa. Sie hörte ihn leise aufstöhnen.

Mein Geliebter. Raiden wollte schwören, sein Herz hörte auf zu schlagen, sein Blick suchte ihr Gesicht, das sie zu ihm emporgewandt hatte. »Willa …«

»Mein Gott, ist das nicht rührend!«

Willa fuhr herum. Alistar kam auf sie zugeritten. Raiden zog seine Waffe. Perth, Kahlid und Inakas Krieger taten es ihm augenblicklich gleich. Ihre drohende Haltung warnte jeden von Alistars Männern, sich auch nur zu bewegen.

Raiden stellte sich schützend vor Willa und machte sich auf das Schlimmste gefasst. Denn die vier Eingeborenen, die Lord Eastwick begleiteten, waren Inakas Todfeinde – Kannibalen.

»Vorsichtig, Liebes«, flüsterte Raiden, als Willa sich neben ihn stellte.

»Habe ich Euch nicht schon einmal niedergeschossen?«, fragte Alistar mit Blick auf Raiden.

»Ihr habt meinen Bruder verwundet –«, Raiden spannte vorsichtig den Hahn seiner Pistole, »– und dafür bin ich Euch noch etwas schuldig.«

Alistar zuckte gleichmütig die Achseln. »Es ließ sich nicht vermeiden.« Sein Blick glitt an Raiden vorbei zu dem Schiff, das in der See dümpelte, und er begann zu begreifen. »Ah, der Schwarze Engel.« Er sah Willa an. »Welch erlauchte Gesellschaft für mein Eheweib, hm? Ist sein Bett so weich wie unseres?«

»Halt den Mund, Alistar, du zeigst nur, wie dumm du bist.« Willa starrte auf den Mann, den sie gezwungen gewesen war zu heiraten, und dessen Überheblichkeit sie zutiefst verabscheute. Er hatte damit erreicht, dass sie sich immer unzulänglich gefühlt hatte. Jetzt machte es sie nur noch wütend, erfüllte sie mit siedendem Hass. Er war aufgeblasen und eingebildet und selbst jetzt, hoch zu Ross, saß seine blaue Seidenjacke tadellos, war seine Krawatte perfekt gebunden. Und es wirkte in dieser Hitze einfach lächerlich. Das blonde Haar war wie immer sorgfältig frisiert, und er sah unbestritten gut aus. Die fein geschnittenen Gesichtszüge würden wohl jede andere Frau in schwärmerisches Entzücken ausbrechen lassen. Aber nicht sie. Niemals mehr sie. Denn in seinen eisblauen Augen zeigte sich seine Grausamkeit, in seinen schmalen Händen, die so viel Schmerz bereiten konnten. Wie oft hatte er sie geschlagen und so getan, als sei es ihre Schuld gewesen, dass er sein Temperament nicht hatte zügeln können? Wie oft hatte er ihr irgendein billiges Schmuckstück zugeschoben, um sein Gewissen damit zu beruhigen? Wie oft hatte er sie behandelt, als sei sie kein menschliches Wesen, als sei sie als Frau nichts wert?

»Komm her, teures Eheweib.« Alistar gab ihr einen Wink mit seiner Reitpeitsche, als sei sie einer seiner Schoßhunde.

Willas ganze Haltung drückte ihre Abscheu aus. »Nein. Du bist nicht mehr mein Mann. Du hast alle Gelübde gebrochen, die uns einmal verbunden haben.« Sie stellte sich eng neben Raiden und spürte, wie in seiner Nähe alle Bedenken, alle Vorbehalte von ihr abfielen.

Alistars Augen wurden schmal, als er abschätzend zwischen den beiden hin und her sah. »Wir sind gesetzmäßig verheiratet, und du bist mein Besitz.«

Raiden lachte humorlos auf. »Besitz.« Er streifte Willa mit einem kurzen Blick. »Genau darin liegt Eure Torheit, Eastwick.«

Alistars Blick heftete sich auf Willas Hand, die auf dem Arm des Mannes lag, er sah, mit welcher Ergebenheit seine Frau zu diesem primitiven Piraten aufschaute, und er kochte vor Wut. Glaubte sie, er würde sie diesem Barbaren überlassen und die Sache damit auf sich beruhen lassen? Wenn irgendjemand davon erfuhr, dass er seine eigene Frau nicht unter Kontrolle gehabt hatte, wäre er in der Gesellschaft erledigt. Aber was ist von dieser ungehobelten Kolonistin auch anderes zu erwarten gewesen, dachte Alistar. Sie ist ja nicht einmal fähig gewesen, ein Kind zur Welt bringen, das es wert wäre, mein Sohn zu sein. Alistars Magen zog sich zusammen, wenn er an dieses Kind dachte, an das leere Starren, an die Grunzlaute, die es anstelle von Worten ausstieß. Es war nur ein Glück, dass die Existenz des Jungen geheim gehalten worden war. Wenn er starb, würde niemand Fragen stellen. Und es würde auch keine Fragen geben, wenn an seiner Statt das Kind seiner Geliebten auftauchen würde. Da war Willa schon ein ganz anderes Problem. Er brauchte die Schiffe ihres Vaters, um seine Pläne zu verwirklichen, und sie wusste zu viel. Obwohl sie ihm nie gesagt hatte, was genau sie wusste, hatte sie eine ihn verhöhnende Selbstsicherheit gezeigt, die ihn selbst noch beunruhigt hatte, als sie in der dunklen Kerkerzelle gefangen gewesen war. Oder hatte sie die ganze Zeit gewusst, dass dieser Mann kommen und sie befreien würde?

Aber es war der Gedanke, dass irgendein Mann etwas hatte, dass ihm gehörte, was Alistar aus dem Sattel steigen ließ. Wenn er nicht einmal eine Unze Zuneigung von ihr bekam, dann sollte, bei Gott, auch dieser Pirat nichts kriegen. Und Willa würde dafür bezahlen, dass sie ihn auf diese Weise gedemütigt hatte.

Alistar ging mit weit ausholenden Schritten über den Strand, die geladene Pistole im Anschlag.

Augenblicklich stieß Raiden Willa hinter sich, hob seine Waffe und zielte auf Eastwicks Brust. »Keinen Schritt weiter, Eure Lordschaft.«

Alistar blieb stehen, der Ausdruck in den Augen des Mannes zeugte von tödlicher Entschlossenheit. »Willa, komm sofort zu mir.«

Willa bewegte sich nicht. Sie konnte es nicht, denn sie fühlte sich, als hinge ihr ganzes Leben, ihre ganze Zukunft von der Entscheidung zwischen diesen beiden Waffen ab.

»Sie wird mit Euch nirgendwohin gehen.«

»Ihr fordert mich heraus?« Alistar lachte spöttisch, doch ihm war bewusst, welche Geschichten man sich über diesen Mann und seine Art zu kämpfen erzählte.

»Es wird mir ein Vergnügen sein.«

Alistars Blick glitt zu Willa. »Ich hätte wissen müssen, dass du einen so vulgären Menschen mir vorziehen würdest.«

Voller Abscheu musterte sie ihren Mann von oben bis unten. »Vornehmheit macht noch lange keinen Gentleman, Alistar. Du beweist das ... ständig.«

Alistars Gesicht verhärtete sich, seine Lippen waren zu einem blutleeren Weiß zusammengepresst. Er richtete das Augenmerk auf seinen Rivalen. »Schwert oder Pistole, Pirat?« Er würde sich eine Grafschaft damit verdienen, wenn er den Schwarzen Engel tötete. »Ich werde Euren Kopf auf einer Lanze auf der London Bridge sehen.«

Raiden schnippte mit den Fingern. »Kommt her und versucht es.«

»Raiden, tu es nicht.«

»Es ist Zeit, dass er bezahlt.« Den Blick auf Eastwick gerichtet, sagte er: »Schwerter, Eure Lordschaft? Das würde mich reizen.« Er nickte Perth zu. »Gebt ihm eines.«

Perth gab ihm seine eigene Waffe und schnappte sich Eastwicks Pistole, als dieser Anstalten machte, sie zu behalten. Alistar wartete nicht, bis Raiden sein Schwert gezogen hatte. Er stieß Perth zur Seite und griff seinen Gegner an. Die Schwertspitze ritzte Raidens Schulter.

Raiden sah gleichmütig auf den Schnitt und dann auf Alistar, der, wie er zufrieden bemerkte, blass geworden war. »Der erste Treffer«, sagte Raiden. »Wie zuvorkommend von seiner Lordschaft.«

»Und ich werde noch welche hinzufügen!« Alistar ließ sein Schwert durch die Luft peitschen.

Raiden reagierte blitzschnell. Klirrend schlug sein schwarzer Entersäbel gegen die Waffe von Eastwick, der trotz seiner eleganten Kampftechnik Raidens Erfahrenheit nichts Gleichwertiges entgegenzusetzen hatte.

Ebenso wenig wie er Raidens Kraft standhalten konnte. Alistar war chancenlos, doch er schien es nicht zu merken. Seine Augen glänzten vor Zorn, und Willas Herz klopfte zum Zerspringen, als die beiden miteinander kämpften. Alistars Schläge und Stöße verfehlten ihr Ziel, während Raiden ihn mit jedem Hieb rückwärts taumeln ließ und über den Strand trieb. Ein Schlag zerfetzte Alistars Mantel, verletzte Alistar aber nicht. Jeder rasche unbarmherzige Schlag brachte Eastwick stärker außer Atem. Dennoch kämpfte er so verbissen weiter, dass Willa sich zu fragen begann, was ihn wirklich dazu antrieb.

Metall prallte aufeinander. Klingen kreuzten sich und glitten aneinander ab, Heft verkantete sich in Heft. Zwei Männer starrten sich an, jeder kämpfte aus einem anderen Grund. Der eine war durch ein Ehegelübde an Willa gebunden, der andere durch sein Herz.

»Habt Ihr Euren Spaß mit meiner Frau gehabt?«

»Ihr Glaube an das Ehegelübde ist unerschütterlich, Eastwick.«

»Sie wird dir nichts als wirrköpfige Idioten gebären«, höhnte Alistar. »Falls du überlebst.«

In Raiden explodierte die Wut über die Verächtlichkeit, mit der Eastwick über den kleinen Jungen sprach. Sie trieb ihn dazu, die Existenz dieses Mannes auslöschen zu wollen. Er verdiente es nicht zu leben. Sein blaues Blut machte ihn nicht besser als den vulgärsten Gemeinen. Er zwang Eastwick mit seinen Schlägen zurück, wieder und wieder, Metall klirrte, Funken sprühten. Und dann, mit einem wütenden Aufschrei, ließ er seine Klinge auf Eastwicks Schwert heruntersausen und schlug es entzwei. Alistar starrte erst auf die zerbrochene Waffe, dann auf Raiden, ehe er sich auf seinen Widersacher stürzte.

Raiden holte mit der Faust aus und schmetterte sie Eastwick ins Gesicht. Man hörte Knochen splittern, Blut spritzte auf und Eastwick fiel rücklings zu Boden.

Im Nu stand Raiden über Alistar und hielt ihm die Schwertspitze an den Hals. »Bittet Ihr um Gnade?«

Eastwick starrte zu ihm hoch, das zerbrochene Schwert fiel auf den Boden, aus seiner gebrochenen Nase floss das Blut. »Ich werde dich bis ans Ende der Zeit jagen!«

»Nicht, wenn Ihr tot seid.« Raiden setzte ihm die Klinge an die Kehle.

»Raiden, nein!«

Sein Blick flog zu Willa, und seine Brust zog sich zusammen, als er das Flehen in ihren Augen sah.

»Wenn du ihn tötest, werde ich Mason niemals finden!«

Raiden wusste, dass sie Recht hatte.

Alistar grinste hämisch. »Wer hat jetzt wen besiegt, Pirat?«

Als Raiden auf den Mann herunterschaute, wusste er, dass er ihnen niemals sagen würde, wo er den Jungen versteckt hielt.

Sein drogenvernebelter Verstand ermutigte ihn dazu. Opium, erkannte Raiden. Und er war süchtig.

»Ihr seid mir die Mühe nicht wert, Eastwick. Ein Mann, der versucht, seine Frau zu töten, um dasselbe dann auch mit einem unschuldigen Kind zu tun, ist für mich kein Mann.« Mit einem zornerfüllten Geste schob er das Schwert in die Scheide. »Ihr werdet niemals wieder Euren Platz in der Gesellschaft einnehmen, *Lord Eastwick*. In diesem Augenblick sind die Dokumente mit den Beweisen für Eure Verbrechen auf dem Weg nach England, und die Ladung der *Persephone* gehört mir.« Raiden weidete sich an dem Schrecken, der sich auf Alistars Gesicht widerspiegelte, ehe er sich abwandte und zu Willa ging. Er hatte sie kaum erreicht, kaum in den Arm genommen, als er einen Warnruf hörte. Als er sich umdrehte, sah er den Lichtblitz eines Schusses in der von den Fackeln erhellten Dunkelheit zerplatzen.

Eastwick sank in die Knie, in der Hand hielt er die Pistole, die in seinem Ärmel versteckt gewesen war.

Willa sah das Blut, dass sich auf seiner Brust ausbreitete und lief zu ihm. Sie packte ihn an den Armen. »Wo ist er?« Sie schüttelte ihn. »*Wo ist mein Sohn?*«

Alistars Mund blutete, und von seinen Lippen tropfte roter Schaum, als er den Mund zu einem grausamen Lächeln verzog. Dann verdrehte er die Augen und fiel zur Seite.

Als Inakas Krieger mit ihren Blasrohren auf die Kannibalen zielten, flohen diese. Raiden hob den Blick zu Perth, der mit dem noch rauchenden Gewehr dastand. Auch Willa sah ihn an, und in ihren Augen standen Schmerz und Verzweiflung.

»Vergebt mir, Lady Eastwick, aber er wollte meinen Captain hinterrücks erschießen.«

»Ich bin froh, dass Ihr so geistesgegenwärtig gehandelt habt, Sir. Meinen Dank«, sagte sie mühsam. Dann gaben die Beine unter ihr nach, und sie sank zu Boden. »Wie soll ich jetzt meinen Sohn finden?«, fragte sie mutlos.

Raiden kniete sich vor sie und umfasste ihre Arme. »Wir sind nicht schlechter dran als vorher. Eastwick hätte uns ohnehin nichts gesagt, meine Liebes. Wenn Mason auf dieser Insel ist, dann werden wir ihn finden.« Von Tränen blind sah sie ihn an. »Ich werde ihn finden. Ich schwöre es dir.«

Willa sah in seine Augen und wusste, dass er sie nicht im Stich lassen würde. Ein Gefühl des Friedens und der Zuversicht erwachte in ihr. Sie lächelte schwach, als sie sich gegen ihn stützte, um aufzustehen. Einen Augenblick lang hielt Raiden sie nur fest, streichelte ihren Rücken und flüsterte ihr Worte der Hoffnung zu, bis er sie schließlich losließ. Er ging zum Langboot und holte eine weitere Pistole, Pulver und Kugeln hervor.

Er streifte sich ein Hemd über, während er mit Perth und Kahlid sprach. »Perth, ihr fahrt zur *Renegade* hinüber und holt Gewehre und Proviant für uns. Wir treffen uns bei der Höhle auf der anderen Seite der Insel. Bringt nur Vazeen, Cheston und Riggs mit.« Raiden sah Kahlid an. »Die Karten sind in meiner Kabine. Seid vorsichtig beim Durchfahren des Riffs.« Raiden war zuversichtlich, dass sein Steuermann mit Hilfe der Karten den Weg finden würde. Zuletzt er sah Willa an. »Bist du in der Verfassung für eine Reise?«

»Auf diesen Tag habe ich schon viel zu lange gewartet.«

Es schwang etwas in ihrer Stimme mit, das Raiden aufhorchen ließ, und sein Inneres zog sich vor Erwartung zusammen. Willas Augen verrieten mehr als ihre Worte, und er spürte ihren Blick wie warmes, weiches Öl über seine Haut fließen, bis sie sich abwandte und den Strand hinaufging.

Er fasste nach ihrer Hand. »Nein, mit dem Boot.« Willa schaute auf das Auslegerboot, in dem drei von Inakas Kriegern saßen, und ohne zu zögern nahm sie darin Platz. Perth nickte Raiden zu, als Kahlid das Langboot vom Strand abstieß und dann auch hineinkletterte.

Die britischen Truppen würden jeden Augenblick am Strand auftauchen. Kahlid und Perth würden in dem schweren Boot einige Zeit brauchen, um die *Renegade* zu erreichen, sie hingegen würden binnen weniger Stunden auf die andere Seite der Insel gelangen. Raiden nahm die Führungsposition im Kanu ein. Er saß Willa zugewandt, und seine Knie umschlossen ihre Beine, als er das Paddel in das Wasser tauchte und im Einklang mit den

Kriegern zu rudern begann. Den Blick auf Willa gerichtet, schien er die Anstrengung des Paddelns zu vergessen. Sie hockte in dem schmalen Kanu auf den Knien und ihr Blick war so intensiv, dass Raiden das Licht des Tages nicht brauchte, um ihn zu spüren. Das Boot glitt ruhig dahin, das Rauschen des Meeres und das Schlagen der Paddel waren die einzigen Geräusche.

»Ich habe dich vermisst, Pirat.«

Raiden schluckte hart. Die Gefühle, die er bis jetzt in sich verschlossen hatte, brachen sich Bahn. »Und ich dich, kleine Füchsin.«

Willas Herz zog sich zusammen. Sie beugte sich vor und legte die Hände um sein Gesicht. Raiden hörte auf zu rudern und schaute in ihre zärtlich blickenden Augen. »Du vergibst mir, dass ich gegangen bin?«

»Wenn du mir vergibst, solch ein polternder Dummkopf gewesen zu sein.«

Sein verlegenes Geständnis berührte Willa tief, und sie streifte mit den Lippen seinen Mund. »Ich weiß, dass du gekränkt warst, Raiden, aber ich konnte deinen Zorn nicht länger ertragen.«

Er legte das Paddel neben sich in das Boot, beugte sich vor und schlang die Arme um ihre Taille. »Ich wollte dich für mich, Willa. Ich wollte dich ganz, und ich wollte alles, auch wenn es nur für eine kurze Zeit gewesen wäre. Als du mir die Wahrheit gesagt hast, hat mir das alle Hoffnung darauf genommen.«

»O Raiden.« Sie seufzte traurig. »Siehst du es denn nicht? Alistar hatte das Ehegelübde schon lange zerstört, bevor er mir mein Kind nahm. Vielleicht wollte ich alles nicht wahrhaben – bis ich an Land war.« Ihre Lippen streichelten seinen Mund, und jede dieser Berührungen wurde länger und intensiver. »Ich wollte zurückkommen. Ich wollte mit dir zusammen sein, wie viel Zeit uns auch geblieben wäre.«

»Ich weiß. Roarke hat es mir gesagt.« Er genoss ihre weichen Lippen wie einen berauschenden Wein bei einem köstlichen Festmahl. Ihre Küsse wühlten ihn auf und brachten das dunkle Herz seines Verlangens zum Schlagen. O Gott. Er wollte sie in den Armen halten und all die schlechten Erinnerungen an ihre

Gefangenschaft vergessen lassen und ihr dafür süße Träume schenken. »Willa, ich kann dir nur anbieten ...«

»Dein Herz«, wisperte sie an seinem Mund. »Ich will nur dein Herz.«

»O Liebste.« Er schluckte mühsam und sah ihr in Augen. »Du hast es vom ersten Augenblick an gehabt.«

»Raiden.« Sie küsste ihn, ließ mit langsamer, aufreizender Bedachtsamkeit die Zunge über seine Lippen gleiten und drängte sie auseinander. Er zog Willa an sich, seine Hände schlossen sich fest um ihre Taille, wanderten hinauf zu ihren Brüsten.

»Allmächtiger, du bist nackt darunter.« Raiden fühlte sich plötzlich schwach und verletzlich – etwas, das er sich nicht leisten konnte, so lange Inakas Krieger mit ihnen im Kanu saßen.

Willa lächelte gegen seinen Mund. »Würdest du gern genau wissen wie nackt?«

»O Gott.« Sein Kuss wurde leidenschaftlicher, hemmungsloser. Als sie das Boot zum Schwanken brachten, räusperte sich einer der Männer. Widerstrebend zog Raiden sich von Willa zurück, ergriff das Paddel und begann wieder zu rudern. Unverwandt sah er sie dabei an. Sein Blick glitt über den Sarong, der eine Schulter freiließ und ihren Körper so verlockend umhüllte wie eine kunstvolle Verpackung ein Stück Zuckerwerk. Er hatte schon viele Frauen im Sarong gesehen, besonders auf Java, aber keine hatte ihn so bezaubert wie diese, die jetzt im Licht des Mondes vor ihm saß. Sie trug ihn mit einer solchen Lässigkeit und Anmut, als hätte sie es schon ihr ganzes Leben lang getan.

Und das zeigte Raiden, dass gesellschaftliches Ansehen und Reichtum Willa nichts bedeuteten, und wie leicht sie ihre Vergangenheit abstreifen und ein neues Leben beginnen konnte. Er wandte den Blick von ihr und starrte aufs Wasser. Wann, so fragte er sich, würde ihm das auch gelingen, wann würde er die Kraft finden, seine Vergangenheit hinter sich zu lassen? Und was würde sie sagen, wenn sie erfuhr, dass er sie bald verlassen würde?

»Weiter können wir dich nicht bringen, Montegomery«, sagte einer der Krieger einige Stunden später, als das Kanu auf den

Strand glitt und das knirschende Geräusch überlaut die Stille störte.

Raiden sprang aus dem Boot und half Willa beim Aussteigen. Bevor er das Boot ins Wasser zurückschob, überreichte ihm der Anführer der drei Krieger ein Blasrohr und einen schmalen Lederbeutel, in dem sich, wie Raiden vermutete, Pfeile und Giftpulver befanden. Raiden sah den Krieger fragend an.

»Für einen Mann, der bereit war, unserem König wegen einer Frau zu trotzen«, erklärte dieser mit einem Lächeln und mit einem bewundernden Blick auf Willa. Raiden nickte und dankte ihm, dann schob er das Boot in die Strömung und schaute ihm nach, bis es ein Stück weit entfernt war.

Raiden nahm Willas Hand und führte sie den Strand hinauf in den Dschungel. »Die Sonne wird in wenigen Stunden aufgehen. Wir sind hier an der Westspitze der Insel, und wir werden morgen den halben Tag brauchen, um zur Höhle zu gelangen.«

»Es gibt hier noch andere Stämme, nicht wahr?«

»Ja. Kannibalen.«

Sie schaute ihn mit großen Augen an, ehe sie auf das Messer sah, das er ihr gegeben hatte. »Allmächtiger Gott, Raiden, wie können wir überleben? Und was ist mit Mason? O sag mir, sie würden ihn doch nicht ...«

Er zog sie in seine Arme und sah ihr in die Augen, bis er spürte, dass sie ruhiger wurde. »Ich will ehrlich zu dir sein, Liebes – ich weiß es nicht. Jungen werden oft als Sklaven genommen, und vielleicht werden sie Mason auch nichts tun, weil er nicht sprechen kann.« Raiden betete, dass es irgendeinen Stammesglauben gab, nach dem es Unglück brachte, ein Kind wie Mason zu essen. Und er konnte nur hoffen, dass der Junge noch am Leben war. An diese Hoffnung musste er sich klammern, denn sie war alles, was ihnen geblieben war. Eastwick wäre bösartig genug gewesen, sein eigenes Kind zu töten, und dass sie auf der Suche nach einem Geist sein könnten, machte Raidens Sorge nicht geringer.

Willa atmete tief durch, um ihre Angst zu bezwingen. Sie wäre Raiden keine Hilfe, wenn sie jetzt in Panik verfiel. »Werden wir nachts marschieren?«

»Nein. Bis zur Morgendämmerung werden wir auf uns gestellt sein.« Er schob ein Geflecht von Schlingpflanzen für Willa beiseite, und sie duckte sich unterdurch. »Aber die Besatzung der *Renegade* hat strikte Anweisung, vor morgen Abend kein Boot an Land zu setzen.« Er wies geradeaus. »Ein Stück in diese Richtung gibt es einen Fluss mit einem Wasserfall. Es ist dort so laut, dass man nicht hören kann, ob sich jemand nähert. Aber es gibt dort eine Höhle.«

»Du bist schon einmal hier gewesen, nicht wahr? Als du Gefangener warst?«

»Als Inaka mich schließlich freiließ, trieb ich in einem *praha* übers Meer. Es kam mir vor, als wären es mehrere Tage gewesen, bis mir klar war, dass die Kabbelung mich um die Insel herum geführt hatte.« Raiden schüttelte den Kopf, der Klang des rauschenden Wassers brachte die Erinnerungen zurück. »Ich bin dann losgelaufen und dabei zufällig auf Eingeborene gestoßen. Ich wusste, dass es Kannibalen waren, denn Inaka hatte oft genug damit gedroht, mich an sie auszuliefern. Ich rannte zurück zum Strand und war entschlossen, um mein Leben zu schwimmen, zum Teufel mit den Haien. Und dabei habe ich dann die Höhle gefunden und mich darin versteckt.«

Willa trat in das gebrochene Licht des Mondes und blieb fasziniert stehen. Der Anblick raubte ihr den Atem. Die Silberstrahlen verwoben sich mit dem Dunstschleier des Wassers und übersprühten den grünen Dschungel mit blauen und gelben Farben. Es muss unglaublich sein im Sonnenlicht, dachte sie. Von dem hoch über ihnen liegenden Plateau stürzten die Wasser des Flusses herab und sammelten sich schäumend und brodelnd in einem natürlichen Felsbecken.

Sie runzelte die Stirn, als sie keinen Weg entdecken konnte, auf dem man hinter diese Wasserwand gelangen konnte. »Müssen wir hinschwimmen?« Sie dachte an die Schlangen im Ganges.

»Ja. Aber denk daran, dass die Strömung sehr stark ist.« Raiden ging ihr ins Wasser voran und reichte ihr dann die Hand. Sie folgte ihm. Das kalte Wasser war eine Wohltat für Willas bloße müden Füße. Mit einer Hand führte Raiden sie, in der anderen hielt er seine Waffen und das Pulver und passte auf, dass sie nicht nass wurden. Als er den Wasserfall erreicht hatte, ging er durch die herunterstürzende Flut hindurch. Einen Augenblick lang blieb er verschwunden. Er hielt Willa noch immer an der Hand und zog sie jetzt durch den Wasserfall zu sich herüber. Sie blieb für einen kurzen Moment, und ließ die Wasserkaskade über ihren Körper strömen. Dann zog Raiden sie weiter, und Willa kletterte die glatten, rutschigen Felsen hinauf. Raiden legte den Arm um ihre Taille, um sie das letzte Stück hinaufzuheben. Sie standen vor dem Eingang einer Höhle, deren Boden von weichem Moos bedeckt war. Willa schaute zu Raiden auf. Sie war sich der Abgeschiedenheit, des Mannes und der Beherrschtheit, die er zeigte, bewusst. Sie spürte, wie sein Griff fester, sein Atem schneller wurde. Abrupt gab er sie frei und trug seine Waffen und die Pulverhörner in die Höhle, wo er sie in einer trockenen Ecke ablegte.

»Hier sind wir während der Nacht sicher.«

Willa sah ihm zu, wie er seine nassen Stiefel auszog und sie neben die Waffen warf. »Bezweifelst du, mich beschützen zu können?«

»Für die Suche werden wir noch mehr Männer brauchen«, sagte er. Er hatte sein Hemd ausgezogen und es über einen Felsen gebreitet. Der Schnitt, den Alistar ihm zugefügt hatte, war auf seiner muskulösen Schulter kaum zu bemerken. Der tätowierte Dornenkranz schien danach zu rufen, berührt zu werden. »Und dass ich dich nicht beschützen könnte, ist nicht meine Sorge.«

»Was ist dann deine Sorge?«

Durch das Gewirr seiner nassen schwarzen Haare, die ihm in die Stirn hingen, sah Raiden sie an. Er ließ den Blick über sie gleiten, und in seinen dunklen Augen lag ein Begehren, das Willa wie einen heißen Lavastrom auf ihrer Haut spürte. Und das in ihr schwelende Feuer loderte zu verzehrenden Flammen auf. Willa spürte das Prickeln, das an der Innenseite ihrer Schenkel begann, zwischen ihnen in sie eintauchte und ein Verlangen in ihr weckte, das ihren Körper durchströmte.

»Dich so sehr zu begehren, dass ich dir wehtun könnte.« Seine Stimme klang rau vor Erregung.

Willa hob langsam die Hände und löste den Knoten ihres Sarongs.

Raiden sah sie unverwandt an.

Ihre Hände zitterten, ihr Körper bebte und Willa war überzeugt, in dem Augenblick, in dem Raiden sie berühren würde, zu vergehen und zu Staub verbrennen. Sie wollte ihn so sehr, sehnte sich so sehr nach seiner Berührung, dass es eine Qual war, von ihm getrennt zu sein. Ihr Körper und ihre Seele flehten um Erlösung, flehten darum, fühlen zu können, wie er sie anfasste, sie streichelte. Ihn zu fühlen, wenn er in ihr war. Eine nie gekannte Sehnsucht durchströmte sie und schrie nach Erfüllung.

Das Sarong glitt an ihr herunter und enthüllte ihre Nacktheit Raidens Blick.

Er ging auf Willa zu und wandte dabei kein Auge von ihr, sah sich satt an ihrer schimmernden Haut, ihrem verlockenden Leib. Einen Schritt vor ihr blieb er stehen. Er atmete heftig, als er Willa in die Augen sah.

»Gib mir alles, was du hast, Raiden Montegomery«, flüsterte sie. »Löse dein Versprechen ein.«

Er streckte die Hand nach ihr aus.

Und die Leidenschaft explodierte.

21

Sie erlebten einen Taumel der Sinne. Haut berührte Haut, Wildheit traf auf Lust. Sehnsucht auf Verlangen.

Raiden drängte das Knie zwischen ihre Beine, und Willa öffnete sie ihm. Seine Finger fanden sie, wartend und begehrend, und bei seiner ersten Berührung drängte sich Willa an ihn, forderte mehr. Er spielte mit ihr, reizte sie und genoss es, wenn sie sich unter seiner Berührung bewegte und ihm zuflüsterte, wie sehr sie es wollte. Ihr zuzusehen, machte ihn hart, und alles in ihm trieb ihn, ihren Körper mit seinem zu vereinen.

Willa stöhnte leise, Raidens geflüsterten Liebesworte raubten ihr die Fassung. Sie küsste den goldenen Ring, der sein Ohr schmückte, sie streichelte seine breiten Schultern, seine nackte Brust, seinen Bauch.

Sie war keine Jungfrau; keine schüchterne Scham hielt sie zurück. Sie wusste, was sie wollte. Und Raiden hatte nie Zweifel daran gehabt. Willas Hand streifte sein hartes Geschlecht, als sie rasch die Knöpfe seiner Hose öffnete. Raiden glaubte zu bersten, als sie anfasste. Er löste sich von ihrem Mund, strich ihr über das Haar, über das Kinn. Er sah ihr in die Augen, und für den Bruchteil eines Herzschlags las er darin mehr, als er das Recht hatte zu sehen, von ihr zu wollen.

»Willa.« Seine Stimme war heiser vor Erregung. »Diese Macht … sie reißt uns mit sich fort.« Sie ergriff seine Hand und küsste sie. Raiden schloss die Augen. Diese Geste überwältigte ihn, verzehrte ihn mit fast derselben Heftigkeit wie die Leidenschaft, die sein Blut zum Kochen brachte.

Willa hatte niemals erwartet, Raiden zögern zu sehen. Sie begriff, dass er davor Angst hatte, die Wildheit seines Verlangens nicht beherrschen zu können. »Lass es zu, Raiden, lass es geschehen.« Sie nahm seine Hand und legte sie auf ihre Brust, schloss seine Finger darum.

Und Raiden zögerte nicht länger. Er küsste Willa mit der Wildheit eines Mannes, der eine zweite Chance zu leben bekommen hatte. Eine zweite Chance zu lieben. Er hielt nichts zurück, ließ sie spüren, dass er alles nehmen würde, was sie gab, und es für immer behalten würde. Es war dieser Augenblick, in dem Raiden bewusst wurde, dass er sein ganzes Leben nur gelebt hatte, um diesen Moment zu erleben, in dem er sich mit der Frau vereinte, der seine Seele gehörte. Ihr Körper war nicht alles, was er wollte. Er wünschte sich ihr Herz, er wünschte sich, von ihr geliebt zu werden. Er wünschte es sich so sehr, dass er es wie einen tiefen, körperlichen Schmerz empfand.

Und die Gefühle, die er in seinem Herzen verborgen hatte, befreiten sich, als er Willa berührte.

Er fühlte ein so glühendes, urwüchsiges Sehnen in sich, dass er fürchtete, es könnte ihn zerstören.

Seine Hände hörten nicht auf, ihren Rücken wie in einem wilden Ritt zu streicheln. Es war, als wollte er sie eins werden lassen mit seinen Händen, als träumte er und fürchtete sich davor, sie könnte sich in Rauch auflösen und ihn zurücklassen, allein und verletzbar. Doch sie war da, in seinen Armen, rieb sich an ihm, stieß gegen ihn, und durch den dünnen Stoff des nassen Sarongs spürte er die Wärme ihrer Haut. Seine Lust ließ ihn erzittern, und Raiden löste sich von ihren Lippen, um nicht die Kontrolle über sich zu verlieren. Doch sein Mund wollte ihre Haut kosten, und er beugte sich wieder zu Willa hinunter, hauchte unzählige Küsse auf den schlanken Hals, auf ihre Schulter. Als sich seine Lippen um ihre harte Brustspitze schlossen, stöhnte Willa. Der Laut hallte von den Felswänden wider, als Raiden die feste Knospe mit der Zunge zu liebkosen begann, sie mit der Hitze seines Mundes umgab.

Willa umklammerte seinen Kopf. Verzückt genoss sie das Spiel seiner Zunge, das Streicheln seiner großen starken Hände, das Pulsieren seiner Erektion an ihrem Leib. Raiden kostete von ihr, tat sich gütlich an ihr, und die Berührung seiner Zunge bereitete ihr eine Lust, die sie bis in die Fingerspitzen hinein spürte. Willa fühlte sich wie in einem Rausch und wünschte, Raiden würde sie ganz und gar verschlingen. Es war der einzige Weg, auf dem sie süße Befriedigung finden würde.

Und es würde niemals genug sein. Niemals.

Keinem von ihnen blieb Zeit zu fragen, zu atmen – sie wollten nur nehmen und geben, was sie voreinander so lange verleugnet hatten. Raiden presste das Gesicht zwischen die weichen, üppigen Hügel ihrer Brüste und begann, mit der Zunge eine heiße feuchte Spur auf ihrer seidigen Haut zu zeichnen. Er kniete sich vor sie, als seine Zunge ihren Bauchnabel berührte. Er berührte ihre Hüfte, flüsterte ihren Namen, streifte ihr das Sarong ab. Seine Hände glitten an ihren Oberschenkeln hinauf, umfassten ihren Po.

Er spürte, wie Willa zu zittern begann, und er wollte, dass sie atemlos vor Lust nach ihm schrie. Er schaute zu ihr auf und erwiderte ihren Blick, als seine Zunge die Schwellung zwischen ihren Schenkeln streichelte und er sein Versprechen wahr machte.

Seine Zunge drang in sie ein, erregte sie, und Willas Schrei der Lust hallte von den Felswänden wider, wurde nur vom Tosen des Wasserfalls gedämpft. »Raiden, oh, Raiden!«

»Ihr wünscht ein Anliegen an mich zu richten, Mylady?« Raiden hielt gerade lange genug inne, sie dies zu fragen, dann lachte er leise und weidete sich daran, wie wild sie sich wand.

»Biest!« Willa grub die Finger in sein Haar, bog sich seiner Zunge entgegen, und Raiden hielt inne, legte ihr Bein über seine Schulter und stieß seine Zunge noch tiefer in Willas Schoß.

Willa glaubte zu zerspringen, glaubte, ihre Glieder würden zu Wasser werden, als Raiden mit dem Finger die feuchte Knospe ihres Verlangens streichelte und in die warme Höhle vordrang. Willa rang nach Atem, dann ließ sie sich fallen, glitt auf seinen Schoß und drängte seine Schenkel auseinander. Sie hielt sich in seinen Haaren fest und küsste ihn gierig.

»Du quälst mich«, flüsterte sie an seinen Lippen.

»Klagen, nichts als Klagen«, brummte er und verschloss ihr den Mund mit einem Kuss.

Willa trank von seinen Lippen, kostete von ihnen, bis sie es nicht mehr aushalten konnte. Sie schob die Hand in seine Hose, befreite ihn von dem hinderlichen Stoff und umfasste sein hartes Glied.

Raiden zuckte zusammen, unsagbare Lust durchströmte ihn, als Willa die feuchte Spitze streichelte.

»Gnade, Frau.«

»Nein, keine Gnade«, wisperte Willa. Sie hielt ihn gefangen, führte ihn, streichelte mit seiner Spitze ihren Schoß. »Kein Mitleid.«

»Nein, kein Mitleid.« Raiden stöhnte vor Lust. Er umfasste ihre Hüften und nahm Willa mit einem harten Stoß. »Ich ergebe mich.«

»O Raiden.« Sie schlang die Arme um seinen Nacken, als er sich in ihr zu bewegen begann. Er zog sich zurück und stieß zu, hörte nicht auf, bis sie wieder und wieder seinen Namen rief.

Und mit jedem Stoß gab er ein Stück von sich auf. Mit jedem Kuss gab er mehr als nur seinen Körper zur Erfüllung ihrer Lust.

Dennoch spürte Willa seine Zurückhaltung. »Gib mir alles«, sagte sie mit heiserer Stimme, die ihn wie rohe Seide streichelte. »Gib mir alles, Raiden.« Sie schlang die Beine um ihn, ließ sich nach hinten fallen und zog ihn mit sich auf das weiche Bett aus Moos. Ihre Bewegung ließ ihn noch tiefer in sie eindringen.

Raiden stöhnte laut auf und schloss für einen Augenblick die Augen, ehe er sich über Willa stützte und ihr in die Augen sah. »Ich werde dir wehtun.«

Ihre Fingerspitzen strichen über die vor Leidenschaft harten Linien seines Gesichts. »Nein! Nein«, sagte sie und umfasste seine Hüften. »Du tust mir nur weh, wenn du dich zurückhältst.«

Raiden stöhnte, als er seine Beherrschung aufgab und sich aufrichtete, um gleich darauf tief in Willa einzudringen. Er zog sich zurück, tauchte wieder in sie ein, verlor sich in diesem Rhythmus, spürte, wie Willa ihn pulsierend umschloss und freigab, nur um ihn wieder zu halten. Ihr Haar lag wie ein feuriger Heiligenschein um sie ausgebreitet, als ihre Hüften sich immer wieder hoben, um ihn noch fester, noch tiefer in sich zu spüren. Ihre Hände streichelten seine Brust, glitten hinunter über seinen Bauch, dorthin, wo sie vereint waren. Er stöhnte vor unbändiger Lust und richtete sich auf, um sie tiefer zu besitzen, und dennoch war es noch nicht genug. Er wollte sich in ihr verlieren, er wollte alles von ihr wissen.

»Sieh mich an, Liebste. Lass mich in deine Augen sehen.«

Ihre Blicke vereinten sich, als ihre vom Schleier des Wasserfalls nass glänzenden Körper sich in diesem sinnverwirrenden Rhythmus bewegten, der schneller und wilder wurde und sie bis an den Rand der Ekstase trug.

Verschwenderische Weiblichkeit und männliche Kraft.

Sie schenkte sich ihm ganz und gar und schlang die Beine um seine Taille, als er sie auf den Wogen hemmungslosen Begehrens und rückhaltloser Leidenschaft bis zum Gipfel trug. Er sah es in ihren Augen, er spürte wie ihre Erfüllung sich entfaltete, heiß und heftig wie ein tropischer Sturm, und das Pulsieren ihres Schoßes trug auch ihn zum Höhepunkt. Mit einem dunklen Stöhnen stieß er ein letztes Mal in sie. Willa schrie auf als er sich in ihr verströmte, drängte sich ihm entgegen und ihre Hände krallten sich in seine Brust.

In diesem Augenblick sich erfüllender Lust rief er ihren Namen.

Einen Augenblick lang hielt Raiden sie fest, ließ sie am Rande purer Seligkeit schweben und sie all das fühlen, was sie für ihn war. Ihre Blicke ertranken ineinander, als sie, noch immer vereint, auf das weiche Moos sanken. Sie waren unfähig zu sprechen und versuchten, wieder zu Atem zu kommen. Er strich Willa das Haar zurück und badete ihr Gesicht in Küssen. Raiden wollte so verharren, bis der feine Nebel sich auflösen und die Nacht sich zum Tag wandeln würde. Willa küsste ihn sanft, zärtlich, und er presste die Stirn an ihren Hals.

»Ah, Liebes«, sagte er. »Du hast wirklich eine ganz besondere Art an dir.«

»Ich bin froh, dass du das schließlich doch noch herausgefunden hast.«

Er lächelte und hob den Kopf, um sie anzusehen. Bei Gott, sie ist wunderschön, dachte er. Er liebte dieses befriedigte Lächeln, er liebte es, wie sie seine Küsse erwiderte. Er liebte sich vorzustellen, wie leicht er sie wieder mit derselben erderschütternden Kraft wollen könnte wie wenige Augenblicke zuvor. Er fand es wunderbar zu wissen, dass diese Frau durch seine Berührung ihre Erfüllung fand. Nachdem er seine Hosen abgestreift hatte, rollte Raiden sich auf die Seite und legte Willas Bein über seines.

Sofort schmiegte sie sich in die Wärme seines Körpers und legte die Hand auf seine Brust. Noch nie hatte sie etwas Ähnliches erfahren wie dieses Zusammensein mit Raiden. Willa wusste, dass es mehr als nur fleischliche Lust war, das ihre Vereinigung so unbeschreiblich intensiv gemacht hatte. Sie fühlte sich auf ewig an diesen Mann gebunden, und sie vermochte nicht zu sagen, ob es in Kalkutta oder in Malakka geschehen war oder in den Tagen allein in ihrem Gefängnis, als sie erkannt hatte, dass sie ihn liebte. Von ganzem Herzen und wie wahnsinnig liebte. An jenem Tag in der Schänke hatte er sie gefangen genommen. Sie hatte ihm so viel bedeutet, dass er sie vor dem Sterben bewahrt hatte, dass er auf die Suche nach ihrem Kind gegangen war und ihrem Ehemann die Stirn geboten hatte.

Sie wollte nie von ihm getrennt sein, und es ihr tat weh, auch nur daran zu denken. Doch er war ein Gesetzloser, ein Gejagter, und sie beide wussten, dass die Behörden ihn eines Tages fassen würden. Raiden hatte immer behauptet, er sei niemandem verpflichtet, besonders nicht mit seinem Herzen, und Willa dachte, dass er nichts über ihre Gefühle würde hören wollen. Ihr Blick glitt über sein Gesicht, und als ob er es spürte, wandte er den Kopf und schaute zu ihr herunter.

Raiden grub seine Hand in ihr Haar und zog eine ihrer Locken an seine Lippen. Er versuchte, nicht die Stirn zu runzeln, als er die Frage in ihren Augen las. »Woran denkst du, kleine Füchsin?«

Ihre Kehle zog sich zusammen. Wie sehr wollte sie für immer mit diesem Mann zusammen sein. Aber Raiden Montegomery lebte nur für den Tag, nur für die Stunde. Für das Schwert. Sie würde nicht um mehr bitten, als was sie jetzt hatte. Denn er konnte es nicht geben. »Ich habe mir gewünscht, wir könnten hier bleiben.«

»Das können wir, bis zum Morgen.« Er beugte sich zu ihr und küsste sie. »Schlaf, Liebes. Hier kann uns nichts geschehen. Ich werde dich die ganze Nacht in den Armen halten. Das wünsche ich mir schon seit langem.«

»Wie lange?«

Er lächelte, als sie sich wieder in seine Arme kuschelte. »Seit ich dich in deinem Hotel in Kalkutta am Fenster sitzen sah.«

Willa gähnte und schmiegte sich noch enger an Raiden. »Ich wusste, dass du dort warst«, sagte sie schläfrig. »Und dass du auf mich aufgepasst hast.«

»Ach, Liebste.« Er streichelte ihren nackten Rücken. »Für dich bin ich so durchsichtig wie Glas.«

Schon halb im Schlaf seufzte sie. »Bei mir, Raiden, hast du nichts zu befürchten.«

Aber er fürchtete sich. Weil er wusste, dass er sie liebte. Doch solange er sich mit ihr verstecken und die Mission vergessen müsste, die er noch zu erfüllen hatte, könnte er es nicht. Seufzend drückte er einen Kuss auf ihren Scheitel und genoss das Gefühl, sie nackt in seinen Armen zu halten. Er wünschte, er könnte ihr die Worte sagen, könnte ihr all das geben, was sie verdiente, doch er gab zu, dass er Angst hatte. Angst, dass sie kein Leben mit ihm wollte, dass ein Teil von ihr ihn nur als ein Abenteuer sah, auch wenn seine innere Stimme ihm sagte, dass dem nicht so war. Und er hatte tödliche Angst davor, Willa zu lieben würde sie beide zerstören. Die Verletzlichkeit, die mit der Liebe kam, hatte tief in seinem Herzen ein Loch hinterlassen, und es hatte zehn Jahre gebraucht, es zu schließen. Er neigte den Kopf und schaute auf Willa herunter. Er strich ihr das Haar aus dem Gesicht, das im Schlaf weich und gelöst aussah. Als sie die Wange gegen seine Hand schmiegte und seinen Namen flüsterte, zog sich Raidens Brust zusammen.

O Gott, du schickst mir die Liebe, wenn es noch etwas gibt, das ich zu Ende bringen muss.

Wenn er morgen früh schon sterben und sie verlassen könnte, möglicherweise mit seinem ungeborenen Kind.

Raiden schloss die Augen. Der Gedanke, sie müsste ohne ihn sein Kind zur Welt bringen, traf ihn bis ins Mark. Er durfte das nicht zulassen. Er würde nicht so wie sein Vater handeln, bei Gott nicht. Er würde einen Weg suchen und auch finden, alles zu haben. Ein Heim, einen sicheren Ort für sie und ihn, und ein ruhiges, sesshaftes Leben, in dem es niemanden mehr gab, der ihn um der Belohnung willen jagte, die auf seinen Kopf ausgesetzt war.

In der Abgeschiedenheit der Höhle, verborgen hinter dem tosenden Wasserfall und sicher vor den Geschöpfen des Dschungels, die durch die Nacht schlichen, hielt Raiden Willa in seinen Armen. Er wusste, dass er nur bei ihr den Frieden finden konnte, seine gequälte Seele auszuruhen. Aber so sehr er sich dies auch wünschte – er wusste, dass es unmöglich sein würde.

Auf die Arme gestützt, lag Willa mit dem Rücken auf den glatten Felsen und ließ sich die nackte Haut vom Dunst des Wasserfalls benetzen. Nach einer Weile rollte sie sich auf die Seite und schaute zu Raiden, der auf der anderen Seite des kleinen Felsbeckens lag und noch schlief. Selbst im Schlaf wirkten seine Muskeln angespannt. Sie erhob sich und ging näher an ihn heran. Ihr Blick glitt über sein langes Haar, die Narbe an seinem Kinn, den Ohrring, der auf seine Profession hinwies. Seine Brust und die Arme waren von Narben übersät, doch keine von ihnen beeinträchtigte die geschmeidige Anmut seines Körpers. Ein gezähmter Wilder, dachte Willa. Denn auch wenn er über die Kultiviertheit eines Gentlemans verfügte, so trat jene andere Seite an ihm sehr oft zutage – seine raue Seite, der Teil in ihm, der nicht vergessen konnte, auf der Straße groß geworden zu sein, ohne Liebe und erfüllt vom Kampf ums Überleben. So war es, wenn er ein Schiff betrat und die zum Dienst gepressten Seeleute befreite. So war es gewesen, als er so gemein und verletzend mit ihr gesprochen hatte, um sie von sich zu stoßen.

Willa wrang sich das Haar aus, während sie ihn ansah. Ihr Körper sehnte sich nach mehr von seiner Liebe. Sie strich sich das Haar zurück und ging näher. Für den Bruchteil einer Sekunde erfüllte eine Vorahnung sie; dann verdrängte sie dieses Gefühl und entschied, dass es Raiden heimgezahlt werden musste, dass er sie in all diesen Tagen auf seine sinnliche Folter gespannt hatte.

Raiden erwachte aus dem Schlaf und stöhnte, als er das vertraute Gefühl des Verlangens in seinen Lenden spürte. Er ließ sich von seinen erotischen Traumbildern treiben, bis er sich zwang, die Augen zu öffnen. Es kostete ihn Mühe, Gefühl und Wirklichkeit miteinander in Einklang zu bringen. Ein tiefer Atemzug entrang sich seiner Brust.

»Mein Gott, Weib, was tust du da?«

»Ich glaube nicht, dass ich dir das erklären muss.«

Ihr Mund spielte mit seiner Männlichkeit, umschloss ihn tief und fest, und ein heißes unkontrollierbares Beben erschütterte Raiden bis in die Zehen.

Er bog sich, machte stoßende Bewegungen. »Du bist verrückt!« Er öffnete die Augen und schaute zu, wie ihre Zunge ihn umkreiste. Nichts in seinem Leben war je so sinnlich und leidenschaftlich gewesen. »Du weißt doch sicher, dass dich das etwas kosten wird.«

»Bis jetzt bin ich mit jedem Handel einverstanden gewesen, den du vorgeschlagen hast, Montegomery.«

Seine Lippen verzogen sich zu einem Lächeln. Doch alles Necken verschwand, als er sich aufsetzte, unfähig, noch mehr zu ertragen. Das Pulsieren steigerte sich, ihr Rhythmus verdrängte all sein Denken. Raiden spürte nur noch das Rauschen des Blutes und das Verlangen, das durch seine Adern strömte. Er zuckte unbeherrschbar zusammen. Plötzlich griff er unter Willas Arme, zog Willa auf seinen Schoß, schob ihre Beine auseinander und drang in sie ein. Er hielt sie fest, verwehrte es ihr, sein Stoßen zu erwidern. In Sekunden hatte er seinen Höhepunkt erreicht und vergoss seinen Samen.

Als die Leidenschaft verklang, bemerkte Raiden, dass Willa lachte. Wahrhaftig lachte!

»Willa«, sagte er und versuchte, beleidigt auszusehen.

Sie streckte die Arme über den Kopf und reckte sich wie eine Katze. »Es war schön, dich so zu sehen – so ... hingegeben.« Es gab ihr ein unglaubliches Gefühl der Macht.

Raiden zog sie heftig an sich. »Ich werde dir zeigen, was es heißt, sich hinzugeben, Weib.« Er drückte Willa in das Moos und begann mit seinem Angriff. Er liebte ihr Lachen, die leisen Worte, die sie ihm zuflüsterte, er liebte den Augenblick, wenn er hörte, dass sie den Atem anhielt und sie nichts anderes mehr tun konnte als ihre Lust geschehen zu lassen.

Glitzernd fielen die Strahlen der Morgensonne durch den Vorhang aus Wasser in die Abgeschiedenheit der Höhle. Als Raiden erwachte, fiel sein Blick auf Willa, die nackt neben ihm lag und schlief. Voller Bewunderung betrachtete er sie. Die Lady war verschwunden, an ihrer Stelle war in der Nacht seine Verführerin erschienen. Sein Blick glitt über ihren biegsamen Köper, das Haar, das ihr über den Rücken floss, als sie, ein Bein angewinkelt, auf ihrem Bett aus Moos lag. Ein kleines Lächeln zeigte sich auf Raidens Gesicht. Er fühlte sich wunderbar erfüllt und auf herrliche Art erschöpft, und doch brauchte er Willa nur anzusehen, um sie wieder zu begehren.

Ich werde sie für immer und ewig wollen, dachte Raiden und wünschte, er hätte diese Zeit. Aber sein Herz hatte ihn nicht so blind gemacht, dass er nicht die düstere Zukunft sah, die vor ihm lag. Er war ein Gesetzloser, der von Dunfee und der britischen Marine gejagt wurde. Er hatte Verbrechen im Namen der Gerechtigkeit begangen – die meisten aber im Namen der Piraterie.

Was für eine Art Leben sollte das für eine Lady sein?

Raiden erhob sich und zog seine Hosen an, dann steckte er seine Waffen in die Stiefel, damit sie möglichst nicht nass wurden, und ging dann zu Willa. Er kniete sich neben sie und rüttelte sie sanft. Sie seufzte, als sie sich umwandte und reckte. Die Flut ihrer roten Haare gab ihre runden Brüste frei, und Raiden biss die Zähne zusammen, um seinem Verlangen zu trotzen, das ihm befahl, in ihre Arme zurückzuschlüpfen und ihre rosigen Brustspitzen zu kosten.

»Wach auf, Süße.«

Willa öffnete die Augen und lächelte Raiden an. Sie fasste nach seiner Hand, als sie sich aufsetzte, und zog sie an ihre Lippen, um einen Kuss darauf zu hauchen.

»Guten Morgen«, sagte sie.

»Wie könnte er das nicht sein?«, murmelte er an ihrem Mund. »Du hast heute Nacht vor Lust nach mir geschrien.«

Sie gab ihm einen neckenden Stoß. »Soll ich dich daran erinnern, wer geschrien hat?« Sie ließ die Hand über seinen muskulösen Oberschenkel gleiten und legte sie dorthin, wo sich seine Männlichkeit unter der dunklen Hose verbarg.

Raiden umfing ihr Handgelenk und zog es an seine Lippen. »Ich gestehe meine Niederlage ein.«

»Ah, ein Sieg«, murmelte Willa, dann bemerkte sie die Stiefel in seiner Hand und die Waffen, die er hineingesteckt hatte. »Wohin gehst du?«

Ihrer Stimme war keine Panik anzuhören, nur Besorgnis.

»Ich will uns etwas zu essen besorgen und nach den Eingeborenen Ausschau halten.«

Sie nickte. »Sei vorsichtig.«

Raiden küsste sie noch einmal, heftig und schnell, dann stand er auf und ging zur linken Seite des Wasserfalls.

»Du wirst klitschnass werden, ebenso wie deine Waffen.«

»Es gibt einen schmalen Felssims auf dieser Seite der Höhle.« Als Willa die Stirn runzelte, fügte er hinzu: »Gestern Abend war es wichtiger, uns in Sicherheit zu bringen, aber jetzt, bei Tageslicht, ist dieser Weg schneller, wenn auch tückisch.«

Sie stand auf und kam in ihrer nackten Herrlichkeit auf ihn zu.

Sie spähte auf den schmalen Durchgang. Raiden würde auf jeden Fall nass werden, da er so groß war.

»Versuche es nicht, Willa. Du hast keine Schuhe, um deine Füße zu schützen.«

Sie nickte und schaute zu ihm auf. Sein Blick glitt über ihre frauliche Figur, und die Erinnerung an die vergangene Nacht kehrte mit einer Intensität zurück, die seinen Körper hart machte.

»Komm schnell wieder.« Sie stellte sich auf die Zehenspitzen, um ihn zu küssen, und Raiden schlang den Arm um ihre Taille und zog sie an sich.

»Halt dich verborgen.« Er gab Willa frei und ging zu dem Felsvorsprung.

Das Tageslicht erforderte besondere Vorsicht. Abgesehen davon, dass er etwas zu essen besorgen und sich davon überzeugen wollte, dass sie in Sicherheit waren, musste er ihre Spuren verwischen und herausfinden, ob die *Renegade* schon in der Nähe war, und nicht etwa die britische Marine.

Während Raiden seitwärts gehend den schmalen Felssims überwand und festes Land erreichte, hoffte er, dass die *East India Company* Inakas Rolle bei Willas Befreiung stillschweigend hinnehmen würde, denn den Prinzen zu erzürnen würde bedeuten, die Fortsetzung der Handelsbeziehungen zu gefährden. Und eine Frau war kein hinreichender Grund, einen Krieg anzufangen. Als Raiden mit großen Schritten in Richtung der See ging, dachte er über den Mann nach, der ihn verraten hatte. Er betete darum, dass dieser Verräter inzwischen keine Meuterei angezettelt hatte. Und dass man sie nicht zum Sterben auf dieser Insel zurückgelassen hatte.

»Ich werde dich tragen.«

»Ich kann gehen.«

»Aber du hast keine Schuhe.«

»Ich hab auch keine Kleider, also wo liegt das Problem?«

Raidens Blick glitt zu Willas Po, der sich unter dem fest gewickelten Sarong rund und verlockend abzeichnete – wie jede andere Kurve ihres Körpers auch. Er war daran gewöhnt, Frauen in einem solchen Kleidungsstück zu sehen, aber sie hatten nicht diese Wirkung gehabt wie Willa. Der Gedanke, dass die Männer auf der *Renegade* sie so sehen würden, ließ den Wunsch in ihm wach werden, Willa in Unmengen von Stoff zu hüllen.

»Der Sarong steht dir«, räumte er ein.

»Ich genieße es, ihn zu tragen. Ich fühle mich, als sei ich ... von einer Last befreit, von der ich keine Ahnung hatte, dass ich sie getragen habe.« Willa ging vor ihm her, von Zeit zu Zeit blieb sie stehen, damit Raiden ihr die Richtung wies. Der Geruch der See war stärker geworden, und die Sonne stieg rasch höher.

»Willa, wegen gestern Nacht und heute Morgen ...«

»Und in dem See«, sagte sie mit einem verführerischen Blick über ihre Schulter.

»Ja.«

Sie blieb stehen und sah ihn stirnrunzelnd an. »Sag mir nicht, dass es dir nicht gefallen hat.«

»O nein.« Er küsste sie zart. »Du weißt, wie sehr es mir gefallen hat, aber es sind die Folgen, über die ich mir Gedanken mache.«

Die Folgen. Ein Kind. Sie schaute zu Boden, auf ihre nackten Füße, und ihre Augen begannen zu brennen. Sie hatte es fast vergessen. »Ich kann keine Kinder mehr bekommen.« Sie sah auf. »Ich bin bei Masons Geburt fast gestorben.«

Es tat Raiden weh, das plötzliche Leid in ihren Augen zu sehen. »Ein Arzt hat dir das gesagt?«

»Ja, und Alistar hat mich ständig daran erinnert. Und dass ich, falls ich es doch könnte, doch nur wieder ein unvollkommenes Kind gebären würde.«

Dieser verdammte Bastard, dachte Raiden. »Du bist sicher, dass es die Ärzte waren, die das gesagt haben, und dass Eastwick dich nicht angelogen hat? Es war doch offensichtlich, dass der Mann seinen eigenen Sohn nicht haben wollte.«

»Ich habe darüber nachgedacht, ja.«

»Aber du hast deine Periode.«

Ihre Wangen färbten sich rosa, und sie sah ihn an. »Ja, aber nicht regelmäßig.« Schmerz färbte ihre Stimme. »Du musst dir keine Sorgen machen, du könntest einen Bastard mit mir zeugen, Raiden.«

Sie wandte sich rasch ab, doch er hielt sie fest und sah ihr tief in die grünen Augen, die ihn so verletzt ansahen. »Glaubst du, du bist deswegen als Frau weniger wert? Weil ich das nicht glaube. Kinder bekommen zu können, macht dich nicht zu einer Frau. Es macht dich lediglich zu einer Mutter. Denkst du, das war alles, woran ich gedacht habe, als wir uns geliebt haben?«

»Nein, ich weiß, dass du nicht daran gedacht hast.«

»Denn wenn es so wäre, Willa, dann hätte ich dich bestimmt nicht angefasst.«

Die Anspannung wich aus ihrem Gesicht, und Raiden begriff, dass Willa der Fähigkeit, Kinder bekommen zu können, viel zu viel Gewicht beigemessen hatte. Eastwick hätte es verdient gehabt, dass Raiden ihn dafür zur Hölle geprügelt hätte, weil er Willa dazu gebracht hatte, sich so unzulänglich zu fühlen. Er zog sie in seine Arme und hielt sie fest.

»Mein Gott, Willa, siehst du nicht, wie sehr ich dich anbete?« Sie nickte an seiner Brust. »Ich glaube nicht, dass ich ohne dich weiterleben könnte«, sagte er sehr leise und drückte sie. Er spürte, wie ihm die Kehle eng wurde. Willa legte den Kopf zurück und zog Raiden zu sich herunter. Als sie ihn küsste, presste er sie verlangend an sich. »Ich begehre dich schon wieder, kleine Füchsin. Ich werde noch daran sterben, dich zu begehren.«

»Sag so etwas nicht!«, bat sie hastig und legte die Hände um sein Gesicht, küsste ihn rasch und voller Leidenschaft. »Gib nicht auf, ich flehe dich an.«

Ihre Zuversicht war ansteckend. Weil Raiden wollte, dass es so war. Er küsste sie wild, wollte etwas von ihrer Zuversicht, wollte mehr davon, um die Hoffnungslosigkeit zu besiegen, die er empfand, wann immer er an die Zukunft dachte, wann immer er daran dachte, dass sie eines Tages erfahren würde, welchen Preis er zu zahlen entschlossen war. Ein Teil seiner Seele würde nie zur

Ruhe kommen, wenn er seinen Schwur nicht erfüllte. Raiden fürchtete sich davor, es Willa zu sagen. Er fasste sie an den Schultern, drückte sie gegen den Baum, vor dem sie stand, und hob sie hoch. Sie schlang die Beine um seine Hüften, und er streichelte ihre Schenkel und schob das Sarong hoch, als er ihren Po umfasste.

Willa öffnete die Knöpfe seiner Hose, ihre Hand fand und befreite ihn, und mit einem tiefen Stoß war Raiden in ihr, erfüllte sie. Willa keuchte, schlang die Beine fester um ihn und drängte sich ihm entgegen. Sie sahen sich unverwandt in die Augen, als Raiden sich in stetem Rhythmus aus ihr zurückzog und sie wieder nahm. Er spürte ihren zitternden Atem an seinen Lippen, als er heftiger und schneller in sie stieß.

»Vergib mir«, flüsterte er, als ihm bewusst wurde, dass er ihr wehtat.

»Es ist gut so, Raiden«, sagte sie und hielt seinen Blick gefangen. »Kannst du es nicht sehen? Nichts was du tust, wird mich je von dir fortstoßen, du meine Liebe.« Sie war sein, ganz egal was geschehen würde. Das Maß der Zeit zählte nicht.

»O Gott, Willa.« Raiden stöhnte und presste das Gesicht an ihre Schulter. Er liebte sie für ihr Erbarmen, liebte sie für ihre Großherzigkeit, die er nicht verdiente. Das Verlangen pulsierte in seinen Adern, und Willa schrie vor Lust auf, als er noch einmal, zweimal in sie eindrang und sie mit sich nahm, als er den Höhepunkt erklomm. Von ihren Schreien aufgeschreckt erhob sich eine Schar buntgefiederter Vögel in die feuchte Hitze des Dschungels und breitete sich wie eine flirrende Wolke über Willa und Raiden aus.

Augenblicke vergingen, Sekunden, die Raiden festhalten wollte und es doch nicht konnte. Er wusste, der einzige Schritt, den er machen konnte, war, Willa das zu geben, was sie sich mehr als alles andere wünschte. Das, was sie zum Weiterleben brauchte, wenn er fortgegangen war.

Ihr Kind.

22

Raiden drückte ihr eine geladene Pistole in die Hand. »Bitte mich nicht darum, Willa. Du weißt, dass ich dich nicht mitnehmen kann.«

»Ich werde nicht auf dem Schiff sitzen und abwarten, Raiden – bitte.«

Ihr tränenumflorter Blick traf ihn bis in sein Innerstes. »Pst«, besänftigte er sie und schaute flüchtig zu Perth, Balthasar und Kahlid hinüber, ehe er Willa zur Seite nahm. »Hör mir zu, Liebes. Wir riskieren viel, weil du noch auf der Insel bist. Die Kannibalen schätzen weiße Sklaven, besonders Frauen, und allein schon dein rotes Haar würde genügen, uns zu verraten. Unsere einzige Chance liegt in der Überraschung.« Er wartete, während Willa über seine Worte nachdachte. Als sie schließlich traurig nickte, fuhr er fort: »Kahlid und ich haben drei Dörfer ausgekundschaftet, und nur in diesem einen haben wir gehört, dass man über einen weißen Gefangenen gesprochen hat.«

Willa empfand Hoffnung und Angst, während sie in das Feuer schaute, das in der Dunkelheit glühte. Der nervenzermürbenden Takt der Trommeln schien mit jeder Sekunde, die verging, lauter zu werden. Schlingpflanzen strecken ihre grünen Arme wie Spinnennetze zwischen den Bäumen aus, hüllten das Geschehen des bizarren Ritus in ein geheimnisvolles Leichentuch. Kannibalen. Menschenfresser. O Gott, wie entsetzlich. Mit der *Renegade,* die jetzt im Schutze der Nacht vor der Küste vor Anker lag, hatte Willa den längsten Teil des Tages mit Perth, Vazeen und Balthasar auf Raidens Rückkehr gewartet, der zusammen mit Kahlid und einigen anderen Männern den Dschungel durchkämmt hatte. In weniger als zwei Stunden würde es hell werden. Es war keine Zeit mehr.

»Mason wird vielleicht nicht mit dir gehen«, sagte sie.

Raiden seufzte erleichtert. »Ich werde dem Burschen keine Wahl lassen.« Er lächelte sie an. »Schließlich will seine Mutter ihn sehen.«

Die Tränen sprangen ihr in die Augen. »O Raiden, glaubst du wirklich, dass er noch am Leben ist? Er war krank in Kedah …«

»Ja, das tue ich«, unterbrach er sie ruhig. »Du bist so voller Hoffnung für ihn, dass es gar nicht anders sein kann, Liebes.« Er küsste sie auf die Stirn und drückte sie für einen Moment an sich. Er betete, dass er sich nicht irrte. Es würde Willa zerstören, wenn Mason nicht mehr am Leben wäre. »Perth wird bei dir bleiben«, sagte er und wandte sich widerstrebend von ihr. Er nahm die Waffen in Augenschein, die sie zur Verfügung hatten, und griff dann nach dem Blasrohr, das Inakas Krieger ihm geschenkt hatte. Er hängte es sich über den Rücken, zusammen mit dem Beutel, in dem sich das Gift befand.

Willa betrachtete die Pistole in ihrer Hand, auf deren Griff das Wappen der *East India Company* im fahlen Mondlicht schimmerte. Er hat sie die ganze Zeit über behalten, dachte sie und erinnerte sich daran, wie sie die Waffe in Barkmons Kutsche gefunden hatte. Das alles schien schon hundert Jahre her zu sein. Geübt überprüfte sie die Ladung, ehe sie die Pistole in den Gürtel der Hose steckte, die Perth ihr zusammen mit einem Hemd und Stiefeln klugerweise mitgebracht hatte. Willa hatte geschworen, dass sie nach dem Sarong und den Hosen nie wieder ein Kleid tragen wollte. Der Gedanke ließ ein Lächeln über ihr Gesicht huschen. Als sie aufschaute, sah sie, dass alle sie anstarrten.

»Was?«

»Egal was du hörst, du rührst dich nicht von der Stelle.«

Ihre Augen weiteten sich. »Warum? Was meinst du?«

Er trat näher. »Du musst mir vertrauen, Willa.«

»Du weißt, dass ich das tue.«

»Gut.« Er küsste sie leicht. »Ich will nicht gezwungen sein müssen, dich an einen Baum zu binden.«

»Du glaubst, das würde mich halten?«

Abwägend zog er eine Augenbraue hoch – das Sinnbild männlicher Arroganz.

Willa griff nach ihrem Messer, ließ es aufspringen, klappte es wieder zusammen und schob es mit einer raschen Bewegung in ihren Stiefel zurück. »Versuch es nur, Pirat.«

Raiden schaute zu Perth. »Eure Aufgabe wird gefährlicher sein als meine, fürchte ich.«

Perths Antwort bestand in einem leisen Lachen. Raiden war inzwischen den anderen in das Dickicht aus Sträuchern und Schlinggewächsen gefolgt. Plötzlich blieb er stehen und schaute über die Schulter zu Willa zurück. Sie sah die Verwundbarkeit auf seinem Gesicht. Raiden wandte sich um, war mit drei großen Schritten bei Willa, hob sie hoch und trug sie fort, dorthin, wo sie vor den Blicken der anderen geschützt waren.

»Raiden!« Er würde doch jetzt bestimmt nicht vorhaben, sie zu lieben.

Er setzte sie ab und presste sie an sich. Seine rauen Hände schlossen sich um ihr fein geschwungenes Kinn, und er streichelte mit dem Daumen ihre Unterlippe. Sein Blick folgte seinem Finger. Raiden wusste, dass sein Verhalten Willa verwirrte.

Sie fasste nach seinen Handgelenken. »Raiden, sag etwas! Was ist denn?«

Er sah ihr in die Augen. »Es ist schwer, dich zu verlassen, sei es auch nur für einen Augenblick. Oder sei es auch aus einem Grund, der meine ganze Aufmerksamkeit verlangt. Aber ich konnte nicht gehen, ohne ...« Er schluckte, sein Blick glitt über ihr wunderschönes Gesicht, er spürte, wie seine Herz sich zusammenzog, als er nach den richtigen Worten suchte. »Ich liebe dich, Willa Delaney.«

Sie holte tief Luft, Tränen stürzten aus ihren Augen.

»Ich liebe dich so sehr, dass es mir den Atem raubt.«

Willa hauchte seinen Namen und schlang die Arme um seine Taille.

»Es ist mir egal, ob du meine Liebe erwiderst ...«

»Das tue ich.«

Er schwieg, sah in ihre Augen.

»Ich liebe dich«, sagte Willa und hob die Hand, um seine Wange zu streicheln. Dann strich sie ihm das Haar zurück.

Raiden zitterte, als die Last der einsamen, von Sehnsucht erfüllten Jahre von ihm abfiel. Seine Augen glänzten in der Dunkelheit. Es war ein Glanz voll von Gefühlen, der Willa das Herz eng werden ließen.

»Ich liebe dich, Raiden Montegomery.«

»Willa.« Er flüsterte ihren Namen wie ein Gebet, ehe er sie zart und fast ehrfürchtig küsste.

Sie warf die Arme um seinen Hals und hielt Raiden fest, erzählte ihm flüsternd von ihrer Liebe.

In der Nähe räusperte sich jemand. »Die Sonne geht in einer Stunde auf, Sir. Wenn wir heute noch was ausrichten wollen, dann wird es jetzt Zeit.«

Raiden trat einen Schritt zurück, ihre Blicke waren noch ineinander verfangen, als er Perth mit einem Kopfnicken zustimmte.

Willa ließ die Arme sinken und legte Raiden die Hände auf die Brust. »Geh und bring mir mein Kind«, sagte sie und musste dazu all ihre Tapferkeit zusammennehmen.

Er berührte ihr tränenbedeckte Wange und lächelte, dann ging er davon.

Perth war in der Nähe stehen geblieben und wartete auf Willa.

Sie wischte sich die Tränen ab, stieß sich von dem Baum ab und ging mit Perth zur Lichtung.

Raiden und die seine Männer waren nicht mehr zu sehen.

Zwei Gründe hatten Raiden bewogen, Balthasar und Kahlid auszuwählen. Zum einen waren sie fast zweimal so groß wie die Eingeborenen und würden jedem, der ihnen das erste Mal begegnete, Angst einjagen, zum anderen konnten sie sich trotz ihrer Größe nahezu lautlos bewegen. Vazeen war besonders geschickt, und von seinem Standort aus beobachtete Raiden den schlanken Hindu, der sich wie eine Spinne durch die Bäume und das Dickicht bewegte und jede der grasgedeckte Hütten nach dem Gefangenen absuchte.

Die Dorfbewohner feierten, und Raiden wünschte, er könnte ihre Sprache besser verstehen. Sie war der Inakas nicht unähnlich, hatte aber einen entschieden arabisch anmutenden Klang. Raiden zog sich tiefer ins Unterholz zurück. Das Mahl, das die Kannibalen in der Morgendämmerung einnahmen, war das rituelle Fest, das vor einem Angriff begangen wurde. Bei Inakas Stamm gab es einen ähnlichen Brauch. Raiden betete, dass es nicht die *Renegade* war, die angegriffen werden sollte. Und dass es nicht der Junge war, den sie gerade aßen.

Sein Magen zog sich zusammen, wenn er daran dachte, wie viel Angst Mason haben musste. Unfähig zu sprechen und zu verstehen. Raiden hatte seinen Männern eingeschärft, besonders auf das Weinen eines Kindes zu achten. Jetzt hielt es ihn nicht länger auf seinem Beobachtungsposten. Er umrundete das Dorf und traf mit Vazeen und Balthasar zusammen, die nichts gefunden hatten. Hatte Raiden sich geirrt? Hatte er die Wortbrocken, die er aufgeschnappt hatte, fehlgedeutet?

Mit dem Fernrohr suchte er das Dorf ab, das offene Areal, auf dem der Rat des Stammes sich beriet, auf dem Riten zelebriert wurden und Opferungen stattfanden. Um ein großes Freudenfeuer tanzten Männer und Frauen, die fast nackt waren, denn Palmenblätter und Lendenschurze aus Bastfasern verdeckten wenig. Hohe, schmale Trommeln standen auf der gegenüberliegenden Seite des Platzes in einer langen Reihe nebeneinander, auf denen junge Männer den monotonen Rhythmus schlugen, der vom Wind davongetragen wurde und ihren Feinden Angst machen sollte.

Der beißende Geruch von brennendem Muskat erfüllte die Luft und stach Raiden in der Nase. Wenn die *East India*-Leute das sehen könnten, dachte er, als er auf die ausgedehnten Muskatbaumwälder schaute, die das Dorf umgaben.

Er richtete das Fernrohr auf die Stelle, an der er Vazeen

zuletzt gesehen hatte. Balthasars Gestalt verschmolz fast mit der Vegetation, seine dunkle Haut und die Tätowierungen gaben ihm etwas Geisterhaftes. Raidens Blick verharrte auf einem jungen Eingeborenen, der ein großes, mit Früchten gefülltes Blatt trug. Nachdenklich schob Raiden das Fernrohr zusammen, dann richtete er sich auf und folgte dem Eingeborenen. Er gab seinen Männern ein Zeichen, sich ihm anzuschließen. Es war schwierig, mit dem jungen Kannibalen Schritt zu halten, denn jedes Knacken eines Zweiges konnte den ganzen Stamm alarmieren. Raiden gelang zu dem Schluss, dass sie ein Ablenkungsmanöver brauchten. Er nahm das Pulverhorn in die Hand und ging zu Balthasar, um ihm seinen Plan zu erklären. Sein nächstes Ziel war ein schmaler Trampelpfad, der in den Dschungel führte und dem er bis ans Ende folgte. Vor Jahren hatte Inaka ihn in einer Grube gefangen gehalten, die mit einer gitterartigen Klappe verschlossen gewesen war. Diese Grube war nichts als ein Erdloch gewesen, das sich während des Monsuns mit Regenwasser gefüllt hatte und in das die Schlangen gekrochen kamen, um seine Wärme zu suchen. Jede Stunde war ein Kampf gewesen, bis zum nächsten Sonnenaufgang zu überleben. Raiden hielt es für denkbar, dass diese Kannibalen mit ihren Gefangenen ähnlich verfuhren und sie ebenfalls in ein Erdloch sperrten.

Gebe Gott, dass sie das dem Jungen nicht angetan hatten!

»Esst etwas, Mylady.« Perth bot ihr einen Streifen getrocknetes Rindfleisch und Schiffszwieback an.

»Ich kann nicht.« Mit dem Rücken gegen einen Baum gelehnt, saß Willa auf dem Boden. Sie wandte den Kopf und starrte in die Dunkelheit. Sie hörte nichts außer dem Dröhnen der Trommeln. Der monotone Rhythmus verursachte ihr bohrende Kopfschmerzen und zerrte an ihren Nerven, die so gespannt waren wie die Saiten einer Violine. In ihren Augen brannten die Tränen, die sie mit aller Macht zurückdrängte. Alles, was sie liebte, war in diesem Dschungel und hoffentlich in jenem Dorf.

»Habe ich Euch eigentlich dafür gedankt, dass Ihr Raidens

Leben gerettet habt?«, fragte sie unvermutet und sah Perth an.

»Ihr meint dafür, dass ich ein Loch durch Euren Ehemann gepustet habe?«

Willa zuckte bei diesen Worten zusammen. »Nun, ja. Dafür auch.«

Perth winkte ab. »Er war ein grausamer Mann, Mylady. Nicht sehr angesehen – trotz seiner gesellschaftlichen Stellung. Ich würde mein Mitgefühl nicht an ihn verschwenden.«

»Das tue ich auch nicht.« Willa sah Perth von der Seite an. Er saß ein Stück weit von ihr entfernt, die Ellbogen auf die angewinkelten Knie gestützt.

Er bewegte sich unruhig, als er ihren Blick auf sich spürte. »Euch geht irgendetwas durch den Sinn, Mädchen. Warum starrt Ihr mich so an?«

»Ich habe darüber nachgedacht, warum Ihr manchmal mit einem Akzent sprecht und manchmal nicht.«

Sein Gesicht spannte sich an. »Nun, Ihr verfallt doch auch hin und wieder ins Irische.«

»Nur, wenn ich etwas getrunken habe«, erinnerte sie ihn. »Ihr hingegen sprecht ganz und gar wie ein Engländer. Wie ein Aristokrat, um es genau zu sagen.«

Er schnaubte und stach das Messer, mit dem er gespielt hatte, zwischen seinen Füßen in den Boden.

Die Trommeln dröhnten; Vögel kreischten über ihnen.

Willas Stimme klang sanft und mitfühlend, als sie fragte: »Wann werdet Ihr ihm sagen, wer Ihr wirklich seid?«

Sein Kopf fuhr hoch, seine Augen wurden schmal. »Und wer sollte ich sein?«

Willa stand auf und klopfte sich die Erde vom Hosenboden. »Sein Vater.«

Perth lachte, doch es war ein freudloses Lachen. »Ihr habt eine wilde Fantasie, meine Kleine. Ich bin ein Seemann und ich …«

»Treibt kein Spiel mit mir!«, fiel sie ihm scharf ins Wort; ihre Nerven und ihre Geduld waren durch das Warten auf Raidens Rückkehr ohnehin bis zum Zerreißen angespannt. »Ich kann die

Ähnlichkeit sehen, die auch dieser Bart und die langen Haare nicht verbergen können. Ganz zu schweigen von der Art, wie Ihr esst und wie Ihr geht, wie Ihr zu Pferde sitzt.« Sie holte Luft. »Und Eure Art zu reden.«

Perth fuhr fort, mit dem Messer in der Erde zu graben.

»Ihr seid wie er. Ihr seid Granville Montegomery.«

Er hob den Kopf. Als er Willa ansah, erkannte sie in seinen Augen den Schmerz über die von Reue und Bedauern erfüllten Jahre. »Ja.«

Sie nickte. »Ist ein Hofknicks im Dschungel üblich, Mylord?«

Er schnaubte wieder und stand auf. Hoch aufgerichtet stand er vor ihr. »Spart Euch die Formalitäten, Lady Eastwick.«

»Bitte nennt mich nicht so. Ich habe noch nie daran geglaubt, dass die Abstammung allein jemanden adelt.«

Er lachte leise in sich hinein. »Dafür bin ich ja wohl der beste Beweis.«

Auch Willa hatte sich erhoben und ging jetzt auf ihn zu. Sie war dankbar für diese Ablenkung, dennoch empfand sie Mitleid mit ihm. »Warum habt Ihr Euch in seine Mannschaft aufnehmen lassen?«

»Um meinen Sohn kennen zu lernen, natürlich.«

So etwas hatte sich Willa gedacht. »Ihr scheint ja einige Söhne zu haben.«

Er zog die Augenbraue hoch, so ähnlich wie Raiden es oft tat, doch Willa konnte darüber nicht lächeln. Alles, was sie sah, war der Schmerz, den Raiden wegen der Gefühllosigkeit dieses Mannes gelitten hatte. »Was treibt einen Mann dazu, sein Kind beiseite zu schieben, auf und davon zu gehen und überall auf der Welt Bastarde zu zeugen?«

»Ihr habt kein Recht, so mit mir zu sprechen, Lady Eastwick.«

Mit einem Schritt war Willa bei ihm. »O doch«, zischte sie ihn an, »ich habe jedes Recht dazu. Ich liebe Raiden, und er liebt mich. Und Ihr habt ihm nichts als Leid gebracht. Er wurde zur Seite gestoßen, er hat auf der Straße gelebt, ein Bettler, der sich von Resten ernährt hat – wenn er überhaupt zu essen hatte. Das ist der wahre Grund, warum er zum Dieb geworden ist!«

Granville seufzte schwer. Er lauschte auf den Klang der Trommeln und auf jedes ungewöhnliche Geräusch, doch in Gedanken war er bei dem, was Willa gesagt hatte.

»Ich wusste nicht, dass man ihn verstoßen hat«, sagte er, und Willa hörte den Kummer in seiner Stimme mitschwingen. »Als seine Mutter, Lady Elise, erfuhr, dass sie schwanger war, heiratete sie den erstbesten Mann, bevor ich überhaupt wusste, dass sie mein Kind erwartete. Ich habe meinen Sohn nur einmal gesehen, das war nach seiner Geburt, und ich gab ihm seinen Namen. Der Mann seiner Mutter war zu der Zeit außer Landes«, fügte er hinzu, als er die Frage in Willas Augen las. »Sie starb nicht lange nachdem sie Raiden geboren hatte, und ich glaubte, das Kind würde von ihrem Ehemann großgezogen. Raiden war fast zwei, als ich erfuhr, dass dieser Mann ihn in die Obhut eines seiner Dienstboten abgeschoben hatte. Aber schließlich hatte ich jeden Anspruch auf ihn verloren.«

»Das ist keine Entschuldigung dafür, in all diesen Jahren seiner Kindheit nicht für ihn da gewesen zu sein, Mylord.«

Granville sah sie durchdringend an. »Ich denke, Ihr habt mich genug gequält, um mich Granville nennen zu können«, sagte er. »Und Ihr habt Recht.«

»Warum dann jetzt? Warum mischt Ihr Euch in sein Leben, nachdem Ihr Euch mehr als dreißig Jahre Zeit gelassen habt, ihn zu finden?«

Granville ließ sich müde gegen einen Baum sinken. »Ich erfuhr, dass er *meinen* Namen angenommen hatte und nicht den seines Stiefvaters. Wie er die Wahrheit herausgefunden hat, weiß ich nicht, es ist auch nicht wichtig. Aber dieser Name hat ihn in Gefahr gebracht.«

»Raiden ist immer in Gefahr. Seit er ein Junge war, ist er vor dem Gesetz auf der Flucht. Weil Ihr Euch nie um ihn gekümmert habt.«

Granville richtete sich auf. »Hütet Eure Zunge, Lady Eastwick.«

»Nennt mich doch Willa«, schnappte sie zurück.

»Ich habe mich immer gekümmert, Willa. Denn ich liebe alle meine Kinder. Welcher Mann würde nicht voller Bewunderung auf sie schauen, so groß und stark wie sie geworden sind?« Eine Spur von Stolz färbte seine Stimme. »Und Raiden ist gut in dem, was er tut, und er ist, bei Gott, ein Mann, den man nur schwer aufspüren kann. Niemand weiß bis jetzt, dass der Schwarze Engel ein Montegomery…«

»Bastard. Sagt es laut, Granville. Dass er ein Montegomery-Bastard ist«, höhnte sie. »Wie ein halbes Dutzend anderer, die Ihr gezeugt habt. Er trägt den Makel seiner Geburt, während Ihr über die Kontinente tändelt und immer noch mehr Kinder in die Welt setzt.«

»Ich war in meiner Jugend nicht besonders achtsam, das gebe ich zu, aber in den vergangenen dreißig Jahren habe ich mich zurückgehalten. Manchmal allzusehr.«

Doch Willas Mitgefühl galt nur Raiden. Für das schreckliche, einsame Leben, das er hatte geführt, weil es seinem Vater in dessen Lüsternheit und Gefühllosigkeit egal gewesen war, wie viele Frauen er geschwängert hatte. Aber so wie man dem Mann, den sie liebte, nicht die Schuld an dem geben konnte, was in seiner Jugend geschehen war, konnte man es auch seinem Vater nicht ankreiden. »Also – warum sollte der Name Montegomery ihn in noch größere Gefahr bringen?«

»Weil meine Feinde auch zu seinen Feinden geworden sind.«

Willa wandte den Kopf in die Richtung, aus der die Trommeln dröhnten. »Wer?«, fragte sie geistesabwesend.

»Percival Dunfee.«

Sie sah ihn ungläubig an. »Der Admiral?«

Granville nickte und nahm seine Mütze ab, um sich mit der Hand durchs Haar zu fahren. »Er war der Mann, den Elise geheiratet hat. Er hat mir niemals vergeben, dass ich mit der Frau geschlafen habe, die er geliebt hat, und er hasst Raiden, weil die Geburt des Jungen den Tod seiner Frau verursacht hat.«

»Granville«, sagte sie und starrte ihn nachdenklich an. »Raiden hat noch ein Hühnchen mit Dunfee zu rupfen. Könnte es vielleicht darum gehen?«

»Ihr wisst es nicht?«

»Ich bin nicht mit allem vertraut, was in seinem Leben geschehen ist . . . noch nicht.«

»Dunfee will einen Montegomery. Ich glaube nicht, dass er weiß, dass Raiden der Schwarze Engel ist.«

»Oh, ich bin sicher, dass er davon keine Ahnung hat, denn ich bin dem Admiral begegnet. Für diesen Mann ist die Jagd auf Piraten eher ein sportliches Vergnügen.«

Eine Explosion erschütterte die Erde, und Willa hatte Mühe, sich auf den Beinen zu halten.

Granville riss sie zu Boden und zog seine Pistole. Die Trommeln waren verstummt.

»Heilige Mutter Gottes, was war das?«

»Es war kein Gewehrfeuer. Auch keine Kanonen.«

Es kam wieder, die Nacht wurde plötzlich taghell, die Erde unter ihnen bebte.

»Ein Erdbeben?«

»Und was ist dann das?« Granville erhob sich, und half Willa beim Aufstehen. Sie schaute in die Richtung, in die er mit der Pistole wies.

Im Dschungel war es lebendig geworden, lautes Krachen war zu hören, Lichtblitze zuckten durch die Nacht. Es war Gewehrfeuer, wie Willa erkannte.

»Sie sind entdeckt worden! O Gott!« Sie machte einen Schritt auf das Chaos zu, doch Granville riss sie zurück.

»Nein. Ihr habt versprochen, hier zu bleiben.«

»Er braucht mich.« Willa kämpfte gegen seinen Griff.

Granville schloss seine Arme fest um sie und sagte dicht an ihrem Ohr: »Was könnt Ihr schon tun, außer Euch selbst umzubringen? Er ist erfahren, Frau, ein Meister im Entkommen. Vertraut ihm.«

Willa wusste, dass er Recht hatte. Und sie hatte es versprochen. Ihre Panik würde nichts Gutes bringen. Jetzt blieb ihr nichts übrig, als zuzusehen und zuzuhören. Die schmerzerfüllten

Schreie Sterbender zerrissen die Nacht wie das schrille, nervenzerrende Krächzen der aufflatternden Vögel. Rauch stieg über dem Dschungel auf, bedeckte die magentafarbene Dämmerung mit weißer Asche.

Das Krachen von Pistolenschüssen ließ Willa erneut zusammenzucken, und sie kämpfte, um sich von Granvilles Griff zu befreien. *Bitte, Gott*, betete sie. *Bitte nimm sie mir nicht.* Ihre Kehle zog sich zusammen, brannte von Rauch und Tränen. Eine Gestalt rannte auf sie zu, ein Eingeborener, und Granville brachte ihn mit einem Schuss zu Fall, bevor er mit seiner Kriegsaxt Willas Schädel spalten konnte. Granville zog sich zurück, zerrte Willa mit sich, doch sie sträubte sich mit aller Kraft. Egal wie groß die Gefahr war, sie konnte Raiden nicht zurücklassen.

Plötzlich begann die Erde zu grollen, und Willa sah es – den rotgoldenen Schein flüssiger Lava, den Staub von schwerer Asche, der herniederregnete.

»Gott beschütze uns.«

Der Vulkan brüllte. Faustgroße Steine wurden in den Himmel geschleudert, fielen zurück auf die Erde und durchschlugen den Laubbaldachin, während ein Strom aus geschmolzenem Fels sich über die Erde ergoss.

»Allmächtiger! Kommt!« Granville zog sie in Richtung der Küste, auf die *Renegade* zu.

»Nein.« Willa riss sich los. »Ich kann nicht – wie könnte ich ohne ihn gehen?«

»Ich habe einen Eid geschworen!«

»Er ist Euer Sohn!«

»Ja, er ist mein Sohn.« Granville stöhnte, doch er packte sie erneut und zerrte sie durch das Dickicht zum Strand.

Willa schrie nach Raiden, bis ihre Kehle rau war, doch es kam keine Antwort. Sie war unfähig, den Blick von der Stelle zu wenden, an der Raiden verschwunden war.

Zeig dich!, dachte sie. *Verdammt, Raiden, zeig dich doch!*

Ein Mann kam aus dem Dschungel gelaufen.

»Wartet!«, schrie sie Granville an und stemmte sich gegen ihn. »Dort!«

Er drehte sich um.

Es war Kahlid, ihm folgten Balthasar und der junge Vazeen. Und noch immer war von Raiden nichts zu sehen.

»*Raiden!*« Sie schrie seinen Namen heraus, und ihr Flehen hallte von den Bäumen wider.

Für den Bruchteil eines Herzschlags hielt das tobende Chaos inne, verstummten die Schreie, der Dschungel verharrte in glühend roter Dämmerung und Stille, als der Vulkan sein Blut über das Land ergoss. Willa schluchzte und schlug verzweifelt die Hand vor den Mund. Sie wollte losrennen, wollte losschreien, doch sie war unfähig, es zu tun. Ihr Puls raste.

Rauch wirbelte auf, Blätter raschelten; dann teilte sich das Gewirr der Schlingpflanzen wie von unsichtbarer Hand und ein dunkler Schatten tauchte auf. Sein Gesicht war schwarz, sein Hemd zerrissen und blutbefleckt.

»Raiden«, hauchte Willa und glaubte, die Beine würden unter ihr wegbrechen. Doch dann rannte sie auf ihn zu – und blieb stehen, als er die Arme hob und ihr den reglosen Körper ihres Sohnes entgegenhielt.

23

»Er lebt«, sagte Raiden und legte ihr das Kind in die ausgestreckten Arme. Willa ließ sich zu Boden sinken und umklammerte ihren Sohn, tastete ihn nach Verletzungen ab.

O Gott, er war so dünn.

Sie schluchzte, hilflos und überglücklich, und als Raiden sich hinkniete, schlang sie den Arm um ihn. »Danke«, weinte sie, »danke.«

Raiden streichelte ihr Haar, ihre Schulter. »Er ist unterernährt und schwach, aber er ist unverletzt.«

Willa brach wieder in Schluchzen aus und ließ Raiden los, um ihren Sohn zu untersuchen. Sie bemerkte jede Schramme, jeden Schnitt, jedes Staubkorn. Mason rührte sich nicht, er lag mit geschlossenen Augen da, und Willa sah Raiden angsterfüllt an.

»Er ist ohnmächtig. Ich glaube, ich habe ihm Angst gemacht.« Raidens Zorn flackerte wieder auf. Er hatte das Kind in einer Erdgrube voll mit schlammigem Wasser gefunden. Der dumpfe Ausdruck auf dem Gesicht des Jungen, als er zum Himmel hochgestarrt hatte, als wartete er auf einen Engel, der Mitleid mit ihm hätte, hatte Raiden vor Mitleid fast zerrissen. Als er in die Grube hinuntergesprungen war, hatte Mason sich nicht bewegt, hatte nicht gesprochen; nur seine großen Augen hatten vor Entsetzen geschrien. Als Raiden ihn auf den Arm hatte nehmen wollen, hatte der Junge sich gegen ihn gewehrt. Wie ein gefangenes Ferkel hatte er sich gewunden und die quiekenden Laute ausgestoßen, die die Kannibalen alarmiert hatten. Dann war Mason plötzlich verstummt und ganz schlaff geworden.

»Komm jetzt, wir müssen uns beeilen.« Raiden half Willa aufzustehen und führte sie durch den Dschungel.

Perth und Kahlid liefen voraus, um die *Renegade* zu alarmieren und das Langboot aus seinem Versteck zu ziehen. Der Dschungel hallte plötzlich von lauten Rufen wider, und Trommeln begannen zu dröhnen. Kriegstrommeln. Raiden nahm Willa das Kind ab, und sie rannten zum Strand.

Sie schafften es knapp bis zum Boot und in das Wasser, als der Strand sich mit Eingeborenen füllte. Wie gierige Ameisen, die sich über ein Stück fauliges Fleisch hermachten, fielen sie ein, schleuderten Speere und Steine auf die Flüchtenden. Zweimal wurden Perth und Vazeen von dem Steinhagel getroffen. Aber sie ruderten unbeirrt weiter, während Raiden der *Renegade* Zeichen gab.

Mit einem Bündel gezielter Schüsse nahmen die Kanoniere der *Renegade* die Küste unter Feuer, zerfetzten den Strand, so dass Sand und Krieger durch die Luft gewirbelt wurden. Unter dem Sperrfeuer rührte sich Mason, der in Willas Armen lag, und sie schaute auf ihn herunter, als er die Augen öffnete.

Zunächst zeigte er kein Zeichen des Erkennens, aber als er zu begreifen begann, umschlang er mit seinen dünnen Armen Willas Nacken, und sie hörte das Wort, das einzige Wort, das er je gesprochen hatte: »Mama.«

Willa spürte, wie durch dieses Wort alles Leben in sie zurückkehrte.

»O Mason, mein Liebling. *Ich habe dich vermisst.*«

Er drückte sie als Antwort, und sie lachte unter Tränen und schluchzte vor Glück, während sie ihn in ihren Arme wiegte.

Er lebte. Er lebte und lag in ihren Armen. *O gnadenreiche Mutter Gottes, ich danke dir*, dachte Willa und benetzte sein verschmutztes Haar mit unzähligen Küssen. Über den Kopf des Kindes hinweg begegnete sie Raidens Blick. Er lächelte sie zärtlich an, in seinen Augen lag der helle Glanz ungeweinter Tränen. »Ich liebe dich.« Stumm formte ihr Mund unter dem Donnern der Kanonenstöße diese Worte.

»Ich weiß«, erwiderte er und beugte sich vor. »Es wärmt meine Seele, dich so glücklich zu sehen, meine Liebste.«

»O Raiden, all die Freuden, die du mir geschenkt hast«, sagte Willa und küsste ihn. Sie lösten sich voneinander, als Mason sich in ihren Armen auf die Seite wandte und zur *Renegade* hinüberschaute, aus deren Kanonen der Rauch aufstieg. Die Faszination in seinen Augen, das Staunen, als sein Blick den Schüssen der *Renegade* bis zu deren Aufschlagen auf der Insel folgte, sagte ihr, dass die Gefangenschaft weder seine kindliche Neugier noch seinen unschuldigen Geist zerstört hatte.

Das Langboot lag kaum längsseits der *Renegade*, als auch schon ein Fallreep heruntergelassen wurde. Während die Männer das Boot festmachten, übergab Willa ihren Sohn an Raiden und kletterte die Strickleiter hinauf. Mason wandte sich nach seiner Mutter um, aber Raiden steckte das Kind wie ein Stück Beute unter sein Hemd und folgte ihr rasch. Als er an Deck war und ihr Mason zurückgeben wollte, sah er, dass der Kopf des Jungen aus der Hemdbrust hervorlugte. Fast Nase an Nase mit Raiden starrte Mason ihn an. Den Kopf zur Seite geneigt, so wie seine Mutter es auch oft tat, sah der Junge Raiden mit offener Neugier ins Gesicht.

Raidens Lächeln machte Mason offensichtlich Angst, denn er zog sich hastig in das Hemd zurück und versteckte sich darin wie eine Schildkröte in ihrem Panzer vor einem Raubtier. Raiden sah Willa an, als er den Jungen aus dem Hemd schälte, der sich eng zusammengerollt an seine Brust presste und offenbar vergessen hatte, dass es immer noch Raiden war, der ihn hielt. Der Junge war erschreckend dünn und federleicht, und als Willa die Arme nach ihm ausstreckte und ihn beim Namen rief, warf er sich ihr in die Arme und klammerte sich an ihr fest. Sie strich ihm über den Kopf und sah Raiden fragend an.

»Geh mit Balthasar in die Kabine«, sagte er. »Ich werde nachkommen, sobald wir Fahrt aufgenommen haben.«

Sie nickte und sah zur Insel hinüber. Noch immer ließen die Kanonen das Deck erbeben, wenn sie zurückgerollt wurden, um neu geladen zu werden. Willas Blick ging zurück zu Raiden.

Die Entschlossenheit einer Mutter, die ihr Kind beschützt, brannte in ihren grünen Augen.

»Schick sie alle zur Hölle«, sagte sie, wandte sich ab und ging. Balthasar folgte ihr auf dem Fuße.

Sie schliefen zusammen in seinem großen Bett. Mason lag eng an den warmen Körper seiner Mutter geschmiegt, und in seiner kleinen Faust hielt er eine ihrer Locken umklammert. Es war ein Bild, das Raiden mit unglaublicher Freude und Erleichterung erfüllte. Gebadet und satt gegessen schlummerte das Paar friedlich, und vom Waschzuber, in dem Raiden saß, glitt sein Blick zuerst über Mason, den man in ein Paar sauberer, hastig geänderter Hosen gesteckt hatte, und dann über Willa. Sie trug ein dünnes Batistnachthemd, das sie in eine Wolke aus cremigem Weiß einhüllte, und sie sah ganz und gar nicht wie die Frau aus, die im Dschungel zur Eingeborenen geworden war, wie die Verführerin, die ihn am Wasserfall geliebt hatte. Weich und verlockend sah sie aus, der zarte Stoff betonte ihren Körper, ließ die sanften Hügel ihrer Brüste und die gerundeten Formen ihrer Hüften ahnen. Der Geschmack ihrer Lippen, das Gefühl ihrer Haut an seinem Körper, ihre Hingabe, all das klang in ihm nach, und er wollte Willa in den Arm nehmen und festhalten, doch er wusste, dass Mason nicht bereit war, sie zu teilen.

Es war Raiden in dem Augenblick klar geworden, als er in die Kabine gekommen war. Mason hatte auf dem Bett gesessen, während Willa gebadet und mit dem Kind gesprochen hatte. Mason hatte nur mit einem Lächeln oder dem Hervorstoßen unverständlicher Laute geantwortet, in seinem Gesicht hatte sich nicht begreifende Leere widergespiegelt. Doch in dem Augenblick, als Raiden auf Willa zugegangen war, war das Kind vom Bett aufgesprungen und hatte sich beschützend vor sie gestellt. Willa hatte ihrem Sohn erklärt, wer Raiden war, dass sie ihn liebte und dass er geholfen hatte, ihn zu suchen und zu befreien, doch ihre Worte schienen Mason nicht zu erreichen.

Noch bevor Willa sich entschuldigen konnte, hatte Raiden verstanden, dass der Junge Zeit mit seiner Mutter brauchte, Zeit, die ihn nicht einschloss. Er beneidete den Jungen, denn Willa war liebevoll und geduldig und bereit, alles für ihren Sohn zu opfern. Eine solche Liebe hatte Raiden niemals gekannt. Doch er wusste um deren Macht, denn auch er liebte Mason. Selbst wenn das Kind Angst vor ihm hatte, selbst wenn es jetzt eine Barriere zwischen ihm und der Frau war, die er liebte. Er liebte diesen kleinen Jungen aus dem einfachen Grund, weil er Willas Kind war. Die Zuneigung, die er sofort zu ihm gefasst hatte, und die Bitte, Geduld mit ihm zu haben, ließen Raidens Gedanken in die Vergangenheit gleiten, zu einem vor tödlichem Entsetzen verzerrten Gesicht und der eigenen ohnmächtigen Gewissheit, es nicht daraus vertreiben zu können.

Raiden strich sich das nasse Haar zurück und presste die Hände um seinen Schädel, um diese Gedanken in die Kammer seiner Erinnerung zurückzudrängen. Er wollte deren Qual nicht spüren, wollte nicht, dass sich der Hass und die Hoffnungslosigkeit erhoben. Nicht jetzt. Er wollte diesen Frieden genießen, ehe Ehre und Pflicht ihn fortführten. Er spülte sich ab und stieg aus dem Zuber. Nachdem er sich abgetrocknet und frische Kleidung angezogen hatte, setzte er sich an seinen Schreibtisch. Von hier aus konnte er auf Willa und den Jungen und auf den hellen Nachmittag draußen vor den Fenstern schauen. Er legte die nackten Füße auf den Tisch, bediente sich an Obst und warmem, frischem Brot und trank Wein. In seiner Zigarrenkiste fand er noch einen Stumpen, den er anzündete und, den Kopf in den Nacken gelegt, genüsslich rauchte und Ringe in die Luft blies.

Es gab noch ein paar Dinge, die er zu Ende bringen musste. Eines davon war, diesen Hundesohn zur Rede zu stellen, der sie fast ihrer aller Leben gekostet hatte. Doch er entschied, dass es keine Eile hatte. Der Bastard würde ihm nicht entkommen.

Sein Blick glitt zum Bett, und er sah, dass Willa ihn beobachtete. Das Lächeln, das sich langsam auf ihrem Gesicht ausbreitete, war so strahlend, dass es ihn entflammte. Und diese Flamme loderte heller auf, als Willa sich von Mason löste und aus dem Bett schlüpfte. Sie blieb einen Moment lang stehen, um den Jungen zuzudecken, ihm die Hand auf die Stirn zu legen und ihm die Wange zu streicheln. Sie setzte sich nicht auf ihren Lieblingsplatz auf die Bank, sondern schob Raidens Füße vom Tisch und kletterte auf seinen Schoß. Raiden seufzte und schlang die Arme um sie.

»Glücklich?«, fragte er und vergrub die Nase in ihrem Haar.

»Unbeschreiblich.« Sie wiegte sich ein wenig hin und her, dann neigte sie den Kopf, um ihn anzusehen. »Ich liebe dich.«

Raiden drückte sie. »Ich liebe dich auch, meine kleine Füchsin.«

»Glaubst du, Mason könnte sich auf den Inseln irgendetwas zugezogen haben? Er scheint nicht krank zu sein, auch wenn es der Arzt in Kedah gesagt hat.«

»Vielleicht war es keine Malaria. Er zeigte keine Anzeichen.« Raiden streichelte ihren Rücken. »Gib ihm das Chinin trotzdem.«

Willa nickte. »Ich habe ihm gesagt, dass Alistar tot ist.« Er spürte, wie sich ihre Hände für einen Moment anspannten. »Er hat nur mit den Schultern gezuckt.«

»Mehr hat dieser Bastard auch nicht verdient.«

Sie neigte den Kopf, um Raiden anzusehen, dann setzte sie sich aufrecht hin. »Ich weiß.« Eine Pause, und dann: »Alistar hat irgendetwas eingenommen, nicht wahr? In der einen Minute wirkte er lethargisch und in der nächsten aufgekratzt und überdreht. So war es, als er mich in die Zelle gesperrt hat.«

Und sie geschlagen hat, dachte Raiden, sprach es jedoch nicht aus. »Es war Opium.«

Ihre Augen wurden groß.

»Er war süchtig – schwer süchtig, nach dem, was ich gesehen habe. Roarke hatte es bemerkt, als Alistar dich entführt hat.« Raiden rückte sie auf seinem Schoß zurecht, und sein Körper antwortete mit unübersehbarer Deutlichkeit auf diese Bewegung. »Als wir die *Persephone* aufgebracht haben, war ihr Rumpf voll von Fässern. Ich dachte, sie enthielten Gewürze. Da die Fässer nicht gekennzeichnet waren, habe ich eines geöffnet. Es war nicht der Handel mit Gewürzen, den Alistar vertuschen wollte. Er und Barkmon benutzten die Schiffe der *East India Company*, um das Opium zu transportieren und zu verkaufen.«

»War das denn überhaupt möglich? Ich habe gehört, dass die *East India Company* die Ladung übernehmen würde.«

»Nun, für einen entsprechend hohen Profit schon«, erwiderte er spöttisch. »Die Company ist durchaus gewillt, Fracht auf ihren Schiffen zu befördern, natürlich nur gegen den entsprechenden Preis. Einen hohen Preis. Und so würden sie nichts mit der Ernte, dem Verpacken oder der Beschaffung zu tun haben. Nur wenn sie ihnen sozusagen über den Weg läuft, nehmen sie die Ladung an Bord. Der König hat diesen Handel verboten, ebenso wie die Einfuhr nach England und auf die Inseln. England ist darauf vorbereitet, dass der Rest der Welt mit getrübtem Verstand wie auf einer Wolke daherwandelt, aber eben nicht die eigenen Leute.«

Willa stand von seinem Schoß auf und setzte sich auf den Schreibtisch. »Und welche Rolle spielte Barkmon?«

»Er hat das Opium beschafft.« Willa nahm Raiden die Zigarre aus der Hand und machte einen Zug. Nicht allzu überrascht darüber, lächelte er in sich hinein. »Eastwicks Aufgabe war es, den Preis festzusetzen und es auf die Schiffe zu bringen. Die Schiffe deines Vaters.«

Ihre Augen wurden schmal. »Woher weißt du das?«

Er griff nach links, öffnete eine Schublade und zog die Logbücher heraus, die er auf den Schreibtisch legte.

Willa blätterte das Logbuch durch, und hin und wieder verweilte sie auf einer Seite, um zu lesen. »Ich hatte Recht. Sein Plan war es, meinen Vater als Verräter hinzustellen und ihm die Schuld anzuhängen. Diese Briefe sind nicht echt. Das ist nicht die Handschrift meines Vaters.« Sie wedelte mit einem Blatt Papier, ehe sie es in das Logbuch zurücklegte.

»Ungefähr das hatte ich vermutet.«

Willa sah ihn an. »Was hast du mit meinen Briefen gemacht?«

Sie war so sicher, dass er sie gefunden hatte, und das ließ ihn lächeln. »Ich habe sie an den König geschickt.«

Willa lachte. »Hervorragend.« Sie blies einen Rauchring in die Luft und sah zu, wie er sich auflöste.

»Hast du Lust auf ein wenig Wein ... oder vielleicht auf einen Schluck gewürzten Rum?« Er streichelte ihren Fuß. »Meine Zigarre scheinst du ja schon zu genießen.«

»Ach, entschuldige bitte.« Sie hielt sie ihm hin.

Er schüttelte den Kopf und lehnte sich auf dem Stuhl zurück, seine Finger massierten ihren Fuß. Willa ließ den anderen Fuß zwischen seine Oberschenkel gleiten und fing an, Raiden mit ihm zu streicheln. »Willa.«

»Ja?«

»Hör auf damit, Frau.« Er hielt sie an den Fußgelenken fest. »Oder dein Sohn wird sehen, wie wir uns auf dem Boden wälzen.«

Sie zog die Augenbrauen hoch und schaute zu Mason, er war nicht mehr als ein kleiner Punkt in dem breiten Bett. »Er war so hungrig«, sagte sie plötzlich, und es klang traurig. »Ich hatte Angst, er würde krank werden, so viel hat er gegessen.«

»Er ist ein starker Junge, Süße. Er hat den Verrat seines Vaters überlebt und ist bei uns.«

Sie sah Raiden an. »Er mag dich.«

Raiden seufzte. »Ich habe ihm verdammt viel Angst gemacht.«

»Würde er dich nicht mögen, würde er dich nicht so oft ansehen.«

Raiden entschied, dass sie ihn am besten kannte. »Wie kommunizierst du mit ihm?«, wollte er wissen.

»Ich rede mit ihm, ganz normal. Er versteht sehr viel mehr als er sich anmerken lässt, und oft ist er schlichtweg dickköpfig.«

»Mit dir als Mutter ist das kein Wunder.«

Willa versetzte ihm einen spielerischen Stoß, gab ihm die

Zigarre zurück und nippte an seinem Wein. Ihr Fuß glitt über seinen Schoß, reizte und erregte ihn. Und wieder musste Raiden sie festhalten.

»Hexe.«

Sie hatte sich ein Stück Brot vom Tablett genommen und sah Raiden durch den Vorhang ihrer Haare an. »Du hast dir ein angemessenes Dankeschön verdient. Ich dachte, ich lasse dich schon einmal wissen, was auf dich wartet.« Sie steckte sich das Brotstück in den Mund.

Raiden stöhnte, und Willa schüttelte sich das Haar aus dem Gesicht, griff nach dem Weinbecher und trank ihn leer. Als sie sich die Lippen leckte, zog Raiden sie vom Schreibtisch herunter auf seinen Schoß und küsste sie verlangend. Seine Hände glitten unter ihr Hemd und streichelten ihre Brüste, spreizten ihre Beine.

»O Raiden.« Sie keuchte leise, als seine Finger sie berührten und tief in sie hineinstießen.

»Ich liebe es wenn du meinen Namen seufzt«, flüsterte er.

Sie sagte seinen Namen noch einmal, als sie sich an Raiden festhielt und ihn unverwandt ansah, während er sie rasch auf den Gipfel führte. Ihr Atem brach sich an seinem Mund, als die Lust Welle um Welle über ihr zusammenschlug. Sie wollte Raiden in sich spüren, wollte, dass er sie mit all seiner Kraft nahm. Er küsste sie, als er die Hand zurückzog. Dann hob er sie in seine Arme und trug sie zu seinem Bett, legte sie behutsam neben ihrem Sohn nieder. Als er zurücktrat, streckte Willa die Hand nach ihm aus und zog ihn zu sich.

Er schüttelte den Kopf. »Ich muss an Deck.«

Sie las die Botschaft in seinen Augen, hörte die Anspannung in seiner Stimme. Der Verräter würde entlarvt und bestraft werden.

»Und Mason wird sich fürchten, wenn er mich hier sieht«, fügte er hinzu.

»Nicht, wenn er sieht und begreift, dass ich dir vertraue. Und er sollte daran gewöhnt werden, uns zusammen zu sehen, Raiden, denn ich werde nie wieder gehen.«

Raidens Seele wurde bei ihren Worten leichter, dennoch sah er skeptisch von dem schlafenden Kind zu ihr. Sie zog an seiner Hand, und sein Wille zu widerstehen schwand; er legte sich neben sie, und Willa schmiegte sich mit dem Rücken an ihn.

»O Himmel«, flüsterte er, als sie sich mit dem Po gegen seine Lenden drängte.

»Ich erwarte, das zu bekommen, was mir gehört«, murmelte er an ihrem Ohr. »Sobald wir allein sind.« Er fasste sie fester. »Hör auf, hin und her zu rutschen, oder Mason wird seine Mutter sich vor Lust winden sehen, wenn er aufwacht.«

»Und sie würde es lieben«, entgegnete sie und schloss die Augen.

Die Arme um sie geschlungen, hielt er Willa, bis sie in den Schlaf zurücktrieb. Raiden schloss die Augen. Als er spürte, dass Mason sich bewegte, hob er den Kopf; über Willas Schulter sah Raiden den Jungen an.

Mason sah ihn aus großen, dunkelgrünen Augen an, die mehr Intelligenz verrieten, als er sich anmerken ließ.

Raiden hielt den Atem an und wartete auf den Schrei. Sekunden vergingen, bis der Junge von Raiden zu seiner Mutter und wieder zu Raiden schaute, dorthin, wo dessen Arm um Willas Taille lag. Dann schaute er in das Gesicht seiner Mutter. Der Schrei kam nicht, stattdessen ließ sich der Junge in die warme Geborgenheit seiner Mutter zurückgleiten, schloss die Augen und schlummerte wieder ein.

Raiden seufzte vor Erleichterung und ließ den Kopf auf das Kissen zurücksinken.

Einen Augenblick später fühlte er Masons kleine Finger, die sich um seinen Zeigefinger legten und ihn festhielten.

Und der Pirat lächelte.

Raiden stand auf dem Achterdeck, der Wind zerrte an seinen Haaren.

Tristan kam auf ihn zu und blieb vor ihm stehen. Die beiden

Männer starrten sich schweigend an, bis Tristan mit heiserer Stimme sagte: »Du weißt es.«

»Ja.«

Tristan stieß einen langen, müden Atemzug aus, dann stellte er sich an Raidens Seite, an der er zehn Jahre lang seinen Platz gehabt hatte, an der er von seinem Freund alles über die Seefahrt und den Handel gelernt hatte.

»Warum hast du das getan, Dysart?«

»Es war eine Chance, bei meinem Vater wieder gut angeschrieben zu sein. Mein Onkel, der Earl, hat mir angeboten …«

»Deinen Platz in der Gesellschaft wieder einzunehmen«, fiel Raiden ihm ins Wort.

»Ja.«

»Bedeutet das denn so viel?«

»Ihn zu haben und dann zu verlieren, ist etwas ganz anderes, als ihn überhaupt nie gehabt zu haben, Raiden.«

»Aber um den Preis meines Kopfes?«

Tristan starrte unverwandt geradeaus, hocherhobenen Hauptes. »Ich hatte meine Wahl getroffen. Und ich entschuldige mich nicht.«

Raiden nickte. Es war nicht fähig, ihn anzusehen, und versuchte, jetzt nicht daran zu denken, wie sehr sie einander in diesen vielen Jahren geholfen hatten, am Leben zu bleiben. »Es kann dir den Tod einbringen, das weißt du.«

Tristan nickte ruckhaft, er wusste, dass die Mannschaft über sein Schicksal entscheiden würde.

»Wem hast du Bericht erstattet?«

»Dunfee.«

Raiden stieß einen üblen Fluch aus.

»Er weiß nicht, wer du bist. Ich sollte ihm den Schwarzen Engel in die Hand spielen, nicht Raiden Montegomery.«

Raiden befahl, die Mannschaft zusammenzurufen, doch als die Männer versammelt vor ihm standen, machte er keine Anstalten, das Wort an sie zu richten. Langsam wandte er den Kopf und sah Tristan an.

Dysart wusste, dass Raiden ihm damit die Möglichkeit gab,

seine Verbrechen zu gestehen und seine Strafe mit Würde anzunehmen. Er trat vor und wandte sich an die Crew. »Ich bin der Mann, der euch verraten hat.«

Ein Raunen erhob sich, Fragen schwirrten durch die Luft und der Schock stand allen ins Gesicht geschrieben.

»Für die Rückkehr an meinen Platz in meiner Familie habe ich euer Leben der Krone angeboten. Gegen Amnestie.« Der drangsalierende Schmerz der Scham durchströmte Tristan, und er ließ die Schultern sinken. »Ich wusste, dass ich einen Fehler gemacht hatte, aber als ich zurück wollte, steckte ich schon zu tief drin.« Er sah Raiden an. »Der Schwarze Engel war eine zu wertvolle Beute für sie.«

Raiden trat vor, er sah nur seine Männer an. »Ihr habt diesem Mann alles anvertraut – eure Prisen, eurer Überleben, euer Leben. Er ist gerecht und anständig gewesen.« Er sah Tristan an. »Bis jetzt. Trefft eure Entscheidung, Männer. Ich habe ihn zu lange gekannt und habe ihn … geliebt wie einen Bruder…« Raidens Hals schnürte sich beim Schmerz über Tristans Verrat zusammen. »… um jetzt das Urteil über ihn zu fällen.« Er riss seinen Blick von ihm los.

Die Männer beratschlagten untereinander, während Tristan reglos dastand und auf sein Urteil wartete. Sein Herz schlug hart, vor Entschlossenheit und auch vor Angst. Ein wütender Pirat war eine Macht, mit der man rechnen musste, und er sah seinen Tod in den zornigen Gesichtern der Männer.

»Der See überlassen«, unterbrach der erste Ruf das Schweigen. »Ja, dem Meer preisgeben«, wiederholte es sich, setzte sich durch die Menge fort.

Tristan fühlte sich gedemütigt und verwirrt, denn er hatte erwartet, dass man ihn für seine Verbrechen hängen würde.

»Mr Kahlid«, sagte Raiden leise, und seine Stimme klang rau vor Kummer.

»Ja, *Sanjin*.«

Tristan wandte den Kopf, um seinen Freund anzusehen, den einzigen Mann, dem er jemals vertraut hatte, und er sah die Wunde hinter dessen kalten, dunklen Augen.

»Dieser Mann hat keine Ehre und ist ein Verräter. Schafft ihn von meinem Schiff.«

Raiden ging an Tristan vorbei und stieg die Leiter hinab. Erst vor seiner Kabine blieb er stehen. Er presste die Stirn gegen die geschlossene Tür, dann ließ er den Kopf in den Nacken fallen.

Sein bester Freund hatte ihn an den Teufel verkauft.

Für den Schwarzen Engel war es an der Zeit zu fliehen und sich zu verstecken.

»Du hast *was* auf Java?«

Raiden zuckte zusammen, als er den Tadel in Willas Stimme hörte. »Ein Haus.«

»Die ganze Zeit über hast du *nicht einmal* erwähnt, dass du ein Zuhause hast, Raiden Montegomery. Ich dachte, du lebst auf diesem Schiff.«

»Das tue ich auch, meistens jedenfalls.«

»Warum hast du nichts davon gesagt?«

»Es ist mir einfach nicht in den Sinn gekommen.«

»Du hast nie vorgehabt, mich dorthin zu bringen.«

»Oh, doch, das hatte ich. Du wärst meine Geliebte gewesen, und ich hatte vor, dich dort einzusperren.«

Sie erwiderte sein Lächeln nicht.

»Und jetzt – was bin ich jetzt?«

Er ging zu ihr, seine Augen funkelten vor sinnlicher Drohung. »Du bist meine Liebe. Meine Frau. Und falls du vorhast, das, was uns verbindet, herabzusetzen, werde ich dich übers Knie legen und dir dein hübsches Hinterteil versohlen.«

Sie zog eine Augenbraue hoch.

Er zögerte. »Nun ja, vielleicht beiße ich auch lieber hinein.«

Willa warf den Kopf zurück und lachte. Sie glitt in seine Arme und küsste ihn. »Wann werden wir dort sein?«

»Morgen früh.« Er löste sich von ihr und lächelte Mason an, der an dem großen Tisch saß, und sein Essen herunterschlang. Raiden ging zur Kabinentür und öffnete sie. Als er zurückschaute, legte Mason seinen Löffel beiseite und lief ihm nach. Er schaute erst auf den Jungen, dann zu Willa.

Sie zuckte die Achseln. »Mason, Liebling, geh zurück an den Tisch und iss deinen Teller leer.«

Mason warf einen Blick über seine Schulter, seine runden Augen flehten, dann schaute er zu Raiden hoch. Er musste sich dabei so weit zurücklehnen, dass Willa befürchtete, er würde hintenüber fallen.

»Möchtest du mit nach oben an Deck gehen?«, fragte Raiden.

Mason blinzelte zu ihm auf.

»Möchtest du das, Junge? Antworte mir oder ich werde dich bei deiner Mutter lassen.«

Mason zeigte auf die Tür.

So weit, so gut, dachte Raiden. Das ist wenigstens etwas. Er trat hinaus und erlaubte Mason, voranzugehen. Als er zu Willa zurücksah, schimmerten Tränen in ihren Augen. Sie schaute von Mason zu Raiden.

»Ich habe dir doch gesagt, dass er dich mag.«

Raiden zwinkerte ihr zu; er ließ die Tür hinter sich offen, als er den Jungen die drei Stufen hinauf und dann durch den Niedergang führte.

Willa ließ sich auf den nächstbesten Stuhl sinken und weinte. Ihr Sohn hatte endlich den Vater gefunden, den er immer gebraucht hatte.

Am Strand kniend, half Willa ihrem Sohn dabei, mit einem Löffel, den er ohne Zweifel aus der Küche stibitzt hatte, einen Eimer mit Sand zu füllen. Als sie ihm helfen wollte, den Eimer zu stürzen, warf Mason ihr einen Blick zu, der sagte, er wolle es selbst tun.

»Bitte sehr, Mylord«, stimmte sie mit einer Verbeugung zu, und hob rasch die Hand, um ihren breitkrempigen Strohhut am Davonfliegen zu hindern.

Masons Lippen verzogen sich, und er machte sich wieder an

seine Aufgabe, lief herum, klopfte und formte den nassen Sand, fügte hier und da noch kleine Brocken hinzu. Seit sie auf diese Insel gekommen waren, war ihr Sohn geradezu aufgeblüht. Sein zarter Körper wirkte nicht mehr so ausgezehrt, und er hatte an Gewicht zugelegt, seine blassen Wangen waren rund geworden und von der Sonne gebräunt. Java hat auch auf mich eine wohltuenden Einfluss, dachte Willa und schaute die Küste entlang, auf die sanft heranrollenden Wellen, die Schiffe und die Menschen, die ein Stück weit von ihnen entfernt waren. Die windwärts gelegene Seite der Insel gehörte Raiden, weil er sie für die hier lebenden Eingeborenen gegen mögliche Feinde verteidigte. Er hatte ein steinernes Fort errichtet, das jeder englischen Burg ihren Rang streitig machen konnte. Wahrhaftig das Versteck eines Piraten, dachte sie mit einem kurzen Blick auf das Gebäude. Dann sah sie sich nach Raiden um. Als sie ihn nirgendwo entdecken konnte, schaute sie wieder auf die See hinaus, auf die aquamarinblaue, trügerisch schöne Bucht, die von einem Labyrinth aus Felsen und Riffen durchzogen wurde, die nur der fähigste Seemann durchfahren konnte. Obwohl einige der kleine *prahas*, der flachgehenden Kanus, am Strand lagen, und draußen vor der Bucht, die halb versteckt im Dschungel lag, eine Reihe von Dreimastern ankerte, waren die Wrackteile, die Willa beim Umsegeln der Mole gesehen hatte, das Zeugnis für die Unwegsamkeit dieser auf keiner Karte verzeichneten Gewässer.

Mason klopfte auf ihren Oberschenkel, und Willa sah ihn an. »Wundervoll!«, rief sie und bewunderte seine Sandburg. »Das ist das Haus, nicht wahr?«

Sein glückliches Lächeln verriet, wie stolz er war, dass sie erkannt hatte, was die Sandklumpen darstellen sollten. »Vielleicht stellen wir noch ein paar Büsche und Bäume dazu, was meinst du?« Sie zeigte auf die Bündel von Seegras, die das Meer angespült hatte. Mason lief etwas davon holen, und Willas Blick glitt an ihm vorbei auf Raidens Zuhause.

Eingefügt in eine niedrige Hügellandschaft lag das Fort klug versteckt zwischen den Bäumen. Nur die Wehrgänge der Türme waren vom Hafen aus zu sehen. Unzählige Kanonen, zu viele um sie zu zählen, reihten sich entlang der Küste, auf den Türmen und auf dem Dach des Hauses mit seinen Zinnen. Es war sowohl eine Beruhigung wie auch eine Beunruhigung, so viel Waffen um sie herum zu wissen. Aber das Haus, mit seinen Bogenfenstern und Durchgängen und den mit blassfarbenen Terrakottafliesen besetzten Wänden bot ein Gefühl des Friedens, wie Willa es seit langer Zeit nicht mehr empfunden hatte. Es war offensichtlich, dass Raiden lange über die Konstruktion des Hauses nachgedacht hatte, denn die Durchgänge und Fenster waren so angeordnet, dass sie die kühle Brise, die der Ozean herantrug, ungehindert zur Rückseite des Hauses durchließen, und die meisten der Haupträume hatten Wände aus Gitterwerk, um die Luft am Zirkulieren zu halten. Doch ihr Lieblingsplatz war der Hof in der Mitte des Hauses und der mit purpurfarbenen und hellblauen Fischen besetzte Brunnen. Es war auch Masons Lieblingsplatz.

Aber vielleicht ist sein liebster Ort doch der Strand, überlegte sie, als er zurückgelaufen kam, sich auf die Knie fallen ließ, und Seegras und kleine Stöcke in den Sand steckte. Sie studierte seinen Nachbau von Raidens Haus, und ihr Herz machte einen Sprung. Das Detail, das er hinzugefügt hatte, war bemerkenswert – die Zinnen, die steinerne Veranda, die er mit einem Stück Borke überdacht hatte, die breite geschwungene Eingangstreppe. Himmel, er hatte sogar die Kanonen und die Pyramiden der Kanonenkugeln am richtigen Ort platziert. Mason mochte in eine eigene stille Welt eingeschlossen sein, aber ihm entging nichts.

Er hantierte mit einer Hand voll Zweigen, drei davon steckte er in der Nähe der Sandtreppe in den Sand, die drei unterschieden sich in ihrer Länge.

Willa zog ganz leicht die Augenbraue hoch. »Was ist das dort?«

Er stieß einen unartikulierten Laut aus, fuhr jedoch fort zu spielen.

»Mason«, sagte sie bestimmt. »Sieh mich an.«

Er gehorchte.

»Es gibt keine Bäume am Strand.«

Er deutete auf den kleinsten Stock und tippte sich an die Brust.

»Oh«, sagte sie. »Das bist du.«

Er lächelte nachsichtig.

»Und ich bin das da?«, fragte sie.

Er legte den Kopf auf die Seite und nickte. Es entzückte Willa zu sehen, dass seine Antworten dieses Mal aus mehr als nur einem Ton oder einem leeren Blick bestanden.

»Und wer ist das dort?« Sie wies auf den breiten, hohen Stock.

Mason hob den Kopf und schaute an ihr vorbei, noch ehe sie sich umwandte, wusste sie, dass es Raiden war.

Raiden warf ihr ein kurzes Lächeln zu. »Ich glaube, das bin ich«, sagte er hoffnungsvoll und schaute Mason an, während er auf eine Antwort wartete. Das Junge nickte, kaum merklich und sehr scheu, und sah Raiden verstohlen an. Raiden kniete sich in den Sand und betrachtete das Sandhaus eingehend und von allen Seiten.

Mason ließ kein Auge von ihm, während seine sandigen Finger den Löffel rieben, den er festhielt. Willas Herz schlug heftig, als sie die Erwartung in den Augen ihres Sohnes sah.

»Außergewöhnlich«, lobte Raiden. Seine Stimme klang voller Anerkennung. Er sah Mason an. »Ein ausgezeichnete Arbeit, Sohn. Aber achte auf die Flut.«

Mason fuhr herum, ein gedämpfter Laut kam von seinen Lippen, als er die Wellen näher und näher heranrollen sah. Mit Windeseile grub er einen Graben, der Sand flog nach hinten weg, als wäre er ein junger Hund, der seinen ersten Knochen vergrub.

»Es tut mir Leid, dass ich das gesagt habt«, bedauerte Raiden.

Willa lachte und rief Mason zu, dass sie immer wieder ein neues Haus bauen könnten, aber wie gewöhnlich ließ der Junge nichts an sich heran, widmete sich nur der Aufgabe, mit der er gerade beschäftigt war.

Sie wandte ihren Blick zu Raiden. Als er ihr beim Aufstehen half, beugte er sich unter den Rand ihres Hutes und hauchte einen Kuss auf ihre Lippen. Willa sank in seinen Kuss, gab sich ihm hin, und Raiden stahl mehr, zog sie fest an sich und nahm ihren Mund mit all der Leidenschaft in Besitz, die er seit jener Nacht im Dschungel unterdrückt hatte. Ihr Strohhut fiel in den Sand.

»Ich habe dich vermisst«, murmelte er an ihren Lippen, »ich habe es vermisst, dich nackt in meinen Armen zu halten, deinen Körper zu berühren, deine Leidenschaft zu spüren.« Die Erinnerung an ihr Zusammensein erregte ihn ebenso wie ihr Kuss. »Dich bei den Mahlzeiten zu sehen, regt meinen Appetit nur noch mehr an, denn ich verspüre Hunger auf etwas ganz anders.«

Willa spürte, wie seine Worte die Lust in ihr anfachten, und sie stöhnte leise. »Ich auch. Aber vergib mir, Lieber, Mason schläft noch immer nicht gut.« Atemlos zog sie sich von ihm zurück. Nachdem Mason die erste Erschöpfung überwunden hatte, hatten die Alpträume begonnen. Das Einzige, das ihn zum Schlafen brachte, war, ihn in den Armen zu halten. Willa würde ihr Kind mit Freuden so lange im Arm halten, wie Mason danach verlangte, aber nichts schien ihm die Angst nehmen zu können, sie könnte ihm wieder fortgenommen werden. In der letzten Nacht hatte sie ihn zum ersten Mal überreden können, in seinem neuen Zimmer zu schlafen – allein. Er war erst weit nach Mitternacht eingeschlafen. »Ich kann ihm nicht begreiflich machen, dass er hier sicher ist. Es beruhigt ihn vielleicht ein wenig, aber es macht ihm noch sehr zu schaffen.«

Raiden hörte die Sorge in ihrer Stimme, und er fühlte sich ein wenig beschämt, weil er sie in dieser Situation bedrängt hatte. »Ich verstehe das, Liebes. Dies ist wieder ein neuer Ort mit neuen Menschen.« Jetzt war es an ihm, Willa zu trösten. »Er war monatelang ohne dich, ist ständig unterwegs gewesen, misshandelt, krank, man hat ihn hungern lassen…« Die Kehle schnürte sich ihm zu, wenn er daran dachte, was der Junge hatte durchmachen müssen, ehe er ihn in diesem dreckigen Loch gefunden hatte. Sie würden niemals die ganze Wahrheit wissen. Raiden sah Mason an und lächelte zärtlich. Die Sandburg war vergessen, und er lief patschend durch die Wellen und versuchte, mit den Händen Fische zu fangen. »Er wird es überwinden, er braucht seine Zeit.«

Raidens Geduld und sein Verständnis berührten sie tief. Niemals hätte sie dieses von einem Mann erwartet, der den Umgang mit Kindern nicht gewohnt war. »Wir wollen froh sein, dass er wieder spielt«, sagte sie.

Sein Blick flog ihr zu. *Wir.* Dieses Wort klingt wie Musik, dachte Raiden. »Ja, das wollen wir, Liebes.« Er hob ihren Hut auf und drückte ihn ihr auf die Locken.

Sie richtete ihn mit ein, zwei Handgriffen, und Raiden dachte, dass sie nicht einmal ein kostbares Kleid tragen musste, damit man ihr ansah, dass sie eine Lady war. Und was sie heute trug, war ganz entschieden keine aufwendige Robe. Sein Blick glitt über ihren Körper wie der eines Tigers über eine mögliche Beute. Der dunkelrot und weiß geblümte Sarong ließ ihre Schultern frei und umhüllte ihren Leib bis zu den bloßen Füßen. Sie war wie ein verlockend verpacktes Geschenk, das er von seiner Hülle befreien wollte. Und er wollte sie besitzen. Er atmete heftig. »Du ziehst dich nur deshalb so an, um mich verrückt zu machen, habe ich Recht?«, stieß er hervor.

Die Hitze seines Blickes brannte stärker als die Sonne auf ihrer Haut. »Die anderen Frauen tragen den Sarong doch auch. Es ist sehr bequem, genauso wie es für dich bequem ist, keine Stiefel zu tragen.«

Mit einem Arm umschlang er sie und zog sie an sich. »Die anderen Frauen sind Javanerinnen. Du hast durch mich schon fast die Lebensweise der Eingeborenen angenommen, gib es zu. Aber ich werde nachsichtig sein, wenn ich dich dafür bestrafe, dass du immer halb nackt vor mir herumläufst.«

Sie lächelte. »Ja.«

Er nickte, bedachtsam und nachdenklich.

»Und was wird meine Strafe sein?«

Ihre Blicke versanken ineinander. »Ich fürchte, zunächst werde ich derjenige sein, der die Marterung ertragen muss.« Er beugte sich herunter und küsste ihren Hals, schmeckte das Salz des Meeres auf ihrer Haut. »Denn ich sehe nicht nur jede Kurve deines Körpers, den ich besitzen möchte, ich erinnere mich auch noch sehr gut daran, wie leicht man dich aus diesem Stück Stoff auswickeln kann.«

»Das letzte Mal hast du ihn mir nicht ausgezogen«, erwiderte sie leise und keuchte, als ihr Körper auf seine Berührung reagierte. »Du hast ihn einfach hochgeschoben.«

Die sinnliche Erinnerung erhitzte sein Blut. »O Gott, ich hätte nicht damit anfangen sollen.«

»Nein, das hättest du nicht, aber ... schließlich hast du noch immer mein Dankeschön zu erwarten«, sagte sie heiser und ließ die Hand an den Gürtel seiner Hose gleiten.

Raiden hielt ihre Hand fest und presste sie an seinen Bauch. »Sieh an, sieh an«, klagte er. »Du willst mich verführen!«

Ehe er noch etwas hinzufügen konnte, rief jemand seinen Namen, und er drehte sich um. Kahlid winkte ihm vom Weg aus zu, der zum Kai führte. Mit einem bedauerndem Seufzer gab Raiden Willa frei und ging zu Kahlid.

»Hat Nealy Perth schon mit dir gesprochen?«, rief sie ihm nach.

Er wandte sich zurück. »Nein. Aber wenn er mich sprechen will, weiß er ja, wo er mich findet.«

Willa nickte und bückte sich, um Masons Eimer und den Löffel aufzuheben. Als sie sich wieder aufrichtete, sah sie ihren Sohn den Strand hinauflaufen. Sie warf den Eimer in den Sand und lief ihm nach. Doch als sie begriff, dass er Raiden folgte, blieb sie stehen.

Raiden stand, die Beine gespreizt und die Hände in die Hüften gestemmt, am Kai und beobachtete eines seiner Schiffe, das in die Bucht einfuhr. Was Willa aber lächeln und ihr Herz singen ließ, war Mason, der neben ihm stand, und die Haltung des großen Piraten nachzuahmen versuchte. Er schien an dem Schiff, das in den Hafen einlief, ebenso interessiert zu sein wie Raiden.

»Ihr habt einen Schatten, *Sajin*«, sagte Kahlid leise und wies mit einem Kopfnicken auf das Kind.

Raiden schaute zu Mason herunter, der seinen Blick erwiderte. Raiden unterdrückte ein Lächeln. Mason sah so verdammt ernst aus, mit den zusammengezogenen Augenbrauen und den in die mageren Hüften gestemmten Fäusten.

»Siehst du das Schiff dort?«, fragte Raiden und wies auf die Bucht hinaus. »Das mit dem weißen Streifen oberhalb der Wasserlinie? Das ist ein Schoner ... aus Holland.«

Mason hörte aufmerksam zu, und als Raiden sich hinhockte und die Unterarme auf die Knie stützte, tat Mason es ihm gleich.

Willa lachte leise, weil Raiden sich angestrengt bemühte, ernst dreinzuschauen, und sie lobte ihn im Stillen für seine Geduld. Alistar hatte nie auch nur einen einzigen Augenblick für sein Kind gehabt, und sicherlich keinen Sinn dafür, die Vielschichtigkeit ihres schweigenden Sohnes zu ergründen. Sie legte den Kopf zur Seite und betrachtete das Paar. Raiden ging mit großen Schritten den Kai entlang, und Mason trottete hinterher, seine kurzen Beine kämpften darum, Schritt zu halten. Augenblicklich verkürzte Raiden seine Schritte für ihn, warf einen Blick über die Schulter und lächelte Willa zu.

Sie winkte und sammelte die Spielsachen zusammen, ehe sie ins Haus zurückkehrte. Sie vertraute Raiden und wusste, dass er über ihren Sohn wachen würde. Wenn sie doch jetzt auch Raidens Vater dazu bekommen könnte, sich seinem Sohn zu erkennen zu geben. Granville hatte sie gebeten, das Geheimnis zu wahren, bis er sich entschlossen hätte, es offen zu legen. Es war eine Täuschung, die ihr missfiel. Raiden musste wissen, dass er seinem Vater etwas bedeutete, immerhin genug, dass er sich von ihm hatte anheuern lassen. Und er musste wissen, dass es sein Vater gewesen war, der ihm am Strand von Ceram das Leben gerettet hatte.

Es zu wissen, würde Raiden unendlich gut tun.

Wenn er seinen Zorn erst überwunden hatte.

24

Es ging die Kunde, dass die *Yorkshire* sich in der Straße von Malakka befand und dass sich der Großadmiral Percival Dunfee an Bord des großen Flaggschiffes aufhielt.

Meine Vergangenheit holt mich ein, dachte Raiden, als er in seinem Arbeitszimmer stand und auf die Bucht schaute, die sich mit Schiffen füllte. Und sie wartete dort draußen darauf, dass er sich ihr entgegengestellte. Doch er würde Dunfee nach *seinen* Bedingungen treffen, auf *seinem* Territorium, und nicht einen Augenblick eher.

Jetzt würde der Gejagte zum Jäger werden.

An welchem Tag, in welchem Jahr würde er aufhören zu kämpfen, würde er aufhören, sich nach den Messern umzuschauen, die man ihm in den Rücken stoßen wollte? Tristans Verrat war die letzte Lanze gewesen, mit der man versucht hatte, ihn zur Strecke zu bringen. Raiden rieb sich die Stirn, hinter der ein dumpfer Kopfschmerz brütete. Noch vor wenigen Monaten hätte er den Mann für seine Taten getötet, aber Willa hatte ihn gelehrt zu vergeben. Ja, wieder und wieder konnte sie vergeben und ihr Leben ohne die Last der Vergangenheit führen. Wie oft hatte sie unbeschwert darüber gesprochen, wie sie zur Rettung ihres Vaters geheiratet und das Beste daraus zu machen versucht hatte? Und hatte sie ihm nicht diesen vulgären Handel vergeben, den er ihr vorgeschlagen hatte, und jene grausamen Worte in jener Nacht in seiner Kabine? Und hatte sie nicht nach ihrem Sohn gesucht, ohne auch nur einen Gedanken an die Konsequenzen zu verschwenden, die diese Suche für sie hätte haben können?

Vergebung. Raiden wünschte, er könnte sie seinem Feind gewähren. Aber das Verlangen nach Vergeltung war immer noch da, glühte wie heiße Lava in ihm. Er hatte diesen Rachedurst so lange Zeit unterdrückt, dass er fast gehofft hatte, er wäre erloschen. Aber sobald der Name dieses Mannes fiel, kam das Entsetzen zurück, die Gewissheit über das eigene Versagen, über seine Unfähigkeit, jene zu beschützen, die er geliebt hatte.

Würde er wirklich den Frieden finden, den er suchte, wenn Dunfee seinen letzten Atemzug getan hatte?

Ein Klopfen an der Tür riss Raiden aus seinen Gedanken.

»Herein.« Er schaute über die Schulter und lächelte, als Willa das Zimmer betrat. Sie sah unbeschreiblich bezaubernd aus in dem prächtigen, rostfarbenen Kleid, dessen Farbton sich mit dem Rot ihrer Haare ergänzte. Das hereinfallende Sonnenlicht schimmerte golden auf ihrer Haut, und die Liebe in ihren Augen ließ sein Herz schneller schlagen. Raiden wandte sich um und öffnete die Arme. Ohne zu zögern glitt Willa in seine Umarmung.

Für eine kurze Zeit hielt er sie fest umschlungen, schmiegte seine Wange auf ihr sonnenwarmes Haar. Er nahm ihren Duft wahr, den Duft nach Wind und Meer und nach Gewürzen. Die Wohlgerüche des Paradieses, dachte er, meines Paradieses – meines Zuhauses.

»Ich liebe dich wahnsinnig«, flüsterte Willa und legte den Kopf in den Nacken, um Raiden zu küssen. Ihre Lippen berührten ihn in einem langsamen, innigen Streicheln, mit dem sie Zeugnis für ihre Liebe ablegte.

Demut erfüllte Raiden bei diesen Worten, die zu hören er niemals müde werden würde. »Und ich liebe dich, meine kleine Füchsin«, sagte er, als sie sich von ihm löste. »Wie geht es Mason?«

Willa lächelte über seinen väterlich-besorgten Ton. Er und Mason hatten den Tag zusammen verbracht, oder genauer gesagt, Mason war ihm wie ein junger Hund überallhin gefolgt. Bei Sonnenuntergang hatte sie die beiden am Pier stehen und fischen sehen, Mason, der noch immer einen gewissen Abstand zu Raiden hielt, aber alles nachmachte, was Raiden tat. »Er verschlingt das Dessert, das der Koch für ihn hergerichtet hat. Ich schwöre, er wird so groß wie du werden, wenn er so weitermacht.«

»Das wäre doch großartig, meinst du nicht?« Der Junge war noch so zart.

Sie lächelte flüchtig, und Raiden bemerkte, wie angespannt sie wirkte. Masons schlaflose Nächte erschöpften Willa.

»Nealy Perth möchte dich sprechen.«

Raiden sah zur halb offen stehenden Tür und runzelte die Stirn. Willa hatte schon vor Tagen erwähnt, dass Perth ihn sprechen wollte. »Schick ihn herein.«

Willa trat zurück, und ein besorgter Ausdruck huschte über ihr Gesicht, ehe sie sich abwandte und zur Tür ging. Ihre seidenen Unterröcke raschelten leise. Raiden lachte im Stillen und schüttelte den Kopf, als er sah, dass sie weder Schuhe noch Strümpfe trug. *Meine kleine Eingeborene*, dachte er, als sie durch die Tür verschwand. Er hörte sie leise mit jemandem sprechen, dann betrat Nealy Perth das Zimmer.

Raiden runzelte die Stirn. Der dichte Bart war verschwunden, das Haar war sauber geschnitten und mit einem Band zurückgebunden. Und seine Kleider waren kostbar und hervorragend gearbeitet.

Raiden verschränkte die Arme vor der Brust, und zog eine Augenbraue hoch. »Wen habt Ihr für diese Kleider beraubt, Perth?«

Granville Montegomery versuchte zu lächeln, und ihm ging durch den Sinn, wie sehr seine Söhne einander ähnelten – gut aussehende, hoch gewachsene Männer, die aller Aufmerksamkeit auf sich zogen, einfach weil sie es so wollten. Ganz egal, wie der Anfang ihres Lebens verlaufen war oder welcher Makel ihrer Geburt anhaftete, sie hatten sich hervorragend herausgemacht und er liebte jeden von ihnen, war grenzenlos stolz auf sie und hatte immer gehofft, sie würden sich kennen lernen und Freunde werden können. Doch jetzt konnte er nur an die Freundschaft und das Vertrauen denken, das Raiden ihm entgegengebracht hatte, und das er gleich durch ein paar Worte zerstören würde.

»Niemanden. Sie gehören mir.«

Raiden zog eine Augenbraue hoch, als der Mann näher kam, und sah ihm über den Schreibtisch hinweg entgegen. »Euer

Anteil hat es Euch schon ermöglicht, Euch solche Reichtümer leisten zu können?«

»Nein, meine gesellschaftliche Stellung ermöglicht es mir, so angenehm zu leben.«

Gesellschaftliche Stellung. Eine seltsame Vorahnung stieg plötzlich in Raiden auf.

»Ich habe Euch getäuscht. Ich bin nicht Nealy Perth.«

»Wer seid Ihr dann?« Der harte Klang in Raidens Stimme war unüberhörbar.

»Granville Montegomery, fünfter Earl of Sussex.«

Bei der Nennung dieses Namens erblasste Raiden, seine Gesichtszüge wurden schlaff und er ließ langsam die Arme sinken. Er sagte kein Wort, starrte den Mann nur an und wägte den Wahrheitsgehalt dieser Behauptung ab. Er studierte die Gesichtszüge des Mannes. Ohne den buschigen Bart und mit dem sorgfältig gekämmten Haar erkannte er eine Ähnlichkeit und das Gefühl der Vertrautheit, das er immer in der Nähe Nealy Perths gespürt hatte, fand dadurch eine Erklärung; so, wie es auch seine Art erklärte, sich zu geben, seine Art zu sprechen.

»Ich sehe, du glaubst mir.«

»Ich habe keinen Grund, es nicht zu tun. Ich kann die Ähnlichkeit jetzt sehen – und die aristokratische Politur.« Der letzte Teil seiner Antwort kam in ätzendem Spott, während Wut und Groll in Raiden aufstiegen. »Raus!«

»Raiden ...«

»Ich sagte *raus!*«

Granville verstand Raidens Wut, doch er ging nicht. »Ich möchte nur einen Augenblick deiner Zeit. Das wenigstens schuldest du mir.«

»Ich schulde Euch *nichts*!«, erwiderte Raiden. Er umklammerte die Kante des Schreibtisches, bis seine Knöchel weiß hervortraten, als er sich vorbeugte. »Gar nichts!« Er richtete sich auf und ging zum Fenster, aus dem er hinausstarrte, als sei er allein im Zimmer.

Granville seufzte schwer. »Du hast Recht«, sagte er nach einer langen Weile. »Du schuldest mir nichts. Und du magst mir die Schuld für all deine Probleme …«

»Ich gebe niemandem die Schuld«, schnitt Raiden ihm das Wort ab und sah unverwandt auf die Bucht hinaus. »Aber ich verabscheue Euch dafür, Euren Samen in jede Frau gepflanzt zu haben, die Euch den Kopf verdreht hat, und dass ihr eine Schar von Bastarden gezeugt habt, die für Eure Liebschaften bezahlen mussten.«

»Ich liebe dich, mein Sohn, so wie ich deine Brüder liebe.«

Raiden fuhr herum und starrte ihn an. »Wie Ihr meine Mutter geliebt hast? Oder Sayidda? Roarkes Mutter? Und Gott weiß wie viele andere?«

Granvilles Miene spannte sich an. »Ja. Ich weiß, es ist schwer zu verstehen, aber ich habe sie geliebt. Und ich war jung, Raiden. Jünger als du jetzt und reich und mir war befohlen worden, mir eine Ehefrau zu nehmen, während ich nichts anderes wollte, als die Welt zu sehen. Und deshalb bin ich lieber auf Reisen gegangen, statt mich an eine Frau zu binden, die ich mir nicht gewählt hatte.«

»Ich will nichts davon hören.«

»Bei Gott, Mann, das wirst du. Du magst den Boden verabscheuen, auf dem ich stehe, aber ich bin dein Vater! Und du wirst zuhören!«

Raiden sah ihn an. »Fordert mich nicht heraus, Mylord. Ihr wisst, dass ich Euch am liebsten auf der Stelle umbringen würde.« Noch während er diese Worte aussprach, wusste er, dass er diese Drohung niemals wahrmachen könnte. »Und was Ihr zu sagen habt, interessiert mich nicht.«

»Auch nicht, wenn es Percival Dunfee betrifft?«

Raiden sah den Mann aus schmalen Augen an.

»Percival Dunfee war der Mann Eurer Mutter.«

Raidens Gesichtszüge erschlafften. Granville fuhr fort, die Umstände zu enthüllen, unter denen Raiden geboren worden war und was sich danach ereignet hatte. »Unsere Affäre war vor ihrer Ehe mit Dunfee. Sie hat ihn geheiratet, ehe ich erfuhr, dass sie dich empfangen hatte.« Er stieß einen langen, müden Atemzug aus. »Er hat nie irgendetwas unternommen, mir zu schaden. Stattdessen hat er seine Aufmerksamkeit auf dich gerichtet.«

Raiden schnaubte vernehmlich, zweifelnd.

Granville runzelte die Stirn. »Du glaubst mir nicht? Er hat dich aus *ihrem* Haus geworfen, nachdem sie gestorben war.«

Raiden antwortete nicht gleich. Er ging zum Schrank und füllte zwei Gläser mit gewürztem Rum, dann wandte er sich zu seinem Vater um. Für einen Augenblick erkannte Raiden den Ausdruck tiefer Traurigkeit in den Augen des Mannes, so tief und wahr, dass es ihn innehalten ließ. Für den Bruchteil einer Sekunde schaute Granville zu Boden, ehe er den Blick wieder hob. Raiden reichte ihm ein Glas Rum.

Mit einem matten Lächeln nahm Granville es an und leerte es zur Hälfte, ehe er seinen Sohn wieder ansah.

»Ihr wisst gar nichts von mir, nicht wahr?«, fragte Raiden und lehnte sich gegen seinen Schreibtisch.

»Du bist ein Mann, der nur schwer aufzuspüren ist.«

»Mein Leben besteht darin, mich zu entziehen. Das ist so, seit ich ein Kind war. Stehlen und davonlaufen. Sich nehmen, was sich bietet, denn ganz egal wie sehr ich es versuchte, niemand gab mir die Chance zu beweisen, dass auch ich etwas wert war. Noch kümmerte es irgendjemanden.« Mit einer Stimme, die viel ruhiger klang als er es für möglich gehalten hätte, erzählte Raiden Granville von seinem Leben, wie man ihn auf der Straße schanghait hatte und er in den Marinedienst gepresst worden war. Er erzählte ihm in allen Einzelheiten von den Schrecken, die er erlitten hatte, und ließ seinen Vater dabei nicht aus den Augen, der zusammengesunken auf seinem Stuhl saß und plötzlich sehr, sehr alt wirkte.

Einen Augenblick später bedauerte Raiden es. Es war schlimm genug, dass er selbst dies alles erlitten hatte; aber es gab keinen Grund, das Schuldgefühl seines Vaters noch größer zu machen als es schon war.

»Ich habe gedient, seit ich ein Junge von kaum mehr als zehn Jahren war, und als sich die Gelegenheit ergab, floh ich nach Madagaskar. Ich verliebte mich und heiratete.«

Granvilles Augen wurden groß. »Du kannst nicht älter als achtzehn gewesen sein.«

»Ja, knapp.«

»Weiß Willa davon?«

Raiden ignorierte die Frage. Willa ging seinen Vater nichts an. »Meine Frau und ich machten unsere Hochzeitsreise nach England«, erzählte er ohne zu stocken weiter. »Unterwegs stattete die britische Marine unserem Schiff einen Besuch ab, um nach ›Freiwilligen‹ Ausschau zu halten. Ich hatte die schlechte Behandlung und die Schläge, die einen dort erwarteten, bereits am eigenen Leib zu spüren bekommen.« Raidens Finger krampften sich so fest um das Glas, das es zu zerbrechen drohte. »Ich weigerte mich, und der englische Kapitän nahm meine Frau in seinen Gewahrsam. Ich vermutete, dass es noch um etwas anderes gehen musste, denn den Mann schien mein Name sehr viel stärker zu beschäftigen als meine Person. Er zwang mich und Shamir, in seine Kabine zu gehen. Ohne Zeugen.« Raiden starrte auf einen Punkt auf dem Teppich, als er sich an das Geschehen erinnerte, das fast fünfzehn Jahre zurücklag. »Ich war stolz und befahl dem Kapitän, uns allein zu lassen.«

»Du hast dir einen rachsüchtigen Mann zum Feind gemacht, Sohn.«

Raiden zuckte bei dieser liebevollen Anrede zusammen und schaute auf. Seine Augen verengten sich, so schmerzlich waren die Erinnerungen. »Der Kapitän hat mich nach Euch gefragt. Und, mit dem Ergebnis offensichtlich unzufrieden, stellte er mich vor eine Wahl.« Raiden stürzte den Rest Rum herunter und ging rasch zum Schrank, um das Glas neu zu füllen. Seine Hand zitterte leicht, als er es an die Lippen setzte. Doch statt zu trinken, stellte er das Glas mit einer heftigen Bewegung auf der Kommode ab und der Rum spritzte über seine Hand. Er schloss die Augen und schluckte mühsam. Granville sah, dass der Rücken seines Sohnes sich anspannte und dass er die Hände zu Fäusten ballte, um seiner Wut Herr zu werden.

»Die Wahl ...«, flüsterte Raiden, »... die Alternative, vor die er mich stellte, war überhaupt keine Alternative. Er wollte gar nicht, dass ich in der Marine diente. Jetzt weiß ich, dass er mich für das bezahlen lassen wollte, was Ihr getan hattet!« Härte lag in seinem Blick, als er seinen Vater ansah. »In der Abgeschiedenheit seiner Kabine befahl Dunfee mir zu wählen, wer sterben sollte.« Raidens Miene spiegelte größtes Leid wider. »Ich oder meine Frau.«

»Mein Gott.« Granville stürzte den Rum in einem Zug hinunter.

Raiden hörte ihn nicht, zu stark wühlte ihn die Erinnerung auf. »Ich habe ihn angefleht, mich zu töten und sie freizulassen, sie zurück nach Madagaskar zu schicken, sie war erst sechzehn Jahre alt. O Gott, sie hatte solch entsetzliche Angst. Und ich war hilflos. So erbärmlich hilflos.« Raiden legte den Kopf in den Nacken und starrte an die Decke, seine Stimme klang rau. »Also fiel ich vor diesem Mann auf die Knie und flehte um das Leben der einzigen Familie, die ich je gehabt hatte.«

»Es tut mir Leid, Sohn.«

Raiden schaute in sein Glas und leerte es. Den nächsten Schluck trank er aus der Flasche. Nachdem er sich den Mund mit dem Handrücken abgewischt hatte, sprach er mit tödlich ruhiger Stimme weiter. »Dunfee wartete auf den Augenblick, in dem ich geschlagen war, in dem ich zu Kreuze kriechend und besiegt am Boden lag … dann hat er sie vor meinen Augen umgebracht.«

Granville stöhnte gequält auf, in seinen Augen standen Tränen, als das Bild, das Raiden gezeichnet hatte, in seinem Kopf explodierte. Er ist viel zu jung, um so viel Grausames erlebt zu haben, dachte er und schlug die Hände vors Gesicht. »Es ist kein Wunder, dass du mich so hasst.«

»Er tötete meine Frau, weil ich Euren Namen trug! Er hat sie abgeschlachtet, dann die Kabine verwüstet und sich selbst Schnittwunden beigebracht, damit alles so aussah, als hätte ich ihn angegriffen, als wäre sie durch meine Hand gestorben. Ich stürzte mich auf ihn und habe mir das hier verdient.« Er legte den Kopf in den Nacken und zeigte die sichelförmige Narbe, die am Kieferknochen entlang vom Kinn zum Ohr verlief. »Er hat mich auf ein Gefangenenschiff bringen lassen, auf dem ich jahrelang blieb, bis eine Meuterei uns alle befreite.«

Raiden ließ sich auf seinen Schreibtischstuhl sinken. Das Leder knarrte leise, als er sich vorbeugte und den Kopf in die Hände stützte. An dem Tag, an dem Raiden auf dem Gefangenenschiff zu sich gekommen war, hatte er geschworen, dass er nie wieder so verletzlich sein würde, nie wieder lieben würde, niemals wieder zulassen würde, dass ein Mensch ihm etwas bedeutete. Und dass Dunfee sterben würde und vor seinem Tod erfahren sollte, durch wessen Hand und warum. Nur so konnte er seine Schuldgefühle abtragen, die Schuldgefühle darüber, dass er seine Frau nicht hatte beschützen können. Es war für ihn der einzige Weg. Raiden hatte sich Piraten angeschlossen, hatte bei ihnen alles gelernt, was er hatte lernen können, hatte deren Anerkennung gewonnen und sich einen Ruf erworben; dann hatte er das Schiff übernommen und seine Karriere als Seeräuber begonnen, angetrieben von dieser unseligen Suche.

»So sieht es also aus, Mylord.« Raiden hob den Kopf und ließ die Hände sinken. »Dunfee will mich nicht aus der Welt schaffen, weil ich ihn an die Indiskretionen seiner Verlobten erinnere oder er ihren Tod rächen will. Nein, er sucht mich, um den Zeugen seiner Verbrechen zu beseitigen. Denn ich bin der Einzige, der die Wahrheit kennt.«

»Und seine Ernennung zum Earl ist deswegen in Gefahr.«

Raiden nickte. »Ich bin der Fleck auf seiner ach so makellosen Weste.«

»Großer Gott, Raiden.« Granville fuhr sich mit der Hand über das Gesicht. Er wirkte erschöpft. »Ich kann mit dem König sprechen ...«

»Nein. Ich brauchte Eure Hilfe damals nicht, und jetzt will ich sie nicht.«

»Ich verstehe deine Gefühle für mich, aber was ist mit Willa und Mason?«

»Was mit ihnen ist? Das ist nicht Eure Angelegenheit.«

Sein Gesicht verschloss sich, und er gab Granville das Gefühl, dafür dankbar sein zu müssen, dass sein Sohn ihm so viel von seiner Zeit geopfert hatte. Aber schließlich hatte er auch nichts anderes zu verlieren.

»Willa hat ein Recht zu erfahren, dass du sie und ihren Sohn verlassen willst, um dem Admiral hinterherzujagen – aus Blutrache für deine tote Frau.«

»Sie wird es beizeiten erfahren.«

»Und wann wolltest du ihr sagen, dass du vorhast, dein Leben hinzugeben, nur um an Dunfee Rache zu nehmen?«

»Ja, Raiden, wann? Sag es mir«, ertönte es von der Türschwelle her.

Raiden fuhr herum, und sein Gesicht verzerrte sich vor Anspannung. Willa stand an der Tür, sie hielt ein Tablett in den Händen. Ihre Miene war wie versteinert. Raiden erhob sich langsam aus seinem Stuhl. »Willa.«

Granville stand ebenfalls auf, sein Blick ging zwischen den beiden hin und her.

»Verzeih mir, ich hatte nicht vor zu lauschen«, sagte sie und trug das Tablett zum Sofa. Sie klang verletzt, verraten. »Ich dachte, ihr hättet gern etwas Kaffee.« Sie schluckte mühsam und beugte sich über den kleinen Tisch, um das Tablett abzusetzen. »Er ist mit Zimt gewürzt«, brachte sie heraus, bevor sie sich aufrichtete und die beiden Männer ansah. Dabei ignorierte sie Granvilles mitfühlenden Blick und starrte Raiden an. »Aber wie ich sehe, bevorzugt ihr stärkere Getränke.«

»Willa, du musst es mich erklären lassen.«

Abwehrend hob sie die Hand. »Ich habe dich und deinen Vater gestört.«

Raidens Blick schoss zu Granville, dann wieder zu ihr. »Du wusstest es?«

»Sie hat es mir auf den Kopf zugesagt, auf Ceram«, erklärte Granville. »Offensichtlich hatte ich sie nicht täuschen können.«

»Warum hast du es mir nicht gesagt?«, fragte Raiden, ohne den Blick von ihr zu wenden. Er sah ihren Schmerz, spürte ihn.

»Vielleicht aus gleichen Grund, aus dem du mir nicht gesagt hast, dass du einmal verheiratet warst.« Ihre Stimme brach, und es zerstörte Raidens Fassung. »Weil es wehtut, zu erfahren, dass man belogen worden ist.«

Raiden ging auf Willa zu, aber sie wich vor ihm zurück und sah ihn gekränkt an, bevor sie ging. Wie betäubt starrte Raiden seinen Vater an.

»Sei nicht wieder ein Narr, Mann, geh ihr nach!« Granville wies zur Tür.

Raiden lief aus dem Arbeitszimmer, aber Willa war nirgendwo zu sehen. Er ging den Stimmen nach, die er aus der Küche hörte. Dort traf er Mason, der am Tisch saß und schon wieder aß. Er strich dem Jungen über den Kopf, als er an ihm vorbei in das Esszimmer ging. Der Tisch war für drei gedeckt, und Raiden wusste sofort, dass Willa seinen Vater hatte einladen wollen, ihnen Gesellschaft zu leisten. Sie hat gehofft, ich söhne mich mit ihm aus, dachte er resigniert und rief nach ihr. Kahlid tauchte an der Tür zur Veranda auf.

»Dort, *Sajin*«, sagte er und wies zur Bucht.

Raiden rannte aus dem Haus und zum Strand hinunter. Von weitem sah er Willa, die auf das Wasser zulief. Ihre schweren Röcke schleiften durch den nassen Sand.

»Willa, Liebes, warte. Lass es mich dir erklären.«

»Lass mich allein, Raiden.« Sie ging weiter.

Er packte sie am Ellbogen, zog sie sanft zurück, doch sie entwand sich seinem Griff und drehte sich zu ihm um.

»Ich habe dir von jeder Einzelheit aus meiner Vergangenheit erzählt, doch du verbirgst deine vor mir«, warf sie ihm zornig vor. »Du hattest eine Frau. Eine Ehefrau! Bedeute ich dir so wenig, dass du diesen Teil deines Lebens vor mir verheimlichst?« Ihre Worte klangen wie ein Anklage.

»Natürlich bedeutest du mir etwas, aber es fiel mir schwer, darüber zu sprechen, besonders zu dir.«

»Warum? Sag mir, warum, Raiden, damit dieser Schmerz weggeht.« Ihre Lippe zitterte, und sie kämpfte dagegen an, versuchte, ihre Würde zu wahren, während sie sich innerlich fühlte, als würde sie entzweigerissen.

»Wenn ich es dir gesagt hätte, hätte ich preisgegeben, wie sehr ich versagt habe.«

»Du hast mich glauben lassen, du hättest die Liebe nie erfahren.«

»Das habe ich auch nicht, Willa.« Er ging einen Schritt näher. »Nicht so eine Liebe, wie wir sie teilen.«

»Teilen?« Sie stieß einen verächtlichen Ton aus. »*Sie* hast du geheiratet, während du mich nicht einmal gefragt hast, ob ich dich heiraten möchte.« Der Schmerz in ihren Worten traf ihn in die Brust wie eine vergiftete Klinge.

»O Liebes«, sagte er heiser, »ich würde dich sofort heiraten, wenn ich glaubte, es würde die Dinge ändern.«

Willas Mund begann zu zittern, Tränen strömten ihr über die Wangen und sie stürzte sich auf ihn, hämmerte bei jedem Wort mit den Fäusten gegen seine Brust. »Zur Hölle mit dir, Raiden Montegomery! Du weißt gar nicht, wie es ist, Liebe miteinander zu teilen!«

»Hör mir zu«, sagte er und fasste sie bei den Handgelenken, packte sie fester, als sie sich losreißen wollte. Sein Blick hielt sie gefangen. »Ich weiß es. Ja, ich weiß es. Mit Shamir habe ich von der Liebe gekostet. Mit dir wird sie zu einem Festmahl.«

Willa verlor ihre Fassung, ihr Herz klopfte vor Liebe zu ihm und der Angst, die sie darum hatte.

»Ich liebe dich«, sagte Raiden leise. Er zog sie in seine Arme und schaute auf ihr Gesicht herunter, das sie zu ihm emporgewandt hatte. »Ich habe Jahre damit verbracht, zu versuchen, niemanden zu brauchen. Denn ich wollte nicht wieder das verlieren, was ich niemals wirklich hatte. Und doch habe ich dich vom ersten Augenblick an, in dem ich dich sah, gewollt, obwohl ich wusste, dass ich eine Frau wie dich niemals haben konnte. Weil ich nichts in meinem Leben getan hatte, um eine solche Chance zu verdienen. Ich hatte Angst, es könnte dein Leben in tödliche Gefahr bringen, mit mir zusammen zu sein. Trotzdem habe ich es riskiert und habe dich gestohlen.« Seine Miene wurde grimmig. »Doch meine Liebe für dich hat die Dinge nicht geändert, denn ich bin nichts als eine Gefahr für dich – und jetzt auch für Mason.«

»Das ist eine Gefahr, die ich aus freien Stücken gewählt habe.«

Sie legte zwei Finger auf seine Lippen und hieß ihn schweigen. »Ich habe zu lange darauf gewartet, von dir geliebt zu werden.«

»Und ich von dir«, erwiderte er und küsste ihre Fingerspitzen. »Aber ich werde nicht zulassen, dass dir etwas geschieht, weil ich dich liebe. Und es wird geschehen. Denn Dunfee wird nicht lockerlassen, bis er mich gefunden hat. Und wenn ihm das gelungen ist, wird er dich finden. Shamir ist gestorben, weil ich ein Montegomery bin und weil ich sie im Stich gelassen habe. Ich kann dich nicht auch im Stich lassen.«

»Das wirst du auch nicht. Aber deine Frau ist tot, weil Dunfee deinen Vater dafür hasste, Lady Elises Herz gestohlen zu haben. Es war nichts, was du getan hast, und es gab nichts, das du hättest tun können, um es abzuwenden.«

»Ich konnte sie nicht beschützen.«

Willa strich über seine Wange. Das ist der Grund für alles, dachte sie. Die zu beschützen, die er liebte. Deshalb hatte er sie mit sich genommen, auf dem Marktplatz, in der Schänke. Er versuchte noch immer wieder gutzumachen, dass er seine junge Frau vermeintlich im Stich gelassen hatte. »O Raiden, du warst damals fast noch ein Junge. Und Dunfee war mächtig, hinter ihm stand eine ganzen Mannschaft, die auf jeden Wink von ihm gehorchte.«

Raiden schwieg. Er sah sie unverwandt an, und es brachte ihn fast um, welchen Schmerz seine Entscheidung ihr verursachte. »Er muss dafür zur Rechenschaft gezogen werden.«

»Du willst deine Männer mit hineinziehen, in diesen Rachefeldzug?« Willa wies auf die Schiffe, Raidens Flotte, die den Hafen füllten. »Du willst alles, was wir haben, dafür verlassen?«

»Ich muss es tun.«

Sie schob ihn von sich fort. »Nein, du musst ihn nicht jagen. Du kannst ihn mit seiner Schuld alt werden lassen, und er wird immer in der Angst leben, du könntest ihn enttarnen.« Raidens Gesichtsausdruck verriet, dass er diesen Weg nicht in Betracht ziehen würde. »Shamir ist tot, und du warst noch ein Kind. Vergib dir endlich selbst.«

Raiden zog sie an sich und nahm ihr Gesicht in beide Hände. »Ich muss es tun, Willa. Versuche zu verstehen, dass er für sein Verbrechen bezahlen muss.« Als er glaubte, sie wollte erneut widersprechen, streifte er mit seinem Mund über ihre zitternden Lippen. »Hör mir zu, kleine Füchsin«, bat er und Willa fühlte ihren Widerstand Stück für Stück zerfallen. »Shamir war die Liebe meiner Jugend. Du bist die Liebe meines Lebens.«

Willa schluchzte, als er sie küsste. »Dann bleib bei mir. Bleib bei mir und Mason. Geh nicht auf diesen Rachefeldzug. Bleibe und liebe mich und gründe eine Familie mit mir.«

Statt einer Antwort küsste er sie, und sein Herzschlag war wie ein dumpfes schmerzendes Pochen in seiner Brust. »Wenn ich zurückkomme, möchte ich dich heiraten.«

Sie befreite sich aus seiner Umarmung und schob ihn von sich. »Was lässt dich glauben, ich würde einen Mann heiraten, der es vorzieht, für seine Rache zu sterben, als zu leben und mich zu lieben?«

Ihre Worte trafen ihn messerscharf. »Ich muss das zu Ende bringen.«

»Und ich werde dich nicht mehr bitten zu bleiben. Geh, lösche deinen Rachedurst. Mason und ich werden nicht mehr hier sein, wenn du zurückkommst.« Sie wirbelte herum und schlug die Hand auf den Mund, als sie auf das Haus zulief, zu ihrem Sohn.

Raiden fuhr sich mit beiden Händen über das Gesicht und fluchte, als er wütend in den Sand trat. Dann ging er mit großen Schritten auf das Haus zu. Willa würde Java nicht verlassen. Er würde jedem verbieten, sie von hier fortzubringen.

Kahlid erwartete ihn auf der Veranda. »Ein feines Durcheinander habt Ihr da angerichtet, *Sajin*.«

Raiden fuhr sich mit der Hand durchs Haar und fluchte wieder. Er ignorierte den Mohren, während er die Stufen hinaufstieg.

»Wollt Ihr wirklich ihr Herz und das eines kleinen verlorenen Kindes aufs Spiel setzen, weil Ihr diesem englischen Seemann unbedingt die Kehle durchschneiden müsst?«

Für den Bruchteil eines Atemzugs zögerte Raiden, dann ging er rasch weiter.

Ein Glas mit Whisky in der Hand haltend, saß Raiden zusammengesunken in seinem Stuhl, als die Geräusche und die Bilder seiner Vergangenheit bruchstückhaft an ihm vorbeizogen. Dunfees Gesicht in dem Augenblick, in dem er den Namen Montegomery hörte, der Hass auf seinem Gesicht, den er nicht hatte verbergen können; Dunfee, als er in der Kapitänskabine vor ihm stand, arrogant und so verdammt *britisch*, seine Fragen, seine Befehle. Und die Wahl, vor die er Raiden gestellt hatte.

Shamirs mädchenhaftes Gesicht tauchte vor seinem inneren Auge auf, ihr tintenschwarzes Haar, ihre honigfarbene Haut, ihr unschuldiges Vertrauen in ihn, als sie vor Entsetzen fast wahnsinnig war. Gott, sie war noch ein solches Kind, dachte Raiden, ebenso wie ich auch noch ein Kind war. Er zuckte zusammen, als die Bilder ihres gewaltsames Sterbens in seiner Erinnerung abliefen, die Selbstherrlichkeit, mit der Dunfee auf ihn heruntergeschaut hatte, als er um ihr Leben gefleht hatte. Die Erleichterung, die ihn durchströmt hatte, als Dunfee sein Leben für das Shamirs akzeptiert hatte – ehe er ihr das Messer in die Brust gestoßen hatte. Raiden konnte sich an kaum etwas von dem erinnern, was danach geschah, außer dass er seine sterbende Frau in den Armen gehalten und gewusst hatte, dass er sie hätte retten können, wenn er mutiger, entschlossener und klüger gewesen wäre.

Raiden spürte, wie sein Körper vor Anspannung zitterte, und er strich sich mit der Hand über das Gesicht. Seine Hand war feucht von Schweiß. Er setzte sich aufrecht hin und beugte sich vor, die Ellbogen auf die Schenkel gestützt. Während er das Glas zwischen seinen Handflächen hin und her rollte, dachte er daran, dass er diese Sache zu Ende, richtig zu Ende führen musste. Shamirs Seele würde niemals Ruhe finden, niemals aufhören durch seine Träume zu spuken, es sei denn, er übte seine Rache. Raiden trank den letzten Schluck Whisky und stellte das Glas zur Seite.

Als er tief Luft holte, roch er den Sandelholzduft, der in der Luft hing. Er dachte daran, dass Willa es ihm, trotz ihrer Enttäuschung über seine Entscheidung, in sein Badewasser gegeben hatte. Sie ließ nicht zu, dass ihr Zorn ihre Liebe zu ihm beeinflusste, und Raiden hielt an der Hoffnung fest, dass er zu ihr zurückkehren würde, dass es eine Chance geben würde, dass sie sich heute Nacht mit ihm versöhnte. Denn bis jetzt hatte sie ihm diese Möglichkeit nicht gegeben. Sie hatte sich geweigert, mit ihm zusammen zu essen, sie beschäftigte sich ausschließlich mit Mason, bis dieser ins Bett gebracht wurde. Und sie schlief allein in einem der vielen Schlafzimmer.

Wieder einmal sah Raiden sich vor eine Wahl gestellt, die sein Leben für immer verändern würde.

Ein Mann, der es vorzieht, für seine Rache zu sterben, anstatt zu leben und mich zu lieben.

Traute sie ihm nicht zu, seinem Feind zu begegnen und ihn zu besiegen? Die Möglichkeit, dass er nicht überleben würde, flößte Raiden plötzlich Angst ein, denn er hatte weit mehr zu verlieren als jemals zuvor.

Ein Laut klang an sein Ohr, ein lauter Schrei, und Raiden runzelte die Stirn. Er stand auf, als ihm bewusst wurde, dass es Mason war. Er lief die Treppe zum Zimmer des Jungen hinauf und trat an dessen Bett.

»Mason, Junge«, sagte er und schüttelte ihn sanft am Arm. »Wach auf, Junge, es ist nur ein Traum.«

Mason wimmerte und begann um sich zu schlagen. Raiden setzte sich auf die Bettkante und zog den Jungen in seine Arme, hielt ihn fest und sprach beruhigend auf ihn ein. »Du bist in Sicherheit, Sohn, in Sicherheit. Niemand wird dir hier etwas tun. Ich schwöre dir, du bist hier sicher.« Er wiederholte es wieder und wieder, bis der Junge ruhiger wurde und leise weinend in seinen Armen lag. Raiden verstand Masons Ängste, denn als kleiner Junge hatte er selbst so schreckliche Träume gehabt, dass er kaum hatte schlafen können.

Mason legte den Kopf in den Nacken, und Raiden schaute in tränenumflorte grüne Augen. Er strich dem Jungen das kastanienbraune Haar aus der Stirn und lächelte ihn an. Und Mason, Gott segne ihn, versuchte mühsam, zurückzulächeln.

Es wäre schön, wenn dieses Kind mein Sohn wäre, dachte Raiden und begriff, dass die Vaterschaft ein Geschenk war, dass die Blutsverwandtschaft nicht bedeutete, auch der beste Vater für ein Kind zu sein. Auch wenn er, Raiden, seinen Vater zum Teufel wünschte, so blieb er doch noch immer sein Vater. Und mochte Granville auch nicht für Raiden da gewesen sein, als dieser ein Kind gewesen war, auf der Insel hatte er ihm das Leben gerettet. Und dafür, und damit für die Chance, Willa und ihren Jungen zu lieben, war Raiden dankbar.

Willa eilte zum Zimmer ihres Sohnes und blieb stehen, als sie Raidens leise und tröstende Stimme hörte. Sie schlich näher und spähte um die Ecke, und ihr Herz zog sich zusammen, als sie Raiden sah, der ihren Sohn im Arm hielt, ihm den Rücken rieb und ihn in seinen starken Armen wiegte. Sie wollte zu ihrem Sohn gehen, doch als dieser seine dünnen Arme um Raidens Nacken schlang und seine Tränen versiegten, wusste sie, dass er in guter Obhut war. Dennoch blieb sie noch, trat nur einen Schritt zurück, um nicht entdeckt zu werden, und lehnte sich gegen die Wand. Stundenlang hatte sie geweint und getobt, hatte Dunfee dafür gehasst, dass er ihr diesen Schmerz brachte, und hatte versucht, Raidens Durst nach Vergeltung zu verstehen. Sie hörte ihn mit Mason reden, und diese einseitige Unterhaltung enthüllte ihr, wie sehr er ihren Sohn liebte. Willa machte einen Schritt von der Wand weg und entschied, ihre Familie zu retten und sich zu weigern, den Mann, den sie liebte, an die Geister seiner Vergangenheit zu verlieren.

»Was geht in deinem Kopf vor, mein Kleiner?«, flüsterte Raiden. »Kannst du mich verstehen?«

Mason nickte.

»Eines Tages wirst du mit mir reden, ja? Denn ich sehne mich danach, deine Stimme zu hören.«

Mason sah ihn an, mit einem zweifelnden, sehr erwachsenen Blick.

»Weißt du, dass ich deine Mutter liebe?«

Mason nickte lebhaft.

»Und dich liebe ich auch, Sohn.«

Mason sah zunächst verblüfft aus, während sein Blick den Raidens mit einer Eindringlichkeit suchte, die im Widerspruch zu seinen jungen Jahren stand. Raiden begriff, dass kein Mann dem Jungen diese Worte je gesagt hatte. Er selbst hatte sich als Kind danach gesehnt, diese Worte zu hören – von seinem Vater, von irgendjemandem. Wie sehr habe ich es mir gewünscht, es würde jemanden geben, dem es etwas bedeutete, dass ich auf der Welt war, dachte Raiden und schwor sich, dass es diesem kleinen Jungen niemals so ergehen sollte wie es ihm ergangen war. Raiden würde mit Dunfee abrechnen, und er *würde* zurückkehren und seine Versprechen einlösen.

Mason klopfte Raiden tröstend auf die Schulter, als wüsste er um dessen Gedanken, dann kletterte er von seinem Schoß herunter und zurück unter seine Decken. Mit den vielen Kissen um ihn herum sah er aus wie ein Kaninchen, das sich in seinen Bau schmiegte, und Raiden lächelte, als er sich erhob.

Mason begann zu wimmern und setzte sich auf.

»Leg dich hin und schlafe, Sohn.«

Mason schaute auf die Schatten ringsumher, und Raiden zündete eine zweite Lampe für ihn an. Doch noch immer wollte der Junge sich nicht entspannen.

»Mason, sieh mich an.« Angstvoll sah der Junge Raiden an. »Du bist hier sicher. In diesem Zimmer, in diesem Haus. Ich bin in der Nähe. Und du weißt doch, dass ich dich beschützen werde.«

Mason starrte ihn einen langen Augenblick an, und seine Gesichtszüge waren denen Willas so ähnlich, dass Raidens Herz einen Sprung machte. Schließlich glitt Mason unter seine Decken und schloss gehorsam die Augen. Raiden stopfte die Decken um ihn fest und setzte sich auf einen Stuhl in der Nähe des Bettes, um zu warten, bis der Junge eingeschlafen war.

Während Mason müde tief Luft holte und allmählich einschlummerte, bedauerte Raiden plötzlich seine Entscheidung, fortzugehen. Shamirs Geist würde nicht ruhen, bis er die Dinge in Ordnung gebracht hatte, aber was würde aus Willa und ihrem Kind werden, wenn er versagte?

25

Er brauchte Willa jetzt.

Raiden verließ Masons Zimmer und ging den Korridor hinunter in ihr Zimmer, das Zimmer, in dem Willa die meisten Nächte allein und getrennt von ihm verbracht hatte. Sogar sie nur anzusehen, hatte sie ihm verweigert. Er fand das Zimmer dunkel und leer, doch das Bett war benutzt worden. Willas Duft hing in der Luft, und er spürte tiefes Verlangen nach ihr. Das Blut pochte Raiden in den Adern, als er das Zimmer verließ. Er musste Willa sehen, er sehnte sich nach ihr und glaubte zerbrechen zu müssen, wenn er sie nicht berühren konnte. Jetzt. Genau jetzt.

»Raiden.«

Er hob den Kopf und sah sie am Ende des Flurs stehen. Ohne stehen zu bleiben, ging er auf sie zu. Sie lief ihm entgegen und warf sich an seine Brust, ihre Arme glitten um seinen Nacken, als er sie an sich zog. Sein Mund nahm von ihren Lippen Besitz, hart und voller Verlangen, und Willa antwortete ihm, nährte die Glut in ihm, die aufflammte und außer Kontrolle geriet. Er konnte nicht genug von ihr bekommen, konnte nicht genug von ihr fühlen, und seine Hände glitten über ihre schlanke Gestalt, öffneten den Morgenmantel, suchten die Wärme ihres Körpers.

»Ich liebe dich«, flüsterte er zwischen seinen Küssen und zog sie in sein Zimmer, ließ die Tür mit einem Fußtritt hinter sich zufallen. »Ich liebe dich, Willa. Gott im Himmel, ich kann nicht mehr denken, wenn du nicht bei mir bist. Geh nicht. Geh nicht fort von mir.«

Ihre Kehle schnürte sich zusammen, als sie seine inständig flehende Stimme hörte, den Schmerz darin, und das Sprechen fiel ihr schwer. »Das werde ich nicht. Ich könnte es nie, nie.« Sie erwiderte seinen Kuss wieder und wieder, drängte sich an ihn, zerrte an seiner Kleidung. Er ging zum Bett, zog sie mit sich. Seine Berührung war behutsam und zurückhaltend und verursachte in Willa eine Erwartung, die ihr Herz wild schlagen ließ. Wie hatte sie glauben können, sie könnte ihn je verlassen? Sie könnte nicht einmal Stunden ohne ihn überleben, ohne sein faszinierendes Lächeln, seine versengenden Berührungen. Sie verlangte nach ihm wie nach der Luft zum Atmen, brauchte ihn wie den nächsten Schlag ihres Herzens. Sie brauchte seine Liebe, eine Liebe, die nur er ihr geben konnte. Ihr Morgenmantel fiel auf den Boden, sein Hemd und ihr Nachtgewand folgten. Sie ließ sich auf das Bett sinken, forderte ihn auf, zu ihr zu kommen und mit ihr zu spielen.

Raiden zerrte seine Stiefel herunter und öffnete seine Hosen. Er hielt nur inne, um sie sich von Willa herunterstreifen zu lassen und Willa zu küssen. Mit einem Fußtritt befreite er sich von den Hosen und stöhnte auf, als ihre schlanken Finger sich um ihn schlossen, ihn streichelten.

»Schnell, mein Gelieber, komm zu mir«, flüsterte sie.

»Hab Erbarmen, Willa, du richtest mich noch zugrunde.«

»Genau das ist meine Absicht«, erwiderte sie mit einem Lächeln und verstärkte den Druck ihrer Berührungen. Er hielt ihre Hand fest und legte sich auf sie, schob mit dem Knie ihre Beine auseinander. Er küsste sie, während er ihre nackten Brüste streichelte, seine Daumen ihre Brustwarzen reizten, seine Hand über ihren Leib glitt bis hin zu dem Dreieck tiefroter Locken. Er fand sie feucht und bereit für sich und drang in sie ein.

Willa bog sich in seine Berührung und zog ihn zu sich herunter.

Doch Raiden ließ es nicht zu, dass sie ihn berührte. Er wollte sie führen, wollte sie mit jedem Streicheln seiner samtweichen Zunge erobern. Willa spürte die Macht, die ihn trieb, und sie ließ ihn gewähren, wollte es ebenso sehr wie Raiden. Sein Streicheln war heiß und verführend, verlangend und erregend, und Willa flehte ihn an, zu ihr zu kommen, damit sie ihn in sich spürte, doch sein Mund hörte nicht auf, ihre zarte Knospe zu öffnen. In einem Sinnenrausch trug er sie von Gipfel zu Gipfel und nahm sich selbst zurück für den Augenblick, in dem er seine irische Schönheit besitzen würde.

Jetzt, ja, jetzt, dachte Willa voller Erwartung, als er sich auf sie legte. Doch Raiden lachte leise, ließ sein hartes Glied über ihre feuchte Scham streifen, ehe er sich wieder aufrichtete. Er drehte Willa auf den Bauch und begann, ihren Po damit zu streicheln, die Innenseite ihrer Schenkel. Willa drückte das Gesicht in das Kissen, um ihren Schrei unbändiger, wilder Lust zu dämpfen, als Raiden sie die Kraft spüren ließ, mit der er in sie eindringen würde, ihr aber diese Erfüllung verweigerte. Sie nannte ihn einen Schuft, warf ihm vor, erbarmungslos zu sein und sie zu quälen. Raiden antwortete mit einem leisen Lachen, das so verheißend klang, dass ihre Haut vor Erwartung zu prickeln begann, als er ihre Beine spreizte, die Hand unter ihren Bauch schob und sie aufrichtete, um sie gegen sich zu drücken.

Willa fasste zwischen ihre Körper und schloss die Hand um ihn. Sie begann, ihn so gnadenlos zu reizen, wie er sie gereizt hatte, erregte ihn, bis er aufstöhnte und das Gesicht gegen ihren Nacken presste. Er streichelte ihre Brüste und flüsterte ihr ins Ohr, wie sehr ihre Berührung ihn entflammte, wie sehr er es liebte, dass sie sich für ihn, für ihn allein, so schamlos und hemmungslos gab. Sie war seine Frau, seine Liebe, und bis zum Sonnenaufgang würde er alles dafür tun, dass sie es niemals vergaß. Er sagte ihr, dass sie durch eine Liebe verbunden seien, die zu finden sie niemals geträumt hatten, dass sie zusammen seien, auch wenn Urgewalten sie voneinander trennten. Dies war der Augenblick, in dem Willa glaubte, ihr Herz würde vor lauter Liebe zu ihm bersten. Seine Hände streichelten sie, glitten hinauf bis unter ihre Arme, streckten sie nach oben, damit Willa sich am Kopfbrett des Bettes festhalten konnte.

Sie schleuderte ihr Haar zurück, schaute Raiden über die Schulter an und lächelte, als sein Blick über ihren schweißglänzenden Körper glitt, dessen verlockende Glut seine Sinne taumeln ließ. Der Duft der See wehte sanft durch die offenen Fenster, das Mondlicht badete ihren Leib in silbernem Licht. Raiden hob den Kopf und sah Willa in die Augen, als er langsam in sie eindrang. Er liebte das zarte Flattern ihrer Lider, das leise Stöhnen, als sie ihn tief in sich aufnahm. Sekundenlang bewegten sie sich nicht, spürten einander, bis keiner den Befehl ihrer Körper mehr ignorieren konnte, und Raiden sich zurückzog und wieder in sie stieß. Willa erwiderte sein Stoßen, nahm ihn in sich auf, umschloss ihn fester und härter mit jedem Stoß. Sie fühlte Raidens Blut in sich pulsieren, als seine Bewegungen schneller und heftiger wurden, er sie immer näher den Gipfel hinauftrug. Raiden kniete über ihr, er küsste ihren Nacken, seine Finger spielten auf ihrer Haut und ihr Rhythmus steigerte sich.

»Ich will dein Gesicht sehen«, sagte er an ihrem Ohr. »Ich will zusehen, wie du deine Lust befriedigst.« Er hatte es kaum ausgesprochen, da hatte sich Willa zu ihm herumgedreht und lag auf einem Berg aus Kissen vor ihm.

»Dann sieh zu«, sagte sie, als sie die Beine um seine Hüften schlang und sich ihm entgegenbog, als er sie nahm.

Raiden hielt das Kopfbrett des Bettes umklammert, als er tief in Willa eindrang und sich wieder zurückzog. Er sah sie an, sah in ihre unbeschreiblich schönen Augen. »Ich werde dich lieben bis in alle Ewigkeit«, sagte er, als köstliche Erwartung die verzehrende Leidenschaft zügelte. »Und auch dann wird es niemals genug sein.«

Willas Augen füllten sich mit Tränen, und sie berührte sein Gesicht, ehe sie ihn an sich zog.

Ihre Körper vereinten sich in einem ungezügelten hemmungslosen Rausch, unter dessen Ansturm sich Willa aufbäumte, als Raiden sie an den Rand der Ekstase trug. Sie rief seinen Namen, und er stützte sich über sie, grub die Finger in ihr Haar, als er tat, was er sich gewünscht hatte, und zusah, wie die Macht ihres Höhepunktes ihr Gesicht veränderte, wie ihre Augen sich verschleierten. Er spürte, wie sie sich um ihn schloss und ihm die Beherrschung raubte.

»Raiden – o Raiden«, rief sie, überwältigt von ihren Gefühlen.

»Ich werde dieses Bild von dir immer in mir tragen«, flüsterte er gegen ihre Lippen, ehe der Sturm des Verlangens ihn fortriss, bis sein zum Zerreißen harter Leib von einer Welle der Lust emporgetragen wurde, die sein ganzes Sein erfüllte und ihn bis in die Seele erschütterte.

Willa hielt ihn, als das unbeherrschbare Beben ihn erfüllte, als sie den warmen Strom seiner Liebe in sich hineinfließen fühlte und sich wünschte, das Geschenk annehmen zu können, das er ihr machte. Sie liebte diese Augenblicke, in denen sie fühlte, wie sein Körper vor Liebe zitterte, wie sein Herz mit einer Wildheit gegen ihre Brust schlug, die ihn schwach machte. Sie strömte über von einer Liebe, der zu begegnen sie nie geglaubt hatte. Von einer Liebe für den Mann, der er gewesen war, und für den Mann, der er jetzt war. Als Raiden den Kopf hob und ihre Blicke ineinander versanken, strich Willa ihm das Haar aus der feuchten Stirn und fragte sich, ob sie ihn je würde gehen lassen können.

Die Morgendämmerung entzündete ein magentarotes goldenes Licht, das seine Strahlen auf das Bett fallen ließ, als Raiden sich anzog. Er schaute dabei auf Willa, und sein Blick folgte der anmutigen Linie ihres nackten Rückens bis zu den Rundungen ihres Pos, die sich unter den Laken erahnen ließ. Bedauern erfüllte ihn, und er bezweifelte, ob er fortgehen könnte, selbst wenn er wusste, dass es sein musste. Seinen Schwertgürtel anlegend, ging er zu ihr, setzte sich behutsam auf die Bettkante und schaute Willa einen Moment lang an, ehe er sie an der Schulter berührte. Sie rollte sich sofort auf den Rücken und klammerte sich an ihn. Er fühlte die Tränen auf seiner Wange, als sie lautlos weinte.

Diese Tränen würden ihn begleiten, so wie die Gewissheit, dass jemand ihn vermissen würde – zum ersten Mal in seinem Leben. »Ich muss gehen.«

»Ich weiß.« Sie drückte ihn fester.

»Ich werde zurückkommen, Willa. Ich schwöre es dir.«

Sie streichelte seinen Rücken. Ihr Handgelenk berührte den kalten Stahl seines Schwertes, und Willa dachte an den Kampf, in den er zog. Es war ein Gedanke, den sie nicht ertragen konnte. Bis jetzt war er siegreich gewesen, und sie betete – oh, wie sehr sie darum betete –, dass ihm auch dieses Mal nichts geschehen würde.

Sie beugte sich zurück und sah Raiden an. Die Traurigkeit in seinen Augen verriet, dass er nicht gehen wollte. Aber Willa wagte es nicht, ihn noch einmal darum zu bitten, bei ihr zu bleiben. »Ich verstehe dieses Streben, das du in dir spürst.« Sie sprach leise, ihre Hand ruhte auf seiner breiten Schulter. »Es ist die Gerechtigkeit, die du suchst, weil du weißt, dass die Krone sie dir niemals zuteil werden lassen wird.«

Raiden sah sie an, angespannt und fragend.

»Tu, was du tun musst, mein Geliebter. Ich werde hier sein.«

Er küsste sie, heftig und tief, und in diesem Kuss ließ er all seine Gefühle zu ihr sprechen. »Wie weit mich mein Weg auch fortführen wird – ich komme zu dir zurück.«

Willa strich Raiden das Haar aus dem Gesicht. Ihre Finger berührten den goldenen Ring in seinem Ohr, streichelten die Narbe unter seinem Kinn, die Dunfee ihm beigebracht hatte. Diese Narbe war das einzige äußerlich sichtbare Zeichen seiner Vergangenheit, doch in seinen Augen, besonders in den Tagen, seit sie sich zum ersten Mal begegnet waren, hatte Willa gesehen, welche Wunden die Verbrechen des Admirals Raiden zugefügt hatten. Sie konnte diesen Wunden nicht noch mehr Schmerz hinzufügen, jetzt, da Raiden gerade erst zu lernen begann, sein Leid zu überwinden; die Verbitterung über seinen Vater, sein Drang, plündernd und raubend über die Meere zu segeln, das alles schwand allmählich. Doch der Mann, in den sie sich verliebt hatte, blieb, die zärtliche Seele, die einen kleinen Jungen beschützend in den Armen hielt, der Mann, der ihr sein Herz schenkte.

»Ich liebe dich mehr, als ich es sagen kann, Raiden Montegomery.«

Sein Blick glitt über ihr Gesicht, verwahrte jede Einzelheit in seiner Erinnerung. »Ich liebe dich«, sagte er rau und stieß einen zitternden Atemzug aus. Er legte die Hände um ihren Nacken, als er die Stirn an ihre legte. Einst hatte er den Tod herbeigefleht, damit dieser ihn von seinem Schmerz erlöste, vom Alptraum seiner Vergangenheit. Und jetzt wünschte er alle bösen Erinnerungen fort, damit er leben und lieben konnte. »Du bist jetzt mein Leben, Willa. Du und Mason. Ich werde dich zu meiner Frau machen und ein Vater für deinen Sohn sein.«

»Mein Herz braucht keine Zeremonie dafür, mein Geliebter. Ich bin dein, auf ewig.«

Raiden nahm ihre Hand und steckte ihr rasch einen funkelnden Smaragdring an den Finger, ehe er sie an seine Lippen hob und sie küsste. »Bis ich dich wieder in meinen Armen halten werde.« Er küsste Willa noch einmal, und sie schluchzte unter seinem Kuss. Sie trank einen letzten Atemzug von seinen Lippen, um ihn mit einem Stück seines Herzens bei sich zu verwahren.

Jemand klopfte an die Tür, und Raiden ließ Willa nur widerstrebend los und stand langsam auf. Er schaute auf sie herunter, wollte sich immer so an sie erinnern wie er sie jetzt vor sich sah, die Haut rosig überhaucht von ihrer Liebesnacht, ihr tiefrotes Haar, das zersaust ihre Schultern umfloss, das Laken, das ihren sinnlichen Körper umhüllte, ihre Augen, die ihn aufforderten, sie wieder zu lieben.

Raiden wandte sich abrupt ab, ging zur Tür und verließ, die Tür hinter sich schließend, das Zimmer. Im Korridor blieb er reglos stehen und versuchte sich zu fassen, ehe er den Blick hob. Er runzelte die Stirn, als er seinen Vater vor sich stehen sah. In der Kleidung, die er trug, sah er eher aus wie Nealy Perth denn wie Lord Sussex. »Denkt nicht einmal daran, mich zu begleiten, alter Mann.« Raiden ging an ihm vorbei.

»Ich habe bewiesen, dass ich fähig bin, dir den Rücken freizuhalten, Sohn, und genau das werde ich auch jetzt tun. Ich habe ebenso viel Verlangen wie du zu sehen, wie Dunfee das bekommt, was ihm gebührt.«

An Masons Tür blieb Raiden stehen und sah Granville kurz an. Auch wenn er diesen Mann sein ganzes Leben lang nicht gekannt hatte, begriff er doch, dass sein Vater sich nicht würde abweisen lassen.

»Ich bin für das alles verantwortlich zu machen, Raiden. Lass mich dir helfen.«

»Also gut. Dann komm mit, *Vater*, wenn es der Tod ist, den du suchst.«

Granville richtete sich auf. »Ich habe nicht die Absicht zu sterben.«

»Absichten und Wünsche sind oftmals dasselbe.« Raiden öffnete die Tür auf und schaute zu Mason hinein. Der Junge schlief friedlich, und Raiden trat an sein Bett und zog die Decken hoch, ehe er sich herunterbeugte, um ihn auf die Wange zu küssen. Seine Haut war so weich und er roch so süß nach Seife und Puder, dass Raiden die Augen schloss, als ihm bewusst wurde, dass er dieses Kind, das ihm vertraute, ebenso sehr vermissen würde wie dessen Mutter.

Er verließ das Zimmer, und mit jedem Schritt, den er machte, wuchs seine Entschlossenheit. »Falls du denkst, dass dir Privilegien zugestanden werden, nur weil du mein Vater bist – vergiss es.«

Granville folgte ihm. »Das würde mir nicht im Traum einfallen, Sohn.«

»Dann verfüg dich auf die *Renegade* und geh auf deinen Posten.« Raiden stieß einen rauen Atemzug aus. »So wie ich es auch tun werde.«

Die Tat musste vollbracht werden, und es gab kein Zurück.

Seine Vergangenheit wartete auf ihn. Deren Auslöschung stand nahe bevor.

Seine Haut war verbrannt und verkrustet, als das Boot auf Grund stieß. Seit Tagen hatte er darum gebetet, auf Land zu stoßen, während die Sonne erbarmungslos auf ihn herabgestrahlt hatte. Nicht, dass ich das nicht verdient hätte, dachte Tristan benommen, als er sich zwang, sich aufzusetzen. Er beschattete die

Augen und schaute sich blinzelnd um. Beim Anblick des Dutzends Speere, die auf sein Herz zielten, erstarrte er. Die Männer, die sie hielten, waren tätowiert und fast nackt, und es waren, wenn er eine Vermutung wagen sollte, Kannibalen.

Tristan war geneigt zu wetten, dass seine Stellung in der Gesellschaft hier nichts zählen würde.

Es sei denn, diese Wilden trugen dem wider Erwarten Rechnung, indem sie ihn als Hauptgang servierten.

Dunkle Regenwolken und die feuchte Wärme der Tropen hatten dichten Nebel auf die *Renegade* zugetrieben und sie in einen Dunstschleier gehüllt. Donner grollte über den Himmel als beklagte er sich, dass er noch den Moment abwarten musste, in dem er seinen ganzen Ingrimm auf die See abladen könnte. Den Fuß auf die Reling gestützt, stand Raiden auf dem Achterdeck und starrte in die graue Leere. Er konnte die englischen Schiffe fast riechen.

»*Sajin*?«

Er sah Kahlid nicht an, denn er wusste, dass er in dessen Augen denselben fragenden Ausdruck sehen würde wie jeden Tag, seit sie Java verlassen hatten. In aller Regel ein Mann, der tat, was er sagte, hatte Raiden sich in seinem ganzen Leben noch nie so unsicher gefühlt wie jetzt. Er hatte die Segel einholen lassen, und sie dümpelten an der Stelle, an der Roarke auf die *Yorkshire* gestoßen war, an der sein Bruder deren Kommandanten eine Lektion darin erteilt hatte, in Gewässern zu patrouillieren, die selbst für die Admiralität zu gefährlich waren. Aber mit einem Grafentitel, der ihm im Kopf herumspukte, würde Dunfee den Vorteil seines Ranges und seiner Möglichkeiten genutzt und wahrscheinlich seine ganze Flotte, oder einen Konvoi von *East-India*-Schiffen unter seinen Befehl genommen haben, daran zweifelte Raiden keinen Augenblick. Raiden hingegen hatte seine Schiffe in Java gelassen, weil er darauf bestanden hatte, dass diese Auseinandersetzung seine ganz persönliche Schlacht war und er deshalb nur Freiwillige mitnehmen würde. Es tröstete ihn, dass seine gesamte Mannschaft an Bord war, wenn das auch die bösen Vorahnungen nicht milderten, die ihn jetzt, unmittelbar vor dem Aufbringen der Prise, erfüllten.

Willas Bild war ihm nicht mehr aus dem Sinn gegangen, seit er von ihr fortgegangen war, fort aus ihrer Umarmung und fort aus ihrem Bett. Er sah ihre Augen vor sich, die ihn aufforderten, sie zu lieben. Von ihrer ersten Begegnung an, auf dem Markt in Kalkutta, hatte sie ihn so angesehen. Sie war der Anker, den er in seinem Leben gebraucht hatte, sie war die Frau, die ihn die Härte seiner Vergangenheit durch ihre Zärtlichkeit vergessen ließ. Ohne sie konnte er nicht leben, weder leben noch überleben, weder überleben noch weiterleben. Er würde wieder dort sein, wo er begonnen hatte, wenn er es versuchte. Allein und voller Wut und ohne je zu erfahren, wie erfüllend es war, sich in der Liebe aufzugeben.

Der Wind zerrte an seiner Kleidung, riss an den Segeln. Raiden hob das Gesicht zum schwärzer werdenden Himmel und fühlte die Feuchtigkeit, roch den sich ankündigenden Regen. Der Monsun. Der heftige Westwind würde viele der Schiffe von ihrem Kurs abbringen und selbst den erfahrensten aller Kapitäne sich fragen lassen, welches Land er sichtete, wenn er überhaupt auf Land stieß. Aber Raiden wusste es, und es war sein einziger Vorteil. Wenn auch der Verlauf dieser Unwetter nicht vorhersehbar war, das Ergebnis war es durchaus. Er segelte auf diesen Gewässern, seit er ein Junge gewesen war, und der Gelegenheit, die dieses günstige Zusammentreffen bot, war schwer zu widerstehen.

Jetzt galten *seine* Bedingungen, in *seiner* Arena.

Dunfee war ein meisterhafter Seemann, aber was den Monsun anging, war er unerfahren wie ein Säugling.

Die Entscheidung, weiter zu segeln oder umzukehren, zurück in die Wärme von Willas Armen, seine Vergangenheit ruhen zu lassen und durch seine Liebe zu Willa neugeboren zu werden, zerrte an seinen Nerven, bis er glaubte, verrückt zu werden.

Raiden richtete sich auf, strich sich das Haar aus der Stirn und sah Kahlid an.

Kahlid musterte ihn kurz, dann lächelte er. »Ah, *Sajin*. Wie ich sehe, seid Ihr nicht so dumm, wie ich geglaubt habe.«

Raiden runzelte die Stirn. »In diesem englischen Gefängnis hat man Euch die Unverschämtheit doch nicht aus Eurem jämmerlichen Fell herausprügeln können, scheint mir.«

Kahlid verschränkte die muskulösen, tätowierten Arme vor der Brust. »Versucht haben sie es. Wünscht Ihr auch den Versuch zu wagen?«

Raiden schnaubte. »Ich wünschte, Ihr würdet mein Schiff wenden.«

Kahlid grinste, ließ die Arme sinken und machte zwei große Schritte, die ihn nahe zu Raiden brachten. Er packte ihn an den Schultern und schüttelte ihn freundschaftlich. »Ihr habt also doch ein bisschen Verstand zwischen diesen beiden großen Ohren.«

»Offensichtlich. Gebt den Bescheid, dass wir nach Hause zurückkehren werden. Soll ein anderer Dunfee auf den Meeresgrund schicken. Ich habe eine Hochzeit auszurichten.« Kahlids Grinsen wurde noch breiter. »Na los, Mann, macht Euch an Eure Arbeit!« Raiden verschränkte die Arme auf dem Rücken und ging in Richtung der Achterreling davon, wo er stehen blieb und in den Nebel starrte. Er war jetzt voller Ungeduld umzukehren, voller Ungeduld, mit Willa ein neues Leben zu beginnen und die Seeräuberei an den Nagel zu hängen. Er hoffte, die Menschen würden den Schwarzen Engel im Laufe der Zeit vergessen, und dessen verdammenswerten Beutezüge würden irgendwann nicht mehr sein als Geschichten, die man sich in der Schänke bei einem Becher Wein und bei einem guten Essen erzählte.

Das Schiff neigte sich, als Kahlid das Steuerrad herumschwang und die *Renegade* Kurs nach Südwesten nehmen ließ, zurück nach Java. Raiden wandte sich um, sein Blick glitt über die Decks, zu den Segeln, als diese Fahrt aufnahmen, dann zu seinem Vater, der gerade in der Takelage des Kreuzmastes herumkletterte. Für einen Augenblick ruhten ihre Blicke ineinander, und Raiden konnte sich eines Lächelns nicht erwehren. Der Mann sieht aus wie ein junger Seemann auf seiner ersten Fahrt, dachte er und schaute nach achtern.

Der Wind hatte aufgefrischt und wirbelte den Nebel auf, den die *Renegade* durchfahren hatte. Und in den Wirbeln aus dichtem grauem Dunst sah Raiden ein Licht aufblitzen.

Etwas Silberfarbenes. Ein Segel.

»Macht die Kanonen klar!«, rief er und gab im nächsten Augenblick Befehl an Kahlid, auf Ausweichkurs zu gehen. Er griff nach dem Fernrohr und nahm das Segel ins Visier. Die *Yorkshire* folgte ihnen hart auf den Fersen. Raiden fluchte, während er beobachtete, wie das Schiff sich auf die Seite legte, um längsseits zu kommen.

»Captain, sie sind sehr schnell!«

»Ich bin froh, dass Ihr so wachsam seid, Kahlid«, erwiderte Raiden, öffnete den Deckel der Bank unter der Reling und nahm seine Pistolen heraus. Zusammen mit seinen Messern schob er sie in seinen Gürtel, dann richtete er sein Schwert. »Aber wir segeln ohne Ladung, und der Proviant, den wir an Bord haben, ist auch kein großer Ballast. Wir sind auf diese Begegnung vorbereitet.« Ja, verdammt gut vorbereitet, dachte Raiden, seit fast vierzehn Jahren, und jetzt, da er lieber nach Hause gesegelt wäre, zwang man ihn zum Handeln.

Raiden ließ unverzüglich die Mannschaft antreten, befahl allen, keinen Laut von sich zu geben und nicht miteinander zu reden und alle Lichter zu löschen. Die *Renegade* war ein schwarzes Schiff, mit schwarzen Segeln, bei Nacht so gut wie nicht zu erkennen, und Raiden konnte sie mit geschlossenen Augen segeln. Er stützte sich auf viele Jahre der Erfahrung, Jahre, in denen er einer Gefangennahme oder der Vernichtung durch seine Feinde immer wieder entgangen war. Aber dieses Mal stand für ihn mehr auf dem Spiel. Seine Zukunft hing von dieser Konfrontation ab.

Mit Balthasar an seiner Seite schaute er mit grimmig-abschätzender Miene auf die Segel, spürte er den Wind an seiner Kleidung zerren und über sein Gesicht streichen. »Ich habe nicht die Absicht, Lady Eastwick allein zu lassen, Gentlemen.« Er sah seine Männer an. »Also, Gentlemen, lassen wir die Legende vom Schwarzen Engel noch einmal aufleben!«

26

Percival Dunfee fühlte die Spannung so unmittelbar wie den warmen Wind, der über das Wasser strich. Donner grollte. Ein Blitz schnitt eine gezackte Linie in den Nachthimmel und ermöglichte für den Bruchteil eines Augenblick die klare Sicht auf das schwarze Schiff.

Ihm stockte der Atem. Der Schwarze Engel. Sein Blut pochte vor Erwartung. Dies würde der krönende Sieg werden, ihn seinem König zu Füßen zu legen.

»Gebt Salvenfeuer«, befahl er.

Captain Lindsey schaute den Admiral von der Seite an. »Wohin, Sir?«

»Dorthin, Mann.« Dunfee wies ihm die Richtung. »Seid Ihr denn blind?«

Captain Lindsey kniff die Augen zusammen, konnte aber außer der Finsternis der Nacht und der Schwärze der See, die miteinander verschmolzen, nichts erkennen. Dessen ungeachtet befolgte er den Befehl, denn der Admiral sah aus, als würde er aus der Haut fahren, sollte er diese Anweisung, der Himmel mochte ihm beistehen, in Frage stellen. Captain Lindsey beobachtete den Admiral, als dieser zur Reling lief, als hätte er in der Dunkelheit von dort eine bessere Sicht.

Dunfee war besessen. Er verbrachte seine Nächte damit, über Seekarten zu brüten und unzählige Berichte von irgendwelchen Agenten zu lesen, die er vermutlich auf die Piraten angesetzt hatte. Er dachte nicht einmal darüber nach, dass es nach ihrem letzten Zusammentreffen mit einem anderen schwarzen Schiff klüger wäre, einen Hafen anzulaufen und frische Vorräte an Bord zu nehmen. Sollte dieses Schiff dasselbe sein, das ihren Besanmast zur Hölle geschickt hatte, dann würden sie auf dem Meeresgrund enden, dachte Captain Lindsey. Er wandte sich um. Im Stillen lobte er seine Männer für die rasche Reparatur, die sie in Malakka ausgeführt hatten, besonders, weil Dunfee ihnen unablässig im Nacken gesessen und ihnen sogar das Schlafen verboten hatte. Wenigstens hatten sie für dieses Zusammentreffen ausreichend Pulver und Kugeln dabei. Hingegen waren die Lebensmittelrationen um die Hälfte gekürzt worden. Dunfee hatte sich geweigert hatte, lang genug im Hafen zu bleiben, um mehr als Schiffsbrot und Schiffszwieback an Bord zu nehmen – aus Furcht eine Chance zu verpassen, den Schwarzen Engel aufzuspüren. Es war schlimm genug, dass dieser Mann glaubte, dies hier sei sein persönlicher Spielplatz, indem er die französischen Schiffe entlang der Route angriff und sie zwang, ihnen den Rücken für Vergeltungsmaßnahmen freizuhalten. Seit Tagen waren sie im Kreis gesegelt, waren Gerüchten gefolgt und hatten dabei die halbe Flotte der *East India Company* in ihrem Schlepptau gehabt. Es würde die reine Hölle werden, den Direktoren für die verspäteten Lieferungen Rede und Antwort stehen zu müssen, und er, das wusste er, würde als Sündenbock herhalten müssen.

Lindsey schaute zum Heck, konnte die anderen Schiffe aber durch den Nebel nicht erkennen. Ungeachtet ihrer jetzigen Position würde den Piraten eine Überraschung erwarten.

Die Salve verfehlte die *Renegade* um mehr als eine Meile, ein deutlicher Hinweis darauf, dass der Gegner sie nicht sehen konnte.

»Er will den Kampf«, wisperte Balthasar.

»Dann werden wir ihm den liefern.« Raiden schaute auf die Segel und gab dann das Zeichen, zusätzlich das Leisegel zu setzen. Der Wind fuhr in das Segel und trieb die *Renegade* über das Wasser.

»Verdammt, wo sind sie?«

Dunfee und Captain Lindsey starrten in die Dunkelheit, und Percival Dunfee fühlte, wie ihm bei dem Gedanken, den Piraten in die See geschickt zu haben, vor Aufregung schwindlig wurde. Doch alles was er hören konnte war das Rauschen des Wassers, das gegen den Schiffsrumpf schlug.

»Guter Gott«, stieß Lindsey hervor, und seine Augen weiteten sich vor Schreck. »An die Waffen!«

Dunfee wandte sich um, und auf seiner Miene zeichnete sich derselbe Schrecken wie auf der des Kapitäns ab, als die Fregatte auf sie herabstieß. Nur die Galionsfigur war zu erkennen, der schreiende schwarze Engel mit dem silbernen Schwert und Schild, der wie die strafende Hand Gottes auf ihn zuschoss, um ihn für seine Verbrechen bezahlen zu lassen. Bevor er den Befehl zum Feuern geben konnte, nahmen die Geschütze der *Renegade* die *Yorkshire* unter Beschuss, in rascher Reihenfolge trafen die erste, zweite und dritte Salve den Großmast und den Fockmast und ließen diese bersten.

Die britischen Seeleute flüchteten vor den herabstürzenden Segeln und Holztrümmern. Seile und Teile der Takelage begruben die Männer unter sich, deren Schreie vom Lärm der nächsten sechs Kanonenschüsse übertönt wurden.

Er hätte sich nie vorgestellt, dass die *Renegade* so groß war.

Mit wenigstens 36 Kanonen bestückt, war sie für die *Yorkshire* ein gleichwertiger Gegner. Ihr Vorteil lag darin, dass die Geschütze über zwei Decks verteilt waren. Dunfee stürzte zum Achterdeck und verlor dabei seinen Mantel. Mit der Pistole in der Hand kletterte er über die Trümmer, um den König der Piraten zu finden und ihm eine Kugel in den Kopf zu schießen. Der Wind war zum heulenden Sturm geworden, der das zerstörte Schiff zum Beben brachte, und Percival richtete sich auf, um besser sehen zu können. Er begann zu grinsen, als vier Schiffe hinter der *Renegade* auftauchen und auf diese zuhielten.

»Mister Lindsey!«, rief er und wies auf die Schiffe.

Ein Jubelruf stieg von der *Yorkshire* zum Himmel, als der Union Jack in Sicht kam.

Entferntes Kanonenfeuer durchschlug das Brausen des Sturms, und Percival wandte sich zum Heck der *Yorkshire*. Das britische Kriegsschiff und zwei Schiffe der *East India Company*, die ihnen folgen sollten, waren kaum zu sehen. Er runzelte die Stirn und wandte den Blick wieder nach vorn, konzentrierte sich auf die *Renegade* und die Schiffe, die zu ihr aufholten. Er konnte Lindsey fluchen hören, als der Union Jack fiel und an dessen Stelle die Flagge des Piraten gesetzt wurde.

Schild und Schwert auf schwarzem Grund.

Woher zum Teufel waren sie gekommen? Sie waren hundert Meilen von Borneo und der malayischen Halbinsel entfernt. Selbst von Java oder Malakka.

»Wir sind umzingelt«, keuchte Lindsey. »Ihr habt uns in eine Falle geführt!«

Dunfee musste nicht daran erinnert werden, dass sein Plan, die Piraten zur Strecke zu bringen, fehlgeschlagen war. »Dann müssen wir den Spieß jetzt eben umdrehen!«

»Wir sind in der Minderzahl!«

»Schlagt Ihr etwa vor, dass wir uns ergeben, Mr Lindsey?«

»Natürlich nicht, aber was schlagt Ihr vor, wie wir den anderen in diesem teuflischen Nebel Signal geben sollen?« Auch die Piratenschiffe waren in den grauen Dunst zurückgeglitten – wie Geister auf einem Friedhof.

»Haltet freundlicherweise Euren Mund, Mister Lindsey«, knurrte Dunfee, »oder wollt Ihr, dass er uns hört und von unserer Lage erfährt? Dann hätten wir ihn ja gleich zu uns einladen können.« Dunfee überschaute das Geschehen der Schlacht. »Schickt eine Salve hinüber«, befahl er. »Und dann zwei weitere, kurz hintereinander.«

»Das wird ihnen unsere Position verraten.«

»Ich möchte Sie daran erinnern, dass *ich* den Befehl hier führe, Mister Lindsey«, wies er den Captain zurecht, und der Gesichtsausdruck des Mannes verfinsterte sich. »Die Mündungsfeuer werden das Signal für die anderen sein, auszuschwärmen, die Salven, die sie absetzen werden, werden den Schwarzen Engel verwirren, und wenn er versucht anzugreifen, werden wir das Leitschiff außer Gefecht setzen. Das ist alles was ich will: den Anführer.«

Wenn er nach London zurückkehrte, dann mit dem an den Großmast der *Yorkshire* gebunden Piraten.

»Verdammt, Roarke«, knurrte Raiden und hastete mit großen Schritten zum Achterdeck. Er war wütend, weil sein Bruder sein Leben in diesem Kampf riskierte, empfand aber Stolz, als seine Schiffe aus dem Dunkel auftauchten. Die *Sea Warrior*, die *Isis*, die *Eclipse*, die *Beast Rider* und die *Lady Rajah* – hoch im Wasser liegend segelten sie stolz und auf einen Kampf brennend auf die *Renegade* zu. Diese verdammten Piraten können wohl nicht anders, dachte er mit einem kleinen Lächeln, ehe er sich zur *Yorkshire* umwandte. Die Mündungsfeuer der Geschütze erhellten den Himmel, Bälle aus Feuer fielen spiralenförmig in die See herunter, und Raidens Blick heftete sich auf den Mann in der Takelage des Achterschiffs, das weiße Hemd, die weiße Weste und das schwarzes Halstuch zeigten seinen Rang an.

Dunfee.

Percival Dunfee kletterte aus der Takelage herunter und sprang das letzte Stück aufs Deck, wo er polternd landete. Er nahm die *Yorkshire* in Augenschein, um die Schäden festzustellen. Das Schiff trieb im Wasser, und die Segel waren heruntergeschossen, aber noch verfügten sie über ihre Feuerkraft. Er befahl, jedes Geschütz zu besetzen.

»Feuert, wenn ihr bereit seid!«, rief er, und die Gewalt des Rückstoßes erschütterte das Schiff.

Die *Renegade* zahlte alles zurück, noch ehe der zweite Schuss traf, die Salve der *Yorkshire* stutzte nur den Bugsprit, während die Piratenflotte nun ausschwärmte, um Jagd auf das Kriegsschiff und die Schiffe der *East India Company* zu machen. Dunfee rannte zu den Kanonieren herunter, schrie die Männer an, dass sie ihre Zielposition höher ausrichten sollten, und musste dann hilflos mit ansehen, wie die Piraten ihre Taktik wiederholten, indem sie heranstürmten, die Decks noch weiter zerstörten und damit jede Chance auf eine Flucht oder darauf, den anderen zu helfen, vernichteten. Ein gerissener Bastard, dachte Dunfee und spürte Panik in sich aufsteigen, als die *Renegade* gefährlich nah herangesegelt kam. Es war eine arrogante Demonstration ihrer Überlegenheit.

Aber Dunfee war vorbereitet. Während der letzten Wochen hatte er dieses Szenario immer wieder in Gedanken durchgespielt. Er würde sein Schiff einbüßen, aber er wollte verdammt sein, wenn er den Kampf verlieren würde.

Der Wind tobte mit der Kraft eines Taifuns über die See, peitschte den Nebel fort und gab die Sicht auf das britische Flaggschiff frei. Es hätte eine lohnende Prise abgeben, dachte Raiden, während er zu den Geschützen auf dem Hauptdeck ging und Befehl gab, sie kampfbereit zu machen und sie auf die Wasserlinie der *Yorkshire* zu richten. Dann trat er an die Reling und rief: »Ergebt Ihr Euch, Admiral?«

Dunfee runzelte die Stirn. »Niemals!«

Raiden schaute zu einem seiner Männer herunter. »Schießt ein hübsches Loch in ihre Seite, oberhalb der Wasserlinie, Mr Cheston.«

»Aye, aye, Captain«, erwiderte der Mann und steckte die Zündschnur an. Der Schuss zerschmetterte die Reling der *Yorkshire* und traf zwei ihrer Kanonen, die bockend wie ein liebeskranker Bulle bei der Verfolgung seiner Herzenskuh über das Deck hüpften, ehe sie ins Meer stürzten.

Raiden gab ein Zeichen, und seine Männer schleuderten ihre Enterhaken zur *Yorkshire* hinüber, deren Metallkrallen sich in die hölzerne Reling und in die Decks gruben. Die Taue spannten sich zwischen den beiden Schiffen und hielten die *Yorkshire* fest. Kaum war dies geschehen, stellten sich Raidens Männer entlang der Reling der *Renegade* auf. Mit langen Gewehren bewaffnet, warnten sie jeden, einen falschen Schritt zu machen.

»Soll ich meine Frage wiederholen, Admiral?«

»Einem verdammten Räuber werde ich mich niemals ergeben!«

Raiden zuckte mit den Achseln und feuerte seine Pistole ab. Die Kugel zerschmetterte Dunfees Pistole, die er in der Hand gehalten hatte. Ohne die Augen vom Admiral zu nehmen, sprach Raiden mit Kahlid, und zwar so laut, dass alle es hören konnten: »Wenn auch nur einer der Männer sich rührt, versenkt sie. Und sorgt dafür, dass Perth mir nicht folgt.«

»Raiden«, sagte Granville ganz in der Nähe.

Er sah seinen Vater an, und in seinem Blick lag eine unübersehbare Warnung. »Nein, das ist nicht dein Kampf.« Dann schlang er sich das Seil um das Bein, stieß sich ab und schwang sich zur *Yorkshire* hinüber. Er landete mittschiffs, nur wenige Schritte von Dunfee entfernt, und starrte diesen an. Die Kleidung korrekt bis zur Perfektion, das Halstuch akkurat gebunden, stand Dunfee groß und schlank vor ihm. Sein Gesicht war in den Jahren faltiger geworden, doch in seinen Augen lag derselbe grausame Ausdruck, den Raiden an jenem Tag in der Kabine gesehen hatte. Der Tag, an dem Dunfee seine Frau erstochen und ihm die Schuld an deren Tod zugeschoben hatte.

»Braucht Ihr Hilfe, Cap'n?«, rief ein Mann von der *Renegade* herüber.

»Nein, Mr Riggs. Bleibt dort.«

»Du wirst dieses Schiff niemals bekommen!«, rief Dunfee und zog sein Schwert.

»Es ist nicht das Schiff, das ich will.«

Angesichts des furchtlosen Auftretens und bei dem drohenden Ausdruck in den Augen des Piraten, fühlte Percival einen Schauder von Furcht seinen Rücken hinunterlaufen. »Wir haben keine Ladung an Bord.«

»Außer Opium«, sagte Raiden und kam mit gezogenem Schwert näher. »Ich kann es riechen.« Spöttisch-tadelnd schüttelte er den Kopf. »Ihr habt mit Barkmon gemeinsame Sache gemacht. Dem jüngst verblichenen Direktor Barkmon.« Raiden legte den Kopf schräg. »Lord Eastwick ist tot, und seine Briefe sind auf dem Weg zum König. *Eurem* König.« Raiden war jetzt nur noch wenige Schritte von Dunfee entfernt.

Plötzlich sprang ein Seemann ihn von hinten an. Raiden trieb dem Angreifer den Ellbogen in den Magen, fuhr blitzschnell herum und stieß ihm das Schwert in den Leib. Raiden stand über dem reglosen Mann, sein Blick streifte die Männer der *Yorkshire* in grimmiger Warnung. »Bleibt, wo ihr seid, und ihr werdet verschont. Meine Männer werden nicht zweimal überlegen, dieses Schiff zu versenken, auch mit mir an Bord.« Dann sah er zu Dunfee. »Du hast dich gut gehalten, alter Mann«, sagte er und genoss die Verwirrung auf Dunfees Gesicht.

»Wer bist du?«

»Ich dachte, das wüsstest du. Wer ich bin – ist die Antwort darauf nicht der Grund, aus dem du angegriffen hast?«

»Es war nur eine Frage der Zeit, ehe du auf uns gefeuert hättest, Pirat. Ich hatte die Wahl zu überleben oder zu sterben.«

»Die hast du noch immer«, entgegnete Raiden, überrascht darüber, wie ruhig er sich fühlte. Seit vierzehn Jahren wollte er diesen Mann ins Jenseits befördern. Und jetzt schien er nicht mehr zu sein als eine lästige Schuld, die beglichen werden musste.

Dunfee richtete sein Schwert auf Raidens Gesicht. »Keinen Schritt näher.« Hinter ihnen tobte auf dem Meer die Schlacht zwischen den Piraten und den Seeleuten der *East India Company*, zwischen der Herrschaft der Krone und der Wahl der Freiheit. Das Dröhnen und Feuerspeien der Kanonen schwängerte die Luft mit dichtem Rauch. Die Besatzung der *Yorkshire*, jene, die nicht unter Trümmern begraben oder tot waren, standen reglos da, als die beiden Männer sich abschätzend gegenüberstanden.

»Komm, Percival«, höhnte Raiden und kam näher und näher. »Komm und bezahl für deine Verbrechen.«

»*Du* sprichst zu *mir* von Verbrechen, Pirat?«

»Ich spreche nur von *einem*.« Je näher Raiden kam, desto tiefer und drohender klang seine Stimme. »Von dem, das mich für fast zehn Jahre auf ein Gefangenenschiff gebracht hat.«

Dunfees Gesichtszüge spannten sich scharf an. »Verdammt, Mann, wer bist du?«

»Raiden Montegomery, Ehemann von Shamir, der Frau, die du ermordet hast.«

Dunfee riss die Augen weit auf. »Montegomery«, rief er und erhob die Waffe. »Genau der Mann, den ich haben wollte.« Dunfee schlug zu, doch Raiden – nicht länger von seiner Rache getrieben –, fing den Schlag mit seinem Schwert ab. Raiden kämpfte nicht mehr mit Zorn und Schmerz, sondern mit seinem Herzen. Er hatte eine Frau, zu der er zurückkehren wollte, und er würde diese Sache hier jetzt schnell beenden und für immer damit fertig sein.

»Du hast meine Welt zerstört, und ich habe für deine Sünden bezahlt.« Raiden schlug Dunfee Schlag um Schlag.

»Du *bist* eine Sünde.« Dunfee schlug zurück, weigerte sich, nachzugeben. »Du stehst für alles, das ich verloren habe.«

Metall klirrte auf Metall, der Lärm der Seeschlacht erfüllte die Nacht, während Raiden vordrang und Percival mit einer Reihe betäubender Schläge zurückzuweichen zwang. »Ich bin nur das Ergebnis einer einzigen Liebesnacht.«

»Liebe?« Dunfee hieb wütend zu. »Dein Vater ist ein verdammter Schuft!«

»Ja, das ist er. Und glaub mir, wenn ich sage, dass er noch ein halbes Dutzend Söhne wie mich hat, die meinen Platz einnehmen werden.« Die Schwerter schlugen aufeinander, Raiden stieß zu und die Klingen kreuzten sich, glitten bis zum Heft aneinander herunter, Gesicht vor Gesicht standen sich die beiden Männer gegenüber.

»Dein Mord hat den Mann geschaffen, den du vor dir siehst, Admiral.«

»Ich werde erst dich töten, Montegomery, und dann deinen Vater.«

»Das bezweifle ich.« Raiden trieb seinen Gegner zurück, und als Dunfee strauchelte und um sein Gleichgewicht rang, sagte er: »Jetzt wirst du aufhören zu existieren, wie du schon vor langer Zeit damit hättest aufhören sollen.«

Percival verstand, was den Piraten trieb, verstand dessen Durst nach Vergeltung, und ein Teil von ihm hasste es, gegen diesen Mann zu kämpfen, hasste es, in Elises Augen zu sehen, wenn er ihn ansah. Er hasste es, dass er das Unfassbare getan hatte, als er jung und unbekümmert gewesen war. Aber jetzt hatte er keine Wahl. Montegomery war der einzige Zeuge seiner Untat, und seine Erhebung in den Grafenstand hing davon ab, wer überlebte – er oder der Pirat.

Dunfees Arm wurde schwächer, jeder Schlag des jüngeren Mannes ließ sein Ziel in weitere Ferne rücken. Der Pirat war unerbittlich, war erschreckend ruhig, und Percival kämpfte darum, einen sicheren Abstand von ihm zu halten. Aber Montegomery würde das nicht zulassen, würde ihm Stück um Stück das Fleisch von den Knochen schneiden – wie ein Bildhauer, der Splitter um Splitter von einem Felsbrocken herunterschlug.

Der Matrose, der mit gebrochenen Beinen und in seinen Schmerzen gefangen unter den Trümmern lag, beobachtete das Duell zwischen dem Piraten und dem Admiral. Mühsam befreite er seine Hand und streckte sie nach dem verrosteten Eisengitter über sich aus und zog an dem daran befestigten Metallring. Der Matrose lag unter heruntergestürzten Segeln und dem zerbrochenen Mast, und die Luft um ihn herum roch nach Schwefel und Pulver. Der Regen strömte auf die Trümmer nieder, als der Mann unter großen Mühen das verstreut liegende Schießpulver zu einem Häufchen zusammenkratzte. Er schlug den verrosteten Ring immer wieder gegen einen der Messingbeschläge und hoffte, er könnte einen Feuerfunken herausschlagen. Einen Funken, der ihn von diesem Schmerz erlösen und den Piraten mit sich in die See ziehen würde. Seine Kräfte schwanden, während das Blut aus seinem Mund floss. Der Mann schlug ein letztes Mal zu, und endlich sprang der Funke und entzündete das Pulver.

Die Explosion war zunächst nur klein, aber er setzte die zerfetzten Segel und das Holz in Brand.

Raiden duckte sich zusammen, als die Welle der Explosion durch das Mittelschiff lief, und diese Sekunden der Unaufmerksamkeit nutzte Dunfee aus. Der Admiral sprang vor und stieß Raiden das Schwert zwischen die Rippen. Raiden packte die Waffe am Heft, ehe Dunfee es noch weiter in ihn hineintreiben konnte. Er sah dem Admiral in die Augen, als dieser sich anstrengte, die Klinge noch tiefer in Raidens Körper zu stoßen. Raiden holte mit seinem Schwert zu einem gewaltigen Schlag aus und trennte Dunfee die Hand vom Arm. Dunfee heulte auf und taumelte, den blutenden Stumpf umklammernd, zurück. Raiden wankte, zerrte das Schwert aus seinem Leib und schleuderte es zu Boden, während er auf das Achterdeck zulief und begann, die Leiter hinaufzuklettern. Er hörte seine Männer seinen Namen rufen, hörte die Stimme seines Vaters, und er hoffte, vom Achterdeck ins Meer springen zu können, ehe er in die Tiefe gezogen würde. Er hatte die Leiter zur Hälfte erklommen, als das Deck explodierte und mit ihm die leicht entzündbare Ladung im Schiffsrumpf. Die *Yorkshire* zerbrach in zwei Teile, der Großmast wurde durch das in den Rumpf einströmende Wasser aus dem Deck gebrochen. Raiden schaute nach oben, als Tonnen von Holz auf ihn herunterstürzten.

Voller Entsetzen beobachtete Roarke vom Deck der *Sea Warrior* aus, wie die *Yorkshire* zu einem riesigen Scheiterhaufen aufloderte. Der Großmast barst, der Flaggenmast zerbrach wie ein dünner Ast, und als Letztes sah er von seinem Bruder, dass dieser in das berstende Deck hinuntergerissen wurde. Ein Schiff der *East India Company* versank ebenso wie die *Eclipse*, deren Mannschaft von der *Beast Rider* gerettet wurde. Und noch immer tauchte Raiden nicht auf, trieb nicht an der Oberfläche. Roarke rief nach seinem Bruder, bis seine Kehle vor Heiserkeit brannte. Regen prasselte herunter, und der Taifun wütete, als wollte der die Überreste der Schlacht vom Meer peitschen.

Granville taumelte auf Roarke zu. »*O Gott.*« Granville würgte vor Entsetzen.

Mit einem dunklen Knurren fuhr Roarke herum, brüllte seinen Männern Befehle zu, während er mit Riesenschritten auf das Achterdeck stürmte. »Eröffnet das Feuer«, rief er, und seine Augen glänzten in tödlicher Absicht. »Versenkt sie alle.« Der Kummer trieb ihn, und mit wenigen Schüssen schickte er *Yorkshire* und ihre beiden Schwesterschiffe auf den Meeresgrund.

»Nehmen wir die Überlebenden an Bord?«, fragte Riggs.

»In diesen Gewässern ist das Futter für die Haie knapp.« Ohne einen Blick zurück, wandte Roarke sich um und befahl, Segel zu setzen. Er würde sie hier heraus- und nach Java zurückbringen. Roarke schluckte wieder und wandte sich seinem Vater zu. Bis auf die Knochen durchnässt und mit vom Schmerz verzerrten Gesicht stand Granville neben ihm.

»Ich habe ihn dazu gebracht«, sagte Granville mit vor Verzweiflung dumpfer Stimme.

»Nein, Vater, Dunfee hat das getan und jetzt hat er dafür bezahlt.«

Granville sah auf die See, wo die Wasserwirbel die *Yorkshire* in den nassen, schwarzen Tod zogen. »Vergib mir, Raiden.« Er stieß einen zittrigen Atemzug aus. »Gott vergebe mir.«

Willa lief den Weg hinunter, der zum Kai und auf die Docks führte, als die Gangway der *Renegade* auf den Pier heruntergelassen wurde. Mason folgte ihr auf den Fersen. Willas Blick glitt über die Schar der Männer, als sie ihn entdeckte, lächelte sie, raffte die Röcke und rannte los. Als er den Kopf hob, blieb sie abrupt stehen, das Lächeln verschwand von ihrem Gesicht. Roarke. Sie schaute zu den Männern, auf deren grimmige Gesichter, bis sie Granville entdeckte.

»Nein«, flüsterte sie, als Roarke näher kam. Sie schüttelte den Kopf. »Nein. Nein!«

»Er starb ...«

»*Nein!*« Sie schrie dieses Wort heraus, als sie auf die Knie sank.

Mason stand wie versteinert hinter ihr. Willa schluchzte ungehemmt, und als Roarke versuchte, sie aufzuheben, wehrte sie ihn ab, schlug mit den Fäusten gegen seine Brust. »Nein! O Roarke, bitte sag, dass ich ihn nicht verloren habe.« Ihr brach das Herz. Mason hatte sich auf den Pier fallen lassen und schlug mit den Händen auf die Holzplanken ein. Er schrie laut und seine ungeübte Stimme klang wie das Heulen eines sterbenden Tieres.

Granville kniete sich neben den Jungen und nahm ihn fest in seine Arme. Mason hörte nicht auf zu toben, seine Schreie waren qualvoll für jeden, der sie hörte, und Willa lief zu ihrem Sohn, riss ihn Granville fort und rannte auf das Haus zu, den einzigen Menschen in den Armen haltend, den zu lieben ihr geblieben war.

Es gab keinen Trost für Willa. Sie schloss sich mit Mason in Raidens Zimmer ein, sie trug Raidens Hemd und weigerte sich, es auszuziehen, weigerte sich zu essen oder die Sonne zu sehen. Roarke kam jeden Tag an ihre Tür, bot ihr an, sie zu ihrem Vater nach Carolina zu bringen, aber sie sagte ihm, wenn sie Raiden nicht haben konnte, dann würde sie bleiben, wo sie sich ihm am nahesten fühlte – in dem Haus, das er geliebt hatte. So vergingen Wochen, und als Willa Raidens Zimmer das erste Mal wieder verließ, war sie sorgfältig gekleidet und zurechtgemacht, war sie ganz die elegante Lady. Sie trug ihren Schmerz mit großer Würde, um des Kindes willen und für Raidens Vater, doch ihre Augen blickten trüb und unendlich traurig. Sie weigerte sich, Einzelheiten über Raidens Tod anzuhören. Nichts konnte ihn ihr zurückbringen, keine Worte konnten sie trösten, am wenigsten die, wie er umgekommen war. Mason hatte sich seit jenem Tag, als man ihnen die Nachricht überbracht hatte, in sich selbst zurückgezogen, er vertraute niemandem außer seiner Mutter. Oft ließ er seine Wut, seinen Kummer an Willa aus, stieß sie von sich, klammerte sich an sie, wenn die Nacht kam, wenn er Angst hatte und nach Raiden weinte. Raiden hatte versprochen, ihn zu beschützen, und jetzt fühlte er nichts als Kummer und einen Verrat, den nur er selbst erklären konnte. Dreimal ertappte Willa ihren Sohn dabei, dass er auf das Meer hinausstarrte, wartete, und sie hasste es, ihm das Herz zu brechen und ihn daran zu erinnern, dass Raiden nie mehr zurückkommen würde. Ihr Verlust begann, sie innerlich umzubringen, und ihre Seele war randvoll von der Liebe, die sie Raiden niemals mehr schenken konnte.

Zwei Monate später.

Roarke konnte es kaum noch ertragen, Willa anzusehen, so starr und versteinert wirkte sie. Ihren Tag verbrachte sie, als hätte sich nichts verändert. Sie kochte, hielt das Haus für einen Mann in Ordnung, der nie zurückkehren würde, kümmerte sich um Mason. Nach wie vor weigerte sich Willa, über Raiden zu sprechen. Erwähnte jemand seinen Namen, verstummte sie, wurde still und in sich gekehrt. Sie teilte ihren Schmerz mit niemandem, hielt ihn wie hinter einer Mauer in ihrem Innern verborgen, wo er sie eines Tages zerstören würde. Sie fertigte Roarke stets kurz ab, gewährte ihm gerade das Notwendigste an Höflichkeit. Eines Tages schließlich sprach er sie darauf an.

»Warum hasst du mich so?«

»Du hast ihn sterben lassen.« Willas Stimme brach, doch ihre Worte trafen ihn bis ins Mark.

»Ich habe versucht, ihm zu helfen. Es war ein Unfall. Die Explosion hat den Großmast zerschmettert, und er fiel auf –«

»Nein, sprich es nicht aus.« Willa wich vor ihm zurück und starrte ihn an. Plötzlich wurde ihr bewusst, wie grausam sie sich diesem Mann gegenüber verhielt, der Raiden ebenso sehr geliebt hatte wie sie. »Vergib mir, Roarke. Es ist, weil du ihm so ähnlich siehst. Ich sehe dich und suche nach ihm. Ich höre deine Stimme und vermisse ihn noch mehr.«

Roarke seufzte schwer. »So etwas Ähnliches habe ich mir gedacht. Es tut mir Leid, Willa. Es wird das Beste sein, ich gehe fort.« Er wandte sich ab.

»Nein.« Sie packte ihn am Arm. »Ich muss mich daran gewöhnen …«

»Woran? An mein Gesicht?« Roarke schüttelte den Kopf, tätschelte ihre Hand. »Es ist schon gut, Willa. Aber auch dieses Haus wird dich immer an ihn erinnern.«

Sie entzog ihm die Hand. »Ich will nicht vergessen. Ich kann es nicht. Niemals.« Ihre Augen füllten sich mit Tränen, als sie gegen seine Brust schlug. »Hier lebt er, Roarke. Er ist ein Teil von mir. Mein Herz ist voller Kummer, aber es ist erfüllt von der Liebe, die ich für ihn habe. Wenn ich nachts in seinem Bett liege und noch immer seinen Duft spüre, dann wünsche ich mir manches Mal, dass ich nicht lieben würde, aber ich tue es.« Er wollte sie trösten, doch Willa hob abwehrend die Hand.

Aufgewühlt wandte sie sich ab und lief auf die Veranda hinaus, suchte nach einem Ort, an dem sie sich verstecken konnte. Ein Ort, wo sie schreien konnte und nur Gott sie hörte, sie erlöste aus diesem Schmerz. Ihre Qual war so tief, dass sie es keinen Augenblick mehr aushalten konnte, still zu stehen, und sie rannte über den Strand, ihr Haar löste sich aus dem Knoten, ihre Füße gruben sich in den Sand. Sie fiel, stand auf und rannte weiter, ihr Gram war so niederdrückend, so zerschmetternd, dass sie nicht mehr atmen konnte. Sie würgte, schlug die Hand vor den Mund, als ihre Trauer sie zu ersticken drohte.

Warum hatte diese Schlacht seine letzte sein müssen? Warum hatte er versagt, wenn er doch hatte gewinnen wollen? Ja, Dunfee war tot und das gab ihr Befriedigung, aber damit war kein Schlusspunkt gesetzt worden. Denn jetzt trug sie die Last des Schmerzes, ein Schmerz, der sie niemals wieder verlassen würde.

Ja, in solchen Augenblicken vermisse ich ihn am stärksten, dachte sie. *Wenn ich die Sonne sehe, wenn ich in das traurige Gesicht meines Kindes schaue. Wenn ich atme, wenn ich schlafe. Ja! Ich vermisse ihn am meisten, wenn ich lebe!*

Willa rannte den Strand entlang, bis es nichts mehr gab, wohin sie laufen konnte, bis ihre Beine vor Erschöpfung unter ihr zusammenbrachen. Sie fiel in den Sand, krümmte sich zusammen und weinte, weinte laut, denn hier würde sie niemand hören, hier würde niemand sie bemitleiden.

Die Wellen schlugen an den Strand, das nicht endende Rauschen lullte sie ein. Die See, die ihn ihr genommen hatte, war jetzt ihr einziger Trost.

Sie hörte ein kratzendes Geräusch und hatte nicht die Kraft den Kopf zu heben, einen Angriff abzuwehren. Sie wusste, dass Roarke in der Nähe war und sie beschützen würde.

»Willst du nicht mit ins Haus kommen und dort schlafen?«

»Geh, Roarke«, murmelte Willa, ohne den Kopf zu heben. »Ich will niemanden sehen.«

»Nicht einmal mich, kleine Füchsin?«

Willa riss den Kopf hoch, ihr Blick wanderte über die nackten Füße und Knöchel vor ihr, über die zerschlissenen Hosen und langsam weiter nach oben. Das Licht der untergehenden Sonne glitzerte auf dem Wasser und verwirrte ihre Sicht, blendete sie, und Willa hob die Hände und beschirmte die Augen.

Ihre Kehle war wie zugeschnürt, und sie war sicher, dass sie träumte, dass Roarke vor ihr stand.

»Willa.«

Ihr Blick glitt über den Mann, dessen Gesicht von der einbrechenden Dämmerung beschattet wurde. Dann fiel ihr Blick auf den Verband um seine Brust, einen zweiten um seinen Arm, dann auf das Auslegerboot hinter ihm und die drei einheimischen Männer, die es weiter den Strand hinaufzogen. Langsam stand Willa auf.

Sie befeuchtete sich die Lippen. »Raiden?«

»Bin ich so lange fort gewesen, dass du mich nicht einmal mehr wiedererk...«

Sie warf sich mit einer Kraft in seine Arme, dass es ihm den Atem raubte. Sie weinte und schluchzte, klammerte sich an ihn, und seine Arme hielten sie.

»Willa, Geliebte«, sprach er beruhigend auf sie ein, streichelte ihren Rücken.

»O Raiden.« Sie vergrub das Gesicht an seinem Hals, atmete seinen Duft ein. »Ich habe dich so sehr vermisst.«

Raiden hörte das Leid in ihrer Stimme und hasste es, daran zu denken, wie sehr sie um ihn gelitten hatte. Kuss um Kuss drückte er auf ihr Haar, ihr Gesicht, auf ihren Mund, und er fühlte ihr Schluchzen gegen seine Lippen. »Ich bin es wirklich«, versicherte er ihr. »Ich bin zu Hause, Liebste.«

Sie holte zittrig Luft, als sie in seine dunklen Augen sah. »Ja, du bist zu Hause. Du bist es!«, rief sie, umarmte ihn, schloss sein Gesicht in beide Hände und übersäte es mit Dutzenden seliger Küsse.

Später würde er ihr erzählen, wie er, an eines der Opiumfässer geklammert, über das Meer getrieben war, bis Fischer ihn gefunden und seine Wunden versorgt hatten. Später würde er ihr sagen, dass er von ihr geträumt und gewusst hatte, dass sie um ihn trauerte. Und dass er gebetet hatte, sie möge auf Java geblieben sein, und dass er sich geschworen hatte, um die ganze Welt zu segeln und sie zu suchen, wäre sie fortgegangen.

Aus der Ferne klangen Stimmen und Rufe zu ihnen herüber, und Raiden nahm sich vor, mit seinen Wachen später ein ernstes Wort über deren Nachlässigkeit zu reden. Der laute Ruf eines Kindes übertönte die der anderen, und Raiden ließ Willa los, als Mason über den Strand auf ihn zugerannt kam.

»Rai-den!«, rief Mason, und Raidens Herz schien vor Glück zu bersten. Er beugte sich herunter, breitete die Arme aus und der kleine Junge sprang in sie hinein, umarmte ihn. Raiden küsste seine Stirn, seine Wange, klopfte ihm beruhigend den Rücken, als er geduldig darauf wartet, dass der Tränenstrom versiegte. Er nahm Mason auf den Arm und schlang den anderen um Willa.

»Ich liebe dich«, sagte er.

»O Raiden«, wisperte sie und berührte sein Gesicht, jede neue Narbe darauf. »Ich kann es noch gar nicht glauben, dass du lebst.«

»Das überrascht mich aber.« Er beugte sich zu ihr. »Hatte ich dir nicht gesagt, dass ich zu dir zurückkommen würde, ganz egal wie weit fort mich mein Weg auch führt?«

»Ja.« Sie lächelte wehmütig. »Das hast du gesagt.«

»Ich halte meine Versprechen, Willa, das solltest du doch wissen.«

Mason lockerte seinen Griff um Raidens Hals und beugte sich zurück. Sein Blick ging zwischen den beiden Erwachsenen hin und her und verweilte dann auf Raiden.

»Was ist, mein Junge?«

Willa und Raiden tauschten einen besorgten Blick, als Mason mehrere vergebliche Versuche machte, bis er stockend hervorstieß: »M-m-meine Familie.«

Raiden zog die Augenbrauen hoch, und er lachte Mason an, bevor er ihn an sich drückte. »Ja, Sohn, das sind wir.« Mason hob die Hand und streichelte Raidens Haar, sein Gesicht. »Ich hatte dir doch versprochen, dich zu beschützen, ja?«

»Ja«, sagte der Junge und nickte. Willa schluchzte vor Freude, als sie Raiden und Mason an sich drückte.

Raiden presste das Gesicht in Willas zersaustes Haar und atmete tief dessen Duft ein. Mit jeder Faser seines Seins spürte er die beiden Menschen, die er in den Armen hielt. Er hatte keine Augen für seine Männer, die auf sie zugelaufen kamen, für die untergehende Sonne, für die rauschenden Wellen. Er fühlte nur den Schlag ihrer Herzen, das stete Pochen, das zu seiner Seele sprach und ihm zurief, dass er zu Hause war.

Epilog

Raiden stand in der Nähe des Herdes und sah Mason, Jabari und Dahrein zu, die auf dem Teppich saßen und aus Stöcken und Zweigen etwas bauten, das einem Fort ähnelte. Die beiden älteren Jungen zeigten ein bemerkenswertes Maß an Geduld Mason gegenüber, und Dahrein verfügte darüber hinaus über eine große innere Stärke, die sich besonders dann zeigte, wenn er Masons Hilfe ablehnte und versuchte, allein auf seinem verstümmelten Bein zu stehen. Raidens Blick glitt zu Royce, der neben Roarke stand, dann weiter zu Ransom, der mit Willa eine Partie Schach spielte. Sein Blick blieb auf Ian Delaney, Willas Vater ruhen, der sich ebenfalls über das Spielbrett gebeugt hatte, und seiner Tochter Ratschläge gab, die sie wahrlich nicht brauchte. Raiden schaute zu Sayidda und seinem Vater, die eng aneinander geschmiegt, wie Vögel auf einem Ast, auf dem Sofa saßen. Diese marokkanische Schönheit ist die große Liebe im Leben meines Vaters, dachte er und freute sich, dass sein Vater auf seine alten Tage noch einmal die Liebe erlebte. Eine Liebe wie er sie mit Willa teilte.

»Diese Kolonisten sind doch nichts anderes als Barbaren«, sagte Ransom, und Raidens Blick schoss zwischen Willa, ihrem Vater und seinem älteren Bruder hin und her, als er auf den Ausbruch empörten Protestes wartete.

Während Royce, auch ein Bewohner der englischen Kolonien in Amerika, schmunzelte, legte Willa sanft die Hand auf den Arm ihres Vaters und hielt ihn so davon ab, sich in das Wortgefecht einzumischen.

»Und erwachsene Männer, die mit nackter Brust und nackten Beinen herumlaufen – wie nennst du das, Ransom?«, fragte Willa. »Kultiviert, geschmackvoll?«

Ransom unterdrückte ein Lächeln. »Es ist zumindest verdammt bequem. Dir scheint es ja auch zu gefallen.« Er wies auf den Sarong, den sie trug, und unter dem sich ihr runder Bauch abzeichnete.

Als Willa auf das Schachbrett schaute, tauschten Ransom und Raiden über ihren Kopf hinweg einen Blick.

»Ich trage ein Sarong, weil es mein Tod wäre, würde ich mich bei dieser Hitze anziehen als sei ich in South Carolina.« Sie machte einen Zug und schaute auf. »Schachmatt.«

Ransom beeilte sich, auf das Brett zu sehen. »Du hast gemogelt.«

»Das habe ich nicht.« Sie verschränkte die Arme über dem, was von ihrer Taille übrig geblieben war, und sah ihn mit neckend gerunzelter Stirn an. Sie zogen einander auf, seit sie sich das erste Mal begegnet waren, und Willa argwöhnte, dass es ihm Spaß machte, sie zu necken.

»Das kannst du in so wenigen Zügen unmöglich geschafft haben!« Ransom fiel es manchmal schwer, einzusehen, dass er verloren hatte.

»Wir Kolonisten sind einfach klüger als ihr Marokkaner, äh, Engländer …« Willa sah zu Sayidda und Granville hinüber, die noch immer eng umschlungen auf dem Sofa saßen, als Royce einwarf: »Da hörst du es.«

»Wie würdest du diese Art von Barbaren nennen?« Willa deutete mit dem Daumen auf Ransom.

»Einen Mann«, erwiderte Sayidda einfach.

»Mutter!« Ransom versuchte entrüstet auszusehen, blinzelte ihr aber freundlich zu. »Das sind kämpferische Worte, Mädchen«, meinte er zu Willa.

»Beachte ihn bloß nicht, Willa«, mischte sich Aurora ein, die das Zimmer betreten hatte, und den Kindern ein mit Leckereien gefülltes Tablett brachte. Sie blieb stehen und sah ihren Mann eindringlich an. »Manchmal ist er wirklich ein ausgesprochener Barbar. Dann reißt mir dieser Mann buchstäblich die Kleider vom Leib.«

Dunkle Röte kroch über Ransoms Gesicht. »Verräterisches

Frauenzimmer«, knurrte er, und sein Blick glitt über ihre Figur, als er im Geiste zählte, wie viele Wochen seit der Geburt ihres Sohnes Colin vergangen waren.

»Du bist rot geworden, Sahib – Vater«, sagte Dahrein und korrigierte sich rasch.

»Allerdings bin ich das.« Ransoms Blick glitt über seine Frau. »Du wirst für deinen Verrat bezahlen, Weib.«

Aurora wiegte sich in den Hüften und lächelte ihn an. »Jawohl, mein Löwe, und dir wird diese Bezahlung sehr gefallen, denke ich.«

»Ich wette, er denkt an etwas ganz anderes«, sagte Roarke, der ein wenig abseits stand und französischen – gestohlenen – Brandy aus einem Kristallglas trank. »Arme Ehe-Narren alle miteinander«, frotzelte er und nippte wieder an seinem Glas. Er empfand Mitleid mit Ransom.

»Glückliche, meinst du wohl«, entgegnete Royce so leise, dass nur Roarke es hören konnte, der ihm daraufhin einen Blick zuwarf, der sagen sollte, dass sein Leben ohne die Komplikationen durch eine Frau ganz zufriedenstellend verlief. Royce wusste, das *sein* Leben nicht so erfüllt war, aber wie seine Brüder war er Kapitän, und er fand, sein Beruf war in letzter Zeit zu gefährlich geworden, um die Liebe in sein Leben einzuladen.

Aurora lächelte ihre beiden Schwager an. »Ihr werdet auch noch an die Reihe kommen, Jungs«, sagte sie. »Vertraut mir.«

Die beiden sahen sie mit großen Augen an, und es war an Royce als Erster zu fragen: »Hast du etwas in deinem Glas gesehen?«

»Nein, aber so ist der Lauf der Natur.«

Ransom stand auf, um sein Glas aufzufüllen, und er beugte sich zu seiner Frau herunter und flüsterte ihr in Ohr: »Ich werde dir nachher noch ein Stück *Natur* zeigen, du Plagegeist.«

»Oh, ich liebe es, mich im Freien zu beschäftigen«, flüsterte sie ihm zu und beugte sich dann zu den Jungen herunter, um ihnen die Süßigkeiten anzubieten.

»Ihnen werden noch die Zähne aus dem Kopf herausfaulen«, sagten Raiden und Ransom wie aus einem Munde.

»Ein süßer Happen für ...«, begann Aurora.

»Süße Träume«, beendete Willa.

Das Zimmer schien vor Gelächter zu bersten, und als es sich gelegt hatte, wandte sich Ransom an Willas Vater. »Hast du sie absichtlich dazu erzogen, so direkt zu sein, Ian?«

»Um ehrlich zu sein – nein«, erwiderte Ian. »In der Beziehung ist sie genau wie ihre Mutter.«

Ian schaute zu Willa und lächelte, als sie aufstand und zu ihrem Mann ging. Er selbst war gut versorgt und führte das behagliche Leben, um das er gekämpft hatte, um es auch Willa zu ermöglichen. Sein Handelsgeschäft war jetzt auf Java beheimatet und florierte – mit der Hilfe seines Schwiegersohnes und dank der Gewürze. Doch das größte Geschenk war, Willa glücklich zu sehen, so tief liebend und geliebt werdend, dass es schwer fiel, sie anzusehen und nicht zu wünschen, ihre Mutter könnte dies noch erleben. Sein Blick fiel auf Mason. Der Junge sprach nicht viel, doch wenn er etwas sagte, waren seine Worte klug und durchdacht.

Ian beobachtete, wie Willa sich Raiden zuneigte, und wie das Gesicht des Mannes weicher und zärtlicher zu werden schien, als seien er und seine Frau die einzigen Menschen in diesem Zimmer und ihre Gäste Eindringlinge, die ihre Zweisamkeit störten. Raiden küsste Willa mit solch zärtlicher Liebe, dass selbst ein Vater fortsehen musste.

Ian räusperte sich. »Granville, was ist der Gedanke dahinter, dass alle Namen mit R anfangen?«

»Nicht alle«, warf Sayidda ein. »Ransom heißt eigentlich Kassir.«

»Den Namen hat er aber nicht von mir.«

Sie stieß Granville mit dem Ellbogen in die Seite. »Du bist nicht da gewesen.«

»Ich habe allen meinen Söhnen ihre Namen gegeben«, erklärte Granville. »Und dieser dort« – für den Fall, dass Sayidda es vergessen haben sollte – »heißt Ransom.«

»Nein, Kassir«, widersprach sie lächelnd.

Granville gab es auf und wandte sich wieder an Ian. »Es

begann mit Ransom«, er streckte einen Finger hoch und hielt Sayidda mit einem Blick davon ab, ihre Meinung dazu zu äußern. »Und dann ...« Er zuckte die Achseln. »Es ist einfach außer Kontrolle geraten.«

»Ransom, Royce, Raiden, Roarke.«

»Der Einzige, der fehlt, ist Rahman«, sagte Ransom. Als sein Vater ihn fragend ansah, fügte er hinzu: »Er durchstreift die Wüste und hin und wieder auch ein englisches Boudoir.«

Willa schüttelte lächelnd den Kopf. Sind denn alle Montegomery-Männer dazu ausersehen, zur Legende zu werden?, fragte sie sich und schaute auf Mason, Jabari und Dahrein, die am Boden hockten und spielten.

»Und wer ist der Jüngste?«, wollte Ian wissen.

Roarke räusperte sich. »Das bin ich. Bis jetzt.«

Granville sah Roarke prüfend an und war erleichtert, seinen Sohn lächeln zu sehen.

»Aber mir sind Gerüchte über ein Mädchen zu Ohren gekommen, das ihren Anspruch auf unseren Namen geltend macht.«

»Was!«, antworteten seine Brüder unisono, und alle Blicke richteten sich auf Granville.

»Ja«, stieß dieser hervor. »Raleigh.«

Ransom und Roarke stöhnten.

»Oh, denkt nur einmal daran, in welcher Lage sie sich befinden muss – den Makel ihrer Geburt, den sie mit sich herumträgt.« Willa sah zu ihrem Mann auf. »Sie wird keine Chance auf eine standesgemäße Ehe haben, Raiden. Keine. Sie ist schlimmer gebrandmarkt als jeder sonst von euch.«

»Oh, ihre Aussichten dürften gar nicht so schlecht sein«, bemerkte Aurora, die die Süßigkeiten herumreichte. »Sie ist eine Montegomery, und ihr würdet eine Schwester doch alle mit offenen Armen willkommen heißen, oder nicht?«

»Sicherlich«, sagte Ransom, klang aber nicht sehr überzeugend. »Aber ... Gott, wahrscheinlich hat sie ein Pferdegesicht und ist so groß wie ein Baum.«

»So wie du, Ransom?«, spöttelte Willa.

Er warf ihr einen boshaften Blick zu. »Eher wie dein Mann.«

»Ich habe den bestaussehenden von euch geheiratet.«

»Wie kannst du das sagen?«, protestierte Royce, woraufhin ihn alle ansahen. »Du musst zugeben, dass wir uns bemerkenswert ähnlich sehen.«

»Wenn das so ist, meinst du dann nicht auch, dass Raleigh« – Ransoms Miene zeigte Abscheu über die Namenswahl seines Vaters – »auch diese Ähnlichkeit haben würde?«

Granville hob abwehrend die Hände. »Ich habe ihr diesen Namen nicht gegeben.«

»Das ist aber auch alles, was man dir nicht ankreiden kann, Granville«, schalt Aurora ihn aus, ehe sie Roarke und Royce ansah. »Und eure Bräute werden euch bestimmt nicht für so ähnlich halten.« Sie sah ihren Mann an. »Das könnt ihr mir glauben.«

»Ja«, bestätigte Willa und legte den Arm um Raiden.

Royce runzelte die Stirn, doch es war Roarke, der sich plötzlich entschuldigte und auf die Terrasse zuging.

In diesem Augenblick stand Mason auf und ging zu Raiden. Er zupfte ihn am Hosenbein, und der legendäre Pirat hockte sich hin, um mit dem Jungen auf Augenhöhe zu sein.

»Können wir Krebse fangen gehen, Papa?«

Raidens Herz machte jedes Mal einen kleinen Sprung, wenn Mason ihn so nannte, jedes Mal wenn er ihn mit einem unerschütterlichen Vertrauen in den Augen ansah.

»Es ist schon dunkel, Sohn.«

Mason nickte und schaute auf seine nackten Zehen. »Hab kein Angst.«

»Ich habe keine Angst«, korrigierte Raiden sanft, und als Mason sich bemühte, die Worte deutlich nachzusprechen, gab Raiden seinem Wunsch nach. »Dann geh mit Dahrein und Jabari.«

»Ich werde auf sie achten«, bot Roarke an, der an der Flügeltür stand, die zur Veranda hinausführte. Raiden sah seinen Bruder fragend an, doch Roarke vertrieb die stumme Frage mit einem Winken, und als die Jungen zu ihm gelaufen kamen, fing er Mason in seinen Armen auf und kniff ihm in die Nase, während

Jabari vorauslief. Roarke bot Dahrein die Hand an, doch der Junge schüttelte den Kopf und ging – trotz des Schmerzen, die man ihm anmerkte –, aus eigener Kraft hinaus.

»Ich werde mitgehen«, sagte Royce und verließ ebenfalls das Zimmer, und Raiden hörte, wie seine beiden Brüder eine Diskussion über Englands Rolle in den Kolonien begannen.

Baby Colin begann lauthals zu schreien und, einer nach dem anderen, leerte sich das Zimmer.

Raiden zog Willa in seine Arme. »Endlich allein.«

»Es wird nur eine kleine Weile vergehen, und du wirst dich ohne sie einsam fühlen.«

Raiden strich mit der Hand über Willas runden Bauch – das neue Leben, das in ihr wuchs, hatte eine weitere von Alistars Lügen entlarvt. »Nicht, wenn ich meine Familie bei mir habe.« Er zog sie an sich und spürte, wie das Kind in ihrem Leib protestierend trat. Er beugte sich über Willa und küsste sie zärtlich »Habe ich dir schon gesagt, wie sehr ich dich liebe, kleine Füchsin?«

»Du meinst wohl eher *große* Füchsin. Dicke Füchsin. Oder noch besser *rollende* Füchsin.«

»Rollende Füchsin? Das klingt wie einer von euren indianischen Namen.«

»Die Indianer würden mich *Die, die watschelt* nennen.«

Leise lachend drückte Raiden den Kopf an ihre Stirn. »O meine Geliebte, nichts auf der Welt ist so schön für mich wie du und unsere Kinder.«

Willas Augen füllten sich plötzlich mit Tränen, und sie wollte Raiden dafür danken, dass er Mason liebte, denn ihr scheuer, stiller Sohn blühte unter seiner zärtlichen Fürsorge auf. Sie wollte ihm für dieses Baby danken, weil sie geglaubt hatte, sie könnte nie wieder ein Kind empfangen. Und sie wollte ihm dafür danken, dass er sie so sehr liebte, dass sie nichts mehr wollte als ihr Leben in seinen Armen zu verbringen, in seinem Bett, in seiner Seele. Aber sie kannte ihn. Er würde sie für ihre Worte necken, würde seine Liebe mit einem Schulterzucken abtun, wenn sie doch wusste, dass er noch so viel mehr zu geben hatte.

»Ich liebe dich, Raiden.«

Er küsste sie zärtlich, gestand ihr noch einmal leise seine Liebe und Willa legte den Kopf an seine Brust. Raiden dachte nicht mehr an die Vergangenheit. Und die Zukunft war wie ein weites unbekanntes Land. Der Schwarze Engel war tot, er hatte sein Grab auf dem Grund der Malakka-See gefunden, zusammen mit dem Mann, der ihn vor Jahren dazu gemacht hatte. Raiden hatte all das, was er immer gewollt, sich aber nie zu erträumen gewagt hatte – eine von der Liebe erfüllte Seele, eine Familie, die sein Haus mit Lachen füllte, und eine Frau, für die er sein Leben hergeben würde. In diesem Augenblick wusste Raiden, dass er Willa gehörte wie sie ihm, dass sie sich in sein Leben gestohlen hatte, um sein Herz zu rauben und einem müden, einsamen Abtrünnigen die kostbarste Belohnung von allen zu schenken.

Schon als Achtjährige wurde Marsali Gunn mit Patrick Sutherland verlobt. Doch als die beiden zwölf Jahre später heiraten sollen, ist eine erbitterte Fehde zwischen ihren Clans entbrannt, und Marsali wird einem anderen Mann versprochen.
Doch der waghalsige Patrick entführt die Frau, die ihm rechtmäßig zusteht, und schürt damit den Hass zwischen den Clans. Marsali muss sich entscheiden: Zwischen der Loyalität zu ihrer Familie und dem Mann, dem schon lange ihr Herz gehört …

›Patricia Potter ist eine meisterhafte Geschichtenerzählerin.‹ Mary Jo Putney

ISBN 3–404–18292–8

BASTEI LÜBBE